SV

Adolf Muschg
Das Licht und der Schlüssel

Erziehungsroman eines Vampirs

Suhrkamp Verlag

Zweite Auflage 1984

Druck: Freiburger Graphische Betriebe, Freiburg
Printed in Germany

Gewidmet dem 28. August

Du sollst auch nicht seltsam nehmen, daß ich niemand weise auf die Bücher des Papiers, in ihnen den Anfang der Arznei zu lernen. Denn die Ursach: ist nit not, daß sie betracht't werden. Es schreiben durcheinander gute und bös, zwickdörnig Leut und viel der Schwärmer durcheinander, Guts und Bös zusammen; fälschen das Gute durch das Bös; finden und erheben eher das Bös denn das Gute; und machen durcheinander ein Pludermus, daß einer in die Wellen kommt, kann auf kein Stille mehr kommen. Und ein jedlicher will von andern Federn sein Namen erheben und ein Neues aufbringen. Und durch solche Skribenten ist die Arznei gar zerbrochen worden. Und ist den papierischen Büchern nichts zu vertrauen. Ob gleichwohl etwa einer ein Experiment gehabt hat und Experienz etc., so ist es bei *ihm* also gewesen, und im Grund ist er selbst verführt worden. Denn der stylus zeigt an, daß große Einfalt mit Unverstand in der Arznei gewesen ist.

PARACELSUS,
aus: Labyrinthus medicorum
errantium. 1538

I

Mona

1

Sie müssen sterben, sagt Dr. Buitenhuis.

Ich warte. Da muß doch noch etwas kommen. Das kann doch nicht alles gewesen sein. Ich schaue weg. Da war doch eben noch etwas mehr. Die elektrischen Kerzen der Praxis, eine noble Beleuchtung, gedämpft, von Sparsamkeit verdunkelt. Sie scheinen auf alte Stiche, barocke Städtebilder, die so gut zu den Glasschalen und Wegwerfspritzen passen, dem hygienischen Email, den Wattetupfern im Glas, dem Blinken der Trolleys aus Stahl –

Trolleys heißen sie nur im Flugzeug, sagt Mona.

Servierboys kann ich sie nicht gut nennen. Für Mona heißt er: Boudewijn, den Allgemeinarzt neuen Stils, der zu Kongressen fliegt, wo die Ganzheit des Menschen wiederhergestellt wird. Wir brauchen, wie er Mona im Flugzeug erklärt hat, wieder Fachärzte, die den Mut alter Hausärzte aufbringen: Sie müssen sterben.

Warum bist du hingegangen?

Ich muß erschrecken. Einmal muß ich doch erschrecken.

Bist du erschrocken?

Ich hatte noch so viel Ruhe, den Mann deutlich zu sehen, die Bonhomie in seinem roten Gesicht, die blond gebliebenen Löckchen um seine Tonsur, die braunen, aber wohlerhaltenen Zähne des Pfeifenrauchers –

Mona hat mehr von ihm gesehen: er ist ein Mensch vom Lande, der sich durchgesetzt hat, gegen die Eltern und ihren frühen Tod, und als Werkstudent gegen die Universitäten Groningen und Amsterdam – das Resultat, eine lateinische Urkunde, habe ich an der Wand gesehen. Aber für Mona, die Hostess auf dem Flug nach New York, gab es über dem Atlantik nicht nur papierene Auskünfte. Ihr gab sich auch der Mensch Buitenhuis zu erkennen, der auf die Spezialistenkarriere verzichtet hatte, obwohl er die Hände eines Chirurgen besaß – Mona hat sie sofort bemerkt: fast knabenhafte Hände, mit einem belustigenden Hang zu schwarzen Nagelrändern. Jetzt zittern sie ein wenig, diese Hände, vom starken Nikotingebrauch, der Dr. Buitenhuis natürlich nicht schadet. Es ist ja kein saurer Rauch, man zieht ihn nicht in die Lunge, und überhaupt hat Dr. Buitenhuis auf so viel anderes verzichtet, da muß ihm eine deutliche Sprache erlaubt sein. Der Flug dauerte sechs Stunden, darum hat Mona von Dr. Buitenhuis auch noch erfahren, daß er keine Mitgift geheiratet hat, auch kein Fotomodell, sondern einen ganzen Menschen, auf jedes Risiko –

Deine Myrna.

Dieser Mensch, seine Frau, verlangt von ihm alles und nichts; nichts was er nicht, wie sie findet, von sich selber verlangen muß. Sie traut ihm die Freiheit zu, sich selbst zu verwirklichen – aber das ist ihre Sprache, er redet lieber von seiner Praxis. Er habe, so Mona, überhaupt nicht viel Worte gemacht; das ist keine Indiskretion. Ich soll nur wissen, daß sie diesen Mann gut genug kennt, um ihm auch starke Worte nicht zu verübeln.

Auch bei mir hat er nur unmerklich Luft geholt, bevor der Satz kam, den er für die Wahrheit hielt:

Sie müssen sterben.

Mona lacht: das reine Vergnügen an meinem Tod. Die heitere Gewißheit, Boudewijns Diagnose sei durch meine Anwesenheit an ihrem grün-rosa gestreiften Sofa widerlegt. Die Kranke ist ja sie, wenn überhaupt, aber da sie Dr. Buitenhuis als Boudewijn kennengelernt hat, hält sie mein Leben in ihrer Hand und läßt ihm nichts geschehen –

Bist du erschrocken?

Was hatte ich diesem Menschen bloß getan. Ihm einmal kurz den Arm hingehalten, und jetzt genügte ihm eine Blutprobe, um mich sterben zu lassen, und das eine halbe Stunde nach Praxisschluß. Ich halte mich mit einem Auge – das andere sieht nicht mehr – am Ansatz eines Doppelkinns fest, sehe, wie er schluckt und sehe doch den ganzen Mann nicht mehr –

Schock also doch: das Echo des Todesurteils verschwimmt mit Stimmen aus der Kinderzeit. Jemand erzählt in Berbenner Sprache, sie habe Wasser in den Beinen. Es ist die Frau Caflisch aus der Bäckerei, die mit meiner Mutter redet. Hier wird viel gesagt, und immer noch nicht alles. Der Geruch von frischem Brot streicht vorbei, und unversehens ein kühler Windstoß. Ich sitze auf meinem Rad und fahre freihändig die Straße von Imènstrom nach Tschüpru durch abfallende Felsensteppe – so nennt der Lehrer unser Land in der Heimatkunde –, in der es hie und da eine schwarze Föhrengruppe gibt, aber nie und nimmer eine Bäckerei. Ich fahre unter dem apfelgrünen Vornachthimmel, da ist kein Weg, kein Haus, kein Mensch in Sicht. Wenn die Straße nicht wäre, die mein Rad, dessen Lenker ich noch immer nicht fasse, hoppeln läßt wie verrückt, diese Gegend sähe aus wie das Ende der ganzen Welt. Die Kurve kommt, die Kurve kommt, mit dieser Geschwindigkeit ist sie nicht mehr zu kriegen, auch wenn ich jetzt an die Bremsen griffe, ich wäre nicht mehr zu halten. Es wird mich über die Straße hinaus in die blauen Felsen schleudern, gleich da vorn, aber wo es nicht weitergeht, habe ich eine Chance zu fliegen. Ich kann die Hände jetzt ebensogut hinter dem Kopf verschränken und mir den Sturm ins Gesicht ziehn, während mein Hintern, den ich durch Aufstehen in den Pedalen entlaste, die Schläge der Straße entgegennimmt. Ich hüpfe wie die Nadel auf einer sich immer rasender drehenden Schallplatte, aber die Melodie ist verflogen in alle Winde. Ich atme ein bis an den Punkt, wo die Luft in der Lunge schmerzt, der Puls zu flattern beginnt, ich denke, daß zum Abflug Luft gehört, so viel Luft im Leib, wie ich schnappen kann, und hebe mich noch höher aus dem Sattel. So ist man in meinem Geschichtenbuch in die Schlacht geritten, als Held. Über ein kleines, so werdet ihr mich sehen. Und die ganze Zeit habe ich das Kinn dieses Mannes, Dr. Buitenhuis, nicht losgelassen, halte mich an diesem Kinn, zu dem mir das Gesicht fehlt, fest wie an einem Fels in der freien Luft.

Kennen Sie diesen Fall, Herr Doktor, sage ich, beim Autofahren: Sie haben einen Sender eingestellt und hören einen Vortrag über Kunstdünger. Da Sie weit fahren und gegen Müdigkeit kämpfen, hören Sie einfach alles, was kommt, vorausgesetzt, der Empfang ist gut. Dann zieht die Autobahn eine weiter nicht auffällige Kurve, und die eben noch deutliche Männerstimme reißt ab, es hat sie verschlagen. Dafür ist ein Klavierkonzert von Mozart da, fünf Takte genügen, und Sie sind in einer andern Welt, Sie sind in diese Musik geraten wie in einen Traum. Und wie ein Traum ist sie wieder weg, und die Geschichte mit dem Dünger geht weiter, als ob nichts gewesen wäre. Es mag für die Interferenz Gründe geben, die jeder Fachmann gleich nennen könnte, aber eben waren Sie selbst kein Fachmann mehr, sondern etwas ganz Unerhörtes. Diese fünf Takte haben Sie angeflogen, als gäbe es nie ein Ende des Wegs, oder als wären Sie immer schon angekommen. Sie haben nicht einmal mehr gespürt, daß Sie fahren. Plötzlich wird die Männerstimme mit ihrem Dünger unerträglich, Sie stellen das Gerät ab, ziehen es vor, nur noch vom Sausen Ihrer Karosserie begleitet weiterzufahren. Und siehe da, beim Sterben des Senders klingt es noch einmal auf, ein halber Takt Mozart wie eine Stichflamme, obwohl schon kein Strom mehr da sein kann. Aber ich habe Sie unterbrochen.

Ich habe nichts gesagt, sagt Dr. Buitenhuis, und jetzt sehe ich ein Paar Brauen, die sich zu einem Strich zusammenziehen.

Ich kann mich verhört haben, sage ich, aber mir war eben, als hätten Sie mich zum Tode verurteilt.

Allein werden wir Sie nicht lassen, sagt er, greift in seinen Arztkittel, wo die Pfeife sich abzeichnet, aber dann ballt er nur die Faust in der Tasche und zieht sie leer wieder heraus. Es geht zu seinem Instrumentenkasten, um ihn zu öffnen und wieder zu schließen, sein Handballen zeigt eine Spur von Asche.

Und Sie sind wohl auch sonst nicht ganz allein, sagt er weit weg, es gibt außerdem heute Psychotherapeuten –

Bleiben wir bei der Sache, sage ich mit Schärfe. – Doch, ich bin allein.

Ich werde Ihnen, sagt er und öffnet einen andern Schrank, etwas mitgeben, damit Sie gut schlafen können.

Ich habe Sie unterbrochen, sage ich, Sie wollten mir sagen, daß Sie sich überhaupt nicht vorstellen können, wie ich mit Ihrem Befund weiterlebe.

Wenn Sie es so ausdrücken wollen –

Wie wollten Sie es denn ausdrücken, aber ich unterbreche Sie ja immerzu.

Sie haben mich gar nicht unterbrochen, sagt er und schließt sein Schränklein wieder. – Wir können Sie natürlich überweisen – welche Kasse haben Sie?

Sie schauen auf die Uhr, sage ich.

Ich habe noch etwas vor, sagt er, ich muß zu einem Vortrag.

Es ist Feierabend, sage ich, ich habe Ihre Praxishilfen bereits gehen sehen, hübsche Mädchen, ich bin ziemlich sicher, daß die jetzt nicht, wie Sie, zu einem Vortrag gehen. Worüber wird denn vorgetragen?

Über Pompeji, sagt er und beißt sich auf die Lippe.

Sie beschäftigen sich auch mit Archäologie?

Er greift wieder nach der Pfeife in der Tasche, dann kurz entschlossen nach den Ärmeln seines weißen Mantels und zieht ihn mit heftigen Bewegungen vom Leib. Er wird die Pfeife doch nicht im Mantel lassen, nachdem er ihn an den Nagel gehängt hat; nein, das kann er nicht. Aber er steckt sie nur in seine zivile Rocktasche und sagt mit abgewendetem Gesicht:

Kommen Sie nun.

Sie haben Hunger, sage ich, und wollen sich den Hunger nicht durch Rauchen verderben. Und Sie haben schon manchen sterben sehen. Kopf hoch.

Das habe ich nicht gesagt.

Aber ich.

Ich möchte jetzt meine Frau anrufen, sagt er. – Verabreden Sie morgen etwas mit meiner Praxishilfe.

Ich kenne das Mädchen gar nicht.

Sie haben Ihren Humor nicht verloren, wie ich sehe.

Sie sehen nicht ganz richtig, sage ich, ohne mich zu rühren.

Im Anzug wirkt er kleiner als im weißen Mantel, die Locken lassen den Haarboden durchblicken, der weiter hinten am Kopf wie gebohnert erscheint, zum Reißen gespannt und rot wie seine Backen. Als wir noch von den Bergen redeten, zu Beginn unseres Gesprächs, hat er sich als Alpinist zu erkennen gegeben. Er hat seine Kräfte geübt an glatten Wänden, aber wie würde er sie notfalls gegen einen Verzweifelten einsetzen, weiß man denn, wozu ein Mensch in meiner Lage fähig ist? Das prüft er jetzt mit seinen schmaler gewordenen Augen. Vielleicht bin ich zum Äußersten fähig.

Rauchen Sie nur, sage ich.

An Ihrer Stelle, sagt er, würde ich mir heute abend auch etwas vornehmen.

Ich begleite Sie, sage ich, Pompeji interessiert mich auch, und wenn der Vortrag um neun beginnt, reicht es noch zu einem Schnellgericht über die Straße. Ich möchte Sie einladen.

Mona lacht.

Moment.

Die Decke mit dem Schottenmuster bewegt sich unaufhörlich im Halbdunkel. Mona kratzt sich, statt ruhig zu atmen. Auch Boudewijn hat ihr das Kratzen verboten. Ich schweige so lange, bis ich ihre Hände wieder sehen kann. Wie ertappte Kinder kommen sie hinter dem Schirm hervor, der mir Monas Gesicht verbirgt, rutschen ab, halten sich gerade noch an der hölzernen untern Leiste des Sofas, und ich sehe, wie der Zeigefingernagel am Daumennagel zu nagen fortfährt. Jetzt hat sie gelacht, zieht die Decke weg und setzt sich auf mit abgewendetem Gesicht.

Sie entschuldigt sich nicht mehr, wenn sie pißt. Sie nennt es nicht mehr »Wasser lassen« oder gar »das kleine Geschäft«, und sie schleppt sich auch nicht mehr zur Toilette hinüber. Ich soll diesen Laut im Nachtgeschirr hören, den herzhaften Strahl, laut bis zum letzten Nachdruck. Es dauert, bis sie sich hinter dem Wandschirm wieder eingerichtet hat, ihre Beine bauen ein Nest unter der Schottendecke. Ich warte, bis die Hände wieder auf diese Decke sinken und ihre Finger einander nicht mehr weh tun.

Du bist doch zum Vortrag gegangen. Wie hast du ihm das erklärt?

Ich möchte Sie jetzt nicht allein lassen.

Mona lacht zum zweiten Mal. Dreimal muß sie lachen.

Daß du ihn *nicht allein lassen willst?*

Wir standen einander gegenüber, er wollte zur Tür, und ich rührte mich nicht.

Ihre Frau begleitet Sie zu dem Vortrag, sage ich, das stört mich nicht, im Gegenteil, Ihre Frau ist mir empfohlen worden. – Ach ja, sagt er, und jetzt machen Sie bitte, daß Sie hinauskommen. – Obwohl ich hoffnungslos krank bin? – Ich kann Sie auch sonst nicht leiden, sagt er, wenn Sie's durchaus wissen wollen. – Warum denn nicht? frage ich ihn. – Um diese Frage, sagt er, ohne Härte zu beantworten, müßte ich viel reden, und dazu habe ich keine Lust. – Und wenn Sie es mit Härte versuchten? – Es gibt Leute, sagt er, die auch durch ihren nahen Tod nicht gewinnen. – Noch härter brauchen Sie nicht zu werden, sage ich. Sie dürfen mich behandeln. – Wie kommen Sie eigentlich auf mich? fragt er und räuspert sich. – Sie mögen keine unklaren Fälle von Patienten, sage ich, ich mag klare Fälle von Ärzten. – Dann rufen Sie morgen Fräulein de Groot an, sagt er, immer noch tief erstaunt, aber jetzt fürchtet er sich nicht mehr. – Ich will sehen, was ich für Sie tun kann, sage ich, jetzt habe ich einen Spaziergang verdient, und Sie ein Nachtessen, dann sehen wir uns wieder. Pompeji, darüber hört man nicht jeden Tag etwas Neues –

Und was machte er für ein Gesicht?

Ich habe es nicht mehr gesehen, sage ich, jetzt hatte er eine Pause nötig, und die Pfeife. Ich sah nur noch Rauch.

Und dann bist du zu mir gekommen.

Erst ging ich spazieren, sage ich.

An jenem Abend wäre ich mitgegangen, wenn du mich gefragt hättest.

Wohin?

An dem Abend wäre ich überallhin mitgegangen.

Ihre Hände liegen leicht auf der Decke. Sie hat kein drittes Mal gelacht. Bring mich zum Lachen, hat sie gesagt, dann übersteh ich den Rest der Nacht.

Wenn sich der Schmerz gelegt hat, wird sie die steile Treppe hinaufkriechen, auf allen vieren, die Schottendecke zwischen den Zähnen.

2

An dem Abend hat mich der nackte Himmel überfallen. Aschrosa, lilagrau, feuersteinhell. Plötzlich geraten Sie durch eine schmale Gasse in einen astronomischen Zustand hinein. Über den Dächern geht Ihnen ein Abgrund auf, der mit der Abnahme des Lichts klarer wird – nicht heller, nur klarer; zu durchsichtig für Sterne, bis auf einen, der aber zu rasch weiterfliegt und sich als Positionslicht eines Flugzeugs zu erkennen gibt. Ein Komet kann es ja wohl nicht sein –

Ein paar hundert Schritte ging ich ohne Gewicht, und es war Frühling. Meine Füße fanden den Boden, als käme er mir entgegen, dieses holprige, jetzt aber schimmernde Klinkerpflaster. Der Widerschein des Himmels lockte ein anderes, weicheres Licht aus dem Wasser der Gracht hervor, in dem sich die Äste der kahlen Ulmen spiegelten.

Ich bin es gewohnt, im Dunkel allein zu gehen, aber die

Geburt der Nacht hatte ich lange nicht mehr erlebt. Sie ereignete sich in einer großen Menschenleere, obwohl Amsterdam nach sieben Uhr hätte belebt sein müssen. Aber ich sah nur die nach allen Richtungen fortschreitende Abwesenheit.

Dr. Buitenhuis hätte in dieser Optik endlich die Zeichen des Schocks gefunden. Sie kennen die Wirkung des Morphiums auf einen Schmerz, den man meinte nicht aushalten zu können: nun trübt er sich langsam zu einem Wohlklang des Körpers. So ging dieser Abend in mich ein, nur war nichts Trübes daran. Ich war wach genug, jeden Grashalm, jedes Sandloch im Pflaster zu unterscheiden. Was ich wie eine Farbe am Himmel sah, war nichts anderes als Heiterkeit ohne Anfang und Ende, der sanfte Umsturz aller Tage in die Nacht.

Wann kommst du zu mir?

Ich hätte nur Ohr statt Auge sein müssen, um den Verkehr in der Leidse Straat zu hören. Natürlich kam auch auf der Herengracht hie und da ein Auto vorbei oder ein Fußgänger, aber für diese Tageszeit waren es wenige. Auch das Gaslicht unterstützte die Einbildung, daß ich in eine andere Zeit getreten war. In tiefer Nacht, das weiß ich, erhellt es nur den Fuß der mächtigen Ulmen. Auch die Häuser bleiben im Dunkeln, bis auf die paar Giebel, die eigens angestrahlt werden. Aber von weit her sind auch die übrigen Häuser, in denen nach Büroschluß keine Lampe mehr brennt. Es sind Anwalts- oder Arztpraxen wie die von Dr. Buitenhuis, Kontore, Lagerräume; nur aus den Souterrains fällt ab und zu ein Lichtschein auf das verwahrloste Pflaster, die eisernen Prellsäulen, die das bergseitige Trottoir vor Autos schützen –

Hier gibt es keine Berge.

Nun war ich schon von drei Ärzten zum Tode verurteilt. Eben darum war mir Amsterdam auch immer wieder neu. An dem Abend habe ich mich sogar über die geparkten Autos gewundert, die mir vorsintflutlich vorkamen, verirrte

Ungetüme. Auch über die Größe der Fenster habe ich mich nur wundern können, oder über ein hellbeleuchtetes, aber leeres Grachtschiff, das ohne Schwere zwischen den Spiegelflächen hintrieb, während die schwarzen Kähne an beschrifteter Mauer nur auf das Versinken zu warten schienen. Der Tabakladen, den ich betrat, schwankte wie ein Windlicht über dem Hauch von Bodennebel und erinnerte mich an einen bunten Stand, der stehengeblieben ist, wenn sich der Jahrmarkt schon längst verlaufen hat –

Es war erst sieben Uhr.

Ich hatte noch über eine Stunde Zeit bis zum Vortrag, zu dem ich mich mit Dr. Buitenhuis verabredet hatte.

Du lügst.

Ich sagte: Ich hatte mich mit ihm verabredet, nicht er sich mit mir. Ich wollte ja seine Frau kennenlernen.

Wozu?

Ich hatte Hunger.

Woher kanntest du sie?

Immer wenn mich ein Arzt zum Tode verurteilt, bekomme ich Hunger auf seine Frau.

Glaubst du, sie sagt dir dann etwas anderes?

Sie sagt mir auch etwas anderes.

So suchst du dir deine Ausreden.

So suche ich mein Futter.

Und wann kommst du zu mir?

Erst muß ich das Restaurant finden. Und eine Zeitung gekauft haben.

Eine Herald Tribune. Du hast dich gleich dahinter versteckt.

Bis ich Sie hörte.

Du hast mich nicht gehört.

Das Restaurant war nicht mein Geschmack: schon wieder elektrisches Kerzenlicht in einem überheizten, schon wieder menschenleeren Gewölbe. Aber ich bin es gewohnt, zu lesen und dann nichts mehr zu sehen. Und wenn es nach Kaffee riecht – auch wenn ich den Kaffee nicht anrühre –, dann riecht es nach Heimat in meinem Kopf. Ich hatte Sie schon beim Platzsuchen gesehen, aber beim Lesen vergessen. Jetzt machten Sie sich bemerkbar.

Du hast mich nicht gekannt. Du kennst mich nicht.

Auf den ersten Blick hätte man sie für eine Sekretärin halten können. Im Dorf wäre sie eine sofort auffallende Erscheinung gewesen, bis man, auf den zweiten Blick, die Tochter eines Nachbarn in ihr erkannt hätte, die in einer weit entfernten Stadt arbeitete, in einem Büro, einem Schönheitssalon –

Mona lacht, aber nicht so recht.

– und die jetzt ins Dorf zurückkam, um zu zeigen, daß sie fein geworden war, aber nicht stolz. Sie nimmt in Kauf, daß sie auffällt, aber sie ist keine Fremde, sie schämt sich ihrer bescheidenen Eltern nicht, sondern hat ihnen ein Parfüm mitgebracht.

Sag lieber, was du denkst.

Körpergeruch ist bei Ihrer Krankheit normal.

Kannst du mich riechen?

Nein, sage ich, Tote haben keine Nasen.

Aber Kaffee riechen sie noch.

Widersprüche sind nicht immer Lügen.

Ich hab geheult.

Ich hörte den Atem der Person, den sie beim Schlucken unterdrückte. Um keine Luft mitzuschlucken, hielt sie den Atem an. Aber auch ihr Atem schien der Person peinlich zu sein, denn sie atmete lautlos aus – *fast* lautlos. Zwei Tische von ihr entfernt konnte ich den unterdrückten Laut *hören*. Als ich merkte, daß ich darauf wartete, ärgerte ich mich. Ihr Schlukken war nicht selbstverständlich. Es rechnete mit Zuhörern. Ich hatte mich nicht in meine Ecke gesetzt, um Zeuge zu sein. Was berechtigte die Person dazu, ihre Anwesenheit beinahe zu unterdrücken, so daß mir auch das Weiterlesen nur noch beinahe gelang? Als ihr Atem lauter wurde, war es schon eher ein unterdrücktes Schnappen nach Luft. Und das Ausatmen ein unterdrücktes Stöhnen. Es klang wie Ääh – wenn es nur nicht so leise gewesen wäre.

So genau wolltest du es nicht wissen.

Ich las nur noch zum Schein. Es gab immer mehr zu unterdrücken. Es kam ein kurzer heftiger Laut, der zu verstehen gab, er habe sich nicht mehr unterdrücken lassen. Jedesmal, wenn er wiederkam, verwandte er mehr Hingabe auf sein Geständnis. Schließlich wollte das, was da locker geworden war, gar nicht mehr geschluckt werden, sondern ausgestoßen –

Seither hast du mich schreien gehört. Und schreien lassen.

Als ich sagte: Sie stören mich –, da hatten Sie mich erwischt. Da hatten Sie Ihren Erzähler.

Du *hast angefangen.*

Sie stören mich, habe ich gesagt. Aber ich blickte nicht auf. Ich gab ihr noch eine Chance zur Entrüstung, zum wortlosen Aufbruch. Zu spät. Ich hatte schon gehört: wer sie verletzt, den kann sie nicht mehr gehen lassen.

Hast du gedacht, daß ich krank bin?

So weit habe ich nicht gedacht.

Dann hättest du dich nicht geärgert?

Ich ärgere mich nicht mehr.

Du wirst dich wieder ärgern. Wenn ich gesund bin, fährst du mir aus der Haut.

Das ist die Drohung mit der Lancia. Der neue Wagen, der unbedingt grün sein mußte, aber grün nicht am Lager war, wurde gestern ausgeliefert. Gerrit hat ihn übernommen und an seinen Platz gefahren: auch dieser Platz in der Tiefgarage ist Gerrits Geschenk. Am Abend kam er vorbei, um ihr die Schlüssel zu überreichen, Schlüssel zu einem neuen Leben, die Mona um den Hals trägt, Tag und Nacht. Mit diesem Husten fährt sie noch nicht. Aber wenn sie gesund ist, dann wird sie mit mir fahren, daß ich das Fürchten lerne.

Die Sicca hatte ich damals schon. So fing es an. Darum habe ich getrunken. Darum hast du mich gehört.

»Sicca« ist das Wort für Monas zunehmende Schwierigkeit beim Reden. Unsere Ärzte haben ihr künstlichen Speichel verordnet. An Tabletten nimmt Mona nur das Notwendigste.

Sie läßt die häßlichen Namen weg und unterscheidet sie nach Farben. Gib mir Gelb, sagt sie, für Grün ist es schon zu spät.

Der Salon ist hell genug, daß ich Gelb von Grün unterscheiden kann. Langsam kommt die magere Hand hinter dem Wandschirm hervor, der mir Monas Gesicht verbirgt. – Weil du's bist, sagt sie. – Ich höre sie wieder schlucken. Das Ääh danach kann man jetzt keinen *unterdrückten* Laut mehr nennen.

Warum schauen Sie mich nicht an?

Ich weiß, habe ich geantwortet. Sie waren gerade mit Weinen beschäftigt und ich mit Lesen. Es gab keinen Grund, einander zu stören.

Du warst sehr bitter.

Damals haben Sie mich noch gesiezt.

Weil ich noch nicht genug getrunken hatte. Ich habe dir gleich angesehen –

Sie konnten mich hinter der Zeitung gar nicht sehen.

Als du hereinkamst. Du hast gar nicht gut ausgesehen.

Es kann nicht nur gutaussehende Männer geben.

Ja, das hast du gesagt.

Und Sie fanden es schon damals lustig.

»Cushing-Syndrom« nennt Professor Smolders den Zustand ihres Gesichts. Mona sagt: Das kommt von den Hellblauen. Dieses Gesicht wird vorübergehen, aber so lange brauch ich es nicht anzusehen.

Man soll Cortison nicht mit Whisky zusammen nehmen, aber heute trinkt ihn Mona ja auf ihre Gesundheit. Ihr zweites Lachen, mit dem sie sich dafür entschuldigt, mich an unserem ersten Abend keinen gutaussehenden Mann gefunden zu haben. Bloß tiefe Falten habe ich um den Mund gehabt, ein Magengesicht. Und bei dieser Beleuchtung hätte jeder grün ausgesehen.

Schlafen Sie jetzt.

Sie halte nichts mehr von gutaussehenden Männern. Kees zum Beispiel –

Auf Monas Schlaf ist wenig Verlaß. Er geht so leicht wieder, wie er gekommen ist. Der Schlaf der Kranken wird ja auch Dämmern genannt. Dunkel braucht es in Monas Salon nie zu werden. Die Lampe draußen wirft Bühnenlicht an die Decke. Die Schatten der Zweige liegen breit und verschwommen auf dem weißen Stuck. Es muß fast windstill sein. Dennoch geht eine Regung durch den Raum, ein Reflex des Grachtwassers vielleicht. Der Salon schwebt, als befänden wir uns in einem Ozeandampfer; wenn sich doch plötzlich die Zweige rühren, sitzen wir in einem Luftschiff. Aber der Boden ist fest, das weiß ich. Das Parkett ist mir schon so vertraut, daß ich die knarrenden Stellen wie im Schlaf vermeide. Ich könnte mich in meinen Keller schleichen, aber Mitternacht ist noch nicht vorbei, und der tiefe Schlaf Monas kommt, wenn er kommt, erst in den Morgenstunden. Cortison macht müde, aber es tötet den Schlaf.

Lesen Sie doch weiter, hab ich gesagt.

Ein Tropfen war auf dem Puderbelag der Wange nicht weitergekommen und schien zu zittern. Aber es war der Hals der Frau, der zitterte, ein langer, leicht gebogener Hals mit großporiger Haut, unter der ich den Puls schlagen sah. Ich schluckte mehrmals, dabei schlossen sich ihre Augen etwas länger als nötig und ließen blaue Bemalung sehen, und die Leere der Erschöpfung. Es war ein kindliches, damals noch volles Gesicht, bemalt wie das einer sanften Wilden; das kupferrote Haar hielt ich für gefärbt. Es war hochgesteckt und zu einem Geflecht verfestigt, nur über Stirn und Ohren fielen einzelne matt gewordene Strähnen heraus. Der Mund, den sie nicht geschminkt hatte, war breit und etwas geöffnet, die Lippen lächelten bis auf die Winkel, die sich nicht recht heben wollten. Ihre Maske war aus der großen Welt, aber ihr Gesicht nickte treuherzig und zutraulich. Eigentlich war es die Schwere ihres großen Kopfes, das Übergewicht der Stirn, das Mona nicken ließ. Erwachsen war nur ihre Stimme, wenn sie vergaß, sie klein zu machen; sie hatte eine tiefe Resonanz, die nicht zu ihrem schmalen Körper paßte.

Wo komme ich her?

Sie haben eine Reisetasche bei sich, also kommen Sie von einer Reise.

In der Tasche ist meine Uniform.

Aber Sie tragen ja schon Uniform. – Mona lacht, wie damals; jetzt lacht sie schon besser.

Mode ist wohl nicht Ihre Stärke. Was glauben Sie denn, was ich bin?

Soldat.

Sie lachte nicht mehr und sah mich an, von einem Auge ins andere.

Ich bin AFA.

Klingt wie Weltraumfahrt.

Luftfahrt genügt mir.

Also sind Sie Hostess.

Gerrit wollte nicht mehr, daß ich fliege. Danach nahmen sie mich nur noch als AFA, Assistant Flight Attendant.

Sind Sie Witwe? – Ja, da haben Sie gelacht.

Gerrit würde nie eine Frau zur Witwe machen. Der geht vorher. – Ich bin vierzig gewesen, Sie brauchen nicht zu raten. –

Sie beugte sich über die Tasche mit dem KLM-Signet, holte eine Klarsichtmappe hervor und reichte sie mir herüber. Während ich das oberste Blatt betrachtete, zündete sie sich eine Zigarette an.

Mein Testblatt.

Ich kann's nicht lesen.

Kreuze kann jeder lesen.

Jetzt setzte sie sich neben mich.

Meine Frisur: da. Total ungenügend. Und das ist die Uniform. Ebenfalls.

»Sicherheit im Auftreten«, »Arbeitsrhythmus«, »Organisation der Arbeit«, »Zuverlässigkeit«, »theoretisches Wissen« –

Bloß ungenügend.

Sie behielt den Rauch beim Reden in der Lunge und achtete darauf, daß er mir nicht ins Gesicht stieg.

Aber in der ersten Kolonne ist auch was angekreuzt, sagte ich.

»Betreuendes Verhalten«, »Hilfsbereitschaft«, »Takt«. Was sonst.

Sie atmete kurz bis zum nächsten tiefen Zug an der Zigarette.

Nett, aber blöd, taktvoll, aber unordentlich. Wenn ich jünger wäre, würde das reichen. – Rauchen Sie?

Danke.

Danke ja?

Nein.

Sind Sie immer so undeutlich?

Da ich schwieg, sagte sie nach einer Weile:

Sie hätten mich also auch bei »Takt« durchfallen lassen.

Ich qualifiziere niemanden.

Was machen Sie beruflich?

Ich bin Gutachter.

Das sieht man. An Ihrem scharfen Blick.

Ich habe nur noch ein Auge.

Jetzt hat sie zu atmen aufgehört.

Ich bin tot.

Wie meinen Sie das?

In ihren aufgerissenen Augen seh ich's aufsteigen, das Kreuz für Hilfsbereitschaft, betreuendes Verhalten, Takt.

So sehen Sie gar nicht aus.

Schlecht, grün.

Ach Unsinn. – Was begutachten Sie denn?

Bilder.

Die Sorge um ihre Brauen vertiefte sich. Sie drückte die Zigarette aus. Nach einer Weile sagte sie:

Kennen Sie Kees van Enden?

Sie war nämlich mit Kees van Enden befreundet, einem Maler. Sie hatte ihn auf dem ersten Jumbo-Flug nach New York kennengelernt. Es war ein Flug mit geladenen Gästen, unter denen sonst kein Künstler war. Auf einem Jungfernflug herrscht eine besondere Atmosphäre. Der Kontakt mit den

Gästen ist weniger beiläufig, es wird erwartet, daß man sie unterhält. Schließlich ist auch Presse an Bord. Kees hatte sie nicht mehr von seiner Seite gelassen. Sie sind ja ein Mensch! hatte er gleich gesagt. Während der Film lief, hatte er ihr vom Zirkus erzählt, mit dem er herumgezogen war, um die Tiere nicht nur in der Manege zu erleben. Und diese Menschen am Rande der Gesellschaft nicht nur im Flitterkostüm. Er hatte im Wagen mit ihnen gewohnt. Dabei war ihm das Ewige Gesicht der Fahrenden aufgegangen, und endlich konnte er das zeichnen, was er schon immer gewußt hatte –

Sie spürte meinen Vorbehalt, wurde warm und energisch bei der Verteidigung ihres Meisters. Sie hatte ihn von innen kennenlernen dürfen. Es zeigte sich, daß er in New York ein Loft besaß, auch wenn er auf die Bowery spezialisiert war. Ein Maler wie Kees brauchte natürlich Distanz zum Abfall der Großstadt, um ihn zu *sehen* und nicht erstickt zu werden. Sie verstand ohne Worte, daß er auch Distanz zu den Menschen brauchte, gerade solchen, die ihm nahegingen. Und sie war ja ein Mensch!, und so hatte sich aus einer Passion eine Freundschaft entwickelt, um deren Pflege sie besorgt geblieben war, auch in den Jahren ihrer Ehe mit Gerrit. Bitte, versteh, Mona, hatte Kees van Enden zu ihr gesagt, und sie hatte ihn immer wieder verstanden. Und ich hatte wenigstens erfahren, wie sie hieß.

Fliegen macht müde.

Sie sah mich durch ihre Haarsträhne an, als müßte die endlich weggestrichen werden, aber wir waren nicht auf einem Atlantikflug. Fliegen mache müde, und wenn man am müdesten sei, schlaflos. Der Jetlag sei ja nie richtig aufzuholen. Er schlage jedem biologischen Rhythmus ins Gesicht. Kees zum Beispiel rühre nach einem Atlantikflug sieben Tage keinen Pinsel an und spüre sein Herz. Einmal habe er einen Hopi-Indianer im Auto mitgenommen. Der habe ihn schon nach einer Stunde Fahrt gebeten, unter einem Baum anzuhalten, damit die Seele nachkommen könne. Wo die Seele bei einer Hostess bleibe, wolle die Gesellschaft nicht wissen. Ihr genüge das todsichere Lächeln. Soldat, habe ich gesagt. Das sei gar nicht schlecht.

Ihren Mann hatte sie übrigens auch im Flugzeug kennengelernt. Gerrit sei im Immobiliengeschäft. Eine Frau mit einer Million fliegt nicht mehr, habe er gleich gesagt. Er habe sich öfter als Million bezeichnet. Dabei habe er selbst nie genau gewußt, was er habe, viel mehr, oder gar nichts, oder eine Million Schulden. Bei den vielen Handänderungen und Spekulationen habe es auch finanziell nie klare Verhältnisse gegeben. Aber: du fliegst mir nicht mehr, das war ein klarer Satz. Anfangs hatte sie alles für ihn getan. Aber das schätzte er gar nicht. Er merkte es ja nicht einmal. Dafür war er zu selten da. Manchmal hatte sie das Gefühl, er wisse gar nicht mehr, in welcher Wohnung er sie verlassen habe. Mit seinen Objekten in Hamburg, Ischia, auf den Azoren, sogar in Reikjavik. Manchmal habe er Mona mit einem falschen Namen angeredet und ihr dafür später ein Orchideenbouquet geschickt. Er habe immer Heimweh, das sei das Unglaublichste an ihm. Er handle gar nicht mit Häusern, er kaufe sie jedes Mal für sich. Er habe noch nie ein Stück Boden gekauft ohne das Gefühl: hier müßte man wohnen! Aber um anderswo noch besser zu wohnen, müsse er immer wieder verkaufen. Am Ende verwalte er seine Häuser nur noch und wohne im Hotel. Eigentlich sei auch Gerrit ein Künstler, und wenn man ihn jahrelang kenne, müsse man ihn mögen, es bleibe einem gar nichts anderes übrig. Nur mit ihm leben könne man nicht. Seit sie geschieden seien, komme er immer wieder, es ziehe ihn einfach zu ihr zurück. Jetzt sei sie erst recht die Heimat für ihn geworden. Mindestens dreimal die Woche stehe er da. Natürlich habe sie längst wieder zu fliegen angefangen. Seit sie selber verdiene, könne sie sich wieder etwas schenken lassen. Jetzt gehöre sie auch zu den Frauen, denen Gerrit ein Auto schenke.

Wo leben Sie jetzt? frage ich.

Herengracht 1001, in einem alten Patrizierhaus. Hier hätte Gerrit selbst am liebsten gewohnt. Aber gerade dieses Haus sei nicht zu kaufen gewesen. Er konnte der Agentur bieten, was er wollte, die sagten nur, dem Besitzer bedeute das Haus mehr als Geld. Dabei wollten sie nicht einmal seinen Namen kennen.

Rulman Merswin Gezaghebber, sagte ich.

Sie hatte das Whiskyglas schon am Mund und setzte es wieder ab.

Mein Auftraggeber, sagte ich. Ich habe ihn auch nicht kennengelernt. Wir verkehren schriftlich. Aber ich weiß, wo Sie wohnen. Da wohne ich auch.

Ihre Augen strengten sich an, klar zu sehen.

Da wohnt aber niemand. Ich bin allein.

Sie vergessen das Souterrain.

Da ist nichts. Ein Papierlager, vermietet an eine Drukkerei.

Eine Tiefdruckanstalt. Sie gehört ebenfalls Gezaghebber.

Aber da wohnt doch keiner.

Keiner ist übertrieben. Wohnen auch. Aber ich schlafe in Ihrem Keller.

Die Läden sind immer geschlossen!

Wenn sie offen sind, sagte ich, schauen Sie nicht hin.

Sie nehmen mich auf den Arm. Ich hätte Sie doch gehört!

Ich höre Sie, sagte ich.

Sie starrte mich an.

Das gibt es doch nicht!

Tagsüber schlafe ich, sagte ich. – Ich arbeite nachts. Ich führe ein stilles Gewerbe.

Was tun Sie denn da?

Ich nehme Blut, habe ich gesagt. –

Ich habe dir kein Wort geglaubt. Und jetzt kannst du mir ja erzählen, was du willst.

Ihre Hand kommt hinter dem Papierschirm hervor, tastet nach dem Tischchen. Dann setzt sie sich auf, dreht sich weg und beugt sich über das Glas, als müsse sie es schützen. Ich rieche: diesmal ist es Tee. Das Sitzen strengt sie an. Ein

Schauer läuft über den grauen Kleidrücken, der bei Licht hellblau wäre. Nur das Rot des Haars wird auch im Dunkel nicht schwarz. Es ist dünn geworden, fällt lose, versteckt die Schädelform nicht mehr. Aber sie trinkt gar nicht. Die aufgestützte Haltung sieht eher nach einer stillen Kraftprobe aus.

Und dein Auftrag?

Mein Auftrag, sage ich, läßt mir so viel Zeit, wie ich mir nehme. Ich habe keine Termine mehr.

Was soll ich mit deinen Geschichten!

Sie bleibt immer noch auf ihren Arm gestützt, der heftig zittert. Dann läßt sie sich fallen, als hätte sie jemand gestoßen, und stöhnt.

Wenn ich deine Geschichten nötig hätte, könnte ich gleich mein Testament machen.

Was würden Sie denn hineinschreiben?

Von mir hast du nichts zu erwarten. Ich lebe vom Krankengeld und von Gerrits Alimenten.

Sie haben ein paar originale van Enden, sage ich und deute auf die große Tigernummer an der Wand.

Den findest du doch Scheiße.

Den Wandschirm hier nähme ich schon.

Und die Lancia?

Ich möchte lieber mit Ihnen fliegen.

Das wirst du auch. Bevor du mich zu Tode geredet hast, fahre ich dich mit 150 Sachen gegen einen Baum.

So wird das also mit unserer ersten Ausfahrt.

Wenn ich nicht gesund werde, wird das so.

Die Wette gilt.

Sie glaubt nicht an meinen Tod. Solange ich nicht für mein Leben fürchte, hält sie ihr Leben für sicher. Aber lachen wird sie heute nicht mehr. Ich küsse ihre Hand, das hat sich so eingebürgert, und schließe die Vorhänge bis auf einen Spalt. Und wie jede Nacht bleibe ich noch einen Augenblick an der Tür stehen.

Bist du noch da?

Nein.

Ich husche aus der Tür, nicht aus dem Fenster. Ich will kein schlechter Traum für sie sein.

3

Ich lege Ihnen, Mijnheer, kein Menschenbild zu Füßen, um Ihrem Auftrag zu genügen. Mona soll es nicht werden, das Stilleben, das Sie sich wünschen. Sie mögen es als Überheblichkeit betrachten, wenn ich die Kranke ohne mich für verloren halte. Mit mir mag sie es ja nicht weniger sein. Aber sie unterhält sich besser dabei. Diesem kleinen Unterschied zuliebe versäume ich Ihren Auftrag, Mijnheer. Ich nehme in Kauf, daß die Kranke sich den kleinen Unterschied mit demjenigen zwischen Mann und Frau erklärt, von dem vorübergehend kein anderer Gebrauch zu machen ist. So läßt sie mich erzählen. Kommt Zeit, kommt Rat, mag sie denken. Und sollte diese Zeit nicht kommen, so machen auch trügerische Hoffnungen eine Frist eher zur Gnadenfrist.

Sehen wir zu, Sie, der Blinde, ich, der Tote, ob unsere Geschichte sich zum Bilderhandel entwickelt, wie Sie es wünschen, oder zum Roman nach Monas Erwartung. Da sie mit ihrer Lebenserwartung zusammenfällt, hat sie starke Gründe für sich. Starke? – leider nein, Mijnheer, sehr gebrechliche, die ich aber Lust habe, zwingender zu machen. Und da ich nie ganz sicher sein kann, Ihren Kunstsinn richtig zu deuten – Sie sind reichlich abwesend –, möchte es ja sein, daß es Ihnen gefällt, diese schwachen Gründe der andern Seite zu stützen, damit das Spiel nicht zu ungleich werde.

Ist die Erwartung vermessen, daß ein lebender Mensch Ihre Neugier am Ende stärker befriedigt als ein Bild? Sie haben mich zu »Ihrem Auge« ernannt. Wäre Ihre Blindheit so zu deuten, daß Sie einer neuen Sicht bedürftig sind, so diente ich Ihnen ja sehr schlecht, wenn ich Ihren Auftrag so erfüllte, wie Sie ihn zu erteilen beliebten. Dann wäre ich Ihnen die *Überra-*

schung schuldig, nichts Geringeres. Und damit Sie mich nicht für einen Roßtäuscher halten (ich bin freilich schon für Schlimmeres gehalten worden): wollen wir die Überraschung daran erkennen, daß sie für mich nicht kleiner sein darf als für Sie?

4

Ja, Mona, es ist weitergegangen. Sie sind so weit gegangen, mich zum Nachtessen einzuladen. Wir haben das Haus Herengracht 1001 zwar schon vorher bewohnt, aber an diesem Abend haben wir es in der Gegenwartsform bezogen, mit der wir Ihre Krankheit behandeln. Diese zeigte sich damals noch nicht, so gut wie gar nicht, und dafür brauchen Sie mein Wort, bis heute.

Unser Haus ist schmal, wie die alten Häuser in Amsterdam eben sind, und heute werde ich es kennenlernen, denn ich bin von Frau Mona zum Nachtessen eingeladen. Nach Einbruch der Dämmerung sei ich frei, habe ich ihr gesagt, worauf sie mich verwundert anschaute. Aber jetzt ist es soweit.

Ich habe mich schwarz angezogen, vergesse die Blumen, weiße Kallas, nicht, verlasse meinen Keller und klopfe zum ersten Mal an die obere dunkelgrüne Tür. Ich lasse den schweren Ring im Maul des bronzenen Löwenkopfs fallen. Dann höre ich Schritte, beschwingte Schritte, und mir wird aufgetan. Ich sehe Frau Mona mit heruntergelassenem Haar und einer geblümten Schürze über dem kurzen stahlblauen Seidenkleid. Ihr Gesicht ist gerötet, sie ist schon jetzt eine fröhliche Gastgeberin. Sie könnte, denke ich, wie sie vor mir hergeht, sehr gut eine große Dame sein; sie ist ja auch einen Kopf höher als ich, den das offene rote Haar noch mächtiger macht. Freilich haben ihre Stiefel auch sehr hohe Absätze. Ja, sie hat befremdlicherweise ihre Stiefel auch im Hause an, diese sehr wenig häuslichen schwarzen Lederstiefel, in denen man, wenn man nicht wanken oder gar fallen will, einfach großzügig gehen muß.

So haben wir den Korridor in wenigen Schritten durchmessen. Sie hat mir ja auch keinen Mantel abnehmen müssen. Es genügte, daß sie mir herzhaft in die Augen blickte und dann, mit einem kleinen Schrei, meine gewaltigen Blumen entgegennahm, die ausgezeichnet zu ihrer Erscheinung paßten, auch wenn ihr Schrei, wenn ich recht gehört habe, Schrecken ausdrückte. Kallas sind nicht jedermanns Blumen, ich kann mich in ihrem Geschmack getäuscht haben. Aber gleich werde ich ja sehen, wie sie ihre Wohnung eingerichtet hat.

Schön, sage ich, während sie mich in den Salon vorausgehen läßt, bis sie die Blumen eingestellt habe. Es ist ein wirklicher Salon, schmal, aber tief. Vorne die großen Fenster ohne Gardinen, an die ich mich gleich stellen werde, um auf die Gracht hinunterzusehen. Aber vorher bewundere ich den ebenfalls gläsernen Schrank, eine fast raumhohe Vitrine, die die hintere Schmalseite abschließt und eine Sammlung kleiner merkwürdiger Gegenstände, die ich auf einmal gar nicht überblicken kann, taghell beleuchtet. Ich muß an ein Aquarium oder die Ausstellung einer alten Kultur denken, denn solches Licht aus verborgener Quelle, in dem die Gegenstände fast zu körperlich wirken, kenne ich sonst nur aus dem Museum. Sie stehen in einem fast überirdischen, aber durchaus nicht scharfen, gleichmäßigen Licht, als wäre hinter diesem Glas aus heller Nacht ein fremder bläulicher Morgen aufgegangen.

Aber da ich mich über dieses Augenspielzeug noch werde unterhalten müssen, mache ich mir lieber erst ein Bild des ganzen Raums, in dem ich mich, vielleicht wegen des bühnenhaften Parketts, herumzugehen scheue. Es ist, von einem großen Eisbärenfell abgesehen, blank bis an alle vier Wände, verbreitet eine eigentümliche Leere, über der die wenigen zierlichen Möbel zu schweben scheinen. Empire, wenn ich recht sehe. Die Tischchen und Stühle wirken zerbrechlich und fleischlos, wer sich auf sie setzen will, wird sehen müssen, wie er sich hält. Das Sofa zeigt, wie die übrigen knappen Polster, ein grünrosa Streifenmuster. Es sieht so aus, als könne man mit Lehnen und Armstützen etwas Praktisches anstellen, wenn man die rechten Griffe kennt. Diese Griffe müssen wohl behutsam sein.

Zwei Jagdhunde aus Porzellan, der weiße auf den Hinterläufen hoch aufgerichtet, der dunkle ruhig, aber aufmerksam liegend, den Kopf mit aufwärts schielenden Augen auf die Vorderpfote gedrückt, bewachen eine weiße Säule, auf der ein Gebüsch mit grau fallenden Blattsträhnen und hohen hellgrauen Blütenständen gedeiht. An den Wänden hängen eine alte Weltuhr, ein Seestück, eine gemalte Kopie von Vermeers Blauer Magd. Wäre da nicht außerdem eine mäßig moderne Grafik – eine Tigernummer im Zirkus –, wären die zwei grauen Lautsprecher nicht, die braunen Körner der Hydrokultur im Säulentopf, ein Halogen-Lichtstab neben der Sitzgruppe, die jüngste Zeit wäre an diesem Raum vorübergegangen, und die Schritte, mit denen ich umhergehe, müßten noch leiser sein. Aber das Parkett reagiert auf jede Berührung. Ich wundere mich, daß ich in meinem Keller zwar Stimmen und Musik, auch starkes Hämmern, aber niemals Schritte über meinem Kopf vernehme.

Ich umgehe das geöffnete, schwarz lackierte Maul des Eisbären, trete ans Fenster. Die Gracht ist schwarz und still, die Bäume auf der andern Seite spiegeln sich bewegungslos und kaum verzogen im Wasser, das an Teer denken läßt. Die Nacht wird noch eine Weile hell bleiben. Hie und da zirkuliert ein Fahrrad, geräuschlos wie ein Nachtwächter, und man hört die Autos einzeln durch versteckte Straßenzüge fahren. Wäre der Himmel nicht entzündet, man glaubte nicht, in einer großen Stadt zu sein. Ich stehe am Fenster wie in einem Glaskasten, wer mich hier stehen sieht, muß denken, ich bewohne eine Laterne. So ziehe ich mich, ohne diesen Eindruck ganz verscheuchen zu können, in den Raum zurück, setze mich auf einen Stuhl, betrachte die Porzellanhunde, bekomme einen Geruch wie Curry und Mango in die Nase und warte.

Da ist Frau Mona ja wieder. Die Kallas, die sie in eine schwarze Jugendstilvase gestellt hat, passen, sie sind genau das Richtige, sie sagt es selbst. Sie strahlt schon wieder, setzt sich zu mir, steht sofort wieder auf, um Gläser zu holen, Sherry, von dem sie gefragt hat, ob ich ihn möglich finde. Sie geht, kommt und geht gleich wieder, um nach ihrem Gericht zu sehen. Sie zeigt einen gemessenen Übermut. Ihr Gesicht ist rot geblieben. Sie habe, sagt sie, lange keine Gäste mehr gehabt. Vielleicht wird sie morgen schon wieder zum nächsten Flug aufgeboten, das weiß sie nie. Es ist ein unruhiges Leben. Das ist eigentlich kein Haus für eine berufstätige Frau, sie kommt kaum dazu, dieses Haus zu genießen. Aber ich verstehe, es ist ein stehengebliebener Raum der Erinnerungen, ein Luxus aus einer endgültig vergangenen Zeit. Da sie das Glück hier nicht mehr lange bezahlen kann, als Alleinstehende, wird es nicht mehr lange dauern, aber solange es dauert, ist sie entschlossen, es zu genießen. Heute abend wird sie nicht mehr an Umzug denken. Als wir trinken, hebe ich mein Glas gegen die Porzellanhunde, dann ist es gleich nicht mehr so feierlich oder gar traurig, und Frau Mona freut sich, daß sie schon wieder lachen kann.

Neben dem Salon liegt das Eßzimmer. Eigentlich ist es die Küche, die in einen zwei Stufen niedriger gelegenen Eßplatz beim Fenster übergeht. Dem mächtigen Tisch aus Teakholz und den vierschrötigen Stühlen kann man die Behaglichkeit direkt ansehen. Ja, wir betreten hier eine andere, eine skandinavische Welt. Die Wände der Küche sind mit einem feurigen Dunkelblau gekachelt, der halbhohe Tresen, der sie vom Sitzplatz trennt, zeigt Sichtbackstein von apartem Braunlila, und die Wände der Eßnische sind rohes Holz. Auf beiden Seiten hängt je eine dekorative Luftaufnahme ohne Reklameaufdruck, gerahmt mit Birkenholz. Kein Poster also, sondern die Originalvergrößerung des Fotografen, mit dem Frau Mona schon geflogen ist. Ich rühme auch die Gardinen, die aber, wie Frau Mona betont, keineswegs aus schwerem Stoff, nur aus gewöhnlichem Nessel sind. Tatsächlich lassen sie die Uferlichter schwach durchscheinen, ein freundliches Zeichen, das einem nicht das Gefühl gibt, gefangen zu sein. Zu rühmen bleibt auch die Übereinstimmung der grün-blau-orangen Vorhangstreifen mit den gleichfarbigen, aber schmaleren Streifen der Tisch-Sets und dem feuerfarbenen Geschirr.

Der Tisch, der sich bestimmt vergrößern läßt, ist auch so noch reichlich groß für zwei Leute. Etwas verloren säßen wir daran, wenn Frau Mona nicht wieder aufgesprungen wäre und die Kerzen angezündet hätte, schwarzblaue Kerzen, die sofort ein vertrautes Licht verbreiten und die nicht schon eher angezündet zu haben sie bedauert. Dann springt sie die beiden Stufen, die, wie alle Böden im Eßraum, mit braunem Teppich bespannt sind, zur Küche hinauf und nimmt den großen Kochtopf vom Herd. Der Tresen ist nur die Verlängerung eines Herdes, an dem man, wie eine Königin über die Gäste erhöht, hantieren kann. Ich bin der einzige Gast, worüber Frau Mona sich heute sehr glücklich zeigt. Sie nimmt den schweren Deckel vom gußeisernen Topf, vergewissert sich, indem sie die Gabel zum Mund führt und zunächst nach oben, dann heiter zu mir herunterblickt, daß das Nasi Goreng bereit sei. Sie erlaubt sich, mir direkt auf den gewärmten Teller zu schöpfen, und kommt mit beiden Tellern heruntergeschwebt. Zuvor hat sie ihr Schürzchen abgelegt, um jetzt nicht mehr häuslich, nur noch festlich zu sein. Es gibt heißen Reiswein zu ihrem Nasi Goreng, ich könnte mir aber auch Bier wünschen. Sie hat alles, auch den wunderbaren roten Salat, auf dem Tresen schon bereitgestellt. Sie braucht nicht mehr in die Küche zu gehen und benützt die Hilfe nicht, die ich anbiete. Ich darf sitzen bleiben, während sie eins ums andere vom Tresen holt und mit einer Drehung aus der Hüfte auf dem Tisch absetzt.

Ich sehe sie förmlich eine ganze Reihe von Passagieren mit ihren Lunchtabletts bedienen, darf mir aber wohl einbilden, daß dann ihr Lächeln nicht so privat wäre. Die Eßküche erinnert überhaupt ein wenig, vielleicht wegen der künstlerischen Luftaufnahmen, aber auch wegen des Tresens, an ein fliegerisches Interieur, ein behagliches KLM-Büro, wo man sich als Kunde wie zu Hause und zugleich schon ein wenig in der Luft fühlt. Frau Mona füllt mir das Sake-Becherchen, es dauert eine Weile, bis ich auf die Idee komme, das ihre zu füllen. Aber so ist es Brauch, und ebenfalls, daß man das kleine Gefäß bis zur Neige leert, wenn man es mit einem Wort, das ich für indonesisch halten muß, gehoben hat. Es ist aber chinesisch, wie mir Frau Mona erklärt, und ein vorzügliches Mittel gegen die Spur von Befangenheit, die eben aufkommen wollte.

Ich werde gebeten zuzugreifen, und bitte meinerseits darum. Wir unterhalten uns über das Essen und stellen fest, daß wir ein so förmliches Essen nicht mehr gewohnt sind. Frau Mona hat Mühe zu verbergen, daß sie eigentlich keinen Appetit hat. Er vergeht ihr einfach, wenn sie kocht, und darüber ärgert sie sich, denn sie kocht ja sehr gerne. Plötzlich, wenn sie allein ist, hat sie Hunger, einen unerklärlichen Hunger, und ißt dann drei, vier Käsebrote hintereinander. Dabei bleibt sie am Kühlschrank stehen, um kein Aufhebens von diesem Heißhunger zu machen, und liest womöglich die Zeitung dazu. Sie bestätigt, daß sie nicht zunehme. Sie sei ein schlechter Futterverwerter und werde darum beneidet, obwohl sie lieber weniger Heißhunger und mehr Freude am Essen hätte. Wahrscheinlich kämen sie von der Hast, vom Streß, diese schlechten Gewohnheiten, und seien nicht von heute auf morgen abzulegen, auch wenn sie sich tausendmal sage, daß sie als AFA jetzt mehr freie Zeit habe. Es werde jetzt nicht mehr dauernd etwas von ihr erwartet, aber eben dies sei so ungewohnt. Mich habe sie, ehrlich gesagt, auch für einen schlechten Esser gehalten, aber es tue ihr gut, wenn ich ihr das Gegenteil beweise. Dann müsse es ja wohl schmecken.

Es sei ein balinesisches Rezept, keins aus dem Kochbuch, sondern aus dem Dorf, an der Quelle geschöpft. Sie habe zugesehen, wie die Frauen es bereitet hätten, übrigens bei einem Totenmahl, was meinem Appetit hoffentlich keinen Abbruch tue. Ja, man müsse auch einmal zu genießen wissen. Das bringe sie darauf, nämlich das Totenmahl, daß ich mich selbst scherzhaft als Toten bezeichnet habe. Darüber habe sie nachgedacht. Aber wenn ich nicht davon reden wolle, es gehöre ja auch nicht hierher, wolle sie mir nur sagen, daß ich heute gut aussehe, echt gut. Übrigens sei auch das Leichenmahl, an dem sie habe teilnehmen dürfen, eine muntere Sache gewesen, obwohl sie die Totenverbrennung ein starkes Stück gefunden habe, aber davon brauchten wir wirklich nicht zu reden. Nein, mit dem Sake warte sie noch ein wenig. Sie bekomme neuerdings so schnell Kopfweh, vom Nichtstun vermutlich. Ohne Streß fehle ihr direkt etwas. Da lebten die Leute auf Bali schon anders.

Und zum Staunen sei es, wie die ihre Bräuche hätten rein halten können, obwohl sie von Touristen nur so überschwemmt würden. Aber das scheine nur so. Sobald man den Strand verlasse, etwas nebenraus fahre, was freilich wegen der Fahrweise der Leute lebensgefährlich sei, fühle man sich in einer andern Zeit. Die Menschen ließen sich ihre alte Kultur von uns nicht nehmen. Wahrscheinlich weil sie diese Kultur so lange gegen die Mohammedaner hätten festhalten müssen. Sie seien nämlich selbst keine, sondern Hindus, die ältesten Hindus, die es überhaupt noch gebe.

Wir können ebensogut zum Kaffee, den ich dankend ablehne, in der Wohnküche sitzen bleiben, denn im Salon, sagt sie, kann man eigentlich nicht sitzen. Ich wundere mich schon etwas über den Mangel an Bequemlichkeit im Salon, den ich dieser Frau nicht zugetraut hätte, aber vielleicht gibt es noch andere Räume. Da ist diese Wohnküche schon praktischer. Ja, antwortet sie, nur zu schwer zum Mitnehmen. Ich verstehe, daß sie vom Umzug heute nicht mehr sprechen will. Die Küche sei nach Maß gemacht, sagt sie. Ich nicke. Bei dieser Küche ist viel nachgedacht worden, und doch wirkt sie wie eine Küche aus dem Prospekt, die man, wie ein Bühnenbild, zusammen- und abbauen kann. Sie ist nicht recht bewohnt, diese Wohnküche, oder nicht recht solid, trotz der schweren Hölzer. Man sieht ihr noch an, daß sie einmal ein Traum von einer Wohnküche gewesen ist.

Während Frau Mona Kaffee macht, sie scheint vergessen zu haben, daß ich keinen nehme, gehe ich in den Salon zurück und stelle mich vor der Vitrine auf. Der Salon hat ein Tag- und ein Nachtfenster, und dasjenige, vor dem ich stehe, führt nicht nach draußen, sondern in einen Raum von Souvenirs. Zum Teil sind es Objekte aus der Natur, die hier stehen, jedes für sich: ein grün gestromter Malachit, zwei Nautilusmuscheln, die eine, in der Mitte entzweigeschnitten und poliert, läßt ihr perlmutternes Gewinde schimmern. Ein kleiner Trümmerhaufen aus porösem Kalk, durch den ein metallisches Blau leuchtet, förmlich hervorzündet; Seepferdchen an unsichtbaren Fäden aufgehängt, die sich ohne Berührung drehen; ein Fisch, dessen Unteransicht die Gestalt eines geschwänzten Dämons mit einem Froschgesicht angenommen hat; ein aus Drahtfedern zusammengesetzter, weiß bemalter kleiner Tod, der auf einem ebenfalls aus federndem Draht bestehenden Pferdegerippe ein blechernes Sensenblatt schwingt; künstliche Vögel mit echten, aber stark gefärbten Federn, einige Splitter Tigerauge, kleine Figuren aus Jade und Elfenbein, ein roter runder Glücksgott mit leeren weißen Augen unter hochgezogenen Brauen.

Jetzt schrillt ein Telefon hinter der Wand, an der ich stehe. Ich höre Frau Monas Absätze einander überstürzen, dann ihre Stimme, tief und weich. Ich verstehe nichts, höre nur, auf diesen Anruf hat sie gewartet. Sie sagt ein paar Sätze, kommt später langsam an meine Seite, scheint mit mir die Andenken zu betrachten, aber sie schweigt und sagt nach einer Weile, daß sie wieder einmal ohne Tabletten einschlafen möchte. Ich will mich empfehlen, aber sie protestiert fast heftig und steht gleich wieder wortlos da. Ob wir uns nicht setzen wollten, fragt sie; aber wo sollen wir uns denn jetzt hinsetzen. Nach einer Weile deutet sie zögernd auf ihre schöne alte Sitzgruppe, hört aber am schnaubenden Ton der Kaffeemaschine, daß sie wieder in der Küche benötigt wird.

Als wir, ja, ich auch, den Kaffee trinken, ich lobe ihn, möchte sie mehr von meiner Beschäftigung hören. Ich arbeite für einen Sammler, sage ich, einen holländischen Kunstsammler, ich berate ihn beim Einkauf alter Stilleben, die seien seine Spezialität. Das ist ja wahnsinnig interessant, sagt sie, aber sie ist nicht bei der Sache, und ihre Augen haben die Farbe verändert, der Schreck sitzt darin, und sie vergißt sogar zu zwinkern, wenn sie mich mit einem abwesenden Ausdruck ansieht. Aber trinken Sie doch! sagt sie, und führt ihre Tasse gedankenlos an die Lippen.

Wir sitzen auf den Empire-Möbeln wie Gäste nach einem größeren Empfang, das Brausen der Stadt klingt sehr weit entfernt. Zweimal fährt ein Wagen vorbei. Frau Mona läuft ans Fenster und entschuldigt sich dafür. Als ein Wagen blitzesschnelle langsam um die Ecke fuhr, sage ich. Und als hätte sie nur auf diesen Satz gewartet, fragt sie mich, ob ich ihn, den Satz, auch nie für seltsam oder gar unsinnig gehalten habe. Wir sagen uns das Gedicht vor: Drinnen saßen stehend Leute, schweigend ins Gespräch vertieft. Wir einigen uns darauf, daß wir diese Leute geradezu vor uns sehen können, so einleuchtend ist die Beschreibung. Natürlich ist es auffällig dunkel, wenn der Mond helle scheint, und der Eindruck der Blitzesschnelle wird noch plastischer, wenn der Wagen *langsam* um die Ecke fährt. Klar wie im Traum, sagt Frau Mona. Sie wird atemlos vor Eifer, aber vielleicht ist es etwas ganz Anderes, was sie atemlos macht. Ihre Stimme ist zu tief für diesen schmalen Körper. Vielleicht kommt der Eindruck, daß sie tief sei, aber auch durch das Schwanken dieser Stimme zustande, oder ist sie es selber, die schwankt. Frau Mona, unmerklich auf ihrem Stuhl?

Schweigend ins Gespräch vertieft, das könne man gar nicht schöner ausdrücken. Wenn man in ein Gespräch wirklich vertieft sei, sei das von tiefem Schweigen eigentlich nicht zu unterscheiden. Leider habe sie mit ihrem Mann nie so sprechen können, das tue ihr leid, seinetwegen. Er tue ihr auch heute noch leid.

Frau Mona erzählt mir geradezu hastig die Geschichte ihrer Ehe. Offenbar hat sie vergessen, oder es ist ihr gleichgültig, daß sie mir das meiste schon im Restaurant erzählt hat. Die Geschichte von Gerrit und ihr will immer wieder erzählt sein, obwohl sie zu Ende ist. Sie war schon nach einem Jahr Ehe zu Ende, ohne daß die beiden es gemerkt hätten oder wahrhaben wollten. So müsse es sein, habe sie nur gedacht. So sei es bei andern Leuten auch, bei allen Leuten. Man brauche nicht mehr viel zu reden. Es genüge, wenn man sich über den Ablauf des Tages verständige und hie und da miteinander schlafe, damit es immer so weitergehe; das sei normal. Daß es unerträglich gewesen sei, spüre man erst hinterher. Eigentlich sei der Schmerz erst jetzt gekommen. Sie habe ja gar nie ein eigenes Leben gehabt. Aber jetzt wolle sie ganz für sich etwas aufbauen. Bei diesem Wort, das sie mehrmals wiederholt, hält sie sich mit beiden Händen am Sitz ihres Empire-Stuhls fest. Ihre Hände entfärben sich unter dem Griff, sie sind älter als ihr Gesicht, mit dem sie mich beschwörend anstrahlt, als könnte ich ihr einen Wunsch erfüllen.

Ich wehre den Nachtisch ab, ich wüßte nicht mehr, wohin damit. Aber sie kann ihn wirklich nicht aufheben, es ist ein frischer Fruchtsalat. So essen wir ihn miteinander, nachdem es einen Augenblick die Frage gewesen ist, wo wir ihn essen. Ich habe für den Salon plädiert, obwohl es da nicht speziell intim ist. Aber sie hat sich immer einen echt holländischen Salon gewünscht. Alles andere wäre in diesem alten Haus eine Sünde gewesen. Für die Parties ihres Mannes war er immer gut geeignet. Hier haben einmal vierzig Leute bequem Platz gehabt, es war repräsentativ. Aber jetzt trauert sie diesen Festen nicht mehr nach.

Sie fragt, ob sie eine Platte auflegen soll. Ich nicke, wünsche, da ich wünschen soll, Debussy: La Mer, dann einen Jacques Brel, den sie gewünscht hat und der ihr immer sehr hilft. Sie setzt sich, während wir Brel hören, auf das Eisbärenfell und sieht mich lange an. Sie möchte wissen, ob ich Jaurès kenne, den sie getötet haben, und warum, pourquoi. Sie fragt, ob ich in meinem Stuhl bequem sei, und ob ich im Sofa nicht bequemer wäre, aber das Sofa bleibt den ganzen Abend leer. Später fragt sie, ob ich hier Freunde habe. Als sie die Platte wechselt, erklärt sie mir, warum sie Gitarrenmusik besonders gern habe, fragt, ob ich Ry Cooder kenne, und, nachdem sie ihn aufgelegt hat, ob ich die Metallsaite hören kann. Ihr erster Freund, sagt sie, habe auch nicht mit ihr reden können, aber wenn sie zusammen gewesen seien, habe er ihr seine Entdekkung, Ry Cooder, vorgespielt. Ob ich denke, daß es die Männer langweile, wenn man zu viel mit ihnen rede. Bei der Liebe brauche sie Musik, sagt sie, und ob mich die Musik nicht störe. Ja, ihr Mann besuche sie noch, und manchmal schliefen sie zusammen. Ob ich das unmöglich finde? Wenn man wisse, wo die Grenzen eines Menschen seien, belaste einen das Liebemachen nicht mehr, wie sie finde. Es bedrücke nicht so sehr, wenn es rein körperlich sei. Man brauche das manchmal, aber man knüpfe keine Erwartung mehr daran und, wenn möglich, keine Enttäuschung.

Nur in die oberen Räume des Hauses würde sie keinen Mann mehr lassen, außer man verstehe sich wirklich. Sie sei mit ihren Erwartungen immer zu groß umgegangen, und darunter hätten wahrscheinlich auch die Partner zu leiden gehabt. Gerrit sei ja nicht schuld, wenn er seine Leiden nicht gut zeigen könne. Eigentlich täten ihr die meisten Männer nur noch leid, weil sie nicht einmal mehr wüßten, was sie versäumten. Sie sei gern spontan und nicht nachtragend. Das Leben bestehe ja doch nur aus Augenblicken, und wenn man aus den Augenblicken nichts mache, sei alles vorüber, eines Tages. Bei KLM habe sie als seriös gegolten, weil man mit ihr nicht alles habe machen können.

Einmal habe sie eine Beziehung zu einem Vizedirektor gehabt, aber nicht, weil er Vizedirektor gewesen sei. Von ihrer Seite sei es ernst gewesen, etwas Ganzes, und das habe sie auch ihrem Mann gesagt. Aber mit der Zeit habe sie gespürt, daß ihr Freund nie etwas riskieren wollte. Damals habe sie auch von einem Mann noch etwas Ganzes erwartet. Für Gerrit habe sie zuerst große Achtung empfunden, weil er alles akzeptiert habe. Er halte an ihrer Ehe fest, habe sie gedacht, er stehe in einem Konflikt, aber er habe eine Entscheidung getroffen, für sie. Im Grunde sei er aber nur bequem gewesen. Er habe, genau wie ihr Freund, das Bequemste aus der Sache gemacht und sei zu einer wirklichen Eifersucht nicht fähig gewesen. Er habe nur weggesehen und Monas Ermüdung abgewartet. Er sei kein ganzer Mensch, aber ein guter Liebhaber, das müsse sie ihm lassen. Und jetzt brauche er auch nichts anderes mehr zu sein. Aber der Vizedirektor habe ihr seine Feigheit nie verziehen. Er habe dafür gesorgt, daß sie eine AFA geworden sei, habe eine kurze Unterbrechung im Dienst zum Vorwand genommen. Erst *nach* der Geschichte mit dem Vizedirektor habe sich Gerrit wie ein verzogenes Kind benommen. Als wäre sie der letzte Dreck, als schulde sie ihm dauernd etwas. Früher habe er sie mit dem Satz weichgekriegt, daß er mit ihr alt werden wolle. Das habe sie im Ernst für eine Liebeserklärung gehalten. Davon sei sie geheilt. Er habe ihr damit doch nur gesagt, daß er am liebsten gleich seine Ruhe hätte. Man müsse mit einem Menschen leben wollen, nicht mit ihm alt werden. Aber leben sei ein Risiko, und die meisten Männer hätten Angst davor. Alleinbleiben sei besser, als mit einem Feigling zusammenzuleben und ihm die Hände unter die Füße zu legen. Heute wisse sie endlich, was sie brauche und was sie nicht mehr brauchen könne. Das dürfe natürlich nicht heißen, daß man für Überraschungen nicht mehr offen sei. Aber die Gelegenheiten würden naturgemäß seltener. Wer zu lange allein bleibe, vermöge sie am Ende gar nicht mehr zu erkennen und verhärte sich dann. Hart werden möchte Mona aber auf keinen Fall.

Sie habe gut mit mir reden können, sagt sie, als ich mich von ihr verabschiede, und die Kallas seien wunderbar. Der Abend sei doch ein guter Anfang unserer Hausgemeinschaft gewesen. Jetzt überlege sie sich direkt, ob sie ausziehen wolle, obwohl sie sich die Wohnung gar nicht leisten könne – auch wenn Gerrit generös sei, fast zu generös bei den bestehenden Verhältnissen. Liebemachen sei eine Sache, sich Aushaltenlassen eine ganz andere, das wolle sie niemals nötig haben. Ob es mir im Keller nicht zu eng sei? Ein Keller sei doch kein Ort für meine Arbeit, und der hier sei ja nicht einmal ausgebaut, soviel sie wisse. Nein, sie sei noch nie dort unten gewesen. Vielleicht riskiere sie es einmal, wenn ich ihr meinen Schutz anbiete. Jedenfalls sei es eine Erleichterung für sie, einen Menschen in der Nähe zu wissen, auch wenn sie natürlich nicht daran denke, meine Konzentration zu stören. Oder gar indiskret zu sein. Unter meiner Arbeit könne sie sich noch nicht viel vorstellen, ehrlich gesagt, spannend höre es sich schon an. Aber ich sei ja nur so befristet hier. Lange werde sie diese Wohnung natürlich auch nicht halten können, wenn ich zufällig von einer günstigen höre –

Zuerst scheint mir, sie habe gegen meinen Abschied nichts mehr einzuwenden gehabt, aber jetzt redet sie unter der Tür, als könne sie mich gar nicht gehen lassen, es fällt ihr immer etwas Neues ein, und da sie mich dabei nicht ansieht, habe ich Muße, den roten Fleck auf ihrer Wange zu bemerken, obwohl er braun überpudert ist, aber ihre Stirn ist feucht geworden, und sie darf nicht länger in dieser offenen Tür stehn.

Also verspreche ich ihr in die Hand, daß ich Bescheid sage, wenn ich von einer Wohnung höre, was nicht sehr wahrscheinlich sei; und sie hält meine Hand fest. – Oh, sagt sie und schaut mich jetzt an, haben Sie die ganze Zeit gefroren? Sie sind ja auch hier ganz kalt, sagt sie, nachdem sie mir rechts und links einen schnellen Kuß auf die Wangen gedrückt hat, und ich sehe die großen Poren in der dünn gespannten Haut auf ihren Schlüsselbeinen.

5

Nicht wieder. Nicht schon wieder. Nein. Bitte.

Atmen Sie dorthin, wo es weh tut.

Ach. Ich bin schon froh, wenn ich Luft kriege.

Ich öffne das mittlere Fenster, Stadtgeräusch; durch die Zweige der Ulmen, die im Wind fuchteln, brennt kaltes Gaslicht. Die Blattknospen sind prall geworden. Ein Taxi fährt unten am Haus vor, hält an, fährt zögernd weiter.

Das war Gerrit. Er hat mich gehört. Wenn ich schreie, fährt er gleich wieder weg.

Frau Mona atmet kurz und oberflächlich; dann sehe ich, wie sie den Bauch hebt, vorsichtig, wie versuchend; ja, der Bauch läßt sich wieder atmen, nachdem ihn einer dieser unbegreiflichen Muskelkrämpfe gepackt hat, eine Kolik, ein Schraubstockschmerz unter den linken Rippen, der Frau Mona von einem Augenblick zum andern den Atem verschlägt; vor ein paar Tagen fiel er sie rechts an, aber es war, wie Dr. Veenendaal innerhalb einer Stunde feststellte, nicht die Leber, die Leber war glatt und unauffällig, also wird es heute auch nicht die Milz sein; es kommt nicht in Frage, daß man Dr. Veenendaal wieder bemüht. Es sind einfach die Muskeln, Muskeln, die man sonst nicht fühlt, die sich unversehens, ohne Vorwarnung gegen Frau Mona empören; ein Schmerz, der kommt und geht wie ein Kobold, sich nur, wenn er da ist, wie ein Dämon benimmt; aber jetzt ist er schon so gut wie gegangen, die Tabletten, die sie wie eine Durstige geschluckt hat, zeigen Wirkung. Wie habe ich mich vor kurzem ausgedrückt? Ein Schmerz, den man nicht meint aushalten zu können, dämpft sich zu einem Wohlklang des Körpers. Dabei hat sie nicht einmal Morphium gehabt, es war diesmal nicht nötig; ein Krampf ist qualvoll, aber auch erheiternd, ein wenig beschämend, weil man nicht gleich darüber lachen kann: jetzt ist er schon so gut wie weg.

Das war nicht Ihr Mann, sage ich.

Der kommt auch nicht mehr. – Wenn es so weh tut, fang ich an zu spinnen, entschuldige.

Sie lacht unter Tränen, der Schmerz war nicht abgemacht, und sie erwartet keinen Gerrit, das wäre ja gelacht. Sie sagt:

Jetzt bist du dran. Erzähl.

Frau Mona besteht darauf, die Nacht, meine Anwesenheit, auf dem gestreiften Sofa zu verbringen. Wenn du schon da bist, will ich auch dasein, sagt sie. Seit dem Krampf vor drei Tagen, der mit der Leber nichts zu tun hatte, ist sie endgültig zum Du übergegangen; es stört sie nicht, daß ich es nicht erwidere. Ein Schmerz, der seinen Körper zu Boden schleudert, dann auf dem Parkett kriechen läßt, umwirft und vom Bauch auf den Rücken und wieder zurückdreht, ein solcher Schmerz redet in der Du-Form. Und als er plötzlich verschwunden war, hielt Frau Mona das Du fest wie meinen Arm, der sie aufgehoben hatte, immer noch ungläubig über einen solchen Schmerz – das gibt es gar nicht! – und dankbar; mir dankbar. Erst hatte sie mich nur zum Reden eingeladen, dann blieb ich auch beim Schreien da, und, weil sie danach eine Weile nicht reden mochte, zum Erzählen; jetzt ist es abgemacht, auch wenn es nicht ausgesprochen wird, daß ich ohne Umstände komme und erzähle.

Es ist jetzt eine Woche her, daß Gerrit sie nach Hause brachte, nach ihrem Zusammenbruch im Flugzeug; das war das Letzte, was sie von ihm gesehen hat. Danach hat er nur noch Blumen geschickt, dreißig rote Rosen, eine Fleurop-Anweisung aus Kreta, wo er ein Objekt besichtigt. Mit den Blumen zusammen kam ein blauer Brief, der Mona zum Vertrauensarzt der Luftgesellschaft bestellte; an jenem Abend war es noch klar, daß ich es war, der Frau Mona einen Gefallen erwies, als ich kam und sie reden ließ, auch wenn nicht ganz klar war, ob sie mit *mir* redete; dafür war ihre Empörung zu umfassend. Nach dem Arztbesuch war Empörung gar kein Wort mehr. Sie sollte also nicht mehr fliegen! Dafür bekam ich etwas zu hören, denn ich war an diesem

Abend der erste Beste, also verantwortlich für das Unrecht in der Welt; dafür entschuldigte sie sich später unter Tränen. Ich mußte einfach wiederkommen, mußte jeden Abend kommen, um sie ganz anders, gefaßt, ja unheimlich ruhig zu erleben – bis der Krampf, den sie nicht bestellt hatte, ihren Vorsatz über den Haufen warf. Aber unversehens lautete die Abmachung, die nicht ausgesprochen wurde, eher so, daß ich Frau Mona für meine Geschichten nötig habe, daß ich komme, um abends, nach meiner Tagesruhe, nicht so allein zu sein. Wenn sie schon krank geschrieben war, hatte sie ja Zeit für mich, und die Luftgesellschaft oder Gerrit mochten sehen, wo sie blieben.

Wenn du schon da bist, will ich auch da sein, sagt sie. Sie nennt ihn Anwesenheit, diesen Zustand gespannter oder träumerischer Erschöpfung auf ihrem Sofa. Bequem braucht das Sofa nicht zu sein, so hinfällig ist sie nicht. Sie will nur ihr Gesicht, das sie »blühend« nennt, zur Zeit nicht ausführen; auf ihrem Gesicht hat sich ein Ausschlag gezeigt; auch Dr. Veenendaal hat ihn bemerkt, aber offenbar nicht der Rede wert gefunden.

Wenn ich den Einkaufskorb, ein sardisches Souvenir, vor der Haustür deponiert und zweimal geklingelt habe wie ein Weihnachtsmann, ist es abgemacht, daß ich mich erst wieder in meinen Keller zurückziehe. Ich habe erst gegen halb neun wieder zu klingeln, nur einmal. Dann springt die Tür von selbst auf, und ich betrete ein dunkles Haus, in dem ich inzwischen jeden Tritt kenne und die knarrenden vermeide. Ich steige die erträglich steile Treppe hoch, schleiche wie ein Dieb in der Nacht, betrete ahnungsvoll den dunklen Salon und halte auf der Schwelle inne, um *keinen Laut* zu hören. Und doch sehe ich auf dem Tisch schon die Kerze brennen, nur eine Kerze; und doch beleuchtet sie ein Gedeck voll kleiner Leckerbissen und einen japanischen Wandschirm, der halb vor das Sofa gerückt ist. Alles ist da, was das Herz eines Gastes begehren kann, nur die Fee läßt sich nicht blicken. Wüßte ich nicht – und ich soll es nicht gleich wissen –, daß sie sich verborgen hält, in ihrem Versteck meine Verzauberung mitempfindet, ich könnte in einen Palast getreten sein, dessen Herrlichkeit nur für mich bestimmt ist. Aber sie ist ja da, gibt sich durch einen schwachen Laut vom Sofa her zu erkennen; sie, verborgen hinter ihrem Papierschirm, ist die wahre Bescherung. Auch ich soll ihr blühendes Gesicht jetzt nicht sehen, wenn wir reden, wenn ich erzähle, es sei denn, ein böser Krampf mache ihr einen Strich durch die Rechnung, lasse sie von einer Sekunde zur andern aufspringen, sich winden, ihr Gesicht grausamer erscheinen, als es ist. Dann kann es eine Weile so aussehen, als habe sie mich nötiger als ich sie; aber diese Täuschung dauert nie länger als der gröbste Schmerz. Dann zieht sie wieder ihre Decke über dem Bauch zusammen und läßt mich meinen Faden weiterspinnen.

So sind unsere Nächte ein einziges Abenteuer, auch wenn Frau Mona dazu leider liegenbleiben muß. »Laß mir die Lampe aus dem Zimmer«, ist ein Spruch, den Mona einmal in der Schule auswendig gelernt hat und angesichts unserer Heimlichkeit gern verwendet. Oder sie sagt: »Wachen macht schön, ich habe es nötig, aber du auch.«

Da von Krankheit nicht die Rede ist, allenfalls von »krank feiern«, mit der Betonung auf dem letzten Wort – daß meine Gastgeberin hie und da einschläft, darf ich nicht persönlich nehmen –, braucht auch von Pflege nicht die Rede zu sein. Daß ich hie und da einen Löffel voll Kompott serviere, eine Tasse Tee oder Medizin hinter den Schirm reiche, die sie eigentlich nur dem rührenden Dr. Veenendaal, dem unerbittlichen Professor Smolders zuliebe nimmt, ist ein frei gewählter Ritter- oder Minnedienst; im übrigen bin ich nur eine Stimme, die Stimme jenseits des Schirms. Außer diesem soll zwischen uns nichts mehr stehen, das hat Frau Mona zur Bedingung gemacht: und meine Stimme soll nur die Wahrheit sprechen. Erfindungen sind mir zwar erlaubt, wenn ich sie für *wichtig* halte, aber nur in eigener Sache – wenn ich von ihr, über sie rede, will sie die Wahrheit hören. Nur das Bittere ist heilsam, sagt sie, du hilfst mir nicht, wenn du etwas unterschlägst. Als Erzähler darf ich ihr aber auch bei der Wahrheit ein Stück entgegenkommen; gerade trostlos, lieblos braucht sie nicht zu sein. Mach mich schön, aber beschönige nichts.

Das ist eine Kunst, habe ich gesagt.

Es soll eine Kunst sein. Helfer habe ich schon genug.

Sie hört die Geschichte meines Todesurteils schon zum zweiten Mal, lacht diesmal ganz unbefangen hinter ihrem Schirm, die weißen Hände schüttern auf der Kamelhaardecke, deren Falten ihren Körper weitläufig erscheinen lassen. Sie möchte, wenn sie mit diesen Händen über sich hinstreicht, ihre eigenen Grenzen verwischen, und sie scheint den Bauch weniger zu halten als zu suchen. Aber es tut ihr nichts mehr weh, im Gegenteil: die Beine schlafen ihr immer wieder ein.

Helfer habe ich schon genug.

Nur ist Gerrit, der geschiedene Mann, gerade in Kreta beschäftigt, nur soll Dr. Veenendaal wegen einer Bagatelle nicht gerufen werden, und etwas anderes hätte ihm Frau Mona ja nicht anzubieten; nur will sie von Dr. Buitenhuis, der sie ebenfalls nicht mehr fliegen lassen will, kein Wort mehr hören, es sei denn eine Geschichte, die seine Inkompetenz bestätigt. Wie anders könnte ich, der Tote, an ihrem Sofa sitzen! Nur zeigt sich die Luftgesellschaft in einem Notfall so distanziert, wie man sie schon bei der Arbeit kennengelernt hat. Nur kommt die Sozialperson, die Frau Mona nicht leiden, aber zur Zeit auch nicht entbehren kann, nur jeden dritten Tag und ärgert Frau Mona durch ihre Ermahnungen, doch lieber ins Krankenhaus zu gehen, noch mehr, als wenn sie gar nicht käme.

Kurzum, Frau Mona hat Helfer genug, und es ist nur ein Glück, daß sie nicht auf sie angewiesen ist. Dafür gönnt sie sich den kleinen Luxus unserer Abendveranstaltung, und die Kerze muß uns den Kamin, den sie sich immer gewünscht hat, ersetzen: laß mir die Lampe aus dem Zimmer! Die Gasleuchte vor den Fenstern genügt, vor die sie übrigens Gardinen hat hängen lassen: sie verträgt auch tagsüber dieses grelle Licht nicht mehr und versteht auf einmal sehr gut, daß ich es scheue. Kurzum, wir verstehen uns, auch wenn sie einmal nur zuhört, meistens nur noch zuhören mag: im Zuhören ist sie immer stark gewesen, obschon die Luftgesellschaft dieses Talent nicht zu schätzen wußte. Gut, dann soll sie jetzt ohne Frau Mona weiterfliegen. Es war ja schon lange keine Musik mehr in dieser Sache, auch wenn Frau Mona mit Liebe und Pflichtgefühl dabei war – aber gut. Jetzt kann sie ja ihre Platten auflegen und in Ruhe nachdenken, wie ihr Leben weitergehen soll, insofern hat die Krankheit ihr Gutes und kommt zur rechten Zeit. Fehlt nur, daß sie am Abend jemand zum Reden hat, ja, ich würde ihr fehlen, wenn ich nicht käme. Nur soll es ein kleines Fest sein und unter keinen Umständen eine Gefälligkeit, bis auf den Einkauf: dafür ist sie mir dankbar, auch wenn ich die Überraschungen, mit denen sie mich verwöhnen möchte, dann leider schon vorher weiß. Sie versteht aber immer noch etwas Überraschendes aus einem Krabbencocktail, einer Avocado oder einem einfachen Käse- und Tomatensalat zu machen, auch wenn sie selbst gegenwärtig nicht essen mag. Es gibt so viel zu feiern: die Lancia zum Beispiel, Gerrits Abschiedsgeschenk, das wir so bald wie möglich einweihen werden, oder die große Party bei Kees van Enden, bei der ich ihn endlich *richtig* kennenlernen soll. Gut, daß sie erst in zehn Tagen ist: dann hat man ja alle Zeit, gesund zu werden, und noch mal gut, daß ich da bin, ihr beim Vertreiben dieser Zeit helfe: so viel Hilfe ist mir erlaubt.

6

Ich bin kein Mensch; der Sage nach bin ich eine menschliche Fledermaus mit blutigen Reißzähnen. Das Bild ist so erheiternd, daß sich mein Entsetzen diesen Scherz gern gefallen läßt. – Mein Entsetzen, Mijnheer, wovor fürchte ich mich denn? Nicht vor dem Schreiben. Ich schreibe, also lebe ich: *dieser* Satz hat entschieden keinen Sinn; übrigens so wenig wie sein Gegenteil. Ich bin weder tot noch lebendig, wenn ich schreibe; das Schreiben ist eine eigene Verfassung, ein dritter Zustand, eine Reduktion auf leeres Papier, die gespannte Erwartung auf nichts als Zeichen, die sich statt meiner rühren – da Sie den Begriff des Stillebens für sich gepachtet haben, werde ich ihn hier vermeiden. Ich weiß nicht einmal, ob ich Ihnen mit Lust schreibe – und doch tue ich es nicht aus Gefälligkeit; ich schreibe, um wenigstens *weder* tot noch lebendig zu sein. Wenn sich Schreibende gern darüber beklagen, wieviel ihnen schreibend zum Leben fehle, muß es doch einmal gesagt sein: auch zum Totsein fehlt allerhand. Man ist nicht nur tot, wenn man schreibt, man ist wach, wach in der Nacht. Man schläft nicht, wenn andere schlafen. Man *vertreibt* sich die Zeit mit Schreiben nicht nur – auch wenn man sie verlieren mag –, man verdichtet sie zu einem durchsichtigen Körper. Geisterhaft ist die Sache schon, aber solang man sie betreibt, fürchtet man die Geister nicht, man ruft sie, und da man auf ihrer Seite ist, spürt man auch kein Entsetzen. Wer sich versetzt, entstellt fühlt wie ich, betreibt das Entsetzen eher wie eine Art von Heimkehr – alles Geschriebene ist ein Heimkehrversuch.

Das wahre Entsetzen, Mijnheer, beginnt erst da, wo ich mit der Erwartung von Lebenden zusammenstoße. Dann fürchte ich mich auch vor mir selbst, dann vermute ich schreckliche und ansteckende Todeskeime in mir, und diese Vermutung mag es sein, die mich außer mich bringt und zu den Ärzten treibt. Ich bin kein Gehülfe von Hoffnung; wenn es mit rechten Dingen zuginge, hätte ich am Krankenbett der Hausgenossin nichts zu suchen. Mein Entsetzen nährt sich von der Furcht, daß ich Gift für sie und mit ihrem Tod im Bunde sein könnte – gegen meinen Willen, Mijnheer, gegen meinen besten Willen. Aber wäre diese Furcht nicht wiederum beinahe ein Lebenszeichen? Wenn ich ausgezogen bin – aus jeder Heimat ausgezogen, Mijnheer! – um das Fürchten zu lernen, bin ich dann mit meiner Furcht, Frau Mona zu töten, bei ihr nicht endlich am rechten Platz; könnte sie nicht recht haben mit ihrer frommen Annahme, ich brauche nur zu erzählen, damit sie lebe? Ich weiß es nicht, darum schreibe ich, schreibe ich Ihnen; ich weiß es nicht, was ich lebendem Fleisch und Blut antue, wenn ich erzähle, ich fühle mich unberechenbar. Dagegen ist das Schreiben die reine Erholung. Durch meine Abwesenheit korrespondiere ich mit der Ihren, als verstünden wir uns.

Dr. Boudewijn Buitenhuis war mein dritter Arztbesuch in Amsterdam, in absteigender Reihe, was die medizinische Spezialisierung betrifft. Dr. Buitenhuis ist Allgemeinarzt, Mijnheer, freilich: ein aufs Allgemeine spezialisierter. Dieser Widerspruch, für den er hervorragende Gründe findet, bezeugt seinen Geschmack für den Fortschritt; von Beständigkeit zeugt seine Praxis mit den barocken Sesseln, den Stadtveduten aus dem 17. Jahrhundert, den medizinischen Antiquitäten und wohlmeinenden Folterwerkzeugen. Er tut gut daran, Lebenskünstler zu sein, auch wenn seine Objekte einen Stich ins Grausame verraten, wie auch seine ungeduldige Sprache – Sie müssen sterben! –; er ist ja, wie sein süchtiger Pfeifengebrauch verrät, auch ein wenig grausam mit sich selbst. Da muß Ungeduld gegen einen Unheilbaren erlaubt sein.

Die Anforderungen, die seine Ehe an ihn stellt, sind respektgebietend. Es muß eine starke Persönlichkeit her, ihnen zu genügen. Als Allgemeinspezialist genügt er ihnen mit Energie und Nachdruck, obwohl – oder eben weil – er daran gehindert ist, sich im Häuslichen von seiner starken Seite zu zeigen – was Männer darunter verstehen. Frau Myrna Buitenhuis versteht etwas gänzlich Anderes darunter. Und ihre Deutung des Menschlichen ist in dieser Ehe zweifellos zur leitenden, wo nicht herrschenden geworden. Wäre er nichts als ein starker Mann, er befände sich unaufhörlich in der Defensive – darum läßt er es auf einen Kampf lieber nicht ankommen. Was so teuer erkauft wird wie diese Ehe, das stößt man von sich, oder man hält es um so entschiedener fest, und Dr. Buitenhuis hat sich entschlossen, seine Frau zu lieben. Auch darin ist er ein ganzer Mann, ein Mann in seinem Widerspruch, denn, wie anders: ein Stachel bleibt.

Wer kann ihm darum verdenken, wenn er seine Praxis als Nische eingerichtet hat, als Réduit seiner Kompetenz, die das klare Wort nicht scheut. Die Befestigungsanlagen auf seinen Stichen, die alten Blasenkanülen, Trepaniermeißel und Schröpfmesser haben ihren guten Sinn. Wem das Heim keine Burg mehr ist, der baut sich an seinem Arbeitsplatz ein Bollwerk der Selbstsicherheit. Hier wird ihm seine Frau nicht nahetreten, hier duldet sie den denkbar größten Gegensatz zu ihrer eigenen Praxis, dem Sanften Weg, auf den sie mich – Geduld, Mjinheer – gewiß noch führen wird. Leider mit schwachem Erfolg – da hat ihr starker Mann, der untersetzte Pykniker mit seinem dünn gelockten Klosterkopf, ganz anders bei mir eingeschlagen. Er zog die ihm nötig scheinenden Folgerungen aus meinen Blutwerten, auch wenn er mein Totsein vernünftigerweise ins Futurum verlegte. Mit diesen Werten wird man sterben.

Aber wenigstens durfte ich *sein*, Mijnheer. Er ließ mir meine physische Existenz, auch wenn sie ihn irritierte. So weit war sein viel berühmterer Kollege, der Hämatologe Professor Smolders, zu gehen nicht bereit. Dem fiel am Ende nichts weiter ein, als daß ich mehr frische Luft brauche. Er setzte mich selbst an diese, er warf mich hinaus wie einen betrunkenen Gast.

Der Zugang zu diesem aktiven, immerfort von seinen Sekretärinnen verleugneten und zu Kongressen unterwegs befindlichen Mann ist für gewöhnliche Sterbliche kaum zu erreichen. Die Empfehlung anderer Ärzte genügt keineswegs. Man muß durch ein verwegenes, wissenschaftlich vielversprechendes Blutbild eingeführt sein. Das hatte ich ihm zu bieten. Mein telefonischer Hinweis, daß der Schweizer Hämatologe Brun-Zopfi – Professor Smolders Konkurrent um den Nobelpreis – hilflos vor meinem Blut stehe, genügte als Eintrittskarte in Professor Smolders kühles Reich. Er herrscht über eine Flucht von Labors, in denen sich Heerscharen anonymen, aber hochqualifizierten Personals über Reagenzgläser, Retorten und elektronische Mikroskope beugen. Wäre die Schlamperei des Menschlichen nicht, kein bekanntes Virus hätte eine Chance, diesen bewaffneten Augen zu entgehen. Jedes Jahr wieder muß ein unbekanntes seine Identität preisgeben. Ausgepichte chemische Versuche simulieren krankhafte Prozesse, die unter Glas für ihr Vorkommen im natürlichen Organismus bereitstehen, und empfindliche Suchgeräte bringen Eigenschaften an den Tag, die es eigentlich nicht geben kann, die aber bei ihrem Auftauchen sofort Medizingeschichte machen und eine ganze Industrie ernähren. Für einen Menschen, dessen Blut ein so besonderer Saft ist wie meines, bedeutet Professor Smolders weltweit die beste Adresse.

So ist es ein Wunder zu nennen, daß es in einem so futuristischen Betrieb überhaupt ein schlichtes Ordinationszimmer gibt. Die Liege, auf die mich Professor Smolders persönlich bat, hatte denn auch etwas eher Feldmäßiges. Das Krankengut, das hier seiner Bestimmung, Blut zu lassen, zugeführt wird, genießt in Professor Smolders Augen keine Privilegien. Man hält sich mit ihm nur eine Stichlänge lang auf und wartete kaum, bis es abgeblutet hatte. Hinlegen, stechen, pflastern ist eins. Beim ersten Mal versah mich Professor Smolders nicht selbst, sondern ließ mich durch einen seiner weißen Diener stechen. Er hatte mir kaum die Hand gedrückt – ich hatte sie ihm schon fast zudringlich hinhalten müssen –, und war schon wieder anderswo. Mit Zuhören hielt er sich nicht auf. Es würde ja genügen, wenn mein Blut sprach.

Die wenigen Augenblicke, die er mir widmete: sportlich hager, ein großer kahler Mann mit starker Brille, der nach jedem zweiten Satz ein Glas Wasser trank – reichten mir zum Befund: ich hatte es mit einem Heimatlosen zu tun. Wer nicht bei den Menschen verweilen kann, der ist auch nicht bei sich. Er mag eine Frau haben – ich hatte sie mir ja schon ausgesucht, ich war bereits mit ihr verabredet –, er mag ihr einmal eine seiner unbezahlbaren Stunden schenken. Aber zu Hause ist er nie. Auch seine Urlaube sind Langstreckenläufe. Ich wunderte mich nicht, daß er mich auf die Langlauf-Loipen der Schweiz ansprach, dem Einzugsgebiet seines Kollegen Brun-Zopfi, das er ohne weiteres für mein Land hielt. Er besuchte jedes Frühjahr das Obergoms, daher seine Bräune. Ich wäre nicht auf den Gedanken gekommen, daß sie nicht echt sein könnte, aber wenn er eines gleich klarstellen wollte, auch gegenüber unbekanntem Krankengut, war es die Zuverlässigkeit seiner Gesundheit. Seiner bald sechzig Jahre ungeachtet war er ein guter Läufer, Schwimmer, Jogger, Liebhaber, ein Überlebensathlet. Ein anderer hätte seine Arbeitslast nie geschafft, sondern diese ihn. Da er mich kaum ansah, nur die Schweiz lobte, fiel ihm mein Aussehen nicht auf. Es würde sich ja zeigen, was mit mir los war. Ich sollte in drei Tagen wiederkommen.

Meinerseits hatte ich nur einen Blick auf Professor Smolders und kein Blutbild nötig, um zu wissen, daß mir das Blut seiner Frau entgegenkam. Ein Zeitungsbild hatte mir gereicht; ich hatte es in einer Society-Kolumne gesehen. Professor Dirk und Frau Maaike Smolders standen beim Empfang des indonesischen Außenministers »ins Gespräch vertieft«. Die Legende mochte für den Mann im Frack, der sich von einer Gruppe begeisterungsfähiger junger Damen umgeben ließ, zur Not zutreffen – obwohl »vertieft« wohl nicht das rechte Wort für dieses Gespräch, für diesen Mann war. Es war deutlich, der Berühmte *warb* um jedermanns Aufmerksamkeit, seine sportliche Figur bettelte geradezu darum ... während Mevrouw direkt in die Kamera blickte, ihrer Schönheit zugleich bewußt und überdrüssig. Ich täuschte mich nicht: nein, sie blickte gar nicht in die Linse. Sie sah dem Fotografen, vielleicht einem bärtigen Jüngling, der sich von Körnern nährte, mit einer Mischung von Verlorenheit und – ja, ebenfalls bittend ins Gesicht; auch sie warb auf ihre Weise. Sie stand auf dem dürftigen Foto wie von Watteau gemalt. Ein Blick in die Zeitung, und ich wollte ihr Blut haben, war bereit, ihrem Mann dafür das meine zu überlassen.

Er sprach nicht von Blut, als ich zum zweiten Mal wiederkam; er sagte fast nichts. Dafür sah er mich diesmal länger an, angewidert und doch mit heimlicher Scheu. Jetzt stach er mich persönlich, wobei ich sein Geschick bewunderte. Keine Selbstverständlichkeit bei Koryphäen, die das Stechen jahrelang ihren Bediensteten überlassen. Sein Gesicht war unter der Bräune gerötet, als er sich zu einem kurzen Lachen hinreißen ließ. Was ich das letzte Mal produziert habe, sei das reine Leichengift gewesen. Eine Verwechslung im Labor also. Schon als solche ein Skandal. Auf meine Frage, wie sich Leichengift zusammensetze, blieb er die Antwort schuldig. Er mußte ja die Spritze festhalten, die seinem sicheren Stich zum Trotz kein Blut ziehen wollte. Auch das schien es bei ihm zum ersten Mal zu geben. Er trommelte auf meiner Vene, tippte auf die Nadel, zog sie etwas zurück, verbesserte den Einstichwinkel: nichts, sehr lange nichts. Dann floß es endlich, beschämend träge, aber Blut, daran war kein Zweifel. Sehen Sie, sagte er, na. Na! und schnupperte. Komischer Jahrgang, sagte er. Gerade heißblütig sind Sie wohl nicht.

Das ist milde ausgedrückt. Wenn ich Blut habe, so *fließt* es nur in meinem Organismus. Wenn es ihn verläßt, stockt es, gefriert sozusagen. Im Reagenzglas sieht es aus wie rasch trocknende Wasserfarbe. Da half Schütteln nichts, als Professor Smolders seine unergiebige Nadel aus meinem Arm zog. Da gab es kein Nachbluten, da war kein Pflästerchen nötig. Dafür bildete sich ein Mal, braunrot wie der Kastenpunkt eines Inders.

Ein obszönes Ergebnis, ein Hohn auf die Medizin. Professor Smolders sah mich nicht mehr an. Ich erlebte den völligen Stillstand seiner Geistesgegenwart. Er wollte nicht einmal wissen, wie ich mich mit diesem stockenden Blut fühle. Er dachte nicht daran, seinen Fluß mit einem Antikoagulans zu unterstützen, schon gar nicht daran, den Versuch zu wiederholen. Es interessierte ihn nicht, was ich gegessen oder getrunken habe – obwohl ihn diese einfache Frage auf die rechte Spur geführt hätte. Er lief einfach vor mir davon.

Ich möge mir draußen einen Termin geben lassen, brummte er unter der Tür. – Wann denn? – In einer Woche, sagte er mit schmalen Lippen. Ich war sicher, ihn nicht wiederzusehen, aber auch, daß ich ihm diesen Termin nicht schenken würde. Etwas würde es hoffentlich auch an meinem trockenen Blut zu untersuchen geben. Professor Smolders bediente ja die Gerichtsmedizin. Seine Instrumente mußten fein genug sein, um das Blutbild seiner Frau auch als traurigen Rest wiederzuerkennen. Ich hatte ihm nicht gern davon etwas abgegeben, aber er sollte seine Chance bekommen. Ich wollte wissen, wie viel er wissen wollte.

Nichts, Mijnheer. Mein Eintrag in seiner Agenda hatte nicht stattgefunden oder war gelöscht worden. Nicht einmal seine Chefsekretärin war für mich erreichbar. Als ich im Vorzimmer seines Vorzimmers stehenblieb, wurde ich wie Luft behandelt, bis mich ein Wächter handgreiflich an diese setzte. Professor Smolders hatte mir schon, als er mich stach, bedeutet, ich müsse mehr an die frische Luft. Das war das Ende seiner spezialisierten Weisheit. Er muß gewußt haben, warum er nicht weiser werden wollte.

Wir *werden* ihn wiedersehen, Mijnheer, er soll uns nicht entwischen. Mona, meine Hausgenossin, gehört zu den Frauen, die ihn auf dem Pressebild umringen; sie nennt ihn Dirk, bei ihr hat er also nicht umsonst gebettelt. Jedenfalls war sie ihm hinreichend empfohlen, daß er sich um ihr Blut kümmerte – mit einem so eindeutigen Resultat, daß man sich scheuen muß, es als Gefälligkeit zu bezeichnen. Zwar ließ er sich noch zweimal blicken – als Professor Smolders, keineswegs mehr als Dirk, und Mona verstand, sie verstand immer alles, auch bei diesem Mann – und verschrieb Cortison, in so fabelhaften Mengen, daß Dr. Veenendaal, dem er den Fall überließ, gleich auf die Hälfte herunterging. Ja, ein Kardiologe konnte diesen Fall ebensogut übernehmen, bei dem medizinisch so wenig zu gewinnen, menschlich so wenig zu retten war, und Mona hatte sich Dr. Veenendaal – Henk – ausdrücklich gewünscht. Denn das Krankheitsbild, auf das

Professor Smolders sie festgelegt hatte, war ihr etwas unheimlich, auch wenn es nur aus zwei Buchstaben bestand. Eine allgemeine Erschöpfung braucht keinen lateinisch-griechischen Namen, sie braucht zuerst ein wenig Verständnis, und das war von Henk Veenendaal eher zu bekommen; von ihm war sie auch bereit die farbigen Tabletten anzunehmen.

Lernen Sie Dr. Veenendaal kennen, Mijnheer – er war, nach dem Hämatologen, der logische Zweite, den ich besuchte. Als Kenner des menschlichen Herzens mußte er in der Lage sein, mir über meine Pumpe, die das Stocken meines Bluts einerseits nicht verhinderte, anderseits überstand, das Nötige mitzuteilen – natürlich hatte ich erst seine Frau gesehen.

Dr. Veenendaal ist auch für einen Wildfremden leicht zu erreichen. Seine Praxis liegt an unserer Gracht, im Souterrain wie meine eigene, und sieht auf Anhieb kaum freundlicher aus. Man betritt sie über einen Treppenabgang, passiert einen Tresen, hinter dem eine Frau in Schwesterntracht sitzt; sie liest einen Roman, man muß den Weg ins Wartezimmer selbst finden, und das ist auch keine Kunst. Es ist ein schmaler grün gestrichener Flur mit Plastikstühlchen, in dem nur Laufkundschaft Platz zu nehmen scheint; da sitzt man vor alten, unglaublich zerfledderten Magazinen. Es wirkt alles lieblos provisorisch, man weiß nicht, ob man in eine Notfallstation im Kongo geraten ist oder in einen windigen Amüsierbetrieb; ein Bestattungsunternehmen wäre wohnlicher.

Um so vertrauensvoller blickt man schließlich zu Dr. Veenendaal auf, der einen kurz, aber freundschaftlich in sein Ordinationszimmer gebeten hat. Er hat schiefergrau gewordenes Haar, das die etwas zerarbeitete Jugendlichkeit seines Gesichts noch betont. Seine großen braunen Augen scheinen, wenn man etwas darin sucht, rasch scheu zu werden, aber ihre Wärme trügt nicht, auch nicht der kurze struppige Schnurrbart. Man braucht nur zehn Worte zu wechseln, dann versteht man das Dürftige dieser Praxis als Bekenntnis.

Hier sitzt ein Mensch, der über Barfußmedizin Bescheid weiß, Astrologie bedenkenswert findet, über moderne Prosa mitreden kann, zu Hausbesuchen bereit ist. Solche Männer passen in der Regel nicht zu den Frauen, die ich suche – Jeannette Veenendaal macht keine Ausnahme. Ich fürchte, sie paßt ganz und gar nicht zu ihm – oder ist er es, der fürchtet, nicht zu ihr zu passen? Die Leistung dieser Ehe liegt wohl eher bei ihm, und damit die Unsicherheit – kein Wunder, daß er sich ungern in die Augen blicken läßt. Dabei haben sie nichts zu verbergen, außer der Hauptsache: daß Dr. Veenendaal unglücklich verheiratet ist. Nein, er verbirgt sie sich nicht, jedenfalls handelt er danach, wenn die Gelegenheit die richtige ist. Daß ich ihm eine solche bieten, daß er sie ergreifen würde, wußte ich beim Eintreten in sein Ordinationszimmer noch nicht, sonst hätte ich ihn mit noch mehr Respekt betrachtet – und vielleicht Bedenken gehabt, ihn überhaupt aufzusuchen.

Aber jetzt sitze ich ihm erst einmal gegenüber. Er hört sich die Geschichte meines verlorenen Pulses ruhig an – bis er kurzerhand nach meinem Gelenk greift und ihn auch nicht findet. Er sieht weg, schüttelt den Kopf, mißt meinen Blutdruck, und zwar wiederholt – ist Ihnen immer so kalt? fragt er, um überhaupt etwas zu sagen. Dann bittet er mich, den Oberkörper frei zu machen. – Trotz des bescheidenen Innern seiner Praxis ist sie mit allem Nötigen versehen. Dr. Veenendaal ist nicht der erste beste Arzt, auch wenn er für ein Hühnerauge oder eine Tollwutimpfung ebenso da sein will wie für ein komplexes Herzflattern. Er ist als Konsiliarius gesucht und durch einige Schriften über Infarktprophylaxe auch dem weiteren Publikum ein Begriff. Er braucht kein kostspieliges Personal, um jemanden an den Kardiographen anzuschließen und vorher, wenn nötig, zu rasieren. Er flickt auch sein Auto eigenhändig. Ganz selten erlebt er ein Krankheitsbild, das er weiterschicken muß, im Gegenteil: berühmte Kollegen senden ihm ihre 24-Stunden-EKGs zur Gegenprüfung.

Um so fassungsloser war der gute Mann – ich gebrauche das Wort nicht mit der Herablassung des Kollegen Smolders –, als der Apparat aus meinem Puls nicht klüger wurde als seine Finger. Er prüfte alle Elektroden, deren Haftung auf meiner glatten Haut kaum zu verbessern war: der Strich auf dem Schirm blieb unbewegt, wie in Filmen, wenn die ärztlichen Helden einander den bekannten schwermütigen Blick zuwerfen. Dr. Veenendaal war lange nicht bereit, sein Gerät auszuschalten, an dem der Defekt ja liegen mußte. Denn ich atmete hörbar, hatte noch etwas Blutdruck vorzuweisen gehabt, und wo ein Blutdruck ist, muß ja wohl auch ein Puls sein. Ich tröstete ihn: mein Blut habe sich nie recht zur Untersuchung hergeben wollen. Es sei so dickflüssig, daß man dem Herzen seinen Stillstand nicht verdenken könne. Er hörte mir gar nicht zu, er bastelte, und dann – gab er auf. Ich finde kein besseres Wort. Er nahm sich nicht einmal die Mühe, um Fassung zu ringen, er stand einfach da wie seine grüne Wand und ließ sogar die Arme hängen.

Und doch und eben darum war er der Erste, der die Situation erfaßte. Er warf mir nur noch einen einzigen – verschwiegenen, um nicht zu sagen: um Schweigen bittenden – Blick zu. Der meine erwiderte: ein Malheur, nicht wahr, aber das kennst du schon, Katastrophen überraschen dich nicht. Und sein Blick gab zurück: reden wir nicht mehr davon.

Ja, Dr. Henk Veenendaal entschloß sich, meinen Befund zu ignorieren – und dadurch anzuerkennen. Er hatte ein Gefühl für das Umfassende daran. Er hieß mich nicht wiederkommen zur Beschaffung eines Alibis für die Medizin, eines Beruhigungsmittels für sein Gewissen. Er handelte gewissenhaft, indem er ärztliche Handlungen einstellte, beiseite schob. Ich sah in seinen Augen schwerlich wie ein Wunder aus, aber man kann sich seine Wunder nicht aussuchen. Er deutete nicht daran herum. Schon gar nicht erlaubte er sich den Kurzschluß eines Todesurteils. Er wechselte sozusagen das Genre, tat, nachdem er sich gefaßt hatte, einen Sprung aus der Medizin ins reine Abenteuer. Ja, er biß an. Für einen Vampir ist das ein kurioses, eigentlich systemwidriges Erlebnis. Ich war einem zweifellos Lebenden und doch meinesgleichen begegnet, einem Springer über Grenzen. Fast hätte ich ihn, statt mich selbst oder den Stuhl, festgehalten, als er mir seine Frau anbot.

Natürlich nicht so geradezu, nicht mit dürren Worten. Erst erkundigte er sich, um die Patienten im Vorzimmer unbekümmert, nach meiner Person. Vertrauen gegen Vertrauen, Mijnheer: ich erzählte ihm von meinem Beruf zur Kunst, auch wenn ich Sie verschwieg, Ihren Auftrag als mein eigenes Interesse ausgab: für Stilleben des 17. Jahrhunderts. – Ob ich von der Auktion in Laren gehört habe, bei der eine ganze Sammlung unter den Hammer komme? – Gehört habe ich davon. – Die Bilder seien ab morgen zu besichtigen, ob ich das wisse? – Ich zögerte, ob ich das wissen durfte; ich begann lieber von meiner Reisehemmung zu reden, einer wahren Bewegungsneurose. Darauf ging er gar nicht mehr ein. Das medizinische Kapitel war zwischen uns abgeschlossen, er schlug mit kühner Hand ein neues auf. – Meine Frau fährt morgen zur Eröffnung hin, sagte er, warum fahren Sie nicht mit? – Wie? fragte ich, unsicher, ob ich meinen Ohren trauen dürfte. Seine Augen, die von mir weg und auf den Boden blickten, beschlugen sich. – Geben Sie mir Ihre Adresse, sagte er, Jeannette holt Sie gegen vier Uhr ab. Es ist keine Dreiviertelstunde hin. – Vier Uhr nachmittags, sagte ich prüfend, das ist bei mir noch Schlafenszeit. – Wie Sie wollen, sagte er. – Ich will ja, sagte ich fest; und ich dankte.

So einfach geht dergleichen sonst nur im Traum, Mijnheer, und ich verstand so viel, daß ich mich mit Dr. Veenendaal in einem Traum befand, in einem ganz anderen als mit Dr. Buitenhuis. Wir teilten ihn zwischen uns, und doch war es nicht derselbe Traum. Dr. Veenendaal setzte mir seine Frau aus. Sie sollte mich holen – aber eigentlich war ich es, der sie holen sollte. Und doch war ich nicht der Teufel in seinen Augen. Es war mit Händen zu greifen, daß er sie liebte. Aber er spielte auf Risiko, dunkel-gewiß, ohne eine starke Wendung würde sich seine Ehe nicht halten lassen. Er war bereit, zu verlieren, um zu gewinnen. In meinen Augen, in meinem fehlenden Puls hatte er nicht einfach eine Abnormität gesehen, sondern einen Ruf, einen Wink – vom Himmel? Im Gegenteil. Aber auch die Hölle ist nur mit Vertrauen zu besiegen.

Aber bin ich denn ein Risiko? Es braucht feine und bekümmerte Augen, mich so zu sehen. Ein jugendlicher Liebhaber bin ich nicht, Mijnheer, aber vielleicht sah die Furcht Dr. Veenendaals ganz anders aus. Ich akzeptierte seine Angst als meine Verpflichtung. Ich wollte ihn nicht enttäuschen, aber kümmern sollte er mich nicht. Ich will nicht ganz umsonst gestorben sein. Und ich hatte Hunger, spürte in diesem Hunger schon etwas mehr: Appetit, Mijnheer, auf ein Abenteuer auch meinerseits. Für etwas Unvorhergesehenes war ich immer noch gut. Aber zu einem Abenteuer gehören zwei. Würde Frau Jeannette so über sich verfügen lassen? Wohl nicht – aber wenn sie ihr eigenes Spiel spielte, wohin würde es führen? Ich wußte es nicht, aber ich war in diesem Augenblick – wie der Kardiologe, der mein Herz nicht gefunden hatte – bereit, es nicht wissen zu wollen.

Flüchtig besehen, war das Angebot natürlich begrenzt – man hätte es unkonventionell, aber zivil nennen können. Ein einsamer Gast dieser großen Stadt sollte zu einer kleinen Kunstreise kommen. Aber wenn einer seinen Blick für das Schauerliche unter dem Zivilen hat, dann wohl einer, der die Friedhöfe von unten betritt.

Soviel fürs erste, Mijnheer, zu meinen drei Arztkontakten in Amsterdam, die wir nicht so schnell wie Mona als Manöver, als Umweg zur Stillung meines Hungers auf Arztfrauen, qualifizieren wollen. Bluthunger ist etwas ganz anderes als Blutdurst. Er will dem Leben nicht übel, an dem er sich festsaugt. Ich bin das Blut wert, das ich nehme. Aber wie es mir mit diesen Frauen, mit Myrna, Maaike, Jeannette erging und geriet, steht auf einem andern Blatt – das reserviere ich für Mona, die langen Nächte bei der Kerze. Jedem das Seine,

Mijnheer, für Sie die Männer und ihre Sorgen, für Sie die Kunst. Für Frau Mona aber meine Abschweifungen ins blutige Leben. Ihre entfernte Ähnlichkeit mit Liebesgeschichten rührt sie vielleicht – bewegt sie dazu, aufzustehn und zu wandeln.

Dr. Buitenhuis hielt seine Pflicht für getan, als er mir sein Todesurteil verkündet hatte. Aber er konnte mich nicht hindern, den Vortrag über Pompeji zu besuchen und mich neben seine Frau zu setzen. Dr. Veenendaal, der den Stier bei den Hörnern packte, wurde vorerst nur für diese Heldentat benötigt. Als ich neben seiner Frau im Auto saß, nahmen die Dinge ihren Lauf ohne ihn. Was aber unsern weltbekannten Hämatologen betrifft, Dr. Smolders – so wissen Sie bereits, daß er sein eigen Fleisch und Blut verleugnete, als es ihm aus meiner Vene entgegentrat. Sein eigen Fleisch und Blut? Aber das sind Mann und Frau gar nicht. Die Zeiten, da sich Professor Smolders hatte einbilden können, mit Frau Maaike wenigstens Ein Fleisch zu sein – diese Zeiten waren auf Episoden reduziert, immer flüchtigere, immer weniger exklusive. Eine Frau wie Maaike besitzen heißt: sie teilen. Wohl dem, der es auf gute Art vermag. Bei Dirk Smolders hieß die gute Art Karriere, Forschung, Langlauf im Obergoms, Empfang beim indonesischen Botschafter. Sie hieß »Freiheit«, »Toleranz«, vielleicht auch »Arrangement« – dieser Mann hielt sich schadlos, bettelte anderswo, mochte in Gottes Namen mit Maaike Ein Fleisch sein, wer da wollte. Aber daß einer daherkam, der mit ihr Ein Blut war – das war nicht vorgesehen, das stellte seine Welt der Reagenzgläser und Retorten auf den Kopf. Es konnte nicht sein, also durfte ich nicht sein. Er will nicht wissen, wie ich zu diesem Blut gekommen bin, dabei ging es ganz manierlich, wenn auch etwas traumhaft zu. Sein Mangel an wissenschaftlicher Neugier ist erschütternd. Dafür darf er keinen Nobelpreis kriegen.

Sie kennen Mona noch nicht, Mijnheer, aber jetzt kennen Sie die Geschichten, die ich ihr erzähle. Ist das ein Anfang, Mijnheer?

7

Nachzutragen: wie sie nach ihrem letzten Flug nach Hause kam. Ihr geschiedener Mann hatte sie gebracht. Er führte sie zum Sofa; sie hielt sich beim Sitzen fest, als traue sie der Lehne nicht. Sie trug Uniform und war blaß bis auf die Lippen.

Da steht er nun im Raum, Gerrit, ein mittelgroßer, kräftiger Mann. Er ist geschäftsmäßig, aber nicht bieder gekleidet und hat eine laute Stimme. Ich schätze ihn auf fünfzig, sein Untergesicht ist auffällig robust, nicht grob, eher bäurisch. Aber seine Mundfalten sind die eines Konferenzteilnehmers, Geschäftsfreunds, Jubiläumsredners. Sein Obergesicht flieht, hinter den starken Brauenwülsten flieht auch die Stirn, die meisten Haare sind schon weg, bis auf eine Strähne, die einmal sorgfältig auf dem Schädel verteilt gewesen sein muß, jetzt aber zusammenklebt wie eine Opferbinde. Ich habe mir den geschiedenen Mann jünger und glatter vorgestellt, aber nicht so jugendlich in den Bewegungen. An Gerrit arbeitet immer etwas, die Hände, die Arme, das Spielbein. Er hat ein Spiel- und ein Standbein und wechselt sie häufig. Sein Lachen ist etwas zu laut, mit einem Einschlag von Schuldbewußtsein, als sei der Mann nie ganz sicher, ob er passend gelacht habe. Seine Augen zeigen eine Art Wärme, aber ebenfalls Schuldbewußtsein; wenn er redet, richtet er sie nicht auf den Angeredeten. Vielleicht darum wirkt die Macht, mit der er redet, sozusagen in sich gekehrt, täuscht etwas Philosophisches vor. Ich habe den Eindruck, dieser Mann wartet darauf, den Clown spielen zu können, läßt es aber nicht so weit kommen; er fürchtet, dann nicht mehr vertrauenswürdig zu sein. Er hat einen Schlüssel zu Frau Monas Wohnung, ihr geschiedener Mann.

Mit dieser Grippe! hat Gerrit gesagt. Er hat den Mantel nicht ausgezogen und wippt jetzt auf den Fußballen. – Es ist glatter Wahnsinn, sie hätte nicht fliegen dürfen.

Er redet mit mir, als säße Frau Mona nicht da. Ich erfahre, daß sie gestern abend vom Crew Control zu einem Flug nach

Kopenhagen aufgeboten worden ist, aushilfsweise, daß man sie schon beim *briefing* zum Arzt schicken wollte, und daß sie trotzdem an Bord gegangen ist. Beim Servieren des Frühstücks ist sie hingefallen und nicht mehr aufgestanden. In Kopenhagen ist sie wieder auf den Beinen gewesen, hat das linke etwas nachgezogen und etwas von ihrem Blutzuckerspiegel gesagt. Sie hat eine Vitaminspritze verlangt und angegeben, alles sei wieder o.k., nicht wahr. Auf dem Rückflug die zweite Ohnmacht. Diesmal längere Bewußtlosigkeit. Auf zwei Sitze gebettet, Coramin, so. Per Funk Ambulanz nach Schiphol angefordert. Wieder zu sich gekommen, sehr schwach, nicht wahr. Notfallstation, Check-up, Muskelfermente erhöht, Blutbild sonst nicht auffällig, Schmerzen keine, Röntgen ohne Befund. Blutdruck tief, allerdings, und immer wieder gefühllose Beine, Bewegungsstörungen, geschwollene Knöchel. Nichts wie zum Neurologen. Reaktionen wieder normal. Hospitalisation verweigert, so. Nach ihrer Tasche verlangt, sich gekämmt. Seinen, Gerrits, Namen angegeben, aber erst auf dringende Mahnung der Ärzte. Sofort gekommen, er, nicht wahr, dabei war er grade beim Kofferpacken für die Türkei, Schwarzmeerküste, unentdecktes Ferienland, nicht wahr. Zauberhaft. Mona schon wieder getan, wie wenn nichts, gar nichts. Du bleibst im Krankenhaus, Mona. Kein Gedanke, nicht wahr. Dafür komme ich auf, Mona, das ist es mir wert. Nun schon gar nicht, so. Unterschreibt ein Papier, nicht wahr: auf eigene Verantwortung. Medizinisch überhaupt nicht zu verantworten. Und was jetzt? Kein Zustand, nicht wahr, Wahnsinn einfach. Was ich dazu sage.

Frau Mona lächelt schwach: ich brauche durchaus nichts zu sagen. Der Fall ist abgetan, sie entschuldigt sich für das Drama, es soll nicht wieder vorkommen. Eine Sache des Blutdrucks, des Höhenunterschieds, vielleicht ein wenig Erschöpfung. Jetzt ist sie ja wieder am Boden, und alles ist o.k. Sie wird auch ein paar Tage am Boden bleiben, Gerrit soll nur das nächste Flugzeug buchen und ab in seine Türkei.

Vielleicht hat er noch Zeit für einen Screwball, Gerrit, die machst du so gut. Und du weißt ja noch wo.

Der Geschiedene protestiert und geht in die Küche. Jetzt weint sie, Frau Mona. – Ich hätte dir sagen sollen, daß ich *Stand-by* bin. Aber um vier Uhr wäre ich ja zurückgewesen, und jetzt ist es neun. Das blöde Spital –

Wenigstens weiß sie jetzt, was ihr fehlt: nichts. Ein wenig Ruhe vielleicht. Für den Blutdruck, diese Bagatelle, will sie schon was tun. Niedriger Blutdruck, die Versicherung für ein langes Leben.

Für die Party bei Kees ist sie wieder fit, sie freut sich darauf, aber Gerrit nichts sagen, bitte.

Er kommt mit drei Cocktails zurück, das Eis klingelt in den Gläsern. Er findet die Situation klar. Klar ist, daß Mona einen richtigen Check-up braucht, und daß sie vorläufig nicht mehr fliegt. Klar ist ihm so manches, was er nicht ausspricht: daß ich da bin, für alle Fälle, ist hoffentlich auch klar. Mein Verhältnis zu seiner Geschiedenen mag ja sein, was es will: für Notfälle ist es klar, in seinen Augen. Doch, er spricht es aus:

Sie passen auf Mona auf, nicht wahr. Das hat sie nämlich nicht gelernt.

Gerrit, sagt Frau Mona langsam und deutlich, ich habe Herrn Samstag bisher noch nie um einen Gefallen gebeten, und ich werde es auch in Zukunft nie tun.

Du wirst jetzt tun, was die Ärzte sagen, erwidert er. Du kennst ja Ärzte genug.

Das klingt wie der erste Satz einer langen Geschichte, die, da abgetan, jetzt nicht mehr aufgerollt werden muß. Aber die Andeutung genügt, nicht wahr. Die Herren können jetzt auch einmal ihre Pflicht kennen statt nur ihr Vergnügen.

Dabei hat er mich gedrängt. Monate hat er sich herumgetrieben, nichts mehr mit mir gehabt, und ich war ihm treu. Der Vizedirektor, aber das war eine andere Sache. Ich hab sogar gedacht, das rettet unsere Ehe. Erst als er praktisch ausgezogen war, dachte ich, was soll's. Da habe ich herumge-

schlafen, das stimmt. Und Kees. Ohne Kees hätte ich die Scheidung nicht überstanden. Er war selten da, aber wie. Er sagte mir: mal doch, du kannst nämlich malen! Ich hab's auch versucht. Aber ich mußte ja wieder fliegen, da ist der Faden gerissen. War einfach zu müde. Plötzlich stand Gerrit wieder in der Tür. Und wollte mit mir schlafen, sonst nichts. Kannst du dir das vorstellen? Er vermißt das Haus. Wenigstens macht er mir nichts mehr vor und braucht keine Ausreden mehr.

Aber an jenem Abend fragte sie nur: Mit wem fliegst du denn in die Türkei? Mit Antje?

Als ob sie nicht wüßte, daß er mit einer Sonja flog: er apportierte sie ihr ja getreulich, die Namen dieser Frauen. In der Ehe hatte er sie verschwiegen: jetzt würzte er die Besuche bei Frau Mona mit seiner Ehrlichkeit. Er holt sie nach, sagt sie, und glaubt, ich interessiere mich noch dafür.

Ich brauche ihn wirklich nur zum Liebemachen, das faßt er nicht. Und wenn ich an ihm noch etwas mag, ist es genau das: daß er sich nicht einmal das glaubt, was er kann.

Damals schwieg er zu Antje und Sonja. – Denk jetzt einmal nur an dich, sagte er ungeschickt, und küßte sie auf die Wangen, die sie ihm mit spitzem Lächeln hinhielt.

Als ich ihn zur Tür begleitete, sagte er noch:

Sie hat Rasse, Mona. Werden Sie ja schon gemerkt haben. Aber sie ist eine Verschwenderin, in jeder Hinsicht. – Ich wäre Ihnen dankbar, wenn Sie ihr Sorge trügen.

Seine Finger sind bei unserem Händedruck so kalt wie die meinen, und in seinen Augen lese ich:

Ich bin auch nur ein Mensch.

8

Am 1. März war es heraus, und sie weinte. Sie würde nicht mehr fliegen. Ein Brief der Gesellschaft, ein Aufgebot zum Vertrauensarzt. Sie wollte gar nicht hingehen, dann hat sie es doch getan, lachend vor Empörung. Wegen einer kleinen Ohnmacht. Das war ja früher geradezu Mode, weiß das bei KLM eigentlich niemand? Ein ungebildeter Mensch, dieser Mediziner, und natürlich gekauft. Er weiß, auf welcher Seite sein Brot gebuttert ist. Einer aus Gerrits Kumpanei, man hat sich früher bei Parties gesehen, ein Sportsfreund, Segler, das ganze Jahr gebräunt, das Gesicht kann man vergessen, aber sie hat es nicht vergessen. Wäre ich keine geschiedene Frau, er hätte es nicht gewagt, mich fluguntüchtig zu schreiben.

Flug-un-tüchtig! Gut, sagt sie, Herr Doktor, jetzt bin ich für Sie also nur noch Personal. Das gleicht Ihnen, aber das hatte sie sich nur gedacht. Immer noch lachend hatte sie es sich gedacht. Gut, Sie behandeln mich als berufstätige Frau, ist mir ja auch lieber. Als gewöhnliche Stewardess. Zehn Jahre geflogen: *ein* Ausfall? *eine* Reklamation? Haben Sie meine Zeugnisse bei den Akten? Natürlich nicht. Daß Sie meine Fan-Post nicht kennen, mache ich Ihnen nicht zum Vorwurf, aber es gibt sie. *Thanks to Miss Mona, this was a memorable flight. We particularly appreciated the charm of Mona and her warm and resourceful hospitality.* Habe ich den Kontakt mit den Passagieren gesucht? Ich habe ihn gefunden, Herr Doktor. Ich habe ihn auch auf einer Kurzstrecke gefunden, zwischen Amsterdam und Köln. Eine Frage der Personality, aber auch das hatte sie ihm nicht gesagt. Wenn er es nicht sah, konnte sie ihm auch nicht helfen. Ein anzügliches Gesicht durfte er sich verkneifen, aber ihr in die Augen zu sehen, das konnte ihm nichts schaden. Sie hatte es nicht nötig gehabt, sich herabzulassen, anzubiedern. Sie war nicht *Everybody's Darling*, keine Kichererbse in Uniform. Eine Dame – aber wer eine ist, nimmt das Wort nicht in den Mund. Sie hat geheiratet, sehr *gut* geheiratet. Hat sie dann aufgegeben wie alle? Ja, zuerst, aus Liebe, aber nicht lange. Sie hat sich das Fliegen nicht einmal von ihrem Mann verbieten lassen. Hat sie das Taschengeld nötig gehabt? Ist sie aus Not weitergeflogen? Aus Bedürfnis nach Abwechslung? Abwechslung, im strengsten Frauenberuf, den es gibt! und im unsozialsten! Muß sie dem Herrn sagen, daß sie es aus Pflichtgefühl getan hat, aus selbstverständlicher, *ihr* selbstverständlicher Loyalität, aus Dienstbereitschaft? Wenn er ein *Herr* wäre, müßte sie es nicht. Dienst ist, wenn er nicht verlangt wird, Höflichkeit, wenn man nicht muß. Sie hat nicht einfach ihr Lächeln in der Kabine aufgepflanzt und stehenlassen. Sie war sich nicht zu fein anzufassen, auch als Frau eines Millionärs! Sie konnte nicht anders – dabei war kein Verdienst. Aber bei der Gelegenheit durfte es schon einmal gewürdigt werden. Jetzt steht sie da und sagt: ich brauche euch. Auf einer Million Flugkilometern habt ihr mich gebraucht, und jetzt brauche ich euch. Ich bin meinen Lohn wert, wenn ihr das nicht wißt. Muß man es euch sagen? Gut, sie sagt es ihm. Sie schämt sich ein wenig für den Vertrauensarzt ohne Vertrauen. Wegen einer läppischen Ohnmacht. Zwei, gut, wenn er schon kleinlich sein will. Eine Blutdruck- und Blutzuckeraffäre, in ein paar Tagen ausgebügelt. Sieht Mona, wie sie hier steht, wie eine Ohnmächtige aus? Ein Mal hat man bei ihr zugreifen müssen – ist das der Rede wert, nachdem sie hundertmal zugegriffen hat, in *wirklich* ernsten Fällen? bei Luftkranken, Schwangeren, Sterbenden? Drei Kinder hat sie im Flugzeug zur Welt gebracht – war sie dafür verantwortlich, daß man diese Frauen an Bord gehen ließ? Aber als die Verantwortung bei ihr lag, hat sie sie übernommen – eine klare Sache, nicht der Rede wert, sie schämt sich schon lange, davon zu reden. Tiefer Blutdruck, schön, aber das war doch bisher die berühmte Lebensversicherung?! Schlechte Werte, in welchem Labor geprüft, bitte? Bei Professor Smolders? Der sei ihr wohlbekannt, der sei ein alter Freund, mit dem sei sie öfter geflogen. Da werde sie nachfragen, darauf könne sich der *Herr* Doktor verlassen. Schlechte Werte, jeder hat mal schlechte Werte, man müßte nur jeden Tag nachmessen, dann wäre man gestern und morgen todkrank und heute kerngesund. Die Frage sei doch eine ganz andere. Die Frage sei, was die Toleranz des Arbeitgebers wert sei, um nicht noch einmal von seiner Verantwortung, seiner Loyalität zu reden.

Klipp und klar: ob ihr der Herr Doktor etwas zu verbergen habe? Ob er mehr über sie wisse als sie selbst? Nur heraus damit. Wenn er dazu keinen Mut habe, werde sie ein zweites Gutachten einholen – von einem Kollegen, der das offene Wort nicht scheue, besonders wenn zur Scheu kein Grund bestehe. Der etwas begriffen habe vom intimen Zusammenhang zwischen Körper und Seele. Wenn man sich bei KLM durch ihre Personality habe darüber täuschen lassen, daß es sich bei Mona um einen Menschen mit feinem Gefühl handle, sei das nicht ihr Problem. Man könne nicht immer beides haben: die perfekte Bedienungsmaschine und die Betreuerin mit Fingerspitzengefühl. Monas Fehler, daß sie das jahrelang unter einen Hut gebracht habe. Ja, jetzt sehe sie, es sei ein Fehler gewesen. Sie hätte auch ein paarmal ausflippen müssen, ihre Depression nehmen wie die jungen Dinger, dann wäre es vielleicht aufgefallen, was sie der Gesellschaft geboten habe. Aus Überzeugung, ja. Weil sie auch in ihrem Beruf gerne ganz sei, ein ganzer Mensch. Aber zu einem ganzen Menschen gehöre ab und zu auch eine Seele. Zum Glück wüßten andere Mediziner heute wieder, daß der Mensch ein Ganzes sei. Und zum Glück stehe sie nicht so allein in der Welt, wie der Herr Doktor anzunehmen scheine. Mit Professor Smolders sei sie gut bekannt, sie hätte auch Doktor Veenendaal nennen können oder Doktor Buitenhuis. Einen dieser Freunde werde sie um ein Gegengutachten bitten, wenn man sie zwinge. Sie tue es nicht gern, aus Rücksicht auf die Gesellschaft und ihre Blamage. Jemand müsse an den Ruf der Gesellschaft denken, wenn ihr eigener Vertrauensarzt es nicht tue. Vertrauensarzt! So viel sie wisse, müsse Vertrauen von beiden Seiten gelten, auf Gegenseitigkeit beruhen. Sie lasse sich nicht von heute auf morgen zur Invaliden stempeln –

Bitte, habe der Arzt gesagt, das Segler-Gesicht. – Bitte,

holen Sie Ihr Gutachten ein. Ich rate es Ihnen nicht. Und wenn es weniger schonend ausfällt, was machen Sie dann?

Weniger schonend?

Er für sein Teil habe nichts gesagt, als daß sie der Erholung bedürfe, und daß man ihre Krankheit – eine Art Hautkrankheit, die sich nicht immer auf die Haut beschränke – im Auge behalten müsse. Er habe ferner gesagt – weil er verpflichtet sei, es zu sagen –, daß die gesundheitlichen Voraussetzungen für das Fliegen erfüllt sein müßten, bei einer Hostess so gut wie bei einem Piloten. Auch bei der besten Hostess. Er habe ihr nur gesagt, was sie sich selbst denken könne und was man ihr damals beim Eintritt schriftlich gegeben habe. Und hier habe sie seinen fairen Rat: sich vor ihrer besseren Einsicht nicht zu drücken, wenn sie den Erholungsprozeß beschleunigen wolle.

Und wann fliege ich wieder?

Der Herr habe den Kopf gesenkt und dann mit unmerklichem Tadel geschüttelt.

Sie haben recht, habe Mona gesagt. – Wir können uns weitere Reden sparen. Ich werde mein zweites Gutachten besorgen. Und ich bin Ihnen sehr verbunden, daß Sie nicht von den Sozialleistungen der Gesellschaft geredet haben. Ich weiß, sie sind vorbildlich. Vielen Dank, mein Herr, Sie hören das Weitere.

Ja, sie ist zu Dr. Buitenhuis gegangen, ein verzweifelter Schritt. Welcher Teufel ritt sie, ihn immer noch lächelnd zu tun? *Wollte* sie denn ganz sicher sein?

Ich war bei dieser Konsultation nicht dabei, Mona redete kaum darüber. Eine ganze Nacht saß ich wortlos an ihrem Sofa. So viel sagte sie dann doch – ja, jetzt klammerte sie sich daran –, diese Untersuchungen seien nicht in Ordnung gewesen. Buitenhuis habe sich für unzuständig erklärt – nicht medizinisch, natürlich, aber juristisch, administrativ. Er sei nicht Vertrauensarzt der KLM, sein Votum, so oder so, habe dort kein Gewicht. Mona schien dieser Gedanke mitten im Weinen zu trösten: kein Gewicht. Sie hätte also nicht hingehen dürfen. Sie hätte gar nicht hinzugehen brauchen. Sie hätte es ebensogut nicht wissen können.

Was wußte sie denn?

Das war nicht herauszubekommen. Diese langfädigen Fremdwörter. Eine Krankheit aus zwei Buchstaben. Damit hätte Boudewijn *jeden* krank gemacht. Das konnten sie, die Patienten fertigmachen, mehr konnten sie nicht, und dann ließen sie einen damit allein.

Sie bestand nicht darauf, daß er ihr diese Wörter erklärte. Ein Befund, der sich für solche Wörter hergab, war ohnehin kein menschlicher Befund. Die dachten nur an die Wissenschaft oder ihre Karriere. An den Patienten dachten sie nicht. Eine Gefälligkeit, hatte Boudewijn das genannt. Aber sie hatte ihn nicht um eine Gefälligkeit gebeten, sondern um eine ehrliche Diagnose, und das war keine ehrliche Diagnose.

Ich kenne die Gespräche bei Doktor Buitenhuis, sagte ich.

Nicht wahr, sagte sie und schaute mich mit weit offenen Augen an, das Strahlen war wieder da, immer noch entsetzt, aber unbezwinglich. – Dir hat er doch auch seinen Quatsch erzählt!

Und wie, sagte ich.

Und du lebst noch! sagte sie mit einem Schrei und warf sich an meinen Hals. Jetzt weinte sie, sie weinte mit dem ganzen Leib, sogar der Bauch vergaß, sich festzuhalten. Du lebst, du lebst noch, schluchzte sie unaufhörlich, es schüttelte sie, sie schüttelte mich dabei mit, und ich fürchtete mich, sie zu trösten. So zerbrechlich hätte ich sie mir nicht vorgestellt. Aber sie merkte es nicht, und ich tat es dann doch.

Jetzt *fliege* ich auch nicht mehr, sagte sie, sich losreißend, nie wieder! – Und hielt sich wieder fest, als wäre ich ein Fels. – Jetzt haben sie's! wimmerte sie.

Scheiße, sagte Mona nach einer Weile, ich danke dir. Was trinkst du?

Sie brachte uns ihre Bloody Marys.

Jetzt lachte sie wieder. – Schließlich habe ich genug zu tun, sagte sie. Ich muß mich bilden. Alles redet ja nur noch von Kunst.

Alles? fragte ich.

Hast du nicht gelesen? den großen Artikel über Kees im »Telegraaf«. Er ist ein halbes Jahr in der Südsee gewesen, in Melanesien. Er hat sich ganz neu gefunden, und die Ausstellung soll alles in den Schatten stellen. Du kommst zur Eröffnung, ich tue es nicht anders!

Da ich schwieg, setzte sie schuldbewußt hinzu: Übrigens müssen wir auch deine Stilleben bald besuchen. Ich fahr dich hin, in der Lancia. Sobald ich wieder fit bin. Schneller, als du denkst.

9

Wo kommst du eigentlich her?

Aus dem Keller.

Du hast Eltern, Geschwister, du bist ein Kind gewesen. Du kommst aus einem Land, aus einem Dorf.

Ich komme aus einem Bild.

Das ist nicht wahr. Erzähl.

Jedesmal tauche ich mit diesem Bild zusammen auf, immer demselben Bild. Es ist wieder dort, also bin ich wieder da. Ich sehe es über mir, also liege ich unten, weit unten. Das Gefühl von Tiefe ist da, obwohl ich das Bild nicht sehr hoch oben sehe, nur hoch genug, daß ich nicht danach greife. Ich bin erwachsen, vom ersten Augenblick an, und ich weiß, es ist Abend.

Der Abend ist im Licht. Das Bild besteht aus Lichtern, aus einer Flucht heller Flecken, die zu fließen scheinen, aber ich liege doch nicht unter Wasser, wie könnte ich sonst atmen. Ich atme, ich bin kein Fisch. Und die Flecken sind keine Vögel, sie fliegen nicht, sie fliehen auch nicht mehr. Nur mein Auge muß aufhören zu fließen, dann beginnen sie festzustehen, ihren Umriß zu glätten, und ich kann sie zählen. Ein

Teppich aus Abendlicht, schon kann ich ihn ausmalen, schon kann ich mir viel dazu denken. Zum Beispiel: Karos mit schiefen Seiten haben etwas Fliehendes. Bevor das Auge sich an die Form gewöhnt hat, kann es nur das Fliehende sehen. Natürlich, aber jetzt stehen sie fest. So wahr ich zu mir gekommen bin. Es sind Rhomben, auch das steht fest, Rauten. Oder sind Rauten keine Rhomben?

Es fängt wieder zu schwimmen an, mein Bild zersplittert nach allen Seiten, aber auch das kann ich feststellen. Es war im Auge. Ein tränendes Auge am Anfang ist keine Seltenheit, nicht zum Erschrecken. Ein Lidschlag, noch einer, und die Rhomben sind wieder an ihrer Stelle, ausgerichtet wie ein Vogelzug, aber es sind keine Vögel. Es sind regelmäßige helle Flecken, ich brauche gar nichts hinzuzudenken. Sie haben sich schon zum Bild zusammengefügt. Es erinnert mich an Abend, an nichts anderes. Aber woran erinnert mich Abend?

Etwas ist vorübergegangen, wenn ich zu mir komme. Ich wäre, wenn es nicht vorübergegangen wäre, nicht zu mir gekommen. Rauten, hat es etwas mit Rauten zu tun? Wenn Rauten jetzt etwas anderes wären als ein Wort. Was könnten sie gewesen sein? Warum habe ich im ersten Augenblick, wo ich sehen kann, ein Bild von mir, das mir soviel verbirgt? Ich komme zu mir – aber war da nicht eben noch etwas mehr? Bin ich an diesem Bild erwacht, oder an meinem Schreck, meiner Enttäuschung? Entstellt. Bin ich entstellt?

Wer da? Wer hat da gesprochen mit tiefer Stimme und weckt mich jetzt, erschreckt mich mit seinem Schweigen, wer hat mich enttäuscht?

»Hunger« ist nicht bloß ein Wort.

Ich habe nur ein Auge. Sobald ich sehen kann, steht fest: ein Auge. Es könnte etwas mehr sein. Kein Wunder, daß es tränt.

Was fehlt mir denn, kaum bin ich da? Ich komme nicht darauf. Wenn ich erst aufgetaucht bin, komme ich nicht darauf oder dahinter, was mir fehlt. Aber es fehlt mir, es fehlt mir erst jetzt. Ich sehe es in meinem Bild fortschwimmen. Sobald ich sehen kann, weiß ich: Versetzt. Aber ich weiß nicht, woher ich es weiß.

Hunger?

Kein Grund zum Erschrecken. Ich brauche nicht Hunger zu nennen, was ich empfinde. Gleich finde ich ein besseres Wort dafür. Ich bin ja schon erwachsen. Ich habe keine Erinnerungen nötig, oder ganz andere. Ich sehe, das ist eine Tatsache. Da ist Licht, acht Felder, keins mehr, keins minder, ich kann sie nachzählen. Da fehlt nichts. Es ist schwaches Licht, ich kann es schonend nennen, und dazu denken: für mein Auge wird gesorgt. Einer, der überhaupt sehen kann, kann das sehen. Bestehen muß ich dieses Leben schon selbst, dafür bin ich ein Mann – bin ich ein Mann? Für einen Mann gibt es kein Zurück. Das Gröbste habe ich doch schon hinter mir. Nennen wir das, was ich hinter mir habe, das Gröbste, dann wird alles leicht. Umsonst kann ich nicht erstarrt sein. Wer auftaucht wie ich, der muß erstarrt gewesen sein, das ist doch klar wie das Licht an der Decke. Es ist eine Decke, so viel ist auch klar. Wenn das Wasser aus meinem Auge abgelaufen ist, kann ich sehen: das ist ein Raum.

Nichts Großartiges, ein Abstellraum, ein Keller, aber für den Anfang muß es genügen. Ein gewöhnlicher Raum, nur dunkler als gewöhnlich. Warum nicht, wenn es schon Abend ist. So viel habe ich ja schon festgestellt. Und ich werde weiter feststellen: das Licht an der Decke ist gar kein Bild, oder ein Bild für gar nichts weiter. Von draußen fällt Licht, Straßenlicht durch ein Fenster an meine Decke. Ich brauche nur aufzustehen – ich liege wahrhaftig etwas tief, aber darum liege ich noch nicht in einem Sarg – dann werde ich mein Fenster sehen und sein Geheimnis lüften: vergittert.

Die acht Vierecke sind ein Werk des Gitters. Sie sind das vom Gitter Ausgesparte, wenn ich so will. Ich muß nur wollen, dann stoße ich mit klaren Tatsachen zusammen: drei senkrechte Stäbe und ein waagrechter machen acht Felder. Ich brauche mich nur zu rühren, dann finde ich sofort Raum, Raum für alles Weitere.

Von einem Gefängnis kann keine Rede sein, das will ich nicht. Es gibt immer eine Tür. Selbst das Gitter dient nur zu meinem Schutz. Es widersteht nur Dieben und Einbrechern. Bewohner hält es nicht auf. Die haben ja den Schlüssel zur Tür. Aber rühren müssen sie sich schon. Ich sehe, oder etwa nicht. Das ist die Hauptsache, eine große Entdeckung. Es gibt nichts, was ich nicht sehen könnte, so oder auch anders. Ich bin da.

Jetzt muß ich nur noch wollen.

Das war nicht meine Stimme. Und doch bin ich allein. Nie bin ich so allein, wie dann, wenn ich diese Stimme wieder höre. Aber sie kommt so sicher wie die Rauten, wie das Gitter. Und jedesmal behält sie recht. Sie verschafft sich einfach ihr Recht und stellt diesen verdammten Raum wieder hin. Und her. Den Keller, ja. Jetzt ist es ein Keller. Ein Papierlager, um genau zu sein. Jetzt bleibt ja nichts mehr als Genauigkeit. Ein Lagerraum mit einer Bettkiste an der Wand – schon ist es absurd geworden, in so was liegenzubleiben. Eine Kloschüssel, ein Waschbecken, ein Spiegel, ein Stehpult. Der leere Tisch. Die ungeheuren Papierstöße. Eine Tür, wie vermutet, und natürlich ein Fenster, ein Gitterfenster, auch das hat seine Ordnung. Und das fahle Licht, in dem sie sich ausbreitet, soll schon wieder mein Tag sein.

Nein, sage ich.

Jeden Abend, wenn ich zu mir gekommen bin, sage ich erst einmal nein.

Das ist alles verkehrt. Man hat mich versetzt. Ich bin entstellt. Dieses Licht liegt falsch, es muß weg.

Dann schließe ich die Augen und werde furchtbar. Dann zeige ich mich, zeige es diesem ganzen Raum. Mit einem Schwung sitze ich auf der Kante meines Kastens, überlebensgroß, ein Kondor. Mein schwarzes Zeug fliegt hoch und getraut sich kaum zurückzusinken, es sträubt sich in der Luft.

Ich mache Wind. Ich strahle. Ich strahle vor Abwesenheit. Wie Flügel rauscht es über mir, wenn ich die Wand meines Kastens herunterkrieche, kopfüber, senkrecht, ja. Ich mache mich klein, dann dauert es länger, aber gleich stehe ich wieder groß da. Ich erhebe mich, greife mit Riesenkrallen an den Boden meines Kastens und ziehe ihn hervor. Es ist ein Spiegel, ein schwarzer Spiegel. Nur in einem solchen kann ich mich sehen. Ich bin gewaltig entstellt. Mein Bild ist so grauenvoll negativ, daß sich die Wände biegen und der Raum sich krümmt. Wie ein Blitz fahre ich zum Fenster und hänge es zu mit meinem Spiegel, ja. Er paßt wie angegossen. Der Rahmen saugt ihn fest. Unter dem ungeheuren Sog des Vakuums, das mein Spiegel erzeugt, schmilzt der Keller und beginnt auszufließen. Als zähe Masse treibt er dem Spiegel zu und wird von ihm verschluckt. Indem er sich auflöst, beginnt auch der Spiegel durchsichtig zu werden. Allmählich zerfällt er, bröckelt auseinander, wabert in sich zusammen. Ja, die Risse glühen wie die Fäden eines schrumpfenden Netzes. Dann ist nichts mehr, totale Spiegelfinsternis, und meine Abwesenheit erhebt sich zur Vollkommenheit. Dann sieht sie aus wie mein Gesicht. Ich bin von Nichts als meinem Gesicht umgeben, dem Ausdruck meiner Entstellung, der so umfassend ist – so ungeheuer schrecklich –

Das könnte dir so passen.

Sie könnten es mir gönnen.

Du könntest es einfacher haben.

Sie fliegen doch auch, Frau Mona, und es waren keine leichten Flüge, sonst lägen Sie nicht hier. Und was mein Gesicht betrifft –: Sie sind es doch, die glaubt, daß ich Sie nicht sehen darf. Ich komme von diesem Bild her. Es ist das Nächste, was ich über meine Geburt weiß. Acht Lichtflecken an meiner Decke, Rauten. Von der Straße fallen sie nicht herein. Die Straßenlampe, die dieses Bild an meine Decke wirft, müßte sehr tief stehen – sie müßte geradezu im Boden versunken sein. Es gibt sie nicht. Wenn ich mein Fenster abdecke – mit einem starken Brett –, dann bleibt das Muster über mir stehen. Es tritt sogar noch deutlicher hervor, als wäre es aus anderem Stoff als Licht. Vielleicht gibt es leuchtendes Dunkel.

Ich mache kein Geheimnis daraus. Ich habe nur keine Erklärung dafür. Sehen Sie nur selbst, wenn es Ihnen besser geht, und wenn Sie meinen Keller nicht scheuen.

Wo die Gitterschatten sich kreuzen, ballt sich etwas, versteckt sich etwas, Knoten, wie Reste von Menschen. Aber so genau muß man es nicht betrachten.

Wenn ich am Schalter drehe, verschwindet das Bild auf der Stelle. So flüchtig sind meine Geheimnisse. Erst wenn ich am Morgen das Brett wieder aus dem Fenster hänge, wenn ich mich in den Kasten lege und vor Müdigkeit vergesse, die Augen zu schließen: dann kehren die Rauten zurück, treten wieder aus meiner Decke hervor.

Am Morgen erstarre ich. Ohne diesen Lichtschutz ginge für mich kein Tag vorbei. Diese ausführlichen Tage blenden mich. Ich schlafe. Man kann von Schlaf reden, vielleicht ist das Wort zu friedlich. Also erstarre ich, bis mich das Bild wieder weckt.

Warum glaubst du, daß du nicht leben kannst? Daß du jemanden erschreckst, wenn du lebst? Oder jemanden enttäuschst?

Warum meinst du, daß du ein Ungeheuer bist, wenn du Hunger hast?

Warum brauchst du ein Bild, um zu dir zu kommen? Warum kannst du nicht zugeben, daß dich deine Bedürfnisse wecken?

Warum machst du dich bald zu groß, bald zu klein?

Das Reden macht Ihnen Mühe, Frau Mona. Schweigen Sie ruhig.

Warum läßt du nicht mit dir reden?

Weinen können Sie besser, also weinen Sie nur. Ich habe es auch schon versucht. Aber wenn mir die Tränen kommen, ist die Sache schon gelaufen. Da ist nur noch ein Bild an der Decke, an dem ist auch mit Tränen nicht zu rütteln. Ich sehe ihm nichts mehr an, verstehe nicht einmal den Schrecken: warum es mich erstarren läßt, und warum es mich wieder weckt. Bei Licht besehen – ist nichts mehr da. Nur noch ein entferntes Gefühl: da komme ich her.

Aber du bist kein Bild. Was heißt für dich: ich erstarre?

Ich habe eine Art zu schlafen, bei der ich mich nicht sehen lassen möchte.

Also erstarren die andern, meinst du. Ich erstarre nicht vor dir. Träumst du oft?

Nie.

Das ist schrecklich. Das ist wirklich schrecklich.

Träume, die man nicht hat, fehlen einem nicht mehr.

10

Der Wandschirm ist nicht gegen mich persönlich aufgerichtet. Dr. Veenendaal hat ihn verschrieben. Kein Pflegekontakt ohne diesen Schirm. Eine Infektion in Monas Zustand ist lebensbedrohlich. Die Immunität ihres Körpers ist durch täglich 60 mg Cortison auf Null gebracht. Sie hat es schriftlich, daß sie in die Isolierstation gehört. Sie hat es schriftlich geben müssen, daß das Spital, die Ärzte, die Medizin nicht schuld haben, wenn sie nach Hause fährt. Jetzt bin ich für ihre Isolation verantwortlich.

Ich bin steril, sagte ich Dr. Veenendaal, als er mir eine Gesichtsmaske verschreiben wollte. Er trug selber eine, als er sie in der Ambulanz nach Hause begleitete. Ich bin steril – das fand er, anders als Frau Mona, nicht zum Lachen.

Dr. Veenendaal hatte nicht das Herz, Frau Mona das Lachen zu verbieten, obwohl sie sogar das Lachen erschöpfte. Er sah zu, wie die Pfleger Frau Mona auf das gestreifte Sofa betteten. Er behandelte es wie ihren letzten Wunsch. Sein Gesicht zeigte eine Mischung von Widerwillen und Erschütterung. Sie war auf dem Weg zum Bus vor seiner Tür zusammengebrochen, einen Tag nach ihrem letzten Flug. Er hatte seine Praxis sich selber überlassen und sie ins Krankenhaus gefahren. Er hatte sie beschworen, es nicht zu verlassen, als sie sich notdürftig erholt hatte; er war mit ihr in der Ambulanz zurückgefahren, als er ihren Willen nicht beugen konnte. Die Maske aus Mull verbarg seine Hilflosigkeit nicht. Jetzt gab es nur noch wenig, was er für eine Patientin tun konnte, die sich weigerte, ihre Krankheit ernst zu nehmen. Er verschrieb Cortison, einen Immunsuppressor, Schmerzmittel, Schlafmittel und Aufheller für die Seele, viel Tee, einen gut gelüfteten Raum und Bewegung, nicht zu viel, im übrigen werde er täglich vorbeisehen – bei Tage, ja, aber in der Nacht? Konnte man mir Frau Monas Nächte anvertrauen? Nahm ich, der Mensch ohne Puls, ihr Leben ernst genug?

Ich bitte Sie dringend, sagte er mir vor der Tür und hatte die Maske wie eine Skibrille in die Stirn geschoben, bei *ihr* nichts Anderes zu versuchen. Sie hat zu wenig Blut – eigentlich müßte sie dauernd Transfusionen bekommen, aber sie will ja nicht –

Er hat mir die Krankheit mit den zwei Buchstaben erklärt. Auch wenn Mona sich sperre, sie wisse Bescheid – er habe noch keinen Patienten erlebt, der nicht Bescheid gewußt hätte.

Versuchen Sie bei Mona nichts *Anderes*.

Nein, Herr Kollege. – Ich lächle abscheulich, ich kann es nicht besser.

Der weiße Schirm schützt Frau Mona vor meinem Blick, sie sagt: mich vor ihrem Anblick. Es ist eine halbhohe, mit schwarzen Lackleisten gerahmte Wand aus Papier. Sie war, nach dem Sofa, Frau Monas zweiter Wunsch gewesen. Die beiden Figuren, die auf die zwei Flügel der Wand gemalt sind, in schwarzer Tusche, gehören zu den Wünschen, von denen man nichts weiß, bis sie erfüllt werden. Aber dann ist es so gut, als brauchte man nie mehr einen Wunsch zu haben.

Ich beuge mich zurück, um das Männchen auf dem hinteren Flügel zu sehen, und das Gaslicht, das durch die Fenster fällt, macht es mir leibhaftig:

Es steht. Es steht, nach links gewendet, im Profil, hat eine Knollennase, einen starken Bart und einen schweren Bauch. Seine Füße sind nur hingetupft. Eigentlich steht die Figur auf einem kraftvoll ausgezogenen, mit einem einzigen Schwung hingeworfenen Finger, der sie zusammenfaßt und senkrecht durch den gedrungenen Leib auf die Erde zeigt. Das ist aber kein Finger. Es ist der fallende, im Fallen vom Pinsel verstärkte überweite Ärmel des Männchens. Und er hält, als wäre er ein Pfahl, den bauchlastigen kleinen Mönch im Gleichgewicht – dieser konzentrierte Ärmel ist sein Anker ins Zentrum der Erde, sein Rückgrat. Es hält ihn in der Schwebe zwischen Oben und Unten, Links und Rechts. Der Mönch fällt nicht weiter, weil sein gelassener Stand schon ein einziges, umfassendes, aufgefangenes Fallen ist. Dieser zum Lot gewordene Ärmel macht ihn sicher; er wird sich nie mehr zu sichern brauchen. Der unbekannte Maler hat ihm auf der ganzen Bildfläche keinen Halt mehr mitgegeben: wie er steht, ist ihm Halt genug. Im Ärmel sitzt das Selbst, das ihn nicht mehr zu kümmern braucht. Sein Gewicht hat die Schwerkraft dazu benützt, das Schwere zu überwinden, und er kann schon lächeln hinter seinem dicken Bart; *wenn* er lächelt – der Bart legt es nahe, indem er es verbirgt. Aber es ist gleichviel, als lächelte er nicht. Wer als Ganzes, als kleine feste Figur in den leeren Raum lächelt, der braucht es hinter seinem Bart nicht mehr zu tun; der braucht gar nichts mehr zu tun.

Ganz anders der nähere kleine Mann. Der ruht nicht in sich selbst. Ich sehe ihn von hinten: er hat eine Papierrolle entfaltet, hält sie schräg gegen die Sonne – oder ist es der Mond? –, um besser zu lesen. Er schleudert sie förmlich hoch mit seinem rechten Arm, von dem wieder, diesmal aber ohne Schwere, der überweite Mönchsärmel fällt, fast bis auf die angedeutete Erde. Er schleudert sein Papier diesem einsamen Himmelskörper entgegen; in der rechten Schulter, die diese Bewegung ausgeführt hat und jetzt durchhält, springt die Energie des Tuschpinsels auf: in dieser Schulter findet sich der Mönch, die Schulter ist es, die ihn trägt, wie der Strang einer Hängebrücke. Wenn die andere Figur zwanglos geerdet war, so ist diese mutwillig gelüftet, angehoben von ihrem Schwung, unter diesem Schwung in Bewegung spielend, wie ein Stück Wäsche an der Leine. Tag oder Nacht, Sonne oder Mond gelten dem Mönch gleich, er *liest*. Er hat sich gelöst in dem, was er tut, er *ist* nur noch der Lesende zwischen Himmel und Erde, wie er eben noch der Stehende war: zweimal ein und derselbe Mönch, Eins mit sich, *ganz* in allem was er tut. Darum so fähig, was er tut, auch schon zu *lassen*. Der Strich, mit dem der Maler seine Figur entworfen hat, ist offen, durchlässig auf alles, was *nicht* Figur ist; wer sehen kann, darf sehen, daß auch dieser Unterschied auf einem Vorurteil der Augen beruht. Ja, wenn ich diesen Schirm betrachte, bekomme ich wieder ein Auge geschenkt.

Wir sollten ihn umdrehen, sage ich zu Frau Mona, so haben Sie nichts von den Mönchen.

Sie scheinen durch, und ich will, daß du sie ansiehst, wenn du erzählst.

Sie hört um ihr Leben gern zu, das hat sie selbst gesagt.

Du tust mir gut.

Ich halte ihren zuckenden Puls zwischen den Fingern und versuche ihm Langsamkeit einzuflößen.

Bevor wir mit ihr ausgefahren sind, sterbe ich nicht.

Die Lancia.

Erzähl. Aber sag alles. Wenn du mich schonst, weiß ich, daß du mich aufgegeben hast.

Die wissen schon alles, sage ich und deute auf die Mönche.

Auf dem Ärmel des Lesenden erscheint ein unscharfer dunkler Punkt; es ist Monas Fingerspitze, von der andern Seite.

Morgen. Erzähl ihnen morgen was von einer schönen Frau. Die wollen doch auch wieder mal leben.

Davon verstehe ich nichts, sage ich.

Das ist wahr. Gestern warst du schwach. Gib dir ein wenig Mühe.

Maaike kann ich nicht, sage ich. – Was soll's denn morgen sein?

Maaike, sagt Mona.

11

Die Kamelhaardecke heute, nicht das Reiseplaid. Wenn sie friert – das Haus ist überheizt –, dann fiebert sie auch. Der Tisch ist kahl, bis auf die Tabletten und ein Glas Wasser, ohne das Naschwerk gastfreundlicher Tage: Salzgebäck und Käse, die sie in Griffnähe hält unter dem Vorwand, für Gäste gerüstet zu sein. Hier kommen, bis auf Dr. Veenendaal, keine Gäste mehr herein, sonst säße ich nicht da. Ich nehme weder Brot noch Salz und schon gar kein Salzgebäck. Dennoch knabbert es Mona im Schutz der Behauptung, daß sie nur meine Schwäche teilt. Appetit, auch auf Selbstbetrug, ist ein gutes Zeichen: aber heute merke ich nichts davon. Der Korb mit den Einkäufen steht unausgepackt in der Küche, und der Papierschirm ist weiter vorgezogen als sonst. Ich werde nichts zu lachen haben, bis Frau Mona, die heute selbst zum Naschen zu schwach ist, endlich lacht, zum ersten Mal.

Siehst du genug?

Wozu?

Es ist so dunkel.

Ich gehe zum Fenster, ziehe die Gardinen ganz auf. Ich weiß, es soll dunkel sein, und ich weiß, daß sie sich im Dunkeln fürchtet.

Maaike, sage ich. Natürlich mußte ich sicher sein, daß ihr Mann wirklich in Stockholm war.

Sitzt du bequem?

Damit sagt sie mir: Ich habe Schmerzen. Das habe ich von Frau Myrna gelernt, aber die ist heute nicht an der Reihe.

Ich habe ihr einen Expreßbrief geschrieben, sage ich, in dem ich sie um ein Gespräch unter vier Augen bat.

Mit welcher Begründung?

Sie ist gekommen, sage ich.

Ja, bei dir kommt sie einfach, du bist der Größte. In das kleine Lokal hinter der Jacobskerk?

Das zweifelhafte, sage ich.

Wohin du willst. Eine Dame, unbegleitet, im Abendkleid, du brauchst nur zu pfeifen.

Das Abendkleid wäre zu viel gewesen. Pelz hat mir gereicht.

Nerz? Oder Wolf?

Kaninchen, sage ich.

Dann ist sie ein Snob.

Sie hustet, sie quält ihre Mundschleimhaut, ich rede, damit sie schweigt.

Maaike stutzte nicht einmal, als sie die Kneipe betrat. Sie wußte gleich, wen sie zu suchen hatte. Ich saß an der Bar, unter mehreren Kunden der dunkelste, auf den ersten Blick. Ihr genügte der erste Blick. Es hätte des verabredeten Zeichens – eines aufgeschlagenen Krimis, Janwillem van de Wetering – nicht bedurft. Ich brauchte mich nicht einmal andeutungsweise zu erheben und zu sagen: Ich bin's. Sie kam herein, in echtem Dunkelblond, eher vollschlank, um nicht blühend zu sagen. Ihre Röte war natürlich. Sie hatte kein Taxi genommen, den Gang zu Fuß auch in diese Gegend nicht gescheut. Nicht nötig, die Gegend scheute sozusagen vor ihr. »Vollschlank« ist hier kein Wort für dick. Ich meine nur das Verschwenderische ihrer Schlankheit. Alles war voll an ihr, der Mund, das Kinn. Auch die Augen leuchteten vor Lebensfülle. Man hätte ihren Gang auf hohen Absätzen abweisend nennen können. Aber er war weg-weisend. Sie setzte sich sofort gegen den Raum durch, den sie betrat. Sie schob mit den bloßen Schultern, die unter dem Pelz schimmerten, jedes Mißverständnis beiseite. Hätte ich ein Auge für etwas anderes gehabt, ich hätte meine Trinkkumpane scheu werden sehen, sie waren auch verstummt –

Wie letztesmal. Das hatten wir schon.

Daß sie die Augen niederschlugen, können Sie nicht verlangen. Ich habe, als diese Frau hereinkam, nicht einmal mehr an meinen Hunger gedacht. – Daß sie mich gleich erkannt hätte, wäre eine eitle Behauptung. Sie ging einfach auf die Bar zu und auf mich, den einzigen Mann in Schwarz. Der große Zug ihrer Erscheinung hob sie wie von selbst auf den Hocker, der neben mir frei geblieben war. Ich hätte ihn nicht freihalten können, aber selbst diese Kerle waren von mir abgerückt. Diese Frau erschrak nicht. Mich sehen und nicht erschrecken war eins. Da saß die Frau auf einmal, die eben noch ein Bild gewesen war – ein schwaches Pressebild – atemlos vor Fülle neben mir; ich war atemlos, Frau Mona, darum brauchte sie es nicht zu sein. Ihre Brust hob sich regelmäßig unter dem Décolleté aus brauner Seide – kein Abendkleid, aber festlich muß ich es doch nennen. Sie ließ den Pelz, das schäbige Kaninchen, wie von selbst über ihre Schultern auf den Rükken niedersinken –

Ich sehe sie nicht, überhaupt nicht. Und du hast sie auch nicht gesehen.

Dafür war sie mir zu nah. Ich sah nur ihren Hals. Sie wandte mir die Grube an ihrem Schlüsselbein zu. Ich sah eine pulsierende Landschaft, die selbst einem alten Toten die Worte verschlagen hätte, aber es waren keine nötig. Maaike Smolders bestellte mit einer Stimme, deren Timbre durch eine Spur Rauheit noch gewann, einen Piccolo – ich saß vor einem teuren Cocktail, natürlich ohne ihn anzurühren. Maaike – ich konnte sie nicht anders nennen – hob ihren Kelch andeutungsweise gegen mich. Sie hatte mich also wahrgenommen. Ich begann vorsichtig wieder zu existieren. Sie hatte mir ja nicht nur die Sprache verschlagen, sondern sozusagen auch die Augen, mein einziges Auge. Aber bei allem, was ich roch, fiel mein Auge ohnehin außer Betracht. Ich roch kein Parfum, keine Art von Körperzusatz, sondern diesen Körper selbst in seiner Unverschämtheit – die von Schamlosigkeit sofort zu unterscheiden, ja ihr Gegenteil ist. Die reine Sinnlichkeit erhob sich vor meiner Nase auf das Niveau der Subtilität. Ihr Haar roch nach Haar, ihre Haut nach Haut, ihre Achsel nach

Schweiß, aber so, als wären Haut und Haar grade frisch erschaffen worden. »Intim« wäre das gänzlich falsche Wort. Maaikes Geruch war öffentlich, er hatte nichts zu unterschlagen. Ich –

Letztes Mal bist du wenigstens ohne Nase ausgekommen.

Gönnen Sie mir doch diesmal eine Nase.

Sie lacht nicht, sie wird heute nicht lachen. Ich weiß, warum ich keine Nase haben soll. Ich rieche Monas Schwäche, ihren erschöpften Stoffwechsel, das traurige Blut.

Wie alt war sie denn dieses Mal?

Früher hat man das Leben eines Menschen nach »Lenzen« gezählt. Eine verschämte – unverschämte – Behauptung, daß im Leben eines Menschen nur die Frühlinge zählen sollen, die als hoffnungsvoll gelten. Das wäre mir zu Maaike nicht eingefallen. Hier war Sommer, und er wurde nicht gezählt.

Man sieht es an den Händen und am Hals.

Wenn Sie schon vom Hals reden –

Ja, bedien dich. Mach's kurz.

Was wünschen Sie? hat sie mich gefragt. Es war ihr erstes Wort, eine klare Frage, die nur die einfachste Antwort duldete. Ich beugte mich vor, als wollte ich ihr Feuer geben, aber das hatte sie schon selbst getan. Der Geruch ihrer Haut machte mich schwindeln. Was blieb mir übrig, als meinen Kopf einfach fallenzulassen auf ihren Hals. Sie zuckte nicht einmal, bot meinen Zähnen nur einen sachlichen, aber nicht unfreundlichen Gegendruck. Es gab keinen Zweifel, wann es genug war. Die Ader wußte, was mir zukam, weder zu wenig noch zu viel. Sie verschloß mir gleichsam den Mund. Meine Zähne hinterlassen keine Spur, bei mir wird nicht nachgeblutet. Dafür sorgt ein Stoff in meinem Speichel, dessen Wirkung noch nicht erforscht ist.

Ich höre auf. Das Weinen hinter dem Schirm ist nicht mehr als Schlucken mißzuverstehen.

Warum verhöhnst du die Frauen? Warum verachtest du dich selbst? – Ich höre dich nicht.

Ich habe nichts gesagt, sage ich.

Frau Mona ist verstummt, die Hand, die das Glas langsam zurückstellt, ist ruhig.

Verzeih. Ich weiß ja, es macht euch Spaß.

Was bitte?

Wenn an einer Frau nichts mehr dran ist als eure Phantasie. So lang man jünger ist, denkt man selber noch, das hält man aus. Erzähl doch weiter. Von deiner Mittwochsfrau, von Jeannette.

Die ist auch nicht komisch.

Doch, die kannst du besser. Bei der tust du mir nicht so weh.

Sie gähnt; wenn sie getrunken und geweint hat, kann sie schlafen. Lachen wäre schöner gewesen, aber das findet sich nicht mehr. Das erste Mal ist ihr Maaike zu schüchtern gewesen, zu wenig lebensfroh. Sie wartet auf eine Geschichte, die mir zu schwer ist: die Geschichte einer Frau, die kein Bild ist, nicht mehr schön und doch geliebt.

Schäm dich bitte nicht.

Das ist ein schöner Satz. Jetzt lachen wir doch noch, hellauf nicht gerade, aber gemeinsam.

12

Zwei Uhr früh. Sind wir Männer jetzt unter uns, Mijnheer, oder sage ich besser: sind wir allein?

Sehen Sie etwas, was ich sehe? Wir stehen auf der *Kalverstraat,* und ich sehe Frau Dr. Jeannette Veenendaal in einer Boutique. Noch kennen wir sie nicht mit Namen. Sie stellt sich in immer neuer, immer waghalsiger Verkleidung vor den Spiegel, strafft einen neuen Rock mit gespreizten Beinen, dreht sich um und mustert über die Schulter ihr Rückendécolleté. Dazu bläst sie die Backen auf. Mit einem kurzen Schwung ihres rabenschwarzen Haars verwirft sie ihren Anblick gleich wieder, den wir Zuschauer auf der Straße stark genug gefunden haben. Sie verschwindet mit großen

Schritten in der Kabine und bereitet einen neuen Auftritt vor. Einige Male tritt sie direkt ins Schaufenster und beschämt die Puppen durch ihre ausdrucksvolle Lebendigkeit. Aber sie sieht uns nicht. Sie tanzt mit heftigen, doch blinden Blicken nur für sich selbst. Wir wissen schon, sie wird nicht kaufen, und so geschieht es auch. Ich folge ihr nicht. Aber ich betrete die Boutique mit einem Hundertguldenschein in der Hand und gebe an, sie habe ihn fallen lassen. So komme ich zu ihrer Adresse.

Ich habe die Adresse verwendet, Mijnheer. Sie erinnern sich: beim vergeblichen Versuch, ihrem Mann, dem Kardiologen (und Monas liebstem Arzt) Veenendaal, mein Herz zu öffnen, habe ich das seine kennengelernt. Ein gutes Herz? Wer mich mit seiner Frau auf eine Reise schickt, von der er nicht wissen kann, wohin sie führt, muß ein gutes Herz haben. Die hundert Gulden waren zwar verloren – wollen Sie wissen, wie ich dennoch zu meinem Finderlohn kam?

Frau Mona, meine Hausgenossin, will es nämlich nicht so genau wissen. Ich darf ihr nie mehr erzählen, daß ich ausgefahren bin. Die Begleiterin würde sie mir verzeihen – die Fahrt als solche nie. Es darf, aus bestimmten Gründen, in unserer Geschichte nur *einen* schnellen Wagen geben, eine grüne Lancia.

Aber jetzt schläft sie ja, wir sind allein, und unter uns gesagt: Jeannette Veenendaal ist zu gut, um nicht wahr zu sein. Außerdem waren wir gewissermaßen zu Ihnen unterwegs. Betrachten Sie als höhere Gewalt, daß mein Hunger dazwischenkam. Es war, wofür Sie Verständnis haben, nicht der Hunger auf ein Bild. Nehmen Sie dafür als Schadenersatz ein kleines Reisebild von mir an. Ein Stilleben darf ich's nicht nennen, obwohl es (wenn wir den Ärzten glauben wollen) am Tode nahe vorbeiging.

Sie kam, wie mit ihrem Mann vereinbart. Nicht nur pünktlich, etwas vor vier Uhr – mitten am Nachmittag, Mijnheer, für mich also zu nachtschlafender Zeit – stand ein roter BMW vor meinem Kellereingang, sperrte die schmale Straße, dachte nicht daran, die hupende Kolonne hinter ihr zu erlösen. Hupte, und wie: hupte mich aus meiner Kiste ans Fenster, in meinem schwarzen steifen Zeug, und schließlich durch die Tür ins sogenannte Freie, hupte mich ans Tageslicht, zum ersten Mal. So heftig begann es, unser Rendezvous. Als nackter Zwang zum Licht. Hopp, Alter, sagte Jeannettes Hupe, und ihre Blicke, die sie mir unter einem breitkrempigen Hut zuwarf, sagten: du bist ja wirklich nicht mehr der Frischeste. Na, dann wollen wir mal sehen.

Ich stieg ein, Mijnheer. Frau Jeannette warf mir, als ich mich damit beeilte, einen unlogisch pikierten, ja verwundeten Blick zu; sie schüttelte sogar den Kopf, als ich mich angurtete. Gott weiß, was sie mir damit sagen wollte. Ich habe darüber hinweg- und durch die Windschutzscheibe hindurchgesehen, in der die Welt sich mit einem Ruck zu bewegen und einzustürzen begann, und damit hörte sie gar nicht mehr auf. Ich habe, trotz meiner Höllenangst, die einem Toten nicht passieren dürfte, keine Frage gestellt. Mit Fragen mache ich keine guten Erfahrungen mehr. Die Kolonne hinter uns war noch nicht angefahren, da schossen wir schon mit wiehernden Reifen in die *Leidse Straat* hinein. Da Jeannette unaufhörlich redete, mußte ich sie immer wieder ansehen und bezahlte dafür mit Lebensgefahr: sie beschleunigte sofort die Fahrt. Ich brauchte sie nur anzusehen, und gleich fuhr sie mir davon. Sie habe klingeln wollen, sagte sie, sehen, wie ich hause. Aber die Idioten dahinten hätten sie ja nicht gelassen.

Sie war, auf den ersten Blick, sportlich-chic gekleidet, auf den zweiten eher modisch verwirrt, mit etwas verwahrlostem, aber unleugbarem Geschmack. Ihre braunen Augen leuchteten vor Lebenswärme, die zugleich etwas Geheucheltes hatte. Manchmal, bei voller Fahrt mitten im Verkehr, musterte sie mich aus den Augenwinkeln, mit einem Ausdruck bedrohlicher Verwirrung. Dieses Augenrollen – Glut und Scheu – habe ich auf einem Schulwandbild meiner Jugend, die Schlacht auf dem Amselfeld darstellend, bei einem steigenden Pferd gesehen. So nannte ich Jeannette bei mir die Reiterin, obwohl sie später gestand, sich vor Pferden zu fürchten, ihre Angst vor dem Reiten, wie vor allem Heftigen, aber wieder mit dieser scheuen Glut bekannte. Was immer sie sagte, klang halb verschwörerisch, erweckte den Eindruck, sie habe viel zu verbergen, und ließ zugleich durchblicken, daß sie sich mit ihren Geheimnissen übernahm, mich sozusagen um Schutz dagegen bat; wodurch sie nur noch geheimnisvoller wurde. Über lange Strecken schien sie zu schmollen, als wäre ich ihr nahegetreten, vielleicht durch mein Schweigen: als sei meine bloße Anwesenheit so intim, daß sie sich dagegen zu wehren hatte, durch nervöse Bewegungen mit dem Schaltstock.

Ich habe auf dieser Fahrt von Amsterdam nichts gesehen, Mijnheer. Ich war zu beschäftigt: mit dem unaufhörlichen Empfang widersprüchlicher Signale, aber auch damit, meinen Atem anzuhalten. Möglicherweise hätte Dr. Veenendaal auf dieser Fahrt mit seiner Frau sogar meinen Puls wiedergefunden. Sie steuerte ihren Wagen so, als wäre jedes Hindernis eine Kränkung seiner Pferdestärken. Sportlich fuhr sie nicht, aber ungeduldig, ließ das Schweigen zwischen uns tief werden bis zur Anzüglichkeit und warf mir dann wieder einen dieser aufgewühlten Blicke zu. Kein Vergleich mit Maaike, meiner Montagsfrau, deren Schweigen *beruhigt*, etwas Wiegendes hat, die Pferdestärken verschmäht, mit der man aber wohl Pferde stehlen könnte, wenn sie dergleichen nötig hätte. Professor Smolders besitzt natürlich ein eigenes Gestüt.

Die Stadt schoß vorbei wie ein unregelmäßig ablaufender Film, der jeden Augenblick reißen konnte, und bei alledem schwieg Jeannette zu meinem Schweigen, als wäre es eine Zumutung. Freilich war es die größere, als ich sie bat, sich anzugurten: ich hätte es auch getan. Da schnaubte sie einfach, Mijnheer. Sie behandelte die Unterstellung, ihr Leben könnte ihr lieb sein, wie einen unsittlichen Antrag. So tot ich bin, und so schnell sie angeblich reiten, die Toten: diese Fahrt, zu der ich nichts zu sagen hatte, wurde mir auch noch als Frechheit angekreidet.

Ich würde Jeannette sogar zur heitern Figur machen, Frau Mona zuliebe: Sie, Mijnheer, werden schon gemerkt haben, daß Jeannette keine lustige Person ist. Zwar beruhigte sich die Fahrt ein wenig, als wir die Autobahn erreicht hatten, auch wenn die Reiterin das Tempo, mit dem wir den gewöhnlichen Verkehr rechts liegen ließen, wie eine Droge einzuatmen schien – das Klebstoffschnüffeln amerikanischer Kinder kam mir in den Sinn, und die tun es ja auch nicht nur zum Vergnügen. Sie ignorierte die in der Tat einförmige Landschaft, die ihr immer noch zu langsam wegschlich, und erkundigte sich nach meinen Kunstvorlieben. Jetzt redete sie wieder, schien sich für alles zu interessieren und doch eigentlich nichts hören zu wollen. Denn immer wenn ich zu einer Erklärung ansetzte, unterbrach sie mich mit einer eigenen. Darüber hätte ich froh sein können, denn von den Stilleben, zu denen wir unterwegs waren, verstand ich so gut wie nichts. Und doch ärgerte es mich, wie selbstverständlich sie sogar mein Nichts an Auskunft überhörte. Das war keine Konversation, das war eine Art Wettrennen ums Wort, das mich immer wieder verstummen ließ. Ich dachte mir die Ehe dazu, Mijnheer, den jungen Mann mit dem Schnurrbart, der grau geworden war im Bemühen, mit dieser Frau Schritt zu halten, und schweigsam vor Geduld. Er wußte wohl, warum er sie auf mich, den Herzlosen, gehetzt hatte oder mich auf sie, die Heißblütige. Auch der Frömmste will manchmal einen Tag Ruhe haben.

Jeannette erinnerte mich an einen Arbeitslosen, mit dem ich als Zehnjähriger Schafe gehütet habe. Er war aus unserem Dorf, er hatte zehn Jahre in der Stadt gelebt, ohne einen Fuß auf den Boden zu bekommen, und demonstrierte mir fortwährend, daß diese Alp nicht die Stadt war. Zwar hatte er der Stadt, in der man angeblich nicht leben konnte, den Rücken gekehrt, zog es bei weitem vor, Schafe zu hüten, statt zwischen Packeis und Beton Frustrationen zu nähren. Aber zwischen Dreck und Sauerampfer gab es eigentlich nur noch diese Stadt für ihn, die die Hölle gewesen war. Und an dieser

Hölle, von der ich Kind nichts ahnte, wollte er gemessen werden, mit jedem ihrer tausend Schrecken, gab er an.

Auch die Reiterin sparte nicht mit Andeutungen, was sie erlebt hatte, wo sie gewesen war, wer sie sein könnte und welche Pläne sie heute habe fallenlassen, nur um mit diesem stummen Passagier durch eine total flache Gegend zu einer stark überschätzten Ausstellung zu fahren. Sie hatte eine eigene Art, mithilfe ihres schnellen Wagens sich selbst zu überholen, nicht anwesend, aber wichtig zu sein. Ja, sie kam mir wie eine Künstlerin der Flüchtigkeit und falschen Spontaneität vor und vergaß nicht, darauf hinzuweisen, daß sie einmal auf bestem Weg gewesen war, eine bedeutende Malerin zu werden. Woran das gescheitert war, ließ sie bedeutungsvoll in der Schwebe, und ich fühlte mich sofort mitschuldig daran. Sie war wichtig, soviel stand fest, und wurde unaufhörlich abgelenkt, ja mißbraucht. Dabei versicherte sie sich mit ihrem kurzen scheuen Glutblick meiner Aufmerksamkeit, auf die sie eigentlich keinen Wert zu legen schien, bevor sie diesen Blick wie ertappt wieder nach vorn schweifen ließ, auf das Betonband, das die Räder unter sich wegfraßen. Und gleich brachte sie es wieder fertig, körperlich überaus anwesend zu sein, die eigenen Reden mit einer Bewegung ihres mächtigen Hutes abzuschütteln, bis der Hut mir endlich in den Schoß fiel. Wenn sie brüsk aus der Kolonne scherte oder wieder einspurte, sank sie nicht nur andeutungsweise, sondern sehr fühlbar, fast gedehnt gegen mich, als suche sie einen Augenblick Schutz gegen ihre eigene Raserei, und als wäre alles, was sie über Kunst und Welt sagte, gar nicht so gemeint. Ihre Meinungen bewohnten ihn nur oberflächlich, diesen eher mächtigen, aber anlehnungsbedürftigen Oberkörper. Ihre Stimme flatterte von den vollen Lippen weg wie ihr Zigarettenrauch. Sie roch nach einem schweren Parfum und zeigte plötzlich mit einem breitlippigen hohen Lachen an, daß sie eigentlich ein ganz guter Kumpel sein konnte, wenn man sie nur ließe.

In einem zutraulicher gewordenen Ton kam sie auf die

Bilder zurück, die wir gleich sehen würden. Man könne sie schon eine Sensation nennen, anderseits würden sie stark überschätzt. Sie deutete fabelhafte Kenntnisse des 17. Jahrhunderts an, die mir, Mijnheer, viel hätten nützen können, wenn es nicht bei Andeutungen geblieben wäre, die sie mit Kopfschütteln begleitete; jetzt hielt ich ihren Hut ja auf dem Schoß. Sie referierte die Meinung der Fachleute zu dieser Auktion, verurteilte die meisten, ohne eigentlich Stellung zu nehmen, spielte auf das Privatleben der namhafteren, ihr persönlich gut bekannten Kritiker an, zitierte Schwachpunkte, Kuriositäten, seltsame Neigungen, die man eigentlich nur kennen konnte, wenn man dieses Privatleben geteilt hatte, vorübergehend vielleicht, aber intensiv. Ich mußte annehmen, durfte aber nicht geradezu folgern, daß viele leitende Männer des Landes Ein Mal in ihrem Leben Frau Jeannette hemmungslos geliebt hatten und es heimlich noch immer taten. Was sie betraf, so lehnte sie fast im selben Atemzug jede Mitverantwortung für diese Existenzen ab, von denen nur wenige wirkliches Format hätten, und reagierte auf mein Schweigen so heftig, als hätte ich ihr widersprochen. Heftig und eigentlich schon ganz sanft. Es war unzweifelhaft Theater, was die Reiterin in voller Fahrt, und von ihr wie berauscht, neben mir aufführte. Aber es war auch klar, daß ich das Leiden darin erkennen sollte, und die tiefen und ernsthaften Gründe dafür ahnen, Gründe, die kein Mensch zu würdigen verstand; und sie hätte auch keinem geraten, es zu versuchen. Das sagte sie so hingebungsvoll, daß es vielleicht das Gegenteil bedeutete, und sie traute mir nach dreißig Kilometern Fahrt schon zu, daß ich das wußte. Sie war mir inzwischen näher gerückt, als ihr abgewendeter Kopf wissen durfte, und ich brauchte, was er sagte, nicht mehr zu verstehen.

Es war darauf abgesehen, Mijnheer, daß ich ihr den Mund verschloß. Sie hatte mich längst auf ihre Art dazu eingeladen. Ich sollte spüren, was sie so heftig bestritt: daß sie zum Erbarmen war. Von Frau Myrna (der Freitagsfrau) habe ich diesen Charakter analysieren gelernt: seine Beweise, wonach ihm nicht zu helfen sei, sind eigentlich Bitten, auch wenn es ein Kunstfehler wäre, darüber zu reden – man muß sie behandeln, direkt und geradezu.

Bei einem heftigen Ausbruchsmanöver – wieder einmal schoß die Ortstafel Hilversum über uns hinweg – bot mir Jeannette Gelegenheit. Sie blieb gleichsam auf meiner Seite hängen. Ob sie mir den Hals erst zu- und das Gesicht abwendete, ob ich zuerst zubiß, sanft, versteht sich: wer braucht das noch zu wissen. Sie redete weiter, hatte gerade von ihrem Mann zu reden begonnen. Sie hatte das Steuer nicht losgelassen, im Gegenteil. Sie fuhr während meiner Behandlung sicherer als vorher, weniger abrupt, wenn auch kaum weniger schnell. Ihre Fahrt, so viel konnte ich mit geschlossenen Augen spüren, wurde genußvoller. Sie hatte von Henk Veenendaal mit der üblichen vagen Zweideutigkeit zu reden begonnen, aber während ich den vollen Druck ihres Haars gegen meine Stirn, ihres Nackens gegen meine Nase spürte, wurde der Klatsch über ihren Mann zum Lob, das Lob bekenntnishaft, ja zum Liebesgeständnis. Meine Zähne in ihrem Hals schwor sie, keinen sensibleren Mann zu kennen als ihren eigenen. Und dazu sprach sie keineswegs lückenhaft, sondern in immer längeren, gefaßteren, ruhiger schwingenden Perioden. Mein Biß zeitigte Wirkung, die vollblütige Frau wurde Zug um Zug zur verständigen, entspannten, ja zur glücklichen. Ich aber konnte zum ersten Mal ruhig mein Auge schließen und wissen: ich wurde geführt. Der Verkehr war sicher vor uns, wir flogen in einer märchenhaften Nische dahin. *Alles floß.* Sie fand Geschmack an ihrem Blut in meinem Mund, und ich stillte meinen Hunger.

Polizei, flüsterte sie plötzlich in mein Ohr. – Polizei!

Keine Spur von Panik in ihrer Stimme. Sie hatte die Schulter, an der ich lag, nur behaglich-zärtlich etwas angezogen – jetzt war kein Falsch mehr an ihr. Ich hatte die Sirenen selbst gehört. Sie schossen mit dem bekannten Doppler-Effekt an uns vorbei. – Ich halte an, sagte Jeannette, rühr dich nicht.

Der Wagen stand, ich hörte den Verkehr weiterdonnern, Gott wußte wohin, spürte Jeannettes Bewegung, als sie das Fenster niederkurbelte. Schritte näherten sich; eine Männerstimme ganz nah.

Wissen Sie, wie schnell Sie gefahren sind?

Ein Notfall, sagte meine Ernährerin. – Sehen Sie selbst.

Was fehlt ihm? fragte die Stimme schon leiser.

Fühlen Sie seinen Puls, sagte Frau Jeannette.

Ich streckte, ohne meine Stellung zu ändern, meinen Arm an meiner Kundin vorbei ins Freie. Auf ihren Hut in meinem Schoß konnte ich jetzt keine Rücksicht nehmen.

Eine mächtige Hand faßte unbeholfen mein Gelenk, fühlte an ihm herum, drückte alle möglichen Stellen. Es konnte nicht weit her sein mit der Ausbildung dieses Mannes in Erster Hilfe.

Tot kann er nicht sein, sagte mein Freund und Helfer. – Er bewegt sich, aber er ist kalt.

Gib her, sagte eine tiefere Stimme, und jetzt fühlte ich meine Hand fachmännisch ergriffen.

Da ist er, sagte der Ältere, aber schwach. Und höchstens dreißig. Fast kein Blutdruck.

Welche Täuschung. Ich hatte wieder Blutdruck, ich lebte, geradezu über meine Verhältnisse. Ich trank, wie ich lange nicht mehr getrunken hatte. Ihnen kann ich es schreiben, Mijnheer, bei Frau Mona würde ich mich nicht so überschwenglich ausdrücken. Diese Stelle meiner Geschichte wäre zwar wichtig, aber schmerzen dürfte sie nicht.

Schritte gehen, Türen schlagen, Motoren springen an: ich bin satt, aber ich bleibe. Ich bleibe in meiner warmen Kuhle liegen und muß mich zwingen, nicht zu nuckeln. Meine Lippen hinterlassen Flecken wie alle andern, nur meine Zähne sind steril.

Die Sirene heult wieder, aber jetzt heult sie hilfreich. Wir fahren hinter dem humoristischen Ton her. Jetzt ist Geschwindigkeit erlaubt. Jeannette läßt sich nicht lumpen, durch unsere merkwürdige Stellung nicht behindern. Kopf gegen Kopf geschmiegt, ein Liebespaar umständehalber, sausen wir durch den Raum – ich mit geschlossenen Augen, Jeannette, wie ich hoffe, mit offenen. Sie redet auch jetzt, ich verstehe nichts, lausche nur ihrer Stimme nach: der Unterschied ist frappant. Aus der Tiefe des Körpers geschöpft, geheilt vom Herumflattern im Gefängnis des Kopfes.

In solchen Augenblicken glaube ich an meinen Beruf, Mijnheer. Der Aderlaß bleibt, wo er angebracht ist, eine wunderbare Kunst. Nichts vermittelt der Patientin so einfach und schlagend das Gefühl, daß sie gebraucht wird. Ich locke ihre Kraft, an die sie nicht mehr glaubte, die sie nicht mehr spüren konnte, aus ihrem Verlies hervor, sie breitet sich über ihre ganze Haut aus wie eine Sonne. Leib und Seele strömen zusammen im Kontakt mit meinen Lippen. Ich werde nicht eins mit meinen Kundinnen, das war einmal. Aber ich mache sie eins mit sich selbst und werde satt dabei. Ich ruhe im Gefühl, daß ich an die Richtige gekommen bin, und daß es keiner Künste bedürfen wird, damit sie wiederkommt. Ich habe Ihre Stilleben an diesem Tag nicht gesehen, Mijnheer. Aber ich habe mich genährt und einen Menschen lebendiger gemacht.

Der Rest ist bald erzählt – ich würde auch bei Frau Mona keine Geschichte daraus machen. Über die Hilflosigkeit der Schulmedizin bedürfte es ja zwischen uns nicht vieler Worte. Zum Glück benötigten wir sie an diesem Tage, Jeannette und ich, nur als Alibi für die Rechtmäßigkeit unserer Bekanntschaft. Wir folgten also in unveränderter Stellung unserer Polizeieskorte mit ihrem Befehlston. Ich behielt auch in der Klinik irgendwo auf dem Lande mein Auge geschlossen, brauchte das Befremden nicht zu sehen, mit dem mich das Personal von der Schulter der Reiterin weg über den Sitz und auf eine Bahre hob. Ich reichte ihr noch mit der freien Hand den Hut – ja, der war wohl nicht zu retten. Ich wurde schon weggetragen, als ich sie Erklärungen abgeben hörte: wie ich mitten auf der Fahrt zur Ausstellung zusammengebrochen und gegen sie gefallen sei; wie sie sich keinen Rat gewußt habe, als Gas zu geben, um diesen rettenden Ort zu erreichen, wobei ihr die Polizei behilflich gewesen sei. Keine Zweideutigkeit mehr, kein Schwanken der schönen starken Stimme, auch nicht, als sie die Wahrheit sprach: daß ich der Patient ihres Mannes sei. Ich konnte noch den Respekt riechen, mit dem die unbekannte Notfallstation auf den bekannten Namen Veenendaal reagierte; dann schlief ich ein, ließ mich nicht stören von Blutdruckmesser, Stethoskop, EKG-Elektroden, nicht einmal von der Nadel, die sich an mir zu schaffen machte. Ich hatte wieder Blut; das bißchen, das zur Fermentbestimmung nötig war, konnte ich erübrigen.

Unter diesen Umständen hatte ich gegen die Einladung, hier zu übernachten, nichts einzuwenden. Wenn ich Blut habe, kann ich auch nachts schlafen, sogar auf einer Intensivstation. Jeannettes Fermente waren auch am nächsten Morgen noch unverdächtig. Ich konnte nach Hause; da Blutdruck und Puls aber wieder, zwölf Stunden nach meiner letzten Mahlzeit, stark abgefallen waren, ließ mich das freundliche Landspital nicht ohne Ambulanz fahren und deponierte mich geradewegs in der Praxis und Obhut Dr. Veenendaals.

Er empfing mich, bot mir einen Stuhl und eine Zigarette an – ich rauche nicht, aber er hatte sie nötig – und schwieg eine ganze Weile. Er dachte nicht daran, seine Maschinen in Gang zu setzen. Wie ich mich unterhalten habe, fragte er mit einem raschen prüfenden Blick. Ich nickte. – Die Bilder haben Sie natürlich nicht gesehen, sagte er. Schade, Jeannette versteht etwas von Kunst, aber ein sachverständiges Urteil könnte auch ihr nicht schaden. – Wollen Sie kaufen? fragte ich. – Er stand auf und machte eine linkische Bewegung, deren Hilflosigkeit mich rührte. – Siebzehntes Jahrhundert, sagte er, wer kann das bezahlen. Hier ist meine Grenze, sagte er und deutete auf einen Kees van Enden an der Wand, eine Nashorn- und Affennummer. – Aber wenn sich Ihre Frau in ein Bild verlieben sollte? fragte ich. – Jetzt blickte er mir kurz in die Augen. Glauben Sie das? fragte er. Können Sie sich vorstellen, daß sich Jeannette in ein Bild *verliebt*? – Dafür würden Sie jeden Preis bezahlen, sagte ich und biß mir gleich auf die Lippen, hier war schon zu viel gesagt worden. Ja, jetzt fürchtete ich seine Frau besser zu kennen als er, ich wußte sogar, was er nicht zu wissen schien: daß sie ihn liebte. – Er blickte weg und drückte seine halbgerauchte Zigarette aus. – Schlimm, wie sie fährt, sagte er mit kurzem Auflachen, ich könnte auch einen Herzanfall kriegen. – Sie brauchen keine Angst zu haben, glaube ich. – Wollen Sie die Übung wiederholen? fragte er. Und bevor ich antworten konnte: jedenfalls sehen Sie besser aus, das ist schon etwas.

Es ist bald fünf Uhr morgens, ich spüre meine Finger und Zehen steif werden. Zeit, nach der Dämmerung zu sehen. Ich nehme das Bild vom Fenster ab, das Brett mit dem Bild von Duchamp. Mein wahres Fenster ist die Nacht, und ich sehe durch das Gitter die Gasleuchten noch in scheinbar ungestörtem Dunkel brennen. Aber ein Blick an die Decke, wo sich der Schatten des Gitters malt, verrät mir durch eine leichte Schwächung der Kontraste, daß die Nacht müde geworden ist. Dann darf ich es auch sein. Tag werden kann es ohne mich, und der Abend verspricht streng zu werden: Wenn ich von Myrna Buitenhuis erzähle, muß ich meine Worte wählen. Frau Mona ist wachsam, denn hier muß ihr eigener Auftritt kommen.

Seit sie zu schwach geworden ist, um uns das kleine abendliche Fest auszurichten, hat auch der sardische Korb ausgedient. Ich fasse den Kehrichtsack, der ihre Tagesration enthält, und trage ihn die paar Stufen hoch vor ihre Tür. Weit entfernt kräht ein Hahn, und mein Blick geht die Fassade hoch in die unsinnige Kälte der Gestirne. Wird Doktor Veenendaal heute wieder versuchen, Frau Mona ins Spital zu locken? Hier bleiben wir Gegenspieler: meine Geschichten gegen seine Transfusionen.

Der Sack ist noch nie weggekommen. Niemand außer Ratten vermutet etwas Eßbares darin, und die Ratten habe ich gebannt. In die Nähe eines echten Toten trauen sie sich nicht.

Es wird Morgen. Gute Nacht, Mijnheer.

13

Frau Mona hört mir heute zu, als hätte sie mir etwas abzubitten.

Du bist also wirklich in den Vortrag gegangen. Du hast dich neben seine Frau gesetzt. Was hatte sie an?

Bei Kleidern duldet Frau Mona keine Undeutlichkeiten.

Ein grünblaues Strickkleid, sage ich, es bedeckte die Knie nicht ganz.

Welche Farbe haben ihre Augen?

Kieselgrau. Wer bist du? fragten sie ohne Umschweife. Man spürte sofort, daß man sich in Gegenwart eines *Menschen* befand. Daß dieser Mensch weiblich war, verbarg er nicht – sie, pardon. Sie schien nichts Menschliches zu verbergen. Aber sie erlaubte auch niemandem, schnelle Folgerungen zu ziehen. Das war sofort klar, leider war es auch etwas verwirrend –

Frau Mona will hier überhaupt keinen Grund zur Verwirrung sehen. Aus Myrnas Knien, deren gelassene Öffnung durchaus nichts bedeutet, leitet sie ihre Sympathie für diese Frau ab, ihre Bereitschaft, ihr mehr zu trauen als mir. Frauen tun nicht alles im Hinblick auf Männer. Aber wie war ihr Kleid? Auch der Kragen – vorne hoch, hinten weich fallend – muß stimmen. Myrnas Gesicht will sie noch nicht sehen. Sie verbirgt mir ja auch ihr eigenes.

Kurzgeschnittenes Haar, sage ich, Haar, das jede Coiffure verschmäht, selbstgestutzt wahrscheinlich, und etwas Grau darf sein. Borsten eigentlich – wer spontan genug ist, darf sie berühren. Dazu passend ein jugendlich festes, lebhaftes Gesicht, kieselgraue Augen, das sagten wir schon. Ein entschiedener, eher kleiner, aber durchaus nicht strenger oder gar verkniffener Mund. Hochgezogene Brauen, die auf der klaren Stirn keine Falte werfen. Stellen Sie sich ein zum Gesicht gewordenes Staunen vor. Aber nichts Ländlich-Sittliches. Ein erfahrenes Staunen, durch Lebensklugheit nicht verbittert. So ein Gesicht schaut Sie an, und schauen Sie einmal adäquat zurück. So wesentlich ist fast niemand, jedenfalls nicht gleich.

Und du hast sie auf den Armen getragen?

Erst später, bitte. Erst mußte ich sie kennenlernen. Das war nur scheinbar leicht. Zwar behandelt sie jeden Menschen sofort in der Du-Form. Aber das ist keine Vertraulichkeit. Das ist die reine Herausforderung. Wehe, Sie reagieren nicht in voller Ich-Form darauf. Es gibt nichts Halbes bei ihr.

Und während des Vortrags habt ihr nur geschwatzt.

Sie wollte vor diesen Toten nicht verstummen, nur weil sie klassisch waren. Diesen Gußformen in Lava. Auch auf die Bilder der Liebesfreuden mußte sie einfach reagieren, und ich war der Nächste. Sie gab sich nicht einmal Mühe zu flüstern. Das halblaute Reden war immer zur Sache. Aber es störte erheblich. Es gab Zischen im Saal, die Forderung nach Ruhe. Als zwei ältere Herrschaften vor uns aufstanden und den Saal verließen, vor Mißbilligung förmlich gebeugt, lachte meine Nachbarin. Ich sah ihre guten Zähne im Licht des Projektors schimmern. Es war wie in der Schule bei einem schwachen Lehrer. Der Vortragende war ein noch junger Mann mit Brille und der gleichen Frisur wie Myrna. Sie nannte ihn den Jüngeren Plinius. Er kämpfte mannhaft für seine Archäologie, die schon etwas Respekt verdient hätte. Er zeigte uns ja auch Bilder, die nicht jedermann zu Gesicht bekommt. Ein starkes Stück, wie es diese Toten getrieben haben. Der Jüngere Plinius war um Ruhe bemüht. Aber die Kultur, auf die seine Darstellung Anspruch gehabt hätte, wollte nicht aufkommen. Myrna behandelte die Bilder nicht als historische Neuigkeiten, sondern als gewöhnliche. Sie lachte auch über die Befangenheit des Publikums mit.

Es ist erreicht, Frau Mona freut sich ebenfalls. Am liebsten möchte sie den Vortrag platzen lassen. Sie verehrt die Direktheit meiner Klientin – ganz ohne Verehrung tut sie es noch nicht. Da ist es nur fair, wenn ich auch Dr. Buitenhuis ein Kränzlein winde. Er hielt nicht nur an sich. Er saß darüber. Ich wußte ja, daß er mich nicht leiden konnte. Und er hatte wohl nicht im Ernst geglaubt, daß ich diesen Vortrag besuchen würde. Aber da saß ich nun neben seiner Frau, störte oder half stören, und er blieb freundlich, viel freundlicher als in seiner Praxis. Ich glaube nicht, daß ihn Pompeji interessierte. Er hatte diesen Vortrag seiner Frau zuliebe besucht, und jetzt dachte er nicht daran, ihr Freiheiten zu verübeln – oder auch nur zuzugestehen –, die sie sich ohnehin nahm. Ganz offenbar war er von Myrna mehr als Kummer gewohnt.

Nach dem Vortrag, den der Jüngere Plinius tapfer zu Ende gebracht hatte, standen wir im Foyer des Kulturinstituts und unterhielten uns über antike Medizin. In Sachen Schröpfen durfte ich mich wohl beschlagen nennen. Ich vergaß meinen Hunger und redete von ihm nur in historischer Beziehung, immerhin plastisch genug, um Myrnas Phantasie zu beschäftigen. Sie war selbst Therapeutin, paramedizinisch interessiert und als Mitglied einer Hexenzunft in allerlei Praktik eingeweiht. Ich brauchte mir nur noch das Geständnis entlocken zu lassen, daß ich mit Blut arbeite, und ich hatte sie gewonnen. Sie meldete sich auf den nächsten Freitag bei mir an – unter den Augen ihres Mannes. Dabei schützte sie durchaus kein akademisches Interesse vor. Sie wollte meinen Biß kennenlernen. Und Dr. Buitenhuis sah zu. Er zwang es sich gar nicht erst ab, das mühsame Lächeln, mit dem Ehemänner den Dingen, die sie doch nicht steuern können, den Lauf lassen. Er sah und hörte uns zu wie ein Mensch, der aufgehört hat, sich leid zu tun, der etwas vom Staunen seiner Frau lernen will. Ich erkannte den Mann mit der schwachen Lockenpracht nicht wieder.

Die Medizin ist Boudewijns Insel. Aber in der Liebe erwartet er keine Sicherheit. Es gibt ja auch keine.

Dr. Buitenhuis ist ein Spießer, sage ich, der sich nicht lumpen lassen will. Er ist nur zu ehrgeizig, eine Kränkung zuzugeben.

Es schweigt hinter dem Wandschirm. Dann fragt sie:

Warum hast du ihn denn gelobt?

Wenn ich lobe, dreht sich bei mir gleich etwas um.

Ich *hätte ihn nicht loben dürfen. Darum hast du ihn mies gemacht.*

Das hätte Myrna nicht treffender bemerken können, sage ich.

Und als sie zu dir kam, was hatte sie an?

Ein türkisches Hosenkleid –

Jetzt lügst du.

– das die Strenge ihres Kopfes nicht milderte, sondern etwas frivol machte; das war natürlich keine Absicht. Sie nannte meinen Keller gleich beim rechten Namen: Papierlager. Sie fand nicht, wie andere, etwas Malerisches daran, oder etwas faszinierend Trostloses. Sie sieht mich an und nimmt mich ins Gebet. Ich werde ganz beiläufig in Astrologie geprüft, Tiefmuskelentspannung, Tai Chi und Sprachgebrauch. Bringe ich mich ein? Bin ich betroffen? Ich öffne mich, ich gehe auf dich zu, lass dich atmen, es atmet mich. Ein merkwürdiges Gefühl, wenn einem gleichzeitig der Hunger wächst und der Appetit vergeht. Sie hätte sehr gut verstanden, wenn mir die Knie gezittert hätten, wenn mir der Unterkiefer heruntergefallen und der Speichel aus dem Mund gelaufen wäre. Aber sie hätte es falsch verstanden. Damit hilfst du mir sehr, hätte sie womöglich gesagt.

Sie setzte sich auf den Boden, aber sie wollte kein Kissen. Sie wollte sich *spüren*, dafür war der Kellerboden das Richtige. Sie zeigte mir einen Sitz, in dem man sich noch besser spürte. Das war ein Stück Arbeit! Die eine Sohle zeigte gen Himmel, die andere in die Hölle. Ich mußte die Beine gefühllos werden lassen, bevor ich sie wieder entflechten konnte.

Ich fürchtete, sie gebrochen zu haben, als ich mich zu Myrna hinschleppte wie ein gelähmter Hund. Dazu brüllte ich einfach –

Ehrlich? Brüll doch noch mal.

Sie hätte nicht verstanden, wenn ich mein Gefühl unterdrückt hätte. Aber jetzt hielt sie mir endlich den Hals hin. Jetzt war mein Rezept dran. Sie erstarrte vor Aufmerksamkeit, als sie meine Zähne spürte. Es war ein Augenblick der Prüfung für uns beide. Würde sie es fließen lassen können? Würde sie mir guttun?

Es war das Richtige, Frau Mona. Ich biß, und während sich Myrnas Blut immer unbefangener in meinen Adern ausbreitete, löste sich ihre Zunge. Myrna redete von sich, halblaut, sanft. Sie erzählte ihre Geschichte wie ein Wiegenlied. In ihrer Jugend war es gedrückt zugegangen. Sie hatte sich eine eigene Welt bauen müssen, eine Welt aus Strichen und Farben. Sie hatte schon als Kind traumhafte Landschaften gezeichnet, und Bäume, immer wieder Bäume. Eine alte Lehrerin sagte ihr eine große Zukunft voraus. Sie hatte Jahre gebraucht, Jahre angestrengter Boheme, bis sie wußte, daß sie keine Künstlerin war. Sie *mußte* wohl zeichnen, aber was sie zeichnete, war nicht *notwendig*. In ihrer Depression floh sie zu einem Mann, dessen Beruf sie für notwendig hielt. Sie ließ sich von ihm heiraten, um seine Dienerin zu werden und den wirklich Bedürftigen zu helfen. Sich selbst ließ sie nicht mehr als wirklich Bedürftige gelten. Sie nahm sich gar nicht mehr *wahr*. Sie half ihrem Mann in der Praxis, bis zur Erschöpfung, um eines Tages die böse Entdeckung zu machen, daß sie gar nicht seine Arbeit teilen, sondern ihn überwachen wollte. Der tiefe Schreck über ihre Eifersucht habe ihr vor Augen geführt, daß sie nur scheinbar eine aufopfernde Ehefrau gewesen sei, in Wirklichkeit aber niemand mehr, ein neidischer Niemand. Wie sie dann angefangen habe, sich über ihre negativen Gefühle Rechenschaft zu geben, und wie das der Anfang zu etwas Neuem gewesen sei. Wie sie sich wieder unter Menschen getraut habe, dann in Gruppen. Wie sie gelernt habe, sich *wahrzunehmen*, sich zu *spüren. Sich* zu spüren. Anfangs habe die Wahrnehmung überhaupt nur aus Schmerz bestanden, aber dann habe sie in einer Primärgruppe diesen Schmerz als den ihrer eigenen Geburt erlebt. Zu einer einzigen Urangst zusammengeklumpt, seien die Ängste von ihr abgefallen. Nur eine habe sie zurückbehalten, die Angst vor Gefühllosigkeit. Jetzt habe sie nur noch eine Sorge gehabt: *anwesend* zu sein –

Ich lasse Myrna ihr Leben ausbreiten, und während ich mich an ihr stille, zeichne ich den Hals, die Haut und das Haar, die dazugehören, vor Monas Augen so lange nach, bis ich ihre Ruhe spüre.

Ich spüre sie auch wieder, meine Beine. Ja, das war das Schlimmste, als das Gefühl weg war. Und du bist noch da. Nicht eine gnädige Ohnmacht. Einfach kein Gefühl. Deine Beine werden zu Luft, und wenn du sie berührst, zu Holz, und du bist immer noch da. Versprich mir, daß das nicht wiederkommt.

Nein, sage ich.

Viel lieber tot.

Nein, sage ich.

Männer spielen keine Rolle mehr, wenn ich von Myrna erzähle, auch Boudewijn Buitenhuis hat sich verflüchtigt. Es ist nicht Monas Sorge, wie er mit einer *erwachsenen* Frau zurechtkommt; das ist Frau Monas Lieblingswort: erwachsen. Keines, das sie kindlicher ausspricht, gläubiger. Auch daß Myrna ein Verhältnis mit dem Maler Kees van Enden gehabt hat, ist jetzt ohne Belang. Frau Mona will in Myrna, der Hexe, nur noch die Schwester sehen, die mit allem, auch mit Männern, *umgehen* kann: ein anderes wichtig gewordenes Wort. Jetzt will sie keine Geschichte mehr hören, sondern ihre eigene Sache. Sie vergißt sogar ihren Vorbehalt gegen den Mann, der erzählt. Wenn ich denn einer bin, habe ich mich ja klein gemacht. Verklärt in Myrna, wird Mona still. Diese Geschichte glaubt sie mir, also ist sie wahr.

Wahr ist aber auch: ich erzähle sie mit Gefühl. Sie überwältigt mich ja selbst. Was ist eine Frau aus Fleisch und Blut gegen eine Frau wie Milch und Blut! Auch ich möchte ihn festhalten, diesen Augenblick der Wandlung vom Schrecklichen ins Nahrhafte; ihn nicht vergehen, sondern dauern lassen auf meiner Zunge; vergessen, daß diese Zunge reden muß, statt zu schmecken.

Da wird das Saugwerkzeug des Vampirs zur Engelszunge. Sie möchte es singen können, das Mutterlob, das sie nicht sagen kann. Während Myrna sich *einbringt*, lasse ich sie stärker sein als den Tod. Jetzt zählen die Männer, die uns krank schreiben, tot sagen, nicht mehr. Jetzt reicht kein Spruch der Medizin mehr an die Lebenskunst heran, die wir in Myrnas Namen feiern: die hohe Kunst, nichts weiter als anwesend zu sein; nichts Geringerem zu leben als dem Augenblick.

14

Sie müssen müde sein, sage ich.

Der Satz ist erprobt, Frau Mona hat ihn kommen sehen. Es braucht nur diesen Satz, um ihren Widerspruch zu reizen. Will ich etwa ihren Auftritt verhindern? Jetzt ist *sie* mit der Kinderrolle dran, und was für ein schlimmes Kind ist sie gewesen und was für ein *erwachsenes*!

Und dann?!

Dann wurde es laut, sage ich gleichmütig.

Laut?

Ich höre Frau Mona nicht mehr atmen. – Musik, das Konzert von Max Bruch, sage ich. Das Violinsolo, Myrna hat es gleich erkannt. Und das Jammern. Was soll das? fragte Myrna. Wer wohnt da oben?

Was hast du gesagt?

Ich weiß nicht, habe ich gesagt. Ich hatte Sie ja noch nicht kennengelernt.

Ich habe nicht gejammert.

Es hörte sich so an.

Und sie *hat es auch für Jammern gehalten?*

Ja, sage ich. – Zuerst.

Und dann?

Die andern haben es gleich erkannt, sage ich. Jeannette zum Beispiel. Sie riß sich förmlich los, starrte mir ins Gesicht, schüttelte ihren Kopf mit dem schweren Haar, um ihre Röte unverfänglicher zu machen, und ließ ihre Augen seitwärts rollen. – Die haben es ja lustig über Ihnen, sagte sie, geht das immer so?! – Was sollte ich sagen, wenn nicht die Wahrheit –

Und dann?

Das brauche ich nicht zu hören, sagte Jeannette, wirklich nicht! als hätte ich das Geräusch ihr zuliebe oder zuleide bestellt. Wir waren nämlich noch nicht fertig miteinander. Meine Behandlung hatte noch keine Zeit zu wirken. Jeannette war keineswegs ruhig – alles andere! Sie brauste auf, erhob sich heftig. Nie wieder! sagt sie mir ins Gesicht. Und verläßt mich auf der Stelle –

Und dann?

Dann schreibt sie mir einen kleinen blauen Brief, in dem sie ihre Kündigung zurücknimmt. Sie komme am Mittwoch wieder, leider habe sich sonst kein freier Termin gefunden –

Gerrit hatte auch keinen andern Termin.

Es zog ihn zurück, sage ich. – Montag, Mittwoch und Freitag. Man hätte die Uhr danach richten können.

Du hättest ja deine Stunden nicht danach zu richten brauchen.

Jedenfalls wissen wir jetzt, warum Sie die Damen nicht kennengelernt haben, sage ich. – Die stellten sich übrigens auch darauf ein. Es fing gewissermaßen an, zur Behandlung zu gehören, das Bruch-Konzert und das Jammern.

Es war kein Jammern.

Auch Maaike Smolders hat es nicht dafür gehalten.

Sprich doch weiter.

Maaike Smolders stammt aus einem einfachen Elternhaus,

sage ich, sie drückt sich manchmal etwas roh aus. Ist das ein Bordell? hat sie gefragt.

Ist das wahr?

So wahr Sie es sagen.

Und was hast du geantwortet?

Da sich Maaike nicht stören ließ, erübrigte sich eine Erklärung. Ich hatte ja auch keine.

Letztes Mal hast *du ihr geantwortet.*

Wie denn?

Daß man in einem Bordell nur die Männer höre, nicht die Frauen.

Das muß ein Irrtum gewesen sein, sage ich. – Die Damen wissen doch, was sie ihren Kunden schulden. Jedenfalls blieb Maaike ziemlich unbeeindruckt.

Woher weißt du das?

Das schmecke ich. Bei Jeannette zum Beispiel, auch bei Myrna: wenn die hören, was gespielt wird, stockt ihr Blut. Und wenn es zögernd wieder zu fließen anfängt, hat es diesen Beigeschmack – Gift will ich's nicht nennen, aber etwas Galle mag schon dabeisein. Schließlich wird da allerhand ins Blut ausgeschüttet –

Du hast es lieber zahm.

Unverfälscht, sage ich, wie bei Maaike. Die hat das Klassische im Blut, die wahre Seelenruhe. Ein bißchen Liebeslärm bringt sie nicht aus dem Häuschen. Sie ist mit drei Brüdern und zwei Schwestern in einer Vierzimmerwohnung aufgewachsen.

Und Myrna?

Myrna, sage ich nachdenklich, war ein besonderer Fall. Als sie das Jammern hörte, richtete sie sich auf. Dann sank sie wieder zusammen und wurde unruhig, als suche sie etwas. Ich lag noch an ihrem Hals, ich konnte nichts sehen. Sie begann zu vibrieren. Ich meine, ein Beben ging durch ihren Körper, das ich nicht deuten konnte, wie bei einer Maschine im Leerlauf. Für Ekstase war es zu wenig heftig, für Panik oder dergleichen zu regelmäßig. Ihrem Blut beginnt etwas zu fehlen, es wird schal. Aber ich verstehe, daß ich nicht stören darf, bleibe also an ihrer Schulter liegen, bis sie mich ruhig wegschiebt. Und jetzt sehe ich, was sie tut. Sie schreibt! Sie hat einen kleinen Block aus ihrem Hirtenbeutel gezogen und schreibt klein und eilig Zeile um Zeile. – Was schreiben Sie? fragte ich. – Ich notiere, was ich erlebe, sagte sie.

Was hat sie erlebt?

Tiefe.

Was heißt das?

Wenn du saugst, sagte Myrna, beginne ich zu sehen. Zum Beispiel dein Pult –

Was für ein Pult?

Mein Stehpult, sage ich.

Seit wann hast du ein Stehpult?

Das müßten Sie gesehen haben.

Ich war noch nie in deinem Keller.

Warum eigentlich nicht?

Weil du mich nicht läßt.

Er steht offen, sage ich, wenn man sich nicht fürchtet.

Und was war mit dem Pult?

Myrna sieht es plötzlich *anders*:

Oberflächlich ändere sich nichts daran. Aber es sei die Oberfläche selbst, die sich verändere. Sie lebe. Sie verdichte sich förmlich. Myrna spüre: dieses Pult sei eine fest gewordene Form von Energie. Jetzt sei die Energie in der Festigkeit konzentriert. Sie habe sich geballt zu diesem Pult. Erst sei Myrna »Ding an sich« dazu eingefallen, dann »Schwarzes Loch«, dann einfach »Einzelheit«. Etwas so Einzelnes wie dieses Pult habe sie noch nie gesehen. Sie sehe überhaupt zum ersten Mal ein Pult. Besser: die Tatsache, daß sie zum ersten Mal sehe, habe die Form eines Pultes angenommen. Es sei nicht mehr von außen beleuchtet. Es stehe sozusagen in seinem eigenen Licht da. Das Natürliche daran sei das Ungeheuerliche –

In der zweiten Phase meiner Behandlung – und Ihres Jammerns, Myrna macht da keinen Unterschied mehr – beginne das Pult zu *strahlen*. Es wimmle sozusagen darauf: eine Art Verglühen, die das Pult aber nicht verzehre. »Wabern« sei ihr dazu eingefallen, und dann »Gleis im Sommer«. Allmählich trete die Energie über die Ränder des Stehpultes hinaus, die dann wie gemalt erschienen. Von van Gogh in der Spätphase. Noch mächtiger. Das Pult male sich selbst. Das wilde Gemaltsein werde zur Eigenschaft des Pultkörpers, und zwar zu seiner sinnlichsten. Er verlasse seine Form, aber ohne sie verschwinden zu lassen. Er erscheine mit starkem Strich nachgezogen und zugleich verklärt. Ja. Aber keineswegs visionär. Die Pultform sei sozusagen bei sich selber eingekehrt. »Heimgekehrt« habe sie zuerst geschrieben, es dann stehenlassen, obwohl zum Heimischen einiges fehle. Das Pult sei auch unheimlich, ja schrecklich in dieser Form –

Und auf einmal – ich sauge, Sie jammern – ist das Pult nicht mehr da. Myrna sieht es zwar noch, aber nicht mehr als Materie, sondern als Durchblick. Wie in einem Feuerofen, aber ohne Feuer. Und ohne Ofen. Myrna sieht nur noch die *Stelle* des Pults. Sieht das, was dort *wäre*, wenn es kein Pult wäre. Aber das sieht sie nicht im Irrealis. Sie sieht das Pult als Nicht-Pult *wirklich*. Noch genauer: Pult und Nicht-Pult sind Eins. »Optischer Orgasmus« ist ihr dazu eingefallen. Und dann –

Ja, dann, wenn sich die Therapie dem Ende nähert, und wenn es droben bei Ihnen fast still geworden ist, dann kommt die eigentlich tiefe Phase. Aus der Tiefe völliger Gleichgültigkeit nämlich tritt es wieder hervor, das Pult, ja. Als kläre sich ein Spiegel, als öffne sich ein Auge hinter dem Auge. Aus einer natürlichen Tiefe: *dieses* Pult. Kein anderes. Kein Pult an sich. Dieses gewöhnliche Stehpult. Mit einem schwachen Ruck in der Seele rastet dieses Pult wieder ein, fällt das Bild eines Pults wieder mit *diesem* Pult zusammen. Aber so, als wäre es jetzt ein wenig kleiner geworden. »Natürliche Größe«, hat Myrna dazu notiert. Als wäre der Inbegriff des Sehens mitten im Flug wieder auf die Füße gefallen, und da steht es nun, dieses Pult. *Dieses*, Myrna kann es nicht besser sagen. Sie möchte gar nichts mehr anderes sagen als: Pult! Sie möchte es fassen, sie möchte es förmlich schütteln vor Einverständnis: du Pult du, das da, du da, du Pult! Wir da!

Und dann sei es plötzlich ganz leicht, dieses Pult loszulassen. *Sein* zu lassen. Sie spüre eine Welle von Zustimmung, die an diesem Pult nichts mehr ändern wolle. Das Pult stehe für sich zum Zeichen, daß jetzt alles an seinem Ort stehe. Vorher sei die Schwere der Dinge aufgehoben gewesen. Jetzt aber hätten sie wieder genau ihr spezifisches Gewicht. Nicht mehr, nicht weniger, als sie vertrügen. Die Form dieses Pultes sei eins mit seinem Gewicht. Und sie *spüre* es am eigenen Leib, obwohl es ja das ganz *Andere* sei. Ja, das Pult sei das *ganz* Andere und eben als solches ein Geschwister im Dasein. Myrna erlebe eine vollständige Entlastung, sie sei befreit, zum Lachen befreit –

Duzt ihr euch?

Eine Erzählung, in der es um Frau Mona still geworden ist, wird ihr zu theoretisch und beginnt sie zu langweilen. Ich habe es schon an ihrem Atem gehört, der wieder da ist, nach Seufzen klingt, schon fast ein wenig nach Gähnen.

Sie duzen ja alle, diese neuen Frauen, sage ich. Das Erreichen der Du-Form, sagt Myrna, sei das Ziel aller Therapie. Es kommt ihr nicht darauf an, was sie duzt. Es darf auch ein Stehpult sein. Man muß sich zu dieser Du-Form befähigen, um *wirklich* »ich« sagen zu können.

Du bist kein neuer Mann. Du bleibst beim »Sie«.

»Ich« sage ich auch. Meine Kundschaft macht sich daraus ohnehin, was sie will. Das ist in der Heilkunst oft so. Wie eine Saugtherapie wirkt, braucht der Therapeut nicht zu wissen. Es muß ihm reichen, *daß* sie wirkt. Man wird bescheiden in meinem Beruf.

Wozu brauchst du ein Pult?

Jetzt gähnt sie ganz offen.

Mein Auftraggeber hat es hineinstellen lassen, er wird schon wissen, warum.

Ich spüre durch die Wand, Frau Mona ist nicht zufrieden.

Letztesmal hast du noch mehr gewußt.

Sie meinen diesen Lärm über der Decke, sage ich, das Klopfen und Hämmern. Das gibt es in jedem Hotel, darauf muß man gefaßt sein. Ich habe mich nur gefragt, warum Sie Ihren geschiedenen Mann im Salon empfangen müssen.

Weil ich ihn nicht mehr ins Schlafzimmer lasse, keinen Mann. Und weil der Plattenspieler hier unten ist. Und man kann auch nach der Scheidung befreundet bleiben.

Befreundet, sage ich, Sie werden mir zugeben, daß diese Umschreibung nicht ganz genügt.

Es ist meine Sache, wie ich mein Leben gestalte!

Aber es war hörbar, sage ich. – Ich sage nicht, daß es mich übermäßig gestört hat.

Geweidet habt ihr euch!

Sie hat also Schmerzen; dann wird sie ausfallend, braucht plötzlich einen Triumph, um sich zu vergessen. Frau Mona, die richtige Frau in den Armen eines richtigen Mannes, während ich im Keller mein dürftiges Blutgeschäft besorge und für Pfeffer und Salz dankbar bin, die mir durch die Decke zurieseln. Jetzt ist das Leiden wieder stärker als die schwesterlichen Gefühle: diese Damen der Gesellschaft, die von Party zu Vernissage zu Gruppe und am Ende sogar in meinen Keller laufen, um einen Zipfel saftigen Lebens zu erhaschen! Das Blut soll ihnen stocken, wenn Frau Mona ihr Triumphgeheul anstimmt. Denen macht sie noch auf dem Teppich etwas vor, auch auf dem nackten Boden.

Will sie es wissen? Wäre das gezuckerte Geigensolo nicht gewesen, ich hätte nur Hilferufe gehört, einen gepreßten Notschrei nach dem andern. Aber wer hämmerte dazu wie von Sinnen? Sollte die Wohnung zusammengeschlagen werden, wurde über mir gestampft, gemahlen, gedroschen? Nagelte ein wahnsinniger Künstler einen Rahmen zu einem mißratenen Bild, wurde eine Kiste gezimmert, ein Kreuz? Die einzelne Menschenstimme, die in diesen Schlachtlärm hineingeflochten war, schien zugleich auf eine unerträgliche Folter gespannt und gänzlich sich selbst überlassen. Hier wütete ein kaum mehr menschliches Wesen gegen seine Verzweiflung. Kein Gedanke daran, daß es ihrer Zwei sein könnten, und gar im Einverständnis –

Ich glaube, du bist noch ein Kind.

Myrna hat mir alles erklärt: daß Kinder für ihr Leben erschreckt werden, wenn sie dem Schlafzimmer ihrer Eltern zu nahe kommen, nur noch Gewalt hören und nichts mehr verstehen. Erst wenn sie erwachsen sind, getrauen sie sich, die Schreckensnachricht einem berühmten Wiener Professor zu bringen, der sie ihnen deuten kann.

Ist es so lange her, daß du geliebt hast?

Das war Liebe, frage ich, diese Schläge, die Fußtritte gegen meine Decke?

Was hast du dir denn vorgestellt?

Daß jemand zum Schweigen gebracht werden sollte, unbedingt. Ich wußte nicht, daß Sie das waren. Ich hörte ein Opfer mit romantischer Musikbegleitung, aber den Täter hörte ich nicht. Er arbeitete lautlos.

Gerrit ist wie Dirk oder Jan, alle, die sich für gute Liebhaber halten, sind gleich. Sie schweigen. Sie arbeiten wie Maschinen und sind besessen vor Zurückhaltung. Das Bett ist der Platz, wo sie sich schlagen. Sie nehmen sich zusammen. Fast hören sie auf zu atmen. Es gibt aber auch solche, die reden wie ein Buch. Sie beschreiben, was sie tun, als hätten sie nie davon gehört, daß man es auch *spüren* kann. Sie nennen jeden Körperteil beim Namen, und die gewöhnlichsten Namen halten sie für die schärfsten. Sie erzählen ihren Frauen fortwährend, was sie mit ihnen anstellen, als läge den Frauen der eigene Körper ebenso fern. Wenn sie »kommen« müssen, krümmen sie sich vor Scham und ersticken den Laut ihrer Kapitulation im fremden Fleisch. Wenige gibt es, die schreien können wie Kees van Enden. Kees van Enden, höre ich, schreit wie ein Gott.

Gerrit kommt nicht mehr. Seit Frau Mona zu krank ist, um glücklich gemacht zu werden, betrachtet er sich als überflüssig.

Nein. Er hält dich für meinen Freund.

Sie lacht wieder.

Verantwortung ist nicht seine Nummer. Da fallen ihm nur noch Geschenke ein.

Aber die Lancia hat sie angenommen.

Und er zahlt, sage ich.

Wir haben kein Kind. Dafür soll er zahlen. Geld hat er genug.

Sie räuspert sich. Ich sehe ihre magere Hand nach dem Glas tasten, dann faßt sie es heftig mit weißem Knöchel. Wirft sie es weit weg, gegen das Fenster, gegen die Vitrine mit den Andenken?

Einen Whisky bitte. Ohne Wasser, ohne nichts.

Sie trinkt ihn wie Wasser. Dann sagt sie:

Blutsauger, das seid ihr alle. Ihr behandelt uns, ja. Aber wie. Und wenn wir euch stinken, ist Schluß mit der Behandlung. – Warum hast du es eigentlich nie mit mir versucht?

Frau Mona, sage ich. – Die Kunst hat ihre Regeln. Warum ist das Schröpfen in Verruf geraten? Weil es wahllos angewendet wurde. Würden Sie glauben, daß die französische Schule im letzten Jahrhundert bis zu siebzig Egel angewendet hat, bei einem einzigen Menschen? Es kam vor, daß Anämiker regelrecht ausbluteten. So ist der Aderlaß in Verruf gekommen. Die Schulmedizin hatte leichtes Spiel. Weil sich das Blutsaugen nicht für jeden schickte, sollte es für alle unbrauchbar sein. Man hatte nämlich die Hygiene entdeckt. Egel sind nicht desinfizierbar. Man kann sie nicht in Karbol tauchen. Lippen und Zähne sind nicht steril. So schüttete man das Kind mit dem Bade aus. Aber Blutsaugen bleibt ein feines Mittel, es muß nur mit Feinheit gebraucht werden. Ich schaue mir meine Klientinnen gut an –

Und ich schmecke dir nicht. Für mich tun es ja deine Geschichten. Und wenn du es mit deinen Figuren treibst, darf ich mir was Schönes dazu denken.

Eine solche Geschichte war nicht ausgemacht, sage ich.

Es sind sowieso immer deine Geschichten! Du erzählst sie bloß und hältst dich dabei fein raus!

Wenn sie verzweifelt, wirft sie alles durcheinander. Jetzt will sie nichts mehr von ihren blutenden Schwestern wissen, jetzt sollen es nur noch verwöhnte Kühe sein. Sie vergißt sogar, daß sie eben noch stolz war auf die Verwirrung, die sie in meiner Praxis anrichtete.

Gerrit wirst du noch kennenlernen! Den brauchst du nämlich nicht zu erfinden!

Lebenszeichen, denke ich. Wut soll ja gesund sein. Ich bin zur dunklen Zeit des Tages der einzige Mensch in ihrer Nähe. So schrecklich, wie das ist, kann ich gar nicht aussehn.

Ich könnte jeden Tag ins Spital, Henk drängt mich ja. Aber glaub nur nicht, daß ich deinetwegen hierbleibe.

Das will ich nicht hoffen, sage ich.

Sie hustet, aber es ist nicht der Augenblick, ihr den Rücken zu klopfen.

Der Salon scheint heller als in andern Nächten, wie bei Frost oder Schnee. Aber die Zweigschatten an der Decke rühren sich heftig, und ihre Knospen vergrößern sich jeden Tag. Bald werden sie bersten. Es muß demnach Frühlingswind sein, was durch die Straßen geht und die Laternen anfacht, als wären es Kerzen.

So kann ich nicht zu Bett. Bring mir noch einen Whisky. Erzähl noch was.

Schmerzen?

Wenn ich Schmerzen hätte. Dann wüßte ich wenigstens, warum ich liege. Ich bin nur so schwach. Ich werde immer weniger. Bitte erzähl.

Lieber nicht.

Welche schmeckt dir denn am besten.

Maaike, sage ich nach einer längeren Pause.

Ich mag's ja, wenn du erzählst. Aber gib mir jetzt nicht die Maaike aus der Bar. Gib mir die wahre.

Sie ist eigentlich scheu, sage ich. – Sie hat erwachsene Kinder, aber das merkt man ihr nicht an. Sie kommt mir vor wie jemand, der sich – *die* sich auf ihre Lebenserfahrung nicht mehr verläßt. Als wäre es gar nicht ihr Leben gewesen, was ihr zugestoßen ist, sondern eins für eine andere, zum Erfolg bestimmte Person. Das ist sie nicht. Sie hat ein paar Jahrzehnte unter fremden Leuten gelebt – auch ihre Familie gehört dazu – und sich Mühe gegeben, das Richtige zu tun und nicht aufzufallen. Jetzt hat sie angefangen, die Gedanken, die ihr zu ihrer Lage kommen, aufzuschreiben, und manchmal auszusprechen, sehr langsam, lieber gar nicht als zu schnell. Jetzt ist sie bereit zu sehen, daß diese Lage eigentlich unhaltbar ist. Aber sie sieht noch nicht weiter. Sie ist ja ganz abhängig von ihrem Mann. Manchmal kommt sie mir wie eine Schlafwandlerin vor, die eigentlich nicht hätte geweckt werden dürfen. Aber jetzt fängt sie an zu denken, daß sie das Stürzen lernen kann.

Was bekommt sie denn von dir?

Sie hört zu, sage ich. Sie scheint auf etwas zu lauschen. Sie hat das Mütterliche nicht verloren, aber es ist Nebensache geworden, vielleicht immer gewesen. Sie weiß jetzt, daß sie noch eine Jungfrau ist. Noch mehr, sie ist noch gar nicht geboren. Ich spüre keine Sorge in ihrem Blut, aber Vorsicht, eine Art ruhiger Prüfung: wie wäre es, wenn ich zur Welt käme? All das hat wenig mit mir zu tun. Das beruhigt mich. Sie hat es nicht darauf abgesehen, mich zu stillen, darum kann sie es so gut.

Und Jeannette?

Jeannette ist noch im Spielalter, sage ich. Sie hat eine Art, mich wegzudrücken, die mir das Festhalten natürlich erleichtert. Ich soll nur ihren Widerstand spüren, wenn sie mir entgegenkommt. Unter dieser Bedingung kann sie sich gehenlassen. Aber wir spielen, daß ich um jeden Tropfen zu kämpfen habe, und daß die ganze Bescherung eine Schande ist. Eine fortwährende Beleidigung ihrer Würde. Ich soll ja nicht denken, daß sie *deshalb* gekommen sei. Eigentlich kommt sie nur, um es mir wieder einmal zu zeigen. Nur so kann sie mir zeigen, daß sie ihretwegen kommt. Sich selber stillt sie, ihr Schuldgefühl, nicht mich. Ohne Schuldgefühl rührt sich bei ihr gar nichts. Schlecht will sie sein, und ihre

Lust *büßen.* Es soll immer das Letzte sein, was ich ihr zumute, und es muß mich am Ende lächerlich erscheinen lassen, kläglich. Ohne Spott tut sie es nicht. Sie will über ihre Wünsche spotten dürfen, anders kann sie mir keinen Wunsch erfüllen.

Eines Tages wäre man so weit, daß man sich so geben kann, wie man sich fühlt. Und dann ist es zu spät. – Ich möchte nur wissen, warum ich mir das angetan habe.

Wollen Sie an der Krankheit schuld sein?

Etwas muß sie mit mir ja zu tun haben, sonst hätte ich sie nicht bekommen. Aber damit sie einen Sinn hat, muß ich doch nochmals leben. – Jetzt sagst du nichts mehr. Endlich sagst du die Wahrheit.

Der Schirm mit den beiden Männchen beginnt zu schwanken, ich muß ihn festhalten – aber nein, Frau Mona will nicht, daß ich ihn festhalte. Sie will, daß er geht, aber nicht fällt. Da ist nun ihr Gesicht, das gedunsene, aber nicht versteinerte Gesicht. Da sind ihre Augen, ein Glanz aus Höhlen, schwarz wie an keinem hellen Tag.

Wie bist du gestorben?

Es ging ganz schnell, sage ich, aber es kam schrecklich langsam. Ich habe monatelang gewartet.

Das erzählst du mir.

Ja. Bitte. Sicher.

Aber nicht mehr heute. Du siehst schlecht aus. Du gehörst in deine Kiste.

Nachts brauche ich nicht zu schlafen, sage ich, wann werden Sie mir das glauben?

Wenn du mir du sagst. – Heute möchte ich ohne Tablette schlafen. Ich danke dir.

Sie reicht mir die Hand, und als ich sie küsse, streicht sie mit dem Finger über meine Lippen und befühlt meinen Zahn, den Reißzahn.

Da hast du ja was Schönes. Schenk mir doch auch mal einen Hirtenbeutel. Ich möchte wissen, wie das aussieht.

Ich verneige mich stumm.

15

Da beginnt ein Muskel zu schmerzen, dort ein Gefäß sich zu verkrampfen. Der Eigentümer des Körpers achtet es gering, er findet plausible Gründe dafür. Man hat gestern wieder zu lange gestanden, hat sich heute zu wenig Schlaf gegönnt. Man hat sich mit dem Trolley überhoben, ist über eine Reisetasche gestolpert, wie sollte das nicht nachträglich ein bißchen weh tun; manchmal, wenn man müde ist, auch ein bißchen länger. Es hat seine Ordnung, wer würde deswegen zu einem Arzt laufen: die Ordnung ist ja daran zu erkennen, daß der Schmerz vorbeigeht und wenn nicht übermorgen, so doch in einer Woche rein vergessen ist. Wenn der nächste Schmerz etwas länger bleibt, auch wenn man sich an keinen Schlag oder Stoß erinnert, dann wird es auch dafür gute, banale Gründe geben. Der Klimawechsel, die Müdigkeit, die Liebe zu einem Künstler haben einen mitgenommen. Und wenn das Ganze mitgenommen ist, pflegt sich die Empfindlichkeit an einer besonderen Stelle festzumachen, die man schon lange kennt, die man den Ort des geringsten Widerstandes, die Schwachstelle zu nennen und als alte Bekannte zu behandeln pflegt. Der Alltag als solcher schmerzt ja nicht, diesen Schmerz nennt man Gewohnheit.

Über Nacht geschieht es also nicht, daß die Schmerzen immer schleppender und schließlich gar nicht mehr weichen, daß sie auch an unvermuteten Stellen auftreten, die nun doch nach dem Arzt rufen. Die Schmerzen werden immer spezieller und simulieren immer öfter bekannte, auch viele erschrekkende Krankheitsbilder, von der Herzrhythmusstörung bis zum Nierenversagen – und sie *simulieren* nicht nur. Sie rufen auch nach immer spezielleren Ärzten, die dann, die Spur ihrer Spezialität verfolgend, im günstigen Fall nach langer Zeit feststellen – und immer ungern –, daß ihr Organ zwar »beteiligt« ist, aber beteiligt woran? Das ist die Frage, die die Kollegen immer weniger beantworten können, je schärfer sie ihre Meßgeräte einstellen. Ein allgemeiner Befund erscheint an der speziellen Stelle dann ebenso regelmäßig als flüchtiger Befund. Der Patient erfährt, daß es an der Niere, auch wenn er aus ihr blutet, am Herzen, auch wenn es flattert, eigentlich nicht, oder nicht eigentlich, fehlen kann. Es fehlt an zu vielen Orten, und es fehlt so recht an keinem. Und da naht die Stunde, wo auch die besten Ärzte nur noch Treuherzigkeiten verbreiten. Sie reden von allgemeiner Erschöpfung, von vasomotorischen Störungen, von vegetativer Labilität, von unspezifischen Syndromen; wenn man Pech hat, reden sie von endogener Depression. Lauter Leerformeln, wenn der Arzt nichts mehr in der Hand hat. Der Schluß liegt nahe, daß dem Patienten dann auch nichts mehr fehlen darf. Er soll gehen und gefälligst erst als klassischer Notfall wiederkommen. Und wenn die Schmerzen nicht ebenfalls gehen wollen, sondern sich verschieben, von Organ zu Organ tollen wie Poltergeister, von der Niere in den Fuß, vom rechten Unterbauch ins linke Handgelenk, wenn sie hie und da eine kleine Ohnmacht produzieren oder sich unversehens hinter einer Gefühllosigkeit, einer vorübergehenden Lähmung verstekken; wenn man eines Morgens das eine Bein nachzieht und mittags vor Kopfweh nicht mehr sehen kann – dann hält eine praktische Frau wie Mona eher sich selbst für verrückt als die Diagnose für unzureichend. Jedermann erinnert sich dann daran, daß man eben ein empfindlicher Typ, eine Sensible, womöglich gar eine Wehleidige ist, man fährt mit dem Übelnehmen in eigener Sache so fort und schluckt höchstens hie und da ein Beruhigungsmittel –

Und darauf, so Dr. Veenendaal, haben die steuerlos gewordenen Abwehrkräfte des Körpers nur gewartet. Dieser Kleinmut in eigener Sache ist genau das Klima, in dem sie gedeihen und immer neue Organe immer solider angreifen können. So gerät eine Frau wie Mona, so geraten manche Patienten, die sich nicht für solche halten dürfen, in einen Teufelskreis hinein. Je weniger die Krankheit ernst genommen wird, desto ernsthafter kann sie werden, desto hemmungsloser betreibt sie ihre Ausschweifungen. Schließlich setzt sie sich gleichsam an die Stelle des Lebens und bereinigt dieses unerledigte Geschäft für den Patienten, der keiner sein will. Dieses Leben ein Hundeleben zu nennen, wäre eine Beschönigung, Hunde legen sich hin, wenn es ihnen zuviel wird. Ihre Fähigkeit, sich selbst zu schaden, ist durch ihre tierische Vernunft begrenzt. Die menschliche will diese Grenze nicht kennen und behandelt sie womöglich als bequeme Ausrede, als Fessel, die man durchbeißen muß.

So hat sich Mona viele Jahre durchgebissen, das kam nicht über Nacht, auch wenn Dr. Veenendaal vermutet, daß ihre Nächte etwas damit zu tun haben; die auf Atlantik- und Fernostflügen unterschlagenen Nächte, und diejenigen, in denen man das Fehlende in den Armen eines fremden Menschen suchte. Dr. Veenendaal berührt ihn, diesen Punkt seiner Mitverantwortung, er hat Monas Jammern noch im Ohr. Er versagt sich die Hoffnung auf ein Wunder. Er setzt, bescheidener, auf eine »Remission«: das gibt es. Das hat er gesehen. Den unvorhergesehenen Stillstand des Krieges mitten im Krieg, so viel Wunder ist die Medizin Mona schuldig, daran arbeitet er jeden zweiten Tag.

Es war kein Krebs, Mijnheer, es ist auch heute noch keiner. Mona hat es auch von andern Ärzten schriftlich. Daß es nur ja kein Krebs war, schien ihr die Hauptsache. Für alles Weitere getraute sie sich selbst aufzukommen. Schließlich hatte sie Glück – wenn das Wort bei so viel Entstellung am Platz ist –, daß sich die Krankheit zu erkennen gab. Ja, als sie in der typischen Schmetterlingsform im Gesicht auftrat, erkannten sie die Ärzte fast sofort wieder, und das Labor von Professor Smolders bestätigte einen Befund mit zwei Buchstaben. Nicht C und A, sondern L und E. Das Unglück im Glück war jetzt nur, daß man für diese Krankheit, ist sie einmal erkannt, kein Mittel weiß.

Ich will unsern drei Herren nicht zu nahe treten: natürlich hatten sie ihre Mittel und zögerten nicht, sie anzuwenden. Sie gaben Cortison in hohen Dosen, Immunsuppressoren, sie stellten Frau Mona nach Kräften ruhig. Sie taten schon etwas. Nur weiß die Medizin bei L und E zur Zeit noch nicht, was sie tut, wenn sie etwas tut. Ut aliquid fiat – so lautete jedenfalls des ehrlichen Dr. Veenendaals guter Grund, Frau Mona Gelegenheit zu einer Remission zu bieten. Es muß noch etwas anderes dazukommen, sagt er, aber das kann ich nicht verschreiben. Ein Aufbäumen, eine Revolte. Aber nicht aus Verzweiflung. Er kennt sie nicht, diese rettende Substanz, und es ehrt ihn, daß er das Wort nicht verwendet, das ein Hohn auf Monas Zustand wäre: Glück.

Er kennt es nicht, das wahre Heilmittel, und das macht ihn beinah vertrauenswürdig. Ärzte, Mijnheer, sind gefährliche Helfer, man muß sich bei ihnen sehr vorsehn. Ist Ihnen aufgefallen, was sie verschreiben? Sich selber verschreiben sie ja so gut wie nichts. In eigener Sache sind sie diagnostisch erstaunlich blind, wie sie auch ihre Familien, ihre Nächsten medizinisch nicht zu versorgen wissen – das ist wohlbekannt. Aber die Erklärung, daß sie an ihre Mittel selbst nicht glauben, greift zu kurz. Sie behandeln ihre eigenen Krankheiten durchaus, nur nicht bei sich selbst. Sie bekämpfen sie in ihren Patienten. Sehen Sie zu, was ein Arzt Ihnen verschreibt: es wird Ihnen nur ausnahmsweise helfen. Aber es wird Ihnen über Ihren Arzt sehr viel verraten. Sage mir, womit du mir helfen willst, und ich sage dir, was dir fehlt. Ich habe bei Ärzten die erstaunlichsten Überraschungserfolge gehabt, auch wenn sie mir dafür selten gedankt haben. Ich brauchte nur die Mittel genauer zu betrachten, die sie mir verschrieben. Ein urämischer Arzt, der seine chronische Vergiftung vernachlässigte, suchte Wunder an meiner Niere zu vollbringen, unbekümmert darum, ob meine Niere angegriffen war – notfalls griff er sie selber an, um mir zu beweisen, daß es die Nieren waren; nicht bei ihm, um so mehr bei mir. Ein Chirurg, der an verschwiegener Krebsangst litt – sie war, wie sich zeigte, begründet, man fürchtet einen Krebs nicht folgenlos herbei –, verschrieb Patienten mit unscharfen Diagnosen ganze Reihen von Strahlenbehandlungen, bis sie seine Diagnose bestätigen mußten. Auch Ärzte werden krank – daran wäre nichts Ehrenrühriges, wenn sie das Faktum nur gelten ließen. Da es sie stört, erschüttert, verängstigt, suchen sie es an ihren Kranken heim. Dabei gibt es bei Ärzten, nicht anders als bei Künstlern, Epochen der Behandlung zu unterscheiden, die dem ärztlichen Krankheitsverlauf entsprechen. Ihrer chronischen Verstopfung, die sie beim Kranken bekämpfen, folgt die Vermutung eines Gallensteins, und wenn sie sich nicht verifizieren läßt – der Arzt selbst denkt nicht daran, sich röntgen zu lassen –, steigert sich der Verdacht zu dem eines Pankreas-Karzinoms. Der Arzt magert ab und stirbt unversorgt – das ist übrigens die humanere Art –, aber bei seinem Patienten behandelt er das Karzinom mit allen Mitteln und bis zum letzten Atemzug. So dramatisch geht es nicht immer zu, Gott sei Dank. Aber der Patient tut sehr gut daran, sich das Muster zu merken und sich von seinen Ärzten – gerade den tapfersten, den kompetentesten – nicht anstecken zu lassen.

Zu den Ärzten, die das Licht sehen und seine Unbequemlichkeit zu ertragen versuchen, gehört Dr. Veenendaal. Er ahnt etwas vom Zusammenhang zwischen seinen Diagnosen und seinem Familienleben oder seinem Umgang mit sich selbst – sonst hätte er mir denjenigen mit seiner Frau nicht erleichtert. Aber so weit geht er natürlich nicht, Monas Auto-Aggression bloß für den sichtbaren Fleck seiner eigenen Dunkelzone zu halten. Er hat gelernt, die Zweibuchstabenkrankheit zu fürchten, und tut gut daran, ihr in Mona entgegenzutreten – aber ob er mit Cortison das Rechte, oder ob er nur das Seinige tut statt das Ihre –, darüber erlaubt er sich hie und da einen bohrenden Zweifel. Er hat selbst allerhand abzuwehren, wenn er sich an Monas Abwehrsystem zu schaffen macht – er hält immerhin für *möglich*, daß man auch gar nichts tun könnte, ohne deswegen ein trauriger Defätist zu sein. Er sieht seiner Hilfsbereitschaft auf die Finger, das lobe ich mir an ihm. Es dämmert ihm, daß er den verlorenen Schlüssel nicht nur da suchen darf, wo *er* Licht hat ... wenn der Schlüssel vielleicht grade in dem Schatten liegt, den er beim Suchen wirft. Aber das wäre ja dann gar nicht der Schlüssel zu Monas Krankheit ... an dieser Stelle beginnt es ihn zu schwindeln, und er ist doch wieder ganz froh um die klaren Indikationen, die seine Medikamente anbieten. Aber daß Mona es ist, die an seiner Stelle stirbt, macht ihn nicht froh.

Tut sie das denn, Herr Doktor Veenendaal? Stirbt sie nicht, wie jeder von uns, nicht einem Arzt zuleide, sondern für sich? Auch wenn Sie nicht fassen können, warum sie nicht viel lieber leben mag?

Und was schlagen Sie vor? will Dr. Veenendal wissen.

Ich erzähle, Mijnheer. Ich mache sie mit dem Tod bekannt. Wenn sie ihn hassen lernt, um so besser für sie. Freilich, wer sein Leben retten will, darf den Tod nicht nur hassen. Ich versuche, sie zu unterhalten, ohne ihr gefällig zu sein. Ich erzähle, das ist alles. Ich liebe Frau Mona nicht, ich bin nicht zur Liebe geschaffen. Meine Stärke, wenn ich eine habe, ist das Interesse. Das muß reichen, zum Leben oder Sterben. Ich halte Frau Mona nicht. Sie ist nicht mein Fall.

Wozu bin ich denn da, warum?

Ja, wozu sind Sie eigentlich da, Mijnheer? Und warum, mit Verlaub, sind Sie es nicht?

16

Mach bitte das Fenster auf.

Sie rauchen ja wieder.

Weißt du denn, wann ich die letzte geraucht habe? An unserem ersten Abend. Als ich aus New York kam und du von Buitenhuis. Ich habe schon einmal aufgehört, mit allem. Als ich schwanger war. Es hat auch nichts genützt. Ich konnte das Kind nicht behalten. Das Kind war nicht für mich. – Aber trinken kann ich, Samstag, jetzt trinke ich für zwei. Das mußt du mir lassen.

Sie hat schon getrunken, ich höre und rieche es.

Sie spricht selten von sich, nur wenn sie getrunken hat. Nach Dr. Veenendaals Besuchen ist sie meist angetrunken; da muß ja wohl von ihr die Rede gewesen sein. Ich weiß nicht, ist es seine Wahrheitsliebe, oder sein Zartgefühl, was sie nur mit Whisky zusammen schlucken kann. Dr. Veenendaal kommt nicht mehr zur Sprache zwischen uns. Sie hat den seitlich hochgeschlitzten Morgenrock mit Reihern angezogen, den Gelegenheitskauf aus Singapur, und der Schirm, hinter dem ihre Rauchzeichen aufsteigen, verbirgt ihre übereinandergeschlagenen Beine nicht. Das entblößte zeigt sich sorgfältig rasiert, und der violette Zehenlack glänzt im Kerzenlicht. Es sind drei Kerzen heute, und der Tisch ist wieder gedeckt, meine Einkäufe verteilen sich auf mehrere bunte Schälchen.

Es muß ihr viel bedeuten, bei meinem Eintritt einfach sitzen zu bleiben, als wäre ich der unsichtbare Diener im chinesischen Theater. Sie zeigt ihr Bein, als dürfte es ruhig so mager sein, wie es ist. Ich darf auch die kleinen Goldsandalen bemerken, die in einer Laune abgeschüttelt worden sind und wie Spielzeug auf dem Parkett liegen.

Danke, jetzt ist es kalt genug. – Ich rauche nur dir zuliebe. Deinem Chef zulieb. Du hast doch einen Chef, der ist König, dem gehören alle Tabakfelder der großen weiten Welt. Die wollte ich riechen, darum habe ich geraucht. Ich rauche nur noch zur Erinnerung. Dir zulieb.

Sie richtet sich auf, setzt sich in die Sofaecke, wo ich sie besser sehen könnte, wenn der Schatten des Schirms nicht wäre. Von ihrem Gesicht ahne ich nur so viel, daß sie es einen Augenblick heftig verzogen hat; dann scheint es zu beben, leicht, aber unaufhörlich, wie auf einer Eisenbahnfahrt. Auch der Glühpunkt der Zigarette, die sie hastig zum Mund führt, zittert mit. Monas Hals ist geschwollen wie ihr Gesicht, der Kopf sitzt breit auf den schmalen Schultern wie der eines Kindes, und beim Einatmen des Rauchs drückt sie das Kinn auf die Brust.

Was tun wir denn heute nacht.

Sie sagt es ohne Frageton, ohne den Rauch aus der Lunge zu entlassen. Plötzlich beugt sie sich vor und drückt die Zigarette in einer weißen Schale aus. Ihr Haar im Kerzenlicht wie Kupferdraht; sie hat es heute wieder gefestigt. Sie tötet die Zigarette umständlich, dann zieht sie die Beine hoch gegen den Leib. Sie schnappt mit dem Feuerzeug, führt die kleine Flamme zwischen den Fingern vor ihrer Brust hin und her, läßt sie aufflackern und verschwinden.

Damit zünde ich das Haus an. Ich will sehen, ob du brennst.

Feuer tut mir nichts, sage ich und setze mich auf meinen Stuhl. – Nur lebendiges Wasser.

Wir könnten uns ein Kind machen. Dafür brauchst du mich nicht zu mögen. Es geht ganz gut ohne.

Ich lache nicht.

Prima geht es ohne, man muß nur wollen. Oder willst du etwa nicht?

Von Ihrem Kind habe ich nichts gewußt.

Sie dachten, ich sei betäubt, aber ich habe sie gesehen. Sie haben mich gelähmt. Sie haben sie einfach in einer Schüssel weggetragen. Sie war Abfall, weißt du. Frauke hätte sie geheißen.

Geben Sie mir bitte das Feuerzeug.

Hol's dir.

Sie hält es mit offener Flamme wie eine Kerze vor sich hin und läßt es brennen. Damit es nicht so zittert, stützt sie das Handgelenk mit der andern Hand, richtet es gegen mich wie eine Pistole. Ihr Mund steht offen, mit eingezogenen Lippen, als hätte sie keine Zähne, ihr Atem geht schwer. Die Flamme wird kleiner; bevor sie ausgehen kann, läßt Mona den Deckel darüber zuschnappen und legt das Feuerzeug auf den Tisch.

Ich hab vierzig Jahre bekommen. Sie nur vier Monate. Aber sie war schon ein Mensch. Ganz ausgebildet.

Mona legt die Hände auf den Bauch. Ihr Gesichtsausdruck

wirkt listig, aber das macht die Schwellung. Sie kann die Augen nicht mehr öffnen wie früher.

Samstag. Erzähl mir eine Gespenstergeschichte. Aber eine lustige.

Sie wollten wissen, wie ich gestorben bin.

War das lustig?

Nein.

Also.

Myrna hat mich zu erlösen versucht, sage ich nach einer Weile. – Das war lustig.

17

Du mußt unbedingt in unsere Gruppe kommen, hat Myrna gesagt, unser Leiter ist der Beste.

Wie ist das für dich, fragt Springende Feder.

Er hat eine Geschichte aus dem alten Persien erzählt, über die wir betroffen gelacht haben, die kluge, die weise Geschichte von einem Mann, der auf dem Weg vom Wirtshaus nach Hause seinen Schlüssel verloren hat. Jetzt sucht er ihn vor seiner Haustür. Ein Freund kommt vorbei. Was suchst du denn? fragt der Freund. – Meinen Schlüssel. – Bist du sicher, daß du ihn hier verloren hast? – Nein, aber hier habe ich Licht.

Die Geschichte paßt besser als viele Worte zu der jungen Frau, die gerade an der Reihe war mit Arbeiten, denn sie hat für die Schwierigkeit, sich einfach hinzulegen, eine Erklärung aus ihrer Kindheit parat gehabt, eine wahre Geschichte von ihrer Mutter, die abends nicht am Bett des kleinen Mädchens sitzengeblieben ist, wenn es Angst hatte vor dem Dunkel. Wir verstehen alle: da bleibt eine Hemmung zurück, wer sich hinlegt, der wird verlassen. Und da die junge Frau auch heute noch nicht verlassen werden darf, kommt der Schwindel, wenn sie sich hinlegt. Wegen dieses furchtbaren Schwindels ist sie in die Gruppe gekommen, nachdem ihr Ohrenarzt mit Fremdwörtern und Medikamenten nicht helfen konnte.

Es ist eine überzeugende Geschichte, aber wir sind es hier schon gewohnt, daß überzeugende Geschichten angeboten und nicht akzeptiert werden, wenn es Geschichten aus der Vergangenheit sind. Geschichten sind Ausreden. Auch wenn sie wahr sein sollten, sind sie nur gut erfunden, um den Schwindel *hier* und *jetzt* nicht wirklich *spüren*, um sich nicht schämen, um sich nicht wirklich *verantwortlich* fühlen zu müssen. Verantwortlichkeiten von Mami oder Papi werden in diesem Kreis nicht angenommen, das hat Springende Feder jeden fühlen lassen, der mit Kindergeschichten ankam. Die meisten waren überzeugend und fast alle zum Weinen, aber sie waren auch alle schon fix und fertig im Kopf. Sie waren Beweis genug, daß Cornelis oder Swantje nicht in die Gruppe gekommen sind, um wirklich *hier* zu sein und *jetzt* etwas Neues über sich zu erfahren.

Während Springende Feder also Swantje freundlich, doch nicht ohne Strenge ansieht, wird er seinerseits von uns allen gespannt angesehen, wie er die Situation wohl wieder auf das wirkliche *Hier* und *Jetzt* öffnen wird. Er sagt: laß dich einfach mal liegen, laß dich atmen. Und erzählt seine östliche Geschichte, und wir lachen spontan, es ist das Lachen plötzlicher Einsicht, wie sehr diese Geschichte vom verlorenen Schlüssel uns alle *betrifft*. Wir alle erzählen einander nicht unser wirkliches Leben, sondern Geschichten, mit denen wir es besser zu ertragen glauben. Das ist ein Irrtum, es genügt, Swantje zu betrachten, die sich durchaus nicht liegen und atmen lassen kann, sondern zu ächzen beginnt und sich dann übergibt. Es ist ein entsetzliches, stoßartiges Erbrechen, das sie nur so schüttelt. Ihr Nachbar, ein etwas militärisch wirkender, sehr ordentlicher Junge, die sind hier ja alle sehr jung, will ihr den Kopf aufrichten oder wenigstens die Hand auf die Stirn legen. Dann aber fällt er zurück und in sich zusammen, als Springende Feder: Sei nicht wieder der nette Kumpel! zu ihm sagt, freundlich mit Schärfe. Wir verstehen, daß Swantje mit ihrem Schwindel jetzt allein gelassen werden muß, damit sie erfährt, er ist etwas ganz anderes als ihre Geschichte. Er ist hier und jetzt einfach zum Kotzen, die Geschichte auch, Swantje selbst ist zum Kotzen, und wenn sie jetzt endlich aufhört, Entschuldigungen zu murmeln, und sich diesem Kotzen einfach überläßt, erlebt sie, daß ihre Befürchtung nicht in Erfüllung geht, ganz im Gegenteil. Wir sind immer noch da, sie bleibt ein nettes Mädchen, wenn sie kotzt. Ja, ein Mensch wird sie, der oder die alles herauslassen darf und sich nicht zu schämen braucht. Das Kotzen ist prima, es ist eine Erlösung, es ist eine durchaus falsche Artigkeit, wenn man Swantje beim Kotzen stört. Der gute Kumpel, der zuerst hatte beschämt sein wollen, erfährt es auch an sich, mitkotzen müßte er können, dann hätte er etwas für sich getan, aber wahrscheinlich ist etwas ganz Anderes für ihn das Richtige. Was Swantje gerade erlebt, ist einfach eine Geburt, sie kotzt sich auf die Welt. Springende Feder kann warten, bis der Krampf sich von selber löst, dann wirft er ihr eine Schachtel voll Papiertaschentücher zu. Jetzt ist Swantje ruhig, jetzt fühlt sie sich schön, gut aufgehoben, jeder kann es sehen, der sie ansieht, denn sie sieht ihn mit offenen Augen wieder an, liebevoll und schamlos. Scham ist nicht nötig und Liebe kommt von selbst, jetzt muß sie nicht mehr schwindeln.

Das braucht Springende Feder nicht auszusprechen. Wir alle fühlen es ja mit, daß Swantjes Schwindel ein falscher Schutz gewesen ist, mit dem sie sich selbst beschwindelt hat. Und jetzt ist sie frei davon, lacht und weint und denkt nicht daran, die Papiertaschentücher zu benutzen. Sie legt sich einfach wieder hin, weil Hinlegen so schön ist, nicht geradezu ins Erbrochene, aber gleich daneben. Sie kann jetzt, *jetzt* kann sie mit ihrem Erbrochenen leben. Sie ist kein Auswurf mehr, jetzt, nach zwanzig Jahren, darf Mami vom Kinderbett weggehen, wann und wohin sie will, und dem Kind ist warm und wohl, denn es bleibt bei sich. Wir verstehen, daß es noch ein wenig so bleiben will, und der gute Kumpel streichelt über ihr dichtes Haar. Das tut er jetzt, weil ihm einfach danach zumute ist, und nicht, weil er es sich oder Swantje schuldig zu sein glaubt. Zwei Glückliche auf einen Streich. Myrna sieht mich aus ihrem Schneidersitz ebenfalls leuchtend an: hat sie mir zu viel versprochen?

Stinkt es, Samstag? fragt Springende Feder plötzlich.

Nur sagen, was einem als Erstes in den Sinn kommt.

Ja, sage ich.

Was stinkt dir? fragt Springende Feder.

Ich denke nach und weiß schon, das ist falsch. Aber Swantje ist es wirklich nicht, die mir stinkt, wie käme ich dazu. So ein freundliches junges Mädchen.

Das Erbrochene stinkt, sage ich.

Swantje wird den Satz jetzt doch vertragen in ihrem Glück.

Springende Feder nickt, nickt mich länger an, als hätte ich etwas ganz anderes gesagt oder gemeint. Ich beginne zu forschen, was ich gesagt haben könnte oder müßte, und das ist schon wieder falsch.

Willst du arbeiten? fragt mich Springende Feder.

Oh, sage ich.

Steh bitte auf, sagt er.

Das kann ich tun, warum nicht. Da steh ich also, barfuß, wie hier alle. Es ist ein Naturbelag, etwas Rauhfaseriges, Sisal vielleicht. Jedenfalls spürt man seine Sohlen, ja, ich spüre sie auch. Ich spüre mich stehen, überdeutlich.

Springende Feder gleitet von seinem Sitzsack, es ist eine mühelose Bewegung, auf die sein Bein vorbereitet ist, ein Sprung ohne Springen. Er stellt sich vor mich hin, sieht mir in die Augen, betrachtet mich aufmerksam von oben bis unten und wieder zurück. Ich darf gespannt sein, was ihm jetzt gleich einfällt. Dann geht er um mich herum und bleibt hinter mir stehen. Ja, das spüre ich, sogar seinen Atem. Er unterdrückt ihn ja nicht.

Plötzlich bekomme ich einen Stoß in den Rücken, nicht heftig, aber kraftvoll. Es klingt wie Holz, wirklich, er könnte gegen eine hohle Wand geschlagen haben. Ich höre seinen Atem schneller gehen.

Beug die Knie etwas, sagt Springende Feder. – Leg dein Gewicht in die Knie.

Kann ich. Er wartet hinter mir; ich kann alle Gruppenteilnehmer warten sehen, gespannt, aber nicht wie im Theater. Was mit mir passiert, was ich geschehen lassen kann oder eben nicht, geht jeden an, jeden für sich und alle zusammen. Nur Swantje hat sich auf die Seite gelegt und wendet mir in Kuschelstellung den Rücken zu.

Ich warte auf einen zweiten Stoß. Er kommt aber nicht. Springende Feder geht langsam an mir vorbei und schlüpft wieder auf seinen Sitz, das Rückgrat aufgerichtet, aber ganz locker.

Bleib so, sagt er. – Laß dich atmen.

Ich nicke. Meine Knie sind fest wie Scharniere, sie könnten ein viel größeres Gewicht tragen als mein eigenes. – Das sage ich laut, da es mir spontan eingefallen ist.

Springende Feder nickt, mit einer Spur Amüsement. Seine Nachdenklichkeit ist unübersehbar, aber sie beeinträchtigt seine Wachsamkeit nicht.

Was fällt dir ein! ruft er plötzlich.

Ist das eine Frage? Oder habe ich ihn wirklich wütend gemacht, und womit?

Den Blicken auf meine Knie entnehme ich, daß es *dort* passieren sollte, daß die Gruppe auf mein Zittern wartet. Man sollte, wenn man tief atmet, der Last seines Körpers nachgeben können. Nicht Man, Ich sollte es tun, denn wir handeln hier nicht von Physik, sondern von Mir. Ich soll erfahren am eignen Leib, wie Ich Mich behandle.

Ich bin stark, souffliert Springende Feder. Ich bin ungeheuer stark, zu stark für euch alle.

Bitte? sage ich überrascht.

Springende Feder nickt. – Du hast mich gut gehört, sagt er. – Wie ist es, wenn du so stark sein mußt.

Ich muß nicht, sage ich.

Doch, du mußt, sagt er. – Ich muß stark sein. Ich darf nicht zusammenbrechen, sonst passiert etwas Schreckliches. – Sag uns, was dann passiert.

Ich denke nach. Ich sehe den andern an, sie tun es auch. Sie arbeiten ja auch, wenn ich arbeite. Sie haben erschrokkene Gesichter. Jeder versucht sich vorzustellen, wie das Schreckliche aussähe und dann einträte, wenn ihre Knie nachgäben. Ich nicht, ich sehe es nicht.

Was siehst du – nicht? fragt Springende Feder.

Ich sehe wirklich – nichts – nicht. Bin ich ein so starker Verdränger, oder bloß ganz geheimnislos? Myrna blickt mich an, fast zornig vor Teilnahme.

Ich sehe es nicht, sagt Springende Feder. – Sag das noch mal.

Ich sehe es nicht.

Sag es nicht dem Fußboden. Sag es Myrna.

Ich sehe es nicht, sage ich Myrna ins Gesicht. Sie schüttelt ganz langsam den Kopf, so langsam, ich glaube, sie weiß selbst nichts davon. Wie jung sie hier sein kann unter diesen Jungen. Ihr Hals bebt vor Betroffenheit, so sehr möchte sie mir auf den Sprung helfen.

Du lachst, sagt Springende Feder. – Was ist passiert?

Du möchtest mir auf den Sprung helfen! sage ich zu Myrna und lache wieder. Ich zittere vor Lachen, aber meine Knie bleiben fest wie verschraubt. Ich sehe einen Schatten sanften Vorwurfs in Myrnas Gesicht, den sie sofort wieder zu freundlicher Aufmerksamkeit verklärt.

Sag ihr, was sie für dich tun kann, sagt Springende Feder.

Sie soll nicht enttäuscht sein, sage ich nach einer Weile. – Du sollst nicht enttäuscht sein, korrigiere ich mich schnell.

Dann tu was, sagt Springende Feder. – Tu was, damit sie nicht enttäuscht ist.

Das ist ja viel verlangt. Ich warte selber darauf, daß ich mich noch mehr versteife oder auf einmal ganz locker werde. Ich würde Springende Feder und vor allem Myrna gern etwas zuliebe tun, womöglich das Richtige.

Geh zu ihr, sagt Springende Feder. – Du darfst sie auf keinen Fall enttäuschen. Tu was für sie. Entschuldige dich.

Ich gehe zu Myrna, ihre Augen flammen vor Erwartung, daß ich rebelliere, Springender Feders Spiel durchschaue. Er zeigt mir ja mein Spiel, auf das ich *jetzt* nicht hereinfallen soll. Ich darf nichts für Myrna tun wollen. Endlich soll ich etwas ganz für mich selber tun. Da blickt sie zu mir auf, ein ganz und gar erwachsenes Kind, und macht mir mit ihren Augen förmlich das Durchschauen vor.

Ich beuge mich, hebe Myrna auf, wie sie dasitzt, und halte sie in den Armen. Sie macht sich weder schwer noch leicht, behält auf meinen Armen ihren freundlichen Verzicht auf Einmischung bei. Vielleicht wird es doch noch das Richtige, was ich tue, vorausgesetzt, ich lasse es bloß geschehen. Sie ist zu jedem Mitspiel bereit, es darf nur nicht ihr Spiel sein, sondern mein Ernst, mein spontaner, plötzlich mit Gelächter oder Tränen durchbrechender Ernst.

Geh doch mal in die Knie, sagt Springende Feder nach einer Weile. – Das schaffst du wohl nicht!

Warum nicht, also in die Knie.

Aber zum Atmen reicht es dann nicht mehr, sagt Springende Feder. Ich atme, ich verstehe: irgend etwas müßte jetzt doch an mir zu zittern anfangen, die Knie, die Ellbogengelenke, auf denen Myrnas Gewicht liegt. Aber ich müßte das Zittern geradezu produzieren, und das würden sie alle merken. Sie warten.

Ist das alles, sagt Springende Feder. – Zeig uns noch was. Eine bessere Nummer. Etwas Stärkeres.

Hohn, ich weiß, aber Hohn aus Freundschaft. Ich soll ja zusammenbrechen dürfen, das ist doch nicht viel verlangt. Loslassen soll ich dürfen. Sogar wenn ich dabei Myrna fallen ließe, daß sie sich weh täte: jubeln würde sie meinetwegen. Ich sehe es geradezu: für die Erfahrung, daß ich einmal *loslassen* kann, zahlt sie jeden Preis. Swantje liegt noch immer zusammengerollt in ihrem Kinderbett, das weit offen ist wie die Welt, und hält sich umfangen als ihr eigener Teddybär.

Du kannst das noch lange, sagt Springende Feder.

Ja, sage ich. – Ich spüre sie gar nicht.

Am Entsetzen der Gesichter sehe ich, daß ich etwas Falsches gesagt habe, etwas Schreckliches, das Schlimmste, was in diesem Kreis zu sagen möglich ist. Die andere nicht mehr ganz junge Frau hat hemmungslos zu weinen begonnen. Schließlich arbeitet sie mit, sie weint über mich und über sich. Ein junger Mann macht Miene, mir an die Kehle zu springen. Ich spüre, wie sich meine Lippe anhebt –

Cornelis! ruft Springende Feder scharf. – Samstag *arbeitet!*

Der junge Mann duckt sich sozusagen im Sprung und läßt sich zu Boden fallen, mit Gewalt, aber der Boden kann viel vertragen. Statt in den Kreis zurückzukriechen, bleibt Cornelis sitzen, auf alle Fälle; vielleicht kann er seine Wut noch verwenden. Jedenfalls hat er allen gezeigt, er ist ein spontaner Mitarbeiter. Nach einer Weile, in der ihm Springende Feder keinen Blick gegeben hat, kriecht Cornelis zu Swantje hin und beginnt als Zweiter ihr Haar zu streicheln. Eine Übersprunghandlung. Mensch, denke ich, der hätte aber auch noch zu arbeiten.

Aber Springende Feder sieht unverwandt mich an, unverwandt, aber nicht starr oder gar hypnotisch, das ist meine Einbildung. Er blickt mich streng, aber menschlich an, offen, aber nicht scharf. Es ist ein starker, allerdings auch schon geübter Blick, es macht mir eine Art Freude, in seine Augen zu schauen. Beinahe rührt sich etwas in meinen Knien. Aber ich halte ja Myrna immer noch auf den Armen und will sie nicht absetzen, solange sie es noch aushält. Ihr Gewicht ist beinahe behaglich, ich spüre ihren Atem an meinem Hals, einen schwachen kühlen Hauch. Es ist ja nicht wahr, daß ich sie nicht spüre, ich habe mich falsch ausgedrückt. Ich wollte sagen: sie ist mir nicht zu schwer. Aber hier gelten die Dinge immer so, wie sie zuerst gesagt werden, spontan gesagt. Springende Feder achtet auf Sprache.

Ich betrachte ihn über Myrnas Schulter, die mir eine sanfte

Linie anbietet. Überhaupt ist Frau Doktor Buitenhuis überraschend weich, als bestünde sie nur aus Eingeweide oder wäre eine warm und weich gewordene Riesenschlange. Da ist nur noch ein Rest von Spannung. Vielleicht möchte sie mich jetzt mit dem Gefühl durchdringen, daß ich ihr viel Geborgenheit geben kann. Ich lehne mein Kinn an ihre Schulter, aber Augen habe ich natürlich nur für Springende Feder. Er nickt ganz langsam, ganz unmerklich, und sein Mund hat sich etwas geöffnet.

Samstag, sagt er. – Könntest du bitte einmal zwinkern. Dein Blick macht mir *Angst.*

Ich zwinkere, aber sicher hat er es nicht gesehen. Mein Lid bewegt sich zu schnell, das weiß ich. Es ist wie ein Flirren, darum gilt mein Blick als elektrisch, und normalerweise sehe ich die Leute nur flüchtig an, damit sie sich nicht durchbohrt fühlen. Aber Springende Feder mit seiner langen Erfahrung!

Die Gruppe ist erschüttert. Springende Feder und Angst! Wenn er das sagt, meint er das auch. Sogar die hemmungslos Schluchzende hat aufgehört und vergißt, ihre Tränen abzuwischen.

Es war einmal Einer, sagt Springende Feder langsam, der zog aus, das Fürchten zu lernen. Er fürchtete sich nie, nicht bei Tag und bei Nacht. Die Gespenster machten ihm keinen Eindruck. Der nächtliche Kirchhof, das verzauberte Schloß, der Mann, der mit Schädeln und Knochen kegelte, berührten ihn nicht. Mit der Zeit hatten die Leute mehr Angst vor ihm als vor den Gespenstern. Sie spürten, daß er gar nicht das Fürchten lernen wollte. Er wollte die andern das Fürchten lehren. Er wollte der Herr aller Geister werden. So wenig Vertrauen hatte er zu sich selbst.

So geht die Geschichte gar nicht, dachte ich. Es gab die Prinzessin und ihre Frösche. Sprich nur ein Wort, dachte ich, so wird meine Seele gesund.

Jetzt brauch ich eine Pause, sagt Springende Feder. Hör auf, Samstag. Laß Myrna runter.

Ich denke nicht dran.

Samstag! sagt Springende Feder scharf und ist aufgestanden.

Meine Arme geben nicht nach, so wenig wie meine Knie. Jetzt bin ich im Dunkel, eine *Figur*. Weich ist nur die Mulde meiner Arme, in der Myrna liegt, aber auch sie will nicht mehr liegenbleiben. Laß mich doch, sagt sie leise. Endlich hebt sie den Kopf so weit, daß sie meine Augen sehen kann. Was sieht sie denn?

Sie erstarrt. Ich blicke mich um. Sie alle sind erstarrt. Das ist keine Redensart. Sie rühren sich nicht mehr, Cornelis hat aufgehört, Swantje zu streicheln, seine Hand ist in der Luft stehengeblieben, und Swantje liegt wie Dornröschen, tot. Springende Feder selbst hat seinen Schritt nicht zu Ende getan. Er steht, wie man eigentlich nicht stehenbleiben kann, das Gewicht nicht mehr ganz auf dem Standbein, noch nicht auf dem Spielbein, als beträte er gerade ein hohes Seil und hätte im letzten Augenblick bemerkt: es ist zu hoch. Seine Augen sind offen, aber der Blick ist weg. Ich denke an den Capitano auf dem Gespensterschiff in einem Buch aus meiner Kinderzeit. Den mit dem Säbel in der starren Hand und dem Nagel durch die Stirn.

Meine Lippen haben die Zähne freigegeben, das muß es sein: der Anblick meiner Zähne. Mein Gesicht strahlt, aber von Kälte, durchdringender Kälte. Es muß wahr sein: ich kann nicht leben. Ich will nicht erlöst sein. Ich bin eine Figur, aber wehe einem jeden, der etwas anderes aus mir machen will. Sie können mir nicht zu nahe treten, sonst werden sie verwandelt, nicht ich. Ich bin nicht stolz darauf, es ist nur nicht anders. Aber ich will nicht, daß sie meinesgleichen werden. Es genügt, daß ich meine Zähne bedecke, dann ist die Ewigkeit für sie vorbei, sie können sich wieder rühren und werden vergessen haben, daß etwas gewesen ist. Es ist nichts gewesen. Wo ich gestanden habe, ist nichts mehr.

Du solltest einmal in die Gruppe kommen, sagt Myrna. Unser Leiter ist der Beste. Ein alter Achtundsechziger, der Medizin studiert hat, Zellphysiologie. Bis er spürte: das ist der falsche Weg. Dann hat er sich in Amerika ausgebildet, zum humanistischen Therapeuten. Bioenergetik und Gestalt. Er geht davon aus, daß wir wissen, was uns fehlt. Der Körper weiß es. Auch das, was die arme Seele nicht wissen will. Sie hat sich nur von ihm getrennt, um etwas Wichtigeres zu werden, und vergißt dabei, was *wirklich* wichtig ist. Sie hängt nur noch an ihrem Script. Das nennt man Erziehung. Sie schneidet uns von unseren wahren Bedürfnissen ab. Wenn es ihr gelingt, ist es der Tod. Zuerst bei Lebzeiten, dann sterben wir *wirklich* an den Geschichten, die wir uns eingeredet haben. Zum Glück weiß der Körper die wahre Geschichte. Sie ist ihm eingefleischt. Wir müssen nur lernen, auf ihn zu hören. Wahrzunehmen, was wir wirklich tun. Was wir unseren Schultern, unserem Hals, unserem Geschlecht antun. Überall sitzen die Krämpfe, die wir einmal glaubten für unser Leben zu brauchen, ohne zu merken, wann sie anfingen, uns am Leben zu hindern. Das war einmal ein Korsett, jetzt ist es ein Panzer geworden. Aber der Körper meldet immer, was uns fehlt. Als Schmerz zum Beispiel. Der Schmerz ist unser bester Freund. Der Frontberichterstatter sozusagen. Wo es weh tut, da sitzt unser Problem. Da tun wir uns weh. Dagegen hilft keine Chemie und auch keine schöne Geschichte, damit machen wir den Panzer nur noch dichter. Wir müssen nur erst einmal lernen, was da ist. Empfinden lernen, was wir uns jetzt antun. Was wir uns antun, tun wir auch den andern an. Kontakt mit uns selbst herstellen, das ist es. Unser Leiter lehrt uns nichts Besonderes. Er macht uns nur Mut zur Erfahrung, daß unser Körper unser Freund ist, unser Lehrer, unser Arzt.

Das haben Sie schön gesagt, sage ich, und ganz richtig.

Warum wehrst du mich ab?

Tu ich das?

Klar, sagt sie. – Komplimente sind reine Abwehr. Sie verweigern eine Erfahrung.

Natürlich, sage ich. – Tote machen keine Erfahrungen, dafür sind sie tot.

Sie schüttelt den Kopf. – Betrüger, sagt sie. – Warum betrügst du dich selbst?

Ich *will* tot sein, sage ich. – Ich habe es verdient.

Schuldgefühle, sagt sie, beruhen auf Selbstüberschätzung. Warum hast du Minderwertigkeitsgefühle?

Ich bin minderwertig, sage ich.

Sie lacht. – Idiot, sagt sie, du wirst also nicht kommen.

Ich war schon da, sage ich.

Bei Springende Feder? sagt sie. – Wann?

Gestern. Erinnern Sie sich denn an nichts? Ich trug Sie auf den Armen.

Verrückt, sagt sie. – Du bist unheilbar. Also los. Nimm dein Teil.

Und schiebt mir die Schulter entgegen, ihre keineswegs kalte Schulter.

Warum hast du mir die Geschichte erzählt?

Genug! sage ich, ich höre mich schreien. – *Genug* für heute!

18

Auto-Aggressionskrankheiten sind, wenn ich Dr. Veenendaal recht verstehe, nicht nur medizinisch verboten, sondern auch menschlich, um nicht zu sagen: moralisch unanständig. Schon das Wort ist eine Zumutung, zu der sich ein guter Arzt nur mit zusammengepreßten Lippen versteht.

Ich bin unter Frau Monas Haustür mit ihm zusammengestoßen, denn er sah mich erst gar nicht, trug sogar den Mundschutz noch im Gesicht: dann schien er zu erwachen und hielt mich fest, mich, nicht etwa die Tür, durch die ich hatte eintreten wollen; er hielt mich fest, bis sie ins Schloß gefallen war. Dabei war es meine Stunde, nicht seine.

Nicht, sagte er. Nicht.

Nicht jetzt, fügte er hinzu, als ich ihn musterte.

Eine befremdliche Sprache. Als wäre er ein junges Mädchen und ich ein frecher Liebhaber. Das Ungebührliche der Szene schien ihm selbst aufzufallen, er war errötet, als er mich erkannte, aber er ließ mich nicht weg. Erst mußte die Tür ins Schloß gefallen sein.

Warten Sie, sagte er. – Setzen wir uns einen Augenblick.

Wo? fragte ich.

Aber er hatte sich schon gesetzt, auf die Treppe vor dem Haus, er schien das Sitzen nötig zu haben. Er fuhr sich mit der Hand durchs ganze Gesicht, endlich schien ihm die Maske aufzufallen, er streifte sie nieder wie ein lästiges Insekt. Da saß er wie ein Mann, dem eine große Operation mißlungen ist.

Haben Sie einen Augenblick Zeit, fragte er.

Wenn Ihnen der Platz warm genug ist, sage ich. – Sie werden doch nicht von Frau Mona reden wollen, hier vor ihrer Tür.

Sie hört uns nicht, sagte er gepreßt.

Ist sie tot? fragte ich.

Er schüttelte nicht einmal den Kopf. Er sah mich nur kurz an, sah zu mir herauf, denn ich stand noch immer. Seine Lippen waren gepreßt, und der Nachtwind pustete sein Haar hin und her, drückte es immer wieder in seine gerunzelte Stirn. Er hatte es länger wachsen lassen als früher. So war er keine respektgebietende Erscheinung. Aber er schien andere Sorgen zu haben. Ich dachte an Frau Jeannette, und ob sie bereit war, ihm dieses Haar hin und wieder aus der Stirn zu streichen. Mir macht ein kalter Abend nichts aus, aber für einen Arzt in den besten Jahren kann er tückisch sein, besonders wenn die Nebel steigen aus der Gracht bis an den Fuß unserer Treppe. Die Passanten gingen rasch und fröstelnd vorbei. Dr. Veenendaal trug nicht einmal einen Mantel.

Ich verstehe es nicht, sagte er.

Mit immer noch gepreßten Lippen – manchmal mußte ich mich doch etwas zu ihm niederbeugen –, erklärte mir Dr. Veenendaal, was er nicht verstand.

Je genauer er es mir erklärt, desto weniger versteht er es, desto weniger ist er aber auch *bereit*, es zu verstehen. Das Kopfschütteln, das er nicht bemerkt, ist seine einzige Bewegung. Er redet von einem Prozeß, in dem ihm die Rolle des Verteidigers zugedacht ist. Es geht um Leben und Tod, so viel weiß er, aber er weiß immer noch nicht, wie die Anklage lautet.

Sie schläft, sagt er, als wäre das ein Trost.

Samstag, sagt er, wissen Sie, was in dieser Frau vorgeht? Sie wehrt ab, so viel ist klar. Sie ist allergisch, auch wenn wir das Ding lieber immunologisch erklären. Unsere Schubladenmedizin macht ja inzwischen diesen Unterschied, zwischen einem allergischen Geschehen und einem immunologischen. Da gibt es auch Unterschiede, unleugbar, im Zeitpunkt der Reaktion, in der Art der Trägerschaft. Wir nennen das Ding immunologisch, wenn der Krieg nicht frei in der Blutbahn flottiert, wenn er sich an feste Schauplätze bindet. An die Zellen. Er greift sozusagen sämtliche Zellen an, die Sie sich vorstellen können, auch wenn er diejenigen bestimmter Organe bevorzugt – bei Mona ist es die Niere, und da sehen wir den Angriff besonders ungern, Samstag, in den Nierenzellen kann grober Unfug angerichtet werden, denn die sind besonders delikat. Die klassische Allergie, das wäre Straßenkampf auf offener Blutbahn, dafür ist die körpereigene Polizei ausgebildet, darauf sind wir Mediziner trainiert, da haben wir unsere Mittel. Aber beim Kampf in der Zelle stehen wir dumm da. Das sind Wirtshausschlägereien, Zimmerschlachten, Samstag, das findet unter Ausschluß der Öffentlichkeit statt, da gibt es Hausrechte zu respektieren, wir bewegen uns im Intimbereich der Organe, wir sehen deutlich, da zerfleischt sich was, aber wir wissen nicht warum, und wie wir die Parteien trennen sollen, ohne der falschen weh zu tun – da kommen wir uns auf einmal selbst wie Feinde vor, Samstag, und der Organismus behandelt uns auch so. Dabei ist die Zerstörung furchtbar, wie eine Explosion in geschlossenen Räumen. Wir sehen das Resultat unter dem Mikroskop. Eine LE-Zelle, Samstag, tut jedem Arzt in den Augen weh, sie ist kein bißchen schöner als eine Krebszelle. Da hat ein mehrkerniger Granulozyt, Pardon, ein weißer Blutkörper mit Freßeigenschaften, ein gesetzlicher Killer, den wir grundsätzlich gern am Werk sehen, sich schauerlich übernommen, er hat keineswegs böse Erreger verschlungen, Mikroben, wie es seine Pflicht und Schuldigkeit wäre, sondern kerngesunde Körperzellen, deren halbverdaute Reste wir mit Erschütterung betrachten, ja gerade auf die Kerne hat er's abgesehen mit seinem mörderischen Appetit, als fühlte er nicht, was wir fast mit Händen greifen können: daß er sich an ihnen den Tod holt, elend verrotten muß an seiner Heldentat. Welcher Teufel hat ihn geritten, Samstag, daß er einem falschen Alarm folgt und sich an Körpersubstanz vergreift, deren Schonung ihm eingeschärft sein müßte, und das Schlimmste ist, wir können ihn einfach nicht belehren, den guten Antikörper, der dazu geschaffen war, Mein und Dein ordentlich zu unterscheiden, er hat sein Gedächtnis verloren, kann nur noch Feindbilder erkennen, statt die Immuntoleranz walten zu lassen, die ihm beigebracht wurde, schon im Mutterleib. Und jetzt folgt er mir nichts dir nichts einem haarsträubenden Befehl, läßt sich von einem Signal leiten, das ihn verrückt gemacht hat, jetzt kennt er nichts mehr und schießt einfach auf alles, was sich bewegt, schießt sich ungerührt ins eigene Bein, es ist ihm ganz egal, wenn er draufgeht – Hauptsache, alles geht drauf. Was war das für ein Signal, Samstag? Wenn wir das wüßten, hätten wir vielleicht ein Mittel, die Antikörper zurückzupfeifen und Mores zu lehren, ein wenig Respekt vor den eigenen Lebensgrundlagen. Natürlich müssen die verteidigt werden, dafür ist ein Polizist da, aber doch nur gegen Fremdkörper und Fremdstoffe, da darf auch einmal überreagiert werden, dem können wir abhelfen, Hauptsache, die Antikörper ziehen ihre Lehren draus. Klar, daß sie nicht auslernen, dürfen sie ja auch nicht, wenn sie das galoppierende Angebot an Fremdstoffen verkraften sollen. Früher lagen die bloß in der Luft, heute tut auch die Zivilisation ihr Bestes, läßt keinen Tag verstreichen, ohne ein neues Antigen auf uns arme Schweine loszulassen, auch die Medizin ist da groß im Geschäft, schließen wir doch nicht die Augen davor, daß das, was wir schamhaft Nebenwirkungen nennen, zum größten Teil allergische Reaktionen sind, mit denen sich der Organismus gegen Medikamente wehrt, gegen die sich der Patient nicht mehr wehren kann. Wir wissen wahrhaftig nicht immer, was wir tun, wenn wir dem Organismus mit unseren höllischen Latwergen zusetzen, und müssen uns darauf verlassen, daß seine Abwehr auf dem Posten ist. Wenn der Patient, naja, gesund ist, schafft er die Medikamente ja auch, und wenn wir fürchten müssen, daß sie ihn schaffen, wechseln wir schnell das Rezept. Leider wissen wir noch nicht genug über die allergischen Prozesse, von denen ich hier rede, Samstag, aber so viel glauben wir zu wissen, das Abwehrsystem kann was vertragen, und auf Einem bestehen wir mit Überzeugung: fremd sollten sie schon sein, die Stoffe oder Reize, die es in Gang setzen. Manchmal sind wir ein wenig beleidigt, daß die Abwehr unsere Intervention nicht so gut findet, daß sie sich empfindlich zeigt gegen unsere Medikamente statt dankbar, aber bitte: nicht nur das Abwehrsystem lernt dazu, wir Ärzte tun es auch und bemühen uns, dem Organismus, wenn wir seine Belastbarkeit überschätzt haben, nächstes Mal ein wenig entgegenzukommen. Wir sind sogar bereit, eine Reaktion zu respektieren, bei der unsere Allergieweisheit am Ende ist, dann nennen wir sie eben immunologisch und haben immer noch unsere Mittel, auch wenn wir dann etwas im dunkeln tappen. Bedenken Sie, Samstag, generalisierte Befunde, und immunologische neigen zur Generalisierung, haben es in sich, die Organmedizin zu überschreiten, auf die wir trainiert werden, sie sind, da sie in keinem Fach Platz haben, lange nicht unser Fach gewesen, naturgemäß, aber seit Vater Virchows Zeiten hat die Immunologie, die Lehre von den Geheimnissen unseres Abwehrverhaltens, immerhin so viele Fortschritte gemacht, daß sie inzwischen schon als eigenes Fach gelten kann. Solange wir einen Agenten annehmen können, befinden wir uns auf dem Boden der Wissenschaft, aber so viel müssen wir schon verlangen, einen Auslöser, Erreger brauchen wir einfach, eine fremde Größe, dann darf sie auch noch eine Weile unbekannt bleiben. Wir schreiten ja unaufhaltsam fort, nicht wahr, und eines Tages werden Leute wie unser Smolders den Gauner schon dingfest machen. Dann können wir ihn bekämpfen und sind gerettet, und der eine oder andere Patient, den wir heute leider noch seiner Schwäche überlassen, ist es hoffentlich auch. So viel muß klarbleiben, Samstag: wenn unser Körper damit anfängt, Antikörper zu produzieren, dann muß er ganz einfach Wind bekommen haben von einem Antigen, einem Angreifer, sonst würde er ja nicht mobil machen, es ist ganz unvorstellbar, daß ein gesunder Organismus anders reagieren soll als ein gesunder Bürger. Wenn sich ein Feind zeigt, wird gerüstet, oder umgekehrt: wenn wir feststellen, daß gerüstet wird, muß logischerweise ein Feind gesichtet worden sein: es geht nur noch darum, ihn zu packen. Aber jetzt nehmen wir Mona. Was ist das für ein Feind? Da stehen wir vor unserem Mikroskop und starren auf das Undenkbare: brave Leukozyten sind über unschuldige und lebensnotwendige Zellen hergefallen und fressen sich nach allen Regeln der Chemie an deren Kerne heran, als hätten sie nichts Dringenderes zu tun. Ein schauriges Mißverständnis, ein Trauerspiel der Selbstzerstörung, vor dem uns die Spucke wegbleibt, Samstag, auch wenn der medizinische Verstand natürlich nicht stillstehen darf. Schon helfen wir uns, wie wir's gelernt haben. Wir nehmen zum Beispiel einen besonders tückischen Agenten an, dessen Eiweißstruktur diejenige gesunder Körperzellen so gerissen nachahmt, daß auch die bestausgebildete Polizei in die Irre geht und die Grenzen ihrer Wirksamkeit nicht erkennen kann. Wissenschaftlich wäre uns mit diesem Erreger geholfen – wenn wir ihn nur nachweisen könnten und in die Lage kämen, außerdem unserem Patienten zu helfen. Wie sollen wir da seinen Leukozyten die Augen öffnen über Falsch und Echt? Sie sind einfach nicht zu halten und tun ihre Pflicht, so gut sie sie verstehen. Und da wir selbst nichts mehr verstehen, bleibt uns nichts übrig, als von »Autoaggression« zu reden und dem Elend mit der Dampfwalze abzuhelfen. Wir geben Immunsuppressoren wie bei einer Organtransplantation und nennen es einen Erfolg, was wir so bewirken. Wir schlagen einfach das Abwehrsystem als Ganzes nieder –

Samstag, unterbricht er sich. – Wo haben Sie Ihre Gesichtsmaske?

Nicht nötig, sage ich.

Sie sind steril, sagt er zwischen den Zähnen.

Wenn ich Sie recht verstehe, macht es keinen Unterschied, sage ich. – Fahren Sie fort. Bei solcher Kälte muß man sich warm reden, sonst spürt man sie doppelt. Sie haben gerade Frau Monas Immunsystem niedergeschlagen.

Was denn sonst, sagt er. Es bleibt uns ja nur die Hoffnung, daß irgend etwas Gutes geschehen ist, wenn sich Donner und Rauch verzogen haben. Ja, Samstag, das geschieht in diesem Haus. Ut aliquid fiat. Wir hoffen auf ein Wunder. Daß auf den Trümmern dieses Abwehrsystems so etwas einkehrt wie immunologische Vernunft. Sonst ist das Ende kein gutes. Was wir tun können, ist auch nicht gut, wenn Sie das sagen wollten. Damit es zu etwas gut wäre, müßten wir ja das Böse kennen. Hat Mona zu lange in der tropischen Sonne gelegen? Oder unter einer holländischen Quarzlampe?

Sie verwendet Braunmacher, sage ich, die gelten als harmlos.

Rothaarige sind lichtempfindlich, fährt er ungerührt fort. Könnte bedeuten, daß sie sich die Haut verbrannt hat. Könnte sein, daß die Verbrennung bei ihr eine Sensibilität auslöst oder aktiviert, die zu einer Überschwemmung führt – einer unverhältnismäßigen Abwehr des Systems, einer irreversiblen Vergiftung, einem chronischen Schock. Könnte sein. In fast allen Fällen passiert nichts dergleichen, bleibt es bei einem trivialen Sonnenbrand. Aber hier könnte er die Katastrophe ausgelöst haben. Könnte. Wir brauchen ja unsern Erreger. Aber wir könnten ebensogut an den Bösen Blick glauben, Samstag, Ihren bösen Blick zum Beispiel. Solange wir an einen Agenten denken, können wir alles denken und leider nichts tun. Da wir als Ärzte aber etwas tun müssen, können wir uns auch einmal eine standeswidrige Frage stellen. Wenn die Fragen der Medizin überhaupt falsch wären, wenn sie uns auf die falsche Spur führten? Wenn es keinen Erreger gäbe, Samstag? Autoaggression. Das heißt doch, Mona rückt sich selbst zuleibe. Wir können den Suizid der Zellen nicht für eine sinnvolle Handlung halten. Aber wenn sich Mona das Signal dazu in Gottes Namen selbst gegeben hätte? Wenn sie sich besser verstände als wir unsere Heilkunst? Wer sind wir denn, ihr mit unsern Mitteln den Weg zu verlegen, den sie offenbar zu gehen entschlossen ist? Sagt uns die Wirkungslosigkeit unserer Medikamente nicht genug?

Ein altes Problem, sage ich. Darüber habe ich schon als Halbwüchsiger viel diskutiert. Der Respekt vor der menschlichen Freiheit, auch im Grenzfall des frei gewählten Todes. Da geht einem der Stoff nicht so leicht aus. Fahren Sie nur fort.

Henk Veenendaal hat die Hände zwischen den Knien zusammengelegt, um sie zu wärmen. Er starrt auf das Wasser hinaus. Ich glaube nicht, daß er es sieht, der Dunst hat sich verdichtet und bedeckt auch die Füße der Ulmen. Dr. Veenendaal schüttelt langsam den Kopf und schaudert.

Nein, sagt er, nie. Das ist Unsinn. Sie will nicht sterben, auf keinen Fall.

Was sagen denn Sie? fragt er plötzlich und blickt wieder zu mir hoch. Seine Nasenspitze ist weiß. Seine Schuhsohlen sind nur aus Leder. Ich stehe immer noch.

Ich habe grade etwas gelernt, sage ich.

Dr. Veenendaal schaudert stärker, ich sehe etwas wie Rauhreif auf seinen Brauen und Unmut in seinen Augen. – Was denn? fragt er.

Sie wollen nicht schuld sein, sage ich. Darum darf es für Ihre Krankheit keine Schuldigen geben.

Es ist nicht *meine* Krankheit, sagt er.

Dann habe ich Sie mißverstanden, sage ich. – Sie sollten sich auf Ihre Hände setzen, sonst erkälten Sie Ihren Hintern.

Was schlagen Sie vor? fragt er.

Ich mische mich nicht ein, sage ich.

So, sagt er, und was tun Sie die ganze Zeit in diesem Haus?

Hat sich Mona über mich beklagt? frage ich.

Er antwortet mir nicht. Natürlich hat er sich nicht auf seine Hände gesetzt, aber im Augenblick weiß er nicht mehr, wohin mit ihnen; er faltet sie nicht mehr. Er stützt sie auf die Treppe, als wolle er gleich aufspringen. Dann sinkt er in sich zusammen und fährt mit der Hand über die Stirn, als suche er etwas.

Die Pest kommt wieder, sage ich, wenn Sie mich fragen. Atmen Sie tief und halten Sie den Atem eine Weile, dann frieren Sie nicht so. Wenn Sie ihn in den Lungenspitzen festhalten, fördern Sie außerdem die Klarheit Ihrer Gedanken. Die Pest erscheint natürlich nicht unter diesem Namen. Ich stelle der Medizin den Namen ganz frei. Da Sie an den Geheimnissen des Immunsystems besonders interessiert scheinen, können Sie die Pest als umfassende Verzweiflung dieses Systems beschreiben, auch wenn Sie es natürlich fachmännischer tun müssen. Es verzweifelt an seiner Fähigkeit, dem Nichts immer noch, immer wieder entgegenzutreten. Sie können auch sagen: es hat diesen Wunsch nicht mehr, der ihm so ungebührliche Anstrengungen abverlangt. Diese Anstrengungen werden als sinnlos erlebt, auch wenn in der nächsten Zeit ein großes Aufflackern von Anstrengungen aller Art zu beobachten sein wird. Auch medizinischer

Anstrengungen. Sie werden sich nicht lumpen lassen und an große menschliche Vorbilder denken, die gekämpft haben. Aber dieser Kampf wird, wenn Sie mir den Ausdruck erlauben, nicht ganz ehrlich sein. Das ist natürlich kein moralisches Urteil, es wirft auch keinen Schatten auf ihren guten Glauben. Sie werden guten Glaubens immer neue Erreger für die Pest ausmachen, Sie werden es nur gleichzeitig besser wissen. Sie wissen, daß Sie genug haben, und am Ende werden Sie der Pest dankbar sein, daß sie Sie von den Anstrengungen, sie nicht einmal wahrhaben zu dürfen, erlöst.

Ja, Samstag, sagt Dr. Veenendaal und reibt sich die Hände, ohne sich des Unpassenden dieser Geste gewahr zu sein, Sie erzählen ihr viel. Mir erzählen Sie nichts. Ich glaube nicht an Ihre Geschichten. Verlassen Sie sich nicht auf unser Vertrauensverhältnis. Bisher haben Sie mich amüsiert. Wenn ich anfinge, Sie ernst zu nehmen, hätten Sie hier nichts mehr verloren.

Da wir von Verlust reden, sage ich, was ist mit meinem Herzen?

Ach Samstag, sagt er, mir ist jetzt nicht nach Witzen zumut.

Sie bringen es also fertig, sage ich, den auffälligsten Befund, der Ihnen in Ihrer Praxis je vorgekommen ist, einen Witz zu nennen, und wundern sich, warum Ihnen zu Frau Mona nichts einfällt.

Er hat kein Wort gehört, die alte Unart der Lebendigen. Ihr Abwehrsystem hält dicht, ihr Immungedächtnis weiß im voraus, wann es ihnen die Ohren verschließen muß. Er starrt wieder aufs Wasser hinaus, als könnte er darin lesen.

Könnte man, fragt er das Wasser mit leiser Stimme, könnte man das allergische Geschehen nicht auch mit neuen Augen betrachten? Antikörper bauen sich ja nicht anders auf als der Körper selbst, der den Entwicklungsprozeß des Lebens wiederholt, von der Amöbe zu uns. Auch unsere Organe bilden sich im Zeitraffer von neun Monaten unter dem Einfluß von Reizen, werden dazu geschaffen, Signale zu empfangen und zu verarbeiten, bis sie das Programm ihrer Identität erfüllen. Und um diese spezifische Identität zu erhalten und ihre Funktion im Organismus zu erfüllen, benötigen sie ein Schutzsystem, das natürlich noch komplexer sein muß als sie selbst. Denn sie werden in der Umwelt des Lebens nicht nur ihresgleichen oder verwandten Organen begegnen, mit denen ihr Bündnis schon besiegelt ist, sondern dem Unvorhergesehenen, für das sie gerüstet sein müssen. Aber warum eigentlich nur gerüstet? Warum nicht auch: offen? Wenn die Organe unser Leben ausmachen, Samstag, und es nicht nur untereinander ausmachen: ist dann unser Immunsystem nicht ein Organ in Potenz? Das Organ unseres Entwicklungsvermögens, das Leben unseres Lebens sozusagen? Fundamentaler als unser Gehirn, spezialisiert nicht nur auf unser Denkvermögen, das trügerische, auf die Gefühle, die zweischneidigen, sondern auf unser Ganzes, von seinem Grund her? Der sprachlose Geist unseres Lebens – und sprachlos doch nur, weil Worte nicht an ihn heranreichen! Mit der Entwicklung zur Lebensfähigkeit erwirbt sich der Embryo ein komplettes Immunsystem, so hab ich's auf der Schule gelernt. Aber wenn es komplett wäre: wie könnten wir uns da lebendig nennen? Besteht nicht die Lebens*fähigkeit* eben darin, daß wir unsere Reaktionen erweitern, steigern, verfeinern? Keine Identität ohne Immunität – gut. Aber was würde aus unserer Identität, wenn sie nichts weiter bliebe als immun? Sie bliebe doch stehen – sie würde schon dem Gebot der Selbsterhaltung nicht mehr genügen. Denn nichts um uns bleibt stehen, und nichts in uns darf stehenbleiben, wenn wir auch nur Schritt halten wollen – gerade die Organe dürfen es nicht. Was ist Immunkompetenz, wenn nicht die Beweglichkeit der feststehenden Organe? Die definitive Immunität wäre der Tod: also müssen unsere Organe ihre Immunität immer wieder aufheben können, um sie durch intelligenten Stoffwechsel wiederzuerlangen. Also – warten Sie, Samstag! – ist unser Immunsystem zur Veränderung geradezu verpflichtet, es ist das Organ, das den Organen zu leben erlaubt. Dann ist es ja aber gar kein

Abwehrsystem, Abwehr ist nur *eine* seiner Aufgaben, keine verächtliche, aber hoffentlich nicht die einzige –! Dann müßten wir es doch besser unser Wachstumssystem nennen, das Organ über allen Organen, das dafür sorgt, daß sie nicht nur funktionieren, sondern leben. – Aber dann, Samstag, müssen wir Monas Zustand als Lebensversuch begreifen, auch wenn wir ihn Krankheit nennen möchten, vielleicht hat er sich ja nur darum zum Leiden gewendet, weil Mona gehindert ist, sich die Entwicklung zu gönnen, nach der es sie drängt; die Möglichkeit zu verwirklichen, die sich als Forderung ihres organischen Systems bemerkbar macht! Dann käme es nur darauf an, ihre Energie aus der Fessel zu lösen, die sie zwingt, sich selbst zu zerfleischen, den Antikörpern, die sie sozusagen auf Vorrat bildet, in Ermangelung des Reizes, nach dem sie verlangen, diesen Reiz zu bieten, sie von der Trotzreaktion ihrer Leukozyten zu erlösen, in Minne sozusagen. Dann brauchen wir nicht länger nach einem verborgenen Erreger zu suchen, wir müssen ihr diesen Erreger verschaffen, ihn gleichsam in ihr Leben treten lassen, damit er der Erregung den Weg zeigt, auf dem sie zu sich selbst kommt –

Kommen Sie erst zu sich, Herr Doktor, sage ich kühl, Ihre Geschichte mit Mona ist vorbei. Ich kenne den Erreger nicht, den Sie im Auge haben, aber soviel weiß ich, wie Ihresgleichen sieht er nicht aus. Männer machen Mona krank, das ist erprobt. Noch so ein Mann, und sie ist verloren. Dagegen hilft nur die stärkste Sensibilisierung –

Daran arbeiten Sie ja, nicht wahr, sagt Dr. Veenendaal und hat sich, der steifen Glieder wegen nicht ganz sportlich, erhoben, um mir ins Auge zu sehen. – Dafür sind Sie grade der Rechte.

Vielen Dank, sage ich, aber Sie können mich nicht beleidigen. Wenn Sie durchaus ein Mann sein wollen, können Sie mir einen Pfahl ins Herz schlagen, dann werden Sie es kennenlernen.

Er hat mich nicht gehört, das war zu erwarten, ich brauche nur von mir zu sprechen, dann gehen meine Worte im schwächsten Wind unter. Trotzdem ist sein Blick in mein Auge prüfend geworden, wenigstens *etwas* hat er bemerkt. Er ist in ganz Holland der erste, und das bei elendem Gaslicht.

Wo haben Sie Ihr Auge gelassen? fragt er, und seine Zähne schlagen unwillkürlich aufeinander. Eine Nacht im März kann überraschend kühl sein, und er scheint keinen Menschen zu haben, der ihn vor der Heimtücke solcher Nächte warnt.

Ich bin mit einem Auge davongekommen, sage ich.

Er wirft einen raschen, wie schutzsuchenden Blick an der Fassade unseres Hauses hoch, aber alle Fenster sind dunkel, und der Wind ist jetzt so stark, daß sein Haar nach allen Seiten weht, sogar sein Schnurrbart zittert.

Solang Sie Mona zum Lachen bringen, sagt er.

Und solang Ihnen nichts Besseres in den Sinn kommt, sage ich.

Solange Sie dafür sorgen, daß sie ihre Medizin nimmt, sagt er und zittert nun wirklich am ganzen Leib.

Die Medizin, sage ich, mit der Sie Frau Monas Abwehr niederschlagen. So lange – was?

Solange können Sie bleiben, sagt er kaum hörbar.

Vielen Dank, sage ich, und was wäre die Alternative?

Daß ich Mona hospitalisiere, sagt er, und jetzt scheinen seine Augen im Wind zu glühen.

Ich dachte schon, sonst würden Sie mich verschlingen.

Bloß anzeigen, sagt er.

Wofür bitte?

Der Wind weht mir jetzt ins Gesicht, darum kann ich es hören: Heilpraktiker brauchen bei uns ein Patent, hat er gesagt, und sogenannten Heilpraktikern legen wir das Handwerk.

Das müssen Sie erst mit Ihrer Frau besprechen, sage ich.

Ja, diesen Satz hat er gehört. Dunkler könnte sein Gesicht nicht werden. Er tritt sogar einen kleinen Schritt auf mich zu.

Mit Erpressung hätten Sie noch weniger Glück, sagt er.

Da wir von Glück reden, sage ich deutlich, sollten Sie sich einmal zu Herzen nehmen, daß Sie glücklich verheiratet sind. Was wollen Sie denn noch mit Frau Mona im Krankenhaus?

Wenn gar nichts mehr hilft, höre ich ihn sagen, kommen wir um eine Transfusion nicht herum.

Eine Transfusion, sage ich, das wäre, bei einer Frau, deren Immunverhältnisse Sie grade als unvorhersehbar beschrieben haben, kaum das Mittel der Wahl. Selbst im Fall scheinbar kompatiblen Blutes würden Sie eine Unverträglichkeit provozieren, für die das Wort Schock eher zu klein gewählt wäre. Es wäre, um es deutlich zu sagen, ein Anschlag auf ihr Leben.

Ohne den Wind wäre gar keine Bewegung mehr an Dr. Veenendaal. Er starrt mich an wie ein Gespenst. Sogar seine Augen sind erloschen, nur die weiße Maske an seinem Hals leuchtet.

Blut ist mein Gebiet, sage ich behutsam, Sie brauchen nicht zu erschrecken. Wenn schon, habe ich mit Eigenblut bessere Erfahrungen gemacht. Selbstverständlich unternehme ich nichts ohne Sie. Bleiben wir ruhig noch eine Weile bei Ihren Kortikosteroiden. Dann fühlen Sie sich besser, und Frau Mona werden sie nicht schaden, solang ich erzähle. Erlauben Sie, daß ich Ihnen das Jackett schließe.

Beinahe berühren sich unsere Köpfe. Er hat nicht daran gedacht auszuweichen, und während ich sein teures, aber zu dünnes Tuch fasse, spüre ich die Wärme aus seinem Hemd steigen. Er starrt auf meine Hände nieder, ohne die seinen zu rühren. Dann tritt er sozusagen unmerklich zurück, aber es ist nicht geschehen, was er gefürchtet hat.

Heute erzählt ihr keiner mehr was, sagt er und sieht wieder von mir weg, auf die Straße hinunter, aber es gäbe weit und breit keinen Zeugen. – Ich habe ihr Morphium geben müssen. Es war das einzige –

Sie haben sie eingeschläfert? frage ich.

Er dreht sich rasch nach mir um. Er muß sehen, wie sich meine Lippen öffnen. Er hat sogar aufgehört zu zittern.

Wo haben Sie ihr diese Spritze gegeben? Auf dem Sofa?

Tut das etwas zur Sache? fragt er kaum hörbar.

Soll sie etwa auf dem Sofa liegenbleiben?

Ich habe sie zu Bett gebracht, sagt er, und jetzt ist das Zittern wieder stärker. – Was soll die Frage? sagt er und richtet sich auf. – Bitte schließen Sie den Mund. Ich möchte Ihre Zähne nicht sehen.

Ich lächle.

Ich war auch in ihrem Badezimmer, sagt er, weil ich wissen will, was sie einnimmt, außer Medizin. Nichts. Aber sie duscht. In ihrem Zustand. Kennen Sie ihre Haut?

Ich kenne weder ihre Haut, noch betrete ich ihr Schlafzimmer, sage ich.

Wasser auf diese Haut ist Gift, sagt er, das pure Gift.

Haben Sie mir jetzt alles gesagt, Herr Dr. Veenendaal, frage ich ruhig. Sie schaudern. Sagen Sie mir ruhig alles.

Ihr Badetuch, sagt er. Es war voll Blut.

Sie schwitzt Blut, sage ich.

Sie sind geschmacklos, Samstag, sagt er.

Ein denkwürdiges Gespräch, Herr Doktor, sage ich, aber Sie brauchen sich nicht daran zu erinnern. Außer einem kleinen Schnupfen wird morgen nichts mehr davon übrig sein. Nehmen Sie heute abend auf alle Fälle noch ein warmes Bad. Denken Sie nicht mehr so laut. Und vergessen Sie Ihr Nachtgebet nicht. Danken Sie Gott für alles, was Sie nicht wissen.

19

Wie geht es dir denn heute? fragt Frau Mona, die ich diesen Abend beim Kopfstand antreffe. Sie steht verkehrt, als ich hereinkomme, auf ihrem über das Parkett ausgeflossenen Haar, in Reichweite der Wand. Aber ihre Füße halten sich zwischen dem Seestück und der Weltuhr in der Schwebe, zwei schwarze Strumpffüße, die nach einem Boden in der Luft tasten.

Das Mimikry des schwarzen Trikots: ich habe zuerst nur

die Aufgeräumtheit des Salons gesehen. Der Wandschirm mit meinen Heiligen ist verschwunden. Wie auf einer leeren Bühne steht die Polstergruppe da, und ich habe es einen Augenblick für möglich gehalten, daß auch Frau Mona nie gewesen ist.

Jetzt bewegt sie die Knie, läßt sich ohne Eile auf den Boden zurückfallen, kauert, Kopf und Schultern geduckt, mit dem Gesicht zur Wand.

Es muß dir nämlich auch gutgehn.

Sie übertreiben, sage ich.

Du vergißt dich, atmest ruhig, kannst alles hängen lassen. Jetzt hab ich wieder zehn Minuten geatmet.

Sie streckt die Arme über den Kopf nach vorn und schiebt die Finger zur Wand. Ihr schmaler Rücken, der Hintern flach, im Stoff die harte Zeichnung der Hüftknochen. Zwischen den Oberschenkeln blickt ein Stück Parkett durch.

Ein guter Tag zum Sterben.

Warum?

Sagen die Mohawks, wenn sie sagen wollen: ein guter Tag.

Sagt Kees van Enden, sage ich.

Morgen ist Samstag, Samstag, sieh dich vor.

Sie lacht im Kauern, es schüttelt sie.

Morgen gehen wir auf ein Fest.

Ach so, sage ich. – Sie trainieren.

Wenn die Kinder der Mohawks zwei Jahre alt sind, bilden die Frauen des Stammes einen Kreis. Und das Kind wird in die Mitte gesetzt. Die Frau, zu der es hingeht, wird seine Mutter. Sie kann eine alte Frau sein oder ein zwölfjähriges Mädchen. Sie kann eine Frau sein, die schon zehn Kinder hat, oder eine kinderlose. Mit zwei Jahren kennt das Kind seine Mutter noch. Vielleicht ist es die leibliche Mutter, aber nur vielleicht. Nur wenn keine andere dem Kind mehr gegeben hat als sie. Zu mir kämen viele, glaubst du das?

Die Mohawks sind ausgestorben, sage ich. – Wie die ihre Kinder verwöhnt haben müssen, das überlebt kein Volk.

Daran sind sie nicht gestorben.
Endlich hebt sie den Kopf vom Boden und sieht mich an.
Wie bist du gestorben?

Ich habe mich an einem schönen Tag erschossen. Der Anschlag war lange vorbereitet, ich durfte nur nichts davon wissen. Ich fuhr jeden Morgen mit einem Rennrad aus, versuchte mein Gewicht zu vermindern, setzte auch Hoffnungen in den Wind, den ich mir fahrend ins Gesicht und das dünner gewordene Haar zog. Hauptsächlich war es der Gedanke an Bewegung, der mich lockte, an eine bei den Einzelheiten verweilende und doch von Stillstand entfernte, sich immer weiter entfernende Bewegung. Von diesem Training versprach ich mir etwas, was mir zu fehlen und doch mit jedem Jahr, das verging, wichtiger zu werden schien: Aufmerksamkeit. Die Nähe der Gerüche. Geschmack an der Erde. Auch Widerstand gegen das Abnehmen meiner Kraft.

Ich fuhr mit diesem Sportgerät, zugleich wartete ich schon auf mich. Ich wartete beharrlicher, als ich ausfuhr: daraus ergaben sich gewisse Differenzen. Ich fuhr nämlich nicht jeden Morgen ins Freie, bei Wind und Wetter war ich zu bequem. Aber ich machte mir zur Pflicht, auch an hoffnungslosen Tagen auf mich zu warten, in einem Weißdornbusch am Rand eines kleinen Hohlwegs, wo ich mich zum Greifen nahe an mir vorbeifahren sehen konnte. An hoffnungslosen Tagen wartete ich natürlich auch ohne Hoffnung auf mich, aber da ich mir nicht nur Aufmerksamkeit antrainieren, sondern auch das Warten abgewöhnen wollte, was nur möglich ist, wenn man sich im Warten erschöpft, saß ich schon im halben Winter auf der Lauer, ließ den Frühling, das Grün der Blätter kommen, bis ich endlich selbst nachkam auf meinem Rad, mir zum Greifen nahe kam. Aber mit Greifen war es nicht mehr getan, ich wollte mich erschießen.

Ja, das hatte ich mir fest vorgenommen, und auch an die

Schwierigkeiten gedacht. Erstens bin ich ein schlechter Schütze, zweitens biete ich auf meinem Rad ein bewegliches, also ebenfalls schlechtes Ziel, auch wenn Sie sich meine Fahrweise nicht allzu sportlich denken müssen, drittens mußte ich mich ganz überraschend treffen, sonst hätte mir ja einfallen können, die Stelle, wo ich auf mich wartete, zu vermeiden. Außerdem durfte ich, um mich sicher zu treffen, nicht *ganz* sicher sein, mich treffen zu wollen. Ja, so war es. Der Schuß mußte die Durchschlagskraft der plötzlichen Eingebung, die Energie des Spontanen haben, sonst würde er mich höchstens verwunden, verstümmeln, dazu brauchte ich keine Pistole, darauf hätte ich nicht so lange zu warten brauchen.

Es war mir aber nicht weniger klar, daß gerade ein solcher gleichsam aus dem heitern Himmel fallender Treffer der sorgsamsten Vorbereitung bedarf – aber wie war das zu schaffen, wenn er anderseits keinerlei Plan und Absicht vertrug, wenn an meinem Warten, das ich übte bis zum Abgewöhnen, gar nichts gelegen war? Dennoch ließ ich nicht ab, hockte Morgen für Morgen in meinem Strauch, zerlegte meine Pistole und kriegte sie, was mehr ist, auch wieder zusammen, drückte eine Kugel ins Magazin, nur eine; denn wenn ich beim ersten Mal fehlte, verdiente ich mich ja nicht getroffen zu haben. Die Waffe mußte mir so geläufig werden, daß ich sie vergaß, wenn ich mich ihrer bediente, und sie mußte so vertraut sein mit meinem Vorsatz, daß sie mir die Ausführung abnahm, meine Faust hochschnellen ließ und gewissermaßen ohne mich losging. Ja, sie mußte schon getroffen haben, bevor ich daran denken konnte zu schießen, und dann erübrigte sich der schreckliche Gedanke ans Schießen von selbst.

Natürlich durfte ich von meinem Vorsatz, dem ich in meinem Dorngebüsch nachhing, nichts wissen, sonst hätte ich mich nicht mit der nötigen Unbefangenheit auf mein Rad gesetzt, um mir geradewegs in den Schuß zu fahren. Es hatte keine Eile damit, ich wartete schon lange genug, um notfalls auch einen Tag länger zu warten, es durfte auch ein schöner

Tag sein, an dem ich mich wohl zum Ausfahren hatte aufraffen können, aber vielleicht nicht zum Schießen. Ich spürte es immer am Zittern meiner Erwartung, wenn es nicht mein Tag war – solang ich so entschlossen warte, hab ich's nicht überstanden, da schieße ich ins Leere.

Es war eine ungleiche Jagd, Frau Mona, denn der Regelmäßigkeit, mit der ich mich im Hohlweg erwartete, stand nicht nur die Unregelmäßigkeit meiner Ausfahrten entgegen, der durch stures Warten ja beizukommen war, sondern mein Vorsatz selbst war das Hindernis zu seiner Ausführung. *Er* mußte gestorben sein, dieser Vorsatz, damit ich mich sterben lassen durfte. Und es war noch immer zu viel falsches Leben darin: pompöse Phantasien von Opfergang einerseits, von Königsmord anderseits. Es war Ungelebtes darin, Kindliches, das naturgemäß nicht sterben, oder gleich großartig sterben wollte. Dafür mußte mir meine einzige Kugel zu schade sein. Ich kam mir zum Greifen nahe, Frau Mona, aber ich sah mich noch immer nicht, ich sah den dicklichen Mann auf dem Rad als etwas Besonderes an, ich wollte ihm eine Szene machen, vielleicht war sie reif für ein Theater, aber dann war ich noch lange nicht reif für meinen Tod. Sie werden sagen, die ganze Idee mit der Pistole ist nichts Reifes, sie ist auch nicht zu retten, wenn man die Pistole vergißt. Ich konnte ihn natürlich sehen, den Widerspruch zwischen einem wohlvorbereiteten Selbstmord und einem guten Ende, und so lang ich auf diesen Widerspruch schoß, war an keinen Treffer zu denken, ich hätte einen Baum getroffen, eine weidende Kuh, vielleicht einen unbeteiligten Pilzsammler, aber mich traf ich so nicht. Das Paradoxe war, ich mußte mich schon getroffen haben, um mich zu treffen, und dazu brauchte ich in der Tat gar nicht mehr zu schießen, dazu war keine Pistole nötig. Sie wurde zu einem peinlichen Requisit, und wenn einer sich darin übte, sie ohne Zittern festzuhalten, auf *sich* zu halten, um mich wie ein Schütze auszudrücken, machte er sich lächerlich. Ich hatte Sinn für Humor, ungezählte Male *hielt* ich auf das Zeichen auf meiner Brust, wenn ich im Leerlauf auf meinem Rennrad gefahren kam, zielte auf die Initiale einer Lebensversicherungsgesellschaft auf meinem grauen T-Shirt. Ich prüfte meinen Finger am Hahn, der längst gefühllos war, ja, aber nicht bewußtlos, mein ganzes Bewußtsein zog sich in diesen starren Finger zusammen. Es war ein Krampf, den ich wieder lösen mußte, bevor er den Abzug ergriff, denn mit einem Krampf, das wußte ich, war ich nicht umzubringen. Ich ließ mich weiterfahren bis zum nächsten Mal, und auch das nächste Mal war, da es so sehr darauf ankam, nicht das letzte.

Es hätte sich treffen müssen, daß ich traf, Frau Mona. Ich hätte es geschehen lassen sollen, damit ich es hätte zu Ende bringen können, und dazu hätte wohl ein ganz Anderer gehört. Aber ein solcher hätte wohl gar nicht auf sich geschossen. Daß ich *kein* Anderer war, hatte mich doch wünschen lassen, ich müsse nicht sein. Ein hinreichend tödlicher Wunsch, sollte ich meinen, aber Sie brauchen ihn nur zu bewaffnen, dann trifft er nicht mehr, und Sie müssen damit leben.

Frau Mona hatte sich aufgerichtet und ging ein paar Schritte auf mich zu. In diesem schwarzen Kostüm sahen sie wie Tanzschritte aus.

Suchst du etwas?

Den Wandschirm. Ich sehe ihn nicht.

Deine kleinen schwarzen Männer. Ja, die sagen dir jetzt nichts mehr ein. Schluß mit Erzählen, Samstag. Von morgen an wird wieder gelebt!

Sie lacht, hält die Arme hoch über den Kopf, verschränkt zuoberst die Finger. Ihre Hände zittern, der ausgemergelte Körper trägt schwer am Kopf mit dem offenen Haar und dem geschwollenen Gesicht.

Ich habe mich natürlich trotzdem erschossen, sage ich. – Ich habe mich aus Überdruß am Warten erschossen. Ich konnte nicht länger mitansehn, wie ich da hinterm Busch mit Warten nicht fertig wurde, und ich konnte mich auch auf diesem Rennrad nicht länger mitansehn. Ich fuhr ja so hoffnungslos, wie ich wartete, ich quälte mich nur noch. Ich machte Schluß, aber es war kein Ende, sonst säße ich nicht in Ihrer Wohnung, aber wenn ich am Leben wäre, säße ich auch nicht hier –

Das weiß ich.

Frau Mona geht zum Tisch, wo sie eine Flasche Rotwein geöffnet hat, und füllt zwei Gläser. Sie bringt sie an meinen Stuhl und setzt sich mit ihrem Glas zu meinen Füßen. Dabei verschüttet sie etwas.

Worauf trinken wir?

Auf morgen, sage ich.

Auf jetzt. – Du würdest dich nie umbringen. Dafür hast du nicht genug zu verlieren.

Nicht auf morgen, sagt sie nach dem ersten Schluck.

Über morgen weiß ich nichts. Ich freue mich nur darauf. So ist das nun, nicht anders, und so ist es gut.

Dann hole ich jetzt die kleinen Männchen wieder, sage ich.

20

Jetzt habe ich Sie in den Schlaf geredet, darf nicht aufhören, sonst werden Sie hellwach: worüber mag ich grade geschwiegen haben? Und Sie, Frau Mona, wie haben Sie gelebt, daß Reden nichts mehr bedeutet, und Schweigen nichts Gutes?

Ihre Hand auf der Kante. Da liegt sie, hat sich vergessen. Der Puls im Gelenk zupft an der dünnen Haut und schauert. Aber die Finger sind offen. Sie quälen einander nicht mehr. Die Stelle, wo ihr Zeigefinger am Nagelbett des Daumens nagt, hat aufgehört zu bluten.

Ja, ich nehme Blut. Ich mache Zombies, Frau Mona, so wahr ich Samstag heiße. Ich verwandle meine Nährmütter in glashelle Gespenster. Dann lasse ich sie springen wie Eis, und die Splitter tanzen, rundherum, das ist nicht schwer. Sie drehen sich zu Figuren, lachen ihr knisterndes Lachen. Sie steigen und sinken in der Schwerkraft der Dämmerung. Wo die Lampe von draußen nicht hinreicht, vergehen sie spurlos.

Nur im Halblicht sind sie zu sehn. Wenn die Nacht hell wird, vergehn wir mit ihnen. Es braucht weniger dazu, als Sie sich träumen lassen. Ein kurzer Blitz, und ich bin nicht mehr da. Was soll dann aus Ihnen werden? Ich bin Ihr Erzähler, Frau Mona, der Ihr Blut nicht wünscht.

Sie unterdrücken Ihr Gähnen nicht. Ich mache Sie müde, sagen Sie. So sei es, Frau Mona, schlafen Sie nur. Es ist ja gut, wenn Sie den Zombies nicht gleichen.

Schlafen Sie, ich hüte unser Geheimnis: Ich kann Sie nicht behandeln. Ich beiße Sie nicht. Ihr Blut wäre eine Schande in meinem Mund. Eine Blutschande, arme Schwester im Tod. Sie verbergen mir Ihr Gesicht. Sie halten den Schirm davor, die kleinen weisen Männer. Aber Sie sind verraten, Frau Mona. Papier hält nicht dicht. Der dunkle Fleck da sind Sie. Sie schlagen durch. Schatten kann ich lesen. Ich sehe ihn wie gemalt, den Graben um Ihren Mund, den Zug unserer Verwandtschaft. Ich liebe ihn nicht, meinesgleichen kann ich nicht lieben. Vielleicht ist das Ihr Glück.

Ich bin noch niemandes Glück gewesen, warum nicht für ein Mal das Ihre?

Sie schlafen ein, wenn ich erzähle. Und doch soll ich nicht schweigen. Wird dann die Frage zu laut: was suche ich hier? Was habe ich mit Erzählen verloren? Wofür büße ich an Ihrem Bett? Habe ich ein Gelübde abgelegt oder gar gewettet, und mit wem? Wie kann ich hier sitzen und zusehn? Wenn ich Sie nicht liebe, wofür brauche ich Sie? Wofür strafe ich Sie, und womit?

Ich weiß es nicht. Uns Gespenstern fehlt es am Nötigsten. Wir haben bloß dunkle Gründe. Denen, die gute Gründe haben, kommen wir unheimlich vor. Aber nehmen Sie meinen Rat. Trauen Sie keinem, der weiß, warum er Ihnen was erzählt. Warum hören wir Musik? Fragen Sie mich auf den Kopf zu: schon hänge ich in der Luft. Die Frage nach dem Erzähler ist nur durch Erzählen zu beantworten. Und dann darf sie keine Frage mehr sein. Ich habe keine Angaben zur Person. Ich brauche keine Gewalt, so viel wird mir versichert. Die Damen spüren mich kaum. Sie erinnern sich nur.

Ja, dafür scheine ich gut zu sein. Man erinnert sich bei mir, wie es war. *Was* es war: das sagen mir die Damen nicht. Bei jeder etwas Eigenes, nehme ich an. Wie es war. Nicht: wie es *wäre*. Dafür müßte ich ja ihr Liebhaber sein. Ein Abenteuer, oder sonst was. Nicht mich probieren sie aus, nur ihre Erinnerung. An Kindheit, uralte Szenen, den Ersten Schrei? Wie es war – nein, schreiben wir das Es nicht zu groß. Ich bin kein Psycholog. Bei mir läßt es sich nicht blicken, das weltberühmte Unbewußte. Schaut nicht herein, schaut nicht heraus. Eher das: Es war einmal. Als Weibchen und Männchen noch nicht geschieden waren. Als Raum und Zeit noch in der Puppe schliefen. Keine Grenzen für den Körper, keine Namen dafür. Haben Sie's nicht gleich gesagt: da wohnt doch keiner. Ganz recht. Mein Keller ist kein Raum zu nennen. Das sieht man mit einem Blick. Es ist ein Unraum, in dem ich zur Unzeit behandle. Auch das haben Sie schon bemerkt. Das Jammern über der Decke, Frau Mona, wollen Sie sich erinnern? Es schickte sich nicht, aber es paßte. Auch Sie waren damals sehr wenig bei sich. Sie waren bei der Sache. Aber wie wollen wir die Sache nennen? Jedenfalls nicht bei ihrem Namen. Sonst streiten wir uns um Wörter wie Glück und Unglück. Halten wir fest: auch Ihnen gefiel es, sich zu erinnern. Es war, es war einmal: keine Vergangenheitsform. Eher Klage, daß wir vergehen. Worin wir vergehen, ist nicht so wichtig: so oder so kommt es wie Klage heraus. Lassen Sie sich davon nicht wecken. Schon der erste Laut in der Welt erinnerte an Verlust: wofür hätte er sonst laut werden müssen. Und gab keine Ruhe mehr, bis ein Ohr da war, das er fand. Wissen Sie, warum es Männchen und Weibchen gibt? Damit sie Ohr füreinander spielen, einmal hin, einmal her. Wenn nur nicht immer die gleichen drankämen. Wenn sie den Wechsel nur besser geregelt hätten. Die meisten müssen es ja kaufen, das Ohr des andern, und zahlen mit dem Leben dafür. Aber sie tun es. Einmal vergehen, und wenn's nur ein bißchen wäre. Und wenn's die Klage noch lauter macht. Wenn sie durch Mark und Bein geht und alle Wände. Und wenn schon. Nur ein wenig vergehen, dann meinen wir schon zu fassen, was mit uns los war: aber da es nun los ist, Frau Mona, fassen wir es eben nicht. Wir meinen uns zu erinnern, aber wir meinen es nur. Wir fließen nicht zurück. Das einzige, was fließen kann, ist der Saft aus dem Körper, Tränen und Blut.

Es war einmal, jetzt ist es ein Märchen, aber davon wird es nicht zur Lüge. Märchen sind Erinnerungen, die uns nachgehn, aber dreh dich um: schon stehn sie dir wieder im Rücken, sitzen dir im Nacken. Lassen Sie mich Schatten spielen, Frau Mona, ich verlasse Sie nicht. Wohin Sie Ihrem Schmerz auch nachgehn, ich gehe mit. Sie brauchen sich nicht umzudrehen, ich bleibe Ihnen auf dem Fuß. Ich erzähle, also leben Sie. Es war einmal, es könnte ja sein. Nichts ist verloren. Erinnern Sie sich: nichts ist verloren, so lang die Rede sein darf von Verlust. So lang ich erzähle, werden Sie immer noch was zu verlieren haben. Ich bin der Schatten, in dem Sie gehen. Denken Sie schonend von Märchen, es wurden schon welche ums Leben erzählt. Daß wir uns selbst ums Leben erzählen, ist schrecklich. Doch es gehört dazu. Davon beißt mein Zahn nichts ab. Es steht nicht in unserer Hand. Fürchten Sie sich nur, aber befürchten Sie nichts von mir.

Und fürchten Sie nicht zu viel. Denken Sie nicht zu hoch von der Erinnerung, machen Sie nicht viel Wesens von Ihrem Schatten. Meine Damen tun es auch nicht. Die bleiben ganz locker. Es war einmal: was ist das schon, für eine lebenskluge Frau? Einmal ist keinmal. Jedesmal wieder. Mit jeder Woche werden die Damen klüger bei mir. Nehme ich den Mund zu voll? Wenn Sie wüßten, Frau Mona. Die Strafe folgt auf dem Fuß. Ich nehme den Mund voll, und dann schlucke ich leer. Glauben Sie ja nicht, ich bade meine Zunge in Blut. Ich sauge nach Kräften – und alles ist weg. Und hat doch nach Leben geschmeckt, das ist das Reizende. Einmal ist keinmal, das schmeckt wirklich durchdringend nach Leben. Ich erinnere mich, ich auch – und dann bin ich weg. So gut wie weg, so gut. Davon ernähre ich mich, von diesem ewigen Nachgeschmack nach mehr. Jedenfalls stößt er mir auf. Das ungenossene Blut stößt mir den Mund auf, und ich erzähle. Aus dem hohlen Bauch, ja. Glauben Sie nur nicht, ich erzähl Ihnen was. So ist das, so war das jedesmal, wenn es einmal war. Das sage ich jetzt nur Ihnen, Frau Mona. Erzählen ist nur für Ihr Ohr. Denen erzähle ich doch nichts. Die beiße ich nur.

Das ist blutwenig, Frau Mona. Kein Grund zur Eifersucht. Es schmeckt nach mehr, gut. Aber ich habe auch meinen Stolz. Ich giere nicht, das Wasser trieft mir nicht von den Lefzen. Warum schiebst du mich weg, fragen die sogar. Es ist richtig: ich fasse sie nicht an, ohne sie wegzuschieben, andeutungsweise. Ein Voyeur brauchte es nicht zu sehen – aber die Damen spüren es wohl. Ich beiße sie, aber ich rühre sie nicht an. Mein Biß ist ein Akt der Entfernung. Das ist befremdlich, unheimlich sogar, ich gebe es zu. Laß dich doch gehn, flüstert Myrna, wo bist du denn, fragt Jeannette. Nur Maaike sagt nichts. Ich tue dann so, als könnte ich mit vollem Mund nicht reden. Das müssen sie mir ja glauben. Ihnen strömt es, und wohin soll es denn strömen, wenn nicht in mein Maul. Irrtum, Frau Mona. Es wird unblutig auf meinen Lippen, ihr schönes Blut. Es wird beinahe zu nichts, aber das erzähl ich nur Ihnen, und nur im Schlaf. Es verwandelt sich ins Subtile. Es nimmt einen Hauch von Säure und Bitterkeit an. Von Asche, wenn Sie's ganz genau wissen wollen. Das muß wohl mein Geschmack sein. Schon auf meinen Lippen schmeckt das schönste Blut nur noch nach mir. Und dann gefriert es auch noch auf meiner Zunge. Wenn Sie wüßten, wie das ist, mit einem Eisklotz im Mund zu liegen. Ich muß unempfindlich werden, 12 Stunden, sonst übersteh ich das nicht.

Erst bei Ihnen kann ich spucken, Frau Mona. Da spucke ich aus, alles, was Sie wollen. Flüssige Luft braucht nur mit Zimmerluft zusammenzukommen, dann springt sie in tausend Splitter. Die lass ich tanzen vor Ihren Augen. Bilde die Damen sozusagen im Eisregen nach, bis sie wieder vergehn,

Frau Mona, an Ihrem warmen Interesse. Und dann beklagen Sie sich. Noch mehr, Sie klagen mich an. Schon wieder Gewalt an Frauen! Ich bitte, Frau Mona. Das sind doch nicht Ihre Schwestern. Die sind nie im Leben für Ihr Mitgefühl bestimmt. Das sind Ebenbilder meiner entfernten Seele, aufgeboten zu Ihrer Unterhaltung. Meine durchsichtigen Töchter, an denen ich Wohlgefallen habe. Hungerträume, an denen Sie sich eilig sattsehen dürfen. So sehen Frauen aus, wenn sie meinesgleichen werden. Gezeugt im Unflat meiner Lippen, niedergefahren in die Kälte des Kellers, aufgefahren zur Hölle Ihres Salons, damit Sie sich ärgern. Ärgern Sie sich gesund.

Wenn Sie wüßten, Frau Mona. Die strömen nur so, und mir vergeht der Appetit. Und ich halte immer noch meinen Zahn hin, meine Zunge. Ich bin so erzogen, daß nichts verlorengehen darf. Aber wo es hinkommt – der Himmel muß es ja wissen, da es die Hölle nicht weiß. Ich weiß es nicht. Sie spüren nur meine Abwehr, die Damen. Myrna redet von Enttäuschungsprophylaxe. Als nähme ich vorsorglich Abstand, um nicht einzubrechen, wenn sie wieder geht, wenn sie, das Glück, mich wieder verläßt. Es ist ja wahr: dann lebe ich nicht mehr. Dann bin ich nur noch erstarrt. Der Schreck, daß mir diese Nahrung nicht schmeckt. Die Scham, daß dieses satte Blut verschwendet wurde, für nichts. Nicht *danach* breche ich zusammen, Frau Mona. Ohne Zusammenbruch käme ich gar nicht an diese Haut heran. Ein ganzer Himmel von Erwartung muß eingestürzt sein, damit der Abstand schwindet, mein schreckliches Gesicht sich beugt. Ich trinke *gebeugt*, Frau Mona. Und dann schlucke ich leer.

Für meine Kundschaft ist das gut genug. Sie holt sich, was sie braucht. Mein Zahn öffnet ihr eine Tür, und sie verschwindet in ihre Erinnerungen. Sie vergißt sich, und mich erst recht. Ich drücke meine Lippen drauf. Ich besiegle meine Abwesenheit mit eigenem Mund. Nie bin ich so allein, als wenn ich zu trinken scheine. Ich arbeite, wenn Sie wollen. Ich sammle Stoff für meine Eismütter, Geschmack an ihrem flüchtigen Dasein. Sie werden nicht leben, darum brauchen sie nicht zu sterben. Aber vergehen können sie auch bei mir. Lassen Sie bloß kein Mitgefühl aufkommen, Frau Mona, dann brauchen Sie später keins zurückzunehmen. Alle Frauen wollen verstanden sein? Meine nicht. Sie fliehen vor jedem Verständnis. Schelten Sie mich dafür, wenn Sie müssen, aber genießen Sie doch lieber die Erleichterung. Ich behandle Sie ja nicht so. Sie, Frau Mona, dürfen leben und sterben.

Schlafen Sie tief genug? Dann nehme ich den Schirm mit den Männlein weg –

Kein Wort für Ihr Gesicht.

Ich kenne Sie nicht. Sie haben Glück.

Ich mache mir nichts aus Ihnen. Es würde Sie frieren.

Ihr Bild würde Ihnen weh tun. Sie würden es spüren, wenn ich Sie erzähle. Sagen Sie nicht, daß Sie auf alle Fälle was spüren wollen. Überlassen Sie den Ehrgeiz meinen Figuren. Die können ihn aushalten.

Ich mache mir nichts aus Ihnen.

Wenn das wahr wäre, wäre es ja fast ein Liebesdienst.

Da Sie nicht glauben würden, was ich sehen kann, rede ich weiter. Wörter machen es schwächer. Erzählen vereist den Schmerz.

Kommt nur wieder her, stellt euch dazwischen, ihr schwarzen Mönche. Euch ist alles eins, Reden wie Schweigen. Sogar, daß ihr nur gemalt seid. Wenn ihr zu Hause wärt, ich hätte Heimweh danach. Ihr habt euren Keller hinter euch. Ihr wohnt da, wo alles aufhört, inmitten des Anfangs.

Fürchten Sie nicht zuviel, Mona. Mitleid war das Schrecklichste, was ich in Ihrem Gesicht gesehen habe. Denken Sie nicht daran, mich zu trösten, nicht im Traum. Haben Sie nicht schon Männer genug aufgerichtet? Wir wissen doch, was dabei herausgekommen ist. Sie, wie Sie da liegen. Schweigen wir jetzt auch von mir. Mitternacht vorbei, Sie müssen erwachen.

Genügt mein Schweigen noch nicht?

Da, Frau Mona, das war's. Hier bitte, hellblau und weiß. Damit Sie gut schlafen können.

21

Mijnheer, das Fest ist gewesen, wir sind wieder da. Frau Mona hat es überlebt. Sie war drei Tage im Spital, und sie waren zu dritt, unsere Ärzte. Aber auch Dr. Veenendaal hat sie nicht halten können. Zwei Tage Intensivstation waren ihr genug. Beim Tanzen hätte er sie finden dürfen, der Tod, aber so ist es beim Zusammenbruch geblieben. Frau Mona will keine Hauspflege. Zu Hause sterben, hat sie Dr. Veenendaal nach dem Erwachen gesagt, es war das erste laute Wort. Sie hat es nicht wiederholt. Sie wird nicht mehr fliegen. Wozu soll sie sich schonen? Etwas will sie noch tun, was sie immer schon tun wollte: zeichnen.

Ich brauche dich noch, hat sie mir gesagt. Du wirst es nicht glauben, aber du bist besser als nichts.

Erinnern Sie sich, Mijnheer? An einer Vernissage will man fröhlich sein, gesellig, und dabei gibt es verschiedene Aggregatzustände zu bemerken. Einen sehr wenig flüssigen zu Beginn, wenn sich der Geist aus den Flaschen (Mauler Brut) noch nicht hat entfalten können. Die Gäste stehen herum, begeben sich unter die Bilder mit einem Gefühl von Schuldigkeit. Sie achten darauf, der Kunst nicht gleich den Rücken zuzukehren. Sie suchen das rechte Gesicht für ihren Eindruck, der, in Hörweite des Künstlers womöglich, mitgeteilt werden will: was er malt, muß sich ja auch hören lassen, obwohl die laute Anerkennung kaum recht paßt. Man fühlt aber auch, daß der Künstler für jede Lebensäußerung dankbar und gegen Beifall nicht wählerisch ist. Nur spontan muß man sein. Kann es für einen Künstler eine schönere Belohnung geben als naives Entzücken an seiner Kunst? Es darf also geschrien werden, nicht laut, aber deutlich aufgeschrien, wenn einem ein unerwartetes Bild begegnet, und es trifft sich gut, wenn man den Künstler, der daneben steht, gar nicht gesehen hat. Nur zu lange dauern darf dieser Zustand echter Begegnungen nicht. Es gibt ja gar keine Ruhe dafür. Man muß fortwährend alte Bekannte begrüßen, mit Küssen, bei denen man leicht neue, wichtigere Bekanntschaften versäumt. Ernsthaft, die rechte Ruhe hat man nicht, die wird sich später, ein anderes Mal, einstellen, das hat man dem Künstler versichert: daß man natürlich wiederkommt, der Ruhe zulieb. Die Vernissage ist ganz toll, aber auch eine einzige Störung, wenn man eigentlich nur seinen Bildern begegnen möchte.

Endlich tritt, mit dem berufenen Redner, der nächste Aggregatzustand ein: dankbare Stille. Jetzt ist der rechte Mann für die Würdigung da. Er tritt bescheiden in die Mitte, die zunächst noch gar keine ist, aber die Näherstehenden bemerken rasch, daß sie sich diesem Mann zuwenden, eine Runde bilden sollen, eine lockere natürlich. Der berufene Mann lächelt ja nur, wenn hinten noch fröhlich weitergeschwatzt und -geküßt wird. Allmählich merkt es aber auch der Spontanste. Man räuspert sich die Krümel aus der Kehle, als müsse man selbst das Wort ergreifen. Aber gerade das muß man ja nicht, Gott sei Dank, der Husten ist nur ein Sympathiereflex mit der berufenen Seite, von der es jetzt geschieht, das Reden aus der Mitte der Sache. Der Redner hat nicht die geringste Eile, zeigt durch einen letzten beiläufigen Scherz zum Nachbarn an, daß er die Lage nicht zu beherrschen, die Geselligkeit überhaupt nicht zu stören gedenkt, jedenfalls nicht lange, nicht mit schwerwiegenden Worten.

Er spricht so gut wie frei. Er unterläßt es nicht, die Anwesenden, und natürlich vor allem unseren Künstler, der die Augen gesenkt hat, fest anzublicken. Er faßt zusammen, was wir hier erleben. Es ist nicht seine Schuld, es ist Kees van Endens Verdienst, daß das gesprochene Wort jetzt doch etwas schwerer gerät als beabsichtigt, denn die Kunst hat es einmal mit dem Schweren und Guten zu tun. Welch ein Glück, daß es uns nicht erstarren läßt, sondern immer wieder, wenn unsere Züge vor Teilnahme finster werden wollen, zur Seligkeit ermutigt. Zur Seligkeit, unser Redner scheut das Wort nicht mehr, er spricht so gut wie frei, und so frei wie gut. Aber könnte er so gut sein, wenn die Kunst, die uns umgibt, nicht so viel besser – der Redner, selbst keine schwächliche Natur, sagt lieber: stärker –, wenn diese Kunst nicht so viel stärker wäre? Könnte sein Auge leuchten, wie es nun zu leuchten beginnt, wenn diese starke Güte nicht so viel mit gewöhnlicher Güte, Menschengüte zu schaffen hätte? ohne welche unserem Künstler die Kunst, diese Kunst an diesen Wänden, nicht zugefallen wäre? Aber zugefallen heißt wahrlich nicht: in den Schoß gefallen! Wir, liebe Freunde, spüren doch, daß Kees seine Gegenstände nicht bloß malt, daß er mit ihnen lebt, bis sie eben in ihm zu leben beginnen! In diesem ganz besonderen Fall hat er nicht nur mit ihnen, sondern unter ihnen gelebt, mit ihnen gelitten, gefeiert. Da ist es eben wieder, das Festliche, das wir an Kees so lieben und in dem er, der sich Wandelnde, sich so treu geblieben ist. Dieses Festliche ist es doch auch, was uns aus diesen Bildern, und jetzt auch aus dem Gesicht unseres Redners, entgegensprüht, und wir denken natürlich nicht daran, das Festlich-Heitere mit *gedankenloser* Lebenslust zu verwechseln. Gerade in der Kultur, die unser Freund als Eingeweihter, was bei ihm nur heißen kann, als bescheiden Lernender, betreten hat, wohnt das Höchste unmittelbar mit dem Tiefsten zusammen. Und der Ausgleich von Oben und Unten, den sein Pinsel suchte, hat an der Oberfläche nicht haltgemacht. Das Gleichgewicht dieser Bilder, der Schwebezustand seiner Farben, ist durch Feuer und Wasser gegangen, er hat mit einem Kompromiß, mit einem ängstlichen Abwägen und Abmessen, nichts zu tun. Es ist, dieses Gleichgewicht, das wir bewundern, nichts anderes als die Einheit der Gegensätze. Es spiegelt die tiefe Einheit des Lebens, auf die sich der Pinsel eingelassen hat, in die er förmlich eingetaucht wurde und die seine Wasserfarben zu Feuerfarben steigerte. Die Inseln, von denen unser Freund hier Zeugnis ablegt, wären auch dann keine touristischen Größen, wenn der Tourismus sie aufgestöbert hätte, wovon er zum Glück noch weit entfernt ist. Sie liegen geographisch in der Südsee; topographisch aber, in der Wahrheit nämlich, die der Pinsel ans Licht bringt, liegen sie in der Tiefe des Menschheitsgedächtnisses, das hier noch einmal, wie zum ersten Mal, sein verlorenes Zauberwort spricht. Und sie liegen, diese Inseln, zugleich am Horizont unserer Zukunft, wenn diese wieder human werden soll! Sie sind also immer beides, Erinnerung und Erwartung, heiliges Gedenken und erschütternde Utopie. Noch eigentlicher liegen sie einfach in der Tiefe unserer Seele, diese Inseln, wohin nur zwei Kräfte reichten, die tiefste Ruhe, und die tiefste Bewegung. Diese Aquarelle, eingegeben vom Wagnis, geschöpft aus der Betroffenheit eines Entdeckers, befriedigen mehr als unsere Neugier, die ja auch nicht geringzuschätzen wäre. Sie bieten sich zur Meditation an, sie sind uns zur Wiedererkennung aufgegeben. Wir entnehmen ihnen ein Maß für den Einsatz des Künstlers, und zugleich ein Maß unserer heimlichen Sehnsucht. Wahrlich, es sind Spiegel, Spiegel unserer Bestimmung schlechthin. Ihr scheinbar weit entlegener Zauber verwandelt sich für den wahren Betrachter, der zu werden wir aufgerufen sind, als gelte es unser Leben – Freunde, es gilt unser Leben! –, in ein Mysterium der Nähe. Er ist, dieser Inselzauber, ein Schleier, durch den wir auf unser eigenes offenbares, hiermit geoffenbartes Geheimnis blicken. Sie laden uns ein, unsere Anwesenheit zum *Dasein* zu erhöhen, zum festlichen Dasein –

Mijnheer, halten Sie einem Einsiedler diese Länge zugute. Es war ja nach Wochen das erste Mal, daß ich wieder *Sprache* hörte, und *diese* Sprache, für Alle und Keinen. Er spricht jetzt nur noch frei, der berufene Kritiker, der weiß, wo die Kritik ihr Recht verloren hat. Er geht andeutungsweise in die Knie, verwendet die gelben Kärtchen, auf die er sich ein paar Stich- und Lockworte notiert hat, nur noch zum Deuten, zur umfassenden Deutung der Bilder hinter unserm Rücken, nach denen wir uns jetzt nicht umzuwenden brauchen, die einen

Schutzkreis um uns bilden, von dem wir nur noch gebannt sein dürfen. Seine Hand zittert nur wenig dabei, und im natürlichen Takt seiner Worte, die sich zum freien Rhythmus erhoben haben. Aber daß er gut spricht, ist gar kein Gesichtspunkt mehr angesichts der Lebensfreude, der Geistesgegenwart, zu der er uns aufruft. Daß seine Sätze nicht fertig werden – daß du nicht *enden* kannst, das macht dich groß! sagte er mit einem schalkhaft beziehungsvollen, endlich auch belachten Blick auf Kees van *Enden* – tut der Freude keinen Abbruch, die er gerade »Aufmerksamkeit für das Lebendige« genannt hat. Hier wird ein für allemal ausgesprochen, was nachher nicht mehr gesagt zu werden braucht. Das wird der Zwanglosigkeit des Abends zustatten kommen.

Verstohlen beginnt der eine oder andere seine Kauarbeit wiederaufzunehmen. Lebensfreude, hat der Berufene eben gesagt, sei unteilbar. Wir begegneten ihr gerade hier in den einfachsten Genüssen. Gerade die ursprüngliche Kultur kenne ja gar keine andern. Auch wenn er die stärksten Worte wählt, vergißt er den Hinweis nicht, daß es eigentlich die nüchternsten, angesichts dieser Inselmalerei einfach die sachlichsten, kurzum: bloß die angemessenen sind. Er darf unser Lächeln, auch das ertappte Lächeln der Naschhaften, Nebendinge Treibenden, einfach als Zustimmung zu seiner eigenen Freiheit deuten, als jene höhere Unbefangenheit, die er uns ans Herz legt. Wir verstehen die Bilder unseres Kees ja nicht richtig, wenn wir davor erstarren, und wir wollen sie, und einander, und uns selbst, doch recht verstehen. Diese Bilder können so überzeugend nur wirken, sagt der Redner, weil sie so haarscharf am Lebendigen bleiben, weil sie das Gewöhnliche so heilig halten, wie es nur das Gewöhnliche verdient. Vielleicht hat unser Maler die Südsee nur dazu erwählt, oder sie ihn, um uns das Gewöhnliche wieder als Wunder nahezubringen, Zeugung, Geburt, Tod, aber auch Weben, Pflanzen, Schnitzen und vor allem Seefahrt – Seefahrt, dieses Urphänomen, dieses Schweben über dem spiegelnden Abgrund! Dieses tägliche Wunder, das *wir* uns gerade durch den hektischen

Alltag, seinen Film aus Plastik und Beton, verdunkeln lassen, durch die fables convenues unserer dünn gewordenen Wirklichkeit. »Durch was?« höre ich Maaike ihren Gatten, den bekannten Hämatologen, fragen, aber er hört sie nicht, will mit gesenkter, jetzt leicht geröteter Glatze vor dem Wunder verharren.

Die Wohltat des ausgeruhten Blicks nennt der Deuter die Kunst unseres Malers. Keine unzweideutige Wohltat nennt er sie, da unsere Augen eben an das Glatte gewöhnt seien, an polierte, sterilisierte Oberflächen, auf denen nichts Grünes, nichts Lebendiges mehr Wurzeln schlagen, seine Sprengkraft entfalten dürfe. Und schon wieder müssen wir den Deuter recht verstehen. Die Südsee unseres Freundes, der melanesische Archipelagos, mit dem er Freud und Leid geteilt hat, mag zwar durchsichtig sein auf das versäumte, das verspielte Ursprüngliche in uns. Eine Allegorie, ein Vorwand sind diese Inseln deshalb durchaus nicht! Es ist ihnen buchstäblich kein Gran Hintersinn beigemischt. Sie wollen ihrerseits, die Bilder, ganz dinglich sein, ganz Oberfläche. Denn an der Oberfläche haben wir, nach einem herrlichen Dichterwort, die Tiefe zu suchen. Nur gerade tiefsinnig dürfen wir sie da nicht suchen, wer so sucht, der wird nicht finden. Sondern schenken sollen wir sie uns lassen – »bei diesen Preisen?« sagt Frau Dr. Veenendaal hinter mir –, hier sei aller Tiefsinn geschenkt. Sie seien keine Staffage, diese Palmen und Hütten, diese Outrigger-Kanus und Yam-Speicher – »Was für Speicher?« –, Maaike kann es nicht lassen. Aber nein, sie hätten keinen metaphysischen Hintergrund, diese dunklen Menschen. Sie stünden da in der Nacktheit ihrer Existenz, so habe unser Kees sie hingestellt, weil sein ausgeruhter Blick sie so habe sehen dürfen. Absolut stünden sie da, in der reinen Daseinsbehauptung gegen Sturm und Welle, gegen Hitze und Hunger, Zukunft und Vergangenheit. Ihre Gegenwart sei zerbrechlich wie jedes Dasein, aber unerschütterlich wie die große Kunst; unerschütterlich, weil so tief im Bunde mit der Erschütterung. Wir dürften an das buddhistische Konzept der As-it-is-ness denken oder uns an Gertrude Stein erinnern: eine Palme ist eine Palme ist eine Palme. Es sei nichts dahinter, wie in jeder wahren Kunst: nichts. Aber was für ein großgeschriebenes Nichts! Und was fühlten wir dabei? Alles! und zwar jenes Universale, das uns nur am Einzelnen aufgehen könne, immer nur im Detail aufgegeben sei, sofern es als Dieses ganz ernst, will sagen, ganz heiter genommen werde – hier ende jede Theorie, hier werde jeder Glaubenssatz zu Schall und Rauch. Hier beginne unsere eigene sinnliche Verantwortung. Und hier sei denn auch das Wort am Ende: Der Redner tue endlich das, worauf wir die ganze Zeit gewartet hätten, wozu er uns auch selbst geraten habe und nur Glück wünschen könne: er schweige, damit die Bilder anfangen könnten zu sprechen und die Heiterkeit eine Chance habe, sich auszubreiten; auf daß wir selbst, nach einem von unserem Kees geliebten und gern praktizierten Dichterwort, »ein Gespräch seien«. Kees werde uns nicht verübeln, wenn wir, um ein anderes, von ihm ebenfalls geliebtes Dichterwort aufzunehmen, »die Sprache seiner Bilder ohne sie sprächen«. Mit einem Wort, er stoße mit Kees, mit uns allen an: auf einen vergnügten Abend.

22

Ein artiger Schluß, mit dem der Redner sich empfahl, und den dritten Aggregatzustand der Gesellschaft einleitete. Sie ging zum Geplauder über, man trank sich die gewünschte Heiterkeit an, auch wenn das Schweigen, das der Redner redend gefeiert, wenn nicht gefordert hatte, noch eine Weile als Hemmung nachwirkte. – Ich kann Ihnen in Kunstsachen so wenig bieten, Mijnheer, daß ich Ihnen die Rede des Kenners, fast in extenso, eingeflüstert habe – sie war so geläufig, Ihr Vorleser kann sich die Zunge daran nicht zerbrochen haben. Vielleicht liegt eben da, im Mangel an Anstößigem, ihre

Schwäche – Sie werden sie leichter bemerken als ich. Denn das Gute und Wahre ist nicht mehr schwer. Es liegt für einen aufmerksamen Spaziergänger auf der Straße, er braucht sich kaum mehr danach zu bücken – aber das stört ihn so wenig wie unsere gute Gesellschaft. Auch unser Kees van Enden hatte offenbar in dieser Lobrede nur Stärke gesehen. Er drückte seinem Deuter mit feuchtem Blick die Hand, die ich mir ebenfalls feucht vorstellte. Diese Leute, denen alles so leicht von der Hand geht, schwitzen leicht.

Er war einen Kopf kleiner als der Kenner, ein untersetzter Gnom, der seine schmalen Augen zu einem Ausdruck angestrengter Rührung zusammenkniff. Auch seine Lippen sind schmal und gepreßt – Mijnheer, ich habe mir Künstler immer großäugig vorgestellt, Köpfe, die fast nur aus Gesicht bestehen und unaufhörlich an Potenz denken lassen, wortkarge Bauern- oder Handwerkergesichter mit großartigem, aber arglosem Durchblick. Frau Monas Freund aber (der sie übrigens noch gar nicht begrüßt hatte) erinnerte mich an einen beflissenen Kleinbauern, der jedem Anwesenden eine Hypothek abzutragen hat. Seine Stimme hatte einen gedrückten Klang, auch wenn er auflachte, Komplimente gebührend abwehrte. Er hatte eine Art, für seine Begleiterin mitzusprechen, die mir zugleich anmaßend und devot vorkam. Genau besehen, wollte er sie einfach nicht zu Wort kommen lassen, wenn er sie vor –, nein: sich *vor* sie stellte, mit ausfahrenden Ruderbewegungen seiner kurzen Arme. Dabei dachte diese Frau gar nicht daran zu sprechen. Ihr herbes Schweigen war durch keinerlei Lächeln gemildert. Auch sie war größer als er, eine Exotin von charaktervoller Unschönheit.

Inzwischen war der Deuter des Künstlers verschwunden. Es fiel keinem auf, daß er auf die Gesellschaft des Mannes, dem er alles Wunderbare nachgesagt hatte, überhaupt keinen Wert zu legen schien. Bald wird ihn die hochgeschlossene Dame nach Hause geführt haben, und ich werde erfahren, daß sie solche Gesellschaften nicht liebe, notorisch Kopfschmerzen habe, und daß dem berühmten Kunstkritiker, ihrem Gatten, diese Rückzugspflicht durchaus nicht ungelegen komme, obwohl er sublim an dieser Ehe leide. Denn er verachte die Künstler, um genauer zu sein, er fürchte die Kunst. Daher lobe er sie über den grünen Klee, so weit sein Atem reiche. Aber der reiche immer nur für eine einzige Nummer. Und da sein Ruf auf seinem schriftlichen Auftreten gründe, pflege er, aus Angst um sein Gesicht, seine gesellschaftlichen Pflichten auf wenige Augenblicke zu begrenzen. Man dürfe ihm nicht zu nahe kommen, denn er rieche aus dem Hals wie ein Wolf und stehe schon aus diesem Grund immer einzig da. Kein Wunder, daß seine Frau Migräne habe, auch wenn ihre Frigidität natürlich die Ursache seiner schlechten Verdauung sei.

Diese Informationen verdanke ich einer Dame, die nachhaltig nach Orient roch, aber die Medisance, mit der sie mich anwehte, schien der Frische ihres Atems nichts anzuhaben. Sie hatte mächtige, ja feurige Kirschaugen unter einem verwegenen Hut, mit dem sie zwar Abstand hielt, diesen aber durch die zutrauliche Neigung ihres Oberkörpers zugleich fast bedrohlich verminderte. Sie kennen Sie, Mijnheer: Frau Jeannette Veenendaal, meine Klientin. Aber hier waren sie ja alle drei, meine Ernährerinnen. Auch Myrna und Maaike mochten ihre verschiedenen Vorbehalte gegen diese Vernissage haben, aber sie waren zur Stelle, sie gehören natürlich zu *tout Amsterdam*. Und ihre Männer, die konkurrierenden Ärzte, verbindet immerhin soviel, daß sie in Kees van Enden investiert haben. Seine Kunst ist für Arztpraxen geeignet.

Frau Jeannette trug an diesem Abend italienisch, was ihren Augen und ihrem dunklen Teint gut bekam; dabei pflegte sie eine rustikale Note. Auch ihre Bewegungen dürfen Sie sich ein wenig ländlich denken, obschon das Sittliche davon abzustreichen ist; das affektierte sie heute nicht einmal. Sie ist ein ausgemachtes Stadtgeschöpf, alle heimlichen Bewegungen Amsterdams sind ihr geläufig. Auch während der Rede des berufenen Deuters war ihr keine entgangen. Sie zog mich ins Vertrauen, weil ich gerade der Nächste war. Nach ihren rasch schweifenden Blicken zu schließen, war ihre Aufmerksamkeit für jemand anders bestimmt.

Aber gutartig, wie sie ist, ließ sie mich kaum fühlen, daß ich für eine lebhafte Frau nur Ersatzmann sein kann. Woher ich meine Anilin-Farbe habe? wollte sie wissen. Es dauerte eine Weile, bis ich verstand, daß damit meine Blässe gemeint war. Sie habe es als Kompliment gemeint, sagte sie, sie möge wie tot aussehende Männer. Ihr eigener, den sie nicht als vorhanden betrachtete, sah trotz seines ergrauten Haars wie das blühende Leben aus. Er unterhielt sich mit einer Dame, die ich, ohne Jeannettes Hinweis, nicht für eine Juristin, eher für ein Modell gehalten hätte. Gar nicht so daneben, lächelte Jeannette freundlich. Ohne ihr Verhältnis mit dem Landwirtschaftsminister hätte die Dame nämlich nicht einmal durch ihre Bestechlichkeit Karriere gemacht. Die Karriere des Schriftstellers, der sich dort von einem aschblonden Mittelalter vergöttern lasse, müsse man noch trauriger nennen, und die Dame, die sich ihre Männer schon seit Jahren kaufen müsse, verschwende ihre Mühe mit diesem. Denn wie man seinen Büchern leicht anmerke, sei er längst kein Mann mehr. Seine Literatur habe einmal als besonders vital gegolten, worauf der arme Teufel selbst hereingefallen sei. Jetzt kaufe man ihn nur noch, weil er alle zwanzig Seiten eine perverse Episode einlege, hinter der man eine echte Indiskretion vermuten könne. Neuerdings rühme sich der Mensch seiner Männerfreundschaften und mache neue Zärtlichkeit. Man brauche aber nur seine Hände zu betrachten, um zu wissen, daß er sich auch damit übernehme. Blender jeder Art seien Frau Jeannette unsympathisch, aber Antipathie sei gar kein Wort für die Ungefühle, die sie dem Auto-Importeur in der Ecke entgegenbringe, der gerade so tat, als dächte er über eine Bemerkung der überreifen Kunsthistorikerin nach, während er doch nur des einzigen Gedankens fähig sei, wie bald er ihr das Erdbeerfarbene vom Leib ziehen könne. Sein merkwürdiger Erfolg bei Frauen verberge, oder bringe es vielmehr an den Tag, daß er eigentlich ein Neandertaler sei. Seine Annäherungsversuche seien das Stadtgespräch in Amsterdam, obwohl man gar nicht mehr von Versuchen reden könne. Sobald er fünf Gläser getrunken habe – gleich sei er soweit –, beginne er der nächsten Besten einfach den Busen zu streicheln und bringe es durch seine unerträgliche, aber auch erheiternde Unverschämtheit wirklich so weit, daß sie ihm in einen stillen Winkel folge, und wenn es das Badezimmer wäre oder der Obstkeller. Danach sei er immer noch fähig, ihrem Ehemann einen neuen Wagen aufzuschwatzen. Zum Beispiel bei der Dame, wenn das Wort nicht zu kühn gewählt sei, deren Öffentlichkeit durch die Ehe mit Professor Smolders keineswegs leide, habe der Autogötze bei der letzten Galerieeröffnung gar nicht tief genug greifen können. Maaikes Hohlheit übe ja auf die Männer die Anziehungskraft eines Vakuums aus. Eine typische Arztgehilfin, die sich zur Arztgattin hochgeschlafen habe, eine Standesgenossin, ja, auch wenn der Genuß einigermaßen beschränkt sei. Übrigens möge sie das Mädchen ganz gern, sie habe bei ihrem Treiben wenigstens die Unschuld bewahrt und außerdem einen vorzüglichen Schneider, wenn nur die Figur noch das wäre, was sie vor zwanzig Jahren gewesen sei. Ihr Mann sei auch da, der Blutforscher, der vor lauter Sportlichkeit immer weniger werde. Eigentlich halte ihn nur die Kränkung am Leben, daß er den Nobelpreis noch nicht erhalten habe, während sich seine wirkliche Leistung auf Nichtrauchen beschränke. Das könne man von seinem Kollegen, dem pyknischen Vierziger mit der Mönchstonsur, nicht behaupten. Der werde den ganzen Abend damit beschäftigt sein, seine Pfeife neu anzuzünden, um nicht über Kunst mitreden zu müssen. Er habe auch bei seiner Frau das Mitreden schon lange aufgegeben, was immerhin für seine Intelligenz spreche. Das sei nämlich die Blauäugige, an der alles abgefressen sei, das Kleid, das Haar, wobei nur das Kleid als Naturfaser zu betrachten sei. Man verstehe ja, daß der arme Buitenhuis doch lieber an seiner entsetzlichen Pfeife sauge. Niemand hole sich den Mund gern voll Selleriewasser, denn Myrna, die Jeannette übrigens auch ganz gern möge, könne innerlich nur noch aus Rohkost bestehen. Sie ermutige, gewiß gegen ihre Absicht, jeden Mann mit ihrem indischen Körpergefühl und ihren andauernden Bodenübungen. Aber wenigstens könne man mit ihr reden, während man den Tabak ihres Mannes nicht einmal mehr riechen könne.

Bei dieser Gelegenheit roch meine Informantin kurz, aber ohne Umstände an mir, stauchte dabei ihren Hut an meiner Stirn und fragte nach meinem Körperwasser – Mijnheer, das war ihre erste Frage an diesem Abend. Höllisch Juchten, sagte ich und machte sie einen Augenblick stumm mit diesem Wort. Sie kannte das Produkt nicht, hatte es an mir noch nie gerochen, sie verzog mit gespieltem Ekel den Mund. Dann seufzte sie tief auf.

Ehrlich, sagte sie, im Grunde brauche man über all diese Leute gar nichts zu wissen. Nicht wissenswert sei zum Beispiel die arme abgetakelte Stewardeß in ihrem Oldtimer-Look, die einzige im ganzen Saal, die naiv genug sei, für diesen schwachen Tropenmaler wirklich etwas übrig zu haben. Zur Dame fehle ihr alles, dafür mache sie das Fehlende durch Himmeln wett. Ihr Mann, ein Liegenschaftenhai, habe sie verlassen, weil selbst so einer das ewige Himmeln nicht verkrafte. Sie könne ja vor lauter Andacht nicht richtig gehen. Sie verstecke sich hinter den Bildern nur, um nicht sehen zu müssen, daß sie nicht gesehen werde, von ihrem großen Künstler zu allerletzt. Der habe ja sein eigenes Modell mitgeführt, und die Stewardeß denke womöglich, das habe er ihr zuleide getan, und schlucke es tapfer hinunter. Der Maler sei sich heute natürlich ein exotisches Liebchen schuldig, obwohl man schon bis ans Ende der Welt reisen müsse, um einen solchen Ausbund abschreckender Weiblichkeit aufzutun. Sie schmerze einen ja in den Augen, diese Eingeborene. Aber seit dem Ende der Kolonialzeit sei es in Holland schick geworden, sich mit etwas Farbigem zu zeigen. Hartnäckig halte sich das Gerücht, daß diese Frauen schön seien. Dabei hätten sie schon nach dem ersten kalten Winter abgeblüht, und nach dem zweiten Kindbett schrumpften sie zu ausgepreßten Zitronen zusammen. Sozial sei es einfach ein Jammer, abgesehen davon, daß Jeannette Unzucht mit Pflanzen nicht für fair halte. Aber wo ich denn die ganze Zeit meine Augen habe?

Frau Mona stand vor einem Bild des Malers, einem Lagunenstück, auf dem eine Reihe von Booten im Monsunnebel verschwand. Sie strich sich über die Augen, um das Bild auf sich wirken zu lassen, und schlich dann zum nächsten. Ich sah sie tief einatmen, Frau Mona in ihrem Kostüm, das auf Fliegen und Bravour deutete und nur noch ein bißchen Haltung von ihr übrigließ. Ihre kosmetische Bräune verdeckte die tiefe Blässe nicht, und sie trug ihr kleines Lächeln, als habe es mit ihrem Gesicht schon nichts mehr zu tun und könne ihr im nächsten Augenblick herunterfallen.

Kennen Sie sie? fragte Jeannette.

Ich begleite sie, sagte ich.

Ach, sagte Jeannette, und ihre Augen vergrößerten sich plötzlich. Wissen Sie was? Dann kümmern Sie sich um sie. Aber *jetzt*! sagt Jeannette, und ihre Stimme, leise und fest, ist nicht wiederzuerkennen.

23

Wir gehen, Frau Mona und ich, hinter dem Rücken der Gäste wie in einem Korridor langsam neben den Bildern her. Sie hat mir kaum einen Blick gegeben, sie ist immer noch die einzige, die sich der Kunst ihres Malers widmet, die sie mit ihren auffällig glänzenden Augen nicht loslassen kann, während sie leise mit mir spricht. – Du wirst auch noch leben lernen, sagt sie, und ich werde es schaffen.

Ich sehe vorläufig keinen Zusammenhang mit den Aquarellen. Es sind Szenen aus einem tropischen Dorf. Frauen und Männer mit nackten Oberkörpern, auch Kinder gruppieren sich in einer Palmenlichtung um kunstvoll gefügte Blockhäuser auf Pfählen. Sie scheinen mir zu schmal, als daß jemand darin wohnen könnte. Frau Mona kennt ihre Verwendung auch nicht, aber sie bewundert sie, die schwarz-rot-weiß bemalten Giebelfenster, die struppig gefaserten Dächer. Sie bewundert vor allem die Menschen in ihren zündend roten Röcken, mit ihren Kopfzierden aus weißen Federn. Hier ist es dem Pinsel leichtgefallen, Akzente ins tropische Grau zu setzen.

Die folgende Reihe heißt »Albino«. Ein Mensch mit fremden Zügen, giftig rosafarbener Haut und gelblich gebleichtem Haar sitzt unter seinen dunklen Stammesgenossen, nie in der Mitte, durch einen Abstand von ihnen getrennt. Er hat das häßliche Gesicht verzogen, bedeckt mit gekreuzten Armen die Brust, auch wenn er in die Hände zu klatschen scheint. Auf dem nächsten Bild macht der Pinsel deutlich, es ist eine Frau, eine immer, wie unter einem drohenden Schlag halb weggebückte, traurige, schreckliche Randfigur, die den Pinsel sichtbar beschäftigt hat. Jetzt bietet er sie in Nahaufnahme, sie könnte fast von Frans Hals sein, eine Studie unverdrossenen Dabeiseins und vorgetäuschter Lebenslust. Zwar lassen die Requisiten, die Palmgitter im Hintergrund keinen Zweifel, daß wir ein weit entferntes Elend betrachten. Aber der Pinsel hat daran gearbeitet, es exemplarisch zu machen. Es soll kein spezieller, sondern der ganze Jammer der Menschheit sein, der uns aus diesem Sonderfall anweht, Watteaus Gilles auf melanesisch.

Übrigens ist der Albino, wie die Mehrzahl der Aquarelle, bereits verkauft, jedenfalls mit einem roten Punkt bezeichnet. Frau Mona hält eine Liste in der Hand und vergleicht die Bilder ehrfürchtig mit ihren Preisen. Sie sind vierstellig, also nicht von jedem zu bezahlen. Die wahren Liebhaber müssen früh, schon im Atelier, vielleicht schon auf der Heimreise des Malers zugegriffen haben. Er ist nämlich, wie Frau Mona weiß, zu Schiff gekommen, auf einem dänischen Frachter, der zwanzig auserwählten Passagieren Platz bot. Sie weiß es nicht von *ihm*, er ist ja so beschäftigt. Es stand in der Zeitung. Sie kann sich denken, daß er die langsame Fahrt Amy zuliebe unternommen hat. So heißt die Insulanerin. Damit auch ihre Seele Zeit hatte mitzukommen. Die Geschichte von der nachkommenden Seele treibt ihr auch diesmal das Wasser in die Augen. Sie hat das Gefühl, daß die Geschichte zu ihrem Wunsch, leben zu lernen, paßt, auch wenn sie dieses Gefühl jetzt nicht begründen kann und will. Sie will nur *sehen*, Kees van Endens Visionen weitersehen. Auch er läßt es ja bleiben, Gefühle zu begründen. Er arbeitet intuitiv. Es gebe wohl einen geistreichen, aber keinen seelenvollen Irrtum, hat er ihr damals im Jumbo nach New York gesagt. Sie traut seinem Gefühl auch dann, wenn sie ihn nicht ganz versteht.

Zum Beispiel versteht sie nicht ganz, wie er diese Eingeborene, Amy, so entwurzeln, ein paar tausend Seemeilen weit in eine kaputte Zivilisation verschleppen konnte, die ihr doch so fremd sein muß. Ich kann es ja auf den Bildern sehen, wie unberührt ihr Dorf immer noch ist. Da gibt es kein Transistorradio, nichts, was den Einfluß der Zivilisation verrät. Vielleicht hat er nur daran vorbeigesehen, will ich sagen, vielleicht wollte der Pinsel seine Motive lupenrein exotisch haben. Aber ich unterdrücke meinen Argwohn angesichts ihrer traurigen Ergriffenheit. Ich sage nicht, daß ich den Pinsel für einen Spekulanten halte, der sich hinter der Südsee versteckt, der aus seinem Palmendorf ein Interesse herausschindet, das er seiner Kunst nicht zutraut. Die ist ja gar nicht wild, die tut nur so. Keine Hütte ist ihr zu schlecht, um ein wenig Kubismus draufzusetzen. Die Palmen stehen so da, als wäre es ohne ein wenig Cézanne einfach nicht gegangen. Kolonialkunst, Frau Mona, und vor hundert Jahren hat es schon bessere gegeben. Reise-Dias, die, nur weil sie gemalt sind, als Gauguin-Nachfolge daherkommen. Da will Schielen und Zwinkern als Augenaufschlag gewürdigt sein, groß wie der einer verlassenen Geliebten, traurig wie der Ihre. Kees van Enden hat seine Insel ausgebeutet, wie er Sie ausgebeutet hat. Da lobe ich mir Ihren geschiedenen Mann, der für diesen Abend eine Million zu wenig hatte.

Sie, Mijnheer, werden den Trick mit den roten Punkten auch kennen. Da will sich einer rar machen, und was rar ist, darf dann auch teuer sein. Aber Frau Mona fragt mich nicht danach. Sie ist mit ihrer Traurigkeit beschäftigt. Sie weint über ihre Albino-Frau. Mir erzählt sie, ihr Maler sei schon sehr viel weiter gewesen. Er habe sich bereits dem abstrakten Expressionismus genähert. Jetzt habe ihn die Insel noch einmal auf die Erde zurückgeholt.

Wie findest du ihn? hat sie gefragt.

Er lügt.

Du bist blaß, hat sie gesagt, als wäre ich nur durch das stärkste Unwohlsein zu entschuldigen. – Setzen wir uns ein wenig.

24

Es ist elf Uhr, wir bekommen in unserer Sitzecke keine Gesellschaft, man kennt uns nicht. Wir könnten längst gegangen sein, aber Frau Mona wartet. Wir sehen, wir sehen zu:

Frau Jeannette lacht gerade an den Mann hinauf, den sie mir als Neandertaler geschildert hat. Er hat sie bei den Hüften gefaßt und seinen kleinen Kopf zurückgeworfen. Jetzt haben die Gäste den vierten Aggregatzustand erreicht. Der Alkohol hat sie freigesprochen. Da unten die Türen verschlossen wurden, ist man jetzt eine geschlossene Gesellschaft. Der Geräuschpegel ist hoch, und da die Leute schreien müssen, um sich zu verständigen, steigt er noch höher. Aber sie schreien weniger als sie lachen, und mit Verstehen wäre nicht viel gewonnen. Auch der Künstler lacht gerade sehr heftig, das Lachen dessen, der den Witz nicht kapiert hat, aber dazugehören will. Wozu ist er Künstler geworden, wenn er jetzt nicht dazugehört! Es werden keine Worte mehr ausgetauscht, nur Beweise von Anwesenheit. Sie bestätigen einander unausgesetzt, daß sie leibhaftig im Raum sind, und lauern auf die Quittung: heftig? zurückhaltend? gar nichts? Sie bilden Gruppen, um ihre Anwesenheit so unüberhörbar wie möglich zu machen, sie müssen nur den rechten Führer haben, um Einzelne, auch unsichere Paare anzuziehen. Und wenn die Nähe nicht ausreicht zum Selbstgefühl, fassen sie einander an. Sie haben die Sitzgruppe, die Ottomane beim Fenster eingenommen; die Belagerung des Künstlers, der sich an seinem Tisch zu lange nicht gerührt hat, verdünnt sich bedrohlich. Die Dame, die seine nicht ausgestellten Blätter sehen will, gehört nicht zu den Hauptpersonen. Jetzt wird also ein starker Gang fällig.

Er hat uns gesehen. Jetzt kann er etwas tun, und wenn es etwas Gutes wäre. Er vergißt nicht, seine Insulanerin beim Arm zu nehmen, bevor er unsere Ecke ansteuert. Zum Überfluß stößt er einen Schrei aus, einen echten Kees van Enden-Schrei, als hätte er Frau Mona noch gar nicht bemerkt, als gebe es da endlich das gesuchte Wiedersehen zu feiern. Er küßt sie links und rechts, nennt ihr Aussehen unverändert, hält sie fest, dann von sich weg, um ihr Kostüm zu bejubeln. Sein Glück ist ehrlich, hier ist sein Wert keine Frage. Ich werde vorgestellt, der Maler blinzelt vor Wohlwollen. Er nimmt mich nicht geradezu in die Arme, er tut etwas Stärkeres: *Sie* muß man malen! ruft er spontan. Der Albino ist *groß*, sagt Frau Mona. Worauf mir Kees nur noch seine Freundschaft mit Mona beteuern kann, diesem wunderbaren Menschen, als stünden wir beiden Männer allein vor Gott. Aber auch er hat einen wunderbaren Menschen mitgebracht, den wir sofort kennenlernen müssen.

Er nennt einen schwierigen Namen, ohne anzustoßen; es muß wohl ein Vorname sein, sonst hätte er ja wenigstens eine Miss davorgesetzt, aber wir dürfen sie einfach Amy nennen. Unter diesem Namen ist sie auf den Inseln weltberühmt! Amy reicht uns eine Hand ohne jeden Druck und blickt dabei niemandem in die Augen. Der Maler sieht aus, als hätte er eigentlich einen Gefühlssturm erwartet, aber jetzt ist die Verbindung hergestellt, er kann seine Amy unserem Schutz überlassen – so drückt er sich aus – und weitersehen. Er spricht englisch mit ihr, damit wir hören, wie man mit ihr reden muß, und winkt spontan, winkt noch einmal zurück, als er schon halben Weges zur Ottomane ist, um nach dem Rechten zu sehen und bei den Richtigen zu sein.

Während Frau Mona mit Amy so gutes Englisch zu sprechen anfängt, als müßte sie unserem Bordservice alle Ehre machen, betrachte ich die dunkle Unschönheit aus der Nähe. Sie bewegt sich keineswegs fließend, eher unbehaglich in ihrem Fähnchen aus gelber Shantungseide, rückt die Schultern, als gäbe es einen Widerstand wegzuschieben, und strahlt eine rohe Scheu aus, an deren Überwindung Frau Mona schwesterlich arbeitet. Die Frage wäre ungehörig, ob ihr Interesse echt sei, jedenfalls ist es intensiv. Amy wird mit jeder Bewegung gezeigt, wie glücklich wir sind, sie in unserer Ecke zu haben. Wir wollen gleich alles wissen über Amy: wie es ihr in Europa gefalle, und wie es ihr auf ihrer Insel gefallen hat. O. k., fine, thank you. Thank you, ist Amys zweites Wort, und Frau Mona verdoppelt ihre Zuwendung. Dabei hat Amys Schulter etwas geradezu Wegwerfendes, wenn sie von ihrer Insel erzählt, von der Lodge, in der sie gearbeitet hat, von den ausländischen Gästen, die sich dort alles erlauben. Es gibt also ein Hotel auf der Insel?! Hier lacht Amy zum ersten Mal. Ein Hotel? ein schönes Hotel! Es muß sich um eine Art Außenstation mit Übernachtungsgelegenheit handeln, die nur von Männern, und zwar von Schweinen, wahrgenommen wird. Das Naturkind scheint zwischen Verlegenheit und Grobheiten nicht viele Zwischentöne zu kennen und steigert damit nicht nur Frau Monas Sorge, sondern auch ihr Entzücken. – Wie Amy denn Kees van Enden kennengelernt habe, will Frau Mona gebeugt von Teilnahme wissen. – He buying me, sagt Amy. Frau Mona erschrickt, hier fehlt der Eingeborenen gewiß nur das passende Wort, oder es hat sich um etwas schauerlich Ursprüngliches gehandelt. Ob er sie auch gemalt habe, fragt Frau Mona so leise, daß sie es wiederholen muß. Diesmal lacht Amy über das ganze Gesicht: Yes, he mad! Mad? fragt Frau Mona bittend, sie strengt sich an, auch diesem Wort einen ursprünglichen Sinn abzulauschen.

Noch immer fällt es Amy nicht ein, einen von uns anzusehen, wenn sie erzählt. Und daß sie erzähle, ist auch etwas zu viel gesagt. Sie reagiert gerade noch auf Frau Monas erzählerische Nachfragen, kurz und ursprünglich. Die wiederholte Erkundigung, wie es ihr in Europa gefalle, beantwortet sie nicht mehr, also fragt Frau Mona bebend vor Rücksicht, ob sie sich an uns gewöhnt habe. Amy nickt nicht einmal mit dem Kopf. Schön, sie hat sich also gewöhnt, und sie vermißt auch nichts, wenn sie Frau Mona danach fragen hört, jedenfalls schüttelt sie an dieser Stelle den Kopf. – I dance, sagt sie dann. Frau Mona, nach längerem Schweigen wieder zum Entzücken bereit, fragt, ob sie recht gehört habe: Amy wird tanzen? Hier, noch heute abend? – Ja. And you dance too! sagt sie und deutet mit dem Finger geradewegs auf Frau Monas Brust. Diese zeigt sich geradezu bestürzt vor Rührung und möchte sogar Amys ausgestreckte Hand mit ihrer schmalen Hand ergreifen, aber die Hand wird schnell zurückgezogen. Vielleicht gibt es auf der Insel bestimmte Berührungsverbote, vielleicht sind Hände tabu, also läßt Frau Mona die ihren sinken und fragt bloß: Me? – Yes!, kurzerhand. Frau Mona wird also tanzen, auch wenn die Aufforderung dazu etwas rätselhaft bleibt. Jedenfalls hat man jetzt nicht umsonst gewartet: der Abend beginnt sich zu lohnen, er wird noch stärker werden. Frau Mona nickt mir zu, als wäre Amy unser Kind. Und jetzt will sie von diesem Kind doch wissen, wie es bei uns lebt. – I dance. – Das haben wir schon gehört, aber Amy wiederholt es mit einer Spur von Ekel; der täuscht vielleicht. Aha, sie tanzt also beruflich, sie wird in Amsterdam eine Stelle als Tänzerin suchen, dann haben wir sie möglicherweise vorher mißverstanden. Sie wird nicht heute abend tanzen, sondern überhaupt, sie tanzt schlechterdings.

– Yes. – Frau Mona beteuert, daß es schön sei, sich mit dem Körper auszudrücken, beneidenswert. Darauf gibt es keine Antwort, nicht einmal ein Nicken. Nun, für Frau Mona bleibt die Hauptsache, Amy ist auch Künstlerin, und sie fühlt sich bei uns wohl. You dance! sagt Amy. You dance, or you go home quick.

Gleich darauf sind wir mit unserem Staunen allein. Natürlich wollen wir die Künstlerin nicht halten. Das Urwaldkind hat von zu vielem Abschied genommen, um sich mit Abschiedsfloskeln aufzuhalten. Sie läuft einfach weg. Frau Mona sieht das Große daran, das Souveräne in diesem kleinen Mangel an Zivilisation. Fahren wir denn gut mit unsern hohlen Riten? Ich frage sie, ob sie lieber nach Hause wolle. – Ich etwa?!

Diese Frage erübrigt sich, da ich der Begleiter bin.

Ich bin froh, daß du hier bist.

Ich habe nicht verlangt, daß sie diese Bemerkung begründet: sie habe mir kein Kompliment machen wollen, nur ihre Gefühle ausgedrückt. Stundenlang könne sie neben mir sitzen, auch schweigend. Schließlich habe sie in ihrem Leben noch keinen Menschen zum Schweigen gehabt, zum gemeinsamen Schweigen, ohne Angst vor Trennung durch Schweigen, ohne Sorge, daß etwas beschwiegen werden müsse. Damit meine sie keinen banalen Vertrauensbruch, an die habe sie sich ja gewöhnt, sondern etwas Tieferes. Das Ende des Zusammenstimmens, das Sterben gemeinsamer Interessen, Zuversichten. Das Gähnen der Seele. Ich gebe ihr immer das Gefühl, ganz wach zu sein –

Wenn man tagsüber schläft, ist das keine Kunst.

Und deinen Humor! lacht Frau Mona, das habe sie eben gemeint. Mein Schweigen sei oft ganz satt von Humor.

Ich schweige.

Ob mich das Du immer noch störe?

Nein.

Aber du brauchst es nie.

Vermeide ich es denn?

Das ist das Schlimme! Du brauchst es nicht zu vermeiden. Es kommt dir gar nicht in den Sinn.

Als ich mich weigere, zu ihr übergangslos und nur übungshalber einfach Du! du! du! zu sagen, weigert sie sich ihrerseits, meine Hemmung zu akzeptieren. Damit ich mich nicht weigern kann, ihre Hand zu fassen, ergreift sie meine.

Nun, sagt sie. – Ist das so schrecklich?

25

Sie hat getrunken, unauffällig, aber beharrlich. Die Flasche steht in ihrer Nähe. Beharrlich wiederholt sie den Versuch, mir einzuschenken. Die Menschengruppe auf den Polstern, die zum Teil auf den Boden verlagert wurden, ist ebenfalls zu mehr oder weniger versteckten Berührungen übergegangen. Das häufige Lachen kommt jetzt aus der Kehle. Nachahmungstäterin! sage ich Frau Mona und entlocke ihr damit ein ähnliches Lachen. Sie findet mich kalt, will aber nicht wissen, ob ich friere. Einige Herrengruppen stehen herum und wissen etwas zu reden. Die drei Ärzte haben sich gefunden, auch der Maler scheint jetzt an ärztlicher Konversation interessiert. Ich höre die Namen furchterregender Tropenkrankheiten. Professor Smolders will sich in seiner marokkanischen Orangenplantage einen Augenwurm zugezogen haben. Einen Augenwurm? Einen Augenwurm mit tadellosem lateinischem Namen, der sich hinter dem Glaskörper in der Augenhöhle einzunisten pflegt und den der beste Chirurg nur mit dem Auge zusammen herauskriegt. Was blieb Professor Smolders anderes übrig, als seinen Schädel in einen Infrarotgrill zu stecken, heiß genug, daß der Wurm es nicht aushielt, aber nicht so heiß, daß das Auge Schaden nahm. Unter den Witzen, die sich Hirn und Schädel Professor Smolders bei der Vorstellung dieser Grillade gefallen lassen müssen, bricht seine Geschichte vorübergehend zusammen, bis er sich mit der Pointe durchsetzt, daß ein Augenwurm nie *allein* kommt.

Sondern paarweise! Paarweise? Da ist es denn ein Wunder zu nennen, daß die sprühenden Augen des Hämatologen unter diesen Würmern nicht stärker Schaden genommen haben. Unser Künstler lacht gehorsam, aber gedämpft mit. Man weiß ja nie, wie weit man die Schadenfreude bei seinen besten Kunden treiben kann und woran sich der Professor in nüchterner Verfassung noch erinnert. Zum Glück kommt der Blutforscher auf den melanesischen Akt zurück, der zwar schon anderweitig versprochen, aber noch nicht verkauft, für einen so guten Freund natürlich noch immer zu haben ist. Kauf ist mündlich, und Kees liefert dem Professor gern noch die nötigen Anekdoten über das unbefangene melanesische Liebesleben dazu. Nur ist jetzt nicht mehr zu erfahren, auf welchem Weg, und ob überhaupt, die beiden Würmer die Augenhöhlen des Professors richtig verlassen haben. Es scheint den Maler nicht zu stören, daß Amy inzwischen auf dem Schoß des Autogroßhändlers Platz genommen hat, der ihr mit seinen riesigen Händen über die Schenkel streicht, als hätte er nichts im Sinn, als ihre dunklen Knie mit der knappen Seide zu bedecken. Amys Gesicht hat einen vor Gleichmut geradezu schläfrigen Ausdruck angenommen. Plötzlich aber horcht sie auf, wie eine Katze, die die Tür des Eisschranks gehen hört, entwindet sich ihrem Wohltäter und verschwindet.

Aus den Wänden zirpt ein Rhythmus schriller Kinderstimmen, von einer Trommel unterstrichen, eine Folge von drei mal drei Daktylen, die, in hoher Lautstärke herausgeschrien, auf einen noch lauteren paukenschlagähnlichen Schlußton abschnappen, um ungesäumt wieder einzusetzen. Man hört den atemlosen Eifer, mit dem die Stimmchen ihr Tirilirili schmettern, in dem ich etwas wie Verkleinerungsformen mitlaufen höre, einen Abzählvers aus meiner berbennischen Heimat, Ellerie, Sellerie, Ribedi, Ra – Ribedi, Rabedi – *Knoll*. Nur klingen die L-Laute gequetschter, vogelhafter, es ist, wie die Atemlosigkeit verrät, kein Abzählreim, sondern eine Begleitung zum Tanz, von den Tänzerinnen selbst hervorgestoßen. Sie wiederholen das schrille Motiv mit Heftigkeit, bis es unvermittelt in Kreischen, Jubel und Gelächter übergeht. Nur die Trommel hält den Takt, in den die Kinder, einige erst, dann alle, wieder einfallen.

Und jetzt stößt ein tieferer Laut dazu, ein Hu-hu-hu-hu, ein drohendes Stakkato kehliger Bässe, das die Kinderstimmen höher schrillen läßt. Eine Herde von Stieren hustet im Takt unter dem Einfall einer fanatisch zeternden Vogelherde, das Gellen überschreit die tiefen Drohlaute, überdauert sie, bringt sie zum Schweigen und lockt sie wieder hervor.

Schau, sagt Frau Mona.

Amy ist erschienen, barfuß und nur mit dem roten Bastrock bekleidet, der auch auf den Aquarellen des Malers zu sehen ist. Sie hält die Arme über den von einer weißen Federzier umgebenen Kopf und schwenkt Schritt um Schritt den Rock dazu, der wie eine Trommel um ihre Hüften gebaut ist und seine Fasern ondulieren läßt. Sie schiebt die Füße mit grün umbänderten Knöcheln in einem samba-ähnlichen Rhythmus vor sich her und läßt ihre freien Brüste dazu schwingen. Sie singt den Abzählvers aus dem Lautsprecher mit, ohne daß ihr Gesicht dabei im mindesten weniger schläfrig wirkte.

Der Künstler steht an der Wand und klatscht. Dann setzt er einen unförmigen Gegenstand an den Mund und läßt ein langgezogenes Stöhnen hören. Das Muschelhorn! höre ich Frau Mona sagen, sie hat es schon auf einem Aquarell bewundert. So also klingt ein Muschelhorn: ein Klagelaut nicht von dieser Welt. Jemand hat das Tonband lauter gedreht. Der Raum schwillt vom Ächzen der Stiermänner, vom Schrillen der Vogelwesen, die, wie Amy uns demonstriert, denn also Frauen sein müssen. Jetzt scheint die Trommel aus unseren Köpfen zu dröhnen, das Muschelhorn unsere Eingeweide zu sprengen – was soll man da tun?

Frau Mona hat keinen Augenblick, oder nur einen Augenblick, gezögert. Sie hat ihr Fliegerjäckchen aufgeknöpft, die Rüschenbluse, den Büstenhalter, alles den Schuhen nachgeschleudert, die ihr bereits von den Füßen geflogen sind. Mit kleinen hüpfenden Schritten, nicht nackt, nur unbekleidet, kellerweiß tanzt sie Amy entgegen, läßt sich von ihr, die sie bei der Hand nimmt, die Schrittfolge kopfnickend einsagen, sie nickt schon im Takt, läßt sich mitziehn, loslassen, hüpft getreulich und mit dem tiefen Ernst einer Novizin hinter der Eingeborenen her, auch wenn ihr Uniformjupe aus den Dreißigerjahren sich nicht recht zum Fliegen hinreißen läßt.

Zum Glück ist das Tonband jetzt so laut, daß es die kurze peinliche Erstarrung einfach niederschlägt. Ich sehe da und dort eine Dame, sich umblickend oder auch nicht, lächelnd oder auch nicht, ihr Oberteil ausziehen oder aus dem Kleid schlüpfen. Maaike, die Frau des Hämatologen mit dem Augenwurm, steht schon in ihrer blanken Haut da und ist die erste, sich Amy und Mona anzuschließen. Der Maler hat sein Muschelhorn beiseite gelegt und steigt aus Hemd und Hose, um die Verfolgung der Damen aufzunehmen. Die Männer brauchen etwas länger, tun sich etwas schwerer damit, sich in grunzende Stiere zu verwandeln. Einige fragen einander kopfschüttelnd, was hier gespielt werde, als könnten sie es nicht sehen. Sie brauchten nur unserem Künstler zu folgen, der in seinem hellgrünen Piratenslip, im übrigen nur noch braungebrannt, zum Tänzer geworden ist.

Man muß also nur, während man sein Hu-hu-hu-hu ausstößt, mächtige Schritte tun und gleichzeitig, bei zurückgeworfenem Kopf, den Unterleib ruckartig nach vorn schieben. Der Maler deutet auf Amy, die den ihren nun nicht mehr bloß schiebt, sondern schleudert. Sie stößt ihren Schoß wie einen Schild vor sich her, daß die Fasern fliegen, und wirft im nächsten Augenblick den Hintern zurück, daß der Bast nachschnellt und für den nächsten Ruck nach vorn kaum zur Stelle ist.

So macht man das auf der Insel, so einfach ist das. Viele Herren wollen es noch immer nicht begreifen. Sie bleiben stehen und schauen doch lieber zu. Aber die Mehrzahl der Damen hat es Amy nachgetan, auch wenn sie nicht ihre ganze

Haut riskieren. Außer dem Maler, der mit seinen kurzen Beinen ein- und ausladend im Kreise stampft, haben sich immerhin sieben Unerschrockene auf die Jagd nach dem langen Frauenzug gemacht. Ihr Urlaut, der geübt sein will, gerät ihnen immer besser, aber wenn sie den Frauen zu nahe kommen, den Kreisbogen verkürzen, ermuntert Amy ihre weißen Schwestern zu einem Galopp, bei dem das Zwitschern außer Rand und Band gerät und in lauter Lachen übergehen will, bis Amy der Flucht wieder den gehörigen Takt diktiert. Der Autohändler, aber auch unsere drei Ärzte, können es nicht lassen, ihr den Weg abzuschneiden, das Ritual zu sabotieren, bis sie hinter die Polstergruppe flüchtet – ein ausreichendes, da von Zuschauern besetztes Hindernis, die die Frauenjäger mit vorgestrecktem Bein behindern, bis der Künstler wieder für Ernst sorgt. Nein, das ist keine Party wie eine andere, Spaß will er jetzt nicht verstehen, die Witze nicht dulden, die den Voyeuren einfallen. Wenn man von einem Kunstabend reden soll, muß er auch ein Happening gewesen sein.

Was Frau Mona betrifft, Frau Mona mit ihren dünnen bloßen Schultern, so hat sie keine Ermahnung nötig. Nach den ersten Schritten hat sie mir noch zugewinkt wie ein Kind aus dem Karussell. Sie weiß ja, ich steige nicht ein. Aber den Mut soll ich bemerken, mit dem sie sich zum Tanzen, zum Leben durchgerungen hat. Jetzt ist kein Mut mehr nötig. Sie braucht ihre Bewegung nicht mehr zusammenzusuchen, die Bewegung hat sie gefunden. Sie tanzt besinnungslos, und ihr geschwollenes Gesicht ist so blaß wie ihr Körper.

26

Ich hätte es bemerken müssen: da saß auf einmal Frau Myrna zu meinen Füßen, die Gattin des Allgemeinspezialisten Buitenhuis, meine Freitagsfrau. Ich weiß, Mijnheer, daß sie so wenig Selleriesaft in den Adern hat, wie Frau Jeannette, die böse Zunge, je zur entfesselten Insulanerin wird, auch wenn sie sich von ihrem verhöhnten Autohändler erst zum Tanzen, dann zum Ablegen ihres italienischen Capes, aber zu durchaus nichts weiter hat hinreißen lassen. Ich sehe mit Rührung, wie sie sich nach ihrem Mann umblickt, halb hilfesuchend, halb geniert durch seinen Stieren-Tritt, der dem Kardiologen besser steht als den andern, ihn verjüngt, ihm Flügel leiht, von denen sie sich gern hätte einholen und schützen lassen. Aber sie muß zusehen, wie er durchaus nicht bei ihr, sondern bei der Sache ist, und zwar mit Lust. Eine treue Frau, Jeannette Veenendaal, zu ängstlich für wirkliche Untreue, ihren Frechheiten zum Trotz, die ihr ein kühnes Leben ersetzen müssen. Ich überhebe mich wohl nicht, wenn ich mich, den wöchentlichen Saugtherapeuten, für das einzige Abenteuer halte, das sich die falsche Wilde leistet.

Aber ich habe keine Ruhe, ihr nachzusehen, die, auch wenn ihr das Ellerie-Sellerie kaum über die Lippen will, immerhin glüht und blüht. Ich sehe auch Frau Mona nicht mehr – denn auf einmal sitzt Myrna neben mir auf dem Boden, und ich sehe mit einem Blick, daß dies nicht ihr Abend ist. Anfangs habe ich sie noch eine Gruppe kultivierter Leute mit ihren Gruppengeschichten fesseln, zu kleinen Selbsterfahrungen anregen sehen. Dann aber ist das Niveau der Gesellschaft gesunken. Und mit dem Tanz, diesem Tanz, zu dem sich ihr Mann, den sie mehrmals den guten nannte, herabgelassen hat, will sie nichts mehr zu schaffen haben.

Es ist Samstag, ich habe ein merkwürdiges Gefühl im Leib, das mir erst beim Anblick von Myrnas Hals als Hunger deutlich wird. Ich widerstehe nicht, als sie mich ins Treppenhaus zieht, die Einsamkeit sucht, um dem Saulärm – ihr Wort – zu entgehen.

Was empfindest du?

Oh. Nichts, glaube ich.

Wie fühlt sich das an für dich?

Was, bitte?

Nichts. Was du »nichts« nennst.

Sie hat sich mit einem kalten Teller über mir auf die Treppe gesetzt, blickt kauend zu mir herab, sieht mir über ein Hühnerbein hinweg, in das sie ihre Zähne gräbt, ernsthaft in beide Augen.

Wie nichts, sage ich.

Was hältst du fest?

Bitte?

Du hast die Arme auf der Brust gekreuzt. Wie fühlt sich deine Brust dabei?

Ich hebe die Brauen.

Mach kein Theater, sagt sie. – Geschützt oder bedrängt?

Oh. Beides. Geschützt und bedrängt.

Und wenn du die Arme fallen ließest? Wie fühlen sich deine Arme? – Ach, lassen wir den Scheiß. Du hast ja recht.

Womit, bitte?

Ich fühle mich beschissen, ausgeschlossen, sagt sie. – Doch, sehr allein. Die kleine Myrna möchte dazugehören. Tanzen. Die zu alt gewordene Myrna sagt: was soll's. Alles Körperdilettanten. Stimmt ja auch. Ist nur nicht wahr. Die Wahrheit ist, meine erwachsene Stimme ist sauer. Ich bin eifersüchtig. Eine Psychologin wird nicht geliebt. Sie darf nur was erzählen. Dafür muß mir das Huhn büßen. Ich hoffe, es ist ein Hähnchen.

Sie Glückliche, sage ich.

Sie macht große Augen, sie stehen jetzt leicht vor. Schilddrüse.

Sie drücken sich hervorragend aus.

Du bist gemein, sagt sie. – Das ist doch ein Problem. Das ist es ja. Ich drücke mich aus. Und dann fehlt der Saft.

Ich kenne Leute, die Ihre Probleme haben möchten.

Ja, Papa, sagt sie. – Wenn ich meine Suppe nicht essen wollte, sollte ich auch immer an die armen Leute denken. Ist dir deine Ironie eigentlich sympathisch?

Ironie? frage ich.

Du stellst dich so, als wärst du fein raus. Diesen Trick möchte ich nicht mehr gebrauchen. Du lenkst vom Eigentlichen ab.

Was wäre das Eigentliche?

Wenn das eine Frage ist – meistens ist es überhaupt keine, du kennst die Antwort sehr gut –, so kannst du sie nur dir selbst stellen. Du wirst staunen, wie schnell es dann keine Frage mehr ist.

Gegen ihren blauen Blick ist nicht anzukommen. Durchdringende Wahrheitsliebe ohne Schärfe. Sie fragt: Darf ich dir etwas zu essen holen?

Oh, sage ich. – Nein. So spät esse ich nie.

Du sagst immer Oh, wie in einem amerikanischen Lustspiel. Dabei kommst du aus den Bergen. Kommst du aus den Bergen?

Oh, sage ich.

Sie lacht. – Du mußt mir nicht alles sagen, aber was du mir sagst, muß stimmen, abgemacht?

Ich schließe keine Verträge, sage ich.

Die Tür zum Saal ist aufgeflogen. Wir verstummen. Was für Töne, was für ein Bild. Jemand hat das Deckenlicht ausgedreht, aber das Licht von der Straße ist hell genug, daß man die Körper unterscheidet; sie glänzen von Nässe. Die Gesichter sieht man nur noch in ekstatischen Andeutungen. Dieser oder Jene schert aus der Reihe, um wieder ein Kleidungsstück abzuwerfen. Es wird vom nächsten besten Fuß in eine Ecke geschleudert, gegen die Bilder, auf ein Polster. Die Zivilisation entblättert sich. Sie stampft mit Gezwitscher und Gebrüll ihrer Quelle zu, sucht den Dunklen Gott, die Göttin, denen sie opfern kann. Amy läßt ihren Körper aus dem Bast schimmern, ihr Gesichtsausdruck ist unverändert müde, aber im Dunkel nimmt er einen Zug dumpfer Heiligkeit an. Auch die Slips der Damen möchten Lendenschürze werden, aber fallen wollen sie nicht. Die Mehrzahl der Herren hat sich nur der Oberkleider entledigt, Dr. Buitenhuis sogar nur des Jacketts, während der Autohändler ausschließlich dieses – aus rotem Samt – und darunter außer Schuhen gar nichts zu tragen scheint. Es riecht nach Schweiß und Duftstoffen.

Myrna springt plötzlich auf und schließt die Tür zum Saal. Der Lärm verdumpft mit einem Schlag. Im Treppenhaus zittern jetzt nur noch die Wände. Das Bohnerwachs meiner Klosterschule liegt in der Luft. Komm, sagt Myrna, und zieht mich eine Treppe höher. Sie atmet schwer. Hier läßt das Huhu, das Ellerie-Sellerie das Mark immer noch schüttern, aber das Gehör ist frei.

Kennst du Badura? fragt Myrna, setzt sich zwei Stufen höher und lehnt gegen die Treppenwand. Ein Ethnologe, sagt sie. Österreicher, bei Ausbruch des Ersten Weltkriegs in Australien interniert. Hatte die Wahl, in ein Lager zu gehen oder auf eine gottverlassene Insel –

Was für einen Ethnologen keine Frage gewesen sei. Er habe die Kriegsjahre dazu benutzt, mit den Eingeborenen zu leben, ihre Sprache, ihre Bräuche und Verwandtschaften kennenzulernen, ihr Geschlechtsleben zu erforschen – damals eine scharf aufsteigende Linie des Forschungsinteresses. Myrna spricht immer noch kurzatmig. Er sei unter den ersten gewesen, sagt sie und lehnt sich stärker zurück, das *System* einer fremden Gesellschaft zu beschreiben. Es sei immer noch faszinierend, sagt sie und öffnet die Knie, um sie gleich wieder heftig zu schließen, den Anfängen einer wirklich deskriptiven, nicht mehr kolonialen Völkerkunde beizuwohnen. Sie rückt plötzlich näher und drückt den Kopf hinter sich an die Wand. Ja, sagt sie, bei Badura könne man förmlich zusehen, wie die Vorurteile der weißen Herrschaft durchsichtig würden auf ein authentisches Interesse am wirklich *Andern*, sie öffnet die Knie unterm Reformkleid wieder und läßt es jetzt dabei, Raum gebe einem freieren Verhältnis auch zu den eigenen Ängsten, die abgelöst würden durch Neugier, zunächst wissenschaftliche, aber im Kern doch ganz persönliche Neugier für das, was wir nicht mehr seien, oder noch nicht –. Myrna scheint nicht zu bemerken, daß ihre Knie jetzt nach Außen schlagen wollen, vibrieren wie Schmetterlingsflügel gegen ein kühles Glas; soll ich es denn bemerken? Meinem Blick steht nichts mehr im Wege zur Erforschung einer kindlichen Nacht, die sich unter dem Kleid geöffnet hat, auch ihre Lippen haben jetzt eine gewisse Mühe, sich beim Reden zu schließen. Der Blick für das sogenannte Andere, sagt Myrna immer leiser, in dem Badura das Eigene als Verlorenes aufgegangen sei. Das kleine Dunkel blickt mich an, ich blicke zurück mit der Scham dessen, der nicht zu erstarren braucht, Myrnas Finger zeigt mir den Punkt, aus dem wir gekommen sind, ich nicht, ich rühre mich nicht, pardon, ich weiß, dahin führt kein Weg zurück. Der Anfang einer wirklich beschreibenden Völkerkunde, wo Ethnologie zur eigenen Kunde, zur Selbsterkenntnis werden muß – der Versuch – der Versuch zur Unbefangenheit mitten im Krieg, doch weit weg vom Krieg ja ja JA – der unaufhaltsam in die nächste Befangenheit führt, in die Selbsterkenntnis, zu dir, zu mir.

Zu mir nicht mehr.

Ich nicke.

Die Anekdoten unseres Malers, des Inselkünstlers, seine Beschämung, als ihn eine Siebenjährige zum ersten Mal ins Gebüsch zog, das aufmunternde Klatschen der alten Leute dazu: You dance with me! Der durchdringende Gestank von Kot, mit dem das Dorf seine Grenzen markiert. You dance with me, aber wer kann sich in so etwas hineinziehen lassen, hineinlegen. Die Jeans voll Scheiße, die Angst vor Ansteckung, die Flügel, die immer heftiger, immer sinnloser gegen immer dasselbe Glas schlagen, das Glas ist undurchdringlich, ich bin das Glas. Ich gehe in der Nacht spazieren, ich weiß, daß ich aus der Nacht komme, ich habe so viele Wörter für Dunkel, wie die Beduinen für Grün, aber ich weiß auch, nicht jede Nacht ist zum Verschwinden geeignet, und ich weiß, ich bin nicht für jedes Dunkel gemacht.

JAH, sagt Myrna.

Ich nicke.

Jetzt sitzt sie da und drückt den kurzhaarigen Kopf – nein, das Haar kann nicht gefärbt sein – gegen die Knie, die sie mit beiden Armen zusammenhält. Dann blickt sie mich an, ein kleines Lächeln.

Wir müssen uns verändern, sagt sie, aber du auch. Wir lassen uns zu sehr allein.

So ein Fest ist kaum der Ort dafür, sage ich.

Es ist nie der Ort dafür, sagt sie, bis du mußt. Du kommst noch dran, Samstag.

27

Es ist so still.

Das Tonband schweigt, wir hören mäßiges Stimmengewirr, als wären wir in einen andern Film geraten, jetzt eine Kommandostimme – Professor Smolders? Unter der Tür erscheint der kurze Maler in Unterhose, Kees van Enden.

Hier sind Sie! sagt er. Kommen Sie! Mona. –

Ich folge ihm, der Saal hat wieder volles Licht. Männer und Frauen stehen an den Wänden herum, mit Anziehen beschäftigt, als sei die Probe vorbei. Sie blicken scheu über die Schultern, die sie hastig bedecken. Ich brauche diesen Blicken nicht zu folgen, ich sehe schon.

Auf der Ottomane liegt Mona nackt, ein ebenfalls wenig bekleideter Mann, Dr. Veenendaal, hängt an ihrem Mund. Ein zweiter, Dr. Buitenhuis, preßt ihr mit regelmäßigem Druck die Brust zusammen. Ein dritter, Professor Smolders, hält ihr Handgelenk. Er hat sich umgedreht, ruft nach einem Telefon, einer Ambulanz. Monas leichter Körper verschwindet beinah unter so viel männlicher Gewalt, aber ich verstehe, hier ist jedes Mittel erlaubt.

Professor Smolders wendet sich mir zu, ohne Monas Gelenk loszulassen.

Sie haben sie also hergebracht, sagt er. – Kennen wir uns nicht?

Ich mustere ihn.

Es ist nochmals gutgegangen, sagt er. – Der Puls ist schwach, aber ich habe ihn.

Dr. Buitenhuis wirft mir, während er Mona zu pressen fortfährt, einen unsicheren Blick zu. Ja, Herr Doktor, auch wir sollten uns kennen, so trifft man seine Toten wieder. – Kommt sie? ruft er über seine Schulter, über alles hinweg. – Kommt sie?

Gemeint ist die Ambulanz.

Man hört sie ja schon. Der Maler ist zu mir getreten, schaut mich kopfschüttelnd an. – So was, sagt er. – Sie war eben noch so fröhlich.

Ekstatisch, sage ich. – Wie Ihre Bilder.

Er kneift die Brauen zusammen: was habe ich damit sagen wollen? Mona hat die Augen geöffnet. Ich lese maßlose Verwunderung in ihrem fahlen Gesicht, ihr Blick geht in die Runde, bricht wieder, man sieht ihm an, daß er nichts mehr an seinem Ort findet, nur staunen kann, daß es noch Orte gibt. Sie will sich aufrappeln, wird von Dr. Buitenhuis sachte niedergedrückt. Sie tastet mit der freien Hand – Professor Smolders läßt die andere nicht los – in die Runde. Dr. Veenendaal, der sie eben noch beatmet hat, ringt jetzt selbst nach Luft, während er seine Hose anzieht, schnell wie ein Soldat. Er beeilt sich, Mona ein Tuch überzulegen, es ist eigentlich ein Teppich, wie er hierzulande als Tischtuch dient. So lange muß Dr. Buitenhuis seine Hilfeleistung unterlassen, dann drückt er noch zwei-, dreimal durch den Teppich auf Monas Brust, abschließend wie ein guter Masseur; nötig ist es ja wohl nicht mehr.

Aber Mona suchte etwas anderes. Sie tastet nach meinem schwarzen Hosenbein, findet meine Hand. Samstag, flüstert sie, sie hätten mich lassen sollen. Samstag.

Die Augen fallen ihr wieder zu, haben sich noch verdreht wie aus Übelkeit, aber Professor Smolders nickt, tatsächlich: jetzt nickt er mir zu. Sie kommt, sagt er, sie kommt.

Inzwischen steht die Gesellschaft wieder bekleidet und nur leise redend herum. Das Pfänderspiel ist vorbei. Die junge, oder nicht mehr ganz junge Frau, die man nicht kennt, hat es schon etwas bunt getrieben. Die Hitze, der Wetterumschlag, die Luft in diesem Raum. Aber jetzt ist sie über den Berg und hat noch Glück gehabt: drei Ärzte auf einen Streich! Diese Ärzte sind jetzt die einzigen, deren Anzug noch zu wünschen übrigläßt, aber sie haben ja auch gearbeitet. Maaike bemühte sich, ihrem Mann die Jacke wenigstens über die Schulter zu legen. Auch Jeannette streichelt ihren Kardiologen: das hat er gut gemacht. Myrna aber steht neben mir und starrt auf die Hand, die ich halte, sieht mich groß an, als wäre ich ihr auf einmal ganz fremd oder ein Mensch.

Nun aber stehen sie schon im Saal, die Männer mit der Bahre, betten Mona darauf und wickeln sie in zwei Wolldekken. Sie nehmen Professor Smolders' Instruktionen entgegen. Er appliziert sie eigenhändig, die Spritze, die die Männer mitgebracht haben, er braucht keinen Rat, was Mona jetzt braucht. Maaike hat daran gedacht, Monas Kleider zusammenzusuchen, jeder ist willig, noch Fehlendes beizubringen; wenn die Pfleger über diese Kleiderverwirrung erstaunt sind, so zeigen sie es nicht. Schließlich liegt ein Häufchen Uniform, ein Knäuel Wäsche, die Maaike glattstreicht, am Fußende der Bahre. Es ist nur noch die Frage, wer Mona ins Spital begleitet. Alle wären sie dazu bereit, unsere drei Ärzte, aber nach kurzer Beratung entscheidet Professor Smolders, daß Henk Veenendaal durchaus genüge. Mona ist jetzt festgeschnürt in ihre Wolldecken mit dem Spitalaufdruck. Ich sehe ihr Gesicht, in dem nicht nur die Augen verschlossen sind.

Naja, sagt Dr. Veenendaal zu mir. – Sehen Sie morgen mal vorbei. Ein paar Tage bleibt sie stationär. Wir müssen sie beobachten.

Tun Sie das, sage ich.

Und Sie? fragt Dr. Veenendaal. – Wie geht es Ihnen überhaupt?

Danke, sage ich.

Sollte sie wiederkommen, sagt er, würde sie jemanden brauchen. – Und zwar intensiv.

Ja, sage ich. – Finden Sie jemanden. Ich lebe allein.

Fahren wir, sagt Dr. Veenendaal, die Pfleger heben die Bahre und tragen sie durch die Tür. Mona muß leicht sein, sie sieht aus wie gar nichts unter den Schnürbuckeln der Decke. Nur der große schweigende Kopf mit dem vielen Haar.

Kees van Enden läßt den Abgang sich vollenden, dann klatscht er in die Hände.

Liebe Freunde, sagt er. – So war der Abend nicht gemeint, klar. Aber sie wird sich erholen. Das hören wir von kompetentester Seite. Ich kenne sie, eine wunderbare Frau. Denken wir daran, wie spontan sie war, richtig aufgestellt. Hallo! wir werden wieder feiern. Es war wunderbar, mit euch allen zusammenzusein. Leider steht keine Dusche zur Verfügung. Auf der Insel gab es auch keine, natürlich. Aber da war das Meer! Freunde, ich sehe Meer, ich sehe viel Meer in euren Augen. Ich danke euch. Kommt gut nach Hause. Wenn ihr meine Bilder sehen wollt, so wißt ihr immer, wo ihr mich findet. Wir gehen nicht verloren. Freunde: nichts geht verloren! Ich danke euch.

Man wußte nicht recht, ob es gepaßt hätte zu klatschen. Jemand fing damit an und hörte gleich wieder auf. Der Autohändler ließ sich von einer jungen Dame die Krawatte binden, mehrere Damen legten mit Spiegel und Lippenstift Hand an ihr Gesicht.

Ich blieb unbemerkt, blieb es auch, als ich mich auf die leere Ottomane setzte. Ich hörte den Abschieden zu. Man küßte sich wieder, aber die Stimmen erhoben sich nicht mehr. Unten begannen Motoren anzuspringen und entfernten sich. Eine Ahnung von Morgengrauen ließ die Birnen im leeren Saal stiller leuchten.

Ich saß wohl eine Stunde allein. Dann kam ein kleiner Mann herein, begann die Lampen zu löschen und öffnete die Fenster. Er hätte mich beinahe übersehen.

Ist Ihnen nicht gut? fragte er.

Ich lächelte mein abscheuliches Lächeln.

Wollen Sie ein Taxi rufen?

Nein, sagte ich. – Ich gehe spazieren. Jetzt ist die beste Zeit.

Wenn Sie meinen, sagte der Hauswart, aber gehen müssen Sie schon.

Ein Sprung, und ich bin aus dem Fenster. An einer Fassade aus dem späten 19. Jahrhundert sind Griffe leicht zu finden. Während ich Kopf voran der Tulpenrabatte entgegenkrieche, hebt sich mein Überwurf im kalten Wind. Ich fühle das Scheuern des ruhigen Sandsteins gegen meinen Bauch und denke mir mühelos das maßlose Erstaunen des rasch kleiner werdenden aschgrauen Gesichts dazu, das sich oben aus dem Fenster beugt.

28

Mijnheer, ich stehe dumm da unter den Tulpen, Ihren Tulpen, die das Morgengrauen zur Grisaille veredelt hat: und was nun? Morgengrauen, was für ein Wort! Wann hätte sich die fahle, undeutliche Erscheinung, die hinter den Dächern hervorkriecht und den Nebel erst sichtbar macht, mit dem Wort messen können, das uns dazu eingefallen ist?

Da stehe ich und könnte wohl auch anders. Wieder ist mir eine Nacht um die Ohren geschlagen worden. Diese Inszenierung hat Kees van Enden auf dem Gewissen, mit dem er allerhand tragen kann, sie paßt zu seinem Postkarten-Expressionismus. Die Grisaille-Tulpen um meine Füße passen zu mir. Und bevor sie wieder bunt werden – *etwas* bunter, Mijnheer, ich sehe keinen strahlenden Tag kommen –, muß ich doch wissen: Was nun?

Habe ich mich nach Ihrem Wunsch umgesehen unter den Töchtern des Landes? Ich hoffe, daß die Vorstellung, auf Jeannette, Maaike oder gar Myrna angewendet, Sie ein wenig belustigt. Ganz falsch war sie auf dieser Party ja nicht. Die

Damen haben ihr Heimweh nach einer unschuldigen Vorzeit ekstatisch bezeugt. Ein Kostümball, mögen Sie sagen. Je mehr Haut zu sehen ist, desto weiter sind wir von Nacktheit entfernt. Zugestanden, Mijnheer, aber halten Sie der Gesellschaft zugute, daß es mir nicht gegeben war, ihr so recht spontan zu begegnen. Wenn es drauf ankommt, lasse ich mich lieber in eine Ecke oder gar in ein halbdunkles Treppenhaus ziehen. Mein Geschäft ist von Haus aus eins zum Abgewöhnen. Es gelingt mir nicht Knall auf Fall, im Jubel einer Gesellschaft Lebendiger aufzugehen, und dafür zeichne ich sie dann mit mehr Vorbehalt, als sie verdienen. Aus kleiner Rache mag mir sogar ein hämischer Ton dazwischenkommen, den ich selbst nicht mag; um der Versuchung zu diesem Ton im Speziellen zu entgehen, halte ich mich ja im allgemeinen lieber zurück, und Sie gehen nicht fehl, wenn Sie ihn für unbillig halten. Sie hätten Maaike tanzen sehen müssen! Ich wäre Ihrer Blindheit dieses Bild schuldig gewesen. Statt dessen halte ich mich stundenlang bei den Bildern Kees van Endens auf. Ich weiß nicht, warum mir gerade Maaike nicht gelingt – bei Ihnen, Mijnheer, so wenig wie bei Mona. Denn diesen Körper möchte man wohl bewohnen – wenigstens als Gast, wenn er einem schon nicht gegeben ist, wenn man dazu verurteilt wurde, ein Mann zu sein. Ich weiß nicht, welcher Teufel mich reitet, diese Frau bald wie einen Vamp, also wie meinesgleichen zu malen –, bald ihr eine fremde Scheu unterzuschieben.

Ich spüre jedenfalls, daß ich Ihnen Maaike vorenthalte, aus welchen Gründen immer. Diese Frau ist nicht zum Verschwinden bestimmt, darum kann ich sie nicht einmal der Sprache ausliefern – geschweige denn der Kunst. Daß dies natürlich ein Mangel meiner Kunst ist, brauchen Sie mir nicht zu sagen. Hier wäre Ihr Leib. Aber er ist zu Niemandes Verwendung bestimmt, darum soll er im Irrealis bleiben. Und noch eher mag Professor Smolders seine Frau bei der Wirklichkeit vertreten, als daß ich sie verloren gebe an die Kunst.

Wenn es zwischen uns eine Übereinkunft gibt, dann ja wohl diese: daß an der Kunst nicht *alles* gelegen ist. Lese ich Sie recht, so gelten Ihnen Ihre Stilleben etwa so viel wie mir die Aquarelle Kees van Endens. Unsere Ungeduld ist dieselbe, auch wenn sich mein Kunstverstand mit dem Ihren nicht messen kann. Wir wissen, was wir *nicht* wollen – darin besteht unser *kleines* dämonisches Einverständnis. Ja, ein bescheidener Nenner unserer Gemeinsamkeit, eine schwache Arbeitsgrundlage für mich. Was mir, dem hergelaufenen Vampir, nicht bekommt, spielt sich auf dem Niveau des blutigen Laien ab. Ich fühle es mit der Zunge, und sagen Sie selbst: wie soll Ihnen meine Zunge das verlorene Gesicht ersetzen, oder gar die verlorene Vision? Die Streiche, die ich meinen Ärzten spiele, meine Fähigkeit, eine ganze Blutbank an der Nase herumzuführen, sind doch nur schwarze Scherze vor Ihren blinden Augen.

Ich will Ihrer nicht spotten, Mijnheer, auch nicht durch falsche Delikatesse. Ich ahne schon, daß Sie mir gerade Zunge und Zähne neiden. Daß Sie mich ertappen wollen – auf dem Weg unter die Haut, ins Fleisch, ans Lebendige, das Ihnen so viel mehr bedeutet als mir, nicht wahr? das Ihnen *alles* bedeutet. Gäbe es mich nicht, Sie hätten mich erfinden müssen. Aber dennoch kann ich Ihnen nicht dienen. Sehen Sie, etwas bedeutet sein Geschäft auch dem hergelaufensten Vampir; nicht Alles – das haben Sie geschenkt –, aber doch Etwas, manchmal etwas Neues, immer etwas Genaues. Auch ich muß nicht nur gelebt haben. Ich möchte leben; es gibt Augenblicke in Ihrem Keller, wo ich leben möchte. Nehmen Sie das Geständnis im Vertrauen, ich habe es noch keinem gemacht. Für das Personal unserer Abend-Party wäre es banal genug. Die wollen ja nichts als leben, sie meinen sogar jeden Augenblick nichts anderes zu tun. Und man muß schon in der Ecke sitzen und klug sein wie Myrna, um zu erfahren, daß Leben gelernt sein will. Es kann nicht gelernt werden, Mijnheer, nicht wahr? Wir wissen es, es ist das furchtbarste Geheimnis kluger Leute: das Leben muß einem geschenkt sein, Banalität hin oder her. Und für dieses Geschenk wird nicht bezahlt. Sie könnten mir zahlen, was Sie wollen, ich wäre nicht der Mann, Ihnen das Leben zu schenken, auch wenn ich auf das meine verzichtete. Mit Verzichten, Opfern und Selbstüberwindung ist in dieser Sache nichts getan. Ich opfere Ihnen auch nicht das kleinste Stück Leben, dessen ich habhaft werde; damit kann ich Ihnen nicht dienen. Was Sie von mir kriegen können, ist nur das Bekannte: ein wenig Kunst, wenn's hoch kommt, ein wenig Spott über diese Kunst. Sie besitzen schon Bilder, die, über jeden Spott erhaben, dem Ihren doch nicht entgangen sind: wie also soll ich Ihnen dienen?

Mona, Frau Mona, Mijnheer – die ist nichts mehr für Sie. Ich hoffe, so viel haben Sie von diesem langen Abend mitbekommen. Sehen Sie sie nur an. Lassen Sie sich von der Vorstellung nicht reizen, daß an der Einzigen, die ich mit meiner Kunst nicht versucht habe – und immer weniger versuchen mag –, eben darum für Sie etwas dran sein müsse. Dieser Schluß wäre keine Kunst – Sie werden ihn darum nicht schon für einen Wink des Lebens halten. Sehen Sie Mona nur an, sehen Sie, was nach dem ersten Tanz ins Leben von ihr übrig ist: reizt Sie dieses Bild? ja, es reizt Sie. Es reizt Sie schon darum, weil Sie meinen, ich gebe es nicht her. Ich gebe es auch nicht her, denn ich halte es nicht. Ich könnte diese Frau nicht halten, nicht einmal Ihnen zuliebe; selbst dann nicht, wenn Sie der Mann wären, ihr das Leben zu schenken. Sie hält sich nicht, sie wird sich nicht mehr lange halten, nach menschlichem Ermessen, es sei denn, sie sei in anderer Hand. Diese Hand aber, das wissen Sie aus bester Quelle, läßt sich nicht führen, und man spielt nicht mit ihr.

Da stehe ich nun, nicht klüger als zuvor und doch etwas weniger dumm, in meinen Tulpen, die nun doch Farbe angenommen haben, und das Morgengrauen verliert etwas von seiner Graulichkeit. Ich pflücke sie für Sie, Mijnheer, als Finderlohn dieser Stunde. Der Hausmeister wird sich von seinem Schreck erholt und zur Ruhe begeben haben, er wird diese Tulpen ersetzen, wenn er den Verlust überhaupt bemerkt. Mögen sie, Ihrer Blumenstilleben nicht unwürdig, bei Ihnen ankommen als Abschiedsgruß für eine Weile. Ich ziehe mich jetzt zurück und beendige unsere Korrespondenz. Wenn ich finden sollte, was Sie suchen, werden Sie es daran erkennen, daß Sie nichts mehr von mir hören. Beten Sie für mich. Es sind Fosteriana Madame Lefeber (Roter Kaiser), frühe, aber dauerhafte Blüten, ich hoffe, ich treffe Ihren Geschmack. *Ars longa, vita brevis.*

II

Mani

1

Ihre Augen mustern mich fremd und wachsam. Keine Miene von Vertraulichkeit mehr. Auch die Stimme, kleiner und strenger als sonst, kenne ich nicht.

Wer bist du?

Samstag.

Ich bin Frauke.

Frauke? sage ich. – Ich hätte geschworen, du bist Mani.

Wer?

Ein Mädchen aus meiner Klasse, Emmanuèle. Wir nannten sie Mani.

Hast du sie geliebt?

So hieß das Gefühl erst, wenn man etwas darüber gelesen hatte. Man lag einfach ohne Schlaf und war nicht mehr derselbe. Etwas Großes war geschehen, aber einen Namen hätte man ihm nicht geben können. Und doch verband es sich mit einem Duft, einem Gesicht, das in der Dämmerung auf einen zukam. Nichts daran hätte anders sein dürfen, und doch war nichts Besonderes, es war nur alles daran. Das Aufblühen einer ganzen Lebenserwartung, und ein Hauch grausamer Verlorenheit. Wenn man aber anderntags in der Schule wieder auf ein wirkliches Gesicht stieß, das schwatzte und lachte, mußte man wegschauen vor Scham –

Scham?

Daß man sich *Alles* gemacht hatte aus diesem fremden Gesicht, als würde es davon vertraut. Das war das Verbotene. Man hatte ein Gesicht entwendet und gebrauchte es für sich allein. Das war noch erschreckender, als daß es nichts von einem wußte und sicher nichts wissen wollte. Das war nur natürlich. Was hatte man sich aus diesem Gesicht gemacht! Und was hätte man damit angefangen, in Wirklichkeit –

Wie sah sie aus?

Anders.

Im Ernst.

Und sie lachte doch immerzu. Worüber, wenn nicht über meine Scham. Und auch das war nicht wahr. Sie lachte selten. Ganz selten öffnete sie ihr Gesicht, und ich sah einen Glanz, von dem mir die Seele bebte. Der Glanz war nie für mich, und doch konnte nur ich ihn sehen. Und er ergriff nur ihren Mund. Die Augen blieben fast zu. Das Lachen drückte sie zusammen, machte sie noch hilfloser. Eigentlich lachte sie wie ein junger Hund, mit schief über die Augen fallenden Lidern. Was für eine Verführung zum Mitleid, grausam. Sie zwinkerte immer wieder, ihr Blick saß zusammengescheucht unter den starken schrägen Brauen. Aber sicher sah ich alles nur so, und es war ganz anders. Sie war doch ein Mädchen und wurde vielleicht eine Frau. Sie hatte ein fliehendes Kinn und seltsame Kerben um den festen Mund. Ihre Wangen waren voll und doch flach. Und sie hatte fast keinen Hinterkopf, aber das verbarg sie unter ihrem vielen dunkelblonden Haar. Was gab ich für jeden ihrer Fehler: als berechtige er mich zu etwas.

Frauke leidet unter ihrem Gesicht. Sie käme nie auf den Gedanken, daß man für Fehler geliebt werden kann. Sie hält sich für zu dick und häßlich. Niemand wird sie erlösen, der Erlöser käme nur, um sie nicht zu sehen. Sie zieht die Schultern immer etwas hoch, dabei hätte sie einen schönen Hals. Oft betrachtet sie ihre Hände. Die Hände sind ihr gut genug, aber sie dürfen nicht mehr wachsen. Sie kann zeichnen. Sie möchte werden wie ihre Hände.

Bis zu ihren Händen bin ich nicht gekommen.

Alles, was ihr wichtig ist, versteckt sie. Das ist Frauke.

Frau Monas Gesicht hat sich geklärt, zu einem Ausdruck der Hingabe an einen Schmerz voller Gewißheit.

Erzähl mir mehr von ihr.

Frauke kenne ich nicht.

Sie ist unser Kind. Vielleicht schlägt sie dir nach.

Ich brauche keine Schläge mehr, will ich sagen, aber Monas Gesicht erlaubt keine Flucht in den Scherz.

Das wird sich geben, diese Schulter. Sie bekommt reiches Haar, dann stört sie der Kopf nicht mehr. Wenn es gestreichelt wird, fehlt ihr nichts. Sie wird größer als ihre Angst. Ich zeige dir ihre Hände. Ich weiß, sie besucht dich. Was sagt sie. Ich will hören, was sie sagt.

Sie ist zu weit weg.

Wenn ich dir zuhöre, erinnerst du dich.

2

Es klopft, das hat es noch nie gegeben. Es klopft so nah an meinem Ohr, daß es nur an meiner Tür sein kann. Ich schaue auf die Uhr: sechs Uhr gewesen, nachmittags. Wäre die Dämmerung nicht so nahe, hätte ich das Klopfen nicht gehört, oder ist sie schon eingetreten? Soll ich die Tür öffnen, und wem?

Ich habe mein Tagkleid an, das noch kein Mensch gesehen hat, das schreckliche. Warum bin ich hier nicht mehr sicher?

Wer da? rufe ich gegen die Tür. Es ist ganz still. Habe ich doch nur geflüstert?

Ich.

So, sage ich. – Ich, das kann jeder sagen, fast jeder.

Ich bin nicht zu Hause, sage ich zu mir selber. Ich horche auf mein Herz. Es schlägt noch nicht. Meine Brust ist verschlossen. – Mani, sagt es neben mir.

Frauke!

Moment, schreie ich. Ich hoffe, das Schreien gleicht das Flüstern etwas aus. Ich werde diesen Moment verlängern, wie nur ich es kann. Ja, ich werde mir meine Zeit nehmen, die sich mit keiner andern Zeit vergleichen läßt. Es kann eine Ewigkeit dauern, bis ich angezogen bin, und dann wird der Platz vor meiner Tür leer sein wie immer. Ich schlüpfe aus meinen Flügeln, lasse die ganze dunkle Haut fallen und falte sie sorgfältig zusammen. Das habe ich im Internat gelernt, obwohl es im Internat keine solche Häute gab. Es ist dunkel bei mir. Ich stehe da und mache Licht. Ich blase mich auf, dafür brauche ich noch nicht zu atmen. Ich warte, bis sich die Klammer über meiner Brust zu lösen anfängt. Da. Meine Finger lockern sich, beginnen zu fächeln wie die Kiemen eines Fisches. Mein Leben beginnt in den Fingern. Langsam nehmen sie die Bewegungen eines Menschen an. Ich beherrsche sie. Die Füße trippeln schon unruhig. Geduld. Ich gehe einige Schritte. Jetzt klopft es nicht mehr von draußen, sondern von drinnen. Das muß mein Herz sein. Es klopft in meinem Schädel. In meinen Backen beginnt es zu rieseln, sie beleben sich. Meine Arme. Kreisen lassen. Gut, das sind schon keine Flugbewegungen mehr. Ich nehme Gestalt an. Kinder erschrecken wäre unfair, auch wenn sie einen stören kommen. Alles ist Störung, daran muß ich mich jetzt erinnern, um nicht aus der Haut zu fahren. Jetzt höre ich meine Stimme. Ist das meine Haut? Oder ist es schon mein schwarzer Abendanzug? Ich habe mir immer gewünscht, mich nie mehr anziehen zu müssen. Diesen Wunsch hat mir der Tod erfüllt. Wenn ich aus der Erstarrung erwache, bin ich schon so gut wie angezogen. Der Panzer wird dehnbar. Für fremde Augen muß er wie irgendein Straßenanzug aussehen. Schwarz, ja, ich gehe immer schwarz. Aber in Trauer gehe ich nicht. Alle Trauer ist von mir abgefallen. Das ist bequem, eine meiner Bequemlichkeiten, ein kleiner Todesgewinn. Und jetzt, wo ich soweit bin, wird kein Kind mehr da stehn. So war es noch jedesmal. Hier ist kein Ort für Kinder.

Ich öffne die Tür.

Ich möchte dir was zeigen.

Reinkommen möchte sie, das geht nicht. Bitte, sage ich. Sie ist schneller, als ich sie halten kann, durch die Tür. So haben wir nicht gewettet. Aber es ist kalt draußen, das kann ich mir denken, auch wenn ich es nicht fühle. Sie sieht mich an. Da ist nicht mehr viel zu sehen. – Hast du kein Fenster, fragt sie. – Hier, sage ich.

Ich sehe nur ein Bild.

Hinter dem Bild ist ein Brett, und hinter dem Brett ist das Fenster.

Warum nimmst du das Brett nicht weg?

Hier käme sowieso nicht viel Licht herein. Außerdem schlafe ich am Tag, da würde mich auch das wenige stören.

Aber du könntest den Frauen unter den Rock sehen.

Sie steht in ihrem dunkelblauen Schulmantel vor dem Bild und schaut es von oben bis unten an. Es ist eine Reproduktion des Großen Glases von Marcel Duchamp.

Hast du keine anderen Bilder?

Sie schaut sich um: da sind Aktenschränke, Papierstöße, Regale voll Ordner, und hinten ein schwarzer Kasten, mein Bett.

Lüftest du nie?

Sie öffnet ihre Schultasche und zieht ein Bündel bunte Blätter hervor, sucht einen Platz, wo sie es ablegen kann. Es gibt keinen solchen Platz, die Papiertürme reichen bis unter die Decke, und mein Pult ist zu hoch. Sie streckt mir die Blätter entgegen. Da, sagt sie. – Ich nehme ihr die Blätter ab, es sind sechs Zeichnungen, ich sehe eine nach der andern an, auf jeder ist zu sehen –

Ein Baum.

Immer derselbe runde Baum, in verschiedenen Farben und nach einem Muster ausgeführt, das großartig, aber auch etwas angelernt aussieht. Die Bäume sind von verschlungenen Ästen durchzogen, die sich nur leicht verjüngen und den Rand des Baumes durchbrechen, wie Flüsse, die ins Offene münden. Beim Stammansatz beginnen sie mit starken Farben, die sich nach außen verdünnen, so daß der Baum im Innern von diesen Ästen zusammengehalten, nach außen aber von ihnen durchbrochen erscheint, ein fließender Wechsel von der positiven zur negativen Form. Im Zentrum wirken die Bäume kompakt, außen luftig, wie auseinandertreibend. Es sind Organe, in denen ein Stoffwechsel von der Form zur Nichtform stattfindet. Dieses Baummuster hat das Kind in verschiedenen Kontrastfarben ausprobiert. Die Umrisse der

Blätter sind mit Bleistift hineingepreßt, beinah geprägt, und zeigen an, daß verschiedene Baumarten gemeint sind: Eiche, Esche, Ahorn. Im Gegensatz zur dekorativen Festigkeit dieser Bäume stehen auf allen Blättern auch noch Häuser, Hügel, Tiere herum. Sie hängen ungeschickt im Raum oder weit hinten auf einem zaghaft gezeichneten Horizont. – Schöne Bäume, sie gefallen mir.

Und das übrige?

Eine Katze ist immerhin am Schnurrbart zu erkennen, der Bär daneben könnte auch ein Hund sein, und ein paar Männlein und Weiblein verlaufen sich wie auseinandergescheucht gegen die Ränder hin. Die Spuren des Radiergummis sind nicht zu übersehen.

Mir gefallen auch nur die Bäume. Du kannst sie behalten.

Hast du die für mich gemalt?

Ja.

Sie setzt sich auf den Rand meines Bettkastens und schlägt mit den Beinen dagegen. Ich breite die Blätter auf dem Boden aus.

Hast du keine Matratze, kein Bettzeug?

Ich muß hart liegen.

Und das gehört alles dir?

Sie deutet mit dem Kinn auf die Papierstöße, dazu läßt sie sich nach hinten fallen und hält sich mit den Händen am Rand des Kastens fest. – Ich sage: das war vorher schon da.

Was machst du eigentlich?

Ich arbeite.

Nachts?

Ja.

Was arbeitest du?

Ich schreibe einen Bericht. Über Bilder.

Was für Bilder?

Stilleben. Bilder, auf denen keine Menschen sind.

Bäume?

Nein, meistens Sachen, die man zum Essen braucht, Früchte, Fische, Krüge, Schüsseln. Oder Blumen.

Blumen kann ich auch. Soll ich dir Blumen zeichnen?

Wenn du meinst.

Soll ich dir zu essen bringen?

Sehr freundlich, aber ich esse nicht mehr gern.

Darum bist du so mager.

Ist deine Mutter nicht da?

Die brauchen wir nicht mehr.

Sie hat sich weiter nach hinten in meine Kiste sinken lassen und rudert mit den Beinen. Sie trägt kurze weiße Socken und schwere Schuhe. Sie drückt ihr gerötetes Gesicht auf die Brust. Dann zieht sie sich wieder hoch und wiegt sich auf der Kante. –

Kommst du aus der Schule?

Klar.

So spät?

Klar.

Wie war's denn?

Normal. Ich war noch bei einer Freundin. Die hat mir Bilder gezeigt. Und sie hat einen Freund, dem hat sie ihren Hintern gezeigt.

So.

Wo sitzt du eigentlich?

Ich stehe fast immer.

Ich sitze am liebsten auf dem Boden.

Sie rutscht vor meinen Kasten und setzt sich auf den Fußboden. So, sagt sie, legt die Arme auf der Brust zusammen und macht die Beine breit.

Wo hängst du die Bäume auf?

Ich habe nicht viel Platz.

Du kannst das hier abhängen.

Das brauche ich. Das ist das Große Glas.

Kannst du das Bild leiden?

Ich muß es lernen.

Ich mag nur die Libelle.

Wo siehst du eine Libelle? – Sie deutet auf die Figur im obern Teil. – Hier. Sie saugt, sagt sie, aber sie hat keine Flügel. – Woher weißt du, daß es eine Libelle ist? – Das sieht jeder, sagt sie, und meine Tiere erkennt auch jeder. – Natürlich, sage ich. – Aber gut sind sie noch nicht, sagt sie.

Hast du keine Frau?

Nur die Libelle. – Das ist keine Frau, sagt sie. Ich gehe jetzt, sagt sie.

Nein. Ich gehe nicht.

Sie öffnet die Tür und ist weg.

Ich komme wieder, ich komme einfach wieder.

Frau Mona sagt es so leise, als schliefe sie schon, aber ihre Augen sind offen. Sie hat die Schultern hochgezogen, drückt das Kinn auf die Brust und zwinkert, zwinkert unaufhörlich, als übte sie vor einem Spiegel. Es gibt spezifische Entzündungen der Augenmuskulatur, sagt Dr. Veenendaal. Dagegen wissen wir kein Mittel. Wenn wir wüßten, was der Myelitis zugrunde liegt, könnten wir sie behandeln. Wir wissen es nicht, wir können nur hoffen –

Frau Mona schiebt die Mittel, die er trotzdem dagelassen hat, beiseite, das Prednisolon, das Imurel, das Methotrexat. Sie sitzt in Jeans und Bluse an der Wand, spreizt die Beine und drückt das Kinn auf die Brust.

Ich nehme die Pille nicht mehr.

3

Mani, oder Frauke, kommt jetzt jeden Tag, wenn ich bei Frau Mona sitze, obwohl sie eigentlich zu müde ist, auch zum Spielen zu müde. Heute hat sie nicht einmal Lust, Frauke nachzuhelfen. Ich lass euch allein, hat sie gesagt, ihr könnt das schon. Spiel mich gleich mit, das ist doch keine Kunst mehr. Sie ist da, Samstag, sie ist schon bei dir. Fang doch an.

Frauke muß jeden Abend zu mir kommen, aber nicht vor

Einbruch der Dämmerung. Diese Rücksicht nimmt sie, die sie etwas kosten muß, denn die Nachmittage sind in Holland schulfrei. Die Wartezeiten bringt sie mit Malen zu. Ich lasse Frau Mona bedauern, daß sich das Kind so abschließt, daß es seine Freundinnen nicht mehr sieht, und malt, nur noch malt. Da das Kind so selbstvergessen male, sei die Arbeit aber doch mehr als totgeschlagene Zeit. Ja, es ist eine Sucht, lasse ich Frau Mona sagen, ihre Brauen zusammenziehen, sie malt Eintrittskarten, für den Eintritt bei dir. – Eintrittskarten, lache ich mein unheimliches Lächeln, an das sich Frau Mona hoffentlich gewöhnt hat, sie sieht ja auch weg, sie liegt auf dem Eisbärenfell und hat das Gesicht in ihrer Armbeuge versteckt, warum soll sie nicht auf dem Boden liegen statt auf einem Sofa, in einem Bett, oder gar in einem fremden Bett, hier ist ihr jedes Möbel vertraut, und die Putzfrau ist heute dagewesen, hat dafür gesorgt, daß Frau Mona auch unter dem Tisch liegen könnte, oder gar unter dem Sofa, in jedem dunklen Winkel, sie kann sich verstecken, wo sie will. Eintrittskarten, lächle ich, das würde voraussetzen, daß es in meinem Keller etwas zu sehen gibt, schon die Vorstellung ist belustigend. – Sehen Sie, lasse ich die stille Frau Mona sagen und erinnere mich zu spät, daß sie mich duzt, sehen Sie, Frauke tut so geheimnisvoll. Sie hat gar nicht von einem Keller gesprochen, sondern von einer Schatzhöhle. Es befinde sich ein Zauberspiegel darin, in den sie habe sehen dürfen, in den nur *sie* habe sehen dürfen, und zwar nachdem ich ihr eine schwarze Brille aufgesetzt habe. Es sei nämlich eine schwarze Sonne in diesem Zauberspiegel gefangen, und ich hätte die Fenster zumauern lassen, damit der Glanz dieser Sonne nicht nach außen dringe, sonst müßten alle Menschen blind werden. – Diesen Spiegel möchte ich auch einmal sehen, sage ich, aber freuen Sie sich doch, Frau Mona, daß das Kind so viel Phantasie hat. – Es wäre glücklicher, wenn es weniger Phantasie hätte, lasse ich Frau Mona sagen, die hat es von mir, aber ich bin froh, daß Sie ihr Unterricht geben, es sollte nur nicht immer so spät werden. – Unterricht, Frau Mona? frage ich, davon weiß ich gar nichts. – Aber bitte, lasse ich sie sagen, Frauke zeichnet doch den ganzen Tag, sie zeichnet die Katze, sie läuft der Katze mit dem Zeichenblock bis auf den Boden nach. Ich will die Katze können, sagt sie, meine Tiere müssen besser werden. Wer sagt das? Samstag hat es gesagt. Das habe ich natürlich nicht gesagt, sage ich, ich wußte ja gar nichts von einer Katze, aber natürlich ist es gut, wenn ein Einzelkind eine Katze hat. Vielleicht hat sie mein Schweigen über ihre Tiere als Kritik empfunden, weil ich vor allem ihre Bäume gelobt habe; du könntest ja die Porzellanhunde zeichnen, sage ich, nein, sagt sie, die rühre ich nicht an, die zeichne ich nicht einmal, die sind so schrecklich tot. Aber die Bäume, ja, die hat Samstag gelobt. Die habe ich auch gelobt, sage ich, sie sind großartig, und sie bringt mir immer mehr davon. Ich habe noch keine Katze von ihr gesehen, es verwundert mich, daß sie Katzen malen soll. – Sehen Sie, das ist Frauke, lasse ich Frau Mona sagen, die ich im Augenblick nicht mehr sehen kann, aber ich höre ihren Atem, ihren schweren Atem, Frauke hört immer nur, was nicht gesagt wird, nur das nimmt sie sich zu Herzen. Ich glaube, daran ist meine Scheidung schuld, aber es war ja schon vorher so, das Kind geriet in einen schrecklichen Zustand, wenn Gerrit und ich nicht mehr redeten. Wenn wir uns einmal anschrien, wenn ich es schaffte, ihm eine Szene zu machen, eine schlimme Szene, ging es ihr viel besser, ich glaube, sie wartete darauf und erzählte uns sogar Geschichten, unglaubliche Geschichten übereinander, damit wieder einmal Geschirr zerbrach und die Fetzen flogen. – Sie bringt mir keine Tiere, sage ich, sie bringt mir immer nur Bäume, weil die mir so gefallen haben, diese runden Bäume mit den starken Adern. Neuerdings bringt sie mir diese Bäume sogar ausgeschnitten und möchte sie bei mir auf Papier kleben. Du hast ja genug Papier, sagt sie.

Ja, sie hat diese Bäume in einem tschechischen Kinderbuch gesehen, lasse ich Frau Mona jetzt sagen, während ich auf ihren Atem höre, jetzt hat sie das Buch zerrissen, sie ist so unberechenbar, aber wollen Sie nicht auf einen Drink hereinkommen, sie schläft schon –. Frau Mona schläft aber nicht, dieser pfeifende Atem ist nicht regelmäßig genug. Will sie denn nichts trinken? Sprich doch weiter, hat sie mit rauher Stimme gesagt, sprich doch weiter, wo waren wir denn?

Ja, wir stehen nämlich gerade auf der Treppe draußen, Frau Mona kommt nach Hause, sie hat Wohnungen besichtigt, und ich will ausgehen, das Dunkel genießen und meinen Tagesschlaf abschütteln, das sage ich auch, ich will jetzt nichts trinken. Jedenfalls danke ich Ihnen, daß Sie das Kind beschäftigen, könnte Frau Mona hier sagen, daß Sie ihm das Beobachten beibringen. Es tut nur zu viel des Guten, es übernimmt sich. Vielleicht sagen Sie dem Kind einmal, es soll nicht nur *zeichnen*, was auf den Tisch kommt, sondern auch ein wenig davon *essen*. – Ich erfahre nämlich von Frau Mona, daß Frauke neuerdings Teller malt, Früchte, Gemüse, und daß sie gestern bis Mitternacht am Tisch gesessen hat, um ein Trinkglas zu malen. Bis zur stillen Verzweiflung hat sie mit Deckweiß, Grau, Schwarz, Silber und sogar mit Goldfarbe an diesem Glas herumgemalt, einem gewöhnlichen Saftglas. Es wird ja nie durchsichtig, es bleibt immer grau, immer nur grau, das sei das einzige, was Frau Mona aus Frauke herausgebracht habe. Die Aufforderung, schlafen zu gehen, habe sie einfach nicht gehört, am Schluß habe sie das Glas an die Wand geschmettert und das Zeichenblatt zerrissen. Frau Mona habe Frauke natürlich nicht gestraft, aber als sie die Scherben selbst habe aufnehmen wollen, habe Frauke geschrien, laß die, habe sie geschrien, morgen male ich die Scherben. Die sind nicht so schwer.

Frau Mona liegt jetzt wieder auf dem Eisbärenfell, sie wechselt die Lage unaufhörlich, bald wird ihr das Fell wieder zu heiß sein, wie ihr eben das Parkett zu kühl war. Sie zieht sich an den Armen über den Fußboden, zieht die Beine nach, aber ich hoffe, ich habe alle Glassplitter erwischt, und Glasscherben sind nicht geeignet, sich die Adern aufzuschneiden, ich habe ihre Gelenke beobachtet. Sie hat es wirklich nicht versucht, ich fange selbst an, Gespenster zu sehen.

Darum ist Frauke gestern nicht gekommen, sage ich, ich habe keins der Blätter gesehen, von denen ich Frau Mona reden lasse, nur Bäume, Frauke bringt mir nichts als Bäume, die sie auf die Rückseite von Computerpapier gemalt hat; das bekommt sie von ihrem Vater, hat Frau Mona erzählt, von mir würde Frauke auch nicht *ein* Blatt Papier nehmen. Ich habe ihr nur was von Stilleben gesagt, Frau Mona, sage ich, vielleicht hätte ich das nicht tun sollen, ach, unterbricht sie mich sofort, *darum* soll ich ihr ein Stilleben-Buch kaufen! In der Schule hätten sie die Stilleben durchgenommen, behauptet Frauke, ich habe das verrückt gefunden, in diesem Alter, da sind ja immer Totenschädel drauf. Doch, habe Frauke beteuert, die ganze Woche hätten sie über Stilleben gesprochen, es ist wahr, sie haben einen merkwürdigen Lehrer, ganz jung und völlig unkonventionell, aber Stilleben, mit zwölfjährigen Kindern eine Woche lang nichts als Stilleben? Kurzum, jetzt brauche Frauke also ein Buch, in dem alle Stilleben abgebildet seien. Ich habe mich in einer Buchhandlung umgesehen, lasse ich Frau Mona sagen, diese Bücher sind ja unerschwinglich. Zu Weihnachten vielleicht, ich habe jetzt keine hundert Gulden für so etwas, ich kenne Frauke gar nicht mehr. Sonst nimmt sie von mir nie etwas geschenkt, und schon gar nichts Teures. Du wirst von Gerrit bezahlt, sagt sie mir ins Gesicht, von dir nehme ich nichts. Und jetzt muß plötzlich ein Kunstbuch für hundert Gulden her, es muß nämlich gut sein, sagt sie, ich will wissen, wie sie die Gläser gemalt haben –

So viel ich Frau Mona auch sagen lasse, sie redet kein Wort mehr, erhebt keine Einrede, wenn sie mir zuhört – *wenn* sie mir zuhört, gerade hat sie mir wieder ihr Gesicht mit den geschlossenen Augen zugedreht –, dann so, als wäre ich ein Radio, als liefe irgendeine Musik, die sie zu matt ist abzustellen. Es gibt keine Krise bei dieser Art Krankheit, hat Dr.

Veenendaal gesagt, wenn es wenigstens eine Krise gäbe: das waren noch gute Zeiten für die Medizin. Krisis, die Entscheidung, aber es scheint, hier hat das System seine Entscheidung schon getroffen, es will sich verzehren. Andere Nahrung widersteht ihm, sehen Sie zu, Samstag, daß sie wenigstens die Medizin nimmt, sonst geht es noch schneller. Wenn wir einen Trick wüßten, den gewaltsamen Widerspruch, der da in einer Frau zusammengekommen ist, nach Außen zu wenden, damit könnten wir Berge versetzen, und vielleicht brächten wir sie sogar selbst über den Berg –

Er kann mich beim Reden nicht ansehn, es ist ja auch schwer mitanzusehen. Dann gibt er mir doch einen einzigen festen Blick über seinen grauen Schnurrbart, den er hat verwahrlosen lassen, während die große Enttäuschung seinem gesunden Teint nichts anhaben kann:

Reizen Sie sie, sagt er mir, reizen Sie ihren Widerspruch, machen Sie sie wütend. Sie darf sich nicht ergeben!

Es ist ein Blick unter Brüdern, den er nicht lange aushält, er weiß zu gut, dieser Blick, daß er die nötige Wut selbst nicht schaffen würde; es ist die Scham eines guten Menschen.

Ich glaube, sage ich, ich sollte mit Frauke nicht mehr über Bilder sprechen, wenn die Bilder sie so beschäftigen. Ich habe mir überlegt, was ich denn gesagt haben könnte, fast nichts – nur, daß ich einen Bericht über Stilleben schreibe. Ich werde das Große Glas abnehmen oder zuhängen, auch wenn mein Keller dann schmucklos ist und für das Kind überhaupt keinen Anreiz mehr bietet, aber wenn es sich jede Andeutung so zu Herzen nimmt, muß ich dafür sorgen, daß es nicht wiederkommt –

Mona lacht mit offenem Mund, ein Lachen, das in ein träges Husten übergeht, dann wendet sie den Kopf auf die andere Seite.

Ich lasse Frauke am nächsten Abend nicht wiederkommen, auch nicht am übernächsten. Ich zähle die Abende nicht und erschrecke, als es wieder klopft. Muß ihre Mutter so spät nach Hause kommen, oder ist sie schon wieder ausgegangen?

Will diese Frau gar nicht einsehen, daß das Kind sie jetzt braucht? Dabei bringt es mir wieder nur Bäume, nichts als diese gekonnten, fix und fertigen Bäume, ich habe den Verdacht, daß es gar keine neuen Zeichnungen sind, sie wirft sie mir nur so hin. Also setz dich jetzt neben mich, so. Sie setzt sich in ihrem dicken Matrosenmantel, den sie bei mir noch nie ausgezogen hat, auf den Fußboden, ohne sich anzulehnen. Sie kreuzt die Beine und zerrt die Füße so über die Schenkel, daß die Schuhsohlen nach oben blicken. Mach mal, sagt sie. Ich kann es nicht, ich bin alt, sage ich, ich habe steife Beine. Gerrit kann es aber, sagt sie, der ist auch alt, aber seine Freundin verlangt es von ihm, die macht Yoga. Das Kind schließt die Augen, ihr ganzes Gesicht ist verschlossen, sie atmet gar nicht mehr. Du mußt atmen, sage ich, aber ich bekomme keine Antwort. Es tut weh, sagt sie nach einer Weile. Du mußt es üben.

Ja, das kann ich noch, sagt Frau Mona und hat sich hochgesetzt; mit langsamen Bewegungen, im Sitzen vorgebeugt, so daß ihr das Haar über die Knie fällt, zieht sie ihre Füße einen nach dem andern an sich heran und legt sie auf die Oberschenkel. Jetzt sitzt sie halb von mir abgewendet und hat den Kopf in den Nacken gelegt, schnappt nach Luft.

Ich sehe, sage ich, wie Frauke in ihrem dicken Mantel zu zittern beginnt, aber ihr Gesicht hat Farbe angenommen. Die Beine müssen einschlafen, dann tut es nicht mehr weh, sagt sie und beginnt zu lächeln. Sie läßt die Lippen getrennt, die etwas zucken, daraus wird allmählich ein Lächeln und eine große Ruhe. Es sieht aus, als warte das Gesicht auf Regen vom Himmel. – Du kannst die Schuhe ausziehn, sage ich, man meditiert ohne Schuhe. Sie erwidert kein Wort, zittert auch nicht mehr. Setz dich jetzt neben mich, sagt sie und behält danach wieder den Mund offen. Ich gehorche, wir sitzen, und nach einer Weile faßt sie mein Handgelenk. Gerrit treibt es immer noch mit ihr, sagt sie ohne Bewegung, sie treiben es miteinander. – Das Kind tastet an meinem Gelenk herum. Wo ist dein Puls, fragt sie. Schwer zu finden, sage ich, die Ärzte finden ihn auch nicht. – Ich finde ihn, sagt sie, bist du krank? – Nein, aber du wirst dich krank machen, wenn du auf dem Kellerboden sitzen bleibst. – Jetzt schläft mein Bauch ein, sagt sie, das ist gut, und dann meine Brust, dann habe ich auch keinen Puls mehr. – So, sage ich, dazu bist du aber nicht hergekommen. – Warum hast du das Bild zugehängt? fragt sie, nimm den Vorhang weg. – Das genügt, sage ich, stehe auf und hebe das Kind vom Boden auf. Es will sich nicht auf die Füße stellen lassen, oder es kann noch nicht stehen. Ich muß es hinlegen oder aufheben. Mani! sage ich. Meine Beine sind weg, sagt sie. – Du hast Beine! sage ich, lasse sie los, ihre Beine tragen sie nicht, sie fällt zur Seite, ich halte sie nicht, ich lasse sie liegen. Jetzt hat sie die Augen wieder geöffnet. – Du mußt üben! sagt sie, ohne mich anzusehen. – Und du mußt gehen! sage ich. Langsam stützt sie sich auf die Arme und zieht die Beine an den Leib, streckt sie wieder lang aus. – Ich habe einen Hundertguldenschein in der Hand, geh jetzt, sage ich und strecke ihr den Schein hin. Sie setzt sich hoch, besieht den Schein und fragt: Wofür bezahlst du mich? – Kauf dir dafür etwas Schönes, sage ich, du hast mir schon so viele Bäume geschenkt. Sie legt den Schein auf den Boden, als wäre er zerbrechlich. – Gib mir die Bäume, sagt sie. Ich hole die Blätter, es ist ein ganzer Stoß, und lege sie vor sie hin. – Sind die hundert Gulden wert? fragt Mani und wendet kein Auge von mir, sie hat kieselgraue, länglich geschnittene Augen, nicht die Augen ihrer Mutter –

Ich breche ab. Frau Mona, die die ganze Zeit unbeweglich gesessen hat, schreit auf und fällt auf die Seite, als hätte sie ein Schlag getroffen, dann stöhnt sie laut und regelmäßig, es hört sich wie eine fürchterliche Stimmübung an. Dann stützt sie den Arm auf, streckt sich, wendet mir ihr Gesicht zu mit dem offenen Mund, dem Dunkel in ihren aufgerissenen Augen.

Dann nehme ich dein Geld und die Zeichnungen zerreiße ich in kleine Stücke und wische mir damit den Arsch du kannst mir ja zuschauen wenn du willst –

Ihr Ellbogen knickt ein, der Kopf fällt herunter, aber sie hält sich noch, nur zittert sie jetzt am ganzen Körper.

Ich komme wieder Samstag ich komme wieder und erzähl dir was. Du wirst dein Wunder erleben. Und jetzt mach daß du rauskommst.

Erst jetzt knickt der Ellbogen ein, sie fällt zusammen, die schwere tiefe Stimme ist weg, und heraus kommt das Schluchzen eines kleinen Mädchens, hoch, fast schrill, aber es schüttelt nur ihren Oberkörper. Ich laufe hin, suche ihr Bein, drücke es, kneife mit aller Kraft, sie hat aufgehört zu schluchzen, verzieht das Gesicht, als müsse sie lachen, aber dann fällt der Kopf das letzte kleine Stück auf den Holzboden und bleibt liegen.

Doktor Veenendaal kam noch in derselben Stunde. – Was machen wir denn, fragt er sie. Sie liegt auf dem Sofa, er prüft ihre Reflexe, sie sind alle wieder da, am Fußknöchel, am Knie, in den Augen.

Seien Sie doch vernünftig, sagt er liebevoll, im Spital können wir Ihnen besser helfen, wir können Sie überwachen. – Sie schüttelt den Kopf. Nein, sagt sie, das könnt ihr nicht. Sie sitzt im vollen Licht des Kronleuchters an der Decke, den Dr. Veenendaal trotz ihrer Proteste angedreht hat. Sie sieht nicht verstört aus, nicht einmal sehr schwach, die Cortisonschwellung hat sich zurückgebildet, ihr Gesicht nicht schlaff gemacht, nur weich; Dr. Veenendaal soll nicht wissen, daß sie seine Medizin nicht mehr nimmt. Wir sitzen oder stehen wie die letzten Gäste eines nächtlichen Empfangs herum, warten nur darauf, bis uns die Dame, die schon für die Nacht gekleidet ist, entläßt. Sie hat sich gefallen lassen, daß wir sie auszogen, ihr den blauseidenen Morgenrock überlegten und zubanden, jetzt ist nichts mehr zu tun. Frau Mona entschuldigt sich bei Dr. Veenendaal für so viel Umstände mit einem Lächeln, das ihn wieder zwingt, die Augen niederzuschlagen; er kennt es nicht mehr, dieses Gesicht, und er kennt es zu gut.

Als wir das Haus verlassen – Mona will nicht, daß wir sie zu Bett begleiten, will erst recht keine Nachtwache –, sagt er kein Wort. Er bleibt einen Augenblick stehen, steckt sich eine

Zigarette an, zuckt die gebeugten Schultern und duckt sich in sein Auto, den roten BMW; wir kennen ihn schon. ARTS, lese ich auf dem Schild im Rückfenster, das rasch kleiner wird: ARTS.

4

Jeden Tag kein Cortison mehr, jeden Tag mehr Widerstandskraft, Frau Mona sagt es selbst.

Heute nacht sagt sie:

Zu Gerrit können wir sie nicht gehen lassen, wenn ich tot bin. Weißt du noch, wie du ihm mitgespielt hast, schon beim ersten Mal? Eigentlich warst du gemein. Und ich war geschmeichelt. Ich dachte, du bist eifersüchtig.

Wie war das denn?

Ja, erzähl nur, wie das war! Sie hatte ihn wieder einmal besucht. Natürlich nur, weil sie von ihm das teure Buch haben wollte. Und wir haben sie überall gesucht und hätten bald die Polizei gerufen! Ich hab dir sogar ihr leeres Zimmer gezeigt. Ich war hysterisch. Und die ganze Zeit war sie bei Gerrit und hat ihn ausgenommen. Ein Buch für vierhundert Gulden! So *hättest du ihn nicht fertigzumachen brauchen, aber mir hat's gutgetan. Mach's doch noch mal, Samstag! Ich möchte heute wieder mal lachen.*

Aha, sage ich, ja, dann weiß ich Bescheid.

Da steht er also im Raum, ihr Gerrit, und ich sehe ihn zum ersten Mal.

Wie findest du ihn?

Stark, sage ich. – Und wo ist denn Frauke gleich hingekommen?

Die hat nicht mal guten Abend gesagt. Die weiß schon, warum! Gleich die Treppe hoch und in ihr Zimmer, das dicke Buch unterm Arm. Jetzt wird sie malen, malen, die ganze Nacht. Du hast Ruhe vor ihr.

Aha, dieses Buch, nicht wahr. Da ist sie also bei Gerrit im

Büro vorbeigekommen und hat sich was gewünscht. Jetzt, auf der Stelle, so. Wo er grade ein Landhaus am Sambesi verkauft. Aber sie tut es nicht anders, er kommt jetzt mit, Gerrit, mitten aus seiner Besprechung. Und was wünscht sich das Kind? Ein Kunstbuch, sage und schreibe. Na schön, nicht wahr, wenn sich das Kind so für das Bleibende interessiert, das Zeitlose. Dann hätte es vielleicht auch noch bis morgen Zeit gehabt, aber nun. Sie hat den Schädel ihrer Mutter, nicht wahr. Da ist Gerrit natürlich weich geworden wie jedesmal. Aber! hat er gesagt. Mit diesem Mantel nicht. Damit zeigen wir uns nicht mehr. Der war schon in der Schlacht bei Trafalgar aus der Mode. Und Frauke, was sagt sie mir: dann kauf mir einen neuen. Gut, schön, aber eins nach dem andern. Nicht mehr heute. – Heute ist Abendverkauf, sagt sie unerbittlich. – Hast du Mona Bescheid gesagt? frag ich gleich, hab ich als erstes gefragt. Klar, sagt das Kind. Hat sie also nicht, wenn ich das gewußt hätte, nicht wahr, aber nun. Ich geh also mit ihr ins Warenhaus, kauf ihr den Mantel, ihr war's egal, was für ein Mantel, aber er muß deiner Mutter auch gefallen, dir muß er auch gefallen, Mona, nicht wahr. Ein Mädchen in diesem Alter, etwas mehr dürfte man sich schon dafür interessieren, wie das Kind herumläuft. Man kann ihn wenden, nicht wahr, den Pelz abknöpfen, dann hat man einen Übergangsmantel, einen Frühlingsmantel, sag ich, in dem werden dir die Knaben aber nachpfeifen. Hört sie nicht, hat sie gar nicht gehört. Sieht sich im Spiegel kaum an, kämmen hätte sie sich schon dürfen. Nimmt den Mantel einfach so, nicht wahr, ich bezahle, so, und dann gehn wir in die Buchhandlung. Da bleiben wir eine Stunde oder mehr, das Kind wird nicht fertig. Stil-Leben sollen es sein. Ich sage: hier ist ein Buch über die Sieben Weltwunder, die alten und die neuen, nicht wahr. Oder Antarktis, das Buch wurde grade preisgekrönt, und da, ein Schimpansenbuch, nicht bloß schöne Fotos, die Frau hat mit Schimpansen gelebt. Oder die Geheimnisse der Schöpfung, da. Ganz neue Bilder aus dem Weltall, die Rückseite des Mondes, die Bilder der Venussonde, sieh mal, ein wenig teuer, fünfzig Gulden, aber sieh mal, das lohnt sich. Nichts da, sie will ihre Stil-Leben haben. Gläser, sagt sie, Gläser müssen abgebildet sein. Die Verkäuferin sucht, Frauke beschäftigt das ganze Personal. Schließlich kommen die mit einem Band aus dem Keller, der ist schon fast eine Kiste. Mensch Frauke, das ist doch kein Bilderbuch mehr, sage ich. Aber sie blättert es unerbittlich durch, Fische, Totenköpfe, Kerzen, gemalte Bücher, Geschirr jede Menge, auch Gläser. Wo ist das große Glas? fragt sie. Keiner weiß, was sie meint, auch der Prinzipal weiß es nicht. Sie verlangt Papier, kritzelt allerhand verrückte Linien drauf, Männchen, Maschinen, das ist das große Glas, sagt sie. Aber Frauke, sag ich, das gibt es nicht. Doch, sagt sie, das ist das größte Stil-Leben, das es gibt, und es hat Sprünge, das große Glas ist kaputt. So. Wir staunen, niemand hat eine Ahnung, was das Kind will, es ist schon gleich zweiundzwanzig Uhr. Wir müssen schließen, sagt der Prinzipal. Willst du das Buch oder nicht, frag ich, sie zuckt nur die Achseln. Naja, sagt sie, ihr könnt es einpacken. Was kostet es denn, frage ich. Ich bezahle, sagt sie. So, sag ich, das kostet aber. Ich habe hundert Gulden, sagt sie. Das Buch kostet vierhundert, sag ich. Ich will ein Buch für hundert, sagt sie. Nenee, sag ich, jetzt hast du das Buch bald eine Stunde angeschaut, jetzt wird es auch bezahlt, und ich schenke es dir. Ich lege die vierhundert aus, nicht wahr nicht, bitte schön, und Frauke nimmt es unter den Arm, als täte sie mir einen Gefallen damit. Mit einem Buch voll Totenköpfe!

Setz dich doch, Gerrit, haben Sie gesagt. – Das ist mein geschiedener Mann. Das ist Herr Samstag.

Ich will nicht stören, sagt der Mann und grinst, es ist gut gemeint, aber es kommt indiskret heraus. Der Mann kann mich nicht ansehen, ohne anzüglich zu werden.

Warum wollen Sie nicht stören, frage ich ihn, während er das Trinkglas in die Hand nimmt. Er setzt es wieder ab. Sie sind gut, sagt er, und lacht, und trinkt, und räuspert sich.

Sie sehen schlecht aus, sage ich.

So, sagt er und wird blaß. – Das wollte ich eigentlich zu

Ihnen sagen. Als ich hereinkam, dachte ich, Sie sind gerade aus dem Wasser gezogen und haben ziemlich lange dringelegen. Pardon.

Gerrit! haben Sie gesagt.

Ich sehe den Mann unverwandt an, er greift an seine samtene blaue Krawatte und lockert sie etwas. Ich nicke.

Es geschieht ihm öfter, daß er keine Luft kriegt, sage ich zu Ihnen, Frau Mona. Und Sie wissen erst nicht, ob ich einen Scherz machen will. – Er spürt sein Herz, sage ich, Sie sehen, Frau Mona, wie er seinen Daumen da unter den Rippenbogen drückt. Eine unauffällige Bewegung, sieht aus, als wolle er sich ein wenig brüsten oder seine Hosenträger suchen. Aber es ist eine unverkennbare Bewegung. Geschieht es öfters, daß er einen Anfall fürchtet?

Hören Sie, sagt der Mann, sind Sie Arzt? Und wenn Sie schon über meine Gesundheit quatschen müssen, warum nicht mit mir direkt?

Schweiß auf der Oberlippe, er könnte längst Bescheid wissen, sage ich, wenn er wollte. Aber er zieht es vor, die Zeichen zu ignorieren. Gerade beschleunigt sich sein Puls. Sein Blutdruck ist zu hoch, mit dem Streß zusammen wird es reichen. Schweiß auf der Oberlippe ist ein untrügliches Zeichen.

Hören Sie, sagt der Mann, es paßt Ihnen wohl nicht, daß Ihre Freundin meine Frau war?

So legt er sich die Dinge zurecht, sage ich, er verläßt sich auf die gewöhnlichsten Vermutungen, bis es zu spät ist.

Ich weiß, ohne ihn anzusehen, daß er zusammengefahren ist. Er möchte sich aufbäumen. Beides geht nicht zusammen, es reißt ihn mit einer eckigen Bewegung vom Stuhl. Er versucht mich am Kragen hochzuziehen, aber seine Kraft ist wie gehemmt, es gelingt ihm nicht. Ich erhebe mich von selbst, damit meine Kleider nicht leiden, ich habe keine andern. Da er mich nicht umdrehen kann, stellt er sich zwischen den Tisch und mich, verdeckt mir Frau Mona mit seinem kräftigen Körper. So viel Nähe ist nur als Kampfstellung erträglich. Also bleiben seine Fäuste an mir hängen. Ich blicke auf diese behaarten Männerhände nieder, die sich verkrampfen, ohne daß er mir weh tun kann. Er hat mich nicht gepackt, er hält sich an mir fest. Das fällt ihm selber auf. Seine Lippen sind gepreßt, aber offen, lassen entrüstete starke Schneidezähne sehen. Er ist stark, aber er weiß, was für ein Tier er ist: kein Raubtier. – Was habe ich Ihnen getan, sagt er, daß Sie so über mich reden in meiner Gegenwart? Was haben Sie gegen mich? – Ich senke den Kopf noch tiefer, als dächte ich nach. Er muß meinen Blick genau auf seinem Herzen fühlen. Das hält er nur ein paar Atemzüge lang aus, seine Krawatte steigt und sinkt. Dann tritt er zurück, schiebt mich weg, als wäre ich vergiftet.

Und was hat er gesagt?

Frau Mona lacht lautlos. Lachen macht nicht unsterblich, aber ganz ungesund kann es nicht sein.

Herr, sagt er, Sie mögen sich hier ja wie zu Hause fühlen, das ist mir wurscht. Aber ich sage Ihnen grade heraus, wenn Mona mit Ihnen bedient ist, hat sie selbst schuld. Sie sind das Unappetitlichste, was mir jemals untergekommen ist, jemals! Sie können mich gar nicht beleidigen. Aber ich verbiete Ihnen, sich in meine Gesundheit einzumischen! In diesem Haus befehle ich zwar nicht mehr, aber ich zahle immer noch, und für Sie zahle ich nicht mit!

Ich sehe natürlich zu Ihnen hinüber, Sie haben sich erhoben, zuerst sehe ich nur die Schadenfreude auf Ihrem Gesicht, dann werden Sie etwas atemlos, als der Herr mich angreift. Gerrit, sagen Sie, es genügt! Herr Samstag ist ein Gelehrter, er ist immer sehr korrekt gewesen, er nimmt sich Zeit für Frauke, und zwar zu ihrem Besten. Sie ist viel ruhiger, seit er im Haus ist, sie bringt ihm ihre Zeichnungen, sie hat noch nie so viel gezeichnet –

Was zeichne ich denn?

Sie fragt es mit blitzenden Augen; ich denke an Morphium, nicht zum ersten Mal.

Hier weiß ich nicht weiter, sage ich.

Doch. Erinnere dich nur. Gib dir etwas Mühe.

Du solltest noch nach Frauke sehen, sage ich.

Wer spricht?

Gerrit, Gerrit natürlich, sage ich.

Frau Mona sagt gedehnt:

Dann schläft sie. Ich hab dir gesagt, wir haben Ruhe vor ihr.

Gut, sage ich, dann können Sie ja gleich Ihr Bruch-Konzert auflegen, Gerrit bleibt da, wie ich Sie kenne, und ich gehe.

Spinnst du?

Langsam biegt Frau Mona sich auf dem Sofa auf die Seite, legt den Kopf auf den Oberarm, schiebt sich mit dem Unterarm die Haare nach hinten und schielt darunter nach mir, mit einem einzigen, großen Auge, das mich mustert, als wäre ich nicht nur das Gespenst eines Mannes.

5

Wer hat dir denn erzählt, daß ich krank bin? Frauke? Glaub ihr nicht alles.

Es hat geklopft, eines Morgens um sieben Uhr. Frauke stand da, in ihrem alten blauen Mantel. Mona ist krank, sagte sie, und ich muß zur Schule. Sie läuft zur Tür hinaus und reißt sie gleich wieder auf: Richtig krank!

Kinder merken entweder gar nichts, oder sie übertreiben. Und bist du gekommen? Um sieben Uhr morgens, am hellichten Tag?

Sie haben mir geöffnet. Ihre Farbe täuschte mich nicht. Ich selbst hatte Braunmacher verwendet, als ich mich noch schämte, schlecht auszusehen. Kommen Sie zum Frühstück? fragten Sie, nur herein! Sie legten sich die Hand über die Augen, als hielten sie das Tageslicht nicht aus –

Wer ist hier lichtscheu, du oder ich?

Dabei war es ein trüber Tag. Gleich hinter der Tür schwankten Sie einen Augenblick, bevor Sie das Treppengeländer zu fassen kriegten. Sie sagten etwas von Wohnungssuchen, und daß es Ihnen gestohlen bleiben könne. Sie hätten wohl eine Grippe, und ich soll Ihnen nicht zu nahe – ob ich lieber *nicht* hier essen möchte? – Bitte, sagte ich, ich bin über Ansteckungen hinaus –

Muß praktisch sein, wenn man tot ist.

Warum halten Sie den Arm vor die Augen, habe ich gefragt.

Du bist eine blendende Erscheinung, und ich hab heute empfindliche Augen. Wie als Kind, als ich Migräne hatte.

Sie holten noch einen Teller und eine Tasse, aber selbst aßen Sie nichts. Sie legten sich auf das Möbel hier und zogen die Beine an wie ein Kind im Mutterleib. Aber Ihr Kopf lag hier auf der Kante. Sie trugen den Morgenrock mit diesem Reihermuster –

Den trage ich nicht mehr. In dem würde ich glatt verschwinden. Dann hast du mir die Hand auf die Stirn gelegt.

Und Sie haben gezuckt. Meine Hand war kalt.

Du hättest dir die Hand schmutzig gemacht. Es war Cortison, kein Braunmacher. Ich hatte zum ersten Mal diese Flekken. Du hast die Hand trotzdem liegenlassen, das tat gut.

Und was ist mit Ihrem Mund?

Entzündet. Aphthen. Ich hab gestern zuviel getrunken und zuwenig geschlafen. – Und dann hast du den Ausschlag auch auf meinem Arm gesehen.

Wenn es mich erwischt, dann gleich überall, haben Sie gesagt. – Sie sind traurig, habe ich gesagt. – Nein, haben Sie geantwortet, er hat mich nur nicht angerührt. Er hat die Flecken zuerst gesehen, und dann hat er mich nicht angerührt. – Aber ich habe es doch gehört, sage ich, das Bruch-Konzert. – Ja, sagten Sie, ich hab's gespielt, als er schon längst fort war. Jetzt bin ich aussätzig, haben Sie gesagt, eine Pest. Jetzt kommt's ans Licht: inwendig alles faul.

Hast du gefragt, ob ich traurig bin? Hast du wirklich gefragt? Und ich hab nein gesagt? – Wenigstens habe ich dich nicht mehr gestört. Schluß mit dem »bißchen Liebeslärm«. – Ob ich einen Arzt habe, hast du gefragt.

Gleich drei, sagten Sie, wenn Sie mit denen nur nicht befreundet wären. Dann bekomme man die Wahrheit nicht zu hören.

Totale Allergie, das gibt es, hab ich gelesen. Du verträgst überhaupt nichts mehr, keine Luft, kein Wasser, keinen Staub, keinen Laut, keine Männer, keine Kinder, keine Toten. Vor allem kein Plastik. Das kann über Nacht kommen und lebensgefährlich werden. Wenn man nicht schnell etwas finden kann, was einem bekommt. Man muß sich in eine dunkle Kammer einschließen und kann keinen Schritt mehr tun. – Warum hast du die Hand weggenommen?

Ich schließe nur die Gardinen.

Damals war Morgen, du hättest keine Gardinen zu schließen brauchen. Wenn du die Hand liegengelassen hättest, wäre ich wieder gesund geworden. – Hörst du die Amsel? Früher hab ich gedacht: wenn die Amsel singt, geht die Welt auf, und ich lebe ewig darin. Hast du Mani wiedergesehen?

Eben hat sie mich gerufen. Sie seien krank.

Frauke ist ein komisches Kind. Den ganzen Tag paust sie Bilder aus ihrem Kunstbuch. Paust durch, mit der Stricknadel. Wie das die teuren Bilder hernimmt. Sie paust die Umrisse auf dünnes Papier, nur die Umrisse der Gegenstände. Die numeriert sie und klebt das Pauspapier auf das Kunstblatt. Dann schreibt sie dazu, was die Gegenstände bedeuten. Manches kennt sie nicht. Ich bin sicher, sie kommt dich fragen. Sie zeichnet nur, um dich fragen zu können. Totenköpfe, Zitronen, Tabakspfeifen, Mandolinen, Kerzen, wie kannst du über so etwas arbeiten?

Ein Auftrag, wie oft soll ich das noch erzählen.

Bis ich es dir glaube. Also erzähl mir lieber, wer du bist.

Über mich steht schon alles in den Büchern, sage ich. – Ich bin ein Graf, wohne ganz allein in einem gottverlassenen Schloß in Transsylvanien und benütze dreißig Kisten voll ungeweihter Erde für den Transport nach London, um unschuldigen Engländerinnen das Blut auszusaugen. Das ist meine Nachtschicht. Weil das viele Herumflattern, Heulen und Zähnefletschen müde macht, muß ich tagsüber schlafen.

Ich weiß noch, daß du keinen Knoblauch magst.

Da wissen Sie schon das Wichtigste, sage ich.

Ich mag Knoblauch, und du auch. Vorgestern war welcher an den Spaghetti, und die hast du gelobt.

Ich arbeite an mir, sage ich. – Auch mit Hostie und Kruzifix werde ich noch fertig.

Was ist denn dein Problem?

Ich komme vom Blut nicht weg.

Warum saugst du dann nicht an mir?

Sie gehören nicht zu meiner Zielgruppe, sage ich. Sie sind keine englische Jungfrau. Und etwas blutarm zur Zeit.

Heute kann man mich keinem anbieten. Aber am Samstag gehst du wieder mit mir aus.

Halten Sie das für klug?

Für klug nicht, aber für richtig.

Mit mir kann man keinen Staat machen.

Ich möchte dich aus deiner Höhle locken.

Sehr menschenfreundlich.

Du willst nicht hören, wenn man dich mag.

Ich straffe meine Oberlippe, lasse meine Zähne sehen und schnarche. Sie hält sich die Hände vors Gesicht, dann öffnet sie den Mund sperrangelweit und schnarcht zurück. Ich sehe ihr entzündetes Mundfleisch. – Öffnen Sie nochmals, sage ich. Frauke soll Ihnen etwas für Ihren Mund besorgen, mit diesem Mund gehen wir nicht aus. Kauen Sie frische Salbeiblätter.

Also doch, du bist Arzt.

Im Gegenteil, sage ich, aber ich kenne die Ärzte gut genug, um zu wissen, was man nicht einnehmen soll.

Du gähnst ja. Ich langweile dich.

Acht Uhr früh, sage ich. – Für mich ist das Schlafenszeit.

Leg dich doch hin. Hier.

Ich sehe zum Fürchten aus, wenn ich schlafe.

Ich fürchte dich nicht. Du solltest schlafen wie eine Katze.

Ja, schau dir unsere Katze an. Er heißt Maudlin. Jetzt springt er auf meinen Schoß, beginnt zu schnurren, legt sich flach in meine Armbeuge, so. Tritt mich mit den Vorderpfoten, hier gegen den Oberarm. Der Milchtritt. Er ist kein Mann mehr, aber er liebt mich. Zwei Jahre, und hat die Mutterbrust nicht vergessen.

Er kratzt Sie am Oberarm, sage ich, ich hole Ihnen eine Decke.

Die Decken sind oben, und dahin lasse ich dich nicht. Nicht, bevor ich deinen Keller gesehen habe. Und Maudlin ist so gemütlich. Katzen tun mir nicht weh.

Sie fährt sich mit kurzen Strichen über den Bauch.

So ist er geleckt worden, als er klein war. Sein roter Tigerpelz. Ich lecke ihn mit den Fingern, dann verstärkt er sein Schnurren und drückt die Schnauze gegen meine Brust. Die Zähne hat er von dir.

Sie füttern ihn zu gut, sage ich.

Er kann ja nicht raus, und etwas muß er vom Leben haben. – Erzähl doch wieder einmal. Wo bist du geboren?

Daran erinnere ich mich nicht, sage ich. So was müssen Sie Myrna Veenendaal fragen. Die war bei ihrer Geburt dabei.

Du willst also nicht.

Ich bin keine Geschichte.

Wie bist du nach Holland gekommen? Was ist mit deinem Auftrag?

Den kennen Sie schon, sage ich. – Ich soll einem reichen älteren Herrn drei Wünsche erfüllen.

Wie in Tausendundeinernacht.

Man wünscht dem Nachbarn ein paar Bratwürste in die Nase, oder sich selbst. Und dann kann man nur noch wünschen, daß sie wieder verschwinden. Die drei Wünsche reichen nie weit. Der erste ist kindisch, der zweite lebensgefährlich, und wenn man Glück hat, hebt der dritte die andern wieder auf, und man ist so weit wie zuvor.

Nein, man ist weiter. Am Ende weiß man, was man sich hätte wünschen sollen.

Sehr tröstlich.

Trostlos ist nur, wenn man keinen Wunsch mehr hat.

Trostlos ist, wenn man sich mit Wünschen aufhält.

Der Kater wünscht sich doch auch etwas, sieh nur. Und ich kann ihm den Wunsch erfüllen. Was wünscht er sich denn, dein alter Herr?

Drei Bilder, sage ich, drei Bilder aus einer Sammlung, die im Oktober unter den Hammer kommt. Stilleben aus dem 17. Jahrhundert. Sie dürfen kosten, was sie wollen. Er ist so reich, daß er die ganze Sammlung aufkaufen könnte. Aber er will drei Bilder ... nur die richtigen müssen es sein. Die soll ich für ihn ersteigern.

Warum macht er das nicht selbst?

Er ist blind.

Ja dann. Und welche sind denn die richtigen Bilder?

Wenn ich das wüßte!

Und wenn du sie gekauft hast, kann er sie nicht mal sehen.

Ich muß wissen, welche Bilder er am liebsten sehen würde, wenn er sehen könnte. Ich kann Ihren Kater ja auch nicht sehen.

Er tritt nicht mehr. Er liegt nur auf meiner Brust und grinst sein Katerlächeln. Aber er schläft nicht, er hat auch aufgehört zu schnurren. Das heißt, er wird nicht bleiben. Jetzt springt er auf den Fußboden. Er geht zum Fell des Eisbären und läßt sich auf die Seite fallen. Jetzt streckt er alle viere. Er bleibt nie. Er ist noch nie bei mir eingeschlafen. Plötzlich springt er weg, als könne er die Gemütlichkeit auf einmal nicht mehr ertragen. Dabei halte ich ihn gar nicht. Bei Gerrit ist er geblieben. Der hat ihn am Nacken gepackt, dann hat er sich entspannt. Aber das mache ich nicht mit ihm. Bei Gerrit schnurrt er nicht. Er tritt ihn auch nie mit den Pfoten. Beschreibst du sie dann deinem Auftraggeber, die Bilder?

Er beschreibt sie mir.

Wenn er sie nicht sehen kann.

Er ist nicht immer blind gewesen. Er beschreibt mir seine

Erinnerungen und möchte sich noch einmal überraschen lassen. Er lebt nicht mehr lange. Er hat Zucker. Jetzt sucht er drei Bilder, in denen er lesen kann, wie man stirbt.

Und was ist der Witz?

Ich kenne den Mann nicht, ich werde ihn auch nie kennenlernen. Dafür bezahlt er mich. Ich mache mir auch meinen Spaß. Ich besuche die Ausstellung gar nicht, in der die Bilder stehen. Ich verstehe zu wenig von Kunst.

Bitte hol mir die Decke jetzt doch.

Sie erklärt mir, wie ich ihr Zimmer finde.

Wäre das Doppelbett nicht, ich hätte es für ein Kinderzimmer gehalten. Die Kunst an der Wand ist von Kees van Enden. Weiße Pferde in schrägem Trab mit roten Kopfbüschen, eine Eisbärengruppe mit Dompteur, ein Nashorn mit einem Affen auf dem Rücken, der eine rote Fahne schwingt, und genau über dem Kopfende der rot gestreifte Tigerkater, Maudlin. Ich ziehe die Daunendecke aus dem ungemachten Bett hervor. Sie ist mit braunen und weißen Rosetten bedeckt, nimmt mir Sicht und Atem, fast wäre ich damit die steile Treppe hinuntergefallen. Frau Mona schaudert, als ich sie zudecke, und hat die Augen geschlossen, ihre Stirn ist naß.

Woher kennt dich der Blinde?

Er kennt mich nicht.

Aber er hat dich kommen lassen, warum dich?

Er hat etwas von mir gesehen.

Gesehen? der Blinde?

Vor zwanzig Jahren, als er noch sehen konnte.

Malst du denn?

Ich war mal in der Werbung. Ich machte Spots fürs Fernsehen. Die machte ich ganz gut, jedenfalls wurden sie auch in Holland ausgestrahlt. Zum Beispiel meine Kampagne gegen das Rauchen, die hat ihn beeindruckt.

Sie lacht.

Dein Mann ist im Tabakgeschäft, und du machst eine Kampagne gegen das Rauchen. Und er findet das so toll, daß er dich zwanzig Jahre später hierherkommen läßt, als Experten für Kunst, von der du nichts verstehst.

Genau, sage ich.

Warum erzählst du mir so etwas?

Weil Sie's wissen wollten.

Samstag, du brauchst Hilfe, warum gibst du das nicht zu? Weil du glaubst, daß es für dich keine Hilfe mehr gibt, stellst du dich tot. Du hast dir eine Falle gestellt, und jetzt sitzt du drin. Du läßt keinen Menschen an dich heran. Ich bin noch nie einem so verzweifelten Menschen begegnet. Dabei bist du so schrecklich eitel. Nicht eitel, ängstlich. Du kannst dir nicht vorstellen, daß dich andere mögen, irgend jemand. Darum hältst du dir die Menschen so vom Leib. Das glaube ich.

Ein schönes Glaubensbekenntnis, sage ich.

Frau Mona sagt nichts mehr, sie schließt die Augen, ich habe ihr Gesicht nie so müde gesehen.

Wenn wir Mani nicht hätten. Mit der redest du sogar über Kunst. Was glaubst du, wozu sie malt.

Wenn wir Frauke nicht hätten, sage ich.

Eines Tages müssen wir sie sterben lassen, sonst wirst du nicht gesund.

Sie hat Fieber, ich kann es riechen, die Körperhitze der Erschöpfung. Sie verbrennt, und ich sitze dabei. In einer Stunde kommt Dr. Veenendaal.

Sie vergessen, sage ich, daß uns Frauke nicht gehört. Wir haben weder über ihr Leben zu befinden noch über ihren Tod.

Ich lass sie dir ja. Aber was machst du, wenn sie geht.

6

Muß Mona sterben?

Wer fragt?

Du sitzt auf der Kante deines Bettes, und sie sagt dir weder Guten Tag noch Guten Abend, sie stellt nur eine Frage.

Guten Abend, Mani, sage ich.

Muß sie sterben?

Wie du und ich. Aber bis dahin kannst du noch eine große Frau werden.

Stirbt sie bald?

Wie kommst du denn darauf.

Ich habe dich reden gehört, im Schlaf. Ich habe geklopft, aber du hast nicht geantwortet. Die Tür war offen, da bin ich rein. Zuerst habe ich gedacht, du bist tot, so still hast du in der Kiste gelegen. Du hast gar nicht geatmet. Aber dann hast du angefangen zu reden.

Worüber?

Es war eine fremde Sprache. Du hast gesprochen, als ob du beten würdest. Ich dachte, du betest für Mona. Und dann hab ich dich gezeichnet. Ich hatte Papier mit und Stifte. Ich wollte auch dein Bild abzeichnen, das Große Glas.

Hast du es getan? frage ich.

Ich dachte, ich sag es dir erst, wenn du erwachst. Ich sei wegen dem Großen Glas gekommen und wolle dich was fragen. Wollte ich auch.

Was?

Jetzt frag ich dich nicht mehr. Ich finde es selbst heraus. Du weißt ja nichts über die Libellenfrau. Und du hast mir auch die Männer auf deinem Bild nicht gut erklärt.

Was fällt dir ein, dich hier einzuschleichen!

Du schreist ja, und vorher hattest du Angst im Schlaf. Du warst ganz steif vor Angst.

Du Biest, sage ich.

Schließ ihn doch ab, deinen Keller.

Darauf kannst du dich verlassen.

Ich kann jetzt allein malen. Ich habe dein Bild. Und ich habe das Buch. Da sind alle Stilleben drin.

Was willst du denn noch? frage ich.

Du hast versprochen, daß du raufkommst und Mona was erzählst.

Ich komme, wenn du im Bett bist, sage ich. Ich möchte dich nicht mehr sehen.

Dann geh ich malen. Hast du gegessen?

Klar.

Du lügst.

Mani, sag ich, du gehst mir auf die Nerven. Vielleicht hast du mich freundlich fragen wollen. Aber du hast ausgesprochen grob gefragt.

Wenn ich freundlich frage: ißt du mich dann?

7

Ich will es sehen. – Ihr *hast du es auch gezeigt.*

Es ist kaum zu beschreiben, sage ich. – Ich schlage vor: am ersten Tag, an dem Sie das Zimmer verlassen können, schauen Sie sich's an, und –

Jetzt, sagt Frau Mona.

Seit sie »die Pille nicht mehr nimmt«, hat sie, was sie Launen nennt; der tyrannische Zug um Nase und Mund ist neu. Sie hat mir einen Handel vorgeschlagen: wenn sie mein Bild bekommt, trinkt sie ihren Tee.

Als ich den Salon betrat, roch es nach Urin. Sie hatte sich naß gemacht, als sie auf dem Sofa einschlief, und es nicht gemerkt. Aber jetzt war die Lähmung schon wieder vorbei. Sie duldete, daß ich sie trockenlegte, war mir nachlässig behilflich. Du bist ja steril, lachte sie, als sie ihren Hintern hob, damit ich die nasse Decke wegziehen konnte.

Du hast es ihr gezeigt. Was hast du ihr erzählt.

Nun gut, das sind neun Männer, sage ich, von denen man nur die Uniformen sieht. Es sind Uniformen von Soldaten und Dienern. Sie sind immer im Dienst, darum haben sie keinen rechten Körper. Ein Körper wäre wahrscheinlich zu schwer, du siehst ja, sie müssen schweben können, hin- und herfliegen, wie es ihnen befohlen wird. Der Künstler hat sie auch nicht Männer, sondern Männer*formen* genannt. Er meinte vielleicht, daß Männer keine Zeit haben, sich mit ihrem Körper zu beschäftigen. Sie haben Wichtigeres zu tun.

Hier treiben sie eine Maschine, oder eigentlich zwei. Aber da es ja nur Männerformen sind, könnte man auch sagen, daß sie von der Maschine betrieben werden, sogar, daß sie nur Teile dieser Maschine sind. Der Künstler hat sich vorgestellt, daß sie mit einer Art Leuchtgas laufen. Das Gas kann man natürlich nicht sehen, obwohl es die Hauptsache ist, es ist eben überall. Die Kunst besteht jetzt darin, es diese ganze Maschine treiben zu lassen. Du kannst die Männer mit Zylindern vergleichen. Sie verdichten dieses Leuchtgas, das über den Raum verteilt ist und in dem sie selber schweben. Sie verwandeln es in kleine Eisnadeln, die aus dem Kopf, oder aus ihren Hüten (da sie keine Köpfe haben) austreten und immer noch leichter sind als die Luft. Auch diese Eisnadeln kannst du dir bitte gasförmig vorstellen. Es sind Gas-Splitter, Pailletten genannt, die auf eine bestimmte Länge gestreckt werden müssen, und diese Strecken, die fein sind wie Fäden – hier kannst du Fäden erkennen –, leiten die Glanzstellen, aus denen sie zusammengesetzt sind, durch diese sieben spitzen Tüten. Die sehen wie Narrenhüte aus, aber sie funktionieren wie Kaffeefilter. Sie haben den Zweck, die Glassplitter zu verflüssigen –

Und dann stürzen die nur so in die Filterhüte hinein, teils weil sie von einer Pumpe angesogen werden, aber hauptsächlich weil sie hineinstürzen *wollen*. Sie möchten am Schluß nämlich explodieren. Sie fließen über einen Schlitten, den du auf dem Bild nicht sehen kannst. Da fällt ein Gewicht auf sie herab, in das Löcher gebohrt sind, und da sie flüssig sind, spritzen sie durch diese Löcher in die Höhe und müssen dabei durch diese Sonnenräder hindurch. Das sind gestrichelte Kreise, die der Künstler bei einem Augenarzt entdeckt hat. Man kann sie auch als Augen betrachten, durch welche das Leuchtgas aufsteigen muß und von denen es so stark geblendet wird, daß es zu einer Figur erstarrt wie Blei im Löffel. Zu sehen ist es natürlich nicht, da du dir die Figur immer noch gasförmig vorstellen mußt.

Was mit dem Gas nun passiert, ist ein Geheimnis, über das sich schon viele Leute den Kopf zerbrochen haben. Bekannt ist nur, daß es durch diese Löcher, die der Künstler mit einer Spielzeugkanone in den höheren Teil des Glases geschossen hat, die obere große Figur erreichen soll – die »Libelle«. Der Künstler selbst betrachtet sie als Braut. Aber wenn du den schweren Rahmen siehst, der das untere Bild mit den Mannsformen vom oberen Bild mit der Braut trennt, muß man sich fragen, ob das verwandelte Gas jemals an sein Ziel gelangt. Jedenfalls wird es ordentlich gequält.

Es stehen da, wie du siehst, noch weitere Maschinen im Weg, die ihm noch mehr Leiden zufügen, auch wenn ich dir nicht genau sagen kann, welche Leiden. Die Maschine hier ist zum Beispiel eine Mühle. Sie mahlt Schokolade. Man weiß aber nicht, womit das Werk angetrieben wird, oder wo die Schokolade herkommt und hingeht. Sicher ist nur, es handelt sich um Milchschokolade. Dem Künstler kam es vor allem auf die Mühle an. Sieh nur, welche Mühe er sich damit gegeben hat. Sie sieht genauso aus wie die Schokoladenmühle aus der Confiserie Gamelin in Rouen. Er hat sie auf einen schönen antiken Tisch mit Frauenbeinen gestellt. Das Bajonett hier, das er auf die Mühle montiert hat, trägt eine mächtige Schere, die allem andern in die Quere kommt. Vermutlich ist sie an der Verarbeitung des Leuchtgases beteiligt und schnippelt es in Stücke, aber das ist nicht ganz geklärt. Daß sie auf- und zugehen kann, verdankt sie der zweiten Maschine da unten in der Ecke. Wie du siehst, handelt es sich um einen Schlitten. Darauf ist eine zweite Mühle montiert, eine Wassermühle, die auf dem Schlitten hin- und zurückgleitet. Dabei nimmt sie wohl die Griffe der Schere mit, die dann auf- und zuklappen würde. Freilich: wenn du näher zusiehst, sind die Scherengriffe fest mit dem verlängerten Rahmen des Schlittens verbunden. Wenn das stimmt, kann die Schere die Bewegung des Schlittens gar nicht übernehmen. Dann würde die Wassermühle aber auch keine wirkliche Arbeit leisten. Und doch will der Künstler wissen, daß sie sich dreht. Sonst wäre es ja keine Mühle.

Aber wo kommt das Wasser für diese Mühle her? Wir denken uns, daß es von oben fällt, nicht wahr. Und da die neun männlichen Formen – die immer mehr wie Attrappen aussehen – unmittelbar über der Mühle, zum Teil sogar im Gestänge des Schlittens schweben, müssen sie tüchtig im Regen hängen. Vielleicht brachte sie die peinliche Lage auf die Idee, dieses Leuchtgas zu produzieren. Oder wenn es schon da war: das Leuchtgas zu veredeln und am Ende das Glas, in dem sie eingeschlossen sind, zu sprengen.

Der Künstler hat die Mannsbilder übrigens »Junggesellen« genannt, um ihre Lage anzudeuten. Genau besehen, tun sie ja etwas vollständig Unnützes. Und wenn wir die Wasser- und Schokoladenmühle genau besehen, dann sind es Folterspielzeuge, nichts anderes. Die Junggesellen können gar nichts. Sie baumeln im Leeren wie Bälge; sie sind Dienstkleider außer Dienst. Sie spinnen Fäden aus gestrecktem Leuchtgas, das ist alles, was sie können. Wenn sie nicht noch unnützer wären als sogar die Schokoladenmühle, man könnte sie selbst für Maschinenteile halten, für lahme Zeiger an einer Uhr. Oder für Luftsäcke, die den Wind anzeigen, aber hinter diesem Glas herrscht kein Wind –

Und die Braut?

Von einer Braut weiß ich nichts.

Spiel nicht den Unschuldigen.

Nichts. Nur daß das Bild eigentlich heißt: »Die Braut, von ihren Junggesellen nackt entblößt, sogar.« Ich nenne es lieber das Große Glas.

Du hast ihr nicht alles gesagt. Weil du denkst, sie ist noch ein Kind.

Sie hat nach den Linien auf dem Bild gefragt, ich sagte: das sind Sprünge im Glas. Der Künstler hat das Bild an eine Ausstellung in New York geschickt. Dafür hat er die beiden Glasplatten auseinandergenommen und aufeinandergelegt.

Dabei zerbrachen sie ganz gleichmäßig, die Braut oben, die Junggesellen unten. Das amüsierte ihn, das hatte ihm noch gefehlt. Das Glas hatte ja schon immer explodieren sollen. Jetzt hatte es der Zufall vollendet. Aber danach nahm er die beiden Platten wieder auseinander. Nur für die Dauer eines Schlages oder Stoßes waren sie verbunden. Es war ein Unfall, daß sie zusammenkamen.

Du weißt genau, was mit der Frau los ist. Du willst es ihr nur nicht sagen.

Ich weiß es nicht.

Ich finde das ganze Stilleben blöd.

Stilleben? frage ich, warum nicht. Wahrscheinlich ist es ein Stilleben.

Du hast Frauke getäuscht.

Hier, sage ich, von Ihrem Tee ist noch übrig. Bitte.

Wenn du denkst, du hast die Wette gewonnen! Neun Männer, und alles nur Beschiß.

Aber sie trinkt den Tee bis zur Neige und hört nicht zu stöhnen auf, als sie wieder liegt.

Geh nur in deinen Keller. Geh schon.

8

Sie war so zutraulich, und jetzt ist sie so verschlossen. Früher mußten wir ihr verbieten, sich den Leuten auf den Schoß zu setzen. Wir hatten Gäste, und das Kind kam herein, sagte erst nicht Guten Tag, und dann faßte sie die Gäste an. Komm mit mir, sagte sie. Wenn die Gäste höflich waren, standen sie auf und fragten: wohin denn? Und dann stand Frauke da, wußte keine Antwort, zierte sich, zuckte die Achseln, kicherte oder begann zu singen. Keine richtigen Lieder, nur abgerissene Laute, als wäre sie im Zimmer allein. Wohin? fragte der Gast dann nochmals, vielleicht gab er ihr die Hand, damit sie ihn führen sollte, denn sie hatte ihn plötzlich losgelassen. Meistens faßte sie ihn gar nicht bei der Hand, sondern an der

Jacke, sogar an der Hose. Gerrit vertrug das nicht, er wurde sehr böse, wenn sie die Leute einfach anfaßte. Manchmal, wenn die Gäste fort waren, hat er sie geschlagen, aber sie hat nie geweint, wenn er sie schlug, manchmal hat sie dazu sogar gesungen. Frauke, fragte ich, ich machte ihr gar keinen Vorwurf, warum faßt du die Leute denn an, ich wollte es nur wissen. Weil sie dann lebendig werden, sagte sie.

Sie wußte genau, daß ihr Gerrit vor den Leuten nichts anhaben konnte. Sie trieb es weiter, sie ging einfach wieder hin, faßte den Gast am Ärmel oder spielte mit seinen Fingern. Erst fanden sie es niedlich, Frauke war ja noch klein. Später waren sie schon befremdet. Manchmal setzte sie sich einem Gast einfach auf den Schoß, blieb liegen und begann zu nuckeln. Bei Frauen tat sie es nie, immer nur bei Männern, und die wußten dann nicht, wohin mit ihrem Glück. Als Kees bei uns war, saß sie gleich auf seinem Schoß und ging gar nicht wieder weg, bis sie einschlief. Laß doch, sagte Kees zu Gerrit, ich find's ganz gemütlich. Er streichelte sie und trug sie hinauf ins Bett.

Und nach einer Stunde, wir sahen gerade die Mappe an, die er mitgebracht hatte, stand sie wieder unter der Tür, im Nachthemd, mit geschlossenen Augen. Es wurde ganz still. Sie schlafwandelt, sagte Kees, aber so war es nicht. Sie ging einfach wieder auf ihn zu und setzte sich auf seinen Schoß. Frauke! sagte Gerrit, jetzt ist es genug, wir wollen den Abend jetzt für uns haben. Ihr habt doch jeden Abend für euch, sagte sie. Er hätte sie geschlagen, wenn ich nicht gesagt hätte: erst bringst du mich um! Ich hatte getrunken, verstehst du. Frauke kicherte, sie kicherte wie eine Große auf Kees' Schoß und legte sich an seiner Schulter wieder zum Schlafen hin.

Ist sie einmal im Heim gewesen, fragte mich der Schulpsychologe; kein Gedanke, sie war immer bei uns. Oder hat sie eine starke Trennung erlebt, ist ihr jemand Liebes gestorben. Der Großvater, sagte ich, Gerrits Vater, dem rutschte sie immer auf dem Knie herum, aber damals war sie zwei Jahre. – Sie möchte ein Baby bleiben, sie spielt ganz klein, sagte der

Psychologe. Sie möchte in die Wärme zurück, da muß es ein Trauma gegeben haben, denken Sie mal nach. Sie berührt jeden Gast, sie muß Menschen anfassen, sonst hat sie kein Gefühl für sich selbst. – Sie hat kein Gefühl für Grenzen, sagte Gerrit, sie weiß nie, wann es genug ist, und wir verwöhnen sie doch, wir geben ihr alles, was sie braucht, und mehr. – Das denkst du, habe ich gesagt, du entscheidest, wann es genug ist, und dann hast du immer sofort genug von ihr, und dann schlägst du sie. – Sie lacht ja dazu, sagte Gerrit, es macht ihr überhaupt nichts aus, sie legt es darauf an, daß ich sie schlage. – Ja, schreie ich, es ist ihr immer noch lieber, du schlägst sie, als du behandelst sie wie Luft. Das einzige Gefühl, das du ihr zeigst, ist Ungeduld. Sie weiß nichts von dir, als daß sie dich stört. Also stört sie dich. – Du verwöhnst sie, daß Gott erbarm, sagt er mir, du kennst überhaupt kein Maß, wie soll sie dann Grenzen kennenlernen, wie soll sie wissen, wohin sie gehört. Sie spürt deine Unsicherheit, du bist es, die sie unsicher macht. Weil du mit deinen Schuldgefühlen nicht zurechtkommst, bringst du sie zum Psychologen, du weißt genau, daß der auf deiner Seite ist. Für den hat jedes Kind schuldige Eltern, und wenn es dir ernst wäre, würdest du nicht mehr fliegen. Du willst dein Leben leben, gut, aber wenn das Kind dann kein Zuhause hat, sich dem ersten Besten an den Hals wirft, soll der Vater schuld sein. Ich habe es satt, bei euch den Sündenbock zu spielen, ich beteilige mich an der Erziehung, ich bin sogar der einzige, der hier erzieht, und dafür soll ich Prügel bekommen, es reicht mir, undsoweiter. – Wenn hier eine Prügel bekommt, ist es Frauke, und wenn einer Prügel austeilt, bist es du, ja, sieh mich nur an, schlag mich nur wieder, es ist doch das Einzige, was du kannst.

Eines Abends ist sie einfach nicht nach Hause gekommen. Es ist zehn Uhr, sage ich, bei ihrer Freundin hab ich angerufen, aber zu der geht sie ja nicht mehr, sie geht ja nirgends mehr hin. Auch in ihr Zimmer läßt sie mich nicht mehr, sie riegelt es zu –

Frau Mona sitzt mir an ihrem Empire-Tisch gegenüber, auf den sie die Ellbogen stützt, sie hält den Kopf mit den Händen und schaut mit aufgerissenen Augen durch mich hindurch. Sie hat vergessen, mir etwas anzubieten. Dabei hat sie mich draußen vor der Tür erwartet, *draußen*, ich weiß nicht, wie lange sie gewartet hat. Sie muß auf dem Trottoir auf und ab gegangen sein in ihrem wollenen Hauskleid, das nicht gegen Wind schützt, und jetzt sitzt sie da, und ihre Augen strahlen vor Verzweiflung. Ich kann sehen, daß dieses Strahlen auf Männer wie ein unaufhörliches Schutzsuchen und also wie ein Zauber gewirkt hat, und wie sich der Zauber verbraucht, wenn sie erleben, daß man den Schutz nicht zu bieten hat.

Wenn Frauke bei Gerrit wäre, sage ich. – Sie ist doch auch schon länger bei ihrem Vater gewesen –

Sie erträgt ihn nicht mehr, ich weiß es, sie hat sich nur Gewalt getan bei ihm, und jetzt haben wir die Bescherung.

Oder wenn ihr Zimmer verschlossen ist, sage ich, ist sie vielleicht in ihrem Zimmer.

Das hätte ich gehört, sie schmettert doch immer die Tür. Aber komm, wir sehen nach.

Sie steht auf, als vertrüge ihr leichter Körper keine Bewegung mehr, schleicht die Treppe hinauf, eine unglaublich enge, weiße Wendeltreppe, belegt mit einem weinroten Filz. Sie geht auf die linke Tür zu, die ebenfalls weinrot gestrichen ist und an der eine Zeichnung hängt: eine kindliche Hand, die gegen eine Tür pocht: *Bitte klopfen – Klopfen geht so*. Frau Mona klopft, kein Laut, sie beugt sich gegen die Tür. Es ist so eng, ich stehe immer noch auf der Treppe und halte mich am Seil.

Frau Mona drückt die Klinke, die Tür geht auf. Komm, sagt sie, als getraue sie sich nicht, allein in dieses Zimmer zu gehen. Sie macht Licht, das Zimmer ist klein und sparsam eingerichtet, sehr aufgeräumt, Pult mit Drehstuhl, eine Bettcouch, ein Gestell voll Schulbücher. In der Mitte der Decke dreht sich unmerklich ein Schmetterling aus Balsaholz. Er ist blau gestrichen, sonst ist der ganze Raum, Wände, Möbel,

Bettüberwurf, Fußteppich in verschiedenen Lila- und Violetttönen gehalten. Auf dem Pult ein Aquarell und ein Glas mit grau verfärbtem Wasser; ein Blatt, auf dem die Malerin eine Reihe kleiner Vasen abgemalt hat, die hinten an der Wand stehen. Man sieht, wie sie sich um Licht und Schatten, Körperlichkeit, Perspektive bemüht hat.

Dann sehe ich an der hintern Wand eine Zeichnung des Großen Glases hängen, mit Bleistift, aber peinlich exakt ausgeführt, sogar die Sprünge im Glas hat die Malerin angedeutet. Halb hinter der Gardine hängt noch ein Blatt am Fenster.

Ich schiebe den Stoff beiseite. Zum Glück kann ich nicht erschrecken. Das also ist mein Portrait. Das Gesicht hat die aufgerissenen Augen nach oben gerichtet, auch der Mund steht offen und läßt die Reißzähne sehen. Meine Lippen sind unnatürlich rot gemalt, die Mund-Nasen-Falte und die Augensäcke kräftig ausgezeichnet. Die Ähnlichkeit ist naiv und brutal.

Frau Mona ist neben mich getreten, legt mir eine Hand leicht auf die Schulter, ich kann ihr Körperwasser riechen und fühle ihren kurzen Atem. – Ein Ungeheuer, sagt sie ohne Befangenheit, als ob sie mich nicht erkennte.

Ich trete einen Schritt von ihr weg. Wer hat das abgezeichnet? frage ich und deute auf das Große Glas.

Sie steht unter deinem Einfluß, sagt Frau Mona, dann setzt sie sich auf das Bett und baumelt mit den Beinen.

Wie hätte ich mir früher so ein Zimmer gewünscht, sagt sie. – Hoffentlich ist ihr nichts zugestoßen. Eigentlich, sagt sie, hatte ich dich um etwas bitten wollen. Eine Gefälligkeit. Sie stützt die Arme auf Fraukes Bett und sieht mich nicht an. – Kees van Enden ist aus New York zurückgekommen, er arbeitet zwei Monate in Amsterdam, er hat eine große Ausstellung vorbereitet. Er gibt eine Eröffnungsparty, da möchte ich hingehen, aber nicht allein. Da du etwas von Bildern verstehst, werden dir seine Bilder gefallen. Das ist schon eine Weile her, sagt sie übergangslos mit flacher Stimme, wie lange ist das denn her. Wir haben wieder einmal richtig getanzt. Wo warst du eigentlich die ganze Zeit, als wir tanzten?

Ich bin auch jemand! schreit sie plötzlich, ich bin immer noch da!

Entschuldige, sagt sie nach einer Weile. – Manchmal glaub ich, du bist wirklich tot. Sie legt sich auf die Couch und schließt die Augen. – Was glaubst du denn, was ihr fehlt, sagt sie, und dann: Ich fliege schon nicht mehr, was soll ich *noch* tun!

Plötzlich lacht sie mit geschlossenen Augen: Heute hab ich geträumt, daß wir betteln, Frauke und ich. Draußen im Flughafen standen wir an der Wand, im Durchgang zu den Zügen. Wir standen bloß an der Wand, ich wußte, wir bettelten, aber wir hatten gar nichts zum Betteln. Dann nahm ich Frauke einen kleinen Blumenstrauß vom Mantel, Strohblumen, ich mußte weit *hinauf*langen, das war das Komische, Frauke war die Große. Dann hielt ich die Blumen vor mich hin, aber es kam lange keiner vorbei, und dann kam ein alter Mann, ich zog die Blumen zurück und verdeckte sie an der Brust. Ich schämte mich, als ich seine müden Augen sah, und wußte, er konnte die Blumen gar nicht bezahlen. Frauke stand neben mir, sie sah aus wie meine Tante in Alkmaar. Sie bewegte sich nicht, aber dann sah ich, wie ihr eine Träne aus dem Auge lief, und dann nahm ich sie bei der Hand und zog sie fort und rief: du weinst ja! Dann wird noch alles gut!

Ich habe das Kind nicht mehr weinen sehen, seit sie ganz klein war. Wenn Gerrit sie schlägt, fängt sie an zu singen. Und im Traum weinte sie, lautlos, diese große Frau –. Ich kann ja selbst weinen, sagte Frau Mona, schau, ich kann es ja noch.

Was denkst du jetzt?

Ich denke, sage ich, Ihre Tochter hätte es nicht gern, daß wir ihr Zimmer betreten haben. – Sie kommt ja nicht nach Hause, sagte Frau Mona, als wäre das eine Antwort. – Du hast recht, sagt sie und steht auf, jetzt hast du ja ihr Zimmer gesehen, ich wäre froh, wenn du manchmal hereinschautest. –

Ich deute auf mein Bild am Fenster, Frau Mona blickt mich gespannt an. – So sieht sie mich, sage ich.

Frau Mona legt sich die Hand auf den Mund und beginnt zu lachen, sie lacht mit ihrer tiefen Stimme, daß es sie schüttelt. – Nein! sagt sie, das sollst *du* sein? – Dann steht sie neben mir, fährt mit den Fingerspitzen über das Blatt, wendet sich plötzlich zu mir und zieht mit derselben Fingerspitze meinen Nasenrücken nach, dann die Falte zum Mund. Ich spüre das Kratzen des Nagels auf meiner Haut. – Nein, sagt sie, ich glaube, du weißt selbst nicht, wie du aussiehst. – Schrecklich, sage ich, das haben Sie gleich gefunden. – Müde, sagt sie, ein wenig müde, oder sterbensmüde, nein, ich glaube, du fürchtest dich nur vor dir selbst, das muß anstrengend sein, das macht dich so müde. – Ich bitte, sage ich. – Keine Angst, sagt sie, du machst mir keine Angst.

Eigentlich, sage ich, sind wir hier heraufgekommen, um nach Ihrer Tochter zu sehen, weil Sie sich Sorgen machen. So war es verabredet. – Frau Mona sieht mich mit einem Schatten von Unmut an, aber sie geht nicht weg und schüttelt nur langsam das Haar. – Stell dich doch nicht dümmer, als du bist, sagt sie. – Ich habe nicht mehr das Gefühl, daß Sie mich noch brauchen, sage ich. – Du hast nie das richtige Gefühl, sagt sie, und da du nicht mal weißt, wie du aussiehst, muß ich es dir zeigen, aber dafür möchte ich mich jetzt setzen.

Unten, bitte, sage ich.

Unten, klar, was denken Sie von mir.

Sie müht sich vor mir die steile Treppe hinab, Stufe um Stufe. Ich vermeide es, ihr Haar anzusehen.

Wir hatten uns an den Küchentisch gesetzt, schwiegen, sie hatte einen spanischen Wein geöffnet. Wir stießen mit den Gläsern an, ohne Worte, worauf hätten wir anstoßen sollen. Seit Mona mich berührt hatte, lag etwas Heißes in der Luft, eine angestrengte Leere, die spannte unsere Gesichter, als starrten wir in ein offenes Feuer.

Noch eine halbe Stunde, dann rufe ich die Polizei, sagte sie leise und sah mich nicht an. Jetzt breitete sich vollkommene Verlassenheit auf ihrem Gesicht aus wie ein feierlicher, über die Furcht erhabener Glanz.

9

Ich bin nur noch faul. Wenn man den ganzen Tag geschlafen hat. Aber das Fieber ist weg.

Sie sitzt am Küchentisch, angezogen. Wenn sie auf und ab geht, sehe ich ihren bodenlangen, bunt gemusterten Rock, wie ihn junge Frauen vor zehn Jahren trugen, und eine östliche Bluse mit langen Ärmeln ohne Kragen. Die drei Stufen zur Küche bereiten ihr Mühe, ich sehe die Unsicherheit in ihrem beschwingten Schritt, zu dem sie sich trotzdem aufrafft. Keine fünf Schritte ohne Schwung, als müßte alles rasch und speditiv gehen. Sie habe das Fieber niedergeschlagen, sagt sie, das habe sie beim Fliegen gelernt. Sie entschuldigt sich für die Umstände, und daß Frauke mich gerufen habe. Es könne auch Mani gewesen sein. Der Ausschlag werde auch wieder zurückgehen, sie habe ihn schon schlimmer gehabt. Diesen wunderbaren Schmetterling im Gesicht. Zum Glück habe sie ihn für den Check immer weggekriegt. Mit Cortison. Leider sei sie auch ohne Schmetterling durchgefallen. Wie ich ihre Frisur finde? Wegen dieser Frisur sei sie durchgefallen.

Frau Mona redet, als dürfe zwischen ihren Sätzen keine Stecknadel fallen. Als sie den Wein geöffnet, eingeschenkt, sich wieder gesetzt hat, holt sie Luft, als müsse sie verbergen, daß sie gar nicht recht atmen kann. Wir trinken den Wein nicht in der Küche, sondern im Salon.

Sie sollten gemütlicher sitzen können, sage ich. – Hier sitzt man stilvoll, aber nicht gemütlich. Ihr Salon ist geschmackvoll möbliert, aber wie für Diplomaten. Hier wohnen Sie gar nicht richtig.

Das mußt ausgerechnet du sagen, mit deinem Keller. Unter Papierstößen und mit einer Kiste als Bett. Und immer künstliches Licht. Du läßt mich ja nicht rein, nur deine Freundinnen. Entschuldige, ich wollte dir nicht zu nahe treten. Wenn wir Gäste haben – als wir Gäste hatten, Freunde, meine ich, dann blieben sie hier sitzen. Wir fanden es wohnlich. Und für Parties war der Salon genau das Richtige. Sie blieben dann nicht so lange. Zum Wohl.

Ich weiß nicht, ob Sie trinken sollten.

Sie starrt mich an, das Bräunungsmittel macht sie nur noch fahl, auch das Weiße in ihren Augen ist gelblich.

Auch kein Morphium, sage ich.

Du bist verrückt.

Ihre Augen glänzen, sage ich. Und eine Gelbsucht hat Ihnen noch gefehlt.

Was glaubst du eigentlich, was ich von dir will? Jedenfalls keinen guten Rat!

Unvermittelt reckt sie ihren Arm über den Tisch und streichelt meine Hand, zupft an meinen Fingern. Dazu legt sie sich so flach, daß die Kante in ihre Brust schneidet, und preßt ihr Kinn auf das Holz. Sie schaut mich von unten an, boshaft, verwirrt, träumerisch. Dann sinkt ihr Gesicht auf den freien Arm, und ich sehe nur noch ihr Haar. Da ich meine Hand zurückgezogen habe, klauben ihre Nägel an den eigenen Nagelbetten. Ich sehe die gewissenhafte, böswillige Arbeit der zerbrechlichen Finger, die beweglichen Sehnen auf dem Handrücken, die jungen Flecken des Alters. Dann drehe ich diese Hände an den Gelenken um und begegne der größten Nachgiebigkeit, als warte sie nur darauf, daß ich ihre Handlinien lese.

Nochmals anfassen bitte.

Die Kupferdrahtfarbe ihres Haars reicht bis zu den Wurzeln, aber der Haarfestiger hält nicht mehr; die Kopfhaut blickt durch das Gewirr, bleich, wie der künstliche Boden für ein Blumengesteck.

Hast du denn Freunde?

Nein.

Bist du ein Kümmerer?

Wer ist das?

Jemand, der immer da ist und nichts für sich wünscht.

Vor einem solchen Charakter würde ich mich hüten.

Das hast du *gesagt. Ich kann nicht mehr wählerisch sein.*

Vielen Dank für die Blumen.

Kallas mag ich nicht besonders. Entschuldige. – Schade, daß man hier raus muß. Aber die neue Wohnung kann ich vielleicht bezahlen. Von meinem Geld.

Ich gehe auch so, sage ich. Im Oktober ist die Auktion vorbei. Vielleicht sollte ich ihm einmal schreiben. Diesem Gezaghebber, damit er Sie nicht kündigt.

Laß ihn doch. – Das Leben ist zu kurz. In vierzig Jahren lernt man es nicht. – Wie hättest du gern gelebt, wenn du gelebt hättest?

Ich will ausgelitten haben, sage ich.

Wo hast du Frauke gelassen? Interessiert sie dich nicht mehr?

Sie wird malen.

Sie ist ehrgeizig. Sie möchte dir was bieten. – Warum bist du eigentlich in Schwarz zu Kees gegangen? Hatte das etwas zu bedeuten?

Ich habe nichts anderes.

Klar. Tote haben nur das Sonntagskleid, in dem sie begraben wurden. Aber jetzt hast du ein Kind. Es kann malen. Endlich gibt es jemand in der Familie, der malt.

10

Was hat sie eigentlich gesagt, deine Mani, als wir auf das Fest gingen? Warum hat sie es nicht verhindert?

Ein Kind?

Oh, die hat ganz schön Power. *Die könnte mit dem Brett*

vor ihrem Kopf eine Herde Elefanten stoppen. Sogar mit dem Kopf allein, ohne Brett. Schließlich ist sie nicht mehr bloß *ein Kind.*

Sie hat sich an diesem Abend eigenartig benommen, sage ich. Wenn ich mich recht besinne, murmelte sie erst etwas von Hausanzünden. Sie hatte mich aus dem Keller geholt –. Mit der Drohung eines Kindes, es werde das Haus anzünden, ist unter keinen Umständen zu spaßen, sage ich, besonders wenn es nicht mehr bloß ein Kind ist.

Sie war eifersüchtig.

So sehr hängt das Kind nicht an mir.

Auf mich war sie eifersüchtig. Eine Mutter, die ausgeht, sich amüsiert, und die Tochter sitzt zu Hause. Was hatte ich an?

Uniform, sage ich, aber nicht die alltägliche. Eine Uniform aus den Pionierzeiten der Zivilluftfahrt. Einen hellblauen Hosenrock, der sich im Propellerwind fest an den Körper schmiegt, und ein kurzes Jäckchen mit dreiviertellangen Ärmeln und breitem Kragen.

Du hast mich ja angesehen!

Und mit hundert glänzenden Metallknöpfen.

Hundert! Sagen wir: zahllos. Weil du sie nicht gezählt hast.

Wir hatten ja Dringenderes zu tun, sagte ich. – Wir waren ratlos. Da saß das Kind auf dem Boden, hatte ihr Stillebenbuch auf den Knien, blätterte aufreizend langsam darin herum und gab uns keinen Blick. Und wir saßen auf dem Sofa und redeten ihr zu. Und jedesmal verschlug es uns wieder die Sprache, wenn sie sagte –

Wenn ihr geht, zünde ich das Haus an. In diesem Alter ist es ihr zuzutrauen. Da machen sie alles –

Sie haben die Drohung nicht so ernst genommen, sage ich.

Ich habe sie ernst genommen und bin trotzdem gegangen. Das war die Kraftprobe. Ich geh auf mein Fest. Aus dem Haus kann werden was will. Soll es brennen.

Aber sie könnte mit verbrennen.

Wenn du das gewußt hast, wenn du das auch nur gedacht *hast, warum hast du mich gehen lassen?*

Dazu fällt mir nichts ein.

Und wenn sie *das gewußt hat, wie konnte* sie *mich gehen lassen? Warum hat sie nicht dafür gesorgt, daß ich blieb?*

Sie wären nicht geblieben, sage ich.

Nein. Ich wäre nicht geblieben.

Und es ist doch nichts passiert.

Nein?! Ist nichts passiert, gar nichts? Ich tanze mich kaputt, ich klappe vor allen Leuten zusammen, ich sterbe vor Lächerlichkeit, ich werde als Notfall weggefahren – aber es ist gar nichts passiert?

Und sie hat mich einfach gehen lassen!

Aber sie hat Sie ja nicht gehen lassen wollen, sage ich.

Dir zuliebe bin ich gegangen, damit du einmal unter Menschen kommst! Weil ich dich nicht enttäuschen wollte!

Frau Mona fiebert vor Entsetzen und Empörung, über ihre Stirn läuft das Wasser. Sie sitzt auf dem Sofa wie gegen einen Alptraum hoch aufgerichtet, der nach dem Erwachen nicht weichen will. Dann fallen ihr die Lider herunter, einmal, zweimal, sie beginnt zu zwinkern, lächelt, fällt gegen die Rücklehne.

Und wie habe ich getanzt?

Sie waren die Erste, sage ich, gleich nach Amy, sie wußten auf Anhieb, was verlangt war –

Verlangt! Ich habe getanzt, wie ich mußte. Ich konnte nicht anders.

Ja, sage ich, niemand hätte Sie halten können.

Habe ich dich vernachlässigt? Du warst sauer, gib's zu.

Ich war besorgt, sage ich.

Kümmerer! Du bist also ein Charakter, vor dem ich mich hüten soll. Ich glaube, du hast recht.

Ich war sauer.

Zu spät. Jetzt glaub ich's nicht mehr. – Aber du hast dich feingemacht. Du hast zum ersten Mal ein Parfum gebraucht, ich hab gestaunt.

Höllisch Juchten, sage ich.

Nächstes Mal, wenn wir ausgehen, mach ich's gut. Muß nicht immer so wild sein. Dann hab ich nur Augen für dich, und dann soll Frauke das Haus anzünden.

Sie lacht, genießt das tiefe, zerbrechliche Schwingen ihrer Stimme.

Es war schlimm, gib's zu.

Ich gebe es zu.

11

Als ich am nächsten Abend erwachte, war das Große Glas nicht mehr da. Die nackte Preßspanplatte wie ein zugemauertes Theater.

Ich geh zur Tür hinaus, sehe das Haus empor: bei Frau Mona ist kein Licht. Aber ich meine, hinter den Vorhängen im ersten Stock eine Bewegung gesehen zu haben. Ich klopfe, ich klopfe noch einmal. Langsam öffnet sich oben ein Fenster. Frau Monas Kopf und Schultern sind gerade zu erkennen.

Mani, sage ich.

Mona ist nicht da.

Ich möchte mit dir reden. – Da sie sich nicht rührt: Mach auf, bitte.

Wenn ich allein bin, mache ich nicht auf.

Wann kommt Mona wieder?

Sie fliegt.

Mona fliegt?

Ich sage laut: Wenn sie hätte einspringen müssen, hätte sie mir etwas gesagt. Schon deinetwegen.

Sie sagt dir nicht alles.

Frauke! was ist passiert?

Sie schüttelt den Kopf.

Morgen wollte sie doch ausgehn, sage ich.

Mit dir?

Ja.

Das geht nicht. Sie ist krank.

Frauke, fliegt sie jetzt oder ist sie krank?

Beides.

Mach auf, sage ich.

Nein.

Soll ich die Polizei holen?

Dann verhaftet sie dich.

Monas Kopf bleibt noch eine Weile am offenen Fenster, ich kann ihr Gesicht nicht lesen; dann verschwindet es. Ich gehe die Treppe hinauf zur Haustür. Kein Laut im Haus. Ich horche, klopfe nochmals. Auf dem Bürgersteig geht ein älteres Paar vorbei und mustert mich mißtrauisch. Ich habe das Gefühl, daß auf der andern Seite der Tür ebenfalls gehorcht wird, klopfe zum drittenmal. Der Riegel geht sofort auf.

Guten Abend, sage ich.

Was willst du?

Nachsehen.

Dann sieh nach.

Mach bitte Licht.

Mach doch selber.

Es dauert eine Weile, bis ich den Schalter finde. Mona steht im Halbdunkel, in Jeans und einem grobmaschigen Pullover, und rührt sich nicht. Der Salon im ersten Stock ist dunkel, ich trete auf Papier. Der ganze Boden ist mit Zeichnungen ausgelegt. Auf dem Empire-Tisch ein Farbkasten, Wasserfarben, Krüge, Kannen, Früchte.

In der Küche finde ich das Licht sofort, sie ist leer. Ich öffne die Tür zur Toilette, ich steige die Treppe hoch. Jetzt steht Mona oben und spricht kein Wort. Ich klopfe an die erste Tür, öffne, es ist das ehemalige Elternschlafzimmer, aufgeräumt, unberührt. Die nächste Tür führt in ein Schlafzimmer, das benutzt worden ist. Das Bett ist ungemacht, an einem

Stuhl hängt Monas Kimono mit den Reihern, ein Toilettentisch mit Spiegeln, bedeckt von Kosmetik und Medizin. Mona hat sich nicht gerührt. Sie deckt den Eingang zu Fraukes Zimmer.

Kalt, kalt, alles kalt. Hier auch. Kalt.

Ich drücke die Klinke, die Mona festhält, ich öffne, sie beißt mich in die Hand. Auch hier ist es dunkel und leer.

Hier wäre noch das Badezimmer. Such dein Bild doch im Badezimmer.

Wo ist Mona?

Fliegt. Über das weite blaue Meer.

Schluß mit dem Theater, sage ich. – Warum ist alles dunkel, und wo ist mein Bild.

Bei dir ist auch alles dunkel. Sie hat heute morgen einen Anruf bekommen, und um elf Uhr ist sie schon gegangen. Du schläfst zu lang.

Und du bist einfach hier, allein?

Wo soll ich sein?

Bei Gerrit.

Der braucht keine Frau mehr. Der hat schon wieder eine. Du bist bei mir eingebrochen. Dafür mache ich dein Bild kaputt.

Mona lehnt sich an die Kinderzimmertür und schiebt den Bauch vor.

Willst du meinen Hintern sehen?

Was ist da oben?

Der Boden. Und da ist die Leiter. Bitte.

Mach bitte Licht.

Mach doch selber.

Ich gehe die Treppe hinunter, dann rufe ich: Frauke!

Mona kommt gerutscht, Stufe um Stufe schlägt sie hart auf, unten bleibt sie mit ausgestreckten Beinen sitzen.

Wenn sie tot ist, machen wir, was wir wollen.

Hast du gegessen? frage ich, versuche sie am Arm hochzuziehen, aber sie macht sich steif und läßt sich gleich wieder fallen.

Brauchst du dein Bild nicht mehr?

Ich setze mich auf eine Stufe, sehe durch die Öffnung des Durchgangs in den vom Kronleuchter erhellten Salon. Es sind wohl hundert Blätter, die den Parkettboden bedecken, immer dasselbe Stilleben. Einmal sind die Gefäße mit harten Umrissen gezeichnet, einmal bestehen sie nur aus Rundungen, Übergängen von Hell und Dunkel. Viele Blätter sind mit Schwarzstift durchgestrichen.

Hast du gegessen?

Ich faste.

Frauke, sage ich, ich mag es nicht, wenn du bei mir eindringst.

Mona hat angefangen, sich im Sitzen hin und her zu wiegen, dazu zieht sie den Kopf an die Schulter. Ihr Gesicht liegt im Schatten, ihre Augen glänzen wie Teer.

Dringst ja selbst ein. Du kannst mir nicht verbieten, was du selbst tust.

Du weißt warum, sage ich.

Weil du Angst hast, um deine Mona.

Sie wiegt sich heftig hin und her.

Das gefällt dir, wenn ich Angst habe?

Sie zuckt die Schulter.

Zeigst du mir deine Bilder, frage ich.

Siehst sie ja selbst. Ich kann im Dunkeln malen.

Zeigst du mir dein Buch, frage ich.

Sie steht auf, geht in den Salon, das Buch liegt auf dem Sofa. Sie legt es mir auf die Knie.

Können wir es zusammen anschauen?

Ich kenne es schon.

Mona setzt sich dicht über mich auf die Treppe, sie beobachtet mich beim Umblättern und spricht kein Wort.

Was gefällt dir daran? Auf den Bildern läuft doch nicht viel.

Du bist dumm. Du siehst die Hauptsache nicht, sie verstekken etwas. Sie verstecken die Braut.

Was hast du mit meinem Bild gemacht?

Hol's doch. In meinem Zimmer.

Gib mir's zurück, wenn du's nicht mehr brauchst.

Ich will auf deinen Schoß.

Sie kriecht vorsichtig und umständlich auf meine Knie, läßt sich gegen meine Brust fallen, ohne Laut; dann zieht sie meine linke Hand heran und beginnt mit meinen Fingern zu spielen.

Wir sitzen eine lange Weile. Sie wiegt noch leichter, als ich gedacht hatte. Es wird immer dunkler. Sie summt leise gegen meine Schulter, dann atmet sie nur noch schwer.

Als sie schläft, trage ich sie die steile Treppe hoch ins Kinderzimmer, will sie auf das Bett niederlassen. Als ich zuvor die Decke zurückschlage, höre ich es knistern wie Papier. Ich ziehe es heraus, lasse Mona sinken, halte es gegen das Fenster: es ist das Große Glas, stark zerknittert. Sie muß schon darauf gelegen haben. Ich lege es auf den Arbeitstisch zu den Vasen, löse ihr die Turnschuhe. Bevor ich sie zudecke, sagt sie:

Bleib hier.

Ich strecke mich auf dem Fußboden aus und lege die Hände unter den Kopf. Genau über mir dreht sich das Gerippe des Falters und scheucht seinen blassen Schatten über die Zimmerdecke.

12

Was tun wir, Samstag, hat Dr. Veenendaal gefragt.

Es ist eine doppelte Frage, das habe ich verstanden. Eine, die sich auf die Zukunft bezieht, eine wahrscheinlich begrenzte Zukunft – kennen Sie denn eine andere, Herr Doktor?; wir sind gefragt, was wir jetzt noch zu tun, zu unternehmen, vorzukehren, vor allem: *nicht* zu unterlassen haben. Die naheliegende Antwort: wir liefern diese Frau, der wir nicht helfen können, ab, dafür gibt es Krankenhäuser. Man unterhält sie, damit sie mitspielen, sie sind so teuer, weil sie für unsere Lücken büßen. Aber Gerrit wird ja bezahlen, daran soll es nicht scheitern, an ihm soll nie mehr etwas scheitern, und außerdem leben wir in einem Sozialstaat, solange noch Atem in uns ist. Und wenn er uns ausgeht, sterben wir im Sozialstaat, dafür haben wir ihn eingerichtet, als Schutz gegen den sichtbaren, den schmerzhaften Tod. Henk Veenendaal hat recht, wenn er mich für einen schlechten Mitspieler im Sozialstaat hält. Es gibt keinen ehrlichen Schutz gegen den Tod, schon die Behauptung fordert mich heraus, sie kränkt mich gewissermaßen persönlich. Dabei hänge ich nicht an meinem Tod. Ich habe nur eine Art, ihn gelten zu lassen, die, nach dem Berufsethos eines Arztes, auf Lebende nicht anwendbar ist. Für Henk Veenendaal mag sie wohl wie Todesverachtung, also Lebensverachtung aussehen. Dann aber wäre Frau Mona in jedem Spital besser aufgehoben als in meinem Dunstkreis. Er bittet mich sozusagen um Einverständnis mit dieser Hypothese, schuldbewußt, denn er tritt mir natürlich schon sehr nahe.

Aber daß ich nicht den Gekränkten spiele, hat mit seiner eigentlichen Frage zu tun: Was tun wir hier, Samstag, die ganze Zeit, was tun wir Mona mit unserer Fürsorge an? Das zielt nicht mehr auf die unsichere Zukunft, das spricht unsere gegenwärtige Unsicherheit an, unsere Verantwortung gegen die Kranke, vor uns selbst: wo stehen wir mit ihr, ist unser Verständnis ihrer Lage gut genug, ausreichend – nicht zur Heilung, zur Heilung wohl nicht mehr, so lautet die Frage nicht. Aber zum Schutz ihrer Würde, und zum Respekt vor ihrem Willen. Die wahre Frage ist: genügen wir?

Herr Doktor, sage ich, wenn wir die Antwort Frau Mona überließen?

Schön, sagt er. – Das klingt immer sehr gut. Verlassen wir uns auf ihre innere Stimme. Aber woher wissen wir, daß diese Stimme sie recht berät?

Das wissen wir nicht, sage ich, sie ist nur besser als unser Rat.

Wenn Mona nicht so leicht bereit wäre, sich über ihre

Krankheit zu täuschen, würde ich mich mit dieser Antwort zufriedengeben.

Sie weiß Bescheid, das war Ihr Wort, Herr Doktor, sage ich – alle wissen Bescheid, nicht wahr. – Und selbst wenn sie sich über ihre Krankheit täuschen sollte, woher wissen wir, daß wir uns nicht täuschen?

Dagegen spricht die Statistik, aber lassen wir sie beiseite, sagt er. – Ich habe Augen, und ich kenne ihre Werte. Es geht abwärts, Samstag. Wollen Sie dabei zusehen?

Man muß auch zusehen können, antworte ich. – Oder wollten Sie um jeden Preis etwas tun?

Ja, sagt er, wir sind wohl so gebaut, daß wir etwas Tun immer für humaner halten als etwas Unterlassen.

Das wäre es auch, sage ich, wenn es nicht einen Unterschied gäbe zwischen Unterlassen und Lassen. Wir müssen lassen können, wenn wir mit dem Tun am Ende sind. Wir dürfen es Frau Mona überlassen.

Sie sind mir zu weise, Samstag, sagt er, gefährlich, halsbrecherisch weise.

Sehen Sie sich einmal die Mönche auf dem Papierschirm genauer an, sage ich.

Ich bin kein Mönch, sagt er mit schiefem Lächeln, und ich werde auch keiner mehr. Ich bin bloß Arzt. Ich habe lernen müssen, Patienten aufzugeben – das sage ich nicht gern. Bei Mona lerne ich es nicht.

Gevatter Tod, sage ich. Der Tod machte aus seinem Patenkind einen berühmten Arzt. Er erschien ihm an jedem Krankenbett. Wenn er zu Häupten des Kranken stand, wußte der Arzt, daß er helfen konnte. Stand der Tod am Fußende, so gehörte der Kranke ihm. Einmal ließ sich der Arzt dazu hinreißen, das Krankenbett umzudrehen. Das war das Ende des Arztes.

Samstag, sagt Dr. Veenendaal, das meine ich. Sie drohen mir. Darum traue ich Ihnen nicht. Sie erzählen Mona das Blaue vom Himmel herunter. Sind Sie so sicher, daß Sie ihr guttun?

Ich bin ein Aasgeier, wenn's besser paßt, sage ich.

Aasgeier, sagt er langsam nickend. – Die helfen dem Tod manchmal auch etwas nach, nicht wahr?

Schön, sage ich. – Dann soll sich Mona gegen mich wehren.

Kann sie das noch? fragt Dr. Veenendaal. Sehen Sie das Mädchen doch an. Sie ist von Ihnen abhängig. Sie kommen jede Nacht zu ihr. Sie haben sie in der Hand –

Sie ruft mich, sage ich scharf. – Wenn sie mich nicht mehr ruft, bin ich nicht mehr da. Und ich habe sie nicht in der Hand. Meine Hände sind leer wie Ihre Hände, Doktor. Haben Sie eine Ahnung. Mona ist stärker als wir beide.

Gut, sagt er. – Sie will nicht weg, ich weiß. Aber jetzt weiß ich auch, daß sie weg muß. Und Sie sollen wissen, Samstag, daß ich tun werde, was in meiner Kraft steht, um sie zu entfernen.

Den Teufel werden Sie tun, sage ich, und da stehen wir, Aug in Auge. Einer wird zwinkern.

Ich mag diesen Arzt.

13

Maudlin war zum Tierarzt gebracht worden. Eine Wespe, die er fangen wollte, hatte ihn gestochen, zwischen die Zehenballen der Vorderpfote, die zu schwellen begannen. Die Wespe hatte noch fortfliegen können, aber Frauke war ihr nachgejagt und hatte sie mit einem Buchdeckel niedergeschlagen, dann erdrückt, mit Sorgfalt. Die Wespe war krumm, aber sie sah nicht beschädigt aus, nur aus dem Hinterleib war ein Tropfen klarer Flüssigkeit getreten. Frauke zeichnete das Insekt stark vergrößert. Dazu betrachtete sie es durch eine Lupe, die sie in der linken Hand hielt. Sie benützte nur den Bleistift. Farben waren jetzt verbannt aus ihrer Kunst. Dafür war die Zeichnung fast wissenschaftlich exakt geworden. Die Sorgfalt der Striche ließ das Gestrichelte und Schraffierte zugleich landschaftsförmig erscheinen, traumartig; als gäbe es auf der weiten Welt nichts mehr als diese Wespe.

Sie wirkte verändert, schmaler im Gesicht, gefaßt. Sie blickte mich nicht an. Wenn sie mit mir redete, schien sie nur mit ihrer Zeichnung zu sprechen. Sie hatte sich – ja, »gestreckt«, aber das war etwas Unmerkliches, fand sich auch in ihren Bewegungen. Meistens saß sie gebeugt, fast kurzsichtig über ihrem Block. Als es an der Wespe fast nichts mehr zu tun gab, lehnte sie sich weit zurück und führte ihren Stift, ohne ihn aufs Papier zu setzen, aus großer Entfernung. In dieser Stellung blieb sie beim Zeichnen häufig. Wenn sich der Stift, zur Korrektur einer Winzigkeit, einmal bewegte, hielt sie den Kopf schräg. Das hatte etwas erheiternd Berufsmäßiges, aber Lachen kam mir nicht in den Sinn.

Nur wenn sie zeichnete, redete sie unausgesetzt.

Die Wespe ist tot, sagte sie. Die andern Wespen werden sie nicht vermissen. Eigentlich sind die Wespen ein Volk und bauen ihr Nest miteinander. Sie organisieren sich mit ihrem Instinkt. Wenn eine in Gefahr ist, kommen sie ihr sofort zu Hilfe. Sie spüren, sie sind dann alle in Gefahr. Wenn sie zusammen sind, geht keine verloren. Aber arbeiten müssen sie allein. Ich meine, wenn sie draußen arbeiten. Nektar sammeln, oder Wasser. Sie sammeln ja viel Wasser. Das können sie nicht gemeinsam. Dabei verirren sie sich wie diese hier und sterben. Wenn sie in Gefahr geraten, stechen sie, und das ist dann ihr Tod. Die andern wissen nichts davon. Sie können ihr nicht helfen. Wenn nur eine fehlt, macht es ihnen auch nicht viel aus. Nur wenn sie da ist, wissen die andern, daß sie da ist. Wenn sie wegfliegt, ist sie gleich vergessen. Aber um zu arbeiten, muß sie wegfliegen.

Ich habe sie getötet, sagt Frauke nach einer Weile, während sie zeichnet. Aber nicht, weil sie Maudlin gestochen hat. Das muß sie ja, wenn er sie angreift. Wahrscheinlich wollte er nur spielen. Er kennt ja keine Wespen, wenn er immer im Haus ist, er hat nicht viel zum Jagen. Aber das weiß die Wespe nicht, und wenn sie es wüßte, würde es ihr nichts nützen. Sie versteht Maudlins Spiel nicht, darum sticht sie ihn eben und reißt sich dabei ihren Stachel aus. Sie hat es nicht anders gelernt. Ich habe sie getötet, aber ohne ihren Stachel wäre sie auch gestorben.

Sie zeichnet die Wespe, sage ich Mona, und was sie zeichnet, wird immer größer, der Kopf der Wespe wird zu groß. Die Waben der Augen gleichen den Waben der Wespennester.

Hier sitzt sie, sagt Mona, hier auf dem weißen Stuhl. Gestern ist sie wieder von Gerrit zurückgekommen. Aber ich war unterwegs, ich bin wieder geflogen. Es wurde spät, da hat sie schon geschlafen. Heute hat sie keine Schule, darum schläft sie noch, und ich muß wieder fort. Schau nach deinem Mittagsschlaf noch mal herein, schau, was sie macht. Weißt du schon das Neueste? Frauke will sich mit dir verloben, am 28. August.

Wann gehst du? hat sie mich beim Zeichnen gefragt.

Im Oktober, habe ich geantwortet.

Am wievielten?

Mußt du es genau wissen?

Wegen der Verlobung.

Sie blickt nicht auf, wenn sie zeichnet, sie schaut nicht links und nicht rechts, und sie zeigt auch nicht die leiseste Röte auf ihrem mageren Gesicht.

Aber dann sagt sie: Mona, zu trinken brauchst du heute nicht.

Mona trinkt, sie kann nicht mehr allein sein, ohne zu trinken. Da ist es ja gut, wenn Frauke mit ihr so streng ist. Sie nimmt ihr jetzt das Glas weg. Auch beim Zeichnen führt sie Monas Hand. Aber wenn Mona so viel trinkt, darf sie nicht zeichnen.

Sie zeichnen ihre Wespe zusammen, deren Kopf immer größer wird, und der Kater, den die Wespe gestochen hat, liegt auf dem Eisbärenfell wie überfahren, läßt manchmal die Barthaare zittern. Er erholt sich von der Spritze, dazu jagt er im Schlaf, die Pfoten zucken, bei abgeschaltetem Bewegungszentrum. Gefressen hat er schon wieder.

Der Lehrer hat Frauke früher gehen lassen. Sie ist nach Hause gekommen, gerade zur rechten Zeit, um die Wespe zu töten. Dann hat Mona das Insekt auf ein grünes Löschpapier gelegt, mit dem Tierarzt telefoniert und Maudlin hingebracht, ihn festgehalten, als er die Spritze bekam, und ist mit dem Deckelkorb wiedergekommen. Sie meinte es nicht zu schaffen, und dann ging es doch. Es war Monas erster langer Weg in die Stadt, sie hat kein Taxi genommen. Dann hat sie die Katze gefüttert, die Kartoffeln für das Nachtessen aufgesetzt und die Hausaufgaben gemacht. Als ich komme, zeichnen sie wieder, und die Kartoffeln sind gar.

Die hat Frauke von ihrem Taschengeld gekauft, sagt Mona, sie sind die beste Schonkost, die es gibt. Wer hätte gedacht, daß ich wieder gehen könnte. Bald kann ich wieder fahren.

Warum hat dich der Lehrer früher gehen lassen, frage ich.

Er fand, es sei genug.

Das findet er einfach so?

Es war ein guter Moment zum Aufhören, sagt sie.

Ich bringe sie nicht dazu zu erzählen, was sie bei diesem Lehrer eigentlich tut.

Er erzählt, aber nicht immer, sagt sie, ohne aufzusehen.

Darf ich euch einmal in der Schule besuchen? frage ich. Mona mustert mich streng. – Wozu? fragt sie.

Aus Neugier.

Dann nicht, sagt Mona. Sie geht in die Küche, nicht beschwingt, aber sie kann gehen; ich höre sie Gemüse schneiden. Dann kommt sie wieder und hält mir einen halben Rotkohl hin. Für dich, sagt sie. – Er ist schön.

Heute abend oder morgen wird sie ihn zeichnen, die andere Hälfte.

14

Heute spielen wir Gerrit und Mona, sagt Mona. Sie hat den Rotkohl gezeichnet. Die durchwachsene Schnittfläche erinnert an die Bäume, die mir Frauke früher gebracht hat, aber sie verwendet keine Farben mehr.

Und Frauke? frage ich.

Die braucht uns nicht zu hören. Das ist für Erwachsene. Ich spiele Gerrit, du bist Mona. Und es gibt einen Satz, der vorkommen muß: Ich bin auch nur ein Mensch!

Wer sagt das, frage ich.

Gerrit. Hier kommt er grade durch die Tür. Er ist ziemlich förmlich. Man könne dich ja nicht erreichen. Er hat sich eine Geschichte zurechtgemacht über uns. Natürlich ist er nicht gespannt darauf, aber er fängt doch davon an. Er mag sie mir ja gönnen. Nicht dran rühren, das war immer sein Motto. Er hat nichts dagegen, das darfst du ihm glauben. Er ist ja froh, einen Kummer weniger zu haben. Später werde ich doch wieder auf ihn zukommen müssen.

Geschäftsmänner sprechen so. Ich werde wieder auf Sie zukommen. Das heißt entweder: Sie bezahlen, oder es heißt: bleiben Sie mir aus den Augen.

Wenn Sie Mona die Zeit verkürzen –

Mona spielt Gerrit: merkt sie nicht, was sie ihn sagen läßt?

Warum spielst du nicht mit?

Was spiele ich denn?

Du bist du, und Gerrit redet mit dir.

Lassen Sie ihn noch etwas reden. Vielleicht fällt mir dann etwas ein. Wo bin ich überhaupt?

In deine Kiste. Gerrit ist einfach hereingekommen.

Das muß aber ein Notfall sein.

Hoffentlich komme ich gelegen.

Ich mache mich zum Ausgehen fertig.

Ich begleite Sie. Sagt Gerrit jetzt.

Wohin?

Wohin Sie gehen.

Das können Sie nicht.

Nichts kann man mit dir, gar nichts!

Wer redet jetzt?

Mona schweigt, ihr Gesicht ist rot gefleckt, das ist das Gesicht, vor dem es Gerrit graut. Und Gerrit ist es, den Mona spielen möchte.

Wenn ich Sie ansehe, kann ich Gerrit nicht sehen.

Dann erzähl, was du siehst.

Als ich ihm gesagt hatte, er könne mich nicht begleiten, nickte er, als hätte er verstanden. Zum ersten Mal sah ich Grau in seinem Haar. Dafür ist das Licht noch gut genug, sogar bei mir im Keller. Ich sehe einen immer noch kompakten Mann, kleiner als in meiner Erinnerung. Das Fleisch unterm Kinn, die gestraffte Halssehne, sein unwillkürliches Schlucken: er schluckte seine Angst herunter und seinen Ekel. Er atmete nur ganz oberflächlich, als wäre die Luft in meinem Keller schwer von Blei.

Aber seinen Rücken hält er immer noch steif, wie seinen Hals. Ich hab ihm immer seinen Nacken massiert, da war er steinhart.

Ja, er stand gerade für seinen Kummer, und auch kräftige Leute wirken kleiner in korrekten Anzügen. Er trug den seinen ohne Mantel, sah aus, als fröre er und brauche eine starke Schale, um sich zusammenzuhalten.

Das stimmt. Das stimmt.

Der Anzug stand ihm und saß ihm doch nicht richtig. Er schien ihn zu drücken. Vielleicht brauchte er diesen fortgesetzten Druck wie das Pferd den Sporn.

Haben Sie Frauke gesehen?

Mona fragte mit tiefer, geschwollener Stimme, jetzt war sie wieder ihr geschiedener Mann.

Frauke ist bei Ihnen, denke ich.

Korrekt. Sie ist bei mir. Wissen Sie, warum? Weil sie Angst hat vor ihrer Mutter. Ihre Mutter bringt sie um.

Ja, unterbreche ich Mona, das sind typische Phantasien

dieses Alters. Manchmal laufen sie umgekehrt: ich fürchte mich, meine Mutter umzubringen. Oder: das Haus brennt, und ich habe es angezündet. Das sind die Zwangsvorstellungen der Pubertät, Gerrit hat sie selbst beim Namen genannt: Flegeljahre, auch wenn das Wort sonst für Jungen reserviert ist. Diese Kinder zwischen den Altern sehen Gespenster. Sie stecken selbst voll Poltergeister, die sich manifestieren. Das empfindliche Herz ist eine einzige Schlangengrube.

Korrekt. Ich bin selbst ein Einzelkind gewesen, nicht mit Schwestern aufgewachsen. Ich habe Mädchen immer wie fremde Gottheiten betrachtet. Ich seh sie an und denk immer wieder: was ist das für ein Kind. Sie war immer fest, dick, meine ich, und dick ist in meiner Familie niemand gewesen. Auch Mona war immer ein Spargel, sehen Sie sich ihre Kinderbilder an. Kein Wunder, daß sie keine Reserven hat, nur immer Feuer und Flamme. Ein schlechter Futterverwerter. Brauchte fast nichts zu essen, konnte aber auch essen, so viel sie wollte. Nichts schlug bei ihr an. Frauke ißt fast nichts und bleibt stark wie eine Kugel, so.

Manchmal denken Sie: das kann nicht mein Kind sein.

Mona sieht mich erschrocken an.

Damals bin ich ihm treu gewesen. Es gab nur ihn.

Und jetzt treibt Frauke Sie zur Verzweiflung, sage ich, Sie und Ihre neue Freundin.

Bist du sicher, daß er eine hat?

Eine *liebe* Person, das hat er wiederholt: eine liebe Person. Was unternimmt sie nicht alles, um Fraukes Vertrauen zu gewinnen. Das wird einfach nicht zur Kenntnis genommen. Frauke behandelt sie wie eine Haushälterin, schlimmer: wie Luft. Heimlich verlegt sie ihr die Dinge, die sie braucht, die ihr teuer sind. Jeden Tag kommt wieder etwas weg, und Frauke weiß von nichts. Wenn Frauke redet, so hat sie Sonja noch nie angesehen, und wenn Sonja redet, hat Frauke nichts gehört. Sie hat ihr noch nicht einmal ins Gesicht gesehen.

Woher weißt du das alles?

Sie spielen Gerrit, dann müssen Sie es doch wissen.

Heißt sie Sonja?

Herr Gerrit, sage ich, erinnern Sie sich, wer Sie sind, wo Sie sind, und halten Sie sich nicht mit Beichten auf, die mich nichts angehn. Sie wollten mir etwas anderes sagen. Daß Frauke Schulschwierigkeiten hat.

Frauke würde jede Freundin Gerrits fertigmachen, das stimmt.

Hat sie Schulschwierigkeiten?

Monas Blick ist von tiefer Abwesenheit.

Müßte sie eigentlich haben. Sie tut ja nichts mehr, überhaupt nichts. Ich habe mir gesagt: es liegt am Lehrer, sie hat einen sehr sonderbaren Lehrer. Er verlangt überhaupt nichts von ihr. Er läßt sie einfach machen. Er läßt sie zeichnen, immerzu.

Jedes Kind ist überfordert, wenn man es einfach machen läßt, sage ich. Es braucht einen Halt, eine Grenze, die es zu spüren bekommt, und es muß genau spüren, wenn es die Grenze überschreitet.

Das hättest du Gerrit gesagt?

Ich verstehe Sie ja, Herr Gerrit, sage ich. – Wir sind den Kindern nämlich Grenzen schuldig, wegen ihrer Sicherheit. Nur ganz haltlose Leute bringen es nicht fertig, den Kindern Widerstand zu bieten, feige Kerle, die es am Ende nicht gewesen sein wollen. Sie wollen immer nur lieb gewesen sein –

Du bist verrückt.

Wir duzen einander nicht, Herr Gerrit, und so redet man nicht mit mir.

Warum sagst du nicht das, was du ihm wirklich gesagt hättest?

Ich hätte ihn über diesen Lehrer ausgefragt. Einen Menschen, der seine Grenzen nicht kennt. Der Frauke zeichnen läßt, was sie will.

Und weißt du, was sie zeichnet?

Vasen zeichnet sie, so viel ich sehe. Stilleben.

Frau Mona ist aufgestanden, mustert mich mit einem verwirrten und zugleich entschlossenen Blick. Dann geht sie zu ihrer Glasvitrine hinüber, vergißt in der Eile, das behinderte Bein nachzuziehen, reißt die Glastür auf, daß es klirrt, zieht ein Blatt Papier unter dem geschliffenen Malachit hervor, wirft die Tür wieder zu, stolpert zurück und hält sich gerade noch an der Sofalehne fest. Mit der freien Hand hält sie eine Zeichnung hoch wie einen Schatz, der keinen Schaden nehmen darf.

Das ist es, was sie zeichnet, deine Mani, das, nur immer das –

Sie kann das Blatt, während ich es beim Kerzenlicht zu entziffern suche, nicht loslassen, sie hält es von mir weg gegen ihre Brust, so daß ich mich vorneigen muß, sie möchte das Blatt zeigen und schützen. Es ist die Skizze einer zarten weitläufigen Gegend mit den Zügen eines fremden Geschöpfs ohne Augen; ein weibliches Geschlecht, mit Bleistift eher zusammengeweht als gezeichnet.

Sie hat auch etwas dazu geschrieben.

Das gehört mir, lese ich laut.

Und was noch?

Das kann ich nicht lesen, es ist eine Geheimschrift.

Wo hat sie denn so was zeichnen gelernt, Herr Samstag?

Im Spiegel, nehme ich an, sie hat einen Spiegel benützt.

Und was sagst du dazu?

Als wer? Als Mona, als Samstag?

Sie hat das Papier ganz gegen ihre Brust gezogen.

Als Gerrit.

Korrekt, sage ich, gut, ich habe als Halbwüchsiger auch schweinische Zeichnungen gemacht, nicht wahr. Nackte Frauen gezeichnet mit allem, was dazu gehört. Die Zeichnung auf den Boden gelegt und einen spitzen Bleistift darauf fallenlassen. Wer das beste Trefferbild hatte, gut. Aber so genau hätten wir's nicht wissen wollen. Schließlich waren wir keine Ärzte. Gut. Aktzeichnen wäre etwas anderes, Künstler zeichnen alles, klar. Aber sie zeichnen doch nicht *nur das*.

Warum fragst du nicht, für wen sie das Bild gezeichnet hat?

Wer bin ich jetzt?

Du.

Man sollte von seinem Körper nicht so viel hermachen. Dafür hat man ihn nicht lange genug.

Ich habe keinen Körper. Ich bin einer. Und jetzt verliere ich mich. Ich verschwinde bei lebendigem Leib, und du sitzt da.

Wir haben einen Satz vergessen, sage ich.

Mona ist aufgestanden, ich kann das Blatt in ihren Händen zittern sehen.

Was für ein Satz?

»Ich bin auch nur ein Mensch.«

Monas Hände ballen sich zu Fäusten, sie knüllt die Zeichnung zusammen und wirft sie mir an den Kopf.

Ich hebe den Knäuel auf, glätte ihn und lege ihn auf den Empire-Tisch.

Ich sehe, sage ich, Sie wollen allein sein, und meine Zeit ist um.

Sie tritt mit zwei Schritten an mich heran, aber sie schlägt mich nicht. Sie faßt die Aufschläge meines Kragens und schaut mit ihrem Morphiumblick zu mir auf.

Weißt du, was die Geheimschrift bedeutet? »Raute« bedeutet sie, Rauterauteraute. Dahin kannst du zurück, wenn du dich mit ihr verlobst. Dann darfst du alles. Alles was du willst.

15

Samstag,

jetzt habe ich Frauke an einen sichern Ort gebracht. Ihr tut einander nicht gut, und ich möchte nicht, daß sie Dir gleicht. Du wirst sie nicht wiedersehen.

Wenn ich länger wegbleibe, forsche mir nicht nach. Ich habe Dich gestört, und Du hast mich verwöhnt. Aber ich bin keine besondere Frau. Ich brauche eine andere Geschichte.

Ich habe geträumt, daß Du mich malst. Ich hielt still, das Streicheln des Pinsels tat mir wohl. Ich spürte, wie viel Mühe Du Dir gabst, gleich würdest Du mich vollenden. Nur noch ein Strich an meinem Hals, dann war ich fertig. Du hieltest den Kopf schief, und ich sah dich den Pinsel heben. Da erwachte ich mit einem Schrei.
Sei nicht enttäuscht, Samstag, warum sollst du mich immerfort schreien hören.

Ich umarme Dich, Mona

16

Es ist so weit. Jetzt bin ich da.

Frauke, sage ich, als hätte ich sie auf den ersten Blick erkannt.

Mani, lächelt sie. Du hast gewonnen.

Was für ein Lächeln: ein blaues Lächeln in einem weißen Gesicht. Sie hat die Lippen so klein geschminkt, daß sie aufgesetzt wirken, und das Lächeln spitz. Und was hat sie mit ihrem Kopf gemacht. Das Haar kurz geschnitten, bis auf ein hellblaues Büschel über der einen Schläfe. Gesträubtes Haar. Die gerupften Augenbrauen schwarz nachgezogen, die Augenhöhlen hellblau behandelt. Sie steht in einer Art Abendkleid in meiner Tür, wendet sich so, daß ich sie noch besser sehen kann. Sie hat ihr graublaues Kinderkleid mit einem frischen blauen Streifen bis zu den bloßen Füßen verlängert, die in kleinen Goldsandalen stecken. Finger- und Zehennägel sind violett lackiert. Die Träger des Kleids hat sie abgeschnitten und das Oberkleid gerafft, als wölbe sich ein Busen unter dem Décolleté der spitzen weißen Schultern.

Komm herauf, sagt sie, ich habe gekocht.

Eine verkleinerte Dame. Ja, ich wundere mich, daß ich sie erkannt habe. An den Augen. Ich habe das Hündische am Schnitt ihrer Augen, an der nach außen schief abfallenden

Lidfalte, nie so deutlich gesehen wie jetzt, wo die Kosmetik es vertuscht. Die Brauen ziehen einen Bogen gemalten Staunens über diese Augen. Sie bleiben schmal, wachsam, in der Maske ein Stück Gesicht.

Wo ist sie, frage ich.

Wer?

Mona.

Mona? fragt sie gedehnt. Wenn du die Frau meinst, die früher hier wohnte, die haben sie geholt. Es wurde auch höchste Zeit. Sie hat gestört.

Geholt? Wer hat sie geholt?

Drei Männer, sagt sie. Sie haben sie gestützt. Sie konnte nicht mehr gehen. Sie wollte nämlich immer gestützt werden, immer von solchen Männern.

Es dauert, bis mein schwarzer Anzug die Starre verliert, zu sitzen beginnt. Heute dauert es eine Ewigkeit. Ich wundere mich, daß meine Stimme zu hören war. Vielleicht liest mir die kleine Dame die Worte auch von den Lippen ab. Verschmitzt genug sieht sie aus. Aber sie ist es. Wer soll es sonst sein um diese Zeit. Es ist noch hell. In wenigen Tagen beginnt der Sommer.

Und jetzt hole ich *dich*, sagt sie.

Ich habe viele Schritte auf Deck gehört. Aber dies ist doch kein Schiff. Es muß die Ambulanz gewesen sein, was diesmal gejammert hat. Ich denke nach, ich konzentriere mich. Davon geht die verkleinerte Dame in meiner Tür nicht weg. Da sie gekommen ist, muß es so weit sein. Aber wie weit ist so weit?

Jetzt hast du mich, sagt Mani. Ich sorge für dich. Ich habe für dich gekocht. Ich erzähle dir, was du willst. Komm.

Aber was soll das Kostüm, will ich sagen, die Maske. Du bist doch viel zu klein für alles. Vier Monate, da ist man noch nicht auf der Welt. Da steht man unter keiner fremden Tür, schon gar nicht der Tür zu einem Keller. Da hat man keine Sorgen, oder ganz andere.

Bis gleich, sagt sie.

Ich komme, sage ich.

Ja, ich komme. Ich muß doch wissen, wohin die Dinge treiben. Draußen ist es noch hell und auffallend grün. Das wäre in Ordnung. Die grüne Tür zum Haus ist offen, das ist eigentlich nicht in Ordnung. Aber das Haus ist bewohnt. Die Treppe glänzt frisch gebohnert, der Finger auf dem Treppengeländer findet keinen Staub, und ich habe es nicht nötig, mich an einem Geländer zu halten. Ich fliege die Treppe nur so hinauf, und je höher ich komme, desto deutlicher riecht es nach Essen.

Der Salon ist leer, niemand sitzt oder liegt auf dem gestreiften Sofa. Der Wandschirm ist verschwunden. Die Gegenstände in der Glasvitrine sind beleuchtet. Dabei würde das Tageslicht genügen. Die Porzellanhunde stehen in einem Fleck Abendsonne. Auf dem Eisbärenfell liegt der rote Kater zusammengerollt. In der Küche ist gedeckt. Eine so reich gedeckte Tafel hat es hier noch nie gegeben. Einen solchen Einkauf hätte ich mir nie geleistet. Auch die Kerzen sind nicht vergessen, und sie brennen schon, brennen in den hellichten Tag, wohl zwanzig Kerzen. Die Blumen sind jetzt Levkojen und Nachtviolen, weiß.

Mani, frage ich sehr deutlich, ist das in Ordnung?

Warum nicht?

Bist du nicht zur Schule gegangen?

Sie lacht, ein Lachen aus tiefer Kehle, schon fast aus der Brust, aus der Brust mit dem lächerlich gerafften Kleidbusen.

Indisch essen, sagt sie.

Indonesisch, sage ich.

Indisch.

Ich müßte wissen, daß es für Niederländer nur ein Indien gibt, das ihrige, das gewesene. Dieser Gedanke scheint mir plötzlich wichtig, als enthielte er einen Hinweis, die Auflösung eines Rätsels, gerade weil er nicht hierhergehört. Aber ich kann mich irren. Ich irre mich leicht, schließlich werde ich alt.

So viel kann ich nicht essen, sage ich.

Sauersüßes Bambusspitzen Hühnerflügel Entenbeine kandierte Früchte Schälchen mit Pulvern und Gewürzen ein Ohr aus Teig Fleischbällchen Reis Stiele in brauner Sauce.

Mani gießt mir Bier ein.

Ich sehe dir zu, sagt sie. Setz dich. Iß.

Und du, frage ich. Die Zähne sind das Kauen nicht mehr gewöhnt. Ich zeige sie auch beim Reden nicht gern.

Ich faste, sagt sie. Dann werde ich noch schöner.

Und nach einer Weile: Es schmeckt dir. Du brauchst deine Frauen nicht mehr.

Darüber reden wir jetzt nicht, denke ich, das hat keinen Sinn, mit einem Kind. Es ist schon arg genug, daß sie glaubt, etwas zu wissen. Dabei kann auch ein Erwachsener nicht wissen, wie es bei mir zugeht.

Ich weiß es, sagt sie.

Ich denke also laut, das hat noch gefehlt. Ja, ich werde alt.

Sie hat die Arme auf den Tisch gestützt, das Kinn auf den Handrücken, dieses problematische kurze Kinn. Aber die Hände sind schön, und sie bringt sie zur Geltung. Sie wird ja auch zwölf, oder schon vierzehn?

Ich male auch nicht mehr, sagt sie.

Was tust du denn den ganzen Tag, frage ich kauend, dieses Kauen nimmt ja kein Ende. Dabei habe ich noch nie richtig essen können, wenn mir einer zusieht.

Ich bin für dich da.

Beim Kauen lachen, das geht wirklich nicht mit meinen Zähnen.

Sie lächelt auch, der geschminkte Mund etwas reservierter als der natürliche Mund. Dieses Lächeln Manis, einmal gab es erst dieses Lächeln, und dann ist es dabei geblieben.

Du ißt wie Maudlin, sagt sie. – Katzen wissen auch nicht, wie man ißt. Sie verdrehen den Kopf dabei, und nachher schleudern sie ihn nach links und rechts, weil sie die Reste nicht aus den Zähnen kriegen.

Katzen sind nicht für Büchsenfutter gemacht, sage ich, sie sind dazu gedacht, Mäuse zu reißen und Vögel. Dafür haben sie ihre Zähne. Sie müssen nicht kauen wie wir. Das besorgen ihre Magensäfte für sie.

Haben wir schon gehabt, sagt Mani.

Zu diesem Satz aus der Schule bekomme ich den Blick einer erwachsenen Frau.

Du bist noch nicht geboren, sage ich kühn.

Hast du eine Ahnung, sagt sie leise und wendet keinen Blick von mir. Sie begleitet jeden Bissen mit den Augen, den ich von den Tellern, von den zahllosen Schalen in den Mund führe. Sie beugt sich sogar etwas vor, um die Gabel in meinem Mund besser verschwinden zu sehen.

Heute bin ich zur Welt gekommen, damit du mich ißt.

Das geht ein wenig weit, will ich denken, denke es aber lieber nicht, wenn Mani auch Gedanken liest.

Sind sie dir verfallen? fragt sie.

Wer?

Die Frauen, die du ißt.

Was stellst du dir vor! Diese gewaltigen Frauen essen. Diese überlebensgroßen Frauen: mir verfallen! Die gehen doch weg, wie sie gekommen sind, unvermindert, nur etwas erleichtert. Das ist doch nur äußerlich, was ich mache.

Ich kann nicht lachen und essen, sage ich.

Du kannst es, sagt sie, du kannst auch lachen. Deine Zähne stören mich nicht. Du kannst wieder essen. Und ich bin dir verfallen.

Mani, sage ich gequält. Schau mich doch an.

Das tu ich ja die ganze Zeit, sagt sie, und es stört dich sehr.

Nachtschattengewächs! sage ich.

Du bringst mich nicht zum Lachen, sagt sie. Wollen wir sehen, wer zuerst lacht?

Ihr Gesicht auf dem Handrücken rührt sich nicht. Ich versuche, meine Grimassen beim Essen zu beherrschen. Sie sind komisch, aber die Beherrschung ist es auch. Alles nicht komisch genug. Ein schreckliches Gesicht, geschenkt. Aber wo kriege ich so rasch ein richtig komisches her.

Ich sehe sie nur an. Eine Anstrengung würde doch nicht helfen. Es gibt keinen absichtlichen Witz, der ihr weißes Gesicht bewegen könnte. Das Pulver liegt wie Staub auf der glatten Haut.

Da kommt es ihr von selbst, das Lächeln. Sie läßt es in den Augen anfangen. Dann öffnet es den Mund, ohne die Lippen zu spannen, mühelos. Es ist auf einmal mehr Mund da, als eigentlich dasein kann, eine unbegrenzte Offenheit. Ein Lächeln, ja, aber das kam nicht von mir. Außer daß es mir als Kind erschienen ist, hat es nichts mit mir zu tun. So ein Lächeln kann niemand machen, nicht einmal du. Es ist aus einem alten Traum. Aber es bleibt frisch, läßt sich nicht verscheuchen. Es bildet sich nur langsam zurück, und das unbekannte Gesicht bleibt hell.

Du hast gewonnen, sagt sie.

Nein, denke ich heftig, das gibt es nicht.

Heute machst du es mit mir, sagt sie.

Was, bitte? frage ich, so ungeschickt kann man gar nicht fragen, so hilflos kann man gar nicht sein. Ja, es ist wie am Anfang, aber diesmal möchte ich nicht sterben, und es macht nichts.

Alles was du willst, sagt Mani.

Tischleindeckdich, denke ich heftig mehrmals hintereinander, die Märchenzeit ist vorbei.

Wenn du satt bist, darfst du mich hinauftragen, sagt sie.

Mani, sage ich, du willst mir einen Gefallen tun. Dann versuche bitte nicht, mir zu helfen.

Helfen? fragt sie, aber warum denn? Du kannst doch alles selbst tun. Du kannst mit mir tun, was du willst.

Schön, sage ich, aber wenn ich nicht will?

Hab doch keine Angst, sagt sie. Mich brauchst du nicht zu strafen. Deine Frauen, an denen kannst du dich rächen, so viel du willst, das ist mir egal. Aber ich bin etwas Anderes.

Ja, sage ich, du bist etwas Anderes, allerdings. Erstens bist du ein Kind, trotz deiner Verkleidung, und zweitens bist du lange her.

Erstens, sagt sie, hast du dir immer ein Kind gewünscht. Und zweitens hast du mich gleich erkannt. So lange kann ich also gar nicht her sein. Du hast lange gelebt, und jetzt hast du mich gewonnen.

Sie nickt langsam.

Ich weiß noch, wie du heißt. Constantin.

Ich schweige.

Du hast auf mich gewartet, sagt sie. Aber wir sind zu dritt gekommen, und ich habe dich nur ausgelacht. Constantin, so konntest du doch nicht heißen. Es ist auch nicht dein richtiger Name. Willst du ihn wissen?

Nein, sage ich.

Wenn du mich hinaufgetragen hast, sage ich dir deinen Namen.

Ich mache dir einen Vorschlag, sage ich. – Morgen ist Schule. Du machst dich jetzt fertig fürs Bett. In einer Viertelstunde komme ich hinauf und sage dir gute Nacht.

Das wäre nicht gut, sagt sie. Dann würdest du mich nicht mehr finden, nie mehr.

Gut, sage ich. – Inzwischen räume ich hier etwas auf. Das ist nur fair. Du hast gekocht und aufgetragen, ich trage ab.

Sie sieht mich an, unbewegt, grausam vor Erbarmen.

Warum kannst du tagsüber nicht ausgehen? fragt sie.

Es blendet mich, sage ich. Es tut mir in den Augen weh. Darum lebe ich im Keller.

Hast du so schlechte Augen, sagt sie.

Im Gegenteil, sage ich rasch, ich sehe zu gut. Die Dinge brauchen nur einen Umriß zu haben, dann blenden sie mich schon.

Blende ich dich auch?

Beinahe, sage ich. Wie du aussiehst, und mit all den Kerzen.

Langsam kommt ihre Hand über den Tisch, geht von einer Kerze zur andern und zerdrückt die Flamme zwischen Daumen und Zeigefinger. Dann steckt sie beide Finger in den Mund und lutscht daran, ohne die Kinnstütze der andern Hand aufzugeben.

Besser? fragt sie.

Ich hab nur ein Auge, sage ich.

Nein, lacht sie, sieh mich doch besser an.

Damals hatte ich noch beide, sage ich, das ist wahr. Und ich habe nichts gesehen.

Und jetzt? fragt sie.

Sehen tut weh.

Weil du mich nicht ansiehst, sagt sie. – Du willst nicht sehen, lieber verlierst du deine Augen. Ich blende dich nicht, aber du machst dich blind.

Der tranige Geruch der rauchenden Dochte.

Ich rieche dich nicht, sage ich.

Du riechst nur dein Unglück, sagt sie, darum kannst du mich nicht riechen.

Ich liebe dich, sage ich.

Sie nickt. – Ja, sagt sie, aber du willst nicht leben, darum wird wohl nichts draus.

Mani, sage ich, und du? Hast du mich als Schatz?

Das siehst du doch, sagt sie.

Ich habe dich geträumt, sage ich, Mani! du kannst doch nicht sein.

Dafür hast du gesorgt, sagt sie ohne Vorwurf, darum hast du recht. Du willst dich nicht ändern, darum kann ich nicht sein.

Ich bin allein an diesem Tisch; eine Viertelstunde, sage ich mir. In einer Viertelstunde kann sie nicht weit sein. Wie komme ich dazu, an diesem schönen warmen Abend allein in Monas Wohnung zu sitzen. Natürlich, ich habe den Schlüssel, ich hüte diese Wohnung. Mona ist im Spital, sie hat sich erwischen lassen. Jetzt hüte ich nur noch die Wohnung. Aber wie komme ich dazu, mir ein solches Fest zu machen. Eine ganze Mahlzeit für mich allein. Indisch, indonesisch. Das ist doch nicht meine Welt. Ich soll die Katze füttern, das ist alles.

Wie muß ich mich vergessen haben, daß ich mich selbst bewirte. Daran ist nur dieses Mädchen schuld. Aber sie ist ja eine Frau, und Frauen kommen immer wieder. Ich esse so viel, um mich zu trösten, das muß es sein. Aber was fällt mir ein, mir ein Fest zu machen, und womöglich aus Elend. Wenn das ein Festessen gewesen ist, war es doch nicht für mich allein. Eine Viertelstunde, hat sie gesagt. Habe ich gesagt, ich selber. Dann muß es nicht gelten. Hoffentlich hat sie keine Schmerzen. Zum ersten Mal bin ich so allein. Das ist ein Gefühl. Ich habe etwas dafür getan. Ich habe es gefeiert.

Jetzt schreit es. Das ist die Katze. Da ist sie schon, ich spür sie an meinem Bein. Ja, Maudlin, du heißt Maudlin. Riech nur, das magst du nicht. Nichts Sauersüßes für dich, nichts Indisches. Ich habe dir Herz gekauft. Du weißt, wo es ist, ja. Klemm dir nur nicht die Schnauze am Kühlschrank ein. Das tut weh. Du bist eine wirkliche Katze. Frauke hat dich von ihrem Lehrer. Du darfst bleiben. Du brauchst nicht zu hungern. Es dauert noch ein wenig. Das Herz ist zu kalt, so bekommt es dir nicht. Ich wärme es in der Schüssel. Schmeiß dich so lange hin. Hinschmeißen ist deine Art zu warten, ohne zu betteln. Deine freundliche Art von Ungeduld. Du hast immer noch mehr Geduld als ich. Meine Hände zittern ja, mit denen ich deinen Teller voll Herz in heißes Wasser halte. Als hätte ich Zeit zu verlieren. Immer noch dieses Flattern der Vampire. So wenig kann ich's erwarten, dich zu füttern. Es dauert keine Viertelstunde mehr, Kater. Laß es mit Mona noch etwas dauern. Muß ein Abschied denn immer gleich das Ende sein? Und das Schlimmste die Wahrheit? Ist der Tod das Schlimmste? Ja. Das weiß ich. Muß man tot sein, um es so gut zu wissen? Nein. Ich bin tot gewesen, Maudlin, und jetzt spüre ich deinen Druck am Bein. Schrei, schrei nur. Weine nicht, schrei.

III

Roman

1

Gleich vor dem Haus hat sich ein Parkplatz gefunden. Mona leuchtet. Sie steht in frischem, zartgrünem Leder da: bei so viel Leuchten kann sie, trotz ihrer Blässe, die Farbe tragen. Auch der Wagen ist grün, zypressen-, nein: fichtengrün. Die Lancia, Mona besteht auf der italienischen Form, dem weiblichen Geschlecht. Sie gehört ihr. Mona hat sich den Wagen gewünscht, nur einmal im Vorbeigehn, und das ist lange her. Aber Gerrit war aufmerksam, und jetzt gehört er ihr, der Wagen, die Lancia. Und noch dazu eine Parklücke mitten in Amsterdam, gleich vor dem Haus. Wenn das nicht gefeiert werden muß!

Mona feiert, indem sie mich weckt. Sie hat keine Ruhe gegeben, bis ich mich erhoben habe, und das um zehn Uhr früh. Sie hat geklopft, und ihre Stimme: Samstag! hätte einen Toten geweckt.

Hier bin ich, geblendet vom hellen Tag, und als ich vor der Tür stehe, setzt sie mir erst ihre dunkle Brille auf, die Brille mit den riesigen Gläsern. Nichts soll unmöglich sein dem, der da sieht: eine tannengrüne Lancia und Frau Mona in neuem Ledergrün an den Kühler gelehnt wie auf dem Prospekt. Ein Bild! Aber ich habe noch nie eine Kamera besessen, und für Fotos ist später noch Zeit.

Mona braucht keine Brille. Sie hält es aus, geblendet zu sein. Sie kann in die Sonne sehen, die lang entbehrte Sonne. Natürlich blinzelt sie doch, man müßte ihr Gesicht eine Grimasse nennen, wenn es nicht so leuchtend wäre. Bei diesem Wetter soll keiner, den Mona kennt und mag, in einer Kiste liegen. Sie ist ganz sicher, daß sie sich jetzt sehen lassen darf. Wir waren noch nie zusammen an der Sonne. Spital, was für ein Spital? Das war gestern, und heute haben wir Sonne und schreiben Juni. Die Lancia steht vor unsern geblendeten

Augen am Wasser, eigenhändig und tadellos zwischen zwei Ulmen geparkt. Hier kann sie nicht lange bleiben, aber auch stehend verkündet sie: Mona fährt gut.

Wohin?

Es ist nur an Fahren zu denken. Das muß ich nicht einsehn, das kann ich *sehen*. Da hilft kein Blinzeln. Wir brechen auf, im Augenblick.

Nachdem sie uns angegurtet hat – sie muß auch die Gurte ausprobieren –, verlassen wir mutwillig den kostbaren Parkplatz und fahren durch Amsterdam. Sie erklärt mir die Häuser, genießt es, daß ich die Fahrerin ansehen muß, ohne daß sie meinen Blick zu erwidern braucht. Sie tut es, trotz meiner Warnung, mit raschem Blick, an dessen Unbefangenheit kein Zweifel besteht.

Sie freut sich, daß ich nichts, was sie mir zeigt, schon gesehen habe. Die Freude gilt der Bewegung, der von ihr beherrschten Fahrt. Schon gibt das Schaltwerk keine Probleme mehr auf. Der Motor brummt gesammelt und gehorsam unter dem Druck ihrer Füße. Schon entwischt ihm kein überflüssiger Laut mehr. Nur wenn wir vor einer Ampel warten, läßt sie die Kraft der Maschine spielen, spielt mit der Möglichkeit, schnell zu sein.

Die Lähmung ist weg, wie du siehst, sagt sie.

Lange kann eine solche Fahrt nicht ziellos bleiben. An jeder Kreuzung fallen Entscheidungen, die sie ohne Zögern trifft. Also hat sie einen Weg. Die Anschriften Utrecht und Hilversum kommen immer wieder.

Wohin?

Überraschung, sagt sie.

Auf der Autobahn fährt sie langsam, gliedert sich gelassen in die Kolonnen ein. Vom Motor ist fast nichts zu hören. Plötzlich, mit einem Zurückwerfen des Kopfs, schießt sie links vor, beschleunigt auf hundertfünfzig, hundertachtzig und drückt sich unvermittelt wieder in die rechte Spur, mehrmals so knapp, daß ich die Lichthupe des Hintermanns im Seitenspiegel blitzen sehe. Der freie linke Fuß schlägt einen

Takt auf den Teppich. Diese Schuhe sind mir bekannt, Sandalen aus reinem Gold. Dann summt sie ein Stück Melodie durch die Zähne, bei leicht gespitztem Mund.

Sommer, sagt sie.

Hochspannungsleitungen, umzäunte Lagerflächen, Fabriken aus Fertigteilen, entfernte Kirchtürme. Rechts, wie bestellt, eine Windmühle. Kuhweiden zwischen Kanälen, deren Wasser schwarz und bewegt ist, als ob es koche. Winddruck von links, aus dem Niemandsland, das fließend in eine fahle, dunstige Wasserfläche übergeht. Da, da, da aus dem Radio, das Mona bisher auszuprobieren vergessen hat. Ich gähne.

Müde?

Es ist nicht meine Zeit.

Sie dreht das Radio wieder aus, verstärkt die Melodie aus ihrem Mund. Ich erkenne sie nicht, obwohl ihre Kopfbewegung zum Mitsummen auffordert.

Du wirst dich wundern, sagt sie.

Links und rechts wird die Autobahn von einer Eichenhecke begleitet. Bei der nächsten Ausfahrt biegen wir ab, umfahren einen Ententeich, beschleunigen durch eine Lindenallee. Vor uns ein Damwildgehege, Villen im Kieferngehölz, ein Kaffeehaus, eine Buchhandlung, eine Kirche, alles sehr schmuck. Bei einer Grünfläche hält Mona an, läßt sich von einem der alten Herrn, die Boule spielen, Auskunft geben: nach seinen Gesten zu schließen, haben wir's nicht mehr weit.

Mona hat ihre Gurte schon gelöst, umfährt einige freundliche, mit Reet gedeckte Häusergruppen, kurvt dann auf einen baumreichen Parkplatz vor einem großen Backsteingebäude, auf dem Programme angeschlagen sind für Konzerte oder Ausstellungen. Links eine Eisenplastik, zwei Schwäne im Flug.

Hier, sagt Mona.

Was ist hier?

Singer, museum en concerthal, lese ich.

Ja, Herr Gutachter, sagt sie. – Hier hängen deine Bilder. Oder wolltest du sie lieber gar nicht sehen?

Sie zieht eine Packung Zigaretten aus dem Handschuhfach, wartet nicht, bis ich ihr Feuer gebe.

Die erste nach langer Zeit. Schmeckt fast so schlecht wie die erste vor zwanzig Jahren. – Und jetzt schauen wir mal nach deinen Bildern.

Aber sie rührt sich nicht, die Zigarette ist ja kaum angeraucht. Sie kurbelt das Fenster auf ihrer Seite nieder.

Du fährst nicht?

Nur Fahrrad, sage ich.

Dann darf ich ja nicht ausflippen. – War es dir zu laut? Ich muß sie hochtourig fahren.

Sie fahren gut.

Erinnerst du dich an Amy? Die macht jetzt Striptease. – Sie hat den Künstler gelangweilt.

Sie verehren ihn trotzdem.

Ach, sagte sie, wen kenne ich sonst.

Jetzt ist der Aschenbecher mit Ausprobieren an der Reihe. Sie drückt die Zigarette so gewissenhaft aus, als töte sie eine Wespe.

Guter Titel, sage ich und deute auf das Plakat der Ausstellung: *de rook van de wereld.*

2

Sie hat mir jetzt verboten, sie »Frau Mona« zu nennen. Das sage man zu Großmüttern aus dem Märchenbuch. Oder zu Frauen, die man noch als kleine Kinder gekannt habe, denen man ein erwachsenes Leben nicht zutraue. Außerdem gehöre zu einer Frau ein Mann.

Sie hat sich auf die grüne Lancia gestützt, eine kleine Schwäche beim plötzlichen Aussteigen. Aber sie will ja auch die Sonne noch genießen, bevor wir diese Höhle betreten, will sich den Bäumen zeigen in ihrem eigenen Grün. Ich komme nicht dazu, sie zu halten oder einzuwenden, daß »Frau Mona« für mich etwas Festliches habe.

Die Bilder:

Ältere Damen, wie für eine elegante Beerdigung gekleidet, unterhalten sich über ihre Champagnergläser hinweg. Sie lachen diskret, werfen kaum einen Blick auf das komische Paar, das wir sind. Eine geschlossene Gesellschaft, auch wenn die Tore geöffnet sind. Ich höre Zahlen nennen und Namen aus der Kunstgeschichte. Eine ältere Dame in grauem Atlas, deren Haar wie Platin schimmert, vergleicht ein Totenkopfstilleben mit der Preisliste in ihrer Hand. Sie tritt näher an die verdunkelte Leinwand und prüft sie mit einer Lupe. Es wird auch amerikanisch und französisch gesprochen. Der Eintritt ist frei, wie uns die Kassendame zu verstehen gibt, aber er ist sinnlos ohne den Katalog, der stapelweise aufliegt und hundert Gulden kostet. Mona sucht nach dem Geldbeutel in ihrer Tasche. Lassen Sie, sage ich, den besitze ich doppelt. Ich gebe Ihnen zu Hause einen ab. Ich wußte ja nicht, wohin Sie mich führen.

Da hängen sie an allen Wänden, die alten Bekannten aus dem Katalog. Der frappante Farbunterschied, der die teuerste Reproduktion vom Original trennt: Blau statt Lila, Grau statt Violett, Lehmfarbe statt Gold. Oft hat mich das Abbild aber auch mehr erwarten lassen, als das Bild hält. Die Zeit hat auch dieses zum Abbild verdunkelt. Nicht alle Bilder halten sich gut. Ob ihnen der Maler etwas Überraschendes mitgeben konnte, bringen erst die Jahrhunderte an den Tag. Nur wenigen ist es gegeben, das Zeitliche zu *segnen*. Jedes Bild trägt eine Nummer. Er ist feil, dieser hundertfältige Blick auf den Tod.

Wir gehen durch die Säle, Mona mit zurückhaltender Bewunderung beschäftigt, ich aufatmend unter der Wohltat der Räume. Die fahlen Stofftapeten färben sich unter dem durch Kassetten gebrochenen Oberlicht topasfarben. Hier herrscht eine milde Sonnenferne, die vom Morgenlicht nur einen gleichmäßigen Schimmer übrigläßt. Ich kann Monas

Sonnenbrille abnehmen, ohne zu leiden. Der Bau wurde, wie eine Wandschrift besagt, in den fünfziger Jahren eingeweiht, aber er atmet den Geist der dreißiger: Art déco und einen Hauch von Faschismus.

Hier mußt du also drei aussuchen, sagt Mona.

Machen Sie einen Vorschlag.

Du schaust ja gar nicht hin, sagt sie. – Warum schaust du zu Boden.

Ein fabelhafter Boden, sage ich, sehen Sie sich das Muster an, damit werden Sie nie fertig.

Wir gehen durch eine verglaste Galerie; der Blick auf den schreiend grünen Garten ist unerträglich. Ich setze die Brille wieder auf, stolpere über eine schwache Rampe in die Dämmerung zurück. Mona hat meinen Arm gefaßt.

Du bist ja blind wie dein Chef.

Hier ist schon das Ende der Ausstellung. In diesem gefangenen Raum hängen die großen Formate, die Bilder mit den höchsten Nummern, und bis auf einen Wächter läßt sich kein Mensch mehr blicken. Er sitzt in der Mitte auf einem Ledersofa unter einer Kübelpalme und liest. Neben ihm ist ein Gitter in den Boden eingelassen, führen Stufen in die Tiefe wie in ein Verlies.

Das war's, sagt Mona laut.

Der Wächter blickt auf. Er ist ein langer Mensch in einer Art Kampfanzug aus hellblauem Jeansstoff. Da er die Beine weit von sich streckt, gibt die Hose ein Stück seines blassen behaarten Unterschenkels frei. Seine Füße stecken in verwahrlosten Turnschuhen. Das Gesicht ist von auffallender Häßlichkeit: schwere, heraushängende Lippen, die erst in den Mundwinkeln von einem scharfen Zug abgeschnitten werden; eine fleischige, ebenfalls hängende Nase; zusammengewachsene Brauen und die Falte über der Nasenwurzel geben seinen Augen, die er schon wieder gesenkt hat, etwas Verhangenes, Bedrohliches. Nur die blaue Schaffnermütze, die er schief auf dem mächtigen Kopf trägt, deutet seine Funktion an. Er hält ein Buch auf den Knien, eine billige

Broschur mit buntem Umschlag, und einen Bleistift in der Hand.

Was lesen Sie? fragt Mona.

Zögernd und doch unverschämt hebt er die Augen wieder, hebt auch die Brauen, aber nicht den Kopf; seine Augen sind blau, man sieht selten dunkelblaue Augen, und seine Haltung läßt sie ungeheuer vorwurfsvoll erscheinen. Er hält Mona, die sich ohne Umstände neben ihn gestellt hat, sein Buch hin.

Lesen Sie nur selbst, sagt er mit einem tiefen, unjugendlichen Baß; dabei kann er nicht älter sein als fünfundzwanzig.

Englisch? fragt sie und hält den Kopf schräg über das Buch.

Können Sie natürlich, sagt der junge Mann, ohne eine Miene zu verziehen. Lesen Sie ruhig laut. Hier haben wir keine Zeugen. Das Unterstrichene, wenn's beliebt.

Mona blickt ihn an, dann nimmt sie ihm das Buch aus der Hand. Sie liest: *I thought that I was asleep and writing for Jonathan to come back. I was very anxious about him, and I was powerless to act –*

Genügt, sagt der junge Mann und zieht ihr das Buch wieder aus der Hand. – Fein, was? – Er starrt ihr förmlich ins Gesicht, dabei scheint ihn dieses Aufblicken anzustrengen, seine Finger zittern.

Was ist fein daran?

Powerless to act, sagt der Wärter. – So muß eine Frau sprechen.

Mona schüttelt den Kopf, sie schüttelt ihr frisch gewaschenes Haar. Wieso? fragt sie.

Kaufen Sie? fragt er, dazu müßte er eigentlich mich ansehen, aber er hat seinen Blick schon wieder sinken lassen.

Bei den Preisen, sagt Mona, sehen wir so aus?

Es gibt keine Preise, sagt er.

Und die Zahlen auf der Liste?

Na, sagt er. – Das sind nur Richtpreise. Preisvorstellungen

heißt das hier. Will sagen, darunter geht nichts, billiger können Sie's nicht haben.

Wem gehören die Bilder? fragt Mona.

Pst, sagt der Wärter.

Bitte?

Pst, habe ich gesagt.

Das habe ich gehört.

Da wir uns nicht kennen, muß es Ihnen reichen.

Ein Geheimnis? fragt Mona.

Der Wächter schweigt. – Wissen Sie was, sagt er. Ich trinke Tee. Sie auch?

Wieder sieht er mich nicht an, also bin ich nicht gefragt. Er hat sich schon erhoben, er ist sehr groß, aber er zieht den Kopf etwas ein; wenn er ein Geheimnis hat, das sieht ein Einäugiger, sitzt es in den Schultern, da hält er etwas fest.

Tee, wo denn? fragt Mona.

Gleich nebenan. In diesem Haus ist für alles gesorgt.

Aber Sie müssen doch die Bilder bewachen, sagt sie.

Die können mir gestohlen werden, sagt er. – Er setzt seine Mütze auf das Ledersofa. – Genügt, sagt er. – Die paßt auf.

Mona sieht mich jetzt zweifelnd an: was meine ich dazu? Aber in ihren Augen lese ich bereits: bitte.

Schon unter der Mütze war die Haarpracht des Wächters kaum zu halten gewesen: ein dichter Haarpacken, mit Brillantine befestigt und hinten zu einem Entenbürzel zusammengenommen. Ein Kostümteil aus den fünfziger Jahren. Der Junge geht sehr eigentümlich. Er schiebt den Oberkörper vor und schleppt die langen Beine nach.

Rückenschmerzen? sage ich.

Was sonst, sagt er, wer nicht?

Etwas stimmt nicht mit seinen Sprüchen.

Student? frage ich.

Kunstgeschichte, sagt er. Utrecht. Zweiter Bildungsweg. Unverheiratet, keine Freunde. Deuxchevauxfahrer, freier Trotzkist. Noch was?

Ja, sage ich, während wir durch die Galerie gehen und

ich mir die Sonnenbrille wieder aufsetze. – Mögen Sie die Bilder?

Mäßig, sagt er. – Echter als die Leute, die sie besichtigen, aber das heißt nicht viel.

Wollen Sie sagen, die Bilder sind nicht echt?

Echte Bilder gibt es nicht, sagt der Student.

Sind Sie immer so radikal? will Mona wissen.

Der Student bleibt stehen. – Bin ich immer so – was? fragt er.

Mona öffnet den Mund, aber es kommt kein anderes Wort; sie wird rot.

Wenn es Ihnen nicht einfällt, sagt der Student weitergehend, dann war es sicher ganz richtig. Genau so bin ich.

Sie machen es sich leicht, sagt Mona.

Verdammt, sagt er und bleibt nochmals stehen. – Schon wieder erraten. – Das ist übrigens das Entree, sagt er im Ton des Fremdenführers, Blick auf den Garten. Hier nach rechts, bitte. Wünschen Sie keinen Katalog?

Zu teuer, sagt Mona.

Wer redet von Kaufen, sagt der Student. Er tritt an die Kasse, blättert kurz im obersten Katalog, dann nimmt er ihn weg, und indem er ihn Mona überreicht, nickt er der Frau hinter der Kasse zu. – Hier durch, sagt er.

So macht man das? fragt Mona mit ungläubigem Lächeln.

Kundendienst, sagt er. – Sie kaufen nichts, aber woher soll Frau Verheul das wissen. Bitte, sagt er, nachdem wir einen getäfelten Raum voller Tische und Stühle betreten haben, und deutet mit dem Buch, in dem er einen Lesefinger stecken gelassen hat, auf einen Tisch beim Kamin. – Hier sitzen Sie am besten. Ihr Onkel mag's finster.

Das ist nicht mein Onkel! lacht Mona. Aber sie hat sich gesetzt.

Ich bringe Ihnen etwas Feines, sagt er und ist schon weg.

Kurioser Kerl, sagt Mona.

Sie erwartet keine Antwort. Nach einer Weile kehrt der

Student zurück mit einem Tablett, drei Teegläsern und ein paar Kuchen. Das Buch scheint er nicht aus der Hand zu geben.

It's on the house, sagt er, verteilt die Gläser wie ein Kellner auf unsere drei Plätze und setzt sich.

Jan Willem, sagt er nach einer Weile.

Mona, sagt Mona.

Ich habe Ihren Namen nicht verstanden, pardon, sagt er und blickt halb zu mir.

Nein, sage ich, ich habe ihn nicht gesagt.

Er rührt in seiner Tasse.

Was ist das eigentlich für ein Haus, fragt Mona, das Schweigen wird sonst zu unbehaglich.

Oh, sagt Jan Willem, als wäre er diese Information längst schuldig gewesen. – Ein hübsches Haus, nicht wahr. Die Villa eines armen Mannes, eines echten Künstlers. Er hatte nur das Pech, als Sohn eines Stahlbarons geboren zu werden, im fernen Pennsylvanien. Aber was ein Künstler ist, läßt sich nicht unterdrücken, er spottet seiner Millionen. Sohn, sagte der Vater, für dich ist die Chefetage, oder gar nichts. Dann lieber gar nichts, sagte der Sohn und ging erst mal in die Chefetage. Da kam eines Tages Dale Carnegie – *remember Dale Carnegie?* – bei seinem Freund vorbei, dem alten Stahlbaron. Hey! sagte Dale Carnegie, dein Sohn malt ja! Gott sei's geklagt, sagte Papa. Hey! sagte Dale Carnegie, der malt ja ganz groß! Das denkt er, sagte der mürrische alte Mann. Das denke ich auch! sagte Dale Carnegie. Schön, sagte Papa, soll er malen, aber ohne mich. Sei mal ein netter reicher Mann, gib ihm 'ne Chance, sagte Dale Carnegie. O. k., sagte der böse alte Mann, aber mausarm soll er sein, und in Paris soll er leben. Und siehe, mausarm zog unser Sohn nach Paris, mit nichts als einem Checkbuch am Leibe. *A good way to make friends*. Der Sohn malte. Er malte nicht nur, in seiner Not kaufte er auch Bilder richtiger Maler, und zwar eine ganze Sammlung. Und siehe da, eines schönen Tages malte er auch selbst wie ein richtiger Maler. Er malte wie Utrillo, wie

Monet, wie Seurat. Kein Mensch, der von Kunst nichts verstand, hätte den Unterschied gesehen. Und da es nicht gut ist, daß der Mensch allein bleibe, brauchte er auch eine reiche Frau. Jetzt hatten sie schon zwei Scheckbücher zusammen. Damit kauften der Sohn und seine junge Frau ein Haus in Holland – Sie besichtigen es gerade – und ein Haus in Norwegen. Sie entdeckten Norwegen für die Malerei. Sie führten ein strenges, glückliches und malerisches Leben. Weder versäumten sie, gute Bilder zu kaufen, noch selber Bilder zu malen. Und wenn sie nicht gestorben wären, würden sie heute noch leben. Aber eines Tages starb er ja doch, wie die meisten richtigen Künstler. Und seine Frau fragte sich ganz traurig: wohin jetzt mit all unserer Kunst? Und starb nicht, die Frau, ohne zuvor ein Museum und eine Stiftung eingerichtet zu haben, und in wessen Namen? Erraten. Sie tat es im Namen ihres Mannes, und denken Sie, was der für eine Freude daran gehabt hätte! Und sein Vater hätte sich auch gefreut, wenn er es noch hätte erleben dürfen. Sein Sohn hatte nicht mal schlecht gemalt und noch besser gekauft. Das war W.H. Singer junior. Ja, Dale Carnegie kannte sich mit Menschen aus. Und nun sitzen wir hier, dank Frau Singer, die eine Künstlerwitwe war, wie sie im Buche steht. Damit sie ihre Bilder nicht versteuern mußte, schenkte sie sie der Stadt, dieser unserer Stadt, und starb. Und die Stadt hüpfte vor Freude und baute gleich noch einen Konzertsaal dazu. So ist das im Leben; weil ein junger Mann kein Opfer scheute für seine Berufung, sitzen wir hier an seinem Kamin und trinken Tee.

Mona hatte mich ein paarmal angesehen, nicht sicher, ob sie lachen sollte, wenn ich nicht mitlachte. Aber allmählich vergaß sie diese kleine Rücksicht. Ihr Gesicht ließ die Anstrengung fallen, so jung wie möglich zu sein. Jetzt erschienen die Falten in ihrem Gesicht und zitterten beim Lachen. Weiter, sagt ihr Gesicht, weiter, weiter. Es ist schön vor Hunger.

Aber Jan Willem ist vorderhand fertig, und wie er seinen

Tee trinkt, macht er seine Augen irgendwo in der Höhe fest, als langweile er sich.

Und wo sind Singer Juniors Bilder jetzt? will Mona wissen.

Weg, sagt er. – Im Magazin. Es bekommt ihnen, wenn man sie nicht immer sieht. Aber wenn Christie's die alten Meister hier verkauft hat, dann schleichen die alten Singers wieder an ihre Plätze, bis zur nächsten Auktion.

Er hat die Augen immer noch an der Decke, kann warten, bis Mona sich vergewissert, was er da oben denn sieht. Nichts Besonderes, der junge Mann hat nur zu lange geredet. Jetzt ist es ihm bewußt, und er wird befangen.

Was ist das für ein Buch? fragt Mona.

Er hält ihr das Buch hin, mustert so lange eine Menschengruppe, die den Teesalon entdeckt hat und mit Lärm füllt, Amerikaner, von der Flüsterpflicht befreit; hier dürfen sich ihre Preisvorstellungen hören lassen. Jan Willems blauer Blick hat einen Ausdruck angestrengter Abwesenheit, etwas Waches und Scheues, das zu seinem fortwährenden Räuspern paßt.

Dracula? fragt Mona und lacht mich an, komplizenhaft, schuldbewußt.

Sie sagen es, sagt Jan Willem und scheint nur mit den Amerikanern beschäftigt.

Warum lesen Sie das?

Wer liest es denn sonst? – Die Leute gucken ja nur noch die Filme. – Wissen Sie, was drin steht? fragt der Junge. – Fünf Männer jagen zwei Frauen. Eine Frau wird zur Strecke gebracht, die andere verhaftet – verheiratet, wollte ich sagen. Diese fünf Männer kämpfen mit verteilten Rollen. Vier geben sich als feine Leute aus, ein englischer Psychiater, ein englischer Advokat und ein amerikanischer Selfmademan. Für besondere Operationen ziehen sie einen holländischen Wundermann zu, Professor van Helsing. Der fünfte, genannt Dracula, spielt den bösen Feind, das teuflische Ungeheuer. Aber im Grund wollen sie alle dasselbe: die Frauen fertigmachen.

Dracula mit offenen Karten, die Kavaliere unter dem Vorwand, sie vor ihm zu beschützen. Das Buch schildert einen Zweifrontenkrieg gegen den wahren Feind, der zwei Brüste hat und einen Schoß: unkontrollierbar, unverzeihlich. Eine einzige Zangenbewegung gegen den verfluchten Sex. Die Frau ist der Wunsch, und Wünsche dürfen nicht sein.

Steht das darin? fragt Mona.

Jan Willem beugt sich vor, mustert Mona von oben bis unten, als sähe er sie erst jetzt.

Sehen Sie, Sie haben es nicht gelesen. Oder Sie haben es so gelesen, wie der Autor meint, es gemeint zu haben. Aber geschrieben hat er etwas ganz anderes.

Sind Sie Psychologe? fragt Mona.

Gott behüte, sagt Jan Willem und bekreuzigt sich flüchtig. Ich bin ein anständiger holländischer Junge. Ich und Psychologe. Was Besseres bin ich schon. Leser. Außerdem heiße ich van Helsing.

Im Ernst? fragt Mona.

Jetzt blickt er sich wieder im Raum um, irritiert, verlegen. – Ein Name ist nichts Ernstes, aber ich habe ihn von meinem Vater, der hielt ihn heilig. Und sauber. Dracula ist unsere Familiengeschichte, aber Professor werde ich nicht.

Van Helsing, sagt Mona zu mir, zeigt mir den Schalk in ihren Augen, das ist der Holländer, der Dracula zur Strecke bringt.

Oh, es ist das Wenigste, was er tut, sagt Jan Willem. – Er will der bessere Vampir sein, das ist der Punkt. Wir befinden uns schließlich im Zeitalter der Konkurrenz bis aufs Blut. Der Wirtschaftsweltkrieg hat begonnen. Überall räumt der Fortschritt Hindernisse aus dem Weg, werden Indianer ausgerottet, Schwarze in Fabriken umgesiedelt, weiße Arbeiter zu Negern gemacht. Van Helsing und seine Gentlemen nehmen sich des schwachen Geschlechts an. Auch diese Randgruppe muß kleingekriegt werden, solang sie noch schön schwach ist. In Gottes Namen natürlich, mit Hostie, Gebetbuch und Knoblauch. Aber das Ziel ist der Gnadenstoß, der Pfahl ins

Herz, das Messer durch die Kehle. Dagegen ist Dracula ein Waisenknabe. Fledermausflügel und Schröpfzahn, das ist überholt, blutiger Balkan, tiefes Mittelalter. An die Erde gebunden, keine Bewegungsfreiheit, noch immer ganz der Feudalherr. Das ist nur noch bös gemeint. Fallen die halbe Zeit aus, der Herr Graf, können tagsüber nicht arbeiten. So ist der Frauenfrage nicht mehr beizukommen. Frauen muß man auch bei Tag dezimieren, sonst bleiben sie nachts gefährlich und werden nicht recht kalt. Schauen Sie sich dagegen die modernen Gentlemen an. Die leisten immer ganze Arbeit. Ist Ihnen aufgefallen, womit sie die Frauen beschäftigen? Tariflose Büroarbeit! Miss Harkness schreibt unaufhörlich Tonbänder ab. So treibt man ihr den Teufel aus. Die Schreibmaschine ist das perfekte Folterwerkzeug. Es verschließt den Frauen Mund und Ohren und nagelt sie auf ihrem Stühlchen fest. Und damit sie nicht merken, was gespielt wird, teilt man ihr das Nötige gar nicht erst mit. Man tut das zu ihrem Schutz, natürlich, wer denkt etwas anderes. Es könnte sie ja aufregen. Und was fingen die Herren mit einer aufgeregten Frau an? Kühlstellen. Lösen von ihrem teuflischen Fleisch. Ihr beibringen, es geschehe alles nur für sie. Arbeit macht frei. Da lob ich mir Dracula, *the devil from Transylvania*. Der sucht noch den Nahkampf, den Körperkontakt, die Frau aus Fleisch und Blut. Hat nur keine Chance gegen den Fortschritt, die Frauenarbeit, die galoppierende Hygiene. Muß wegsaniert werden, der malerische Verschwender. Blut kann man besser einsetzen. Den Gentlemen gehört die Zukunft. So sieht sie auch aus. Zweimal Weltkrieg, und schon wieder Vorkrieg. Immer bessere Waffen zum Schutz unserer Frauen und Kinder. Welch ein Zufall, daß immer mehr Frauen und Kinder dabei draufgehen. – Hier steht schon alles. Man muß nur lesen, aber wer kann noch lesen!

Die letzten Sätze stößt der junge Mann mit einer Heftigkeit hervor, die mir nicht mehr gemacht vorkommt. Trotzdem hörte sich seine Geschichte zu geläufig an, wie schon oft aufgesagt und mit Erfolg produziert. Glaubt dieser Jan Willem ohne Pointe nicht akzeptabel zu sein, nimmt er sie sich deshalb so übel? Mitten im Reden schließt er, wie in einem Ermüdungsanfall, die ohnehin schmalen Augen. Er sieht beim Reden niemand an, als bedeute Reden immer schlechtes Gewissen. Er hat das Staunen der Amerikaner nicht gesehen, als sie sich aufgerufen fühlten: *the devil from Transylvania!* Aber er nimmt in Kauf, daß man ihn betrachtet. Mona hängt am Schauspiel dieses häßlichen jungen Gesichts, diesem roh, fast blutig wirkenden Mund.

Die Männer tun den Frauen Gewalt, sagen Sie. – Aber verfolgen die Männer nicht eher ihre eigenen Gefühle, deren sie sich schämen?

Donnerwetter, sagt Jan Willem, weit weg blickend. – Ja, so drückt man es jetzt wohl aus. Es ist feiner so.

Glauben Sie nicht daran?

Wie dürfte ich an etwas so Wahres nicht glauben, sagt der Junge.

Mona lacht vorsichtig, etwas gekränkt. – *Hier* ist Dracula, sagt sie und deutet auf mich.

Sehr erfreut, sagt Jan Willem. – Aber hier ist *wirklich* van Helsing. Ich kann meines Namens ja nicht immer spotten.

Wieder fiel mir seine biblische Ausdrucksweise auf. Die Versuchung zu einer kleinen Blasphemie schien jedesmal unwiderstehlich zu sein. Aber für Mona ist das ein beredter, dabei ungeschickter junger Mann, der sein Gesicht nicht hüten gelernt hat, der sich gefallen lassen muß, daß es jemand für ihn tut. Er ist auch insofern ein junger Mann, als er sich für den älteren nicht einmal scherzhaft interessiert.

Was ist mit dem Kuchen? fragt Jan Willem. – Probieren Sie doch!

Sie müssen Ihren Saal bewachen.

Der bewacht sich alleine, sagt er. – Wer ein solches Bild klaut, ist selber schuld. Ich weiß gar nicht, was sich die Leute denken, wenn sie so was kaufen. Wie kann man sich das Ende aller Dinge in die gute Stube hängen.

Das Ende aller Dinge? fragt Mona.

Und was die Alarmanlage kostet! sagt Jan Willem, für all das fromme Gerümpel! Warum nicht gleich in den Bunker damit.

Das meiste wird doch von Museen gekauft, sagt Mona.

Genau! In den Bunker damit! sagt Jan Willem.

Und jetzt sieht er mich an. – Dracula, sagt er, diese Bilder sind das Ende der Kunst, absolut. Darum sind sie absolute Kunst. Verglichen damit ist Rembrandt die reine Anekdote, von Rubens zu schweigen. Die malen ja immer noch was ab, bedeutungsvoll, wenn's geht. Aber hier – hier – er deutet vage und wegwerfend ins Museum hinüber – *hier*, Herr Graf, wird nichts mehr bedeutet. Hier wird Das gemalt, was Nichts bedeutet, *Nichts*, Herr Graf. – Er stopft sich Kuchen in den Mund. – Nichts ist auch, was ich heute gegessen habe. Das ist meine Mahlzeit für heute, Kuchen. Sie haben kein Brot? Dann sollen sie Kuchen fressen! Marie Antoinette.

Sie studieren Kunstgeschichte? frage ich.

Ich studiere Kunst, sagt er kauend. – Daß sie eine Geschichte hat, stört mich manchmal. Van Meegeren hat es auch schon gestört.

Den Fälscher? frage ich.

Mein Thema, sagt Jan Willem, halten zu Gnaden. – Wenn es die Kunstgeschichte nicht gäbe, wäre er nämlich kein Fälscher gewesen. Er hat echt gemalt, nur keine echten Vermeer. Sein Pech, daß er Vermeer dazu nötig hatte, um zu beweisen, daß Han van Meegeren der Größte war.

Der Größte? fragt Mona und hat jetzt auch zu essen begonnen. Sie kaut zur gleichen Zeit wie Jan Willem, hört zur gleichen Zeit zu kauen auf und merkt nichts davon.

Der Größte, sagt Jan Willem. – Das heißt nicht: der Beste. Er war ein schlechter Maler, einer der elendesten Maler Hollands. Die Kunstgeschichte machte ihn dazu. Zugleich machte sie ihn bedeutend.

Das müssen Sie erklären.

Gern, sagt van Helsing. – Aber dafür müßten Sie nach Rotterdam kommen. Leben Sie zusammen?

Eine klare Frage.

Mona fährt etwas zurück. Nein, nein, sagt sie. – Wir leben nur im selben Haus. Herr Samstag ist nur vorübergehend da. Er ist auch – sie sieht mich hilfesuchend an –: kunstsachverständig.

Und was sind Sie?

Ach, sagt sie, ich war mal Stewardeß. Jetzt bin ich nur noch geschieden.

Übermorgen ist Donnerstag, da bin ich frei. Wie wär's mit übermorgen? Nachmittags?

Was meinst du? fragt mich Mona. – Herr Samstag arbeitet eigentlich nachts, wissen Sie, tagsüber muß er schlafen.

Dracula, klar, sagt er. – Machen der Herr Graf eine Ausnahme? Wie heute?

Ich bin also gefragt, aber habe nicht den Eindruck, daß sie ohne mich nicht nach Rotterdam fahren würden.

Es hängt wirklich von dir ab, sagt Mona zu mir, und in ihren Augen lese ich: Fahren!

Gut, sagt Jan Willem. – Wo wohnen Sie? Ich hole Sie ab, gegen halb drei. Wenn Sie in einer Ente fahren können –

Wir können auch mit meinem Wagen, sagt Mona. – Van Helsing kann nicht wissen, wie wichtig der Wagen ist.

Auch gut, sagt er. – Dann komme ich mit dem Zug aus Utrecht. Oder kann man bei Ihnen parken?

Nicht gut, sagt Mona und nennt unsere Adresse. – Wir nehmen Ihren Wagen, abgemacht.

Auf einmal ist der Junge wieder verlegen. – Ja, sagt er und blickt zu Boden. – Rotterdam ist nämlich die Stadt van Meegerens. Ich meine, dort haben sie ihn gemacht, seine Vermeer gekauft. Jetzt sind nur noch die »Emmausjünger« öffentlich zu sehen. Außer, sie lassen uns ins Magazin. Ja, ich werde mich bemühen –. Herengracht 1001, übermorgen um halb drei. Hat mich gefreut.

Er steht auf, steht in seiner verkniffenen Größe da und weiß nicht, wie er gehen soll. Er wendet sich ab mit der Bewegung eines Eisbärs am Ende des Käfigs, schlendert weiter, langsam, ein künstlicher Spaziergänger, der sich seines Rückens schämt. Auf der Schwelle stolpert er tatsächlich.

Du wolltest hier noch etwas sehen, sagt Mona nach einer Weile.

Nicht nötig. Fahren wir.

Kennst du die Vecht? – Das lohnt sich! Das ist eine Flußlandschaft mit Seen ... Landsitzen. Und fast kein Umweg.

Sie vibriert vor Eifer oder Schwäche.

Oh, sagt sie unter der Tür und hält inne, jetzt hab ich ihn was zu fragen vergessen: warum er gemeint hat, die Bilder sind nicht echt.

Wir werden's erfahren, sage ich, nur noch zweimal schlafen.

3

Monas Bemerkung: wie könne man hier ruhig im Auto sitzen! traf gleich doppelt zu.

Sie saß alles andere als ruhig an ihrem Steuer, riß daran, wenn die kurvenreiche Straße nur Gefühl verlangt hätte, mußte ebenso heftig korrigieren. Nur der nackte rechte Fuß blieb ruhig auf dem Gas stehen. Den linken ließ sie federn im Takt einer verschwiegenen Melodie. Sie hatte ihre Goldsandalen gleich nach dem Einsteigen abgestreift. Ich sah ihren Fuß zum ersten Mal bei Tag und fand ihn grob, äffisch den weggespreizten großen Zeh.

Die Lancia warf mich in den Gurten hin und her, als wäre ich ein stechendes Insekt, das sie abschütteln wollte. Sieh dir das an, sagte Mona, hier kann man doch nicht im Auto sitzen, hier muß man aussteigen. Aber sie machte nicht die mindeste Anstalt dazu. Sie stemmte die Arme gegen das Steuer wie eine Katze, die sich streckt. Sie fuhr mit dem Kopf hoch und nieder, als wäre der Durchblick durch die Scheibe nur mühsam zu gewinnen.

Dabei war es diese Aussicht, die uns angeblich nicht ruhig

zu sitzen erlaubte, Mona immer wieder einen Jubelschrei entlockte, während der Motor in den höchsten Touren sang. Die Vecht! schrie sie und: ich muß sie hochtourig fahren, das braucht sie! Unsere Fahrspur zog Schlangenlinien auf der schmalen, von Wasser gesäumten Straße, und obschon diese nicht belebt war, brachte Mona es fertig, jede Begegnung mit entgegenkommenden, brüsk ausweichenden, aufblendenden, erschrocken hupenden Fahrzeugen spannend zu machen. Daß ihre Fahrspur auch die meine war, amüsierte sie nur. Zum ersten Mal behandelte sie mich wie jemanden, der kein Leben zu verlieren hat.

Aber wirklich, neben so viel schönem Wasser konnte man nicht ruhig im Auto sitzen. Sie zeigte auf Schilfgruppen, eine brütende Ente, einen Flug Möwen, und beschleunigte die Fahrt, so daß alles schon vorbei war, wenn ich mich umdrehte. Sie ließ das Steuer los, um wenigstens die Weite anzudeuten: die Landschaft umgab uns auf allen Seiten, die man hätte betreten müssen, wenn Fahren nicht noch schöner gewesen wäre und die Straße nicht ein schmaler Damm. Vom Wind getriebenes Kobaltblau, falbes Röhricht, das den See bald in weitem Bogen säumte, dann wieder ahnungsvoll verdeckte; vibrierende Flächen, fast schwarze Buchten, silbern beflaggte Bäume vor dem uferlosen Nordseehimmel: – was für ein Tag! Auch die verborgenen Schätze, die Landgüter aus dem 18. Jahrhundert, die Mona mir hatte zeigen wollen, sah ich immer einen Augenblick zu spät. Dieses Schloß hatte der Königsfamilie gehört. In jenem war die exklusivste Managerschule Hollands untergebracht. Gerrit hatte sich einen Sohn gewünscht, um ihn hierher schicken zu können. Bootshäuser, Landungsstege an Uferwiesen, an deren lichtem Ende ein Herrensitz durch Rhododendren schimmerte: auch hier hatte Gerrit ein Objekt gesucht, um mit Mona alt zu werden. Sie lachte, entblößte die Zähne, trat plötzlich auf die Bremse, ließ den Wagen über den Rand in schwarze Erde schlittern: er kam nur einen Schritt vom Wasser entfernt zum Stehen und stand gefährlich schief. Aber Mona sprang aus dem Sitz, als sei dies gerade der lang gesuchte Landeplatz gewesen. Sie hatte Lust, jetzt einfach über das Wasser zu gehen! Sie tat es andeutungsweise, indem sie Fuß vor Fuß in den Moorboden setzte, und schrie vor Vergnügen, als sie einsank: Halt mich!

Jetzt hätten wir die Kamera doch brauchen können, sagte sie. – Malen wäre noch schöner, ich hätte es immer gern gekonnt. – Luft! Das war etwas anderes als diese schwarzen Bilder im Museum. Der junge Mann dauerte sie, der einen solchen Tag dort absitzen mußte.

Ob er mich auch gestört habe?

Van Helsing, oder wie er heiße. Mit seinen Reden von Frauen und Frauenmördern, seiner Art zu essen. Ob ich ihm abnehme, daß er den ganzen Tag nichts gegessen habe? Diese Lippen, diese Nase. Ja, seine Häßlichkeit sei direkt auffällig, und er kokettiere noch damit. Dabei hätte er gar keine üble Figur. Ob ich ihn auch für schwul gehalten habe? Diese Bewegungen? Eigentlich habe er doch nur mit mir geredet.

Sicher! ganz bestimmt. Er habe um meine Aufmerksamkeit geworben und sie nur benützt. Dafür habe man als Frau ein Gefühl. Außerdem gäben sich die Schwulen gern als Anwälte der Frauen aus. Das koste sie ja nichts. Sie hätten mit Frauen schließlich nichts im Sinn. Was nicht immer unangenehm sei. Oft wisse man ihre Unbefangenheit zu schätzen, ihren Sinn für Feinheiten, ihr Zartgefühl. Wenn er nur nicht so eitel wäre und so ruhelos! Diese Falte zwischen den Brauen, die auch noch zusammengewachsen seien, und die unmögliche Frisur. Aber die werde ja wieder Mode. Die Augen hätten schon was, wenn er sie nur nicht immer zukniffe. Und dieser Hochmut. Sicher sei er sehr verletzlich. Aber vor allem der Mund sei es, der einen verfolge, dieser verschmierte Mund –

Damit wolle sie nicht sagen, daß er nicht reinlich sei. Solche Männer pflegten sich ja. Sie hätten sozusagen ein weibliches Körpergefühl. Aber mit einem solchen Mund sei man schon besser ein Mann! Wenn er zum Beispiel von Vampiren gesprochen habe, habe sie ihn immer nur ansehen müssen. Bist ja selbst einer! hätte sie am liebsten gesagt.

Wie er sich bei uns eingeladen habe, das sei auch ein starkes Stück. Wenn er nicht so unglücklich gewirkt hätte, hätte Mona sich nie darauf eingelassen. Von Kunst scheine er immerhin was zu verstehen. Außerdem seien Schwule meist unterhaltend. Sie wollten eben gefallen. Es sei ihnen natürlich, sich zu produzieren. Eigentlich müsse man den Jungen, mit seinem Mund, ja bedauern, darum habe sie ihm keinen Korb geben mögen. Rotterdam sei leider keine besondere Stadt. Aber das Buymans-van-Buiningen müsse ich schon gesehen haben. Und der Fälscher werde mich interessieren. Und hier könne man sich ja nicht einmal setzen. Aber ins Auto wolle man doch auch nicht zurück. Vom Auto aus dürfe man diese Gegend nicht betrachten! Noch sei man kein Amerikaner.

Aber malen hätte sie schon gern gekonnt.

Sie betrachtete ihre Füße. Ganz schön verschmiert! Übrigens habe sie mir auch schon lange was sagen wollen –

Schilf! sagte sie, knickte einen Halm mit dünner Rispe und versuchte ihn abzureißen. Es wollte nicht gelingen, sie zog und zerrte. Endlich riß der Stengel, sie schrie auf und betrachtete ihre Hand.

Geschnitten! sagte sie lutschend. Sie kauerte nieder und ließ die blutende Hand im Wasser wedeln. Schwarzer Schlick drückte zwischen ihren Zehen hoch. Sie balancierte im Hocken und streckte mir die nasse Hand entgegen.

Der Schnitt mußte ziemlich tief sein. Das Blut füllte nach jedem Lutschen rasch nachfließend die Furchen der Hand. Sie ließ es auf die Erde tropfen.

Komm, saug. Das ist für dich.

Sie hielt mir die Hand hin, zog sie rasch zurück und starrte auf das Rinnsal in ihrer Hand.

Jetzt hast du ausgesehen, als wolltest du mich fressen,

sagte sie nach einer Weile. – Was wollte ich dir denn noch sagen. Ja, die Geschichte mit Frauke.

Nein, sagte ich.

Wollte sie sich wirklich mit dir verloben? Schau mich doch nicht so an. Ich wollte ja nur sagen, du brauchst eine Frau.

Immer noch gebückt, verliert sie das Gleichgewicht, rudert, fällt auf die verletzte Hand, die im Morast verschwindet, knöcheltief. Sie benötigt alle vier Glieder, um sich aufzurichten, und ihre Hände und Füße starren vor Schmutz. Während sie eine sichere Stelle am Wasser sucht, um sich zu waschen, sagt sie:

Du brauchst mich deswegen nicht gleich umzubringen. Wirklich!

Sie müssen es nähen lassen, sage ich im Auto.

Sie hatte ein Taschentuch um die Hand gewunden und sagte kein Wort. Sie war blaß. Aber jetzt fuhr sie ruhig und beherrscht. Später fing sie wieder zu summen an, trotzig. Als wir in der Tiefgarage ankamen, war es vier Uhr. Ich hatte noch Schlaf nötig.

Entschuldige, sagte sie unter der Tür, und dann: Kommst du trotzdem? Übermorgen, nach Rotterdam? Allein gehe ich nämlich nicht, *wirklich* nicht.

4

Rotterdam, die Stadt, von der nur noch neue Häuser stehen. Das verlorene Gesicht kann sich sehen lassen. Die Zeichen des Hafens, Kräne, Masten, Schleusen möblieren die Lücken am Himmel. Das Wasser läßt sich nur ahnen, und doch muß jene Straße schon Wasser sein. Wenn man sie kreuzt, sieht man die Kähne auf dem Grund.

Wir haben beim Museum keinen Parkplatz gefunden. Jan Willem hat seinen grünen 2CV auf ein privates Areal gelenkt, eine Siedlung von *mobile homes* auf einer Art

Trümmergrundstück. Eine Frau hängt Wäsche an ein Kabel zwischen zwei Wagen. Sie dreht sich nicht einmal nach uns um.

Jan Willem hat uns im Museum angemeldet, denn die Bilder des Fälschers sind, bis auf das Hauptwerk, nicht öffentlich zu sehen. Der Gang ins Magazin erweist sich als Enttäuschung. Der Mann im blauen Kleid hat nur zwei Bilder aus den feuersicheren, raumhohen Schiebeschränken holen können und lehnt sie an die Wand, einen Christuskopf mit weit aufgerissenen Augen und ein Interieur mit Kartenspielern nach de Hooch. Das übrige könne nicht gezeigt werden. Es befinde sich in zu schlechtem Zustand.

Restaurieren Sie es? fragt Jan Willem maliziös.

Es war, so Jan Willem, die größte Pleite in der Geschichte des Museums. 1938 strömte die Bevölkerung herein, um den neuen Vermeer zu sehen, den größten, den es je gab. Das sagte die Creme der Kunstkritik, voran der berühmte Professor Bredius. Rotterdam sammelte, damit der Schatz ins Haus und nicht nach Amsterdam oder Den Haag kam, 50000 Pfund, und das war nur der Anfang. Denn fast Jahr für Jahr tauchte ein neuer Vermeer auf, einer schöner als der andere. Ein Christuskopf: 55000 Pfund, ein Abendmahl: 161000 Pfund. Isaak segnet Jakob für 130000, eine Fußwaschung: 128000. Die italienische Quelle darf nicht genannt werden. Die Besitzer sind so fein, daß niemand weiß, daß sie verkaufen müssen. Außerdem würde das faschistische Italien den Export niemals erlauben. Holland versteht, fragt nicht und bezahlt. Schweigegeld für eine einmalige Gelegenheit. Vermeer kehrt heim, unterdessen in ein besetztes Land. Der jüngste Vermeer kommt in deutsche Hände. Göring plündert die Kunst Europas. Eine Ehebrecherin ist genau das Richtige für ihn. Er zahlt den Spitzenpreis: 165000 Pfund. Aber er bekommt das Stück nur gegen Rücklieferung von zweihundert geraubten Meisterwerken an Holland. Der Mittelsmann und Lieferant Vermeers tut es nicht anders: Han van Meegeren, selbst ein Künstler und Patriot. Der Handel gelingt, die echten Meister kommen zurück, Göring kriegt seinen falschen Vermeer. Er findet ihn so fabelhaft, daß er darauf verzichtet, ihn röntgen zu lassen. Dann wäre es ans Licht gekommen, daß das Altertum inzwischen sehr sorglos fabriziert war. Was sollte ich mir Mühe geben, sie fraßen es ja auch so, wird van Meegeren vor Gericht aussagen. Er straft seine Abnehmer mit Verachtung. Wenn die Ehebrecherin dem Kapaun genügte, um so besser; an diesem Bild wollte der Fälscher nicht reich werden. Millionär war er ja schon längst. Und ausgerechnet über die Ehebrecherin sollte er nach dem Krieg stolpern. Das gedemütigte Holland suchte seine Schuldigen. Ein Mann, der dem Feind einen echten Vermeer verschachert hatte, kam ihm als Verräter gerade recht. Lump oder Fälscher? Jetzt glaubte van Meegeren keine Wahl mehr zu haben. Ich war's, sagte er dem Gericht. Die Vermeer sind mein Werk. – Schade. Als Fälscher war er nicht mehr echt. Er hätte den Mut haben sollen, als Lump zu sterben. Dann wären wir um ein paar Meisterwerke reicher geblieben.

Aber wenn sie doch falsch waren? sagte Mona.

Sie werden ja sehen, sagte Jan Willem.

Er inszenierte die Besichtigung der »Emmausjünger«, als handle es sich um den Atelierbesuch bei einem schwierigen lebenden Künstler. Nein: als führe er uns an einen schauerlichen, nur ihm bekannten Ort, wo man alle Geistesgegenwart zusammennehmen mußte. Jan Willem hatte förmlich Lampenfieber. Er zog uns nicht ins Vertrauen, sondern in ein Geheimnis, das mit einer dunklen Ecke, mit obszönen Offenbarungen verbunden war. So hat uns damals der schwindsüchtige Friseur in Tschüprü seine Nacktfotos gezeigt. Dabei hingen die »Emmausjünger«, als wir schließlich davorstanden, gleich neben dem Entree des Museums in einem seitlichen Durchgang.

Da, sagte Jan Willem. – Ausgestellt, aber zum Übersehen.

Tatsächlich standen wir immer wieder Leuten im Wege, die zu andern Zielen strebten. Jan Willem ließ sich nicht stören. Er starrte auf das große Format, die vier Figuren an der Wand, von denen sich kein rechter Abstand halten ließ, und schien überhaupt nicht mehr zu atmen. Er hatte nur noch Augen für das Bild und ließ den Kiefer hängen.

Der Schmerzensmann in Blau, dem unnachahmlichen Blau Jan Vermeers, hinter dem weiß gedeckten Tisch. Wenig Geschirr, Zinn und Glas. Auf dem Teller in der Mitte zwei Brote, die unter dem sanften Druck seiner Hand zu vibrieren scheinen. Die Kruste ist mit Glut besetzt, dem Ausschlag einer himmlischen Krankheit. Die andere Hand schwebt über dem zweiten Brot, er wird es brechen. Aber erst muß er es segnen. Sein Gesicht, weitläufig und von endloser Milde, die schweren Lippen schwach geöffnet, die fahlen Lider niedergeschlagen, hängend vor Schwere. Und links und rechts zwei Männer in grob genähten Kutten, gelb und grau. Der Gelbe rechts, ein indianischer Typus, zeigt dem Zuschauer ein junges knochiges Profil, läßt eine Strähne seines langen dunklen Haars über den steifen Stoff der Kuttenschulter fallen. Vom Grauen links vorn am Tisch ist nur der gebeugte Rücken, der Hinterkopf und eine Andeutung des Gesichts zu sehen, das er in offenbar grenzenloser Hingabe dem Gesicht des Schmerzensmannes zugewendet hat. Die Köpfe der drei Männer verteilen sich nach dem Goldenen Schnitt auf einer Linie, die von rechts nach links abfällt, für das perspektivisch getäuschte Auge aber in demjenigen des etwas entfernteren Schmerzensmanns gipfelt. Hinter ihm, ihm zunächst und etwas höher, steht eine weibliche Gestalt, eine dienende Frau, die die Augen im großflächigen Gesicht niederschlägt wie Er. Ihr braunes Kleid bedeckt auch Kopf und Haar, rahmt, in lockerem Oval fallend, ein Gesicht von tiefer Demut ein. Erhöbe Er sich, Er würde sie überragen, aber nun sitzt Er und wendet sich ganz den Broten zu, auf denen, etwas unter der Bildmitte, das Gewicht des Bildes ruht. So ist die Magd, welche die Bibel nicht nennt, auf ihre rückwärtige Art die höchste Figur, denn es steht ja geschrieben: die Letzten werden die Ersten sein. Links in der Wand ein Ansatz des Fensters, daneben der

Schatten eines Bildes, die Dunkelheit des Winkels und die nach rechts wieder zunehmende Helligkeit der hintern Wand. Tiefes Dunkel unter dem Tisch. So scheint das weiße Tischtuch, dessen Falten frisch sind, zu schweben. Der Unterarm des Mannes in Gelb ruht über der Tischkante wie auf einem Geländer, sein sanft gestreckter Zeigefinger deutet über die Bildmitte hinaus.

Ja, sagte Jan Willem leise, schaut euch diesen Arm an. An dem versuchten sie ihn aufzuhängen. Gebt acht auf den Knick des Kleides am Ellbogen. Er sei zu tief, behaupteten sie. Die Kutte müsse ja ins Fleisch schneiden. Der Ärmel biete anatomisch gar keinen Raum für einen Arm. Falsch. Er stützt sich gegen die Armlehne. Der Unterarm fällt also zum Ellbogen etwas ab, während das gestärkte Kleid gleichzeitig aufsteht – so kommt der Eindruck auf, daß der Arm in diesem Ärmel fehlt. Aber der Ärmel muß gerade dort, wo er besonders plastisch wirkt, ganz leer sein. Und der Arm verläuft da, wo man ihn nicht mehr suchen würde. Im Verkleiden war er fehlerfrei. Von Mode verstand er was.

Ist doch gut, sagte Mona zögernd. – Das Leiden im Gesicht. Das ist gut getroffen.

So, sagte Jan Willem mit gepreßter Stimme. – Das Leiden. Leiden nennen Sie das. Sehen Sie doch richtig hin. Das ist ein falscher Hexer, der sein Brimborium schon lange satt hat. Zum tausendsten Mal zelebriert er seine Schwarze Messe, bei so kleiner Besetzung mit bescheidenem Aufwand. Langeweile hängt in den Winkeln seines verlebten Mundes. Die manikürten Finger greifen nur noch matt nach den Busenformen im Zinnteller. Der Jünger zur Rechten tut nur so, als müsse er sich am Tisch festhalten. Auch der Aufblick des grauen Bruders links hat die Gelassenheit der Routine. Und die Beihelferin dahinten wartet nur noch auf den längst bekannten Trick mit den Broten. Sie weiß, sie ist das liebste Groupie ihres Gottseibeiuns –

Ein Aufseher trat näher, ein alter Mann mit Zahnlücke. Er flüsterte Mona etwas zu, kicherte, hob den Finger und deutete auf das Bild: 50000 Gulden haben sie dafür bezahlt, vor dem Krieg! Er grinste: Und dabei hätte man gleich sehen können, daß der Arm hier nicht stimmt –

Der Arm stimmt! sagte Jan Willem scharf, und es waren 50000 englische Pfund.

Der Wächter lachte herzlich und hob den Finger zur Stirn. Es war unklar, ob er den Preis für hirnverbrannt hielt oder die Heftigkeit des häßlichen jungen Mannes.

Mögen Sie Kunst? fragte ihn Jan Willem.

Der Alte schaute ihn verblüfft an. Nee, sagte er und schüttelte den Kopf. – So was nicht. Aber nicht berühren, bitte.

Jan Willem schloß die Augen und atmete tief ein. Dann sagte er ruhig, zu uns gewandt: Über den Dekorateur van Meegeren könne man nichts kommen lassen. Wenn Kunst mit Können etwas zu tun hätte, wäre dies so gut wie die »Nachtwache«. Ein perfektes Bühnenbild. Es schreie förmlich: Vermeer! Es schreie so laut, daß man nicht sehen soll: hier wird nichts gespielt.

Mona: Nichts?

Jan Willem: Nichts.

Interessierte sich Mona für das Bild? Es interessierte sie, was Jan Willem dazu sagte. Da sie sicher war, daß er sie jetzt nicht bemerkte, in sein Selbstgespräch vertieft war, prüfte sie ihn unverwandt.

Ich war nicht sicher, daß er es nicht bemerkte. Ich war fast sicher, daß er wußte, er wurde bemerkt, wenn er nichts bemerkte. Die Fälscherwerkstatt unserer Gattung.

Nichts, sagte er noch einmal. – Sehen Sie, Samstag, sagte er, die Kritiker sahen Blau. Das reichte ihnen. Sie sahen das Delfter Blau, von dem sie nicht mehr wußten, als daß es mit den Meistern untergegangen war. Es genügte, ihnen dieses Blau vorzuführen und ein dazu passendes Gelb. Dann war ihr Bild von Vermeer perfekt. Van Meegeren hat sie bedient. Das echte Blau hat ihn mehr Mühe und Erfindung gekostet als die Meister, aber er hat es geliefert. Für alles Weitere mußte er sich nur in der Literatur umgesehen haben und sie mit dem

Pinsel zitieren können: darauf verstand er sich. Und er mußte ein solider Maler sein: damit konnte er dienen. Daran hatte er schließlich genug gelitten.

Warum hat er daran gelitten? fragte Mona.

Weil die Künstler, die etwas galten, nicht mehr solide waren. Sie waren etwas Neues, Ereignisse, Sensationen. Darauf fielen die Kritiker herein, die Galerien, das ganze schöne Kunstgeschäft. In seinen Augen waren *sie* die Fälscher. Sie verrieten die Kunst, die er an der Schule gelernt hatte. Der Verrat verkaufte sich glänzend, seine Treue nicht. Er hatte als Kunstschüler einen Preis gewonnen. Er hatte es schriftlich, daß er gut malte. Er betrachtete sich als Meister. Aber für die Leute, die zählten, war er Kunstgewerbe. Wissen Sie, was die Kritiker schrieben? »Der hochintellektuelle Stil seiner Malkunst beeindruckte mich in jeder Hinsicht – aber er ging mich nichts an.« Oder: »Da ist viel Kunst dran – und kein Schimmer von Originalität.« Weiter im Text: »Ich hatte das Gefühl, das habe ich alles schon mal gesehen – und darf es wieder vergessen.« Aufschlußreich! Aus diesen Kritiken konnte er sich später was machen. Aber erst waren sie nichts weiter als Ohrfeigen. Als Künstler war er gestorben. Malen Sie Plakate, junger Mann. Porträtieren Sie geschmacklose Industrielle und Ärzte, dafür reicht's. Und das tat er denn auch. Es blieb ihm ja kein anderes Brot. Er mußte gelebt haben. Er wollte sogar gut leben. In seinem Vaterland galt der Prophet also nichts – gut, dann zog er nach Südfrankreich, wohin große Künstler gehören. Für die reichen Witwen in Nizza war er ein begnadeter Mensch. Für die Szene existierte er gar nicht. Die feierte Picasso, Braque, Léger, Dalí. Und nun stellen Sie sich vor, was in ihm vorging, als er eines Tages lesen mußte: Dalí habe Vermeer den größten Maler aller Zeiten genannt. Ach so? Aha! Dann malte Han van Meegeren ab sofort wie Vermeer. Er beschloß, Johannes Vermeer von Delft zu werden – die Initialen paßten ja bereits.

Jan Willem klang persönlich beleidigt, als er van Meegerens Gefühle imitierte; auf einmal wandte er sich an Mona und sagte munter:

Möchtest du auch mal ein Bild backen?

Backen? fragte Mona und wurde rot.

Komm her, sagte Jan Willem. – Noch näher. Da. Siehst du die kleinen Sprünge auf dem Bild, die Haarrisse? Alle alten Bilder müssen sie haben. Die kommen vom Backen.

Mona hatte sich gefaßt, zwinkerte mir zu, aber ich sah weg. Solche Lügen kann ich nicht leiden.

Erst hat er eine alte Leinwand gekauft, und das hieß natürlich: ein Bild aus der Zeit. Durfte nur nicht zu viel kosten. Als der Händler merkte, wie sehr van Meegeren den unbekannten Meister haben wollte, glaubte er natürlich einen Schatz zu besitzen und trieb den Preis in die Höhe. Damals hatte Han noch kein Geld. Er wollte nur die Leinwand haben. Er brauchte einen erschwinglichen alten Meister, um einen unbezahlbaren neuen Vermeer zu malen.

Was sagte eigentlich seine Frau dazu? fragte Mona.

Seine Frau, sagte Jan Willem und wurde plötzlich verlegen. – Hatte er eine Frau? Schön, geben wir ihm eine.

Dann war er kein Künstler, sagte Mona. – Künstler haben keine Frauen. Nicht richtig jedenfalls.

Woher weißt du das?

Das brauch ich dir nicht zu sagen.

Möcht ich aber mal wissen.

Wenn du brav bist.

Die Fälscherwerkstatt unserer Gattung. Plötzlich ist das Du gegenseitig. Jetzt hat Mona mein Wegsehen verstanden, aber es kümmert sie nicht mehr. Sie gibt das Lügen auf, aus Gleichgültigkeit gegen das Urteil. Sie will sich nicht mehr bilden. Ich wohne einem älteren Vorgang bei.

Mona: Wo hat er das Bild gebacken?

Im Backofen.

Du spinnst.

Du, das war gar nicht so einfach, sagte Jan Willem. – Das Backen hat ihn noch mehr gekostet als das Malen. Erst mußte er das alte Bild abwaschen, klar? Ablaugen bis auf die letzte Spur. Hat er nicht immer geschafft. Hier, siehst du, ist noch ein weißer Fleck geblieben. Der hat dann die Komposition diktiert! Weiter: er mußte die richtigen Farben finden, erfinden. Die konnte er natürlich nicht kaufen. Das Blau hat er aus Lapislazuli gemahlen, für das Gelb nahm er Lehm und Harz. Das raffelte er durch ein Sieb. Gemalt war das Bild dann schnell, das hatte er schon lange im Kopf. Aber jetzt mußte die Farbe hart werden und Risse kriegen, und da begann die Kunst. Wie macht man Farbe hart? Indem man sie erhitzt. Aber was passiert dann? Das Öl schmilzt, und das Pigment verschmiert oder wird schwarz. Er versuchte es mit Fliederöl, das hielt die Hitze eine Weile aus, aber die Farben wurden stumpf. Bist du gut in Chemie?

Mona schüttelte den Kopf. Sie erzählte nicht, daß sie malt. Ich habe sie auch nie mehr malen sehen.

Das Bindemittel war das Problem. Van Meegeren brauchte eins, das bald hart wurde, und sein gutes Fliederöl tat es nicht. Da nahm er Formaldehyd. Aber das wurde wieder zu schnell hart. Wenn er die Farben auf der Palette damit mischte, wurden sie wie Stein, bevor er sie auftragen konnte. Schließlich fand er den Trick. Erst nahm er den Pinsel voll Farbstoff und tauchte ihn *dann* in Formaldehyd. Und malte wie der Blitz –

Er stand mit Mona dicht vor den »Emmausjüngern«, ahmte die Bewegung des Malers nach, pinselte heftig auf dem Christuskopf herum – täuschend genug, daß Mona lächelte und der Wärter wieder etwas näher trat.

Jan Willem tat so, als nehme er das Bild von der Wand und schiebe es in den Ofen.

Erlauben Sie, sagte der Wärter, so schnell ging das nicht. Erst machte er kleine Muster, nicht gleich das ganze Bild.

Ganz recht, sagte Jan Willem, ich habe auch Hunger. Gehen wir in die Cafeteria. Wir kommen zurück, wenn es hier ruhiger ist.

Das war nicht sehr nett, sagte Mona zu Jan Willem, als sie

ihn eingeholt hatte; mich zog sie am Ärmel nach. Bitte! hatte sie leise zu mir gesagt. – Aber Jan Willem entschuldigte sich nicht. Auf dem Weg durch eine Plakatausstellung sagte er:

Erst probierte er es mit 95 Grad, dann mit 105.

Eine Pizza mache ich mit 250, sagte Mona ein wenig atemlos.

Er wollte das Bild ja nicht essen, sagte Jan Willem. Er wollte es nur der ganzen Welt zeigen: das habe ich gemalt! Eben nicht. Sonst wäre es ja nicht von Vermeer gewesen. Und Han van Meegeren hätte man das Bild nicht abgenommen – genau dasselbe Bild. Wieder ein van Meegeren, was soll's! Zum Gähnen. Kunst, die einen nichts anging, die man wieder vergessen konnte, Kunst ohne einen Schimmer von Originalität. Jetzt hatte sie diesen Schimmer, denn sie war nicht von ihm. Er hatte sie nur gemalt. Er hatte genau gleich gemalt wie immer.

Entschuldige, sagte Mona, das kann doch nicht sein, er muß doch gemalt haben wie Vermeer.

Nein, sagte Jan Willem ohne eine Spur von Gefälligkeit. – Er hat gemalt wie van Meegeren. Die »Emmausjünger« sind der sorgfältigste van Meegeren – aber ein van Meegeren. Christus hat genau die Visage der Männer auf seinen Tourismus-Plakaten. Die dienende Madonna gleicht den Tennishexen seiner Gebrauchsgrafik aufs Haar. Dasselbe Staunen, derselbe schwüle Mund. Dieselbe versteckte Grausamkeit. Modegesichter der zwanziger Jahre.

Aber, sagte Mona, warum hat man das für einen Vermeer halten können?

Weil er das Bild so genial gebacken hat, sagte Jan Willem. – Wegen der kleinen Haarrisse in den echten Farben. Weil man aus der Wahrheit der Kostüme auf die Wahrheit der Gesichter schloß. Van Meegerens flache Plakatgesichter: die kleinen Risse machten sie abgeklärt und geheimnisvoll. Die Leere des Ausdrucks wurde zur Tiefe der Seele. Die Abwesenheit von Charakter zum Ideal. Daß die Figuren nichtssagend waren, sah man plötzlich nicht mehr. Im Schutz der

Haarrisse schwiegen sie plötzlich wie Engel am Rand aller Dinge –

Die Cafeteria glich einer Flugplatz-Lobby mit einem Hauch von Raumstation. Die Paßformen der Sitze waren aus einem Guß, weißer Kunststoff mit orangen Kissen. Jan Willem hatte sich hingesetzt wie in einen Wartesaal oder auf eine Parkbank. Er redete und dachte nicht daran, sich etwas zu holen. Es war ein Selbstbedienungsrestaurant. Der junge Mann kam mir jetzt ziemlich gestört vor. Er schien auch Mona vergessen zu haben, die ihm gegenüber saß und an seinen blutigen Lippen hing. Er fuhr erst auf, als sich ein älterer Herr aus der nächsten Sitzgruppe herüberneigte.

Und der Alkohol, sagte der Herr, vergessen Sie den Alkohol nicht.

Jan Willem sah ihn irritiert an.

Ja, sagte der ältere Herr, die Farbe durfte nämlich nicht abgehen. – Sehen Sie, sagte er direkt zu Mona gewandt, van Meegeren wußte natürlich, daß man seine Vermeers prüfen würde. Wenn Sie mit einem Lappen voll Alkohol über ein frisches Bild fahren, geht die Farbe weg. Bei einem alten Meister können Sie lange reiben. Darum kam es van Meegeren darauf an, daß sein Bild dem Alkohol widerstand, verstehen Sie? Er hatte Glück, seine Bilder widerstanden dem Alkohol besser als er –

Jan Willem erhob sich. Kaffee, sagte er. – Jetzt kann ich einen Kaffee gebrauchen. Sonst noch jemand? Er biß sich auf die Lippen, wartete unsere Zustimmung nicht ab und ging davon mit seinem gehemmten Schritt.

Der ältere Herr nahm die Brille ab und fuhr damit vor Monas Gesicht hin und her. – Sie müssen wissen, sagte er, warum sich damals auch die klügsten Leute hatten täuschen lassen. Es gibt nämlich eine zeitliche Lücke im Schaffen Vermeers. Und es gab die Hypothese, er sei möglicherweise nach Italien gereist, um bei den Schülern Caravaggios zu lernen. Darum war es das Tüpfelchen auf dem i, als diese Fälschungen im Stil der Caravaggisten auftauchten. Außerdem gab es auf diesen Bildern die bei Vermeer sonst auffällig fehlenden religiösen Motive. Ja, die hatten den Forschern noch gefehlt, und darum hatten sie tapfer spekuliert. Beschränkte sich Vermeer auf die Genremalerei, weil er sich mit frommen Bildern in Delft den Markt verdorben hätte? Er war nämlich katholisch, müssen Sie wissen, und die Katholischen malten anders. Oder hatte er seine religiösen Motive für eine kommunistische Brüder- und Schwesternschaft reserviert, in der es so schlimm zuging, daß von ihrem Tempel kein Stein mehr übrigblieb? Daß Vermeer überhaupt kein Bild von unserem Herrn Jesus gemalt habe, konnten sich unsere hellen Köpfe nicht denken. Und denken Sie, jetzt kam er zum Vorschein, ein religiöser Vermeer nach dem andern. Das konnten doch gar keine Fälschungen sein, der berühmte Professor Bredius hatte ja selbst verlangt, daß es sie geben müsse ... jaja. Aber da hatte Han van Meegeren eben seine Ohren gespitzt.

Ich hatte Jan Willem nicht kommen sehen. Er stellte das Tablett mit den Kaffeetassen so brüsk auf den Tisch, daß der Kaffee überschwappte.

Mein Herr, sagte er, hier wollen Leute unter sich sein. Würde es Ihnen etwas ausmachen zu schweigen?

Der ältere Herr setzte langsam seine Brille auf und musterte den jungen Mann. Dann stand er ohne ein Wort auf und ging zur Tür hinaus. Wir schwiegen.

Alkohol, sagte Jan Willem nach einer Weile, in seiner Tasse rührend, warum nicht gleich Morphium. Gehörte auch zu seinem Farbkasten. Ohne Stoff hätte er es nicht geschafft.

Ich habe Hunger, sagte Mona, ich hole mir etwas zu essen. – Sie stand auf und drehte sich nicht mehr um.

Jan Willem schien ihren Aufbruch nicht bemerkt zu haben.

Eines Tages, sagte er, stand er vor dem Gericht und sprach: Ich bin's. Ich bin euer lieber Vermeer, an dem ihr so viel Wohlgefallen habt, für den euch eine Million nicht zu schade war. Ich bin's, vor dem Salvador Dalí niedergefallen wäre, um ihn anzubeten. Mich. Der Dalí, den ihr für den Größten gehalten habt, der aber besser wußte, wer der Größte war: Ich. Ihr habt Mich nicht erkannt. Für euch war Ich der letzte Dreck, ein Akademiker, der Genie spielte und dem es gerade zum Straßenmaler reichte – zum Gebrauchsgrafiker, zum Reklamefritzen. Das Porträt einer ahnungslosen reichen Witwe hie und da. Ein wenig Kaffeehausboheme, ein paar Bordellbesuche. Ein Koofmich. Ihr habt Mich nicht erkannt. Aber *weil* ihr Mich nicht erkannt habt, habt ihr mein Werk gefeiert. Ihr habt es das größte Werk des größten Malers genannt, dieses Landes, aller Zeiten. Des Malers der Maler. Aber siehe, es war ein Stück von Mir. Ich habe es nicht kopiert. Ich habe es aus dem Nichts erschaffen. Es gab vorher nicht seinesgleichen, und wird seinesgleichen nie mehr geben. Ich habe bewiesen, wie gut Ich war. Eure Herzen gingen euch auf vor meinem Werk, und die Augen liefen euch über. Nun also habt ihr Mich unter euch. Ich bin's! – Da war nur ein kleiner Unterschied. Er durfte nicht sagen: Ich bin's. Er mußte zugeben: ich war's. Der eine Satz, der Jan Vermeer zu Han van Meegeren machte, machte van Meegeren zu – nichts? zum Fälscher? Die Frage muß doch lauten: was machte dieser kleine Satz aus Vermeer? Wozu machte er die Kunst? Han konnte seine Identität nicht bekennen, ohne sie zu verspielen. Aber da er sie nicht in Luft auflösen konnte – waren die Vermeer denn nicht wirklich und wahrhaftig sein Werk? –, mußte er sie kriminalisieren. – Womit belastete er sich denn da? Nahm er eigentlich nur seine Schuld auf sich, oder die der ganzen kunstliebenden Menschheit? Er war's gewesen, also konnte er's nicht gewesen sein – falsch. Er *durfte* es nicht gewesen sein. Ein absurder Satz. Er war nicht Vermeer, gut. Aber war Han van Meegeren nicht so gut wie Vermeer gewesen für jeden menschlichen Kunstverstand? für Bredius und Konsorten sogar stärker als Vermeer? Wurden seine Vermeer durch sein Geständnis, van Meegeren zu sein, weniger echt – als Kunst? Aber dann ist nicht van Meegeren falsch. Dann ist die Kunst falsch. Dann gleicht sie jeder andern Kunst, die die Menschen gebrauchen. Und wenn sie einen, der sie besser gebraucht, einen Fälscher nennen, weil er ihren Götzendienst entlarvt – dann sind *sie* es, die nicht echt sind. Sie sind es auch nicht. Dafür haben sie Han büßen lassen, deswegen mußte er sterben. Darum durfte er nicht sein. Hören Sie mich?

Reden Sie denn mit mir? fragte ich.

Mona kam an den Tisch zurück, auf ihrem Tablett ein gegrilltes Steak, Pommes frites, mehrere Schalen mit Salat und ein Glas Wasser. Sie zog eine silberne Dose aus ihrer Handtasche, öffnete sie, zählte Medikamente ab und schob sie mit der Hand in den Mund.

Jan Willem sah ihr zu, dann senkte er den Blick.

Du benimmst dich unglaublich, sagte Mona.

Ich –? sagte Jan Willem und räusperte sich.

Ja, sagte Mona, deine Kunst kann mir gestohlen bleiben, wenn du nicht verträgst, daß andere mitreden.

Jan Willem war rot geworden, wie ein zurechtgewiesener Schuljunge.

Hast du keinen Hunger? fragte Mona.

Doch.

Dann hol dir was.

Und Sie? fragte mich Jan Willem.

Mona, die bereits an ihrem Steak gearbeitet hatte, ließ Gabel und Messer sinken und sah mich bittend an.

Ich faste, sage ich.

Nein, heute ißt du.

Ich hol Ihnen was, Herr Samstag, sagte Jan Willem.

Leute, die plötzlich anfangen, einander wahrzunehmen oder gar nach Wünschen zu fragen, stellen fest, daß sie nichts voneinander wissen. Jan Willem lächelte schief.

Ich komme sehr wenig zum Reden, sagte er. – Bitte entschuldigt, wenn ich das Maß verliere.

Wenn Sie mir eine Milch brächten, sagte ich.

Jan Willem hatte sich halb erhoben, ich sah den schlechten Witz förmlich auf seinen Lippen, den er unterdrückte. Aber Mona nickte ihm zu. Da ging er.

Es ist etwas zäh, aber heute habe ich Lust auf Fleisch, sagte sie. – Er ist wirklich sehr unsicher, und du mußt ihm sagen, wenn er dich stört. Du siehst ja, er nimmt es an. – Weißt du, was er mir gerade gesagt hat? Es gebe keine echten Vermeer –!

Mona bestand darauf, auf dem Rücksitz nach Hause zu fahren. Wir waren nach dem Mittagessen im Museum herumgegangen, ohne mehr als beiläufig über das zu sprechen, was wir sahen. Ich verglich die Mona, die vor Breughels »Babylonischem Turm« oder Boschs »Verlorenem Sohn« stehenblieb, mit der Frau, die sich durch Kees van Endens Inselparadiese geschleppt hatte. Sie schien älter und frischer, unbefangener und mädchenhafter geworden. Ihre Schultern hingen, aber sie erweckte nicht mehr den Eindruck, daß sie sich *hielt*, gerade noch aufrecht hielt. Sie war leicht geworden. Wenn sie mir zulächelte, lag eine Spur Abbitte darin, daß sie sich von mir entfernte.

Es gibt keinen echten Vermeer, das mußt du mir erklären, sagte sie vom Rücksitz.

Habe ich das gesagt? Dann stimmt es. Es gibt auch keine echten Vermeer.

Gibt es auch keinen echten Bosch oder Breughel?

Doch, natürlich. Er wußte, was er tat, als er die Hände von Bosch oder Breughel ließ. Um Bosch zu malen, mußt du Bosch sein. Um einen Vermeer zu malen, mußt du nicht Vermeer sein.

Versteh ich nicht, sagte Mona. Vermeer ist doch wirklich der Größte. Hab ich gelernt.

Nicht Rembrandt? fragte Jan Willem ironisch. – Dann hast du ja einen schicken Lehrer gehabt. Er hatte schon recht. Vermeer ist der Größte.

Also?

Nun, sagte Jan Willem, das ist doch einfach. Warum ist der

Größte der Größte? Weil er alles ist, alles kann – mühelos. Es ist sozusagen nichts Besonderes mehr an ihm. Der ist am leichtesten nachzumachen. Du mußt nur auch alles können, wie van Meegeren, und ebenso mühelos. Wer überhaupt malen gelernt hat, der kann auch malen wie Raffael oder wie Vermeer.

Er nimmt mich auf den Arm, sagte Mona nahe an meinem Ohr.

Überhaupt nicht, sagte Jan Willem. – Aber bist du sicher, daß du noch über Kunst reden magst?

Weil du gefragt hast, bin ich sicher, sagte Mona.

Nimm doch die Gioconda, ja, die Mona – Mona! – Lisa. Gibt es die nur einmal? Tausendmal gibt es sie. Manche Kopien sind lustiger als das Original, manche auch besser. Sagen wir: ebenso gut. Ein zweites Original befindet sich vermutlich in einem New Yorker Safe. Warum denn nicht? Meisterwerke sind von Haus aus keine Originale, oder das Originale verliert sich. Sie werden zu weit verbreitet und zu sehr geliebt. Sie werden Zitate. Es genügt, sie passend zu zitieren, und du stellst sie wieder her. Du kannst sie schwarz auf weiß nach Hause tragen und farbig über dein Bett hängen. Man sieht sie an und sieht sie gar nicht mehr. Haben sie auch nicht mehr nötig. Van Meegeren hat gezeigt: es ist ganz leicht, einen echten Vermeer zu malen. Du brauchst nicht einmal ein Vorbild dazu. Du kannst ihn herbeizitieren.

Moment, sagte Mona, aber du hast doch gesagt, die Gesichter seien typisch van Meegeren. Genau gleich wie auf seinen Plakaten. Er habe fast nichts zu verändern brauchen.

Siehst du, sagte Jan Willem. – Malen hieß ja auch zweierlei: pingere und fingere. Malen und täuschen. In der Täuschung liegt der Stoff für jedes Meisterwerk. Kein besonderer Stoff, er muß nur geschickt gewählt sein. Mit Lapislazuli und gut ausgebackenen Haarrissen wird ein Bild zum Vermeer. Man kann das heute, Mona, setz dich nur hin, das kannst du auch. Du mußt nur für die Spuren der Geschichte sorgen – dann darf ein Bild so miserabel sein wie die »Ehebrecherin«. Es ist unsäglich, Mona, unsäglich, und der Dicke hat eine Million dafür hingeblättert. War ja nicht sein Geld. Aber weißt du, warum ihm das Bild so paßte? Weil van Meegeren Faschismus war, durch Haarrisse veredelter, legitimierter Faschismus. Van Meegeren bewunderte das Berlin der dreißiger Jahre. Das war seine Welt. Wie das an Erntedankfesten und Sonnwendfeuern zuging, so malte er schon lange. Schwül, pompös, pathetisch, dekorativ, flach. Aber blendend. Ihr müßt mal seine eigenen Bilder sehen – seine eigenen, haha! Da steht ein schwarzer Tennisspieler neben einer nackten weißen Frau mit Bubikopf, im Vordergrund ein Kapitalist wie aus dem Buche – das Buch dazu ist »Mein Kampf«. Noch eine Drehung an der Schraube, und wir sind bei den Karikaturen des »Stürmers«. »Mein Kampf« ist ein sehr passendes Motto für jeden, der der Größte werden will. Immerhin, Han ist es geworden als Maler. Aber er hatte schon etwas übrig für den unglücklichen Kollegen aus Braunau. Und dem hätte es gefallen, wie van Meegeren einen Kopf des Holofernes schön säuberlich auf eine Schlachtplatte malt, und dahinter schleicht sich Judith als Schlange an, das zersetzende Weib, die Ewige Jüdin. Die kann man auch auf Papier fertigmachen. Das ist sadistische Kunst, aber natürlich keine entartete. Van Meegerens Tennisneger: die faszinierende Schwarze Gefahr, Jesse Owen im Olympiastadion 1936. Die gernegroßen Rache-Phantasien, die der Neid den ganz kleinen Männern einflößt. Wer den abgeschnittenen Kopf des Holofernes so zu garnieren wußte, dem waren auch Brötchen à la Vermeer zuzutrauen. Göring hatte schon die richtige Witterung für den Bilderbäcker. Er sah in der falschen Ehebrecherin das Bild des echten Kraft-durch-Freude-Mädels. Dazu hatte der Dicke keinen Röntgenapparat nötig. Nur keine zersetzende Kritik! Aber die Kritik, auch die holländische, fand hier durchaus nichts mehr zum Zersetzen. Sie stimmte überein. Der Körpergeruch der falschen Vermeer war ihr eigener, dieselbe Marke. Für sie gab es in der echten Kunst nichts

Falsches. Weißt du, warum? Weil es in der falschen Kunst nichts Echtes gibt. Gute Kunst ist nicht gut. Ist auch nicht schlecht. Sie ist falsch.

Es kommt also auf den Betrachter an, sagte Mona.

Überhaupt nicht. Pardon, Mona, wirklich nicht. Der kann sich nur abwenden, dein Betrachter. Wenn er hinschaut, spielt er mit. Fälscht mit. Die Kunst ist falsch von Geburt.

Das glaube ich nicht, sagte Mona. – Du hast selbst gesagt: Bosch nicht, Bosch hätte er nicht fälschen können.

Nein, sagte Jan Willem. Dafür hätte er Jemand sein müssen. Nicht nur ein Maler. Boschs Bilder sind nicht nur gemalt.

Sondern?

Eingegeben, sagte Jan Willem und preßte die Lippen zusammen. – Ich schwatze zuviel.

Nein, nein, sagte Mona langsam. – Ich glaube, jetzt hast du etwas ganz Wichtiges gesagt. Jedenfalls für mich ist es ganz wichtig.

Nach einer Pause wandte sie sich an mich: Komisch, du, hattest du nicht auch den Eindruck, daß er van Meegeren mag?

Nein, sagte Jan Willem. – Er beschäftigt mich, ja. Und darum mag ich ihn jeden Tag weniger.

Du hast ihn verteidigt.

Das ist etwas anderes. Ich verteidige ihn gegen Leute, die ihn nicht für einen Künstler halten. Das ist er, genau das, nicht weniger und nicht mehr. Das ist schlimm genug.

Warum verträgst du es denn nicht, wenn sich andere Leute über ihn äußern?

Jan Willem schwieg eine Weile. – Weil er meine Sache ist, sagte er dann. – Das stört mich selbst ungemein. Darum stören mich die andern noch mehr.

In einem 2CV braucht man nicht zu überholen. Monas Gewicht hing an meiner dünnen Lehne. Ich spürte ihr Haar an meiner Wange, als sie sagte:

Vielleicht weiß ich, was du meinst. Ich kannte auch einmal

einen Maler, der gut malen konnte. Aber das war auch alles, und es war mir nicht genug.

Für heute hatte die Kunst ihren Dienst getan. Jetzt begann eine neue Kunst. Und Mona übte sie schon, als wäre sie nie verlernt gewesen. Die alte Kunst der Meister brauchte nicht echt zu sein, dafür war es die neue um so mehr. Die hohe Kunst, einem Mann, der nicht in Betracht kam, ins Ohr zu sagen, was nur den andern, den Einen etwas anging.

Er hatte es gehört, er hatte es schon lange gehört. Man kann in einem 2CV nicht anders als hoch erhobenen Hauptes sitzen. Jetzt durfte er schweigen; er wurde verantwortlich. Ich hatte meine Pflicht getan, aber ich brauchte nicht zu gehen. Mona zeigte mir mit ihrem Haar an meiner Wange, daß ich nicht der Mohr war. Ihr Haar zitterte, aber vielleicht vibrierten auch die Räder auf der Autobahn. Keine Straße kann rauschen wie ein Flug in die Hoffnung, wenn man sich wieder mit ihr einlassen will.

5

Es scheint nicht, Mijnheer, daß der letzte Wächter im Singer-Museum, ein gewisser van Helsing, Jan Willem, sein Amt sonderlich ernst nimmt. Es muß nur eine bestimmte Dame in seinem Saal auftauchen, wo er halb getarnt zwischen Zimmerpalmen sitzt, dann legt er sein Buch (den Trivialroman eines Bram Stoker) beiseite und verläßt den Platz, für den er doch wahrscheinlich bezahlt wird, sonst säße er, bei seinem erklärten Haß auf die Kunst (besonders die Kunst des Stilllebens), schwerlich dort, der arme Student. Wenn er einer ist; er erzählt ja viel, wenn der Tag lang ist.

Der Tag ist nicht mehr lang, so viel ist wahr. Es ist vier Uhr nachmittags, das Museum, die Ausstellung der Auktions-Objekte, wird in einer Stunde dichtmachen. Immerhin sind noch Besucher, Kundschaft (um nicht, wie van Helsing, gleich: »Anleger« oder »Voyeure« zu sagen) im Raum, unter anderem eine Gruppe deutscher Museumsdirektoren, die sich über die Qualität der Bilder etwas zurückhaltend äußern, aus durchsichtigem Grund, wie van Helsing seiner Dame nicht eben leise erklärt. Denn wenn die Herren das eine oder andere Bild haben wollen, woran er nicht zweifelt, so empfiehlt es sich nicht, es zu rühmen, den Preis in die Höhe zu treiben, und die Jagdlust des Nachbarn aus Köln oder Stuttgart zu reizen. Freilich sind es, im Gegensatz zu den amerikanischen Kapitalanlegern, Kenner, die ihr Interesse zu tarnen, mit der passenden Fach-Sprache zu verkleiden verstehen. Aber der junge Mann, van Helsing, verachtet sie darum nicht minder; er hat nichts übrig für Nekrophile, wie er Kunstfreunde grundsätzlich bezeichnet, auch wenn er das Wort der Dame übersetzen muß. Sie verehrt Kunst und Künstler von Haus aus, verspricht ihm aber, über das Wort und seine Bedeutung nachzudenken. Nun werden die Düsseldorfer Nekrophilen, bei der Kultur, die sie immerhin ausstrahlen, die Stilleben von Breughel, Claesz und so weiter nicht klauen wollen, insofern erübrigt sich eine Bewachung. Außerdem wäre da die Alarmanlage, die zu schrillen beginnt, wenn sich die Hand einem Bild ungebührlich nähert. Mehrfach hat es so geschrillt, und der Wächter und die Dame haben, nachdem er ihr den Sinn des erschreckenden Lärms erklärt hat, zum ersten Mal gemeinsam gelacht, obwohl oder weil man bei dem Geschrill kein Wort verstehen und sich einander stark nähern mußte, den Mund dem Ohr, um das Ohr zu beruhigen, das trotzdem eine Weile rot blieb. Auch er war immer wieder auf diesen Lärm nicht gefaßt und gewöhnte sich nicht daran; es dauerte immer so lange, bis es jemandem gelungen war, ihn abzustellen, daß die Belustigung der Dame am Ende echt wurde. So ein Lärm verbindet unwillkürlich, er entspannt sogar die Düsseldorfer Expertengruppe, die den Bildern zu nahe getreten ist, aber nur in deutender Absicht, sich also nicht schuldig fühlt.

Es ist an diesem Ort, Mijnheer, regelmäßig niemand im eigentlichen Sinn schuldig gewesen, wenn der höllische Sirenenton ausbricht. Die Alarmanlage hat einfach zwischen einer diebischen und einer inspirierten Annäherung an die Bilder nicht unterscheiden gelernt, und man muß ja froh sein, daß sie funktioniert und die Anwesenheit eines menschlichen Bewachers erübrigt, besonders wenn auf seine Anwesenheit so wenig Verlaß ist. Immerhin wird er für sie bezahlt, und so schickt es sich nicht, daß er nur Augen für eine einzelne Besucherin hat, von der er wissen muß, daß sie weder Bildern zu nahe tritt noch als Kundin, höchstens als Verehrerin, in Betracht kommt. Genau besehen ... –: aber da die Experten sich wieder der Betrachtung der Bilder widmen, vorläufig mit gebührendem Abstand, ist niemand mehr da, um genau hinzusehen, was der Wärter treibt oder unterläßt. Er ist, an seiner Mütze als Diener zu erkennen, Teil der Institution, das genügt.

Er wird schon Gründe haben, seine blauen Augen auf einer einzelnen Besucherin verweilen zu lassen. Notfalls gehört es zu seinen Pflichten, mit jedermann verbindlich, mindestens korrekt zu sein. Übrigens wäre es übertrieben zu behaupten, daß er die Dame, mit der er redet, wirklich ansieht. Gerade wenn er mit ihr redet, hat er seine Augen nicht auf ihr, sondern bald auf dem Boden, dem grauoliv melierten Boden von Singer's Erben, oder an der Decke, einem gläsernen Kassettenmuster. Er muß ja wissen, was er tut, auch wenn er nach einer Weile mit dieser Dame den Raum, der ihm anvertraut ist, verläßt und, immer noch mit derselben Dame, die seine junge Mutter sein könnte, den Vorraum durcheilt, mit seiner leicht gehemmten und gedrückten Bewegung. Er eilt, Mijnheer, scheint seiner Begleiterin durch die Tür zuvorkommen zu wollen, er muß ihr natürlich diese Tür aufhalten, er muß wissen, warum er sich so beeilt, er wird ein Geschäft haben, das im weiteren Sinn zu seinen Pflichten gehört, und vor Museumsschluß, also bald, wiederkommen, besonders da er auch nach dem Verlassen des Gebäudes die Mütze auf dem Kopf behält; die seinen Dienst anzeigende Mütze. Vielleicht braucht man nichts dabei zu finden, wenn er mitsamt dieser Mütze das grüne Auto der Dame besteigt; vielleicht ist es der Regen, der diesen Wagen so neu und frisch gewaschen erscheinen läßt. Jedenfalls ist es gewiß der Regen, der die Schritte des jungen Menschen beflügelt, während man diejenigen der Dame, die in ihrem weißen Kleid und den hohen Absätzen für ein Gewitter wenig gerüstet scheint, zögernd nennen könnte. Aber da die beiden jetzt wegfahren, ist ja sehr bald überhaupt niemand mehr da, diese Feststellungen zu machen.

Ich wüßte auch nichts davon, Mijnheer, wenn mir Mona die Geschichte nicht erzählt hätte, übrigens wenig zusammenhängend und Brocken für Brocken, obwohl ich ihr die Geschichte durchaus nicht entreiße. Ja, jetzt ist das Erzählen an ihr, und das Besuchen auch. Ich sitze auf meinem Bettkasten und habe sie eigentlich nicht hereingebeten; sie hat sich einfach darauf verlassen, daß ich um fünf Uhr abends zu Hause, wach und störbar bin. Jedenfalls hat sie in dieser bestimmten Annahme geklopft, nicht nur ein-, sondern dreimal. Schließlich öffne ich niemandem, außer er oder sie hätte einen Namen genannt, und dann muß es erst noch ein Name sein, der mir vertraut ist: Mona. Ich bin's nur, Mona! Zu diesem »Nur« steht im Widerspruch, daß sie leuchtend auf- und eintritt, nachdem ich meine Tür endlich entriegelt habe, obwohl ihr weißes Kleid ganz weiß nicht mehr zu nennen ist, Spuren der Mitgenommenheit zeigt und auch bei Licht, beim Licht meiner elenden Birne, keineswegs verbirgt. Mona als solche ist es also, die ihr Kleid so strahlend trägt und nichts zu verbergen hat, auch wenn sie nicht geradezu damit herausrückt. Schließlich hat sie geklopft, um sicher zu sein, daß es mir gutgeht. *Mir!* Sie war nämlich plötzlich nicht ganz sicher gewesen, und das entschuldigt natürlich ihre Dringlichkeit, die sie sogar zudringlich nennt.

Davon ist, kaum steht die Dame zum ersten Mal in meinem Keller, nicht mehr die Rede. Man könnte sie verlegen nennen, wenn sie aufgehört hätte, trotzdem zu strahlen. *Dafür* entschuldigt sie sich nicht. Sollte ihre Verlegenheit mit dem

Gegensatz zwischen dem zwar unsicheren, aber immerhin fast sommerlichen, also ebenfalls strahlenden Wetter draußen und dem Halbdunkel meiner Zelle zu tun haben? Keine Sorge, Mijnheer, nur keine übertriebene Rücksicht, im Grunde sieht sie meine vier Wände gar nicht. Sie sieht nicht einmal mich, während sie mit mir redet, eigentlich widerwillig und doch unaufhaltsam. Wie es mir geht, beschäftigt sie daher auch nicht, ich bin ja noch da, das ist die Hauptsache. Jemand muß dasein, dem sie eigentlich widerwillig, aber vor allem ganz dringend etwas erzählen kann. Nichts Besonderes übrigens. Ich bin da, also warum nicht mir. Jetzt bin ich so gut wie ein anderer. Und wenn ich nicht viel frage, um so besser, da es ja auch nicht viel zu fragen gibt; nicht einmal viel zu erzählen. Also, warum frage ich denn nicht? Was geschehen sei? Nichts Besonderes, wie gesagt. Bloß ungewohnt sei es gewesen, eigentlich belustigend und vielleicht etwas merkwürdig. Und die Flecken auf ihrem weißen Kleid? Das hat sie gar nicht gehört. Als ich es wiederhole, sieht sie die Flecken wie zum ersten Mal. Wenn schon! Der Stoff läßt sich reinigen, er ist nicht heikel. Aber mir, Samstag, geht es gut, ja?

Ich darf nicht heikel sein, Mijnheer. Also, was soll gewesen sein. Man ist weggefahren, natürlich, komisch war zuerst nur, daß er seinen komischen Hut aufbehielt, auch im Wagen. Wohin man denn fahren wollte? Sagte er nicht. Dirigierte sie nur, links, rechts, hier halblinks, hier scharf rechts. Man saß gewissermaßen verdutzt am Steuer, aber schließlich auch belustigt, man ließ sich kommandieren. Man ließ sich mehr von diesem komischen Fälscher berichten. Van Meegeren, ja, ich erinnerte mich doch. Ob ich gewußt hätte, daß der Mann seine Fälschungen – die Vermeer, ja, diese »Emmaus-Jünger« – auch vor seiner Frau geheimgehalten habe? Und wie er das gemacht habe? Schließlich habe er Monate für das Bild gebraucht. In Südfrankreich übrigens, er sei ja, wie alle großen Maler, nach Südfrankreich übersiedelt, als verkannter Maler habe er das besonders nötig gehabt. Jo habe sie übrigens geheißen. Seine Frau, ja. Und mit ihm gelitten habe sie all die Jahre. Später habe sie sich scheiden lassen, weil sie seine Frauengeschichten nicht mehr ertrug. Aber das sei viel später gewesen, als er schon berühmt war. Natürlich nicht *er* war berühmt, aber seine Bilder, die echten Vermeer, da hatte er ja Geld wie Heu, ein Vermögen, auch das hatte er natürlich geheimhalten müssen. Verstecken, vergraben, er habe Häuser gekauft, die er kaum bewohnt, nur als Verstecke benützt habe, in Laren zum Beispiel. Das sei zufällig genau der Ort, wo jetzt das Museum stehe, alle Spuren führten nach Laren, habe Jan Willem gesagt, und sie hätten das Haus auch besucht, van Meegerens ehemalige Villa, aber das sei eine andere Geschichte. Da lägen wahrscheinlich heute noch Schätze, Gold und Diamanten vergraben, van Meegeren sei ja siebenundvierzig gestorben, die Verstecke seien nur in Vergessenheit geraten, vielleicht habe er sie auch schon selbst vergessen gehabt. Aber so weit seien wir noch gar nicht, und eigentlich hätten Jan Willem und sie ja ein ganz anderes Haus besucht. Das sei noch viel spannender gewesen, aber auch das komme erst später, erst müsse ich ja erfahren, wie es van Meegeren hingekriegt habe, seine Frau in all der Zeit von seiner Arbeit fernzuhalten, der Arbeit an seinem falschen Vermeer. Denn sie habe ja immer alles mit ihm geteilt, weil sie so sehr an seine Kunst geglaubt habe, aber eben darum sollte gerade sie nicht wissen, daß er jetzt ein Fälscher werden wollte, der größte Vermeer aller Zeiten. Das hätte sie vielleicht nicht mehr so gut verstanden.

Ob das nicht ungeheuer sei, sogar vor seiner Frau habe er die ganze Zeit, ja sein Leben lang Verstecken gespielt, für sie wollte er auf jeden Fall echt bleiben, deswegen mußte er zuerst sie täuschen, logisch. Und das sei Schwerarbeit gewesen. Sie habe ihm nämlich jeden Vormittag Kaffee ins Atelier gebracht, Kaffee und Kekse, eine liebe Gewohnheit, und mit ihm geplaudert, wenn sie sah, das brauchte er jetzt. Und wenn sie spürte, daß er keine Störung ertragen konnte, sei sie ganz still wieder gegangen. Aber gekommen sei sie auf jeden Fall mit ihrem Kaffee, als lebendiger Trost. Da er jetzt aber gar nicht malte, sondern nur experimentierte, wochenlang mit verschiedenen Lacksorten und Bindemitteln und mit dem Backofen experimentierte, konnte er natürlich keinen Zeugen gebrauchen. Schon gar nicht Jo, die ja an ihn glauben sollte. Anderseits wollte er sie auch nicht mißtrauisch machen oder gar vor den Kopf stoßen. Da habe er folgendes Rezept gefunden: er habe sie belästigt. Er habe sich überraschend und unangenehm verändert, nämlich so, daß er ihr jedesmal, wenn sie mit Kaffee und Keksen ins Atelier gekommen sei, befohlen habe, sich auszuziehen. Er habe sie aber nicht als Modell gebraucht, sondern anders, ganz gewöhnlich. Zuerst habe sie das wild gefunden, aber mit der Zeit nur noch komisch, und dann auch das nicht mehr. Es sei eigentlich nur noch peinlich gewesen, diese unaufhörliche Belästigung, und er habe dabei auch noch dumm getan. Richtig blöd getan habe er, ihr unters Kleid gefaßt mit Komm und Geh, nichts anderes habe er gekannt. Er habe sie nie mehr als Modell gebraucht, nur noch geil sei er gewesen, auf die blöde Tour. Weil sie ja aber an ihn habe glauben wollen, als Künstler, habe sie das Gefühl bekommen, seiner Kunst im Wege zu stehen, ihn an seiner Entfaltung zu hindern, und sei schließlich einfach weggeblieben, aus Respekt vor seinem Genie. Und genau das habe er ja bezweckt gehabt, jetzt hatte er Ruhe vor dem Kaffee, Ruhe für seine Fälscherwerkstatt, und gab Jo das Gefühl, das Richtige zu tun, wenn sie ihn allein ließ. Denn jetzt arbeitete er ja offenbar wieder, und zwar wie verrückt.

Und später habe er immer neue Tricks gefunden, um nicht gestört zu werden. Schließlich habe er jahrelang nur noch falsche Vermeer gemalt. Einmal habe er ihr weisgemacht, er wolle jetzt die Welt mit einem ganz neuen van Meegeren überraschen, einem experimentellen Künstler nämlich. Da hatte sie ihn endgültig für verrückt gehalten, denn auf nichts hatte er immer so geschimpft wie auf diese abstrakten Scharlatane, die ihm, dem wahren Meister, vor dem Licht standen. Aber sie habe ja gewußt, daß schöpferische Menschen ihre Launen haben. Sie wollten ausgelebt sein, die Launen. Jedenfalls betrat Jo sein Atelier nicht mehr mit Kaffee und Kuchen, und das war ja wieder genau, was er bezweckt hatte. Um die Täuschung perfekt zu machen, habe er wirklich ein paar abstrakte Bilder zusammengeschmiert und sehr verbittert getan, als sie beim Anblick dieser Mißgeburten einfach laut herausgelacht habe: er solle doch lieber bei seinen Leisten bleiben! Und da hatte er schon wieder den nächsten guten Vorwand, sich monatelang zu verkriechen.

Die ganzen Jahre habe er sie so getäuscht. Auch als er mit Vermeer ein reicher Mann geworden war, habe er seiner Frau die gleiche Version erzählt wie der ganzen Welt, nämlich daß er die Meisterwerke in Oberitalien entdeckt habe und nur der Vermittler einer scheinbar begüterten, in Wirklichkeit aber heimlich verarmten Adelsfamilie sei, die nicht genannt sein wolle. Nicht einmal seiner Frau durfte er sie nennen, deutete nur an, daß er mit der adeligen Dame leider eine Affäre habe haben müssen, um an die Vermeer heranzukommen. Das hielt er nicht geheim, die Welt, und Jo zuerst, durften schon wissen, daß er ein Kerl war, dem die Frauen leider nur so in den Schoß fielen. Das muß so sein, wenn man ein großer Künstler ist, und eine Künstlerfrau muß es akzeptieren. Und damit sie es leichter trägt, bekommt sie von ihrem endgültig, wenn auch leider nicht als Künstler, nur als Entdecker arrivierten Mann all die Dinge, von denen eine Frau nur träumen kann: Traumhäuser und Traumschmuck und Champagnergelage. Denn Han van Meegeren sparte sein Geld nicht, als er es hatte, und was er nicht versteckte, mußte verschwendet sein. Endlich war er ein großer Mann, nachdem er sein Leben lang ein geprügelter gewesen war.

Schließlich ertrug Jo die ewigen Amouren und Saufgelage ihres Han denn doch nicht mehr und ließ sich scheiden, aber auch das gehörte zu einem Künstlerfrauenschicksal. Hauptsache, sie erfuhr bis zuletzt nicht, daß er gar keiner war. – Aber ob er denn keiner gewesen sei, habe Jan Willem gefragt, als sie ihn rechts–links–halbrechts durch das gepflegte Laren und weiter gefahren habe. Schließlich habe er ja keinen einzigen Vermeer nachgemacht, sondern jeden neu geschaffen. Er habe Vermeer erfunden, und die ganze Welt, auch die größten Experten, hätten ihm seine Vermeer abgenommen. Es seien einfach vollendete van Meegeren gewesen, und ob er denn kein moralisches Recht gehabt habe *de corriger la fortune*, da er ja endlich bewiesen habe, welcher Meister in ihm stecke. Es sei nicht seine Schuld gewesen, daß man ihm diesen Meister nicht geglaubt habe, wenn er als van Meegeren auftrat, also sei der falsche Name doch eigentlich der wahre gewesen. Ja, man habe sogar die schlecht und nachlässig gemalten van Meegeren immer noch als echte Vermeer gelten lassen. Er habe sie sogar absichtlich sorglos, ja wegwerfend gemalt und immer noch eine Million Gulden für jedes Stück gelöst. Er habe so viel verlangen müssen, sonst wäre der Betrug ans Licht gekommen – ob man da nicht allen Grund habe, am Kunstbetrieb eher irre zu werden als an sich selbst.

Mona erzählte lebhaft, ja sprudelnd, obwohl sie immer wieder ins Stocken geriet und vorgab, daß ich ihr die Geschichte van Meegerens eigentlich entreißen müßte. Ich tat nichts dergleichen, saß nur auf meiner Kiste und sah ihr beim Leuchten zu. Sie sprach für ihr Leben gern und nicht wie eine, die mit dem Tode rechnet, und dennoch war die Hemmung nicht nur gespielt, nur bezog sie sich nicht auf den echten van Meegeren und den falschen Vermeer. So lange, wie Jan Willem angeblich von Han van Meegeren erzählt hatte, konnten die beiden gar nicht durch dieses Laren gefahren sein. Richtig, so Mona, man sei inzwischen auch nicht mehr in Laren gewesen, sondern nach Blaricum weitergefahren, dem nächsten Ort, wo Jan Willem seine Überraschung parat hatte. Er habe übrigens immer noch seinen komischen Hut aufgehabt. Lieber habe er sich in Monas Wagen weit zurückgelegt, als diese Portiermütze vom Kopf zu nehmen. Im halben Liegesitz konnte er sie ja auch schöner kommandieren. Blaricum sei Laren übrigens nicht unähnlich gewesen. Wieder eine Gegend mit viel Grün und schilfgedeckten Villen, schließlich hätten sie vor einer solchen Villa angehalten, in einer Seitenstraße, auf Jan Willems Befehl.

Hier, habe er gesagt.

Und? habe sie gefragt.

Erst habe sie nur das Haus gesehen, ein weitläufiges schloßartiges Haus mit gerundetem Giebel, altdeutsch oder Jugendstil, und einem riesigen Rhododendrongebüsch vor der Einfahrt. Plötzlich seien ihr die Augen aufgegangen, und da sei sie allerdings erschrocken. Das war nämlich gar kein Haus mehr. Es war eine Ruine, die versengte Schale eines Hauses. In dem hohen dreiteiligen Giebelfenster baumelte eine zerrissene grünliche Lamelle schief im Wind wie ein heruntergerissener Theatervorhang, über dem Verbindungsteil starrten geschwärzte Balken, knäuelte sich Unrat, schwarze Reste von Reet, Pappe, Eisen. Durch zerbrochene Fenster blakte grauer Himmel, die Tür unter den pompösen Bogengängen war zugenagelt. Es war, mit Jan Willem zu reden, das Aas eines Hauses, mit hervorstehenden Rippen, hohlem Innern, verfaulten Eingeweiden, dessen intakte Teile jetzt doppelt finster wirkten. Selbst die grüne Lancia, die in der Einfahrt stand, habe verlassen ausgesehen, wie ein Geisterbesuch. Langsam seien sie außen um das Grundstück herumgegangen, dessen Weitläufigkeit nicht zu fassen gewesen sei.

Schließlich habe man ein Loch im Maschendraht gefunden, Jan Willem habe die Mütze verloren, aber wieder aufgesetzt, nachdem er ihr hindurchgeholfen habe. So seien sie durch tropfendes Dickicht, verwildertes Ziergehölz in das fremde Eigentum eingedrungen, das wie tot, eigentlich schrecklicher als tot dagelegen habe, denn immer wieder seien Krähenschwärme schreiend aufgeflogen, hätten gekreist wie auf einer Richtstätte. Dabei habe der Park eine finstere Schönheit gehabt, das hohe Gras auf der Lichtung, die sich hinter dem Haus, auf seiner ehemaligen Sonnenseite, ausgebreitet habe, habe an Grasland, an Prärie denken lassen, nur die Sonne dazu habe man sich nicht vorstellen können. Mächtig und sozusagen unterirdisch hätten sich die Gebüsche, fast hätte sie gesagt: am Horizont erhoben. Tatsächlich sei dieser nasse Garten eine Welt für sich gewesen, man habe vergessen, daß man eben noch draußen an feinen, gemütlichen, aber vergleichsweise verschwindenden Einfamilienhäusern vorbeigegangen sei, ihr Grün habe dürftig ausgesehen neben der schwarz gemästeten, aller Gartenkunst entwachsenen, grauenhaften Natur, die auf einmal die Szene beherrscht habe. Die Bäume hätten wie weggetreten gewirkt in ihrer gewaltigen Höhe, und doch habe es so ausgesehen, als wollten sie jeden Augenblick auf die beiden zukommen, sie einschließen. Man sei von einem wispernden tropfenden Gebirge aus Grün umlagert gewesen, oder belauert, ja, die Abwesenheit anderer Geschöpfe in diesem Raum habe etwas Lauerndes gehabt, ein umfassendes, durchdringendes Lauern. Geblüht habe hier nichts, oder fast nichts, auch die Rhododendren seien bloß noch ins Kraut geschossen und hätten nur vereinzelt, wie eine böse Erinnerung, lila Blüten stehenlassen.

So seien sie durch diese zugleich tote und geile, künstlich angelegte und zur *bösen* Natur verwilderte Gegend auf das Haus zugegangen, das von dieser Seite wie eine aufgespannte Riesenfalle ausgesehen habe, und die Glassplitter hätten unter ihren Füßen geknirscht. Sie hätten sich bei der Hand gefaßt, wegen der überwachsenen Trümmer oder Gruben, und geschwiegen. Es habe an dieser Stätte wirklich nur noch Schweigen gegeben. Dann seien sie, wenn auch zögernd, hineingegangen, die halbzerstörten Treppen hinauf und hinunter, durch knöcheltiefen Schutt. Irgendwo habe ein umgestürzter Safe gelegen, zu schwer zum Mitnehmen, sonst sei offensichtlich alles mitgenommen, herausgebrochen worden, was überhaupt fortzutragen war, auch die Marmorplatten im Bad, und das farbige Glas in den Fenstern, soweit man es erreichen konnte – von innen habe das dreiteilige Fenster mit den zerrissenen Jalousien unerreichbar niedergestarrt aus seiner Höhe. Wie oft habe sie gezögert und sich dann doch weiterziehen lassen; von den bunten Kacheln am Boden seien nur noch Bruchstücke übrig gewesen, aber ein Stück Tapete habe sie abgerissen, als Souvenir –

Mona öffnete die Handtasche, zog ein Stück mürbes graues Papier heraus, dick wie ein Löschblatt, überzogen von einem unregelmäßigen Geflecht knotiger Stränge, imitierter flachgepreßter Kordeln, deren schmutziges Braun vielleicht abgewitterte Vergoldung war. Das hätte Mona nicht gewundert, vieles mußte Gold oder vergoldet gewesen sein in diesem toten Schloß, Wasserhähne, Rahmen, Wandleisten, es war natürlich weg, herausgestemmt, abgeführt. Ich mußte mit den Fingerspitzen über die Knoten fahren, das Wort »Ganglien« fiel mir ein, und ich sprach es aus, um das Bild der Knoten zu verscheuchen, die ich plötzlich aus Monas Schläfe heraustreten sah. Da saß sie zum Erschrecken munter und kümmerte sich nicht um die Spuren, die der Geisterspaziergang auf ihrem Kleid zurückgelassen hatte. In meinem Kellerlicht war es noch weiß genug, nur die Strümpfe waren zerrissen, und sie streckte mir das Bein hin, damit ich sehen könne, *wie* kaputt; das eine Bein, dann das andere. In der Tat, diese Strümpfe waren nicht zu retten, und die Schuhe, die sie inzwischen abgestreift hatte, auch nicht. Das Kleid hatte sie auch gestern kein bißchen gekümmert, nachdem sie sich hatte in den Garten ziehen lassen, sie hatte nicht daran gedacht, es zu wechseln, sie hätte dafür nach Hause fahren müssen, aber dazu hatten sie beide plötzlich keine Lust mehr gehabt. Sie waren weitergefahren, ins Land hinaus, und das Kleid hatte offenbar keine Rolle mehr gespielt. Doch: in der Kirche hatte es gestört, aber das sei eine andere Geschichte, die komme später.

In der Kirche?

Soweit waren wir noch lange nicht, man war noch immer in jenem bösen Haus und seinem verwunschenen Garten, und übrigens habe auch Jan Willem gewissermaßen Haare lassen müssen, jedenfalls hatte er seine Mütze verloren.

Ich frage nicht: wobei.

Erst mußte man ja wieder aus diesem Haus heraus sein, und das dauerte eine ganze Weile, denn der Regen war wieder stärker geworden, als Unterstand kam den beiden das Haus gerade recht, und vorübergehend vergaß man wohl auch, daß es ein Gespensterhaus war. Ich erinnere mich, wie man so etwas und vieles andere vergißt. Wenn ich schon schwieg, konnte ich doch jetzt endlich fragen, was das denn für ein Haus gewesen war.

Was war das denn für ein Haus.

Es hatte einem Kriegsverbrecher gehört, vielleicht gehörte es ihm immer noch. Jedenfalls saß er jetzt in Scheveningen – hatte ich gewußt, daß Scheveningen ein Gefängnis war? – und büßte für den Mord an zahllosen Juden, er hatte ein Dorf bei Lwow eigenhändig ausgerottet. Es hatte Jahre gedauert, bis man ihn hatte überführen und festnehmen können, und er hatte noch in die Schweiz fliehen können, aber dort hatte man ihn gepackt. Einen alten Mann, der all die Jahre ungestört einer der reichsten Männer Hollands gewesen war. Und er wäre es wohl geblieben und in Ehren noch älter geworden, wenn er nicht daran gedacht hätte, einen Teil seiner riesigen Bildersammlung versteigern zu lassen. Dabei war herausgekommen, daß es Bilder aus jüdischem Besitz waren, die er als SS-Mann in Polen beschlagnahmt und in mehreren Güterwagen nach Holland geschafft hatte –

Menten, sagte Mona. Er ist bei euch verhaftet worden, in der Schweiz.

Dein Kriegsverbrecher in Ehren, Mona, aber ich habe nichts mit ihm zu tun, Schweiz hin oder her. Ich komme aus Imènstrom, das ist anderswo, da ist mir nie ein Mensch untergekommen, der Menten heißt.

Ein Journalist hat ihn zur Strecke gebracht, sagte Mona, ein holländischer Jude. Jan Willems Freund.

Aha. Das hat er dir alles an Ort und Stelle erzählt.

Nein, später im Auto.

Hatte er seine komische Mütze wieder auf.

Nein.

Natürlich nicht, die komische Mütze hatte ihren Dienst getan, als sie schon wieder nicht sitzen bleiben konnte, wenn sie sich küßten, in den Ruinen des Bildersammlers und Massenmörders.

Er wird dir mehr davon erzählen, sagte Mona, wenn es dich interessiert. Es ist eine fantastische Geschichte, unglaublich.

Er, wer sonst als er. Aber die Geschichte hat ein gutes Ende genommen.

Ja, sagte sie und wird rot.

Und dann hat es endlich aufgehört zu regnen.

Das heißt, es regnete immer noch, als sie zum Auto zurückgingen. Es wurde übrigens eine richtige Bergwanderung, denn Menten hatte mitten im flachen Land Berge anlegen lassen für seine Rhododendren und Zedern, künstliche Hügel waren in seinem Park aufgeschüttet, wenn das kein Beweis war für unermeßlichen Reichtum. Und sie hatten sich natürlich bei den Händen gehalten, um diese Hügel zu überwinden.

Warum nicht?

Trug er seine Mütze denn jetzt in der Hand? Oder hatte sie inzwischen Mona auf dem Kopf?

Erraten, du Hellseher.

Bitte. Ich erinnere mich nur.

Warst du denn schon mal da?

Ja, nur nicht in Mentens Park. – Und dann hat *er* sich ans Steuer gesetzt, weil er die Lancia auch mal fahren wollte. Er fuhr sie nach Hause –

Nach Hause: nein, das war nicht Laren und nicht Amsterdam. Sie fuhren ins Land hinaus, weit über flaches Land, schon wieder eine Überraschung, die sich einfach ergab. Es war wieder hell geworden, aber schon ziemlich spät.

Dann habt ihr unterwegs was gegessen. In einem kleinen, weißen Restaurant an einer Straßenkurve, das entzückend historisch aussah.

Woher weißt du das? fragte sie erstaunt.

So etwas kann ich mir denken.

Du denkst dir zuviel, sagt sie, und jetzt schweigt sie doch einmal.

War's schön? frage ich.

Sie sieht mich geradeheraus an, warm vor Unsicherheit, Erleichterung, Ruhe.

Ja, sagt sie, es war sehr schön.

Und dann seid ihr zur Kirche gegangen.

Jetzt lacht sie. Aber wie, sagt sie. So schnell ging das nicht.

Nach dem Essen fuhr man Autobahn, nicht sehr lange. Staphorst hieß die Ausfahrt, der Name sagte ihr nichts, doch das Motel war eher überraschend. Zuerst bestand die Überraschung darin, daß Jan Willem jedermann kannte, das heißt, jedermann kannte ihn. Sie grüßten ihn jedenfalls und sahen wieder weg; der Wirt war der einzige, der sich zu ihm setzte. Er habe auch Mona freundlich gegrüßt, und natürlich ziemlich neugierig, eigentlich schon unverschämt. Sie verstand: hier war Jan Willem zu Hause, aus diesem Ort kam er her. Das war nun doch eine richtige Überraschung. Der Wirt staunte selbst, sie konnte es sehen, als Jan Willem nach einem Doppelzimmer fragte. Dann wurde er noch freundlicher, der Wirt. Wir sind doch nicht verlobt, habe sie Jan Willem gesagt, als sie im Zimmer waren. Warum hast du dem Wirt so was erzählt. – Natürlich nicht, habe Jan Willem gesagt. Aber wenn sie gewußt hätte, was auf sie zukam, wäre sie dann nicht beruhigt gewesen. Und am nächsten Morgen – es war natürlich Sonntag gewesen, Entschuldigung, es war ja immer noch Sonntag –

Kurzum, sie habe es für eine originelle Idee gehalten, jetzt in die Kirche zu gehen, nach vielen Jahren zum ersten Mal. In der Nacht hatte Jan Willem beiden eine Zigarette angezündet und zwischen zwei Zügen gesagt: Kommst du zum Gottesdienst? In die Kirche? – Hier? hatte sie gefragt, wo dich alle kennen? Und wenn deine Eltern zufällig hingehen? – Und wenn, hatte er gesagt. – Aber so? hatte sie gefragt und auf ihre

Schuhe gedeutet, ihr Kleid auf dem Stuhl. – Es ist schön, hatte er gesagt. – Gewesen, hatte sie geantwortet, dann hatten sie nicht mehr geredet. Beim Frühstück, es war wirklich früh gewesen, er hatte offenbar kaum geschlafen, aß auch kaum, fragte er wieder: Also? Gehen wir? – Na ja, als sie zu verstehen glaubte, hatte sie gesagt: Wenn es dir wichtig ist. –

Sie hatte nichts verstanden, verstand immer noch nichts, als sie vor dem Fenster ganze Trachtenprozessionen vorbeigehen sah, schwarz gekleidete Männer, Frauen mit weißen Hauben, blauen Bauernröcken und in richtigen Holzschuhen, manche trugen ein schwarzes silberbeschlagenes Kistchen in der Hand. Haben die ein Fest heute, hatte sie gesagt, immer noch ahnungslos, das ist ja wie in einem Kulturfilm! Er hatte geraucht, eine nach der andern, sie hatte ihn noch nie so rauchen sehen, er hatte es doch kürzlich grade erst aufgegeben. Mußt du? hatte sie ihn schon in der Nacht gefragt, er mußte offenbar, das hatte sie ein wenig gestochen, *jetzt* wieder mit Rauchen anzufangen. Später wußte sie, es war nicht, weil er etwas vermißt hatte. Aber beim Frühstück wußte sie noch gar nichts. Nicht mit dem Auto, sagte er nervös, als sie vor dem Motel standen, es hatte schon zu läuten begonnen, ist es denn nah, fragte sie, auch, sagte er, aber sonntags wird hier ohnehin nicht gefahren, wir sind nämlich in Staphorst. Der Ort sagte ihr immer noch nichts, außer daß er unglaublich schmuck war, jedes Haus wie geleckt, das Gras mit dem Rasierapparat gestutzt, die Spitzen der Zaunstaketen weiß gestrichen. Sie ging also brav, wenn auch nicht eben behaglich, in ihrem nicht mehr ganz Weißen neben Jan Willem auf dieser Straße her, sie waren sozusagen die einzigen Zivilen in einem wahren Heer gravitätischer Trachtengänger, das reine Mittelalter schien ausgebrochen zu sein. Hie und da fuhr eine Frau auf dem Rad vorbei, ebenfalls in dieser umständlichen Tracht –

Lustig, oder originell oder sonst was war dieser Kirchgang im Grund längst nicht mehr, er glich eher einem Spießrutenlaufen, denn sie wurden angestarrt; bloß wenn sie sich umsah, Jan Willem tat es nicht, war kein Auge mehr zu finden, wurde steif nebenaus geblickt. Plötzlich hörte man nur noch die Füße der Leute, Fußtritte, hätte Mona fast gesagt, denn tatsächlich, der ganze Zug bewegte sich wortlos, vollkommen verstummt, ging man denn in einem Leichenzug hier, oder in einer Hinrichtungskolonne? Sie wagte Jan Willem nicht zu fragen, und schon gar nicht anzufassen, denn der vibrierte ja vor Wut oder Stolz, Angst konnte es doch nicht sein, aber trotzig setzte er Fuß vor Fuß, kein Gedanke an Umkehren, und kein Gruß nach links oder rechts. Merkwürdig, wenn das doch seine Heimat war. Nun sah sie den Zug auch von der andern Seite heranströmen, unabsehbar, ganz Staphorst bog zur Kirche ab, die lag jetzt vor ihnen und sah neu und sozusagen unverdächtig aus, nur das Läuten, dieses ewige drohende Läuten in der Luft.

Staphorst mußte, wenn sie Zug und Gegenzug betrachtete, geradezu ungeheuerlich weitläufig sein, wie sollten alle Leute in diese mittelgroße Kirche hineinkommen, sie wollte Jan Willem im letzten Moment zurückhalten, aber dazu hätte sie ihn ja anfassen müssen, stehenbleiben konnte sie nicht, die Kirchgänger hätten sie zu Tode getrampelt, sie kämpfte gegen Wahnvorstellungen, das waren ja nur Menschen, und wenn sie alle zur Kirche gingen, fromme Menschen. Sie waren auch schon von ihnen eingeschlossen, obwohl man Raum zu geben schien, wenn sie irgendwohin traten, das wich zurück wie Wasser und schloß sich wieder wie eine Mauer.

So kamen sie endlich durch die Tür, die Kirche war schon voll, sie hatte eine so brechend volle Kirche noch nie erlebt, aber jetzt hatte Jan Willem sie doch angefaßt, führte sie mit erhobenem Kopf rechts der Wand nach, an den Bankreihen entlang, da war am Rand noch ein freier Platz, auf den wies er sie, sie ließ sich nieder wie vor den Kopf geschlagen. Er zog ein Brett unter ihrer Bank hervor und setzte sich neben sie, plötzlich verkleinert, ein blasser Junge in seinem Jeansanzug, leichenblaß. Als sie schließlich wagte aufzusehen, stellte sie fest, daß sie unter lauter Männern saß, Schulter an schwarzer

Schulter, Großväter und Väter in schwerem filzartigem Tuch. Auch jüngere Männer sahen wie Väter aus, ihre schwarzen breitkrempigen Hüte hatten sie auf die Fenstersimse gelegt, einige hielten sie auf den Knien, der alte Mann neben ihr drehte den seinen unaufhörlich. Die Frauen saßen alle links auf der entfernten Kirchenseite, und oben in langen Reihen auf der Empore, als sie den Blick zu heben wagte; eine Galerie von Hauben wie auf einem alten Bild, die nicht ruhig blieben, sich wachsam regten wie böse Vögel. Sie waren offenbar das einzige Paar in diesem Raum, verdorbenes Fleisch, eine leichte Beute, auf die diese Hauben niederstoßen würden, sobald die alten Männer, die jetzt durch die Hintertür durch das Chor eingetreten waren und sich in die vordersten Bänke stellten, ausgebetet hatten und den Befehl dazu gaben.

Sie schielte zu Jan Willem, er hatte sich unmerklich zu ihr gewandt, hatte ein merkwürdiges halbes Grinsen auf seinem nervösen Gesicht und hielt es fest, als er ihr die Hand aufs Knie legte, das sie fortwährend mit dem nicht mehr sauberen Weiß zu bedecken suchte. Er tat es wirklich, griff nach ihrem Knie – und in diesem Augenblick verstand sie, trotz ihrer Angst, daß sie ihm später keine Szene machen durfte, weil er sie getäuscht und in diesen grausamen Käfig geführt hatte, es war sein Sonntagskäfig, die Hölle seiner nicht endenden Jugendjahre, er wollte ihr zeigen, wo er herkam, und *sich* wollte er zeigen, als einen, der nichts mehr zu scheuen hat, keinen Blick von Onkel und Tante. Wenn er Eltern hatte, mußten sie ja auch hier sein, dachte sie wieder entgeistert, denn hier war ja jeder, *jeder* in Staphorst, er zeigte ihr's, und er zeigte sich, bei Gefahr des zeitlichen und ewigen Todes, die hier ausgerufen wurde jeden Sonntag und mit der man die Gemeinde klein hielt, scharf und bösartig machte gegen jeden, der nicht dazugehörte und mitzitterte.

Ja, er hatte sie in die Mördergrube geführt. Hier war das Kind erstickt worden, das er nicht hatte sein dürfen und doch in der ganzen letzten Nacht gewesen war, denn er war kindlich gewesen, kindlich-unersättlich mit seinem offenen

Mund, der schweren Unterlippe, und jetzt führte er sie hierher als ein Mann, jetzt entblößte er sie beide dem Gericht und verhöhnte seinen Spruch.

Im Leben sei sie sich nicht so nackt vorgekommen wie hier, sagte Mona, alles habe Augen gehabt, auch die Rücken der Männer und die Hauben auf der Empore, um durch ihr schmutziges weißes Kleid zu sehen und ihr Fleisch zu prüfen, das Fleisch der großen babylonischen Hure, der Gedanke habe sie aufgerichtet und sie habe noch nie beides so zusammen empfunden, Todesgrauen und entsetzliche Belustigung. Und dann habe sie ihre Hand auf seine Hand gelegt, statt sie von ihrem Knie wegzuschieben, und sei erst wieder erschrokken, als einer der Männer, ein rosiger Bauer, sie auf die Schulter getippt habe. Es dauerte eine Weile, bis sie verstanden hatte, daß sie sich bedecken solle, das sündhafte rote Haar bedecken, aber womit; und da habe Jan Willem tatsächlich sein blaues Seidentuch aus dem Hemd gezogen und es ihr vor aller Augen, bestimmt auch den Augen seiner Eltern, über dieses verbotene Haar gelegt. Es müsse ausgesehen haben wie eine feierliche, wenn auch teuflische Handlung. Die Gemeinde habe sich geräuspert und gehustet, als müsse jeder den Hals reinigen fürs Jüngste Gericht. In diesem Augenblick klang es so, als wolle diese spuckende und schnaubende Menschenmasse sie beide wegräuspern wie einen Auswurf, manchmal habe sie geglaubt, die Besinnung zu verlieren, aber dann habe sie Jan Willems Hand fester gehalten und ein paar tiefe Atemzüge getan. Jetzt bin ich hier, hieß der erste Atemzug, ich lebe, hieß der zweite, wir sind zusammen, der dritte, mag kommen, was will.

Und dann habe sie leicht und warm weiteratmen können wie lange nicht mehr. Plötzlich sei die Kirche voll frommer Leute einfach eine Versammlung armer Seelen gewesen, die sich räusperte, weil sie keine Hände hatte, um zu fassen, keine Stimme, um zu schreien, ein toter Hexensabbat in der Verdammnis seiner Frömmigkeit. Dann sei vorgelesen worden, gebetet, viel gesungen, ja auch Jan Willem hatte die Kühnheit gehabt mitzusingen, ohne Buch, denn woher hätten sie ein Buch haben sollen, die zugelaufenen Heiden, hier brachte ja jeder sein eigenes Buch im silberbeschlagenen Kistchen mit. Aber Jan Willem war kein Heide, sondern ein verlorener Sohn dieses Hauses, der zurückgekommen war, um *nicht* zu bleiben. Es war ein eigentümlicher, machtvoller und doch hilfloser Gesang wie ein Sklavenlied, der schwermütig der Orgel hinterherhinkte und ihr die dürftigen Töne nachtrug wie eine Schleppe, die Stimmen schwammen ineinander und vereinigten sich doch, bei den einfachen Tonschritten, Terzen, Quarten, zu einer Art dumpfer und schwerfälliger Harmonie. Es war ein einziger sauersüßer Klangbrei, der an den Wänden hochkochte, wieder zusammenfiel und dessen Dämpfe schläfrig machten. Sie hörte keine einzige Stimme, die sich herzhaft hervorgetraut hätte, die Melodie zu tragen bereit war. Sie schoben einander nur, diese Stimmen, und bemühten sich zugleich, sich hintereinander zu verstecken.

Dann betrat ein junger Mensch mit randloser Brille das Rednerpult, eine Kanzel war es nicht, und begann in geübtem Bühnen-Holländisch von der Sünde zu reden. Man konnte wirklich darauf warten, daß er von nichts anderem redete, und wurde nicht enttäuscht. Aber er nannte nicht nur die Sünden beim Namen, sondern auch die Gemeindeglieder, denen sie zugestoßen waren. Auch die Todesfälle, die er mit wehleidiger Modulation beklagte, schienen eine Art Sünde zu sein. Daß Leben eine Sünde war, verstand sich von selbst, denn es war eine unaufhörliche Prüfung, die man aus eigener Kraft nicht bestehen konnte. Dafür gab es den Herrn, der in unserer Reue, unserer grenzenlosen Beschämung zu uns sprach, denn Scham und Reue waren die Sprache der Rettung, sie bedrückte uns schwer, dafür durfte man sie lieben.

Mona habe jeden Augenblick erwartet, daß der schwarze Arm, mit dem er seine Einsätze von Prüfung, Sünde, Nichtgenügen und Reue dirigierte, in ihrer Richtung ausfuhr und sie, oder jedenfalls Jan Willem, ebenfalls beim Namen nannte, um ihre Verworfenheit aufzuzeigen. Aber seine Gesten behielten etwas merkwürdig Gepflegtes, das seinen Fluchworten widersprach, sie gehorchten immer wieder der Neigung, auf ihn, den Prediger selbst zu deuten, als müsse er seiner Seele fortwährend Maß nehmen und sei mit seiner Gestalt im Grunde zufrieden. Allmählich habe sie sich entspannt, sei erst wieder erschrocken, als der schwere Mann zu ihrer Linken ihr eine Tüte mit Bonbons hinhielt, aber es war nicht das vermutete Gift. Altweibergeschmack aus Honig und Kräutern auf der Zunge; sie verstand: sie sollte die Tüte weiterreichen. Jan Willem schüttelte den Kopf, sie klopfte gegen den Männerrücken vor ihr, da nahm ihr der Nachbar zur Linken die Tüte sofort aus der Hand, sie begriff: in der vorderen Bank hatte man eigene Bonbons. Jetzt erst drehte sich der Mann vorn um, starrte sie lange an, verstand gar nichts; später drehte er sich grundlos noch einmal um.

Die Rede des Predigers nahm kein Ende, einmal ging der Klingelbeutel durch die Reihen, eine Art kurzes Schmetterlingsnetz, sie hatte ihn von weitem kommen sehen, läuten hören und legte ihren Schein hinein. Jan Willem schüttelte wieder den Kopf; sie hielt den Beutel ratlos am Griff, bis der Nachbar sie anstieß. Der Beutel also war weiterzureichen, anders als die Bonbons; da gab sie ihm den Griff in die Hand, an den schwarzen Rücken wollte sie nicht noch einmal klopfen. Jan Willem blickte auf die Uhr, machte ein Gesicht, als müßte er rauchen, auf der Stelle.

Da stand sie auf. Sie war selbst überrascht, aber da hatte sie es schon getan: sie stand eingeklemmt, aber sie stand, sah weder links noch rechts, nur auf Jan Willem, der rot geworden war – vor Freude? –, das hatte sie nicht Zeit zu prüfen, wenn er nur endlich aufstand! Und er tat es. Er ging vor ihr in den Seitengang, wo die Männer standen, denen sie den Platz weggenommen hatten; ging gegen die hintere Tür, wo überhaupt kein Durchkommen schien, aber die schwarzen ausgestopften Schultern und Rücken, die sie streifte, oder gegen die sie auf einmal unverschämt oder panisch drückte, gaben tatsächlich nach. Sie hörte den Prediger nicht mehr, aber verstummt konnte er wohl nicht sein, sah nur noch das Tor, das ihnen ein alter Mann friedfertig aufhielt; hinaus! Hinaus.

Sie hätten nicht gesprochen auf dem Weg zurück zum Motel, zum Wagen; die Häuser in ihrem kahlen Schmuck hätten gelegen wie tot, ohne eine Gardine zu rühren; aber ihre eigene Lebendigkeit sei zurückgekehrt mit jedem Schritt, und schließlich hätten sie sich bei der Hand gefaßt und seien gerannt, zickzack, und leise, dann immer lauter lachend auf der leeren Straße. Schließlich habe er sie aufgehoben und im Kreis gedreht, und sie habe geschrien, geschrien wie lange nicht mehr; sie hatten es getan, sie mochte nicht fragen, was; sie verstanden es nicht, aber sie hatten es getan. Den Rest könne ich mir ja denken.

Nein.

Nun, ich bin hier. – Nach einer Weile sagt sie:

Störe ich dich sehr?

Ja, sage ich, so viel Leben stört mich.

Sie lacht. Sie muß sich jetzt umziehen, auch wenn sie eigentlich nichts mehr vorhat. Ein Spaziergang, wer weiß – einfach nichts Besonderes mehr. Ein wenig Musik hören –

Warum zuckst du zusammen?

Jetzt lacht sie, daß es ihr Haar schüttelt, die Zähne aus dem Schädel treten wollen, dabei lacht sie aus dem Bauch mit jenem Ton, der nur locker wird, wenn man –

Wenn man glücklich ist, sagt sie. – Sprich's doch aus.

Wenn man eine Nacht durchgevögelt hat, sage ich.

Ja, Mijnheer.

Und später: Warum hast du so viel Angst vor der Liebe?

Ja, sage ich, jetzt gebt ihr mir reichlich Gelegenheit, das Fürchten zu lernen.

Sie lacht, lacht schon wieder wie beim ersten Mal. Sie glaubt nicht daran, daß auch ihr Jan Willem zu einem bösen Stamm gehört. Mit den paar Rätseln, die er ihr manchmal bietet, wird sie schon fertig, sie sind ja so durchsichtig, diese Rätsel, und laufen alle nur darauf hinaus, daß Männer geliebt werden wollen und nicht gelernt haben, wie. Sie ruht nicht, bis ich mitlache, so gut es geht. Es geht nicht gut, das weiß sie und hält es für richtig, auch darüber von Herzen zu lachen. Nach einem solchen Sonntag kann auch ich, Samstag, gar nicht mehr tot sein. Und es ist nur eine Frage der Zeit, Monas kurzweiliger Zeit, bis ich meine Totenmaske fallen lasse, dann ist der Karneval aus.

Ich habe mich vergessen, Mijnheer, das war doch einmal ein Brief an Sie. An wen mag er nun sein? Die Adressaten fangen an, mir nebelhaft zu werden, nachdem mich Mona zum ersten Mal bei Ihrem Namen genannt hat:

Ja, Mijnheer.

Nachzutragen wäre noch eine Anekdote aus Han van Meegerens Liebesleben, die mit diesem Sonntag, wie sich versteht, durchaus nichts zu tun hat und nur für alle Fälle – den Fall etwa, daß Mona wieder einmal wissen möchte, was Männer für eine Gesellschaft sind – aufgehoben zu werden verdient. Oder warum hätte sie ihr Jan Willem zweimal an einem Tag erzählt – um sie zu kränken, oder um sie zu warnen? Noch hält sie weder das eine noch das andere für möglich: für sie erzählt Jan Willem doch nur, um sie zu unterhalten.

In Paris gab es nämlich eine Freundin bedeutender Männer, die mit Stil und Chic von ihren Beziehungen zu leben wußte und ihre Liebhaber gesellschaftlich erhöhte. In dieser Verbindung genannt zu werden, war eine Ehre, die Han van Meegeren fehlte, und das Verlangen nach ihr wurde zum Gleichnis für die Fehlbestände seines Lebens. Konnte er sich diese Frau leisten? Das war keine Frage des Geldes, von dem der Mittelsmann Jan Vermeers ja mehr als genug besaß. Gerade weil Geld, auch hier, der Nerv der Sache war, in Pelzmäntel, Juwelen und feine Konversation verkleidetes Geld, kam Bezahlung nicht in Betracht. Van Meegeren wollte diese Frau *geschenkt*. Sie sollte es aus Liebe tun, noch besser: aus Abenteuerlust, aus Faszination. Und des Widerspruchs ungeachtet, daß er sie *auffordern* mußte, ihn umsonst zu bedienen (und daß eine solche Aufforderung nur im Mund eines Menschen Gewicht hatte, der Geld genug besaß, um sie als Laune darstellen zu dürfen), erhob er diese Eroberung, als er sie gemacht hatte, zum Adelsbrief seiner Karriere, zur Krone seiner Echtheit. Hier endlich wollte der armselige Fälscher nur als er selbst, als Herr und Mann arriviert sein. In diesem Séparée kaufte er sich seine Lust auf Größe und feierte sie als Triumph der Selbstachtung – weil er nicht *umgehend*, nicht bar dafür bezahlte. Der Fälscher war zum echten Liebesdieb aufgestiegen und dadurch in seinen Augen schon etwas wie ein Edel- und Ehrenmann. Hier wollte er einmal die Früchte ernten und genießen, die er verleugnen mußte, wenn sie als Meisterwerke in den Kunsttempeln hingen. Hier wollte er im *Fleische* sein, was ihm die Lüge, die gelogene Wahrheit zu sein nie erlaubte: ein Begnadeter.

Und Jahrzehnte nach van Meegerens Tod trieb die Vorstellung, daß er eine Pariser Halbweltdame zur Gottheit erheben mußte, um als ihr Eroberer kein armer Hund mehr zu sein – und daß er durch die Art seiner Eroberung erst recht dazu wurde –, Jan Willem van Helsing das Wasser in die Augen: eine Flüssigkeit, deren Mischung nicht einmal die Geliebte, sie vielleicht am wenigsten, hätte angeben können. Zorniges Mitleid? Wut über die hundsmäßige Installation des Menschen in einer bestochenen Welt, in der die Kunst des Gefühls zur Schmiere heruntergekommen war, zum unentbehrlichen, jammervollen Selbstbetrug?

6

Wollen Sie mich erpressen? fragt Dr. Buitenhuis.

Endlich verstehe ich: er hätte mir ohne Angst, erpreßt zu werden, gar keinen Termin gegeben. Als Patient bin ich abgeschrieben, ich zähle nur noch als Umgang seiner Frau. Was will ich dafür, was soll sie ihn noch kosten, meine Mitwisserschaft seiner Ehe? Daß ich Monas wegen gekommen bin, glaubt er mir nicht.

Ich bin kein Wundermann, hat er gesagt. LE ist auch für mich nicht heilbar.

Aber Sie haben das Ganze im Auge, sage ich. – Professor Smolders beschäftigt sich nur mit Blut. Dr. Veenendaal nur mit dem Herzen.

Und?

Sie haben sie wieder ins Leben zurückgerufen, habe ich gesagt.

Ach, hat er gesagt, dieser Kreislaufkollaps. Er hat mit der andern Geschichte nichts zu tun. Bei dieser Tanzerei kann jedem übel werden.

Sie haben mitgetanzt, habe ich gesagt.

Und da kam es, nach einer Pause: Wollen Sie mich erpressen?

Ich verstehe ihn nicht: hält er sich für erpreßbar, weil er sich lockerer gegeben hat, als er ist – an einem Abend im Künstlerkreis? Soll jede Erinnerung an seinen nackten Bauch getilgt sein? Um so wenig Wolle traut er mir so viel Geschrei zu?

Herr Doktor, sage ich, Sie haben gewußt, wie man Monas Brustkorb zusammendrückt, damit sie wieder zu sich kommt. Sie waren der Arzt, zu dem sie gegangen ist, als sie in Not war. Damals haben Sie ihr auch nicht helfen können. Mit dem Fliegen ist es vorbei, haben Sie gesagt. Das war hart, aber wenigstens haben Sie als Vertrauensarzt der Patientin gesprochen, nicht einer Luftgesellschaft. Das hat sie akzeptiert. Darum frage ich Sie: akzeptieren *Sie*, daß sie abgeschrieben wird als Person? Oder empören Sie sich dagegen? Empören Sie sich dagegen mit allen Mitteln Ihrer Kunst?

Ich sehe die Stiche an seiner Wand, die verschwiegenen Heilmittel gegen die Lebensweise seiner Frau, die Amulette gegen die Überschwemmung durch allgemeine Du-Formen und das Unzumutbare.

Sie machen Witze, Samstag, sagt Dr. Buitenhuis. – Sie mokieren sich über die Medizin, Sie spotten meiner Kunst, wie Sie sie nennen, Sie machen sich lustig über alles, was ich hier tue.

Glauben Sie das im Ernst?

Ja, sagt er. – Dort, wo ich sterblich bin, sitzen Sie. Wo es mir weh tut, das wissen Sie genau. Und zählen darauf, daß ich nichts unternehme. Ich unternehme tatsächlich nichts gegen meine Frau. Und jetzt reden Sie mich an, als wüchse das Kraut des Lebens in meinem Gärtchen. Sie verachten mich und bitten um meine Hilfe. Für Mona. Was bedeutet Ihnen Mona?

Sie lebt, sage ich. Sie soll leben.

Als wäre das Ihre Sorge, Samstag. Sie geben sich doch mit Menschen nicht wie ein Mensch ab.

Für einen, der sich vor Erpressung fürchtet, reden Sie ziemlich ungeniert, sage ich.

Er zieht seinen Arztkittel aus und kämmt sich vor dem Spiegel den Rest seiner kurzen krausen Haare. Er zieht seine Pfeife aus der Rocktasche und steckt sie in Brand. – Sie entschuldigen mich jetzt, sagt er.

Nein, sage ich.

Was wollen Sie noch? fragt er und stützt, Pfeife zwischen den Zähnen, beide Hände auf sein Pult.

Daß Sie Mona retten, sage ich. – Daß Sie das Äußerste tun.

Das Äußerste, sagt er und entspannt sich wieder. – Wir wissen nicht, wie der LE entsteht und können seinen Verlauf nicht beeinflussen. In Amerika gibt es Leute, die das Äußerste tun und es auch nicht können. Sie können nur für viel Geld die Fiktion aufrechterhalten, daß sie wenigstens *etwas* tun. Der einzige Erfolg: daß wir den Patienten auf seine Krankheit fixieren und seine Lebensqualität durch unsere äußersten Mittel kaputtmachen. Das Leben, das er dann führt, ist kein Leben mehr. Wollen Sie das?

Die Frage ist, was Mona will.

Wenn *sie* fragt, rede ich mit ihr. Mit Ihnen brauche ich nicht zu reden.

Wenn sie Bescheid weiß, kann sie kämpfen, sage ich.

Ihr Menschenbild ehrt Sie, sagt Dr. Buitenhuis, leider widerspricht es unserer Erfahrung. Wer keine Hoffnung mehr sieht, zappelt vielleicht eine Weile, dann gibt er auf. Aber er kämpft nicht. Ist auch besser so. Ich bin kein Liebhaber von Todeskämpfen. – Samstag, sagt er. – Es ist ja zum Heulen, aber wem helfen wir damit. Wir sollen ruhig das Mögliche tun und unser Gewissen erleichtern, aber Mona kennt die Wahrheit so gut wie wir. Ich habe noch keinen Patienten erlebt, dem die innere Stimme nicht zur rechten Zeit gesagt hätte: genug, *that's it.* Und jetzt mach noch was draus und nenn es: das Beste. Es ist eine wichtige Zeit, Samstag, die Zeit vor dem Tod, die wichtigste für einen Menschen. Wenn wir sie ihm schmerzlos verlängern können, um so besser. Aber qualitativ verkürzen dürfen wir sie ihm nicht.

Wissen Sie eigentlich, wovon Sie reden?

Nein, sagt er. – Aber wenn ich einem Sterbenden begegne, gebe ich mir Mühe, von ihm zu lernen. Zu wissen, wo die Schulmeisterweisheit der Medizin zu Ende ist und etwas Anderes in sein Recht tritt. Und in seine Würde.

Warum reden Sie nicht gleich von Schönheit? schreie ich.

Manche, die es angeblich wissen, reden auch von Schönheit, sagt er. – Sie behandeln das Sterben als fröhliches Ereignis, wie die Geburt. Vielleicht liegen sie nicht falscher als wir. Ich spüre nur so viel, wenn ich vor einem Sterbenden stehe: da ist eine Grenze. Der geht jetzt weiter, als du gehen kannst. Er hat dir etwas voraus.

Was soll ich Ihnen voraus haben?

Wenn Sie schreien, gar nichts, sagt er. – Sie beweisen mir damit nur, daß Sie leben, und es ehrt Sie, daß Sie leben lassen wollen. Aber können Sie es auch? Ich frage Sie.

Die Bauernschläue in seinem Gesicht, da ist sie auf einmal. Er zeigt mir, was er hinter seinen großen Ohren hat. Ich sage:

Ich möchte nicht böse werden.

Er stutzt. – Es ist ein Augenblick gegenseitigen Staunens zwischen uns, der erste. Ich staune über mich selbst. Ich habe nichts dergleichen sagen wollen, und schon gar nicht leise.

Böse, mit wem? Oder worüber? fragt er.

Nur böse, sage ich.

Wir brauchen keine Bösen und keine Hölle, sagt er. – Das Leben genügt mir.

Dann tun Sie etwas für Ihr Leben. Sonst hole ich Sie.

Er lacht unbehaglich.

Ja, sage ich, bei meiner Seele. Ich will Mona nicht holen. Aber jetzt brauche ich eine Seele.

Guten Appetit, sagt er, meine Seele würde Ihnen nicht schmecken.

In der Not frißt der Teufel Fliegen, sage ich.

Ach ja, sagt Dr. Buitenhuis, diese Sprichwörter. Halten Sie sich an Myrna, da haben Sie was Besseres. Heute ist leider kein Vortrag über Pompeji. Wir brauchen uns also nicht wiederzusehen.

Sie sind stolz auf Ihre Grenzen, sage ich. Ich rate Ihnen: seien Sie Ihrer Grenzen nicht so gottverlassen sicher. Zaubern Sie, sonst sind Sie ein Mörder.

Ob wir von Gott verlassen sind, sagt Dr. Buitenhuis, liegt leider nicht in unserer Entscheidung. Und das Zaubern müssen wir schon den Scharlatanen überlassen. Ich freue mich übrigens, daß Sie so munter sind.

Wollen Sie meine Zähne sehen? frage ich.

Ja, sagt er. – So ein Ding hat sich mein kleiner Sohn auch schon in den Mund gesteckt. Wir müssen gehen.

Sie *wollen* gehen, sage ich.

Jaja, lächelt er bitter und zieht an seiner Pfeife, so würde meine Frau auch reden. Aber wie Gott sein, das würde sie nicht wollen. Oder kennen Sie Myrna so schlecht?

Das war *Ihr* Spiel heute, sage ich nach einer Weile, Herr Doktor. Aber wir spielen weiter. Ich hole Sie. Wenn Sie Mona nicht gesund machen, hole ich Sie.

7

Dieses holländische Licht, sage ich, dieses verfluchte Licht der Maler!

Mona bleibt stehen, es ist gerade sehr idyllisch hier, und ich soll nicht merken, daß sie stehenbleiben muß.

Was machst du für ein böses Gesicht.

Daß ich dich besser fressen kann, sage ich.

Warum bist du traurig?

Darum, sage ich, eine Gewohnheit.

Wir haben es doch geschafft. Das Spital hat mich nicht geschafft. Ich bin nicht bloß wiedergekommen. Ich bin umgekehrt.

Ganz allein, sage ich.

Wie sonst?

Enfin seul, sage ich. – Das wird sonst von einem glücklichen Paar gesagt. Mit mir ging nichts. Du warst schlecht gehütet.

Das ist zweierlei. Ich war sehr gut gehütet. Aber mit dir ging es nicht, das ist wahr. Natürlich nicht. Es wäre mit keinem gegangen.

Mit Jan Willem, sage ich.

Mona lacht, geht weiter, fällt ins Schlendern. – Nein, sagt sie, auch nicht mit Jan Willem. Der durfte erst kommen, als ich gelernt hatte, für mich zu sein. Der war eine Zugabe. Mein erster Preis, lacht sie. Ich habe ja noch nie einen Preis gewonnen. Aber jetzt habe ich ihn verdient. – Das mußte so sein, sagt sie über ihre Lederjackenschulter. Er kam zur rechten Zeit. So wie ich früher war, hätte ich zu viel von ihm erwartet.

Frauke, Mani, ihr habt keine Mutter mehr. Jetzt ist sie ihre eigne Mutter, damit Jan Willem noch ein paar Jahre Kind sein kann.

Warum schaust du so?

Ich bin ein gutes Ende nicht gewohnt.

Hier gibt es noch kein Ende, sagt sie.

Wir gehen am hellichten Vormittag durch Jordaan, das Viertel, das ich nur bei Nacht kenne. Das bißchen Grün, das aus Ritzen und Pflasterrändern sprießt, an Drähten und Dachtraufen hochgezogen wird, bis es unter dem Gewicht seiner Wucherungen wieder vornüber und fast zu Boden sinkt, wirkt dürftiger als im Dunkel, wo das Blattwerk im Licht vor den Fenstern spielt und in der Ahnung behaglicher Stuben zu glühen scheint, vertrauter Gespräche, gedämpfter Musik. Die vergangenen Nächte waren hochsommerlich und schienen im Jordaan kein Ende zu nehmen. Hier tönte Gitarrenmusik aus den Winkeln, standen die Fenster hell bis zum Morgengrauen; diese sanfte Helligkeit, die der Tag unmerklich löscht. Hier war es mir leicht und schwer hindurchzugehen: leicht in einem Traum gemeinsamen Wohnens, der die halblauten Gassen bevölkerte, schwer von Erinnerung: hier wohnen immer die Andern.

Am frühen Morgen wird Jordaan wieder ein dürftiges Quartier. Man sieht den Tonnen voller Erde und dürrer Bepflanzung den Abfall an, aus dem alles geholt ist. Die Halsperlengeschäfte, die handgemachten Schmuck hinter Souterrainfenstern anbieten, haben etwas Aschgraues und Trödelhaftes, wenn sie die Sonne bescheint, und die Gracht, an der wir stehen, ist ein Kanal.

Mona hat mich aus dem Keller geholt: sie könne nicht liegen heute, ob ich sie beim Gehen begleite.

Wohin?

Nur so.

Gleich.

Ja, ich komme wieder ans Licht, ich fürchte den Tag nicht mehr, er gilt mir gleich. Ich liebe auch die Nacht nicht mehr, der Tag ist mir dunkel wie sie. Mona hat mir die Sonnenbrille abgenommen, als ich unter der Tür stand, das ändert nichts. Es war eine liebevolle Geste, das ändert nichts. Wenn ein Tag wie der andere ist, ist keiner gut.

Komm, sagte Mona.

Wie gehst du? fragte sie mich beim Gehen. Nicht: wie geht

es dir. Eine kleine neue Mode, wie Liebende sie miteinander einführen und dann vergessen, daß nicht jeder dazugehört.

Was ist so komisch? fragt sie.

Dann muß ich gelacht haben. Oh, sage ich, ich war einmal in Myrnas Therapiegruppe. Da war es verboten zu sagen: es tut mir weh, oder: ich habe Bauchschmerzen. Man mußte sagen: hier tue *ich* mir weh.

Hast du Bauchschmerzen?

Das brauchst du nicht wörtlich zu nehmen, sage ich.

Ich habe noch Schmerzen, sagt sie. – Immer wieder. Bei LE ist das normal.

Aber LE ist nicht normal.

Offenbar doch, sagt sie, lächelt. – Ich habe mir lange genug weh getan und es nicht einmal spüren wollen. Was sollte mein Körper anderes machen.

Dein Körper bist du, würde Myrna sagen.

Ja, sagt sie, endlich bin ich richtig krank. Jetzt habe ich eine Chance.

Fein, denke ich, so mußt du reden, so kann man heute reden. Es liegt in der Luft, und du atmest es dankbar ein.

Ich kann nicht schlafen, sagt sie, wenn ich allein bin. Zuerst war das scheußlich. Ich dachte, du bist ja süchtig nach diesem Mann. Das darfst du ihm nicht antun. Ich heulte vor Schmerz, weißt du, ich hatte das Gefühl, die Knochen werden mir aufgefressen, bei lebendigem Leib. Der Schädel wird klein gemahlen. Scheußliche Phantasien, wenn es nur welche wären. Ich schwitze, als würde mir das Blut ausgepreßt. Wenn du Angst und Schmerz nicht unterscheiden kannst, das ist die Hölle. Der Schmerz ist nur ohne Angst auszuhalten. Das mußte ich lernen. Damit habe ich angefangen, im Spital. Es blieb ja nichts anderes. Ich lasse ihn jetzt kommen. Komm nur, sage ich. Du bist ja mein Schmerz. Wir haben miteinander etwas zu schaffen. Daß du weh tust, ist nicht gut, aber es ist besser als vorher. Da habe ich nur noch vegetiert. Da wollte ich ja nicht einmal wissen, daß mir etwas fehlt. Jetzt kann ich mich spüren, ich bin aus Fleisch und Blut. Und wie ich mich spüre. Es ist wie in der Liebe, nur schrecklich. Es kommt, es kommt, du denkst, es darf nicht *mehr* werden, sonst wünschst du dir nur noch den Tod. Aber es kommt nie *mehr*, als du ertragen kannst. Das ist ein Geheimnis, das ich mit meinem Schmerz teile. Wenn du mitkommst mit dem Schmerz, dann geht er auch wieder. – Störe ich dich sehr? fragt sie.

Ich höre dich nicht gern schreien, sage ich.

Schreien tut nicht weh, sagt sie. Wenn ich nicht schreie, verkrampfe ich mich nur. Das ist das, was am meisten weh tut. Wenn ich es nicht gehen lasse. Weißt du, was Jan Willem gesagt hat? Ich kann dich schreien hören. Schrei dich gesund.

Ich habe dich ja schon lange schreien gehört, sage ich.

Sie bleibt stehen, atmet sehr kurz. – Ja, sagt sie. – Aber das war ganz anders. Ich hab's für Gerrit getan. Ich hab wahrhaftig aus Rücksicht geschrien. Samstag, stell dir vor, das war meine ganze Lust. Lust aus Rücksicht! Er sollte mir glauben, daß er alles richtig machte. – Ich bin schon etwas nymphoman, sagt sie unter Tränen. Mein Vater wäre auch gerne lieb gewesen, und er konnte nur grob werden. Das wollte ich ihn nicht fühlen lassen. Ich wünschte mir ja so sehr, daß er lieb sein konnte. So wurde ich eine Gehilfin starker Männer. Eine Zeitlang war ich wütend auf meinen Vater, ich hätte ihn am liebsten getötet. Aber dann habe ich ihn auch getötet. Nach dem Tod der Mutter war ich seine Haushälterin. Er hat mich schon angefaßt, als ich noch ein Baby war. Als er auf Geschäftsreise ging, habe ich meinen ersten Freund nach Hause gebracht. Ich war sechzehn. Dann kam er zu früh zurück. Er hörte uns. Er sagte kein Wort, schrieb nur einen Zettel und legte ihn auf den Küchentisch. Fuhr weg, verunglückte auf der Autobahn. Drei Tote. Er auch.

Was stand auf dem Zettel.

Hoer, sagt sie.

Dafür brauchst du jetzt nicht mehr zu sterben.

Nein, sagt sie, ich bin für meinen Vater nicht mehr verantwortlich. Ich nehme keine Rücksicht mehr.

Außer auf Jan Willem, sage ich.

Nein, sagt sie, auch nicht auf Jan Willem. Sogar meine Lust ist jetzt meine Lust.

Ja, sage ich, aber du hast diesen jungen Mann überallhin begleitet, wo *er* hin wollte. Zur Ruine des Judenmörders. Zu den Schauplätzen des Fälschers. In die Kirchenbank seiner Eltern. Du hast ihm dein Auto geliehen, du warst die perfekte Hostess. Und als es ihm gefiel, mit dir zu schlafen –

Nein, sagt Mona, *mir* hat es gefallen. Ich wollte ihn haben, vom ersten Augenblick an. Dafür muß man schon etwas tun.

Ja, sage ich, du hast dein Interesse für Kunstgeschichte entdeckt. Es war so ehrlich wie sein eigenes. Er ist Polizist, hat er dir das gesagt?

Das muß er doch nicht, sagt Mona. – Aber er hat es mir gesagt, schon am ersten Abend. Er hat auch gemerkt, daß es mich nicht interessiert.

Dann ist er ein schlechter Polizist, sage ich, oder du bist nicht die richtige Frau für ihn.

Ja, lacht sie, sie bleibt immer wieder stehen. – So hätte mein Vater auch gesprochen, wenn er mit mir gesprochen hätte. Aber er hat mich lieber gleich eine Hure genannt.

Sie legt mir die Arme um den Hals.

Weißt du, sagt sie, es gab eine Zeit, da hätte ich dich gerne leben lassen. Jetzt mußt du es selber tun.

Das ist keine Antwort, sage ich und lehne meine Stirn an die ihre; ich spüre, wie sie bebt, als stände sie unter starkem Strom.

Hast du mich was gefragt? sagt sie. – Du mußt schon fragen lernen, Samstag, du mußt fragen, solange es Zeit ist. Du hast mich festgehalten, jede Nacht, mit deinen Geschichten, du wolltest mich vielleicht halten, sogar am Leben halten, aber haben wolltest du mich nicht. Das wäre die einzige Sprache gewesen, die ich verstanden hätte.

Haben, sage ich. Ausgerechnet.

Ja, sagt sie, darauf kann man reagieren, daraus wird etwas anderes, wenn man Glück hat. Aber erst muß man spüren, daß einen jemand haben will.

Weißt du übrigens das Neueste? sagt sie. – Ich bekomme meine Tage nicht mehr. Jetzt fängt das schon an, ausgerechnet jetzt. Und wir haben noch aufgepaßt, wir Idioten! Das brauchen wir jetzt nicht mehr.

8

Wollen Sie mich erpressen? hat Dr. Buitenhuis gefragt. Ja, hätte ich sagen sollen, was sonst. Damit Sie das Mögliche tun, muß ich Sie doch erpressen.

Ich habe den Satz als Warnung oder Gegendrohung mißverstanden. Aber er war ein Angebot. Wenn Sie für Mona tun, was Sie können, werde ich Ihre Frau nicht mehr verführen. Das hätte ich sagen sollen: ich schlage Ihnen eine Wette vor. Ihre eigene Frau glaubt nicht an Ihre Kunst. Jetzt zeigen Sie bei Mona, was Sie können.

Ich stehe vor Professor Smolders.

Als ob ich *seine* Frau für oder gegen etwas einnehmen könnte. Aber das braucht er nicht zu wissen. Es genügt, wenn er mich fürchtet.

Er hat sich erst gar nicht sprechen lassen wollen. Er praktiziert abgewendet vom Tod, abgewendet von seiner Frau. Er leistet sie sich, mehr kann kein Mensch von ihm verlangen. Um nicht zu sehen, was er tut, verwandelt er es in einen Forschungsgegenstand. Er wird noch weit kommen. Warum soll er darunter leiden, daß seine Frau originell ist? So hat er sie im Ernst genannt, Maaike: originell. Frauen sind ein Plural für ihn, ein Manöver der Natur, dem er seinen Tribut zollt, *good sport* bis an die täglich mehr zurückweichenden Haarwurzeln. Frauen muß man fahren wie einen schnellen Wagen, und seine Frau bleibt für ihn die schnellste: das nennt er Loyalität, Treue wäre ihm zu altmodisch. So viel Pferdestärken unter so viel gutem Design, das muß bewegt werden. Soll sie. Er verlangt für sich nichts als das Gefühl: keiner fährt dieses Modell so gut wie ich. Ich leiste mir sogar Beifahrer. Fürs Gemüt hat er seinen Hofstaat, den die Forschungskredite zusammenhalten. Er bekommt jede Kraft, die er sich wünscht, und jede bedient ihn, so gut sie kann. Wenn er die Forschung nicht hätte, aber er hat sie ja. Er hat die Kongresse, die Symposien, und in einem der kommenden Jahre hat er den Nobelpreis. So lange lohnt es sich, die Zähne zusammenzubeißen und gute Miene zu machen.

Er macht sie eine Weile, angesichts der Störung, die ich bin. Erstaunlich, wie laut einer werden kann, der es gewohnt ist, die Zähne zusammenzubeißen. Nur die Mundwinkel verraten Anstrengung. Ein ganz lockerer Mann, als er mir zwischen Tür und Angel erklärt, was seine Linie ist: die neue Rolle, die das Virus Bahr-Epstein bei der Krebsgenese spielt. Da steht er vor einem Durchbruch. Bald wird es ein Virus Smolders geben, ohne Bindestrich. Dieses Virus braucht er mit keinem zu teilen. LE ist die Linie anderer Leute, und er nennt mir blitzschnell drei Namen aus Frankreich, den Vereinigten Staaten und Australien. Ich höre sein Bedauern: es gilt der Tatsache, daß diese berühmten Kollegen noch immer nicht vor dem Durchbruch stehen.

Lange darf die Störung im Vorzimmer nicht dauern. Hier, wo drei Sekretärinnen arbeiten, muß alles glatt weiterlaufen. Der Vorwurf, daß ich nicht glatt verschwinde, ist den Augenbrauen der Damen abzulesen. Ich stehe unwissenschaftlich und ohne ihre Erlaubnis herum, bin fast ohne Klopfen eingedrungen. Aber da sich der Chef, dem ich mich in den Weg gestellt habe, in seiner guten Miene nicht beirren läßt, drükken sie wortlos aus, was in ihm vorgeht. Sie werden ja dafür bezahlt, daß sie die Wünsche ihres Chefs ausdrücken, bevor er sie äußern muß. Aber ihr Seufzer gilt mir. Es sind sehr gut hergerichtete Frauen, aber vermutlich keine Pferdestärken, sonst säßen sie nicht hier.

Blut ist ein ganz besonderer Saft, lacht Professor Smolders und behält dazu eine Hand in der Tasche. – Zum Saufen ist es eigentlich zu schade, Samstag. Denken Sie an all den Aufwand, mit dem Blut gebildet werden muß.

Wenn die Forschung so ernst ist, muß der Forscher heiter bleiben. Jedenfalls lächeln die Sekretärinnen, wenn der Chef einen Witz macht. Zu verstehen brauchen sie ihn nicht, Hauptsache, ich habe ihn verstanden, und nehme die Warnung zur Kenntnis.

Sie müssen Mona helfen, sage ich.

Mona, sagt er und runzelt die Stirn. – War das nicht die kleine Rote bei van Enden? Komische Heilige. Wie die tanzte! Die sah ganz wie ein Mädchen aus, das sich selber zu helfen weiß, und das bißchen Ohnmacht bei der Hitze –

Sie stirbt, sage ich.

Er glättet sie wieder, die tief gebräunte Stirn, vor der die Haarwurzeln zurückweichen.

Das tut sie, sagt er, aber nicht gleich. Die genießt es noch eine ganze Weile. Ist sie Ihre Freundin?

Sie müssen Mona retten, sage ich.

Retten, sagt er, immer gleich retten. Wir sterben alle, Mensch, da gibt's nichts zu retten. Die Frage ist, was machen wir daraus. Es gibt Leute, die keine Zeit zu verschwenden haben, sie müssen nicht mal in den letzten Zügen liegen. Immer gleich retten, geben Sie's eine Nummer kleiner. Schikken Sie sie halt vorbei. Wo fehlt's denn?

Die Frage kann doch nicht wahr sein. Hört sich dieser Mann nicht einmal selber zu? Daß er vergißt, mit wem er geschlafen hat, wen oder was er therapiert –. Aber daß er vergißt, wovon er vor einer Minute geredet hat?

Klar, sagt er, LE, alles klar. Verläuft aber nicht typisch bei Ihrer Mona. Kann man kontrollieren, in Grenzen. Heilen – man kann vieles nicht heilen. Ärzte heilen nicht, Samstag, das ist eine ungebührliche Erwartung. Sie unterstützen die Heilung. Wenn die Natur sie wünscht, dann können wir helfen, nur dann. Erst muß die Konstitution dasein und sagen: ich will. Genetisch brauchen Sie außerdem etwas Schwein. Aber für Retten sind wir nicht zuständig. Retten kann sich jeder nur selbst. Sonst noch was?

Ja, sage ich. Sie ist schwanger. Sie bekommt ein Kind.

Sollte sie aber nicht, Samstag, sagt Professor Smolders. – LE und schwanger, das ist des Guten zuviel. Schon eine Unterbrechung ist ein Risiko. Eine Schwangerschaft dürfen Sie ihr nicht antun, auf keinen Fall.

Ich habe ihr nichts angetan, sage ich.

Die genießt es noch, Samstag, wie? sagt Professor Smolders. – Hab ich Ihnen doch gleich gesagt. – Neun Monate – das bringt sie vielleicht. Aber mit Anhang nicht. Das müssen Sie ihr deutlich ins Ohr flüstern.

Herr Professor! sage ich, Sie müssen –

Ja, sagt er, ich muß. Pinkeln. Aber allein, Herr Samstag, es tut mir leid. Schicken Sie Ihre Freundin vorbei, machen Sie eine Notiz, Antje. Adieu.

Weg ist er, will meine Zähne nicht gesehen haben.

Ich bin stehengeblieben, aber er ist nicht wiedergekommen. Für das Vorzimmer existiere ich nicht mehr. Die Damen tippen um die Wette. Ich warte, dann gehe ich zu derjenigen, die die Notiz gemacht hat, stelle mich hinter sie, zwischen Fenster und Maschine. Es gelingt mir nicht einmal, ihr Papier zu verdunkeln. Wenigstens verschreibt sie sich zweimal. Dann greift sie, ohne sich umzusehen, zum Telefon, nimmt den Hörer ab und tippt drei Nummern.

Neben mir steht ein Herr, den Sie zur Tür begleiten müssen, Kim, sagt sie.

Schämen Sie sich, sage ich in ihr Haar hinein. Antje, Sie Sklavin. Haben Sie keine Kinder?

Sie steckt den Stöpsel ins Ohr und tippt schon wieder.

Ich betrachte ihren Hals, die Grube am Schlüsselbein. Ich spüre keinen Appetit mehr, nicht den geringsten. Jetzt kann ich nur noch töten.

Sind Sie jemand, Antje? frage ich. – Es fällt mir nämlich

schwer, Sie als Mensch zu sehen. Es kann an der Beleuchtung liegen.

Sie zieht das Stöpselgeschirr vom Kopf und betrachtet mich von unten, neutral.

Ich möchte mit Ihnen reden, Antje, sage ich.

Es ist genau so gut, als hätte ich nichts gesagt, und meine Zähne kümmern sie nicht. Sie zieht ihr Geschirr wieder über die Haare und fährt fort zu tippen, rasend und fehlerlos, an ihrer holländischen Krankengeschichte, ihrem Forschungsbericht. Sie hat mit einem Blick gesehen: der Herr, der mich hinausbegleitet, steht schon unter der Tür.

Er hat nicht gelitten, Mijnheer. Schade, daß es ein vergleichsweise Unschuldiger war. Aber zweimal lasse ich mich von derselben Kreatur nicht anfassen. Er hat seinen Beruf frei gewählt, hoffe ich. Ich habe meinen Affekt nicht gewählt. Er war da: töten. Diese Seele haben Sie geschenkt, Mijnheer, seien Sie ihr gnädig und lassen Sie mir eine andere dafür. Auch Mona gehört zu Ihren Ebenbildern, so viel ich weiß. Seien Sie freundlicher zu ihr. Doktor Veenendaal ist noch übrig, aber für eine letzte Hoffnung ist er ein bißchen zart. Lassen Sie ihn ein starkes Mittel finden, Mijnheer, sonst sehe ich schwarz für Ihr Bild.

9

Mona fast täglich unterwegs mit ihrem Liebsten; sie braucht Frauke nicht mehr. Heute ist sie das Kind, morgen ist sie die Mutter. Sie hat einen Beschützer nötig, der auch immer wieder schützende Arme braucht: so oder so wissen die Arme, was sie zu tun haben. Es wird für fremde Augen auch nicht viel Unterschied machen. Dafür sind diese fremden Augen dem Paar zu fabelhaft gleichgültig. Monas Augen: leuchtend, nicht funkelnd wie unter Morphium; etwas zu leuchtend in ihrem blassen Gesicht, wenn sie mich fragt. Sie fragt mich nicht. Sie erzählt, aber ihre Augen verwendet sie nicht dazu.

Ich habe Grund zur Annahme, daß sie da, wo ich stehe, und wohin sie so vertraulich erzählt, nur einen blinden Fleck sieht. Sie sehen schon gar nicht, diese Augen, daß ich in ihnen nach Schwächezeichen suche: da hat die fremde Sorge – wenn es denn Sorge ist – nichts mehr zu suchen, und die Sorgen ihres Jan Willem weiß sie zu zerstreuen.

Er hat ja seine Tics und Gewohnheiten, wie ich erfahre. Er verläßt das Singer-Museum offenbar bedenkenlos, aber er versäumt nicht, seinen Dienst mindestens anzutreten. Und er kennt die Bilder-Interessenten, die dort verkehren, ganz genau. In seinem Dracula hat Mona ganze Personenlisten gefunden – so gewissenhaft führt er Buch. Er hat übrigens wirklich mit der Polizei zu tun. Nein, lacht sie, nicht als schwerer Junge. Nur als Mitarbeiter, als Spezialist. Das kommt ihr durchaus nicht verdächtig vor, der liebenden Frau. Von Kunstgeschichte hat schließlich noch keiner gelebt, als Student. Und seine Familie gibt ihm nichts. Doch, er bezahlt auch für Mona, hartnäckig; das ist ihm nicht auszutreiben. Da er Geld verdienen muß, nimmt er einen Job, wo er ihn kriegen kann. Worin der Job besteht, hat sie ihn nicht gefragt. Sie haben ja so viel anderes zu tun.

Sie gehen, wenn Jan Willem nicht auf seinem Museumsdienst besteht, auf Abenteuerreise, Hand in Hand. Es zieht sie immer an dieselben Orte. Da stöbern sie miteinander. In Laren haben sie das Haus van Meegerens aufgestöbert, das Juwelenversteck, eine Villa am Straßenende, fast im Wald. Der jetzige Besitzer, ein Fabrikant, hat nur gelacht. Manchmal ärgert er sich aber auch über nächtliche Goldgräber in seinem Garten. Da sei schon lange nichts mehr. – Da war dann aber doch noch dies und das: die Garage, einst Han's Atelier, daher die kirchenartigen Fenster. Das Brünnchen, dessen Klinkereinfassung Jagdmotive, springende Bracken zeigte: das war noch original, wie die italienische Ziegelbedachung. Ein echter van Meegeren war auch das Cheminée im Wohnzimmer, in das sie der Besitzer, ein rüstig-rosiger Sechziger, am Ende nicht mehr mißtrauisch, hereinbat. Ein Liebespaar erkennt man am Augenschein, dem nimmt man auch das Herumstreunen ab. Als sie die historische Tramstation rühmten, die sich der Fabrikant »unter den Nagel gerissen«, nämlich mit einem Lastwagen seiner Firma im Handstreich abtransportiert und an seinem Garteneingang abgesetzt hatte – das war etwas anderes als dieser Han van Meegeren! – wollte er sie gar nicht mehr gehen lassen.

Aber sie wollten doch wieder gehen. Sie wollten zum Beispiel im Rathaus Laren, bevor es Mittagspause machte, ein Selbstporträt ihres Fälschers besichtigen. Und da stand er wirklich, in Pantoffeln, zu weiten Künstlerhosen, spitz ausgeschnittenem Pullover; stand überlebensgroß und sah über die Schulter auf seine Betrachter nieder, der Meister im Barett, das seinen Bürolistenkopf tarnte, ein fetter Fuchs mit florentinischem Hochmut in den weit auseinanderstehenden Augen. Und weil das Leben für unser Paar immer eine Zugabe bereithält, hing da gegenüber auch die Jo, pardon: Johanna Teresia an der Wand, von ihrem Meister verewigt, der sie in Reithosen gesteckt, ihr eine rote Bluse übergezogen und ein Pelzbéret aufgesetzt hatte: ganz die Herrin und Verruchte. Nichts von Verständnis in ihren kalten Augen; nichts mehr von Tee und Keksen am Vormittag.

Und dann zog es das Paar immer wieder zu seiner Ruine in Blaricum zurück. Warum sollte man sich nicht in einem solchen Haus lieben, war das nicht ungeheuer spannend? Als sie aus dem Schutt der Halle kleine Goldmosaikstücke herausfischte, sagte Jan Willem auf einmal: was machst du da, hör auf! Das sind Goldplomben aus Auschwitz! So weit hatte sie nicht gedacht, aber sie erfuhr, daß Jan Willem einen Großvater im KZ verloren hatte. Der hatte es nicht lassen können, in Staphorst gegen die Amalekiter zu predigen und die Deutschen gemeint. Was konnte sie da tun, als Jan Willem wieder in die Arme zu nehmen; nicht gleich, das wäre taktlos gewesen, aber etwas später gab es gar nichts anderes –

Und plötzlich, wie sie da in ihrem Schutt liegen, fällt der Blick wieder auf etwas Störendes. An der hohen Wand von

Mentens geschwärztem Staatsraum winden sich zwei nackte Damen im Bas-Relief. Nachdem Jan Willem sie darauf aufmerksam macht, sieht sie es auch: die beiden Damen, die wie Sechs und Neun gegeneinander schwimmen, als wollten sie sich gleich zu Yin und Yang vereinigen, verstecken dabei zwar nicht ihr Schamhaar, aber ihre Hände. Als hätten sie das Blut des Ruinenbaumeisters an den Händen, die beiden Forellenfrauen mit der Eva-Braun-Frisur.

So sieht er aus, der Teufel an der Wand. Auf Stromlinie reduzierte Frauen, die ihre Beine zuklemmen, die alles verklemmen, was ihre ornamentale Funktion behindern könnte. So sieht der Teufel die Frauen gern.

Jan Willem *war* immer ein wenig übertrieben: das liebte sie ja an ihm, und über ihre Beine hatte er sich nie beklagt. Sie versteckte ihre Hände auch nicht, sondern ließ sie in seinem dicken Haar, wenn er redete. Darüber gibt es keine Erzählung Monas.

Sie erzählt mir lieber, wie sie zwischendurch mit Jan Willem aus den Fensterhöhlen zu den Nachbarhäusern hinüber »gekiekt« habe, Lausekinder, die sie so gerne sind. Sie sahen um diese spätgezündete Kriegsruine herum das Grüngürtelleben weitergehen wie immer. Frauen fahren mit dem Rad zum Einkaufen, wenn sie nicht einen Kinderwagen vorbeischieben. Manche fahren mit dem Zweitwagen zum Tee und sind längst wieder zu Hause, wenn der Erstwagen vorfährt, der Rundfunkredakteur aus Hilversum, der Vizedirektor aus Amsterdam. Das Paar scheut sich nicht, diesen Heimkehrern zuzuwinken. Sie sind ja das blühende Leben, dem man jeden Übermut verzeiht.

Nur ein Nachbarhaus fällt aus dem Rahmen, steht schweigend mit zwei riesigen abgerundeten und eisenbeschlagenen Gartentoren hinter zweifachem Stacheldraht, verschanzt gegen die sommergrüne Gemütlichkeit. Hier haust die Witwe des verurteilten Millionärs – die Frau, verbessert sich Mona; er lebt ja noch, in Scheveningen, im Krankenhausgefängnis. Aber sie sind getrennt von Tisch und Bett. Dieser Schritt diene, laut Jan Willem, der besseren Verwaltung des Vermögens, das nach wie vor ungeheuerlich sein müsse; ungeheuerlich wie die alte Frau, die es erträgt, Aug in Auge mit dieser Vergangenheit weiterzuleben. Sie hat, wie das Paar von Nachbarn erfährt, ihr Herrenhaus nicht verlassen wollen, als es schon lichterloh brannte, in jener Nacht vom Sonntag auf den Montag im Juli vor sechs Jahren. Als sie schließlich doch, von Feuerwehrleuten geführt, aus ihrem Bau heraustrat, habe es Buhrufe gegeben, wie bei einem frechen Regieeinfall. Sie hatte all die Jahre mit keinem ihrer Nachbarn ein Wort gewechselt. »Wir waren zu klein für die«, erzählte eine ältere Frau, bei der sie geklingelt hatten, um das Geheimnis des Ortes zu lüften; um es noch schauerlicher zu machen.

Und um diese Frau Menten habe Jan Willem dann eine sonderbare Geschichte inszeniert. Er habe sich in den Kopf gesetzt, sie zu stellen, aus ihrem verschanzten Bau, der früher das Gärtnerhaus gewesen war, zu locken, mit ihr zu reden – worüber, wozu? Er wußte es selbst nicht genau. Er habe nur, meint Mona, die Hehlerei dieses Gärtnerhauses nicht ausgehalten. An einen direkten Zutritt war nicht zu denken. Es gab wohl eine Klingel, aber sie funktionierte nicht oder bewirkte nichts. So zogen die beiden von Haus zu Haus, Jan Willem gab sich als Kunsthändler aus, der eine wichtige Nachricht für Frau Menten persönlich zu überbringen habe. Die Frau stand in keinem Telefonverzeichnis. Sie bekamen den Rat, sich an die Polizei zu wenden, und wirklich, Jan Willem fuhr zum Polizeiposten, zweimal sogar, legitimierte sich als Kollege, aber auch die Polizei gab an, von keiner Nummer zu wissen. Was macht ihr denn, wenn ihr mit ihr reden müßt? – Oh, habe der Kollege gesagt, dann rücken wir mit dem Lautsprecherwagen aus. Ihr könnt ja hinfahren und so lange hupen, bis sie euch eine Flasche an den Kopf wirft, das täte sie nicht zum ersten Mal –

So locker sind die Auskünfte, die man von der Reichspolizei bekommt. Aber sie tun es tatsächlich, trotz Monas Einsprache. Sie fahren hin, stellen sich vor die Kieseinfahrt, den

Stacheldraht, mit vollem Blick auf das Gespensterhaus vis-à-vis, und Jan Willem hupt, hupt auf Teufel komm raus. Es bleibt still, ja: totenstill, auch die Nachbarn rühren sich nicht, vielleicht sind sie Demonstrationen an dieser Stelle gewohnt. Mona ging die Sache allmählich etwas weit, aber Jan Willem war nicht zu halten. Er nannte ihre Ängste abergläubisch, zog sie zum Trotz noch einmal auf das Ruinengrundstück; die Millionärin sollte sehen, wenn sie hinter ihren Vorhängen schon nicht hören wollte. Mona ging mit in die Ruine, um Schlimmeres zu verhüten, aber es gab nichts Schlimmeres, als daß er sie in der ausgebrannten Halle wieder in die Arme nahm, ausgehungert, gereizt, rührend. Warum soll ich wissen, daß sie sich in diesem Haus immer wieder geliebt haben? Monas Sprache wird verschwommen, und sie zeigt mir lieber eine Handskizze Jan Willems, das Kunstwerk an der Wand, die beiden Damenforellen.

Ehrlich, sie wollte mit dem Haus nichts mehr zu tun haben. Aber Jan Willem hatte noch immer nicht genug. Am nächsten Tag zeigte er ihr einen Brief, den er an Frau Menten geschrieben hatte, unter dem Briefkopf eines Hotels in Amsterdam, wo sein Studienfreund Hilfsportier war. Es war der Brief eines amerikanischen Agenten, der eine alles verändernde Nachricht des CIA der Frau des Kriegsverbrechers persönlich übermitteln müsse. Er würde in drei Tagen in seinem Wagen vor ihrem Tor stehen mit seiner Sekretärin und bitte dringend, empfangen zu werden.

Der Brief sei in teuflischem Englisch abgefaßt gewesen. Auf den ersten Blick habe er sich wie die Liebeserklärung eines heillosen Faschisten gelesen. Auf den zweiten aber habe er sich als eine einzige Bosheit entpuppt, als Kunstwerk in Zweideutigkeit und Insinuation. Zur angezeigten Zeit seien sie hingefahren, Mona habe nicht anders gekonnt, als sie den alten Cadillac gesehen habe, den Jan Willem aufgetrieben hatte. Und als sie ihn selber sah, der hemdsärmlig in Knickerbockers, weißer Weste, Hosenträgern und Strohhut am Steuer saß, die Karikatur des Großen Gatsby. So sei sie als

Sekretärin mitgekommen, auch wenn ihr Jan Willems Kampagne unheimlich geworden war wie die Ruine. Sie seien vorgefahren am verrammelten Tor der Festung und hätten melodisch gehupt, ohne im Haus eine Bewegung auszulösen. Sie habe nie gewußt, ob alles das fürchterlich komisch oder todernst zu nehmen war, aber Jan Willem hatte einfach eine weitere geschlagene Stunde gewartet. Die Financial Times, die er auf dem Steuer entfaltet habe, habe seine Verkleidung vollständig gemacht. Entweder gab es diese Frau nicht mehr, oder sie war geflohen. Was hast du eigentlich davon, habe sie Jan Willem gefragt, aber der habe ihr nicht geantwortet. Dann habe sie an den ermordeten Großvater gedacht und sich etwas gefaßt. Sie verstehe ihn ja, aber warum er mit seinem Entsetzen solche Scherze treiben müsse. Jetzt identifizierte er sich plötzlich mit dem Prediger von Staphorst, und hatte sonst für diese Christen nur scharfe Worte übrig gehabt, fast so schlimme wie für die Nazis. Sie kannte ihn doch weniger, Mona, als sie gemeint hatte. Es war am Ende mehr Christentum in ihm, als er wußte –

Fall nicht so herein.

Weißt du was Schöneres?

Ein Austausch ohne Worte, und vielleicht bilde ich mir ihre Antwort nur ein; vielleicht mache ich mir auch zuviel aus unseren Erinnerungen. In die will sie nicht mehr eingeschlossen sein. Ihre Augen sagen: wenn du glaubst, ich versteh mich selbst nicht, so besorgst du das schon einmal für mich, ja? Du hast ja sonst nichts zu tun.

Alles ohne Worte, denn Worte würden noch mehr stören. Etwas sage ich dann doch:

Hat er dir erzählt, wer Mentens Haus angezündet hat?

Eigentlich nicht.

Zwei Tage nachdem die Villa heruntergebrannt war, meldete sich der Täter in Rotterdam, ein etwa fünfzigjähriger Mann ohne feste Wohnung. Er war im Auto gekommen, hatte in einer nahen Tankstelle Flaschen mit Benzin gefüllt und von der Straße gegen Mentens Haus geworfen. Dann war er abgefahren, ohne das Feuer anzusehen. Es gab nicht den geringsten Hinweis auf ihn, er hätte unbekannt bleiben können. Er hatte in Dachau gesessen. Es war nicht sein erster Anschlag. Früher hatte er den holländischen Verlag von »Mein Kampf« angezündet. Er war psychiatrisch behandelt worden. Jetzt wurde er rechtmäßig verurteilt. Die holländische Justiz ist ausgewogen. Sie behandelt ein Kriegsopfer nicht anders als einen Kriegsverbrecher.

Woher weißt du das alles? fragt Mona.

Opfer sind meine Spezialität, sage ich.

Jan Willem hat diesen Mann einfach vergessen. Er war zu scharf auf Meta Menten.

Übrigens kam eine Notiz ins Hotel zurück, Jan Willems Freund hatte sie telefonisch angenommen:

The lady you wanted to meet thanks you.

Da wollte Jan Willem auf der Stelle wieder hin, und Mona sagte: Wenn du gehst, hast du mich gesehen. Für immer.

Er sei nicht gegangen, meint sie.

10

Auch etwas Kunstgeschichte muß noch sein, wenn sie stöbern. Jan Willems Fälscher begleitet sie, und ihn läßt sich Mona, anders als Menten, gefallen.

Schwindel aus Glück, immer noch ein bißchen Schwindel, aber keine Lähmung, und jeden Tag, immer wieder die große Müdigkeit. Aber die Liebe.

Heute merkt sie die Müdigkeit mehr als sonst: man war lange unterwegs. Aber Jan Willem ist ja auch da. Warum, erzählt er mir nicht gleich selbst.

Mijnheer, er bedurfte Monas Drängen nicht. Er suchte meine Gesellschaft, er zeigte sich sehr artig. Er hat gewonnen.

Er sieht mich ungern allein in diesem großen Haus. Das sagt er ohne Umschweife, und meint damit nicht, daß ich es vielleicht anzünde. Ich tue ihm zwar nicht leid, er will mich nämlich nicht kränken. Er weiß nur, daß ich jetzt allein bin und etwas vermisse. Er redet beinahe, als wisse er, wovon.

Wir müssen mal etwas zusammen unternehmen, sagt er.

Ja, er hat gewonnen.

Er erinnert sich gern an unsern Ausflug nach Rotterdam. Er weiß ein Restaurant, wo man vorzüglich ißt, indisch, nicht indonesisch! Er hat mein Urteil über die »Emmaus-Jünger« geschätzt.

Schade, daß ich gestern nicht dabeigewesen bin, in Nijenhuis. Ich habe etwas versäumt. Allerdings müßte ich schon alleine gehen. Jan Willem fürchtet nämlich, er darf sich in Nijenhuis nicht mehr blicken lassen.

Vielleicht fährst du allein? fragt er. Dann wird er rot. Das hat er doch grade nicht sagen wollen.

Gestern, Mijnheer, fuhr man nämlich in die Provinz Overijsel. In der Nähe des Städtchens Heino lebt der ehemalige Direktor des Boymans-van-Beunigen in einem kleinen bunten Schloß und hütet Schätze, von denen niemand etwas weiß, niemand etwas wissen will. Der Mann hatte damals, 1938, den Ankauf der »Emmaus-Jünger«, des neuentdeckten Weltwunders, ermöglicht, betrieben oder geschehen lassen – Jan Willem wollte es wissen und mit eigenen Augen sehen, wie der Mann damit lebte, einem Jahrhundertbetrug aufgesessen zu sein. Nach dem Krieg war er im besten Alter von seinem Posten zurückgetreten. Oder war, als van Meegeren hochging, zurückgetreten worden: Jan Willem wollte es wissen.

Das Schlößchen auf der Pferdeweide sah ganz aus wie ein schonendes Altenteil, ein malerisches Exil für einen verdienten Mann, den man vielleicht etwas verstecken, aber nicht untergehen lassen will. Jan Willem erwartete, einen wo nicht reuigen, so doch trotzigen Charakter zu finden, der sein Gnadenbrot in der Stille redlich und weltkritisch verzehrte. Aber er fand – sie beide fanden – einen quicklebendigen Greis, dessen Beweglichkeit durch einen gebrochenen Schenkelhals nur wenig gelitten hatte. Am Telefon hatte Jan Willem einen krustigen alten Mann gehört. In einem weißgetünchten Rittersaal voller Kunstschätze saß ihnen ein maliziöser Rechthaber gegenüber, der in seinem Wasserschloß eine ganz eigene Wirklichkeit aufgebaut hatte. Vor ihm auf dem Tisch stand eine unbekannte Plastik von El Greco. An den Wänden hingen Seestücke, die er für ein Butterbrot erworben und dann als echte Meister enttarnt hatte. Und im obern Stock – wegen Einsturzgefahr leider nicht zu besichtigen – hingen sieben echte Vermeer.

Sieben?!

Sieben echte.

Der Alte reichte ihm bebend vor Schadenfreude eine Glanzpapierschrift über den Tisch, in der die sieben Vermeer abgebildet, beschrieben und identifiziert waren. Ein vollständiges Familienbild des Künstlers; eine in Gobelintechnik gemalte Landschaft voll Reiter und Badender; ein kraftvoll gemalter Fisch, den man bisher Goya zugeschrieben hatte, er war aber ein Stilleben Vermeers, für Kenner an der Behandlung der Schuppen sofort erkennbar. Auch der blinde Belisarius im geschlitzten roten Jackett, den man irrtümlicherweise für Homer gehalten hatte, war vor allem andern ein Vermeer.

Warum diese Schätze dem Œuvre nicht einverleibt, in keinen Kanon aufgenommen seien?

Hä! habe der schlohweiße Alte in seinem gotischen Stuhl gelacht und sein spitzes Kinn zittern lassen, hähä! Kunststück, wenn man wisse, wenn man habe zusehen müssen, wie es im Kunstgeschäft zugehe! Alles Intrigen, alles Rivalitäten! Ein einziges Nest voll Neid, Spekulation, Ignoranz und bestochener Augen! Zum Beispiel dieser famose van Meegeren, wenn er schon darauf angesprochen werde: bis heute sei es diesem Erzfilou gelungen, zwei echte Vermeer den Dummen als sein Werk zu verkaufen –

Wie bitte: zwei *echte* –?

Allerdings! Die »Emmaus-Jünger« und das »Abendmahl«

seien über jeden Zweifel erhaben echte Vermeer. Der Abstand zu den von van Meegeren gefälschten wäre mit Händen zu greifen, wenn man die Bilder einmal nebeneinander sehen könnte. Aber man wisse ja sehr wohl, warum man sie in der Versenkung habe verschwinden lassen, hä! – Die »Emmaus-Jünger« ein echter Vermeer? – Jenseits aller Diskussion, ein echter Vermeer, einer der ganz großen Vermeer! Beim »Abendmahl« habe van Meegeren zwar etwas nachrestauriert, aber ohne die Handschrift des Genies verwischen zu können – wenn man sie sehen wolle! Aber was habe man getan? – seine Lust darin gefunden, dem van Meegeren die Frechheit abzunehmen, *alle* Vermeer, die er in Umlauf gebracht habe, seien sein Werk – eine Enthüllung, bei der so viel kollegiale Schadenfreude, so viel masochistische Sensation am Werk gewesen sei, daß man dem Lump die beiden Fälle, in denen er gelogen, sich faustdick übernommen habe, gleich ebenfalls gutgeschrieben habe! Die Blamage der ganzen Kunstwelt sei ja auch *zu* amüsant gewesen, hähä! Dabei sei sie jetzt erst vollständig geworden –

Er aber, Dr. Uilenkoop, habe immer gesagt, was sein Freund Jean Decoën wissenschaftlich bewiesen habe: den fünf falschen Vermeer stünden zwei echte gegenüber, von denen jene nicht einmal erbärmliche Kopien seien. Dazwischen liege ein Abgrund, ein kategorischer Unterschied von Finesse, Komposition, Kompetenz. *Wenn* van Meegeren die »Emmaus-Jünger« gemalt hätte, wäre er wirklich das Genie gewesen, mit dem er sich schmückte, ja, einer der größten Maler der Geschichte! Wenn! Die Wahrheit laute aber so, daß er ein trauriger Dilettant gewesen sei, der sich mit jedem Pinselstrich verrate. Man brauche ja nur seinen letzten Streich, den unter Aufsicht gemalten »Lehrenden Jesus im Tempel« anzusehen, der an Flachheit schwerlich zu überbieten sei. Es bleibe ein Rätsel, wie man aus dieser Sonntagsmalerei zu schließen gewagt habe, das sei die Hand der »Emmaus-Jünger«, des »Abendmahls«! Die wahre Herkunft dieser beiden Wunderwerke werde sich zweifellos noch erhellen, denn eines Tages würden gewisse Leute sprechen, hähä! Das aber werde auch der Tag sein, an dem die wahren Kenner vor aller Welt rehabilitiert daständen, die ihrem geprüften Urteil seit 1938 die Treue gehalten hätten! Dann dürften die »Emmaus-Jünger« wieder so echt heißen, wie sie immer gewesen seien! Und die vielen arglosen Kunstfreunde, die damals ihr Opfer für den Ankauf gebracht hätten, bekämen ihre Ehre zurück!

Aber noch gehe es eben mit dem Teufel zu! Die gezielte Mystifikation, die absichtliche Begriffsverwirrung wisse ein ganz neues, umstürzendes Vermeer-Bild unter Verschluß zu halten, das mit dem liebgewordenen Genre-Maler, dem Mystiker des kleinen Formats aufräumen würde. Wir sollten uns nur diesen Fisch betrachten: auch *das* sei Vermeer! Ein *anderer* freilich, aber was für einer! Keine Sorge, die »Sphinx von Delft« werde antworten, wenn man endlich so frei sein werde, ihr die richtigen Fragen zu stellen!

Jan Willem habe atemlos zugehört. Jetzt existierten also nicht nur echte und falsche Vermeer, sondern auch falsche van Meegeren, die sich als wahre Vermeer entpuppen würden, um Dr. Uilenkoop seine verlorene Ehre zurückzugeben. Und um ihr nachzuhelfen, kröne der alte Mann nicht nur das Werk des Fälschers, indem er ihn zum *doppelten* Fälscher erhebe, sondern setze es in phantastischem Starrsinn fort, indem er seinerseits immer neue Vermeer erfinde. Am Ende stelle er Vermeer nicht mehr als eine Gestalt der Kunstgeschichte, sondern die Kunstgeschichte als ein Werk Vermeers dar. Der Meister mit dem schmalen Œuvre verwandle sich unter dem Geierblick dieses Kunsteremiten allmählich in einen geisterhaften Schöpfer der Kunst selbst, dessen Ausflüsse an unerwarteten Stellen zutage träten. Ohne Kunst kein Vermeer, werde allmählich zur Behauptung: ohne Vermeer keine Kunst; kein Bild ohne Vermeer! Der Maler, der in der Geschichte der Kunst beinahe untergegangen wäre, beginne sie im Kopf dieses Alten zu umfassen und zu verschlingen. Wo es malt, ist Vermeer; Vermeer, wo etwas gelingt; in jedem Zweifel über jeden Zweifel: Vermeer; das Ende der Buchweisheit: Vermeer! Was für die frommen Litaneien der Mystiker OM sei, sei für den Alten in seinem Kirchweihschlößchen *Vermeer*: die Wünschelrute zum großen Trugbild des Universums. –

Beiläufig, Mijnheer, wäre damit mein Auftrag erfüllt.

Bieten Sie nicht auf die Sammlung im Singer-Museum. Reisen Sie nach Nijenhuis zum alten Doktor Uilenkoop. Dort hängt Ihre Vision auf dem Dachboden in Gestalt eines toten Fisches auf einer schadhaften Tonschüssel. Dr. Uilenkoop klagt über die karge Hand Ihrer Regierung. Er bekommt immer weniger Geld zur Erfindung neuer Vermeer. Sehen Sie zu, ob Sie ihm diesen Fisch abkaufen können. Im Kunstführer, den Sie mir in meinen Keller stellen ließen, steht zwar, Dr. Uilenkoop habe in seiner Sammlung leider keine echten Vermeer vorzuweisen. Falsch, Mijnheer, er hat *nur* echte Vermeer. Er hat Ihren Fisch erbeutet. Zwar versichert er, die Bilder gehörten einer Stiftung, er könne nicht darüber verfügen. Aber wo es mit Geld zugeht, darf Ihnen kein Ding unmöglich sein. Kaufen Sie das Schloß mit Wall und Graben, kaufen Sie den alten Kastellan gleich mit, verschaffen Sie ihm eine neue Hüfte. Der Kampf mit so vielen Engeln hat ihn seinen Verstand gekostet. Aber er hat das Bild, das Sie suchen. Wenn alles Vermeer ist: warum nicht auch dieser Fisch von Goya? Er ist ein grandios zu Tode gemaltes Geschöpf. Sie haben nie einen stilleren Gegenstand gesehen. Es ist genau das Bild, um mit der Welt abzuschließen. Mijnheer, vergessen Sie Ihre Auktion. Lassen Sie mich meinen Auftrag vergessen. Vergessen Sie den Fisch, betrachten Sie ihn. Kaufen Sie ihn, wenn Sie können.

Aber seien Sie auf der Hut: Doktor Uilenkoop ist vor Gästen gewarnt. Denn Jan Willem soll sich, nachdem er die Sprache wiedergefunden hatte, vor Dr. Uilenkoop erhoben und ihm ins Gesicht gesagt haben:

Und wissen Sie, was Sie sind? Sie sind ein gefälschter Gartenzwerg!

11

Erinnern Sie sich, Mijnheer, an die Praxis des Kardiologen Veenendaal? Sie ist nicht zu vergleichen mit den Instituten von Professor Smolders. Sie reicht kaum dazu aus, Jeannettes Modewünsche zu erfüllen. Sie liegt in einem Keller wie meine eigene. Man tritt in einen grün gestrichenen Flur, der bereits künstlich beleuchtet ist, und wird von einer Blondine – sie hat gewechselt, aber auch die Neue ist blond –, nach seinen Wünschen gefragt. In der Praxis des Herzarztes muß man auf dringende Wünsche gefaßt sein. Die Dame an der Bar kann nicht wissen, daß ich von Haus aus blaß bin am hellichten Tag, und bei Kellerlicht wirke ich wohl abscheulich, besser: erschreckend blaß. Aber betrachtet sie mich als Notfall? Sie betrachtet mich gar nicht. Sie spricht, da sie mich für einen Durchreisenden hält, ihr bestes Englisch mit mir, spricht es mit Bravour und reizenden Fehlern. Sie sieht mich nicht, aber das kennen wir schon.

Es hat ja durchaus keine Eile. Ich darf mich in den Korridor setzen, neben einen jungen Amerikaner, der sich bei zwei älteren Holländerinnen immer wieder vergewissert, ob er hier am rechten Ort sei, und dazwischen ein unglaublich zerlesenes Paris-Match-Heft durchblättert. *I need a shot, I am a diabetic*, you know. Er hat also Zucker wie Sie, Mijnheer, man würde es ihm nicht ansehen. Er wirkt ausgesprochen blühend in seiner Nervosität. Auch die holländischen Damen unterhalten sich in meinen Ohren eher behaglich über ihre Gebresten, die schreckliche Namen haben. Aber das mag am Niederländischen liegen, in dem auch das Schrecklichste diesen Gemütston annimmt.

Wir warten alle schon lange. Es ist ein Glück, daß ich gelernt habe, auf sogenannte Zerstreuung zu verzichten. Ein wenig hilft mir auch die Spannung über die tote Zeit hinweg. Diesmal meine ich starke Karten in der Hand zu haben. Auch wenn ich kein Notfall bin, Dr. Veenendaal soll sich noch wundern.

Schließlich werde ich doch als erster ausgerufen über einen Lautsprecher, der mich zusammenfahren läßt. Aber warum soll sich die blonde Hilfe aus ihrer immerhin zehn Schritt entfernten Theke bemühen? Die andern haben mich öfter und keineswegs verstohlen gemustert, wie man das unter Patienten tut. Man will doch wissen, wie schlimm der andere dran ist. Offenbar bin ich der schwerste Fall, und doch habe ich kein Erschrecken in den Gesichtern gelesen. Meine Unauffälligkeit, Mijnheer, hätte mich stutzig machen können. Aber ich betrat das Konsultationszimmer, das als solches bezeichnet war, nach kurzem Klopfen mit festem Schritt.

Da saß er ja wieder, Frau Jeannettes Mann, von aller Hilfe verlassen hinter seinem Tisch, von dem er sich meinetwegen nicht erhob. Schließlich kennen wir uns längst. Vielleicht bleibt er auch aus Überraschung sitzen, weil er mich nicht mehr hier erwartet hat, oder aus Unwillen, den er beherrscht. – Sie? fragt er. – Was kann ich für Sie tun? Es ist eine dienstliche Formel, die dahingestellt läßt, daß ich ein Ungeheuer bin. Er bittet mich nicht, Platz zu nehmen, aber ich tue es von selbst.

Bitte, Herr Kollege? sagt er, ohne eine Miene zu verziehen.

Ich bin nicht Ihr Kollege.

Sie behandeln meine Frau. Ohne Patent, soviel ich weiß.

Mijnheer, die Stirn dieses Mannes bleibt glatt, die wenigen Furchen darauf professionell, nur sein Lächeln hat auf einmal etwas leise Verächtliches; ich glaube nicht, daß es mir gilt. Er belächelt das allgemeine Menschenwesen, das vor seinem Hausstand nicht haltgemacht hat, sondern aus allen Falten und Ecken ärgerlich unreif hervorsieht, spitzbübisch hervorkriecht. Er ringt nicht mehr um Fassung, er hat sie erworben. Wie teuer, verrät auch sein Lächeln nicht.

Meine Frau ist kontaktfreudig, sagt er.

Sie interessiert sich für ein altes Heilverfahren, das ich betreibe, sage ich.

Und was fehlt *Ihnen*?

Das wissen Sie, sage ich, Sie haben es ja gleich festgestellt. Das Herz. Ich habe keinen Puls. Um mich sachdienlicher auszudrücken, fehlt mir leider das patentierte Vokabular. Aber Ihnen steht es zu Gebote, und Sie verfügen über Mittel und Apparate, meinen Fall aufzuklären. Ich kann mir nicht denken, daß das ohne akademisches Interesse ist. Ich biete Ihnen meine Zusammenarbeit an.

Für? fragt Dr. Veenendaal.

Für ein Forschungsprojekt, sage ich.

Ich soll Sie beschreiben?

Wenn Sie es so ausdrücken wollen.

Ich habe damals Ihren Puls nicht gefunden, sagt er, das stimmt. Das EKG hat nicht angesprochen. Dafür gibt es eine triviale Erklärung. Ich bin nicht unfehlbar, und ein Gerät kann es auch nicht sein.

Bitte –. Ich halte ihm mein Handgelenk hin.

Meine Zeit ist zu teuer für Witze, sagt er. – Haben Sie Beschwerden?

Ich brauche Hilfe, sage ich. – Für Mona. Sie haben Sie beatmet, ich sage nicht: künstlich beatmet. Es sah für mich sehr natürlich aus, den Schrecken abgerechnet. Sie haben eine selbstverständliche Art, sich in Grenzsituationen zu verhalten. Ein Arzt kann eine Frau mehr oder weniger gefühlvoll beatmen. So viel sieht auch ein Laie. Gut, für Sie war es keine Grenzsituation. Sie haben ganz anderes erlebt, erleben hier täglich anderes. Ich zweifle nicht, daß Sie einen Herzkatheter legen können mit Ihrer ruhigen Hand, der Patient würde praktisch nichts merken, wenn die furchtbare Vorstellung nicht wäre. Aber Sie sedieren ja vorher, nicht wahr. Ich glaube auch, daß Sie notfalls direkt ins Herz spritzen – das ist nicht jedermanns Sache –

Er mustert mich prüfend, ich sehe ihn plötzlich nur noch verschwommen. Es schwindelt mir vor den Augen. Mein Kiefer hat zu zittern begonnen. Ich kann den Speichel aus meinen Mundwinkeln laufen fühlen, oder sind es Tränen.

Ein Arzt darf sich nicht grausen, denke ich, ich denke nicht einmal das. Mein ganzes Gesicht fließt zum Erbarmen, aber da ist kein Erbarmen, man hat sich meiner noch nie zu erbarmen gebraucht.

Dr. Veenendaal steht von seinem Stuhl auf und ergreift mein Handgelenk. Ich lasse es ihm. Es ist, als habe er mich aufgehoben, wenigstens zum Teil; da gibt es ein Stück von mir, das der Schwere gehorcht, nur noch der Schwere. Was an mir nicht fließt, das fällt, will nur noch zusammenfallen. Und alles beim Gedanken an den erlösenden Stich ins Herz. Ich habe ihn wirklich gefühlt. Da soll einer kommen und sagen, ich sei kein Vampir.

Genau sechzig, sagt Dr. Veenendaal von weit her, gut. Legen Sie sich hin, ich stütze Sie. Ich messe Ihren Blutdruck. – Siebzig zu dreißig, tief. Dabei haben Sie sich aufgeregt. Ich gebe Ihnen eine Spritze.

Ins Herz, denke ich. Nicht ins Herz. Kein EKG, denke ich, keine der bekannten Manipulationen. Ich kann keine Krankheit übernehmen und diesen Mann entlasten. Ich muß *ihn* belasten, nicht er mich. Es geht nur um Mona.

Es geht schon besser, sagt er. –

Besser. Wegen des bißchen Wärme in meinen Adern. Mit Kalzium und Vitaminzusatz stopft man kein schwarzes Loch.

Ja? fragt er.

Ich antworte nicht.

Ich lasse Sie drüben etwas ausruhen, sagt er.

Nein, sage ich. Jetzt muß der Mann Verantwortung übernehmen. Ein bißchen Chemie tut es nicht mehr. Ausruhen kann ich mich auch in meinem Kasten.

Wenn Sie mich fragen, sagt er, Ihre Schwäche hat Gründe, die wir nicht weit zu suchen brauchen. Sie ernähren sich einseitig, Sie gehen nicht an die Sonne, und vor allem haben Sie sich bei Monas Pflege übernommen.

Sie stört mich mit ihrer Krankheit, sage ich. Sie darf nicht so lange leiden. Ich verbiete es. Es ist abscheulich, das Leben nicht mehr vor sich zu haben.

So, sagt Dr. Veenendaal.

Sie ist auch verliebt, sage ich. Sie hat einen jungen Mann, sie braucht noch Zeit. Wieviel Zeit hat sie denn noch?

Mein Freund, sagt Dr. Veenendaal, wir wissen es nicht. Und was ist das für ein junger Mann?

Mijnheer, wie konnte ich seine Neugier vergessen. Er war ja auch einmal ihr junger Mann. Ganz ohne Liebe hat sie es nie getan. Aber das ist lange her, und der Körper hat kein Gedächtnis. Er kennt ihn nur noch als Arzt. Kennt er ihn wenigstens als Arzt?

Stich mich ins Herz, sonst muß ich sie töten.

Dr. Veenendaal hört mich nicht, er wartet auf meine Antwort.

Er ist Student, sage ich, Kunstgeschichte. Kein Typ zum Verlieben, nicht auf den ersten Blick. Man muß ihm wohl einen zweiten geben. Jetzt liebt sie ihn wirklich.

Und Sie?

Ich, frage ich, warum ich?

Sind Sie wirklich wegen Monas Krankheit gekommen, oder wegen Mona?

Das ist der Augenblick, wenn er vorbeigeht, ist alles verloren.

Stich mich ins Herz, sonst muß ich sie töten, schreie ich.

Er scheint zu warten, er lächelt wieder: wann schreie ich denn laut genug?

Mensch, sagt er, Sie lieben sie doch. Das sieht ein Blinder. Verstecken Sie sich doch nicht.

Mein Mund steht immer noch offen.

Was soll denn das? fragt er.

Ich muß aufgesprungen sein, ihn geschüttelt haben, am Rockkragen hinten und vorn geschüttelt. Wenn man den gefaßten Mann schwanken sehen will, wenn man sein Gehör aufbrechen muß, gibt es kein anderes Mittel. Meine Kräfte sind, Schwäche hin oder her, immer noch die eines Ungeheuers. Ich muß es dreimal sagen: *Stich mich ins Herz. Sonst muß ich sie töten.*

Ich habe seinen Mund mit dem leicht herabgezogenen Winkel genau unter meinen Augen, als er sagt:

Lassen Sie nur, Samstag. Ich weiß, wie man leiden kann an einer Frau.

Es ist nicht zu fassen, ich schreie, ich schreie heraus, was ich diesem Arzt wirklich sagen will, ich habe es dreimal über die Lippen gebracht, und er hat keinen Ton gehört – keinen Ton! Und kommt mir dafür mit einem himmelblauen Verdacht, einer Klamotte von Gefühl, einem Roman. Gut, ich lasse ihn. Ich trete zurück. Ich lache nicht einmal, vielleicht empfängt er ja auch mein Gelächter nicht. Was habe ich für ein wunderbares Notrufsystem: wenn ich wirklich um Hilfe schreie, verlasse ich ihren Frequenzbereich wie eine Fledermaus, verliere ich ihr Ohr. Dann ist Mona verloren.

Lassen wir ihr doch eine Liebesgeschichte, sie versäumt ja nichts. Und wenn alle Stricke reißen, sind wir immer noch da.

Oder sollten Sie dann gar nicht mehr dasein? fragt er jetzt mit boshaftem Lächeln.

Mijnheer, Sie haben es gehört, nicht wahr? Mit einem guten Stich hätte er's tun können, dann wär's getan gewesen. *Mehr* darum bitten war mir nicht möglich –

12

Suchen Sie etwas? fragte ich den jungen Menschen vor der Tür.

Ich hatte Frau Professor Smolders hinausbegleitet. Er war offenbar vor Monas Tür gewesen, jetzt stand er vor meiner, stand schon eine Weile da, ich hatte es während der Behandlung gespürt. Der Salzgeschmack auf meiner Zunge war nicht mehr derselbe, Maaikes Blut schmeckte nach Jod und See.

Der junge Mann hat Maaike nachgesehen, aber meine Frage erschreckt ihn nicht im geringsten. Er trägt Jeans, einen lindgrünen, grob gestrickten Pullover über der nackten Haut und geht barfuß. Es ist kein sommerlicher Abend heute, aber seine Haut ist durchgehend braun, als hätte er sonst noch weniger am Leib. Sein langes, gepflegtes Haar fließt über seine Schultern. Er hat einen Bart und kindliche Augen.

Das hast du gut gemacht, Samstag, sagt er und blickt Maaike nach.

Woher kennen wir uns?

Ich kenne dich von Zeichnungen.

Von Zeichnungen, frage ich, was heißt das?

Fraukes Zeichnungen. Ich bin ihr Lehrer.

Ihre Mutter ist weggefahren, sage ich. – Es kann spät werden.

Er nickt, als wüßte er schon Bescheid. Sehen Lehrer so aus? Setzen die sich einfach auf die Haustreppen ihrer Schüler, betrachten ihre Füße und schweigen in Gegenwart eines Unbekannten, den sie ohne Umstände geduzt haben?

Magst du Frauke? fragt er mich, er hat eine gedämpfte, etwas verschleierte Stimme. Seine Augen bleiben arglos. Ein Bauernsohn, denke ich, der geradewegs in eine Wohngemeinschaft übersiedelt ist und damit keine Probleme hat; dort wohnen ja viele blasse gedrückte Leute und warten auf frisches Blut. Bestimmt spielt er Gitarre. Er muß eine fröhliche Mutter gehabt haben, ich sehe sie in seinen Augen, die aber nichts Weibliches haben, allerdings auch nichts sehr Männliches.

Haben Sie Familie? frage ich.

Ich habe eine Freundin, und wir haben ein Kind. – Warum bist du ein Mörder?

Ich setze mich nicht neben ihn auf die Treppe, obwohl er zur Seite gerückt ist. Solche Einladungen bin ich als Toter nicht gewöhnt, solche Fragen auch nicht.

Bitte? frage ich.

Frauke zeichnet dich, und dazu schreibt sie: Mörder.

So, sage ich steif, und diese Zeichnungen gehen Sie etwas an.

Sie zeigt sie mir eben, sagt der junge Mann.

Sie sind also Fraukes Lehrer, sage ich. – Seltsam. Von Ihnen hat sie fast nichts erzählt.

Hast du denn gefragt?

Ihre Schule geht mich ja nichts an, sage ich.

Sie spielen eine wichtige Rolle für Frauke, sagt er.

Und darüber will er nun mit mir reden. Ich bin Gast hier, vorübergehend, künstlerischer Berater eines wahnsinnigen Sammlers. Im Oktober verschwinde ich wieder. Ich bin keine Adresse für sein Gespräch.

Gut, sagt er, aber am 28. August verlobst du dich mit Frauke.

Wer sagt das?

Sie selbst.

So, sage ich, am 28. August. Davon weiß ich gar nichts.

Er hört nicht auf, mich anzusehen. –

Sie sehen, mein Herr, sage ich, daß Sie mit einem wildfremden Menschen nicht über die Phantasien Ihrer Schülerinnen reden müssen. Sie verlieren Ihre Zeit.

Das kommt auf dich an, sagt er, ich verliere meine Zeit nie. Wildfremd ist gut. Wild!fremd!

Sie mögen ja ein Sponti sein oder so was, sage ich, aber wenn Sie hier auf Frauke warten wollen, dann brauchen Sie meine Gesellschaft nicht. Sie erlauben, daß ich mich zurückziehe.

Nein, sagt der Junge.

Ich habe mich schon umgedreht, da fühle ich mich beim Arm gefaßt, ohne Umstände und mit Festigkeit. Ich blicke auf diese Hand herab, eine typische Bauernhand auf meinem schwarzen Tuch, aber davon geht sie nicht weg.

Höre, sagt der Mensch, ohne mich loszulassen, du magst ja nicht lange hier sein und gleich wieder gehen wollen. Aber für diese kurze Zeit hast du allerhand geleistet.

Ich bin kein Mörder, wenn Sie das meinen, sage ich, und wenn Sie nicht loslassen, rufe ich die Polizei.

Ruf doch, sagt der Mensch, sein Gesicht, in das ich wohl

oder übel hinaufsehe, ist voll Vergnügen, es gefällt ihm geradezu, mich gegen meinen Willen festzuhalten.

Du lebst, sagt er.

Er hat mich losgelassen, verläßt sich drauf, daß einer nach einer solchen Behauptung nicht wegläuft.

Setz dich doch, sagt er freundlich.

Ich setze mich auf die Treppe in die Sonne.

Ich fasse die Leute an, sagt er.

Ihre Schüler auch? frage ich, warum frage ich atemlos, als wäre ich zwei Treppen hoch gestiegen. Ich bin nicht sein Schüler, ich bin nicht klein.

Wenn sie's brauchen, sagt er.

Unten steht ein silbern gestrichenes Fahrrad gegen den Baum gelehnt, der fährt also mit bloßen Füßen Rad, und in diesem flachen Land braucht man natürlich keine Übersetzung.

Kommen Sie später wieder, Frau Mona ist oft unterwegs, sage ich.

Mit ihrem neuen Auto. Ich hätte auch gern so eins.

Wenn Sie Lehrer sind, haben Sie Geld genug, sage ich.

Nicht für ein Auto, sagt er.

Ein Konsumverweigerer, denke ich, ein Grüner, kein Wunder in einer Wohngemeinschaft. Eben bin ich noch ein Kind gewesen, und jetzt beginne ich die Sätze alter Leute zu denken. Oder sind auch das kindliche Sätze? Ich bin doch nicht neidisch. Der ist ja selbst noch ein Kind, wie komme ich dazu, wie ein Schüler vor ihm zu stehen. Dabei sitze ich längst, zu seinen Füßen, wegen der engen Treppe. Kein Platz für einen älteren Mann, wenn man nicht geradezu Vagant ist. So schnell brauch ich mich doch nicht aufzugeben. Der Junge hier sieht ja viel eher aus wie einer, wie ein Vagant. Mir ist wider Willen feierlich zumute. Er betrachtet mich aufmerksam, die Sonne scheint ihm nichts auszumachen, er muß nicht blinzeln. Ich erwidere seinen Blick, und er lächelt nicht.

Sie sind nicht zufällig der gute Hirte? frage ich, um etwas zu sagen.

Wie kommst du auf den? fragt er.
Sie gleichen dem in der Kinderbibel, sage ich.
Jeder gleicht ihm.
Ich nicht, sage ich.
Du auch, lacht er freundlich, oder glaubst du, der habe nie an Mord gedacht? Das wäre doch auch für ihn viel einfacher gewesen. Enttäuschte Liebe, davon hatte er ziemlich viel. Wenn es das gäbe. Aber enttäuschte Liebe ist gar keine Liebe.
Also doch ein Sektierer. Ich sitze mit einem Freak auf der Treppe. Amsterdam! Daß er Lehrer ist, spricht nicht dagegen, in Amsterdam unterrichten auch Freaks. Auf der Grachtmauer gegenüber steht in gelben Buchstaben: *Jesus shaves*. Darum bin ich grade auf den gekommen.
Ich habe keine Bart, sage ich.
Hättest du gern meinen? fragt er.
Mein Haarwuchs ist kein Thema, sage ich, Sie sind kaum deswegen hergekommen. Und nehmen Sie doch Ihre Augen von mir weg.
Es stört mich, wenn einer mich ansieht, als habe Augenkontakt nichts zu bedeuten. Ich trage mein Schwarz nicht für jedermanns Neugier. Ich könnte immer noch aufstehen, auf der Stelle. Schließlich habe ich mit dem Herrn hier keine Säue gehütet –
Man könnte dich für einen Geistlichen halten, sagt der Junge.
Warum? frage ich.
Du bist bibelfest, sagt er.
Es schickt sich durchaus nicht, meine Gedanken zu lesen, junger Mann. Außerdem werden nicht nur in der Bibel Säue gehütet. Ihr starker Bart berechtigt Sie noch lange nicht zur Indiskretion. *Jesus shaves*. Der dümmste Witz genügt schon, so einen auf meine Treppe zu locken. So machen es die jungen Leute hier, sie fahren auf ihren Wohnbooten vorbei, im Licht ihrer Schiffslaterne sprühen sie ihre Sprüche an die Wand, und am Morgen stehen die Sprüche da. Vielleicht ist er einer

von denen. Und will auch noch Lehrer sein. Sie wollen immer gleich alles, diese jungen Kerle, ganz viel von allem.

Sie sind wegen Frauke gekommen, sage ich, warum kommen Sie nicht morgen wieder, dann ist Mona zurück. Ich bin nicht Träger elterlicher Gewalt.

Was für ein Träger bist du denn? fragt er.

Ich antworte nicht, aber das Sitzen tut auf einmal wohl, als hätte ich eine schwere Last getragen. Das gibt es gar nicht.

Elterliche Gewalt, sagt er, die armen Eltern.

Jaja, denke ich, immer das Neueste. Die armen Eltern, die armen Opfer *ihrer* Eltern, die zur Strafe für alles, was ihnen angetan wurde, ihre Kinder opfern, sobald sie welche haben, und womöglich haben sie sie nur dazu. Nur schuld sein will keiner, alle sind arme Eltern, und alle haben arme Eltern gehabt.

Du hast Gewalt über Frauke, sagt er. Sie zeichnet dich, darum habe ich dich gleich erkannt.

Wenn Sie meinen, sage ich, daß Frauke in der Schule nicht immer zeichnen sollte, dann haben Sie wahrscheinlich recht, aber bei mir dürfen Sie sich nicht beschweren.

Ich beschwere mich nicht, sagt er, ich denke nach. Frauke kommt in die Schule, sie spricht nicht mit mir, auch nicht mit ihren Nachbarn, sie nimmt ihre Blätter aus der Tasche und beginnt zu zeichnen.

Das stört Sie, sage ich.

Ich bin Lehrer, sagt er, ich werde dafür bezahlt, gestört zu werden. Nein, es wundert mich nur. Frauke war immer die beste Schülerin, was man so nennt. Jetzt benutzt sie die Schule für etwas anderes. Darüber denke ich nach.

Es ist die Zeit der Zeugnisse, sage ich, für Fraukes Verhalten gibt es keine Zensuren.

Zensuren? fragt er, als höre er das Wort zum ersten Mal. – Das ist nicht unser Problem.

Etwas müssen Sie ins Zeugnis schreiben, sage ich.

Sicher, sagt er, als müsse er mich beruhigen.

Dann sehe ich Ihr Problem nicht, sage ich.

Aber du siehst Frauke, sagt er.

Eine ganze Weile schon nicht mehr, sage ich. – Sie zeichnet ja nicht nur, sie ist in ihren Zeichnungen verschwunden. – Ich lache.

Eifersucht tut weh, sagt er. – Da du nicht daran sterben kannst, möchtest du dafür töten.

Was fällt Ihnen ein, will ich sagen. Von mir war nicht die Rede, will ich sagen. – Über der Leidse Straat geht die Sonne unter, der Wind in den Grachtulmen flüstert überlaut, aber ich höre nicht, was er sagt.

Du beschäftigst dich mit Kunst, nicht wahr, sagt der Junge. – Aber Frauke zeichnet um ihr Leben.

Mein Herr, sage ich, das war Ihre Unterscheidung. Ich finde sie arrogant. »Ich mache Kunst, und sie zeichnet um ihr Leben.« Ich mache gar keine Kunst, ich habe einen Auftrag zu erfüllen und komme nicht dazu. Dafür ist dieses Haus hier zu lebendig. Die Sorgen dieser Leute sind gar nicht meine Sorgen, Herr. Ich mische mich nicht ein, ich werde hineingezogen. Man respektiert nicht, daß ich hier fremd bin. Und nun kommen auch Sie noch und versuchen mir Verantwortung anzuhängen. Ich übernehme keine. Im Oktober reise ich ab, dann kann Frauke zeichnen, was sie will, und ihre Mutter –

Ich höre auf, ich höre meine Stimme, und dann klingt jedes Wort wie eine Lüge.

Du bist allein, sagt der Junge, als wäre das eine Antwort. – Das hast du dir so eingerichtet. Aber du hast etwas vergessen: die Katze.

Er will mich verblüffen. Warum geht er nicht gleich durch eine Wand oder über das schwarze Wasser da unten, meinetwegen barfuß, wenn er nur geht. Wirklich, jetzt steht er auf und zieht das Rad an sich wie einen Freund.

Die Katze ist nämlich das Letzte, was Frauke gezeichnet hat, sagt er. – Ich vermache sie dir.

Bitte? frage ich.

Du gehst also immer noch zu den Ärzten, sagt er, warum

bettelst du um dein Leben? Du bist nicht zum Tode verurteilt. Dafür gibt es allerdings auch keinen Freispruch.

Ich bettle um *mein* Leben?! frage ich.

Nimm's doch einmal geschenkt. Das ewige Totstellen ist doch eine Strapaze. Dafür bist du zu alt.

Halten Sie es etwa für ein Spiel? frage ich, und jetzt muß er meine Zähne sehen.

Wofür hältst *du* es denn? Du bist nicht zum Tode verurteilt. Du mußt nur sterben wie jeder andere. Das ist ein kleiner Unterschied, aus dem du eine große Rolle machst. Was bringt sie dir? Kein Leben, das ist wahr. Aber davon wirst du noch lange nicht tot. Nur schief. Es reicht dir zu ein bißchen schlechter Haltung, das ist alles.

So, sage ich, und was kriege ich sonst? Wie wär's denn mit ein bißchen Mitleid, wenn Sie schon den ganz großen Überblick haben? Sie nennen die Viecherei also ein Spiel, dann sagen Sie mir gefälligst: wo ist mein Spaß bei diesem Spiel?

Siehst du, sagt er, sie ist doch über jedes Mitleid erhaben, deine unheimlich große Rolle. Schau dir zu, was du mit Mitleid anfängst, wenn es dir begegnet. Wie du ihm übers Maul fährst. Bei dir möchte ich nicht Mitleid spielen.

Und wenn Sie es mal nicht *spielten*, sage ich, wenn Sie es *empfänden*, junger Herr?

Dann wäre es etwas Besseres als Mitleid.

Es gibt also kein Mitleid.

Nein, sagt er, wir würden nie genug davon kriegen, wenn wir damit anfingen, und erst recht kaputtgehen. Es ist eine Sucht. Wir brauchen etwas Besseres.

Wenigstens ist er kein Freund von Sucht, der junge Mann, das ist in Amsterdam schon ein Lichtblick. Sein Gesicht ist streng, sogar hart, wenn ich es jetzt betrachte. Ich versuche es mit Fraukes Augen zu sehen, da wird es ein schönes Gesicht. Es tut mir leid, daß ich ihn mit Fraukes Augen nicht ansehen kann, ohne zu heulen. Aber da ich nicht Frauke bin, heule ich zu leise für sein Ohr, zu weit entfernt wie die Wölfe in Transsylvanien.

Ja, sagt er, wir gleichen uns. Und jetzt geh.

Ich habe recht gehört. Der schickt mich tatsächlich von meiner eigenen Schwelle fort. Wer ist auf so etwas gefaßt. Mir brennt das Herz.

Kommen Sie nie wieder! sage ich. – Nie wieder.

Er neigt den Kopf. Er sagt mir nichts, der Mensch. Das wäre noch schöner.

13

Mein Gott, da sitzt er mir gegenüber, irgendwo auf dem flachen Lande, und ich kann ihn nicht halten. Ein Charakter, der rund und positiv wird, läßt sich nicht mehr halten. Oder grade; *nur* noch halten. Er wird zum Anfassen, man soll ihm womöglich die Hand drücken. Herzliches Beileid. Versuch mich doch bitte nicht aufzurichten. Wir sind doch kein Liebespaar. Bei dem mag so was ja eine Weile gutgehn. Und jetzt will der Mensch mit blauen Augen nur noch sein Glück sehen, auch bei mir. Den Teufel, der ihn reitet, nicht gut sein lassen. Weiß er denn nicht, was sein Glück ist: daß er bisher gar nicht daran gedacht hat, einen wie mich zu halten. Weiß er nicht, wie tief ich ihn dann fallen lasse?

Nein, behüte. Er denkt doch gar nicht dran, mir zu helfen. Er gibt sich erst zu erkennen. Er zeigt sich als starke Figur. Vorläufig ist das ein Gespräch von Mann zu Mann, im Klartext, zum ersten Mal. Er legt, was er für gute Karten hält, auf den Tisch. Der Tisch steht in *T'Bonte Paard* zu Laren. Aber es wird noch besser kommen, wozu ist man des Teufels, wenn man das nicht kommen sieht.

Sagen Sie mir nicht, Sie hätten es nicht gewußt.

Der junge Mann blickt mich über den Tisch voll kleiner Orientteppichmuster an. Es ist derselbe junge Mann, dem ich mit meiner Hausgenossin Mona begegne, der Mann mit der komischen Mütze, die er nicht abnimmt, wenn er sie küßt mit seinen dicken Lippen. Van Helsing will er heißen. Aber Student ist er nun nicht mehr. Er hat dem Treiben im Singer-Museum lange, wenn auch nicht eben pflichtbewußt zugesehen, für ein Taschengeld. Jetzt hat er diese Ausstellung geschlossen. Er? Sein Minister, aber auf seine Veranlassung.

Bei Auktionen werden wir immer wach, sagt er. – Vergessen Sie nicht: Menten ist über eine Auktion gestolpert. Wenn er nicht hätte verkaufen wollen, wäre er wahrscheinlich noch immer ein Ehrenmann. Niemand hätte gewußt, woher seine Schätze stammen, daß Blut daran klebte. Nach über dreißig Jahren! Man wollte es auch nicht mehr wissen. Wenn Knoop nicht gewesen wäre, unsere Justiz hätte doch keine schlafenden Hunde geweckt –

Warum lachen Sie?

Er deutet zum Fenster des Lokals hinaus. *Dierenspecialzaak*, sagt er, trimsalon *Blaf*.

So steht es auf der Tafel am Geschäft gegenüber, das ich zuerst für eine arme Schlachterei gehalten habe, aber gibt es arme Schlachter in Laren?

Wie Doktor Freud so spielt, sagt er. – Man redet von Hunden und weiß nicht warum. Bis man's sieht. – Ja, mein Freund Knoop hat ihn zur Strecke gebracht, allein und beinah eigenhändig – unsere Justiz beeilte sich nicht. Menten war ein zu großer Fisch. Er hatte sich ja nach 45 reinwaschen lassen. Durch einen Juden, seinen Alibi-Juden aus dem Krieg. Den hielt er sich damals, um seine Bilder im Osten Europas einzutreiben – nachdem ihre Besitzer nach Auschwitz getrieben waren. Er hat nachgeholfen. Mindestens einmal hat er ganz persönlich saubergemacht, in einem kleinen Dorf bei Lemberg. Keine Zeugen, dachte er, keine Überlebenden. Irrtum. Als er Jahrzehnte später einen Teil der Beute zu Geld machen wollte, meldete eine Zeitung in Israel: *Naziverbrecher versteigert gestohlene jüdische Kunstschätze*. Da wurde Knoop wach und nahm die Fährte auf. Er reiste nach Galizien, wo Menten vor dem Krieg seine Güter und Wälder gehabt hatte: da wurde grade seine Hinterlassenschaft aufgedeckt, ein

Massengrab. Knoop trieb ein Foto auf, das Menten in SS-Uniform zeigte: nachdem er geschworen hatte, diesem Verein habe er nie angehört. Knoop wies nach: Menten sprach fließend polnisch, entgegen seiner Behauptung. Knoop fand den jungen, jetzt nicht mehr jungen Mann, der von einem Versteck im Dachboden hatte zusehen müssen, wie die Bestie seine Eltern, Verwandten, das ganze Dorf schlachten ließ – erst mit Kommandos aus dem Regiestuhl, dann, dalli-dalli, auch ein bißchen eigenhändig. Knoop besuchte Menten in seiner Villa in Blaricum, der prächtigsten Villa in Holland. Damals war sie noch keine Ruine. Der Millionär spielte die gekränkte Unschuld und versuchte Knoop zu kaufen, ganz nebenbei. Knoop fütterte die Justizmaschine mit allem, was er hatte, aber sie sprang nicht an. Am Tag, als die Polizei endlich mit dem Haftbefehl in Blaricum vorfuhr, war der Vogel ausgeflogen. In die schöne Schweiz. Aber die war auch das Ende der Reise. Unser Kommissar Peters hat ihn gefaßt, mit gütiger Amtshilfe Ihrer Polizei, in einer Kleinstadt bei Zürich. »Illuster« hieß das Hotel, so was bleibt einem. Knoop war dabei. Wissen Sie, was ihm Menten gesagt hat, als er mit Handschellen aus dem Lift trat: *Ga weg, vuile rotjood.* Natürlich ließ sich auch Ihre Polizei mit der Auslieferung etwas Zeit –

Ich habe keine Polizei, sage ich.

Jan Willem lacht; er heißt wirklich van Helsing, ich habe es auf seinem Ausweis gesehen. Heute hat sich der junge Mann bei mir ausgewiesen, als Spezialagent der Reichspolizei, und heute hat er das Auktionshaus in Laren geschlossen. Nein, lacht er. – Sie haben keine Polizei. Seien Sie froh, daß die Polizei Sie nicht hat.

Wozu? frage ich.

Eben, sagt er. Wir sind froh um jeden, den wir nicht kriegen. Wir verhaften hierzulande nicht gern. Wir hätten auch Menten einen guten Mann sein lassen. Es war ein Skandal, daß uns ein Amateur Beine machen mußte, ein europäischer Skandal. Seither haben wir begonnen, uns etwas mehr um Kunst zu kümmern. Ich bin ein Produkt dieses Kummers.

Ich habe keinen Krimi bestellt, sage ich.

Diesmal wurden Sie nicht gefragt, Samstag, sagt er. – Das eine oder andere geschieht ohne Ihr Zutun. Das mag Sie kränken, aber es ist Tatsache. Tatsache ist auch: Ihren Auftraggeber in Holland gibt es nicht.

Der, sage ich.

Ja, lacht er, der. – Denken Sie, ich habe ihn lange für eine heiße Spur gehalten. Wir wußten ja erst, daß mit dieser Auktion etwas nicht stimmen konnte. Lauter unbekannte Meister aus dem schieren Nichts. Richtig ist aber: die Bilder sind echt. Sie stehen nur in keinem Katalog – nicht mehr. In solchen der Vorkriegszeit sind sie beschrieben, auch abgebildet. Nach 45 galten sie als verschollen. Jetzt tauchen sie auf – das ist natürlich eine Sensation. Aber wo haben sie ihren Dornröschenschlaf geschlafen? Das Auktionshaus weist uns an seinen Vermittler, einen Juristen – der schweigt. Das ist sein gutes Recht, Samstag: bei uns darf er seine Quelle verschweigen, das Anwaltsgeheimnis ist uns noch heilig, wie das des Arztes oder Priesters. Mein Amt muß schon selbst recherchieren, dafür ist es ein Amt. Es setzt mich also als Teilzeitwächter in Singers heilige Hallen. Ich merke mir, wer hier verkehrt, und mache mir meine Gedanken in den Dracula. Eines Tages kommen Sie daher mit einer schönen Frau. Da Sie nicht recht herpassen, kommen Sie mir wie gerufen. Ich höre – von Mona, ja –, Sie wechseln Briefe mit einem hohen Herrn, der Sie beauftragt zu kaufen – das Bild seines Lebens zu kaufen, was immer das sei.

Diese Korrespondenz interessiert mich, Mijnheer. Ich benutze Ihre nächtlichen Ausgänge dazu, sie zu suchen, und finde sie wirklich – Sie erlauben, daß ich sie fotografiert habe. War ein Stück Arbeit, Samstag. Ein Papierlager ist schon der richtige Ort, um Papier zu verstecken, und Ihre Lebensweise war zu seltsam, um nicht verdächtig zu sein. Zum Glück liefert Ihr Auftraggeber ein Selbstbildnis in seinen Briefen, das uns die Punktfahndung erspart. Ein Tabakkönig aus bester Familie, reformiert, Stilleben-Freak und blind – was will man mehr. Daß es einen solchen Mann in unserem schönen Land leider nicht gibt, hatte ich an einem Vormittag heraus – ich hatte es nicht anders erwartet. Natürlich eine Mystifikation: der Mann mußte demnach Gründe haben, im Dunkel zu bleiben. Das sind wir im Kunstgeschäft gewohnt. Wer seine Kunstschätze deklariert, der steuert sich zu Tode. Und Ostwestagenten sind Waisenknaben gegen einen tüchtigen Kunstschieber, Samstag, soviel habe ich in meinem Beruf gelernt. So dicht halten nur noch die Könige des Rauschgiftgeschäfts –

Ich mag diese Sprache nicht, van Helsing, sage ich.

Ja, sagte Jan Willem, so müssen Sie reden. Immer noch der Aristokrat, der piekfeine Erfinder. Sie haben mich erwischt, Samstag. Ich habe tatsächlich nach Ihrem Mijnheer gefahndet und mir die schönsten Motive für ihn ausgedacht. Wollen Sie eine Probe? Der große Sammler gibt sein geheimgehaltenes Lebenswerk aus der Hand. Es wird ihm zu heiß, noch profunder: es genügt ihm nicht mehr. Ihr Korrespondent stellt sich ja als rechten Mystiker vor, als Feinschmecker des Todes. Seine Schätze sollen in alle Winde gestreut werden, seine Kunst soll nicht sein. Mag ihn jetzt der Abgrund seiner Stilleben verschlingen: Vanitas. Und doch wird unser Mystiker von einem geheimnisvollen Verdacht geplagt. Wie, wenn an seinen Bildern etwas wäre, was er nicht gesehen hat? für das er blind gewesen ist, bildlich gesprochen? Eine Überraschung – aber er braucht natürlich den Andern, der sie ihm bereitet. Dieser andere wären Sie. *Enter ghost.* Er heuert Sie an, damit Sie für ihn sehen, was er nicht gesehen hat. Das Bild, das ihm gefehlt hat, auch als er es besaß, das Bild, das die Sammlung rechtfertigt, den Sammler rettet. Eine rechte Gottvatergeschichte wie die von den Gerechten, um derentwillen Sodom nicht zerstört werden sollte –

Das war also auch gelogen, sage ich.

Bitte?

Ihre fromme Herkunft.

Jan Willem öffnete den Mund, aber dann bestellt er nur ein Bier.

Nein, sagt er nach einem tiefen Zug, ohne mich anzusehen. – Staphorst ist die Wahrheit, *the whole truth and nothing but the truth*. Leider. – Aber Sie dürften schon ein wenig gut finden, was mir zu Ihrem hohen Herrn alles eingefallen ist. Nur gab es auch banalere Motive, wahrscheinlichere. Daß dem Anbieter seine unterschlagene Ware zu heiß geworden war. Daß er sich gezwungen sah, sie zu verkaufen und Mittel suchte, sie trotzdem zu behalten. Dafür brauchte er Strohmänner – Leute wie Sie. Ich habe mir die Interessenten an der Auktion gut angesehen. Vielleicht gab es da ja mehr als *einen* Samstag mit dem Auftrag, im Namen des Unbekannten Gottes Bilder zu kaufen –

Ein Bild, sagte ich. – Er wollte nur *ein* Bild.

Eins, zwei, drei, sagte er. – So müssen Sie ja reden. Müssen Sie immer noch? *Sie* haben die Briefe an sich selbst geschrieben, Mijnheer, Wozu?

Sie sind verrückt.

Etwas, sagte er. – Nicht genug. Mein Wahnsinn reicht nur so weit, van Meegeren für einen Menschen zu halten, leider auch einen Menten. Nein, Menten nicht. Bei Menten träume ich von Selbstjustiz. Ich hätte meine Finger gern an seinem Hals, wenn ich sie gleichzeitig waschen könnte, Mijnheer. Für Menten habe ich alle Gefühle, die er für die Juden *nicht* hatte, als er sie abschoß wie Tontauben. Ich nehme ihm übel, daß er mir Mordlust einflößt, aber so ist es. Er könnte mein Vater sein. Beides verzeihe ich mir nie.

Wollen Sie alles wissen, Samstag? Daß ich für möglich hielt – daß ich davon geträumt habe –, Menten sei der Mann, der hinter Ihnen steht? Ein Schwarzer Mann, den ein holländisches Gefängnis nicht hindern kann, die Judenbeute ein zweites Mal zu verschachern? Ja, ich habe geträumt, ich wäre Knoop. Menten gebe mir Gelegenheit zu einem zweiten Schlag. Und ich würde ihn pfählen, teeren und federn.

Ich mußte *sehen*, um nicht zu glauben. Ich mußte ihn besichtigen, Mijnheer. Ich mußte ihn in Scheveningen leibhaftig im Gefängniskrankenzimmer hocken sehen, ein Wrack im Schlafrock am vergitterten Fenster, das seinen ungesüßten Lindentee nur noch zitternd ans Maul bringt –

Jan Willem hatte sein Bier umgestoßen, sah zu, wie es schwarz versickerte. Der dicke Plüsch bedeckte sich mit Blasen und sog sie schmunzelnd ein.

Ja, da hatte ich eine Rolle für Sie, sagte er, als Werkzeug des Satans. Hätte sie Ihnen nicht geschmeichelt? Sie kokettierten ja immer mit Ihrer schwarzen Seele. Dracula. Aber aus der Neuauflage dieses Romans wurde nichts. Das einzige, was davon blieb, war ein Stück trister Osten. Die Bilder der Ausstellung kommen tatsächlich aus Rumänien. Geschmuggelt im Diplomatengepäck, aus dem Familienbesitz eines enteigneten Grundherrn, der sich ein Devisenpolster im Westen anlegen wollte, bevor er gelegentlich nachkäme. Genannt wollte er natürlich nicht werden. Diesen Herrn gibt es also – und jetzt sitzt er in einem sozialistischen Gefängnis, ein Herr von Krausenegk. Jemand hat ihn verpfiffen, drüben oder hier. Laren ist verschwiegen, aber für ein Bilderangebot dieses Umfangs gibt es keine totale Diskretion – auch wenn der Auktionator sein Bestes tut, seine Quelle zu verdunkeln. Jetzt sitzt er, unser rumänischer Aristokrat, und wenn er nicht zufällig Dracula ist, öffnen sich die Tore für ihn nicht mehr. Sie aber bleiben auf Ihrem Mijnheer sitzen – lassen Sie ihn ruhig laufen. Literarische Dunkelmänner bleiben in Holland vorläufig noch unbehelligt. Das kann sich ändern, Sie haben ja gehört: das Undenkbare geschieht überall. Auch wir werden unsere Raketen bekommen. Hoffentlich bleibt uns noch Zeit, der rumänischen Regierung ihren Kulturbesitz zurückzugeben. Sie hat ihn ja legal gestohlen.

Tod den Bildern, sage ich. – Und nach alldem heißen Sie wirklich van Helsing, und sind wirklich Polizist.

Die Wirklichkeit des Polizisten, grinst Jan Willem. – Fürchten Sie nicht, daß sie Ihre Erfindungen beschämt. Sie ist ihnen eher verwandt. In Holland ist die Polizei noch weniger wirklich als anderswo. Nehmen Sie Amsterdam. Sie können zuschauen, wie der Dschungel wächst. Die meisten Wohnboote sind illegal. Wir versorgen sie mit Strom. Wissen Sie etwas Besseres, bei der Wohnungsnot? Drogen sind illegal, sogar bei uns. Sie würden es nicht glauben, wenn Sie sich die Haschpfeifen in allen Schaufenstern betrachten. Hausbesetzungen sind selbstverständlich illegal – wir verstehen sie nur zu gut. Wie vielen Strafmandaten sind Sie auf Ihren Spaziergängen begegnet? Wir gelten als fortgeschritten, Samstag, weil wir die Dinge treiben lassen. Müssen. In Amsterdam kann die Polizei nur zuschauen. Es ist schon eine Leistung, wenn sie den Verkehr regelt. Nein, wir sind nicht besonders wirklich. Dafür sind wir zu wenige.

Und die Wenigen treiben Nebendinge, sage ich. – Sie gehen toten Fälschern nach und überführten Mördern, verkleiden sich als Studenten und Museumswärter, und für all das brauchen Sie eine Frau.

Ja, sagt Jan Willem, ich bin noch ein Mann, zu allem Überfluß. Hatte ich manchmal fast vergessen. In Staphorst wird diese Linie nicht sehr gepflegt. Sie werden lachen, aber auch einer wie ich braucht eine Frau.

Ja, sage ich, und was tun Sie jetzt mit dieser Frau? Nachdem die Tarnung ausgedient hat?

Tarnung?

Um an meine Schriften heranzukommen.

Mona war nie eine Tarnung, sagt Jan Willem.

Sie paßt nicht in Ihren Kriminalroman, sage ich.

Aber auch nicht in Ihre Kunstgeschichte, Samstag, sagt er. Darf ich mal fragen: wer sind Sie?

Das wissen Sie sicher schon längst, sage ich, wofür sind Sie Polizist.

Ich möchte es von Ihnen hören.

Zeigen Sie mir erst Ihren Haftbefehl, sage ich.

Van Helsing lacht. – Das hat keine Eile, sagt er. – Hier ist die Polizei langsam. Sie kommt nicht nach, habe ich Ihnen doch gesagt. Bagatellen verfolgen wir nur auf höchste Veranlassung. Ohne Ihre Polizei hätten wir nicht einmal Herrn Menten gefaßt.

Sie reden mir viel zu viel von meiner Polizei, sage ich, ich habe keine Polizei.

Aber die Polizei hat Sie, sagt er, wenn Sie nicht auf der Hut sind, Sie ewiges Alias.

Hüten Sie Ihre Zunge, sage ich ruhig.

Ore stabit fortis arare placeto restat. – Der Starke wird auf dem Mund stehen, sagt er. Die Schweizer Polizei konnte zu gut Lateinisch. In Holland ist man nicht so gebildet, das war unser Glück. Ich kann englisch. *O rest a bit for't is a rare place to rest at.* – Schön, bleiben Sie, erholen Sie sich bei uns. Legal wird es zwar nicht sein, aber – siehe die Wohnboote, die Kraaker, die Strafmandate. Wir kommen nicht nach, wo kämen wir hin. *We are a free country, by default.* Aber nähren Sie sich redlich.

Was heißt das? frage ich.

Oh, sagt er, Reistafel, Spaghetti, holländisches Käsegebäck. Sie haben ja schon ganz gut angefangen. Nächstens zeigen wir Ihnen ein indisches Restaurant; dort trinkt man den besten Wein Hollands. – Ich liebe Mona, sagt er und blickt aus dem Fenster. Darum waren Ihre Papiere kein reines Vergnügen für mich. Ich hatte Lust, Sie zu verhaften, mehr als einmal.

Warum?

Für alles, was Sie sich aus Mona gemacht haben. – Samstag, Sie waren nahe daran, Ihr Stilleben zu vollenden. Sie hätten Mona nicht geheilt. Sie hätten Sie bald zum Sterben verführt.

Aha, sage ich, aber dann kamen Sie ja dazwischen, Sie blühendes Leben.

Jan Willem bekommt endlich sein zweites Bier. Der Schaum um seine Lippen macht sein Lächeln doppelt häßlich. – Ich bin kein Sieger, wenn Sie das meinen. Für diese Einsicht brauche ich Ihren Spiegel nicht. Die Götter lieben mich nur sporadisch. Dafür bin ich vielleicht nicht zu einem frühen Tod bestimmt. Ich glaube an nichts Großes. Aber so viel glaube ich: ohne mich wäre Mona im Keller gelandet.

Van Helsing, sage ich, daß sich Mona bewegt hat, ist nicht Ihr Werk, so wenig wie meins. Sie ist anderswo zu sich gekommen, nicht Ihnen zulieb, nicht mir zuleid. Dann kommen Sie des Weges und führen Mona spazieren. Sie nehmen sie auf Ihre Dienstreisen mit. War denn auch nur *eine* dabei, die Sie nicht ohnehin unternommen hätten? Und während Sie diese kranke Frau munter durch Ihre Schlößchen, Galerien und Ruinen schleppten, war ich bei Monas Ärzten und habe –

Ja, sagt Jan Willem, was haben Sie dort getan? Was haben Sie gesucht, Zerutt? Sie haben gekämpft – um Mona, oder um eine stärkere Rolle? einen besseren Platz an ihrem Totenbett? Wie der junge Kerl mit den dicken Lippen durfte es doch nicht aussehen, die Lösung des Rätsels. Und so, wie Sie sich dabei fühlten, wollten *Sie* nicht aussehen.

Ich sehe zum Fenster hinaus: Warme bakker. Bloemenboetik. Reisbureau. Makelaarskantoor. Edelsmid.

Ich *bin* auch nicht die Lösung, sagt Jan Willem jetzt. – Da haben Sie recht. Es gibt keine. – Jan Willem, sagt er plötzlich mit leicht erhobenem Bierglas. – Ich bin der Jüngere, aber ich möchte Du zu Ihnen sagen, Constantin.

Ich trinke nicht.

Komm aus dem Keller, sagte er.

Wohin, bitte? frage ich.

Zu uns, sagt er. – Wir ziehen zusammen.

Sie und Mona?

Ja.

Sie ist krank.

Wir ziehen zusammen, sagt Jan Willem.

Sie ist krank! schreie ich.

Ich habe dich gehört, sagt er. – Hast du mich auch gehört? Unheilbar. Gut. Leben ist nicht heilbar, hast du selbst geschrieben. Ich bin Polizist, Mona ist krank. Was wissen wir, wenn wir das wissen? Auch ein Polizist ist manchmal mehr – oder weniger – als ein Polizist. Nicht nur in einem Roman. Auch ich brauche noch einen ehrlichen Beruf. Ich habe ihn nicht gesucht, aber er hat mich gefunden. Er sieht aus wie ein Mensch. Du kennst sie, ich auch. Sie ist ein Mensch mit Eigenschaften. Eine davon ist, daß sie stirbt. Die Ärzte haben Namen dafür, ich nicht. Die Eigenschaft, vor der ich erschrecken soll, haben wir gemeinsam. Von da gehen wir weiter. Wie weit und wohin, steht nicht bei uns.

Bei wem steht es denn? frage ich.

Nicht auf dem Mund, sagt er. Und dann, mit flüchtigem Erröten: bei Gott.

Sie rauchen ja wieder, sage ich.

Ich bestimme meine Lebenserwartung nicht mehr durch Nichtrauchen, sagt er.

14

RÄTSELHAFTER UNFALL AUF DER N 35

In den frühen Morgenstunden des 28. August sind auf der N 35 zwischen den Ausfahrten Bussum und Laren ein Polizeibeamter in Zivil und seine Beifahrerin tödlich verunglückt. Augenzeugen berichten, daß das Fahrzeug mit unverminderter Geschwindigkeit auf den Pannenstreifen geraten, gegen die Abschrankung geprallt und, nachdem es sich überschlagen habe, auf der Überholspur in Brand geraten sei. Der Fahrer wurde herausgeschleudert, während seine Begleiterin scheinbar unversehrt im Wagen verblieb. Einem Lastwagenfahrer, der sein Fahrzeug vor der Unfallstelle hatte anhalten können, gelang es, die Frau zu befreien, aber er konnte nur noch ihren Tod feststellen. Als die Ambulanz die Verunfallten bergen wollte, waren sie nicht mehr auffindbar. Sie waren am Straßenrand abgelegt und zugedeckt worden. Seither fehlt von ihnen jede Spur. Es handelt sich um –«

Wir können uns denken, um wen es sich handelt.

»Sachdienliche Angaben über ihren Verbleib sowie den Hergang des Unglücks werden erbeten an –«

Folgen zwei polizeiliche Adressen mit ihren Telefonnummern.

Bitte, Mijnheer. Wollen wir so abschließen?

15

Was wäre Amsterdam ohne meine nächtlichen Spaziergänge?

Dasselbe. Jede Nacht trete ich den Beweis für das Selbstverständliche, aber Undenkbare an: daß die Welt ohne uns weitergeht wie immer. Amsterdam macht keine Ausnahme. Aber wenn ich an den still gewordenen Kanälen entlanggehe, Nachtlichter zähle und die Schnauze an Heck schlafenden Autos berühre, fällt mir ein: hier sollte man leben.

Ich habe kaum eine Herkunft, also brauche ich kein Ziel. Ohne Ziel ist Amsterdam nachts am schönsten. Auch darin unterscheidet es sich nicht von vielen Städten. Ich höre nicht mehr laut reden auf der Straße, dafür sprechen die Schilder. Oft muß ich die Auslage betrachten, um zu verstehen, was gemeint ist: *Oogmeting, Contactlenzen*. Wie konnte man das nicht gleich verstehen. Aber die Wörter ohne die Sachen klingen wie nicht ganz ernst gemeint. *Vleugels. Uitzendbureau. Slijp service*. Feestartikelen, Theatersminken. Ein Volk einigt sich auf gemeinsame Sprachfehler. Ich warte immer darauf, daß sie über ihre Sprache lachen. Daß sie es nicht tun, kommt mir wie ein besonders subtiler Witz vor. *Verlichting. Bladmuziek*, Blattmusik? Ich hätte gedacht, nach dem Tod gebe es kein Niederländisch mehr, das Jenseits verstehe keinen Spaß –

Die Kirche, das Mahnmal im Schatten. Um die Ecke das

Haus der Anne Frank. Hinter der Bücherwand die verborgene Tür zum Hinterhaus. Wie kann Herr Frank geglaubt haben, daß man sich im eigenen Haus hinreichend verstecken kann, den Oorlog überstehen? Wer Oorlog sagt, weiß nicht, was Krieg bedeutet. Wer Krieg sagte, wußte noch lange nichts von *diesem* Krieg. Im Hinterhaus durfte tagsüber nicht geredet, nicht gestolpert, keine Toilette gespült werden. Französisch und Handelskorrespondenz auf dem Postweg. Lernen ohne Stimme. Das Tagebuch als Stoff für einen Roman. Für die erste Liebe waren schon Lippenbewegungen zuviel. Der junge Mann war mit eingeschlossen, schon darum der einzig Mögliche. Das Hinterhaus als Modell unter Glas: ein Puppenheim. Nachts ein vorsichtiges Leben, tagsüber Verdunkelung durch Vorhänge und Bretter. Das Ausreisegesuch, als es beinah noch Zeit gewesen wäre. Die Sprache des Vordrucks aus dem amerikanischen Konsulat: *Based on the present demand it is probable that this will be about* ... handschriftlich: *indefinite*.

Eine indefinite Zeit als Vorzeit des Nachkriegs behandeln. Hinter einer Bücherwand im zweiten Stock ein Buch schreiben als Vorbereitung für ein *anderes* Leben. Das Versteck: immer noch sehr bürgerlich. Ein Blick durch den Vorhangspalt auf den Hinterhof: Feindesland. Das Organ der holländischen Nazis: *De Doodsklok*. Anmeldepflicht für Juden anfangs 1941. Das J im *Personsbewijs*, ein Vorschlag aus der entfernten Schweiz, einem glücklichen Land. Untertauchen im eigenen Haus, ein Kindertraum, der zum Alptraum geworden ist. Lernen, um nicht böse zu werden, viel lernen, nicht verzweifeln. Das normale Leben eines jungen Mädchens führen. Schreiben, eine Schriftstellerin werden. Immer noch Mittel genug für Lebensmittel, solange es welche gab, eingekauft durch Vertrauensleute unter Lebensgefahr. Und als die Bücherwand endlich eingetreten wurde: nie mehr erfahren, wer der Verräter gewesen ist. Getrennt werden. Nett bleiben, höflich, hilfreich bis ins Todeslager. Nur das Tagebuch ließ die Gestapo liegen. Der gebeugte Vater, der sein totes Kind in ein Buch verwandelt, das jeder kennt und liebt. Anne wird jedermanns verlorenes Kind. *I am so longing for a kiss, the kiss that is so long in coming.* Das Bild Heinz Rühmanns an der Wand, der lebendige Peter im Attic –

Anne wird zu einer Stiftung. Sie rettet das Hinterhaus, richtet das Vorderhaus als Museum ein und kauft das Nebenhaus dazu. Sie hat ein Buch aufgelegt, in dem junge Menschen aus aller Welt Anne auf Wiedersehen schreiben. Sie sollen schreiben, was sie von Annes Tod halten, und daß es nie wieder vorkommen soll. An der Wand hängen Fotografien aus vielen Ländern, auf denen zu sehen ist, daß es wieder vorkommt, niemals aufgehört hat vorzukommen. Es sind keine Bilder von libanesischen und palästinensischen Kindern dabei. Wer dieses Haus besucht hat, soll verstehen, daß Juden jedes Opfer bringen müssen, um nie mehr zu sterben.

Anne Frank ist tot.

Das Haus Nr. 263 wird sich am Morgen wieder beleben, aber um die Stunde, wo ich es besuche, schweigt es wie alle Häuser an der Prinsengracht. Sie sind Geschäftshäuser geworden. Hie und da begegne ich einem Wächter mit klirrenden Schlüsseln.

Meine Zeit ist die Zeit von niemandem sonst. Ich stelle mir vor, mit einer fünfzigjährigen Frau über das Tagebuch des Mädchens zu reden, das sie vor über vierzig Jahren gewesen ist. – Damals wollte ich ein Buch schreiben, aber ich wollte kein Buch werden. Ich wollte schreiben und leben. Mein Buch ist im Krieg verlorengegangen, aber ich bin noch da, ich hatte Glück. Kommen Sie, trinken Sie noch einen Tee mit mir. – Nach Mitternacht nicht mehr, Frau Frank, oder heißen Sie jetzt nicht mehr so?

Über einer Boutique mit Halsketten, indischen Armbändern und handgemachtem Spielzeug zittert eine Schrift im Gassenlicht: *Standby*. Rote Lettern in einem silbernen, blau gerahmten Feld werden von beweglichen Blättchen gebildet, flirrenden Metalltalern. Die nächste Gracht, gelbe Zeichen an der Mauer: *Wonen is ook ons recht.* Ein Kahn zieht vorbei. Der rotweiße Briefkasten, die dunkelroten Eisenpfeiler am Rand des löchrigen Pflaster-Gehwegs. Beim Bogenschlagen werde ich schneller, fliegende Erinnerung an eine Jugend. Wehendes Gehen, Stolpern. Da habe ich mein Gewicht wieder, kann es gerade noch auffangen, geh ins Knie. Es sieht mich keiner, ich kann fliegen oder fallen. Nachtleben, das ist für mich: Gehversuch. Totsein macht kindlich. Die schmalen Häuser mit den weiten, weiß gerahmten Fenstern umstehen mich wie Erwachsene dicht gedrängt. Ich sehe mich kopfüber auf den Fassaden huschen, schnell wie ein Gecko, eine Smaragdeidechse, auf den Pfeilern zwischen den Fenstern haften, gegen das glänzende Glas züngeln. Räume der Nacht, die das Straßenlicht wohnlich machen will, aber für Niemanden: mein Schatten am Fenster verdunkelt sie. Ich sehe ihn durch das Glas, er kriecht über die entfernte Wand wie ein Drachen, über Bücher, Ordner, Büromöbel. Ich hänge ganz oben am Haken des Kranaufzugs, an einer Hand, und der Wind, der mein schwarzes Zeug bläht, dreht mich langsam um mich selbst.

Ein Hoteleingang, über dem ein Gaslicht hängt; der Vorplatz ist mit Pfosten, durchhängenden Ketten abgeschlossen wie ein Grab für feine Leute. Der Tresen ist beleuchtet, aber leer. Ich setze mich auf die Steintreppe, bewache den Eingang, als hätte ich einen Auftrag zu erfüllen. Solange ich sitze, bewegt sich nichts. Erst wenn ich mich umdrehe, wird sich das Haus wieder rühren. Sie halten den Atem an, wenn ich in die Nähe komme. Früher waren es Menschen. Jetzt hat es sich auch unter Gebäuden herumgesprochen.

Warten, bis ein Wunder geschieht, hat in meinem Zustand keinen Sinn mehr. Wenn das Wunder geschähe, ich wüßte nichts mehr damit anzufangen. Ich würde ihm nicht einmal anmerken, daß es ein Wunder sein möchte. Fortleben im Tode ist ein Widerspruch, den ich mit Spaziergängen behandle. Komisch, wenn ich doch einem begegne, der mich für verdächtig hält; für finster genug, daß er mir ausweicht. Selbst Betrunkene tun es nicht ohne Anstrengung, als ginge von mir ein Sog aus. Sie stemmen sich gleichsam von mir weg. Ihr Selbstgespräch verstummt in meiner Nähe, ich höre sie den Atem anhalten. Von Toten muß die Wirkung ausgehen, die man sich als Jugendlicher zuschreibt und am meisten fürchtet: daß wir anwesend sind und doch nicht recht da. Daß wir mit Gewalt übersehen werden. Nicht mehr leben hat viel mit der Jugend zu tun. Tot sein ist eingefrorene Kindheit, in der alles zu groß schien für die eigene Kraft. Nur schmerzt es nicht mehr. Und da ich an die Stelle des Grauens getreten bin, braucht mir nicht mehr zu grauen. Ich habe keine Zeit mehr zum Vertreiben.

Die Furcht, ohnmächtig zu werden, ist in meinem Fall etwas wahnsinnig Erheiterndes. Ich beginne zu laufen. Flattern ist noch gesünder.

Ein Haus, das gestützt werden muß. Offenbar wird es gerade ausgehöhlt, nur die Fassade soll stehenbleiben. Also lehnen fünf schwere Balken, untereinander im Kreuz verstrebt, von der Straße gegen die Simse des zweiten Stocks und geben der heimlichen Ruine einen Ausdruck von Festigkeit, dem Untergeschoß das Gepräge von Fachwerk. Man könnte hinter den leeren Fenstern schwarzes Mittelalter vermuten, eine verbotene Schenke. Die nächtliche Straße hat jetzt eine kühle Pracht: großäugig und nüchtern blicken die Häuser dicht an dicht aus ihren gerahmten Fenstern. Hoch stehen die glänzend gelackten Türen mit ihrem verglasten Oberteil über den Steintreppen, die einen von Geländer schwarz umsäumten Sockel bilden. Im Schutz dieser Kanzeln duckt sich ein vergittertes Bodenfenster. Da führt eine schmalere Treppe hinab ins Souterrain, zu einer schmucklosen, oft schon vernagelten Tür. Hier wohne ich. Unter jedem dieser schmalen Klinkerhäuser wartet ein Keller auf mich. Und in manchem brennt noch Licht hinter dem Vorhang, sogar um diese Stunde.

Das königliche Palais mit seiner bürokratischen Architektur, ein historisches Bestattungsamt. Kein Mensch auf dem *dam*. Eine Livree vor dem Hotel mit dem russischen Namen, den ich, weitergehend, schon vergessen habe. Die orientalischen Läden auf der *damstraat*, erloschene Schaufenster voll glänzender Buddhafiguren, Korallen, Haschischpfeifen. Ein Evangelisationswerk. Hier nehmen die Schatten an der Straßenecke Menschengestalt an, aber erst auf dem *voorburgwal* beginnt es sich zu bewegen, schleicht an den Fenstern vorbei, die zu Schaukästen ausgebaut sind.

Ich falle nicht mehr auf. Was kann einer unter diesen Bäumen, in diesen Hausnischen wollen: Liebe und Stoff. *No deal*, sage ich, wenn sie an mich herantreten. Sie erstarren beim Blick in meine Augen. Wer bin ich denn? Für einen Polizeispitzel wirke ich nicht sportlich, für einen Penner nicht abgerissen genug, auch als Zuhälter komme ich kaum in Frage. Hie und da kommt die Hand doch aus der Tasche. Sie hält kein Messer, sondern ein Päcklein in Klarsichtfolie. Ein Preis wird genannt. *No deal*, sie glauben es nicht. Bestimmt entgeht mir eine Gelegenheit. Sie sind identisch mit der Ware, die sie mit ihrer Brust decken, im Schatten vorzeigen. Hier gehen viele Tote noch lebend herum. Manchmal kommt die Ambulanz und holt in einer Nische ein Bündel ab. Solange einer nicht schreit oder schießt, ist es der Polizei egal, was man hier sucht, wenn sie langsam im weißgrünen Streifenwagen vorbeifährt, die Parade der Eckensteher abnimmt. Hin und wieder kommt sie zu Fuß, zwei Jugendliche in Uniform, die ihre Spannung wegplaudern und sich umblicken wie Spaziergänger.

Jenseits der Wasser scheinen die Vitrinen der Frauen in allen Tönen zwischen Bonbonrosa und Hellblau. Eingerahmte Phantome, ein Spott auf die ordentliche Lebensart der Hiesigen. Sie machen ja eine Ehre daraus, sich der Straße ohne Vorhänge zu zeigen. Die Hinterhöfe der Nacht: abgelöschte Kirchenporträts Saenredams, in denen sich die wenigen Frommen in den Bänken verkrümeln wie schwarzer Kehricht, wie die Süchtigen auf dem *voorburgwal*. Sie sind zu verloren, um den Teufel zu erkennen, der ihnen von der Kanzel predigt. So sehen die Kirchenschiffe des Meisters aus, wenn alle Lichter ausgegangen sind. Dann sind es Bühnen des Todes, in denen nur noch die Schauhäuser käuflicher Frauen brennen wie das ewige Licht der Verdammnis. Viele Kabinen sind leer, manche schon verdunkelt. Eine, deren Vorhang zugezogen ist, läßt unten einen hellen Streifen aus der Kindheit sehen. Sie rauchen ihre letzten Zigaretten, warten auf keinen mehr, stellen nur noch ihre schamlos gewordene Müdigkeit aus. Eine ältere Frau strickt, eine Orientalin liest, das gibt es auch. Wenn ich sie in ihrem Fenster lesen sehe, denke ich: das ist das Zeichen. Sie will keine Kunden mehr. Das könnte meine Stunde sein.

Wundere ich mich, ihn hier wiederzufinden?

Ich habe einem alten Exoten zugesehen, der unter drei umgedrehten Streichholzschachtelböden ein Guldenstück verbirgt. Immer wieder läßt er es sehen, während er die Schachteln mit raschen Bewegungen verschiebt, durcheinandermischt. Es ist immer ganz klar, wo die Münze grade steckt. Der Kunde deutet auf die Schachtel, unter der er sie hat verschwinden sehen. Und niemals ist es die richtige. Der Gulden sitzt immer da, wo man ihn nicht vermutet hat. Der Trick funktioniert jedesmal und scheint doch so leicht zu durchschauen, daß der Mann immer neue Wetten auf seinen Gulden annehmen kann. Hundert, zweihundert, dreihundert Mark werden von einem deutschen Touristen auf die einzig mögliche Schachtel geboten. Diesmal hat sich der wachsame Blick nicht täuschen lassen, oder die Täuschung war zu durchsichtig. Durchsichtig ist die kleine Schachtel leider nicht, sonst hätte man vorher gesehen, daß die Münze wieder nicht da ist, wo man sie ganz sicher verschwinden gesehen hat. Der Ton von Gewißheit, der in verdutztes Auflachen, heimliches Stöhnen übergeht: hundert Mark, und schon wieder hin.

Die Geldscheine häufen sich wie Abfall auf dem Pflaster vor dem kauernden Gaukler, einem ausgezehrten Mann mit Baskenmütze. Er läßt die Schachteln wie Mäuse über den Gulden rennen, deckt sie wie Karten auf: er hat gewonnen, er gewinnt, wie er will. Die Zuschauer haben einen dichten Kreis gebildet. Sie wollen sehen, wieviel tausend Mark der Deutsche seinem untauglichen Scharfsinn hinterherwirft. Würde er bloß raten, die Statistik würde ihn einmal auf drei belohnen. Aber nein, er will gesehen haben, und muß jedesmal wieder sehen, daß er blind war. Er hat kein Bargeld mehr, jetzt beginnt er Schecks auszuschreiben. Immer weniger will er glauben, daß er seinen Augen nicht trauen darf, zumal ihn der Taschenspieler manchmal eine Runde, auch zwei, gewinnen läßt. Aber insgesamt verliert er unaufhaltsam und unbelehrbar. Der Gaukler bringt es fertig, daß der Tourist um sein Leben spielt.

Laß mich auch mal, sagt ein junger Mann vor mir.

Ich könnte sein Haar berühren, einmal habe ich es getan. Ich habe mich stoßen lassen, um sicher zu sein, ob es solches Haar gibt, fein wie gelecktes Katzenfell, braun und so lang, daß es über die Schultern *fließt*, an denen es anstoßen müßte. Er schaut sich gar nicht um, hier ist man Püffe gewohnt. Aber als er spricht, bin ich sicher, die belegte Stimme wiederzuerkennen. Fraukes Lehrer, er hier um diese Stunde.

Der Verlierer, der sich hingekniet hat, um seine Schecks auf dem Pflaster auszufüllen, um den Schachteln näher zu sein, blickt auf, tief gestört, versunken in seine Verspielwut. Ein gedemütigtes Gesicht wie das eines unheilbar Leidenden. Aber der Mann mit der Baskenmütze hat die hundert Gulden, die ihm der neue Kunde hinhält, schon angenommen und weggelegt, als wäre er des leichten Spiels selber müde. Er mischt die Schachteln, läßt die Münze blitzen, der Junge deutet: es ist die Schachtel mit dem Gulden. Er gewinnt zum zweiten und dritten Mal. Der Gaukler ist wachsam geworden, schiebt sein Spielzeug länger hin und her. Aber der Junge trifft schon wieder: schon wieder bekommt er seinen Einsatz verdoppelt zurück, verdoppelt ihn seinerseits. Nach fünf, sechs Runden ist das Häufchen Scheine auf den Steinplatten abgetragen. Der Junge hält es in der Hand und streckt es dem Deutschen hin. Nicht Ihr Spiel, sagt er, Sie lassen es besser. –

Mensch! sagt der Deutsche, machen Sie doch weiter, warum machen Sie nicht weiter! Hier! sagt er und streckt dem jungen Mann die ganze Handvoll Geld wieder hin. Spielen Sie für mich! Es ist doch Ihr Glückstag! Auch der Mann mit der Mütze schaut den jungen Mann mit trüben Augen an, aber der rührt sich nicht mehr.

Hallo, sagt er plötzlich zu mir, wie geht es Ihnen?

Der Junge geht ein paar Schritte weiter, ich folge ihm, als gäbe es gar nichts anderes. Ich höre den Deutschen nicht mehr, der selbst weiterspielt und zum zweiten Mal alles verliert. Ich sehe das Zittern der Sterne, rieche Salz und Jod, der Wind atmet stoßweise in den Blättern der Bäume. Hat der junge Mann etwas gesagt, oder ist es nur noch mein Atem, der geht und kommt, erfrischt, immer aufs neue?

Ich bin doch kein Kind mehr, sage ich wie zu mir selbst.

Der junge Mann ist auch weitergegangen, er ist schon nicht mehr zu sehen. Nur den Nachdruck seiner Hand auf meinem Arm spüre ich noch. Mein Auge hat mich getäuscht, oder es ist mir etwas hineingeraten, Staub.

Die junge Frau blickt aus ihrem rötlich erleuchteten Schaufenster herüber, als könne sie mich sehen. Das Buch liegt auf ihrem Schoß, sie hat gerade etwas gelesen, was ihr gefällt; ist es möglich, daß sie jetzt lächelt?

16

Mijnheer, sie haben mich erwischt, und ich habe mitgespielt. Ich hätte nicht trinken dürfen.

Es war in einem indischen Lokal am Singel, gegenüber dem Rijksmuseum, einem unzweifelhaft indischen, nicht indonesischen. Indisches Personal, schöne Menschen, aber Mona sieht ja nur noch schöne Menschen. An den Wänden Fächer aus Pfauenfedern. Wenn ich nicht getrunken hätte! Aber die taten es nicht anders. Die wollen nur noch feiern. Was feiern wir denn heute? fragt Jan Willem. Daß heute ist! antwortet

Mona. So klingt das neuerdings. Ob es für eine Kranke ganz passend klingt, will sie nicht wissen. Ich habe nichts Unheimliches mehr für sie, also brauche ich auch keine Heimlichkeiten mehr zu haben. Wer kann ihr eine Bitte abschlagen, der glücklichen Kranken.

Sie haben mich vorgeführt. Ich habe mich vorführen lassen mit fast allem, was ich habe. Ich habe mich gespreizt wie ein Pfauenfächer. Jan Willem sollte einmal hören, wie das war, wenn ich erzählte. Er konnte sich dieses nächtliche Erzählen an Monas Sofa ja gar nicht vorstellen. Er sollte es sich aber vorstellen können, damit er sich nichts Besonderes dachte. Er war ja harmlos, Samstag, aber so phantasievoll. Ein schwarzer Mann im Keller mit drei Frauen, die er aussog, ein Bouquet von Arztfrauen, Maaike, Jeannette, Myrna. Die Montags-, Mittwochs- und Freitagsfrau. Zu komisch!

Ich habe mich um alle drei erzählt, Mijnheer, und um mehr.

Als Mona davon anfing, klang sie besorgt um mich, wie früher. Es tat mir wohl, wie besorgt sie war. Es erinnerte mich dunkel an Mani. Aber von der wollte sie nichts wissen. Sie wollte mir nur meine Hexen austreiben. Sie wußte doch genau, ich hatte kein Blut mehr nötig! Wenn der schönste Wein auf dem Tisch stand: ein Médoc zum Curryfleisch. Nicht ganz passend, aber es war Jan Willems Wein, und also ihr besonderer Wunsch. Vier Flaschen, Mijnheer, auf drei Leute, und Mona hielt sich zurück, die Schlange. Und ich ließ mich erweichen, zur Feier des Tages. Ich habe sie verloren, Mijnheer, alle drei. Ich habe sie mir nicht einmal ausreden lassen. Ich habe sie selber immer weiter weggeredet. Ich habe ihnen jedes nur mögliche Wort auf die spitzen Zungen gelegt, mit dem sie mich treffen konnten. Ich habe sie dem Unterhaltungsbedürfnis eines Liebespaars geopfert.

Ich erzählte, ich erzähle schon wieder, zum Ersten, zum Zweiten, zum –

Ja, sie sind gekommen, sie sind mir erschienen, alle drei

auf einmal. War das eine Überraschung. Es war Freitag, ich hatte nur Myrna erwartet.

Es ist Freitag, habe ich mir gesagt, hab ich dem Liebespaar erzählt, jetzt kommt sie wieder, Myrna, um halb acht. Ich habe Hunger. Wer mir zusieht – aber es ist dafür gesorgt, daß wir keine Zeugen haben –, könnte dem Eindruck unterliegen, daß ich die Erinnerung, an der ich mich sättige, schon beim Trinken *abwehre*. Darauf hat mich Myrna aufmerksam gemacht, wer sonst nimmt es so genau mit meinem Gesichtsausdruck, meiner Körpersprache. Mein Gesicht sage schon *genug*, wenn ich die Zähne ansetze. Aber woher will sie mein Gesicht kennen –

Mijnheer, schon beim dritten Glas tischte ich mein erstes Geheimnis auf.

Frau Maaike hatte nämlich mein Gesicht beim Trinken sehen wollen; die einzige. Die andern redeten nur davon. Sie aber zog, von mir unbemerkt, ihren Taschenspiegel und erfuhr die Wahrheit: daß ich nicht zu sehen bin. Sie zitterte nicht. Wäre ich wirklich das Ungeheuer aus Jan Willems Buch gewesen, sie hätte zittern dürfen. Entdeckt, wie ich gewesen wäre, hätte ich ihr die Kehle durchbeißen müssen. Aber sie weiß ja, es stört sie nicht, sie sagt es mir mit heiterem Seufzer am Ende der Behandlung: daß ich ein Ungeheuer bin.

Und grade sie mußte entdecken, daß ich in keinem Spiegel aufscheine. Ihr kam es in den Sinn, ihr Taschenspiegelchen hinter meinem Rücken aufzurichten, um den Kopf zu sehen, den sie an ihrem Hals fühlen konnte – um dann nichts als ihre leicht angezogene Schulter, ihren bloßen Hals in diesem Stück Glas zu sehen: sich selbst in einer angenehm schauernden Haltung. Und keine Spur von ihrem Therapeuten! *Ich* hätte auch erschrecken können. Wie leicht konnte jetzt meine ganze Existenz in ihren schönen kieselgrauen Augen beendet sein. Würde sie ihren Augen trauen oder ihrem Gefühl? Der kleine Blutquell, der von ihrer Halsader auf meine Zunge lief: im Spiegel floß er nicht. Im Spiegel sah sie eine schöne, nicht mehr ganz junge Frau mit nachdenklichen Augen, wie gegen einen Widerstand aufgerichtet, nur in der Schulter etwas ausweichend, auf einem keineswegs bequemen Stuhl sitzen, einer Besinnung überlassen, ja doch: hingegeben, über deren Inhalt man angesichts ihrer Miene wohl rätseln durfte. Was hielt sie in diesem Halbdunkel, was hatte sie in diesem unterirdischen Papierlager verloren? Wenn ich nicht zu sehen war, war die Szene unverständlich, war sie nur noch ein Bild, ein Bild unbewachter und doch stiller Indiskretion – als säße diese Frau für einen Meister und sammelte ihren ganzen Ausdruck beseelter Abwesenheit für seine Kunst.

Die Entdeckung, daß es mich in diesem Stück Glas nicht gab, störte ihre Konzentration nicht. Ja, vielleicht wurde sie erst jetzt ganz zur Erinnerung. Ich sog, im Geschmack auf meiner Zunge, eine Ahnung in mich ein, warum diese Frau zu mir kam. Nicht um *mich* zu erinnern, sondern sich selbst. Der im Spiegel verlorene Mann wurde zum Inbegriff aller gewünschten Männer. Und nicht ich hing an ihrem Hals, sie hing mit leicht geöffneten Lippen an mir; will sagen, an dem, der ich nicht war. Es störte sie nicht, nur sich allein in ihrem kleinen Spiegel zu sehen. Sie sah einen Menschen in der Gnade. Sie war nie so schön gewesen. Sie stieß sich so wenig an ihrem Alleinsein, als wäre meine Gegenwart eigentlich die ihres Schöpfers, in dessen Auge sie sich gefiel.

So kam es, erzählte ich dem Paar, daß das Spiegelchen von nun an zu unserem Pakt gehörte. Sie verbarg nicht, daß sie es hervorzog, wenn ich ihr nahe kam. Im Gegenteil, sie hielt es bereit. Und wenn sie sich sehen konnte, begann sie zu fließen. Für mich war es nur ihr Blut, für sie war es sie selbst. Von nun an hatten wir ein doppeltes Geheimnis miteinander: das ihres wahren Bildes, und das meiner verschwiegenen Abwesenheit.

Nicht weinen, sagte sie bei Gelegenheit. Ihr Gefühl ließ sich von ihrem Auge nicht täuschen.

Wie schmecke ich? Das fragen sie alle, früher oder später. Auch wenn es Therapie ist, keine Intimität, hat sie es in sich, vertraulich behandelt zu werden. Wie schmecke ich, wollen sie wissen und sind nur halb zufrieden, wenn ich fachmännisch, mit Hilfe meiner Säftelehre antworte, von Spuren rede, von Merkur und Phosphor. Und doch brauchen sie den Schutz meiner Alchemie, um mir endlich die Frage der Fragen stellen zu können: Bin ich gut?

Solange ich trinke, fragen sie nicht, sie warten das Ende der Behandlung ab, um distanzierter, auch unbefangener zu fragen. Dann nehme ich den Mund voll Wörter, jedes ein Beweis, daß die delikate Handlung stattgefunden haben durfte. Daß sie indiziert, daß sie mir selbst ein Bedürfnis gewesen war, und etwas mehr. Eine Liebeserklärung darf daraus nicht werden, das wäre ein Kunstfehler. Fehlen aber die Ingredienzien zu einer Liebeserklärung, so ist es der größere.

Satte Leute schwärmen nicht. Also kann ich meiner Kundin nüchtern und desto überzeugender auseinandersetzen, daß sie gut war, ohne dieses Wort zu verwenden. Wir haben uns ja auch buchstäblich auseinandergesetzt, sie auf ihr Stühlchen, ich auf den Rand meines Totenbaums. So fällt es mir leichter, das Lob meiner Kundin zugleich zart und unüberhörbar zu singen. Etwas Gesang muß sein, darum, nur darum kommen sie zu mir, sonst täten es Blutegel ja auch –; darin besteht auch für eine Frau wie Myrna die Heilsubstanz meiner Therapie. Darum allein darf ich sie Therapie nennen und nicht einfach Blutsaugen, Männergewalt oder sonstwie schrecklich. – Ja, sage ich, es fehlt im Neptunbereich gar nichts mehr, beim Saturn nur noch ein Hauch, ein wenig Zink und Kupfer; an den geistigen Elementen gibt es heute gar nichts auszusetzen, heute habe ich das Centaurion besonders stark empfunden, ich habe Ihnen sogar etwas davon abziehen müssen, um Ihr Bouquet auszugleichen.

Mein Gott, Mona, Jan Willem, Mijnheer, es ist keine Kunst, ihr die Botschaften, die ich schon trocken empfangen habe, blutig verschlüsselt, als therapeutische Komplimente zurückzugeben. Sie *will* ja, daß etwas mehr an meiner Praxis ist: sie dürstet nach der Glaubenszuversicht, dem wunderbaren Gefühl, gut zu sein. War ich gut? Nein, das ist in meinem Keller nicht mehr der lauernde, der unfrohe Ton sexueller Verkrampfung – die ist bei mir zu Ende. Hier wird sublimer geholfen: ich gebe meiner Kundschaft das Gefühl, auch für sich so gut zu sein, wie sie es für mich gewesen sind. Dafür bleiben sie es auch mir: *gut*. Sie brauchen meine Person nicht anzusehn, wenn sie gut sind; *daß* sie gut sind, macht mich in ihren Augen beinahe schön. Daß ich dies oder jenes auszusetzen habe, eine Kleinigkeit nicht *ganz* geregelt finde, benötige ich für meine Glaubwürdigkeit. Das ist der kleine Stachel, der sie bewegt wiederzukommen. Es verleiht unserem Akt einen Schimmer von Realismus und Menschenkenntnis; es tut den Damen so wenig weh wie mein Zahn. Das ist mehr, als ihnen bei einer Affäre widerfährt. Was ich nehme, fehlt ihnen ja nicht, sie haben es im Überfluß –

Ich konnte nicht aufhören, mich zu spreizen, Mijnheer, dabei war ich todtraurig – das ist meine einzige Entschuldigung. Was ich da ausbreitete, war ja schon nicht mehr wahr, und vielleicht war es nie wahr gewesen. Ich wurde zum Lügenbaron durch Traurigkeit:

Maaike, sie allein, erzählte ich dem Paar, braucht mein Geständnis nicht, wie gut sie sei, auch wenn sie es sich nachsichtig anhört. Sie weiß es längst – und sie weiß auch, was ihr fehlt. Unter meinen Kundinnen bleibt sie die rätselhafteste – es gäbe kein Fest, das sie sich nicht selber geben könnte. Jeannette kommt, weil sie das Zweideutige unseres Akts genießt, über das sie sich in wilder Heiligkeit entrüsten kann; sie heuchelt, aber mit Grandezza, wie eine barocke Maria mit einem Stich Laster und Kirchweih. Ihr Blut schmeckt nach Messe, heiliger und profaner, nach Weihrauch und Türkenhonig. Sie hat gegen das Saugen nichts einzuwenden, wenn ich es an Andacht nicht fehlen lasse. Sie will verwöhnt sein und ist vom Hinreißenden ihrer Lügen überzeugt, wobei die Behauptung, sie sei eine leicht zu täuschende, eine naive Frau, nicht einmal die dickste ist – gerade sie ist ein bißchen wahr.

Jeannette mag eine falsche Naive sein, aber gerade in ihrer Falschheit, in ihrer Gelehrsamkeit, ihrem *name dropping* und Prominentenklatsch, der als geistvolle Kritik gelten will, ist sie naiv; ehrlich verlogen gewissermaßen. Es sind die Spuren des Alterns in ihrer breithütigen Kindlichkeit, der überspielten, parfümierten Verletzung, denen ich in ihrem Blut nachschmecke.

Mijnheer, Sie hören es: der Teufel ritt mich, der verlorenen Mona eine Frau um die andere nachzuwerfen: wie ich von Maaike, von Jeannette rede, redet man von Verlorenem, Preisgegebenem. Ob ich Maaike unter die Sterne versetze oder Jeannette endlich *ausdrücke* bis auf die Schale: der Saft, der Saft ist heraus. Und jetzt ließ ich auch noch Myrna gehen, Mijnheer –

Ich habe Hunger, erzählte ich den beiden, ich nenne Hunger, was ich habe, und nur Maaike weiß, wonach. Sie weiß es besser als ich, darum vermag sie ihn zu stillen, sie ist bereit, auch mein Verschwinden im Spiegel als Hunger gelten zu lassen. Myrna aber kommt mir mit einem Rezept. Sie redet zum Beispiel von einem Panzer, während ich den ihren löse; sie nennt es »das Gefängnis der Wahrnehmung«. Ach, sie kann das Korsett ihres Therapiejargons nicht einmal in den visionären Zuständen ablegen, die ich ihr blutsaugend vermittle. Eigentlich bin ich sie satt, Hunger hin oder her. Es verbietet sich natürlich, ihr Blut zweitklassig zu nennen, es wäre auch nicht wahr. Ihr Blut ist gewissermaßen zu gut für mich. Es ist angereichert mit allem, was ich brauche. Aber da sie immer weiß, was ich brauche, verdirbt sie mir den Geschmack daran. Myrna besteht aus sanftem, nachdrücklichem Besserwissen, diesen Nachdruck spüre ich wie Eisen auf der Zunge. Sie dürfte mich gar nicht mehr konsultieren, anständigerweise, aber ich habe Hunger, ich warte auf sie, womit soll ich ein langes Wochenende bestreiten. Sie kommt wenigstens pünktlich, sie tut es im Bewußtsein: ich brauche sie – ja, so weit ist es mit uns gekommen. Ich bin es in ihren Augen, der sie braucht – eine Annahme, die durch ihre Wahrheit nichts von ihrer Unschicklichkeit verliert, aber durch ihre Unverschämtheit allmählich etwas von ihrer Wahrheit. Denn daß sie mir *geben* kann, was ich brauche, ist eben, weil sie davon so überzeugt ist, immer weniger sicher. Ich stelle mich um, ihr könnt es sehen, ich beginne sogar indisch zu essen und Médoc zu trinken ... aus lauter Unlust an einem Blut, das mich nicht brauchen will, ein Blut, das seinen überschüssigen Scharfsinn darauf verwendet, von mir gebraucht zu werden – aber wie es will, nicht wie ich will. Myrna, sage ich in meinem halben Rausch, einem Rausch von Trübsinn, Sie bringen es fertig, sich und mir am Ende sogar die Frage: bin ich gut? zu vergiften. Sie machen sie unanständig, diese Frage, indem Sie der Antwort vorbauen. Sie wollen sie schon beantwortet haben, bevor sie sich stellt, auf meiner Zunge, wohin sie gehört. Und dann ist es entweder keine Frage mehr, oder ich beantworte sie, ich allein. Machen Sie das mit Ihrem Mann oder mit Ihren Gruppentrainern! Ein Toter hat Anspruch auf klare Verhältnisse, und wenn das so weitergeht, denke ich daran, den Freitag zum Fastentag zu erklären. Sie sind es doch gewesen, Myrna, die diese Verschwörung angezettelt hat, ohne Sie wären die andern nicht auf den Gedanken gekommen – Myrna, komm doch her, sei wieder gut. Ich habe Hunger. Ich hatte Hunger, Mijnheer, und jetzt hatte ich auch noch getrunken – *Wein*, das war das Letzte, der sorgte dafür, daß mich alle guten Geister verließen.

17

Mona, Jan Willem: Myrna ist nicht gekommen. Mijnheer, sie ist gekommen, aber nicht allein. Selbdritt sind sie gekommen, und jetzt werde ich für immer und ewig von Milch und Curryfleisch leben müssen. Ich war in Fahrt, Mijnheer, in großer Talfahrt in die Löcher meiner Kindheit –

So haben sie es nämlich *immer* gemacht. Ich habe mich mit *einer* verabredet, und sie ist zu dritt gekommen. Ich habe hinter dem Gebüsch gewartet, das verabredet war. Ich hatte es für verabredet gehalten, denn in meinem Brief, den ihr der Sohn des Taxichauffeurs gegen zwei Stangen Kaugummi zugespielt hatte, war der Ort, an dem ich sie erwarten würde, genau bezeichnet. Ein Goldregengebüsch, nach der Schule um zwölf. Wißt ihr noch, wie ich da gewartet habe. Ich habe mich aufgeblasen, um Luft zu kriegen, wenn sie kam, und nicht einen roten Kopf. Das habe ich ausprobiert. Wenn ihr euch aufblast und mindestens zwei Minuten die Luft anhaltet, bis die Lunge zu würgen und der Kopf zu zerspringen anfängt, dann keucht ihr erst wie verrückt, aber nachher habt ihr alle Luft, die ihr braucht, für einen bestimmten Satz. Ihr habt einen ruhigen Herzschlag und werdet nicht gleich rot. Für zwei, drei Minuten könnt ihr nicht mehr rot werden, das ist das Entscheidende. Wenn ihr nämlich rot werdet, wenn ihr den Satz sagt, den ihr vorbereitet habt – sorgfältig erwogen und auswendig gelernt –, dann seid ihr verloren, und die Welt geht lange unter. Der Satz aber lautet: »Die andern erzählen immer, daß du mich als Schatz hast. Ich möchte nur wissen, ob das stimmt.« Das sind eigentlich zwei Sätze, aber wenn du sie schnell sagst, wird ein einziger daraus, und du wirst erst rot, wenn sie geantwortet hat. Aber dann wirst du es sowieso, und dann macht es vielleicht nichts mehr, weil sie gesagt hat: doch, das stimmt. Ich habe dich als Schatz.

Der Satz: »Die andern sagen immer« etc. ist wohl überlegt. Du fragst, und doch sind es eigentlich die andern, die geredet haben. Das macht deinen Rückzug nicht ehrenrührig, wenn sie nein sagt, denn das Nein gilt ja den Andern, den blöden Andern, den Schwätzern. Wenn sie dich aber liebt, muß sie dich *sehr* lieben, nämlich so, daß sie das Gerede der Andern nicht kümmert. Es ist also ein verhältnismäßig todsicherer Satz, und du wirst Luft genug haben, ihn ihr direkt ins Gesicht sagen zu können, vielleicht sogar eine Spur empört. In deiner Aufregung wirst du sowieso etwas heiser und wütend klingen. Das wird sie alles überwinden, wenn sie dich so liebt wie im Traum. Mit diesem Traum in der Seele muß jetzt doch etwas Wirkliches geschehen, was Mut verlangt, aber ein wenig sicher mußt du schon sein. Sie hat kieselgraue Augen, aber an die darfst du nicht denken. Du darfst nur an deinen Satz denken, wenn du hinter dem Goldregen hervortrittst. Sicher wird sie bemerken, daß es ausgerechnet ein Goldregen ist, und sich viel dabei denken.

Aber sie kommt nicht. Eine Minute nicht, die nächste immer noch nicht. Du mußt dich wieder aufblasen, ganz schnell, denn zwei Minuten mußt du die Luft angehalten haben, damit es klappt mit dem Atem, dem roten Kopf und dem einzigen wie gestochenen Satz. Aber zwei Minuten kannst du den Atem nicht mehr anhalten, er ist zu kurz. Deine neue Uhr. Die wird sie bestimmt bemerken. Ein Schatz mit einer neuen Uhr, das wäre doch etwas. Uhr, mein einziger Freund. Aber jetzt habe ich keine Zeit für die Uhr. Ich habe die Luft bloß eineinhalb Minuten anhalten können, weit von meinem Rekord entfernt. Die Magengrube wird nicht einmal warm. Aber die anderthalb Minuten sind gewonnene Zeit. Ja, gewonnen, denn wie furchtbar, wenn sie gerade gekommen wäre. Wieviel einfacher, wenn sie gar nicht käme, dann wäre alles wie vorher, und träumen könntest du ja auch so. Wieviel einfacher, aber wie undenkbar, nachdem du schon bis zu diesem Goldregen vorgeprellt bist. Undenkbar, nach einer so klaren Verabredung. Du erstarrst. Dann spielst du, daß sie gar nicht kommt, und wenn sie doch noch kommen sollte, dann macht es einfach nichts mehr aus. Dann ist alles nur noch ein Nachspiel, es kommt nicht mehr darauf an. Du kannst jetzt schon müde lächeln über ihre Absage. Die Absage, natürlich. Allein bist du richtig, nur einsam bist du König. Hast du doch immer gewußt, das gibt dir Kraft, die Kraft der Alten Römer. Jetzt kann sie ebensogut kommen, wenn sie durchaus will. Du bist auf dem Posten.

Stimmen. Zu spät zum Aufblasen – atemlos. Puls in den Schläfen. Lachen. Sie lachen, es sind ihrer drei. *Sie* ist auch dabei, sie schauen nach deinem Gebüsch. Du kannst nicht zu sehen sein. Das gelbe Hemd, das du heute extra angezogen hast, in dem du stark aussiehst. Die beugen sich ja geradezu vornüber vor Kichern. Weiber! Zu spät, um aus dem Busch zu treten. Oder zu früh. Sie müssen nahe genug sein, daß du sie fürchterlich erschrecken kannst. Vielleicht läuft sie dann nicht weg, sie als einzige. Aber warum nicht gleich zu Tode erschrecken. So sind sie, alle. Zum Glück bist du allein, der Größte. Atemlos? lächerlich. Sie verdient es nicht. Wenn sie noch näher kommen, wirst du einfach nicht dasein. Nie dagewesen. Umsonst gekichert, ihr Gänse. Glaubt ihr etwa, man hätte auf euch gewartet? Morgen werde ich euch's zeigen –

Guten Abend, sagte ich, was verschafft mir die Ehre?

Eine entsetzliche Art, sich auszudrücken, wenn dazu gekichert wird, nur geeignet, das Kichern zu verstärken. Dabei kichern sie gar nicht, nicht hörbar. Ein unbeteiligter Beobachter könnte sie sogar ernst finden, anmutig ernst, wie aus einer schönen altertümlichen Novelle. Genau besehen, lächeln sie nicht einmal aus Höflichkeit. Sie sind einfach da. Meine drei Kundinnen stehen wie kein Mann in meinem Kellereingang und lassen sich nicht einmal bitten. Sie kennen ja den Weg, jede von ihnen kennt ihn auch in der Dämmerung. Aber woher kennen sie ihn alle zusammen?

Daß sie einander gesellschaftlich kennen, darf mich nicht überraschen. Auch meine Blässe ist für meine Verhältnisse nicht unnatürlich. Ich hungere schließlich. Aber wenn Myrna gekommen ist, meinem Zustand abzuhelfen, was sollen mir Jeannette und Maaike? Drei gegen einen, das hat nichts Gutes zu bedeuten –

Sie haben sich von meiner Höflichkeit nicht bremsen lassen. Sie gehen einfach an mir vorbei in den Raum, der immer noch mein Raum ist. Maaike hockt sich auf den Fußboden – bin ich ein Student ihres Mannes, besucht sie mich auf einer Bude? – Jeannette findet meinen Bettkasten blind und setzt sich ohne Umstände auf die Kante. Und Myrna zieht das Brett aus meinem Fenster – dabei ist es noch Tag! Sie benehmen sich wie zu Hause. Und jetzt hocken, sitzen und stehen sie in meinem Keller, überaus sichtbar, grell wie jedes Möbel, jeder Stapel Papier. Blinzeln hilft nichts, ich sehe schon, das wird kein Scherz. Ich kann den nächsten Satz hören, bevor er gesprochen ist, und es ist auch noch Maaike, die ihn spricht:

Wir möchten uns verabschieden.

Daß die schlimmste mögliche Wendung die natürlichste ist, gehört zu meinen Todeserfahrungen. Daß sie mich also nicht treffen kann, zu den Privilegien des Totseins. Sie trifft mich nicht, sage ich mir immer wieder, es ist schon vorbei. Es gab eine Zeit, in der ich von diesen Frauen nicht mal geträumt hatte, es muß also auch eine Zeit geben, in der ich sie nicht mehr zu kennen brauche. Es steht nur bei mir, wann dieser Zeitpunkt eintritt. Ihr könnt mir also nicht weh tun. Ich brauche nicht ruhig zu werden, ich bin schon die Ruhe selbst. Worüber sie noch reden mögen, die Gespenster? Wenn ich ihnen antworten sollte, dann ist es nur noch ein Spiel.

Herr Samstag, sagt Jeannette – war das nicht Jeannette? –, wir möchten Ihre Behandlung nicht mehr.

Ich sehe ihre braunen Augen zum ersten Mal, diese unredlichen Augen. Wird sie mich grade ansehen können, ebenfalls zum ersten Mal? Oder Sie, Frau Myrna, da Sie schon den überdeutlichen Mund geöffnet haben: was wollten Sie mir sagen?

Und *Sie* brauchen diese Behandlung auch nicht mehr, sagt Myrna im offenen Fenster.

Das also ist die Formel, die hatten wir auch schon. In so teuren Gruppen dürfte einem etwas Besseres einfallen, einmal ganz etwas Neues.

Ja, sagt jetzt Jeannette, ich hatte immer das Gefühl, wenn ich bei Ihnen war: das bin gar nicht mehr ich selbst. Sie machen etwas aus mir, wovon Sie das Gefühl haben, es müsse mir schmeicheln. Oder gruseln, wie eine schicke Perversion. Ich soll mir etwas darauf einbilden, daß Sie von mir so viel bekommen.

Und dann sollen wir auch noch dafür bezahlen, sagt Maaike.

Ja, sagt Jeannette, Sie behandeln uns wie Figuren. Sie verlassen sich darauf, daß wir das schon gewohnt sind. Eigentlich behandeln Sie uns genau so, wie Männer Frauen immer behandelt haben.

Und so weiter, denke ich, und so fort. Ihr redet genau so, wie Frauen reden können, wenn sie Frauenbücher gelesen haben. Alles, womit sie unzufrieden sind, sieht dann wie ein Mann aus. Sogar ein Toter ist dann für sie ein Mann, nichts weiter. Sensibel soll das sein. Ach je. Es ist nur ahnungslos, gefühllos, zum Erbarmen unoriginell. Sie brauchen sich nur einmal zusammenzusetzen, drei Frauen, irgendwelche, auch die klügsten, dann kommen solche Sprüche zum Vorschein. Ich habe euch bloß erfunden? Dann will ich euch flüstern: das Mannsbild, das ihr mir anpaßt, kommt mir nicht einmal erfunden vor. Nur abgeschrieben, nachgebetet. *Wozu* brauchen Sie uns, wird sie gleich sagen, die begabte Myrna, die Seele von Frau. Vor einer Woche waren wir noch auf Du. Zu meinen blutigen Bedingungen natürlich, ich verstehe, es war ein Du der Gewalt. Wenn ich euch so behandelt hätte, wie ihr mich jetzt, wie würdet ihr gejammert haben. Aber sie brauchen sich nur an einen Tisch zu setzen und Bewußtsein zu schöpfen, dann werden sie eins und stricken sich ihre Mannsklamotte zusammen.

Sie werden bald fünfundfünfzig, sagt Myrna prüfend. – Jetzt sind Sie für sich verantwortlich. Wir können nicht Ihre Mami sein.

Wie sie mich ansehen, alle drei, mit wieviel schöner und strenger Teilnahme.

Ich mußte weiterreden, Mijnheer, ich mußte, verdammt noch mal, alles sagen, ich erzählte ja zum letzten Mal.

Da Sie nun alle zusammen hergekommen sind, sage ich, bitte ich Sie noch um einen Rat. In diesem Haus wohnt eine Frau in Ihrem Alter, geschieden, sie war berufstätig, wurde entlassen wegen einer unheilbaren Krankheit –

Was ist mit Ihnen? fragt mich Jeannette.

Von mir rede ich jetzt nicht, sage ich wider Willen erschrocken.

Die drei lachen, als hätte ich den besten Witz erzählt.

Was geht Sie diese Frau an? fragt Maaike, lieben Sie sie?

Lieben, sage ich, kann sie ohne mich und tut es auch.

Sind Sie eifersüchtig? fragt Jeannette.

Es gibt noch anderes als Eifersucht, sage ich, und anderes als Liebe.

Sie lachen noch herzlicher.

Lachen verjüngt, sage ich.

Es gibt auch noch anderes als Krankheit, sagt Maaike.

Sie haben echt wütend ausgesehen! sagt Jeannette einladend.

Wer sagt, daß sie unheilbar krank ist? fragt Myrna.

Ein Arzt, sage ich, Ihr Mann. Ihre Männer.

Sie lachen zum dritten Mal.

Hat diese Frau um Ihre Hilfe gebeten? fragt Myrna.

Dazu kann ich nur schweigen.

Wir lachen nicht über eine Kranke, sagt Maaike, wir lachen über die Gewohnheit der Männer, Frauen, die sie nicht in die Reihe kriegen, krank zu nennen. Heute wollen wir darüber einmal lachen.

Sie brauchen diese Frau deshalb nicht umzubringen, sagt Myrna. Sie lebt. Versuchen Sie's doch auch. Nur ein Mal.

Hast du alles gesagt? fragte Mona mit Tränen in den Augen. Ich bin sicher, du hast noch etwas vergessen. Soll ich's dir sagen? Ich weiß es genau.

Gib dir keine Mühe, sagte ich, das Lokal muß gleich schließen.

Mona sagte: Wir haben dich gut gemocht, Samstag, haben sie gesagt, und du hast es gehört. Du solltest einmal eine Geschichte zu Ende erzählen, Constantin.

Sie ist nicht zu Ende, sagte ich, und der Satz lautete ganz anders. – »Ganz sicher nicht«, hat sie gesagt, als ich doch noch aus meinem Busch gekommen war, steif wie der tapfere Zinnsoldat. »Ganz sicher nicht«, sagte sie, ohne zu kichern, fast erwachsen und eigentlich tröstend: »Ich habe dich ganz sicher nicht als Schatz.« – Die andern beiden kümmerten sie nicht in diesem Augenblick. Sie sprach nur diesen Satz, und sie hatte ihn nicht einmal vorbereitet.

Und was hast du ihr geantwortet?

Bitte sag es, sag uns auch das.

»Dann ist es ja gut«, habe ich gesagt. – »Nur das wollte ich wissen.«

Mona weinte, auch sie hatte getrunken, und dabei war sie das Trinken gewohnt.

Das war Mani, sagte ich, jetzt hast du sie kennengelernt.

Nein, sagte Mona, das warst du.

18

Das also war ich, Mijnheer, und das heißt jetzt auch: ich bin nicht mehr für Sie, und Sie sind nichts mehr für mich. Sie waren der Größte, aber ich schnippe nicht mehr mit den Fingern, damit Sie kommen und es allen zeigen. Meine Hexen wollen mir das Leben schenken, sie wollen nicht länger die Mütter eines Ungeborenen sein. Ich soll vom Kopf auf die Füße gestellt werden. Das Angebot macht mich verlegen – ich habe ja einige Mühe darauf verwendet, mich auf den Kopf zu stellen. Aber das wird sie nicht mehr, die Lage vor der Geburt. Sie wollen sich jetzt bewegen, die Mütter, nicht mehr stillen, sie wollen es bequemer haben – sie werden es nicht bequemer kriegen. Aber was haben wir von unserer Schadenfreude, Mijnheer, als eigenen Schaden? Wer sich bewegt, der entfernt sich unvermeidlich, aber wie anders soll er uns wieder einmal nahe kommen, in Freiheit, in bescheidener Freiheit.

Jan Willem saß schweigend durch meine Geschichte, er ließ

die Geschichte stehen, der Polizist, auch wenn sie ihn anfocht – ich will mir sein Schweigen zum Muster nehmen. Ich bin nicht weise geworden, Mijnheer, so schnell läßt ein Vampir das Mausen nicht, und wohl auch nicht das Beißen. Gestillt ist er nicht, mein Geschmack am Tod, aber er ist mir sauer geworden. So muß ich jetzt fressen lernen, was auf den Tisch kommt. Es werden ja wohl keine Bilder von Fischen und Zitronen, sondern Fische und Zitronen sein, ein wirkliches, kein gemaltes Fastenmahl. Meister, auch unser Abschied kommt heran. Ich habe Sie über mich ins Bild gesetzt, so gut ich konnte, aber bleiben auch Sie nicht im Bild. Sie sollen nicht als Letzter an der Wand hängen.

Ich wünsche uns beiden viel Glück.

19

Geh uns nicht verloren, hat sie gesagt. Sie sitzt in ihrem rosagrün gestreiften Sofa, alles ist wie immer, und nichts mehr ganz wie es war. Anstelle der Tigernummer hängt ein Stillleben von Paudiss an der Wand. Der Eisbär wird nicht mehr von den zwei Porzellanhunden bewacht – Jan Willem kann den Geruch von Hunden nicht leiden. Dafür sitzt die Katze auf Monas Schoß und tritt ihre Brust, als wolle sie ihr das Sommerfähnchen herunterreißen. Mona ist weniger geworden in diesem leichten Kleid und besteht doch nur aus Körper, Körper, wohin man sieht.

Sag mir alles, sagt sie, sprich.

In dieser Stadt kann man verlorengehen, sage ich, sie ist weit genug. Nicht alles, was verlorengeht, ist aus der Welt, das Beste findet sich erst dann. Ihr braucht keine Angst zu haben, sage ich; wo ich verlorengehen kann, ist nicht alles verloren.

In meinem letzten Land konnte nichts verlorengehen, sage ich, außer einem Auge. Ich sage lieber, ich bin mit einem Auge davongekommen, es muß ja nicht blau sein. Jetzt könnt ihr meine Augen sehen, sage ich, das gläserne auch. Warum habt ihr mich ans Licht gezogen. Sie wollten mich damals schon nicht mit einem Loch im Kopf ziehen lassen, sage ich. Sie haben auch ihre Feinde am liebsten nett, und ich war nicht einmal ihr Feind. Ihre Prothesen sind gut, sage ich. Man kann nicht sehen, wenn einer nicht mehr sieht. Sie wollen sich mit einem nicht blamieren, wenn sie ihn in die Fremde schicken. Man soll einen guten Eindruck für sie machen.

Sie sind keine Unmenschen, sage ich, so lange einer nicht untergeht, nur untergehen lassen sie keinen. Dann schicken sie ihn lieber weg. Die Welt ist ja weit, sie verlassen sich darauf. Warum soll einer grade bei ihnen verlorengehen. Sie sind ja schon genug, fast zu viele, sage ich. Es können nicht alle schön wohnen und gut essen wie sie, das muß einer doch einsehn.

Ich bin beschäftigt, sage ich, aber zum Untergehen noch gut genug. Untergehen ist nicht gefährlich, sage ich. Gefährlich war mein letztes Land, das verschonte. Da ist die Luft so still wie Blei. Das Blei stellt man erst fest, wenn es einem ins Auge geht oder in die Lunge. Vorher denkt man nur: was ist denn mit deinem Atem. Die andern atmen doch auch. Alle andern atmen fast unhörbar. Sie rühmen die gute Luft. Bist du noch in Ordnung, daß du nicht atmen kannst, und wer bist du überhaupt? Verletzt, das gibt es nicht, spiel nicht den Verletzten. Was aus dir rauskommt, ist Gift für uns, Schmutz in unser Nest. Sie sind verschont von Beruf, sage ich. Für das übrige haben sie die Ordnung, und Freiwillige genug, die Ordnung immer wieder herzustellen. Es müssen genug Freiwillige sein, wenn die Ordnung bedroht ist, und sie ist immer bedroht durch Junge, Kranke, Alte, Fremde, Lebendige.

Sie hüten sich zu leben, sage ich, darum können sie nicht gut leben lassen. Es geht ein alter Neid auf das Lebendige bei ihnen um und verkleinert ihre Seelen, ohne daß man's gleich sieht. Daß sie es gut haben, muß auch den andern genügen. Wehe, du vermißt etwas, dann gehörst du dahin, wo du hergekommen bist. Sie haben nie eine Welt verloren, darum haben sie keine Welt. Sie sind zwar sicher, daß der Untergang nicht bis zu ihnen kommt, aber sie wollen ganz sicher sein. Es ist am sichersten, überall gleich den Untergang kommen zu sehen, dann erlebt man keine Überraschung. Ihr Untergang ist nicht der der andern, der wird an ihren Grenzen haltmachen, denn es sind bewaffnete Grenzen. Den großen Untergang haben sie nicht zu fürchten, dafür sind sie zu klein. Aber den kleinen müssen sie fürchten, die tägliche Untergrabung durch das Überraschende. Gegen nichts sind sie so gewappnet wie gegen Überraschungen. Alle haben sie ihre eigenen Waffen im Haus. Im allgemeinen werden sie nur zum Üben gebraucht oder für den Selbstmord: vor dem Leben ist man unter der Erde am sichersten, sagen sie. Aber hie und da geht eine Waffe los. Der Ernstfall muß auch geübt sein. Wer dann getroffen wird, ist ein Fremder, warum sollte sich ein Mensch mit gutem Gewissen treffen lassen. Jedes Opfer ist ihnen fremd, sage ich, außerdem leben die Opfer zu verschieden. Sie wollen nicht schuld sein, sage ich, also ist der andere schuld. Sie wollen es nie gewesen sein. Um es gewesen zu sein, müßten sie dagewesen sein. Dagegen haben sie alle Maßregeln getroffen. Sie haben perfekte Alibis bei Tag oder Nacht, seit vielen hundert Jahren. So alt sind sie schon, und es hat ihnen kein bißchen geschadet. Jeder, sage ich, kann so alt werden, wenn er richtig gelebt hat. Richtig heißt nicht übertrieben lebendig, richtig heißt nicht maßlos oder unvorsichtig. Richtig heißt richtig. Es kommt nur darauf an, festzuhalten, was man hat, sich nicht herauszunehmen, was einem nicht gehört, und sich nicht nehmen zu lassen, was einem gehört. Man muß sich nur ohne aufzufallen anstrengen, nicht unterzugehen. Wer untergeht, muß etwas zu verbergen haben. Anständige Leute bleiben oben. Es sind gute Christen, auch wenn sie nicht in die Kirche gehen, sie lieben ihre Nachbarn wie sich selbst. Aber warum sollten anständige Leute sich selber lieben? Sie haben Dringenderes zu tun. Ihre Sicherheit, sage ich. Es wird ihnen ja mit jedem überraschenden Schritt nahegetreten, und sie dürfen es nicht einmal zeigen, weil sie klein sind, nur den Opfern zeigen sie es dann. Nahetreten hat immer etwas Bedrohliches. Vorsichtshalber ist es als Übergriff zu behandeln. Gäste sind ihnen stets willkommen, wenn sie zahlen. Ihnen selbst ist auch nie etwas geschenkt worden. Ihnen wird noch immer nichts geschenkt. Dafür sind sie zu klein und zu arm. Ihr Reichtum täuscht gewaltig, sie haben nur nichts anderes. Zum Glück bleibt ihnen die gute Luft –

Du solltest nicht mehr trinken, sagt Mona.

Das hast du schon einmal gesagt, immer wenn ich wieder zu trinken anfange, soll ich nicht mehr trinken.

Und du sprichst, als gehörtest du noch dazu, sagt sie. Du gehörst auch noch dazu. Du redest von dir und merkst es nicht. Hast du denn gelebt? Du hast dich im Keller versteckt und klein gemacht. Du hast dich nicht sehen lassen, als könntest du dann besser sehen. Du hast nur Kunden gehabt, keine Freunde. Du hast dich selbst nicht gemocht und jedem mißtraut, der dich mag. Der mußte ja ein bißchen beschränkt sein, du kanntest dich doch besser. Doch!

Ich habe nicht widersprochen, sage ich.

Das ist zu wenig, sagt Mona. – Du hast noch nicht ja gesagt. Sag einmal ja.

So war es schon in meinem letzten Land, sage ich. Ja. Ja.

Aber wir bitten dich doch, mit uns zu leben. Wir schicken dich nicht weg.

Oh nein, sage ich, dann bis morgen.

Samstag, du bist lang genug verlorengegangen, dafür bist du nicht mehr jung genug.

Ich bin ja nicht richtig verlorengegangen, sage ich.

Das meine ich, sagt Mona, wir meinen dasselbe. Du brauchst dich nicht mehr zu schützen.

Bis morgen, sage ich, elf Uhr ist spät für mich.

Der Kater tritt immer schwächer, nachlässiger, gleich wird er auf Monas Schoß einschlafen oder hinunterspringen.

Herunterspringen.

20

Mijnheer, nun hat also der junge Mann, der sich unaufhaltsam zum Helden dieser Geschichte entwickelt (obwohl diese Rolle sein Gesicht nicht schöner macht) etwas gelüftet, was er für ein Geheimnis hält: das Geheimnis unserer Identität. Er hätte Besseres zu tun gehabt, nicht wahr, wir haben ihm immerhin eine Frau zugeführt, auch wenn er sein Avancement vom Polizisten zum Liebhaber seiner eigenen Initiative zuschreibt, so wollen es die Spielregeln solcher Geschichten. Sie erlauben Liebhabern ihre männliche Selbsttäuschung. Die brauchen nicht zu sehen, daß sie zu ihrem Glück geführt werden, durch eine kluge Frau: ganz mühelos geführt; so kommen nun einmal wahre Geschichten zustande. Man wird geführt, und wenn die diskret führende Frau die einzige mögliche geworden ist, darf auch von Führung im höhern Sinn gesprochen werden. Jan Willem, Staphorsts verlorener Sohn, wird natürlich nicht laut davon sprechen, aber eines Tages wird ihn die Not, die er mit seinem Glück hat, schon wieder beten lehren, und dann wird er zu schätzen wissen, daß er es gelernt hat. Er hat ja seine Identität weg, der Glückspilz. Er wird sie auch nötig haben bei seiner kranken Frau, und sie wird sich auf seinen Charakter verlassen – ein frommer Charakter ist natürlich besser als gar keiner.

Sei es drum, soll die Führung eine höhere bleiben, oder die altvertraute, hartgeprüfte und hart prüfende: so viel Glück, wie wir dem Paar wünschen müssen, haben wir nie gehabt, Mijnheer. Da wird der alte Gott schon wieder auf dem Posten sein müssen. Er wird, seines Alters ungeachtet, hoffentlich zugelernt haben und seine Gegenwart nicht für die Frommen reservieren; das wäre der Selbstgefälligkeit etwas viel, zu viel für den geplagten Rest der Welt. Es wäre unmenschlich, also hoffentlich auch nicht Sein Wille, die Welt schlechter enden zu lassen als einen Roman; und das mindeste, was wir von einem bösen Ende erwarten dürfen, wäre doch ein Sinn, nicht wahr? einen Rest von Sinn. Die entsprechende Sinnerfahrung ist nun freilich Leuten vorbehalten, die sich über eine Identität ausweisen können. Nicht anders als so, und also gut, hat es der junge Held auch mit uns gemeint.

Darum wollen wir ihm auch seine Identität nicht weniger als unsere Mona gönnen. Er soll in Staphorst geboren sein und am Studium der Kunst nach Gebühr gelitten haben, bis ihm ein Licht aufging: daß er seine Jahre nicht zu verkrampfen oder zu verspielen, sondern nur ein wenig Ordnung zu schaffen brauche. Er soll in Gottes Namen Polizist geworden sein und als solcher eine ungewöhnliche Entwicklung genommen haben. Gestehen wir ihm zu, was er auf einem solchen Weg sehr wohl nötig hat: Identität. Schlucken wir tapfer, daß es uns nicht gegeben war, einer »Führung« zu begegnen – es sei denn auf Pappschildern im Stall, auf denen in mühsamer Schrift geschrieben stand: »Geführt am 2. Februar 1938«. Was weiter nichts zu bedeuten hatte, als daß Laube, Linda oder Lise an jenem kalten Tag einem Stier zugeführt worden waren und hoffentlich innert nützlicher Frist kalben würden; Ereignisse, die sich durchaus vor Kinderaugen abspielten – bei denen wir sogar behilflich waren –, und die durch ihre Alltäglichkeit doch nichts, sagen wir: nicht alles von ihrem Schauder verloren. Dieses Stück unserer Identität hat uns der jugendliche und doch schon etwas altkluge Polizist noch nicht gelüftet – aber keine Sorge, er hätte es schon getan, wenn es der Wahrheitsfindung über die Person gedient hätte, die er für seine Geschichte brauchen kann. Es ist eine Geschichte von gutem menschlichem Sinn, deren Fortsetzung wir ihm halbwegs getrost überlassen können – es bleibt uns auch nichts anderes übrig –, da er sich über die nötigen Führungseigenschaften ausgewiesen hat. Der Sinn seiner Geschichte soll nicht durch unsere Erinnerung an Kühe und Stiere getrübt werden, der Gedanke sei ferne, wohin diese Tiere, wenn sie oft genug geführt worden sind, am Ende geführt werden. Die Kirche soll es in Gottes Namen besser wissen als der Stall, auch wenn ihr Herr, wenn ich recht gehört habe, in einem Stall zur Welt gekommen ist.

Aber daß es unser junger Held mit uns nicht nur gut meint, sondern auch noch besser über uns Bescheid wissen will als wir selbst; daß er unsere Identität auf eine Schnur zieht wie einen getrockneten Fisch – das, Mijnheer, ist doch ein starkes Stück von Ordnungssinn oder Sinnverordnung, und wir werden es zwar nicht richtigstellen – Jan Willems Grenzen müssen uns heilig bleiben, solange sie seiner Heldin Schutz bieten –, aber unter uns, Mijnheer, soll doch der fromme Betrug nicht gelten. Wir sollen ein und derselbe sein, Mijnheer? Dazu fehlt viel. Dafür müßte schon jeder für sich mit sich identisch sein – und dann wären wir uns kaum begegnet. Dann wären wir gar nicht in diese Geschichte hineingeraten.

Lesen Sie Kriminalromane, Mijnheer, ich meine: als Sie noch lesen konnten? Jan Willem, der sich ja auf seine Lesekunst etwas zugute hält, handelt jedenfalls nicht nach ihr – nicht nach der Erfahrung, die ich mit Krimis unfehlbar mache. Ich dürfte keinen zu Ende lesen und ärgere mich, wenn ich es doch tue – zum Beispiel auf der langen Fahrt durch die Nacht hierher. Es war ein Krimi Ihres Landsmanns van de Wetering, Mijnheer, den ich als Erkennungszeichen bei Maaikes Auftritt verwendet habe – kein gutes Omen, denn ich war von der Geschichte sehr enttäuscht. Dabei fing sie großartig an. Sie spielte in einer Gegend und unter Leuten, die mir unheimlich-vertraut sind – beides ist unerläßlich zum Aufbau einer echten Spannung, das Unheimliche und das Vertraute; es gibt für Menschen, die länger gelebt haben, das eine nicht ohne das andere. Alle Ingredienzien zu einer starken Lektüre, eine umsichtige, suggestive und sinnliche Sprache natürlich eingeschlossen, waren vorhanden. Ich war darauf gefaßt, zu leben – nein, zu verschwinden in diesem Buch, unterzugehen und verzaubert zu werden. Daß es zur Herstellung dieses Zaubers der Leiche, der Todesnähe, der fortgesetzten Drohung und Zuwiderhandlung gegen das satte Leben bedarf, ist eine Binsenwahrheit, die sich der Krimi zunutze macht, obwohl die bürgerliche Ordnung ihr nachzuleben verbietet – *weil* sie es verbietet. Ich las mich also mit roten Backen ins Verbotene hinein und folgte den Polizisten, die es zu entwirren suchten, mit der Sympathie, die sie bei der Erforschung und Behandlung des Gesetzwidrigen selbst walten ließen. Dieser Vorbehalt des Fahnders zugunsten des Übeltäters, die Reserve gegen den eigenen Beruf, die unterschwellige Teilnahme am Verbrechen muß natürlich der Maßstab des Interesses an seiner Lösung bleiben. Noch nie ist ein guter Krimi im Namen des Gesetzes geschrieben worden, niemals ohne Komplizenschaft mit dem Verstoß, welche ja die Bedingung dafür ist, daß er jemals vor Gericht gezogen werden darf – welches dann, wie sich gehört, das letzte Wort in dieser Sache *nicht* behält. Der Detektiv darf seinen Vorteil einzig der Tatsache verdanken, daß er das Verbrechen, das er sich so gut vorstellen kann, nicht begangen hat – das ist nicht ohne weiteres ein Vorteil zugunsten seines Charakters in den Augen des kritischen Lesers, es bleibt eine anfechtbare Grundlage für das Recht zur Verfolgung, aber die einzige spannende, geistig erträgliche. Der Detektiv macht sein Glück, und das Unglück des Täters, nur vermöge des Zufalls nicht an der Stelle des andern zu sein. Und das einzige Motiv, das wir für das geliebte Jagdvergnügen gelten lassen können, ist nicht etwa die Achtung vor dem Gesetz – was wäre die ohne Achtung vor einem einzigen Menschen! –, sondern die Sympathie, ja die Identifikation mit dem Opfer. Der Detektiv muß selbst der *mögliche* Täter und das *mögliche* Opfer sein – und damit wir die geringste Lust haben, ihm zu folgen, muß ihm die Wahl schwer genug fallen. Es muß seine verdammte Pflicht und Schuldigkeit sein, was er tut; ja, er muß als heimlich selbst Verdammter vor dem Gesetz stehen, dem er dient und dem nie – auch dem Gesetz nicht, Mijnheer! – durch fraglose Dienste gedient war. Man dient der Menschheit nur durch das Undenkbare – und dann soll man es keinen Dienst nennen. Es sieht ganz anders aus. Mit Polizeidienst hat es am wenigsten zu tun.

Das alles, Mijnheer, war gegeben in meinem Kriminalroman. Der Anfang war vielversprechend, ja verheißungsvoll. Unbegreifliches war geschehen; es würde nur durch Undenkbares einzuholen sein. Die Atmosphäre war dicht und stimmte, die Spannung bildete sich, sie bildete mich, den Leser; jede Figur warf riesige Schatten voraus. Und was geschah? Es geschah ja immer etwas, und unmerklich – ich merkte es nur am Schalwerden meines Interesses – geschah zuviel. Die Figuren verwickelten sich zwar unaufhörlich in Abenteuer, aber sie hörten selbst auf, ein Abenteuer zu sein. Sie schrumpften, wie ihre Schatten, zu Kästchen, den weißen und schwarzen Kästchen eines Kreuzworträtsels. Die Lösung, je *denkbarer* sie schien – und ein paar gute Regieeinfälle und pfiffige Haken änderten nichts mehr an ihrer Denkbarkeit –, löste die Atmosphäre des Buches auf wie eine fade Lauge. Sie fraß den Figuren alles Unvorstellbare vom Leib, sie verminderte sie zu Spielfiguren auf einem Brett, dessen Regeln banal werden, sobald sie erkannt sind. Nichts stand mehr um seiner selbst willen da; alles verkam zum Schlüssel. Ich, der in dieses Buch versunken gewesen war wie in eine andere Welt, wurde nur noch als Zuschauer benötigt, auf dessen Beifall es abgesehen ist. Er konnte nur matt sein, Mijnheer, beim besten Willen; denn der Autor war eigentlich nicht schlechter geworden. Er hatte sich nur zum Diener eines schlechten Spiels gemacht. Er war mit einem Fluch geschlagen, den er nicht mehr abschütteln konnte und unter dem wir beide erstarrten: dem Zwang zur Lösung. Er meinte es meiner Spannung schuldig zu sein, auf alles zurückzukommen, was er am Anfang hatte offenlassen können. Da war sie plötzlich wieder, die Festigkeit von Charakteren, die Geschlossenheit von Räumen, die bekannten, der Uhr abgesehenen Abläufe der Zeit. Er wollte enden, das machte ihn klein. Um seinen Schuldigen aufzuhängen, wie behutsam immer, mußte er allen Figuren Fäden überziehen. Plötzlich sah ich nur noch, wie *er* sie bewegte, ganz tüchtig, ganz brav; aber seine Fingerfertigkeit entschädigte mich keinen Augenblick für den Verlust des Unheimlich-Offenen. Alles wurde mir wieder geheuer, die Szenerie entstellt zu einer biederen Kenntlichkeit und zugleich überhöht in eine gemachte Phantastik – was aufgehen muß, hat keinen Atem, eine Kunst zu sein. Die paar Mystifikationen, die er noch ins Werk setzte, um sie mir aufdecken zu können, atmeten kein Geheimnis mehr. Er hatte nicht nur die Identität eines Täters – wie sagten wir: – »gelüftet«, sondern auch seine eigene verplaudert. *Als solche* schon, Mijnheer, war mir seine Identität zum Gähnen gleichgültig. Sie war von jedem *Anfang* weit entfernt. Hier war viel passiert, aber geschehen war nichts. Ich hatte einen *besseren* Krimischreiber gelesen, aber am Ende, durch seinen unseligen Zwang zu enden, war er so gut wie ein anderer und reichte nicht weiter als eben – ein Roman.

Nun hat Jan Willem, der sensible Polizist, auch uns identifiziert. Müssen wir uns das gefallen lassen? Die Eigenschaften in Ehren, die er ja nicht nur für das *Ende* seines Romans benötigt (das wollen wir ihm zugestehn), sondern für seine Fortsetzung: was aber hätten wir damit zu schaffen? Welchen Sinn soll es haben, daß ich und Sie *eine* Person werden; daß zum Überfluß auch jeder von uns für sich sagen lerne: Ich bin's? Ich bin's, der als Herr Bischof einem Konzern erst die öffentliche Darstellung besorgt und dann den Abschied gegeben hat; der wieder aufgetaucht ist als zweifelhafter Graphologe Zerutt und Opfer eines entrüsteten Kunden; der heute als vampirischer Junggeselle an den Kehlen blutvoller Niederländerinnen sein Wesen treibt. Was soll's?

Natürlich wissen wir, was es soll. Unser Polizist sucht seinen Schlüssel da, wo er Licht hat. Das gehört zu seiner Heldenrolle, auch wenn es keine Heldentat ist, sondern ein Mißverständnis, sagen wir: ein Verständnis, das mehr Mißverständnisse aufwirft als ausräumt. Wollen wir nur, weil es der junge Mann in seinem Eifer ohne Schlüssel nicht tut, die Verhafteten spielen? »Ich bin's« – hat er vergessen, der Detektiv Han van Meegerens, was diese Worte bedeuten? Daß die Wahrheit des Fälschers darum, daß er sie sprach, noch lange nicht das Ende der Täuschung war? Er hat es erfahren, unser junger Held – er will es jetzt nur besser wissen. Er steckt in einem Roman und fürchtet um dessen Ende. Da muß er vielleicht deutlicher werden, aus männlicher Bestimmtheit, als es die Tatsachen erlauben. Vielleicht ist es ja das einzige Mittel, die Tatsachen noch ein wenig zu biegen. Er hat männliche und menschliche Gründe dafür. Aber wir selbst, Mijnheer, haben hier doch keine Bestimmtheit oder gar Stärke zu verteidigen, wir haben nicht einmal eine Schwäche zu schützen. Was haben wir an dieser Stelle verloren? Ja, wir haben allerhand verloren, geben wir es zu. Denn wir sind jetzt in keinem Roman mehr, und ein Spaß war das nicht und vielleicht unsere Schuld. Wir haben etwas verloren. Aber einen Schlüssel? Wie es auch um unsere Identität bestellt sein mag: im Schlüsseldienst sind wir nie gewesen, Mijnheer, nicht wahr? Wir haben keine Schlüssel zu liefern. Wir sind keine schuldig.

»Ich bin's.« Einer mochte das wohl sagen, Mijnheer, und ob er's zugibt oder nicht: unser junger Held hat's ihm nachgesprochen. Er wird seine Staphorster Erziehung nicht verleugnen und wieder beten lernen, wenn nicht alles täuscht. Und wenn er es nicht schon tut. »Ich bin's« – der das sagte, ist ziemlich weit gegangen in der Passion für seine Identität. Er hat sich für die Kostbarkeit der unseren geopfert, sie sollte uns also teuer sein. Jan Willem hat uns, als er uns auf den Kopf zu sagte, wer wir seien, nicht nahetreten, geschweige denn verhaften wollen. Er ist im Rettungsgeschäft, soviel er weiß. Aber wieviel weiß er? Alles über Sie und mich, dafür ist er Polizist und ein Held – und zu wenig oder nichts über unsere Identität. Wir wollen seine kleine Selbstüberschätzung nicht mitmachen; außerdem hat dieses Identitätsgerangel schon zu viele ins Unglück gebracht. Er kommt mir recht unerfahren vor, unser Held; diese Christen sind alle sehr jung. Und wenn sie im guten oder verzweifelten Glauben an ihre Allerhöchste Person sterben, sterben sie jung, auch wenn sie – was wir ihnen ja gerne wünschen – achtzig Jahre alt werden. Denn diese Allerhöchste Person mit ihrem Schlüssel zu den Letzten Dingen bleibt eine kindliche Größe und hilft doch nie dazu, kindlich genug zu werden – die Weisheit verbeugt sich davor, aber dann geht sie weiter. Wohin? Durch ein Tor, zu dem es noch nie einen Schlüssel gegeben hat – nicht einmal den, daß es sich keinesfalls um ein Tor handelt, schon gar keins, durch das jemals Einer gegangen ist oder gehen kann. Dann ist es gleich nur ein Wort. Ist er aber hindurchgegangen, ist es auch dies nicht mehr. Mijnheer, im Schatten dieses Tores ist keine Brüderschaft zu schließen, auch nicht diejenige der Identität. Hier geht man ohne Gepäck, denn man ist schon da. Reden Sie, Mijnheer: wie weit mag es denn noch sein bis zu diesem Tor? Nie bin ich weiter davon entfernt gewesen. Das sage ich jeden Tag, und eines Tages sage ich auch das nicht mehr. Ich erwarte Alles davon, also erwarte ich nicht zu viel. Denn ich warte nicht.

21

Morgen ist heute, und ich brauche noch ein Gespräch mit diesem Menschenpaar. Und schon sehen sie aus wie von gestern:

Sie saßen vor mir auf dem gestreiften Sofa, sie saßen beide da, und meistens sprach er. So hatte es ja seine Ordnung. Ich blickte Mona an, wenn er sprach, die blasse, gepflegte Frau, schon fast wieder die Hausfrau. Die natürliche Körperhaltung, die Anmut, die Munterkeit in Ewigkeit. Die gelassene Unterstützung für den Mann. Unter diesem vertrauensvollen Blick werden sie Männer, auch unser Jan Willem.

Überläuferin, dachte ich. Wenn diese Beine verschlossen blieben, bis den Männern die Gitter aus den Augen fallen, bis kein Mann mehr von der Notwendigkeit spricht, sich zu verteidigen. So lange soll es nicht mehr geben, was solche Männer Liebe nennen, so lange bleiben diese Beine zu. Aber sie stellt sie schon wieder aus. Das alles gehört *ihm*, der anders ist als alle andern. Mona hat wieder das Leuchten in den Augen. Sie ist mehr als bereit, für alle *seine* Lücken zu büßen. Mona, die Ranke im Gefängnisgitter, und alles, alles wird wieder gut, denn alles wird weitergehen wie bisher.

Fehlt dir etwas? fragt Mona, du siehst mich so böse an. Ich glaube, du siehst uns gar nicht. Du starrst nur.

Nimm deinen Blick weg, du machst mir angst, sage ich.

Das habe ich nicht gesagt, lächelt Mona.

Das hat mir einmal ein Therapeut gesagt. Er hat nicht einmal gesehen, daß ich ein falsches Auge habe.

Ich dachte früher, du hast einen Silberblick, sagte Mona, und zwei verschiedene Gesichtshälften. Die eine ist lebendig, fast eifrig, und die andere –

Tot.

Müde, sagt sie, das genügt.

Das ist die gesunde Seite, sage ich. – Das beflissene ist das Glasauge. Ein Schweizer Erzeugnis.

Mona lacht. – Gib nicht immer mit deiner Schweiz an, du hast mir nicht geantwortet.

Ich soll mit euch leben, sage ich. – Schön, wo bitte?

Hier.

Das gehört euch nicht.

Doch, sagt Jan Willem. – Ich kann es kaufen. Ich habe geerbt. Und Gezaghebber läßt es uns.

Den gibt es doch gar nicht, sage ich, und frommes Geld würdest du nicht anrühren.

Meine Großmutter war nicht fromm, sagt er. – Sie hat meine Mutter enterbt, als die nach Staphorst heiratete. Sie wohnt in Harlem, eine alte Kommunistin. Ihr Mann war Holzhändler, sie hat ihn überlebt und nie eine Überzeugung verraten. Heute unterstützt sie die Hausbesetzer, und mich, wenn ich eine Wohnung brauche. Wir haben sie besucht, Mona und ich. Laßt nur das Heiraten, hat sie mir gesagt. Dann bekomme ich eine Bankanweisung über vierhunderttausend Gulden, ausgeschrieben an Mona. Untersteh dich, dankbar zu sein, hat sie geschrieben.

Also hat Mona geerbt, sage ich. – Eine solche Großmutter dürfte man nicht erfinden.

Jetzt wird es unser Haus, sagt Mona.

Interessant, sage ich, Jan Willem, du heiratest wohl besser, du bekommst eine Erbin.

Wenn es wirklich mein Geld wäre, würde er es ohnehin von mir erben, sagt sie.

Eine solche Großmutter verbindet, sage ich.

Sie hat meine Mutter erdrückt, sagt Jan Willem, aber mir hat sie das Leben gerettet.

Wir können den Keller ausbauen, sagt Mona nach einer Weile. – In manchen Häusern ist der Keller der schönste Raum.

Der Keller ist also ausgebaut, sage ich, und was mache ich dann im Wohnkeller? Reklametexte für Schöner Wohnen?

Mona wirft einen schnellen Blick zu Jan Willem hinüber, viel Einverständnis, eine Spur Flehen: jetzt kommt dein Stichwort. Was hat er denn für mich mitgebracht, der Weihnachtsmann von der Polizei. Er öffnet die Lippen, beißt darauf, senkt den Kopf.

Wie soll ich dich nennen? fragt er.

Damit fängt es schon an, sage ich.

Was hast du gelernt?

Nichts.

Du hast doch mehr als einen Beruf gehabt. Als du noch Bischof hießest, hast du Werbung gemacht, als Zerutt Graphologie. Und jetzt Naturmedizin.

Muß das sein? frage ich, ich meine das Verhör, aber Mona hört es anders.

Und jetzt interessierst du dich für Kunstgeschichte, sagt sie, du verstehst wirklich etwas davon.

»Wirklich« ist gut. Jetzt gibt es immer mehr Wirkliches an mir. Immer mehr lose Enden, an denen man nur liebevoll zupfen muß, dann entwirrt sich mein Knäuel.

Warum sagst du nichts? fragt Mona.

Ich sauge nicht mehr, ich trinke, sage ich. – Wenn euch das nicht gut genug ist –

Jan Willem mustert mich. – Ist es dir gut genug?

Weißt du etwas Besseres?

Ja.

Soll ich vielleicht zur Polizei?

Ja.

Ich weiß, warum ich nicht lache. Meine Zähne sind immer noch zum Fürchten. Aber diesmal zeige ich sie, ich zeige alles, was ich habe. Ich hätte nicht gedacht, daß ich so lachen kann, als Jungfrau im Märchen müßte ich erlöst sein. Aber die beiden Leute, die sich etwas aus mir machen wollen, bleiben unerbittlich.

Ich glaube an eure Liebe, ich glaube an meinen schönen Wohnkeller. Ich glaube an Staphorst und die kommunistische Großmutter, ich glaube an die Auferstehung des Fleisches und ein ewiges Leben, und wenn ihr's nicht anders tut, glaub ich am Ende an mich selbst. Aber daß ich zur Polizei gehe, glaube ich nicht.

So mußt du reden, sagt Jan Willem. – So habe ich auch geredet. Aber Polizei bedeutet nicht, alte Mütterchen über die Straße zu begleiten oder schwere Jungen anzuhalten. Sie besteht nicht nur aus Dienst in Uniform, wie du siehst: ich kann mir jede Mütze aufsetzen. Wir haben andere Aufgaben.

Ich weiß, sage ich. – Wenn Vampire euer Revier betreten, so ruht ihr nicht, bis ihr sie als Sozialfälle entlarvt habt. Ihr macht bedürftige Menschen aus ihnen und gebt ihnen bürgerliche Namen.

Wir bieten etwas mehr, sagt Jan Willem gekränkt.

Ja, eine kommunistische Großmutter, sage ich. – Aber wer kann sie gleich mit einem reichen Holzhändler verheiraten, und beide beerben; unter Tausenden kaum Einer. – Ihr erwärmt euch für Menschen, sage ich, darum bleiben die Fälle bei euch liegen. Darum ist die Polizei von Amsterdam die menschlichste und unwirksamste der ganzen Welt.

Ich hoffe, sagt Jan Willem. – Und weil es so ist, stellen wir auch lieber Menschen ein als Fälle. Du bist kein Fall mehr.

Wenn ich in meinem Alter noch umgeschult werden soll, sage ich, ziehe ich es vor, ein Fall zu bleiben.

Zu spät, sagt Jan Willem. – Ich will dich nicht verhaften. Darum muß ich dich einstellen.

Verhaften? sage ich.

Falsche Papiere, sagt er, unerlaubte Niederlassung, unterlassene Anmeldung. Vorspiegelung falscher Tatsachen, an diesem Delikt hast du hoffentlich deine Freude. Wenn du uns erst wahre Tatsachen vorgespiegelt hättest! Oder gar Tatsachen geschaffen statt nur vorgespiegelt, wahre oder falsche! Was noch? Ausübung einer arztähnlichen Tätigkeit ohne Bewilligung, Gelderwerb ohne die gleiche Bewilligung, Steuerhinterziehung –

Das sind genau die Dinge, sage ich, um die sich in Amsterdam die Polizei nicht kümmert.

Hoffentlich, sagt Jan Willem, aber was ich von dir weiß, kann ich nicht ungewußt machen. Du stellst mich vor die Wahl, ein zudringlicher Mensch zu sein oder ein unfähiger Beamter – das heißt, ich habe keine Wahl. Zum Glück hast du mich von Anfang an nicht besonders liebenswürdig gefunden. Das macht's mir etwas leichter.

Woher weißt du das? frage ich.

Es steht in deinen Papieren, sagt er.

Ach ja, der gute Leser, sage ich. – Und was wird aus meinem Wohnkeller?

Dem entgehst du nicht, sagt Jan Willem.

Das Gitter ist zwar schon drin, sage ich, aber Strafvollzug unter familiären Bedingungen gibt es nur für Generäle.

In Holland werden Grafen aus Transsylvanien gleich wie spanische Generäle behandelt, sagt Jan Willem. Sie kriegen Ehrenhaft. Aber Strafe muß sein. Etwas mußt du für mich tun, und du bist genau der Rechte dafür. – Da ich mein

Wissen über dich nicht ungewußt machen kann, muß ich es verwandeln, Zerutt. Das ist mehr, als dir andere Länder bieten. – Ich brauche dich, Zerutt, du mußt uns helfen.

Die nächsten zehn Minuten vergehen in vollem Ernst. So muß ich den Zustand bezeichnen, in dem mir Jan Willem ein Berufsbild auseinandersetzt und mir gleichzeitig anmißt als Kleid meiner Berufung. Sieht mich der Mensch eigentlich, oder will er nur noch mein Bestes?

Es gibt also, wie ich höre, Fremde in diesem Land, in Niederländisch Indien Geborene, denen Königin und Vaterland das Blaue vom Himmel herunter versprochen haben, als es noch einen blauen Himmel zu verteilen gab. Diese Ambonesen und Südmolukker hatten den Herren damals beim Ausbeuten des Pfefferlands geholfen und waren dafür belohnt worden: von den Herren mit Uniformen und guten Worten, von den Patrioten, als diese die Holländer vertrieben hatten, mit Verfolgung und Tod, dem Lohn für Kollaborateure. Viele waren schon vor der Unabhängigkeit Indonesiens nach Holland gekommen, viele als Flüchtlinge danach. Sie kamen, gestützt auf Zusagen und Versprechen der Herrschaft, die von der Geschichte überholt war. Also erwarteten die ehemaligen Insel-Gendarmen, daß die Geschichte zurückgedreht würde. Aber Holland gehörte jetzt zu den fortgeschrittenen Ländern der Welt, da schickte sich die Unterdrükkung von Kolonien nicht mehr, dafür die Unterdrückung von Kolonialgeschichte: diese freundlichen Liberalen und Sozialen wollten es nicht mehr gewesen sein. So wurden Ambonesen, Südmolukker zu Kindern der Verachtung. Damit war nicht leicht leben, und diese Leute leben schlecht – auch die Angepaßten, die jetzt erst recht Herrenrasse spielen, weil sie immer noch zuletzt bedient werden. Aber die Mehrzahl ist verelendet, sie vegetieren in ihren Ghettos und verkaufen, wenn's gutgeht, ihre Spezialitäten, indonesische Gerichte, die nackte Haut ihrer Töchter und Frauen, alle Formen von Rauschgift. – Nur für ihre Verzweiflung gibt es keine Käufer. Was sollen sie tun, als sich mit Gewalt bemerkbar machen –

ob ich mich an die Geiselnahme von Assen erinnere, wo ein Zug der Staatsbahn auf offener Strecke gekapert wurde? Die braven Holländer wollten nichts mehr wissen von ihrer Schuld gegen diese verrückten Leute. Sie hatten es lieber sympathisch, die Holländer, und die Südmolukker seien ziemlich unsympathische, also realistische Darsteller der Kolonialherrschaft. Das hindere aufgeklärte Leute in Jan Willems Amt nicht daran, eine Schuld anzuerkennen. Gerade die Polizei könne sich nicht leisten, die Südmolukker als Polizeiproblem zu behandeln. Es sei nicht gut genug, wenn man sie ignoriere, wenn sie still kaputtgingen, oder sie kaputtschlage, wenn sie laut würden. Es müsse einen dritten Weg geben –

Auch kluge Leute wie Jan Willem sehen einfältig aus, wenn sie von »bewältigen« sprechen. Die Niederländer sollen die Südmolukker bewältigen, ebenso die Südmolukker die Niederländer, beide zusammen ihre Vergangenheit, und möglichst gemeinsam ihre Gegenwart. Es ist keine polizeiliche, nicht einmal eine politische Frage, es ist eine Frage sozialer Phantasie. Es wird allmählich Zeit, daß sich jedermann in Jan Willems Welt integriert. Er läßt ihm ja trotzdem seine Identität.

Ich wache erst wieder auf, als Jan Willem sagt:

Dazu brauchen wir dich.

Wozu?

Erst einmal für die Enquete.

Ich bin kein Spitzel.

Es verschlägt ihm die Sprache. Dann sagt er mit heftigen blauen Augen:

Nein. Weil du keiner bist und bestimmt keiner wirst, habe ich dich gefragt. Du bist lange genug fremd gewesen, um zu wissen, wie es Fremden zumute ist.

Zerutt, Spezialist für Fremdsein. Mit dieser Kompetenz kann ich mich nützlich machen, dabei meine eigene Fremdheit abbauen und sogar meiner Verhaftung entgehen. Das Paar hat an alles gedacht, auch an Dinge, die es aus Takt verschweigt. Nein, es hat nicht an alles gedacht.

Ist das ein Businesslunch ohne Lunch? frage ich.
Mona richtet sich sofort auf. – Hast du Hunger? fragt sie schuldbewußt. Schon ist sie meine Spezialistin für Hunger, die muntere Gastgeberin wie am ersten Tag.
I mean business, sagt Jan Willem, wenn du das meinst.
Ich müßte studierter Niederländer werden und eure Sprache reden. Ich würde Papiere brauchen, sage ich, Ausweise, Unterlagen, Vollmachten.
Können wir richten, sagt er, lächelnd zum ersten Mal. – Zu deinen Bedingungen.
Du würdest mir also falsche Papiere geben, sage ich. – Ein dummer Polizist willst du nicht sein, aber ein illegaler, das stört dich nicht.
Nein, sagt er.
Fremder wird kein Beruf, sage ich.
Dein letztes Wort? fragen die blauen Augen, die die Enttäuschung noch dunkler macht, weil sie die Antwort kennen. Jetzt wäre noch einmal die Frau dran. Der Blick, den ich nicht bemerken, der mir nicht weh tun soll. Ihr netten jungen Eltern, was gebt ihr euch für Mühe mit meiner Adoption.
Constantin! sagt Mona.
Es ist der intimste Name, der ihr einfällt, und sie verdankt ihn, wie ihr neues Leben, Jan Willem, dem Polizisten, der keiner sein will. Jetzt bittet sie um dieses neue Leben, ich soll es entstören, jeden Hauch von schlechtem Gewissen herausziehn mit einem Wort, das sich auf Constantin reimt; das gab es schon in meiner Jugend nicht. Und bevor Mona auf Verkürzungen, Verkleinerungsformen kommt, muß ich gegangen sein, ein Land weiter.
Ich schau sie noch einmal an, eine Frau, die wieder zur Bitte geworden ist. Sie bittet ja für mich. Ein Gebet, das nur zu meinem Besten ist, darf ich doch erhören. Ich darf doch bitte nicht im letzten Augenblick unserer Geschichte wieder ein Ungeheuer werden. Die Südmolukker mögen ja im Nebel versinken, denen ist vielleicht nicht zu helfen. Aber mir soll, bitte, zu helfen sein. Wir haben uns doch so lange und zutrau-

lich an unsern Schöpfen gerissen, jeder an seinem. Warum sollen wir uns jetzt nicht einmal daran herausziehn, vereint wenigstens im guten, im allerbesten Willen. Mir soll zu helfen sein, damit Mona geholfen ist, von mir weggeholfen, weitergeholfen, und mit Hilfe hat das ja alles bitte überhaupt nichts zu tun.

Ihr meint es gut, sage ich.

Das wäre uns zu wenig, sagt Jan Willem entschieden.

Ihr kennt mich nicht.

Das ist vorausgesetzt, sagt Jan Willem, das ist geschenkt.

Das könnt ihr mir nicht schenken, sage ich. – Woher wißt ihr denn, daß ich gelebt haben muß?

Du *darfst* leben! sagt Frau Mona.

Hier spricht der Ausnahmezustand, sage ich.

Wir haben keine Angst, wenn du das meinst.

Das meine ich, sage ich, darum seid ihr gefährlicher als ich.

Denk an Mani, sagt Frau Mona, sie schreckt vor nichts mehr zurück, um mir entgegenzukommen, nicht einmal davor, ihrem verlorenen Kind den Namen meiner Liebe zu geben. Ich habe Mühe, meine Zähne bedeckt zu halten.

Samstag, ich möchte *leben*! sagt Frau Mona plötzlich, legt beide Arme auf die Sofalehne und das Gesicht auf die Arme, ohne es zu verstecken, und dann noch einmal lautlos, tränenlos: ich möchte leben.

Dazu hat auch Jan Willem nichts mehr zu sagen.

Bei dem trockenen Wetter wollt ihr ja wohl einmal verreisen, sage ich. Geht nur. Ich füttere solange die Katze.

Frau Mona blickt mich von unten an mit ihren weit offenen Augen, ohne den Kopf zu heben. Ihre Unterarme stützen ihn noch, die dünnen Unterarme mit den vorübergehend verschwundenen Flecken, und die Knöchel halten ihren Mund bedeckt. So bleibt sie, so kann sie bleiben, während Jan Willem noch fragt:

Welche Katze?

Pst! sage ich und lege den Finger auf die Lippen.

Von dieser Katze braucht er nichts zu wissen. Ich füttere sie, das genügt.

22

Wer es nicht weiß, der muß es erfahren: eine Katze hält man sich nicht. Diese Erwartung wäre gotteslästerlich. Sie ist erheiternd, wenn man das Tier betrachtet, und lächerlich, wenn man sich an sie klammert, durch den Augenschein unbelehrt. Dieser Schein trügt nicht.

Auch eine gewissermaßen vertraute Katze wie Maudlin, auch eine, die sich von einem füttern läßt, hält man sich nicht. Noch eher ließe sich sagen: sie hält sich ihren Menschen, unbelehrbar ihrerseits durch die Erfahrung ihrer Abhängigkeit. Sie ist dieser Erfahrung ausgesetzt, aber sie macht sie einfach nicht. Sie geht ihr nicht durch die Augen, in den Schädel, diese verschließbaren Augen, und schon gar nicht in die Seele. Daß sie die Tür des Kühlschranks nicht selbst öffnen kann, macht sie nicht im geringsten dankbar gegen den, der sie öffnet. Daß sie, eine Stadtkatze wie Maudlin, darauf angewiesen ist, daß ihr jede Tür geöffnet wird, ändert kein Jota an ihrem vertragslosen Zustand. Eher scheint es, daß sie einen kleinen Dienst entgegennimmt, ihn sich gefallen läßt; als wäre es eigentlich der Helfer, dem sie durch die endlich geöffnete Tür entgegenkommt. Daß sie schmeichelt, daß sie sich anschmiegt, um die Tür geöffnet zu kriegen, versteht sie nicht als Zugeständnis an ihren Menschen. Sie bettelt, und doch ist sie nicht gefällig; es gefällt ihr nur eben zu betteln, auch dann, wenn sie an ihrem Hunger, ja ihrer Gier gar keinen Zweifel läßt. Der vertragslose Zustand, in dem sie sich mit ihrem Menschen befindet, erlaubt ihr, ihn anzubetteln, aber nicht, ihn zu erpressen. Der Aufschub, den sie keine Minute länger zu ertragen scheint, kränkt sie durchaus nicht mehr, wenn er eine Stunde dauert. Es kommt ihr nicht in den Sinn, ihrem Menschen diese Nachlässigkeit bei

Gelegenheit heimzuzahlen, ihn dafür zu bestrafen mit Wehleidigkeit oder Trotz. Dafür ist man nicht intim genug. Sie behandelt das Erscheinen der Nahrung als Naturereignis. Sie erwartet sie auch in einer Stadtwohnung nicht anders als die Maus vor dem Loch, deren Auftauchen man nicht erzwingen, für das man nur bereit sein kann.

Diese Bereitschaft sieht wie Warten aus, und ist doch etwas ganz anderes. Denn Warten wäre ein Zustand, der einerseits die Zeit lang macht, anderseits die Gegenwart des Wartenden verkürzt. Davon ist keine Rede. Sie ist nie anwesender, die Katze, als im Zustand ihrer Bereitschaft. Nur ist es eine gesammelte, eine geballte Anwesenheit, keine auf das Mauseloch oder die Kühlschranktür beschränkte. Es ist gewissermaßen Bereitschaft für alles, auch das Unerwartete. Das Unerwartete kann in vollem Sinn nur wahrgenommen werden von einem, der nicht wartet, am Warten nicht hängt: dann würde es sich gar nicht zeigen.

Mein vertragsloser Zustand mit Maudlin ist, obwohl von Ansprüchen nicht die Rede sein kann, der anspruchsvollste; denn ich muß ja meinerseits bereit sein für eine solche Bereitschaft in meiner Nähe. Ich muß mir selber das Warten, die Erwartung abgewöhnen, um das Unerwartete in Maudlins Gestalt wahrzunehmen, die zur Betulichkeit, zum Herabneigen, Streicheln, Anbiedern verführt. Die Verführung darf sein, aber jede Erwartung, die sich daran knüpfen würde, wäre nicht angemessen. Wenn etwas aus unserem vertragslosen Zustand werden kann – und es kann allerhand daraus werden –, so ist es immer das Unerwartete. Maudlin hat Hunger, hat Bedürfnisse nach Nähe und Wärme wie jedes lebendige Geschöpf; aber diese Bedürfnisse unterliegen keinem Haushalten mit der Zeit. Dieser Haushalt bleibt meine Sache, ich kann ihn weder gegen Maudlin einsetzen noch ihn darauf verpflichten. Er benützt die Zeit weder für noch gegen mich; die Zeit, die er sich nimmt, läuft mit gedehnten, bis zu ihrem natürlichen Ende ausgeschöpften, ebenso absichts- wie rücksichtslosen Bewegungen neben meiner Zeit her. Seine kätzische Gegenwart ist weder geschaffen, mir etwas nachzutragen, noch mir etwas vorzuwerfen. Er stellt mir anheim, seine Rücksichtslosigkeit empörend, oder seine Absichtslosigkeit zum Entzücken zu finden. Beides ist meine Sache, ihm ist es gleichviel. Manchmal scheint er mir anzudeuten, daß er mit meinem Entzücken besser leben kann als mit meiner Empörung. Aber das scheint nur so, denn da er nicht daran gewöhnt ist, Gegenstand zu sein, gibt er sich auch nicht zum Gegenstand meines Entzückens her. Was ihm ohnehin gefällt, läßt er sich auch von mir gefallen. Sein Entgegenkommen reicht nicht weiter, als er von sich aus gehen will. Auf die Dauer tue ich besser daran – besser für mich, besser für unser vertragsloses Verhältnis –, es gar nicht als Entgegenkommen zu deuten; nur zuzusehen.

An meine Fähigkeit zuzusehen stellt er freilich die höchsten Anforderungen; gerade darum, weil er nicht den geringsten Anspruch darauf erhebt. Ich darf mir nicht einbilden, daß er auch nur eine der Bewegungen, die mich entzücken oder empören, ohne mich unterließe oder anders täte. Diesen Mangel an Beziehung als Beziehungslosigkeit deuten, hieße freilich die Deutung überstürzen. Tatsächlich ist er die Basis der zwischen uns möglichen Beziehung. In diesem Mangel steckt ihre Fülle, ihr Reichtum, sobald ich das Herz habe, ihn anders, oder noch lieber gar nicht zu benennen: nur zuzusehen. Nichts geschieht mir zuliebe oder zuleide, das ist wahr; eben darum geschieht es in besonderer Beziehung auf mich. Es steht nur bei mir, in Maudlin, der mir auch beim schönsten Entgegenkommen, beim fröhlichsten Schnurren nichts erzählt, den Grund für alle möglichen Erzählungen zu sehen; er wird berührbar, indem er sich verschweigt, und in der Tiefe dieses Schweigens ist Raum für alle Geschichten, hoffentlich auch für diese. Es ist kein bildliches Schweigen, obwohl es mir natürlich freisteht, das rote Haar Monas, die kieselgrauen Augen Manis wiederzuerkennen, mich an Fraukes Lehrer zu erinnern.

Aber um unsere Verwandtschaft festzustellen, genügt die

Erinnerung nicht. Ich muß vergessen, zusehen, zuhören: das Schweigen Maudlins ist kätzisch, nichts weiter, und konkret. Es ist ein Schweigen zu seinen Bedingungen, über die ich nicht einmal in der Erinnerung verfüge. Sollte Maudlin, neben vielem andern, die Hinterlassenschaft einer Geschichte sein, ist er es so vollkommen und restlos, daß von Hinterlassenschaft nicht die Rede sein kann. Es müßte von Schweigen die Rede sein; und vor diesem Anspruch, wie vor jedem, bewahrt mich Maudlin durch sein häßliches, doch melodisches Geschrei nach Futter, durch seine hörbaren Tritte auf dem Parkett, wenn er gefressen hat und sich auf dem Eisbärenfell zur Ruhe wirft. Es sind leichtere Tritte als meine, *andere*, sie führen nicht weiter als bis zum gewünschten Ruheplatz, aber sie sind kein Bild. Maudlin ist kein Bild einer Katze. Wer immer er sei, was ich auch in ihm zu sehen Lust habe: er ist es nur, und ich sehe es nur, weil er *diese* Katze ist, keine andere, aber anders.

Sehen ist zusehen – was ich aus ihm mache? O nein; er läßt nichts aus sich machen, ich kann ihn füttern, streicheln und töten, aber aus ihm etwas machen kann ich nicht. In dieser Unabhängigkeit Maudlins von meiner Geschichte, seiner Unfaßbarkeit durch meine Erwartung, besteht unser Verhältnis; und es ist als Verhältnis nicht zu beschreiben – denn beschrieben scheiterte es sofort an seinem Schweigen –, nur zu leben; auf Zusehen hin zu leben. Ob ich außerdem etwas anderes zu leben, zu erleben habe, ob ich überhaupt zu leben habe, kümmert Maudlin nicht. Hinsichtlich seiner beruht mein Leben darauf, daß ich zusehe, daß ich sein lasse, daß ich nur auf seinen Wunsch – aber auf mein Risiko – meine Wünsche mitfüttern kann, wenn ich den Kühlschrank am Ende doch öffne.

Die Probe auf seine Erwartung fällt immer zu Ungunsten des Wartens aus: er hat aufgehört, obwohl hörbar hungrig, auf sein Futter zu warten; er ist mir zweimal um die Beine gestrichen, ja. Aber dann hat er nicht mehr gewartet, er hat sich gefaßt – mühelos – in reiner Anwesenheit; ruhig blinzelnd ist er keine Spur, um keine Haaresbreite weniger anwesend als hungrig schreiend und kätzisch schmeichelnd. Ich füttere ihn; er dient mir zu nichts. Aber er ist da. Kein Wenn und Aber: da. Er ist nicht anders, der andere. Er sieht aus, als ob er Leben und Tod überdauern könnte, und er sieht nicht nur so aus; denn auch das Dauern kümmert ihn nicht. Das Ende der Welt könnte ihn zerstören, wie alles, aber nicht ändern. Wie könnte ihn das Ende meiner Geschichte berühren. Er würde verhungern, wenn ich die Wohnung verließe, wegbliebe; aber er hielte mich nicht. Auch ich, ich halte ihn nicht, ich kann ihn einsperren, aber nicht halten. Keiner hält den andern, darin besteht unser Verhältnis. Er hat gefressen, und was nun. Er verwirft den Kopf: immer diese Reste in den Zähnen! Er schluckt, dazu sieht er mich an, schluckt leer, blinzelt und sieht weg. Jetzt kommt die Verbeugung: tief senkt sich der Kopf auf die vorgestreckten Vorderpfoten und gähnt. Dann richtet er sich auf und zieht nur noch andeutungsweise die Hinterbeine lang. Nun steht er da, geht nicht weg, setzt dem Stehenbleiben durch die leichteste Wölbung des Rückens, ein schwaches Runden des Schweifs eine Spur von Angebot zu und verstärkt es unter meiner Hand, deren Berührung hiermit erwünscht ist. Sie soll nachkommen, die Hand, wenn die Katze sich auf die Seite fallen läßt, um mit gedehnten Vorderfüßen, gespreizten Pfoten, in denen die Krallen langsam ein- und ausfahren, die Luft zu treten. Allein, glaube ich, täte sie das nicht. Der verstärkte Atem ist jetzt als leichtes Schnurren zu hören; mit einem Ruck wälzt sich das Tier auf den Rücken und dreht meinem Finger die gelockte Kehle zu. Wenn es das Kinn hochdrückt, treten an beiden Maulecken die bloßen Eckzähne hervor, jeder wohl eingebettet in einen dunklen Fleck an der Lippe. Das sieht nicht aus, als ob es weh tun könnte, es stört das Lächeln der Katze nicht, und meine Knie haben nachgegeben, ohne es zu wissen. Hier ist kein Licht, hier ist kein Schlüssel. Jetzt ist es gut.

Nachschrift:

Dreizehn Briefe Mijnheers
Vom Bildersehen und Stilleben

I

Beginnen wir mit einer Geschichte, Mijnheer. Und da wir die Wahl haben: wählen wir die Geschichte, mit der ALLES anfing (gewiß, aber unbekümmert darum, daß damit auch ALLES aufzuhören pflegt): nehmen wir also ein Paar, ungleich wie Mann und Frau. Wählen wir die Frau vorläufig sehr jung; der Mann sei es nicht mehr ganz. Dafür wollen wir ihn einen Maler sein lassen, in meiner Sprache: einen Schildner. Ein altertümlich klingendes Wort, Mijnheer; lassen wir die Geschichte, ihrer Deutlichkeit zuliebe, ruhig in einigem Abstand von uns spielen, verlassen wir uns auf die Eitelkeit der Schildner: die Kunst ist ja zeitlos, das weiß jedes Kind.

Aber weiß es die junge Frau? Wir müssen es vorläufig eine Zumutung nennen, was der Mann von ihr verlangt. Nein, er zieht sie nicht aus. Das hätte sich zu der Zeit, in der wir unsere Geschichte spielen lassen, kaum geschickt. Es sei denn, es hätte sich ein passender mythologischer Vorwand finden lassen: Daphne auf der Flucht vor Apoll, oder die arme Seele beim Jüngsten Gericht: da darf sie ihre nackte Haut schon zeigen, sie wird ja gleich dafür bestraft. Eva vor dem Fall, nun wohl: aber unsere Geschichte spielt nicht im Paradies, sondern in einem Atelier des 17. Jahrhunderts. Unser Mann ist Maler. Er ist gerade ein bißchen Schöpfer; den alten Adam hat er draußen gelassen. Sein Fall ist einer für die Kunst; ist es auch ihr Fall? danach ist sie kaum gefragt worden. Das Motiv, das die beiden zusammenführt, ist ein höheres, und er hat es befohlen. Sie ist ja noch ein halbes Kind. Wir wollen es nicht unbescholten nennen. So ein Wort reizt bekanntlich, wie fast alle Menschenwörter, sein Gegenteil heraus, und darum können auch die Leute das Reizen nicht lassen. Aber dem Maler ist es ernst. Er hat nur ein einziges Motiv: aus dieser Frau etwas zu machen. In diesem Augenblick, dem wir beiwohnen, beschäftigt ihn der Ausdruck auf ihrem Gesicht; nicht die Reinheit, nur der besondere Glanz. »Rein« ist immerhin ein Wort dafür, auch um »Unschuld« werden wir nicht herumkommen. Aber bitte ohne läppischen Beigeschmack. Auf diese ruhige Stirn, diese großen Lider, diese leicht geöffneten Lippen wollen wir nichts Ländlich-Sittliches kommen lassen. Ein Stadt-Kind, wenn schon, mit einem Zug von delikatem, kaum merklichem Hochmut – den also »adelig« zu nennen sich verbietet, und von Seelen-Adel soll schon gar keine Rede sein, diesem Spaltungsprodukt von Leib und Seele. Die junge Frau trägt an dem Kostüm, das ihr zugemutet wurde, schon schwer genug, auch wenn sie die Last nicht verrät, oder wollen wir sagen: ihrer leise spottet? Werfen wir lieber keinen Schatten unserer Wörter auf dieses Gesicht; halten wir unsere Erfahrungen vor ihm zurück, auch die uns teuren. Sie würden nicht haften. Erlauben wir uns gerade noch die Vermutung, daß es mit dem Geheimnis dieses Menschen-Kindes nur die natürlichste Bewandtnis haben kann; sie braucht es nicht einmal zu *hüten*. Wenn wir sagen, daß sie *wie gemalt* sei, diese junge Frau, können wir über diese dümmste aller Redensarten wenigstens lächeln – ihr eigenes Lächeln wird davon nicht berührt. Kein Mensch denkt im Ernst daran, sie zu malen.

Der Mann denkt auch nicht daran. Er tut es nur.

Ich weiß nicht, ob das Wort »Modell« damals schon gebräuchlich war, und ob es die junge Frau verstanden hätte. Ich nehme an, der Mann hat ihr einfach *befohlen*, dieses grandiose Kleid aus steifer blauer Seide anzuziehn. Es war nicht die Frage, ob es ihr steht. Es steht ja beinahe von selbst, steht ihr hinten deutlich vom Hals weg, weigert sich sogar, von ihrem linken Unterarm zu *fallen*, dem der Mann ein Buch, einen schweren Folianten, zu fassen gegeben hat, den sie nun also, folgsam oder mühselig, gegen ihr Herz drückt: wir sehen auf einen Blick, daß es mit solchen Requisiten der Gelehrsamkeit nichts zu schaffen hat. Wir meinen, dieses Kleid knacken zu hören, es besteht auf seiner eigenen Form und kümmert sich nicht um die des Körpers, den es verkleidet, muß ihn eben so sprechen lassen: die rechte Hand, die eine altertümliche Trompete *hoch*halten sollte, läßt sie eher sinken wie eine seltsame Waffe, an deren Gebrauch nicht zu denken ist; ihr Gewicht, über den Arm auf die Hüfte abgestützt, wird durch die Zartheit des Zugriffs beschämt. Und die Herwendung des Kopfs, auf dem ein großblättriger Kranz sitzt, scheint mit niedergeschlagenen Augen zu sagen: ach wie so feierlich, und ohne Frageton: was soll's.

Sie ist nicht sprachlos, sie schweigt nur, wie es die Sitte gebietet, der Gehorsam, die Klugheit, der Spott: wer weiß. Die junge Frau, die der ältere Mann ausstaffiert, aufgeputzt, aufgebaut hat vor seiner Wand, verstummt gewissermaßen für immer. Sie hat jetzt stillzuhalten und etwas zu bedeuten. Das Buch im Arm, die Trompete in der Hand, der Lorbeer auf dem Scheitel, die Augen hierher und nicht mehr rühren, wenn's beliebt: hierher, zur Gipsmaske auf dem Tisch: so. Hierher, vor die rechte untere Ecke der übermannshohen Landkarte an der Wand, deren Überschrift der kleine Prunkleuchter (auch er hat natürlich etwas zu bedeuten) zum Teil verdeckt: NOVA XVII PROVINCIARUM. . . .ERI.RIS DESCRIPTIO. Nichts dem Zufall überlassen: es soll die Karte der Niederlande sein, der ganzen, also der reformierten *und* der altgläubigen: eine katholische Karte, wie es sich unter diesem Leuchter, vermutlich dem Auge Gottes, gehört.

Und nun: stillgehalten. Die junge Frau ist, wenn sie den Mann fragt, DIE GESCHICHTE in Person, nichts Geringeres. Im dicken Buch, das sie halten muß, ist sie gewissermaßen selbst verzeichnet, von der schmetternden Kriegsdrommete ist sie leider nicht zu trennen, dafür gebührt ihr der Lorbeer im Lockenhaar, und ihr niedergeschlagenes Auge ruht demütig auf dem Gipsgesicht auf dem Tisch, dem überlebensgroßen Männerantlitz ihrer Helden und Opfer. Sollte die Frau den Mann fragen, könnte sie, wenn er nicht zu beschäftigt und gut gelaunt ist, erfahren, was sie vorstellt: die Muse Seiner Taten. Und mutig oder errötend weiterfragend erführe sie wohl gar die Hauptsache: sie ist nicht nur die Muse Klio der Geschichtsschreibung, sondern die der Kunst schlechterdings. Sie stellt den im blauen Kleid zusammengefaßten Inbegriff aller Musen vor: nämlich die Malerei. Bildlich gesehen, ist sie Die Kunst, vielmehr soll sie gerade dazu erhöht werden. Denn der wahre Held unserer Geschichte, Mijnheer, ist nicht etwa die Maske auf dem Tisch – flach, wie sie da liegt, fällt sie dem Betrachter erst gar nicht auf. Der Held ist nicht Der, der da gewesen ist, oder der da kommen soll: er sitzt schon da. Gerade hat er sich niedergelassen auf seinen schmucken Schemel vor der Staffelei, keine drei Schritt von der jungen Frau entfernt, zum Greifen nahe. Aber an Greifen ist jetzt gar nicht mehr zu denken. Jetzt ist die Stunde des Heils, der eigentlichen Geschichte gekommen. Es ist die Stunde des Malers. Ihm muß sie stehen, sie, die Geschichte, als wäre sie ein junges Mädchen, um sich zu erfüllen: als Schilderei. Die junge Frau stellt nichts weiter, nichts Geringeres dar, als daß sie, die Geschichte, der höchste Gegenstand der Malerei ist. Noch mehr: daß die Geschichte überhaupt erst auf einem Stück Leinwand an ihr Ziel gelangt. Der Schildner bildet doch nicht die Geschichte ab! Vielmehr ist es der Beruf der Geschichte, sich im Bild ihres Malers – zu sammeln? zu konzentrieren? ZU VERWIRKLICHEN!

So faustdick-großartig würde der Maler die Sachlage ja wohl nicht dar- und richtigstellen. Immerhin: die junge Frau könnte ihn *fragen*, um wenigstens etwas – soweit einer Frau überhaupt möglich – klüger zu werden über ihre immerhin beneidenswerte Lage. Frau Welt zu spielen, das wäre schon allerhand: und jetzt ist sie noch mehr. Kunst. Die Welt, ins reine gemalt. Sie wird gerade unter die Götter versetzt, immerhin. Aber sie ist schwerlich gefragt worden. Darum – nur darum? fragt sie nicht, lächelt nur schwach.

Die Stunde der Geschichte, der ruhmvoll geschilderten Wahrheit, dürfte eine Strapaze gewesen sein. Der Mann sitzt wenigstens, sitzt wie ein Fürst. Die junge Frau aber muß stehen, länger wohl als eine Stunde. Aber wenn's für die Ewigkeit sein soll, ihr Bild. Und wenn sie für etwas Anderes und Wichtiges steht. Da darf es auf ein Paar müde Füße nicht ankommen. Sie fallen ja auch nicht ins Auge, der Maler hat sie hinter dem Tisch mit der Maske versteckt. Immerhin, es sind ihre eigenen; mit dem Buch aber hat sie nichts zu tun, das zeigt sie durch die Art, wie sie es hält: wahrscheinlich kann sie gar nicht lesen. Und was soll die Trompete, der Kranz. Das Malerauge aber sieht ihr Ungeschick als Reiz, und ihr kleines Lächeln zwischen Spott und Hochmut als tiefere Bedeutung. Ich denke, er sieht's mit Entzücken. Denn er beabsichtigt ja DIE GESCHICHTE keineswegs zu feiern – oder nur zum Schein. Er gedenkt ihres Gepränges und seiner Attribute zu spotten, wie sie's verdienen, vor dem Auge Gottes, für das neuerdings der Maler einspringt. Da trifft es sich ja reizend, daß die junge Frau mit dem allegorischen Sperrgut nicht ganz zurechtkommt. Ja, das kleine Lächeln auf ihren Lippen ist eine Fügung, von deren höherer Ironie sie nichts weiß, durchaus nichts zu wissen braucht, das würde den Effekt nur stören. Es genügt, wenn er, der Künstler, sie sieht und MALT. Wenn er, der wahre Schöpfer, die kleine Eitelkeit einfängt und als Reflex der Großen Vanitas behandelt, unter Verwendung ihrer holdseligen Unschuld. Das Auge der Nachwelt zu bestechen, *beinahe* zu versöhnen mit der Frau Welt im Gesicht der ersten besten jungen Frau: das wäre die Kunst! Denn hier, wo alle Eindeutigkeit aufhört, wo man die Wahrheit nicht malen kann, ohne sie *durch das Malen* zu überführen: hier erst zeigt sich der Meister.

Da sitzt er also, Mijnheer, zu großer Tat auf seiner Leinwand bereit, auf seinem stilvollen Hocker, wendet uns den Rücken zu und hat seine rotgestrumpften Beine mit den weißen Wülsten breit ins Licht gestreckt, seine schwarzen Pantoffeln auf die schwarzweiß gemusterten rautenförmigen Fliesen gepflanzt, jeder Fuß eine zum Siegen gerüstete Schachfigur. Auch von hinten betrachtet ist unser Schildner ein ganzer Mann. Das im Rücken festlich geschlitzte Wams, die delikat durchbrochenen Ärmel, die Hose imposant gepludert. Das dazu passende Samtbarett, wohl gerichtet auf dem fuchsbraunen, seidenfein gewaschenen Haar. Alles andere als ein Bohemien, ein Meister aus dem Bilderbuch, jeder Zoll ein Künstler, fast schon zu gut für einen solchen – ein zünftiger Herr im Sonntagsstaat. Wir könnten ihn beinah für die *Verkleidung* eines Künstlers halten, Mijnheer, wenn er auf der Leinwand nicht bereits eine Probe seiner Kunst geliefert hätte. Er hat den Kranz auf dem Kopf seines Modells schon fertig, um nicht zu sagen: vollendet: naturgetreu, wir können's ja überprüfen, auch wenn das Lorbeergrün im Lauf der Jahrhunderte blaustichig geworden ist. Seine Kopfhaltung – er schaut von der Leinwand weg und hinüber zu seinem Modell, die Hand mit dem Pinsel hält inne –: alles deutet darauf, daß er jetzt zu noch größeren Taten bereit ist. Gleich wird er das Gesicht seiner Allegorie in Angriff nehmen. Etwas befremdet dürfen wir trotzdem sein. Was ist das für ein Maler, der mit dem KRANZ beginnt und den ganzen Rest der Figur noch nicht einmal skizziert hat? Wie sitzt er eigentlich da, der Mann in seiner Pracht – sitzt er nicht selbst Modell, wie für einen zweiten, unsichtbaren Künstler, der ihn, den Schildner, abschildern soll?

Natürlich, Mijnheer, eben das tut er und nichts anderes. Der malende Maler ist selbstverständlich auch schon der gemalte. Er ist im Bild, im doppelten Sinn. Das Bild, das er offenbar mit aller Kunst und Umsicht malt, zeigt die junge Frau – *wird* sie einmal, wenn alles gutgeht und wenn's nicht bei diesem Kranz bleibt, als vollendete Allegorie zeigen. Aber das Bild, das wir *sehen*, zeigt nicht nur sein Modell, sondern auch ihn selbst schon fix und fertig – wenn das das passende Wort ist, wir werden wohl darauf zurückkommen müssen ... jedenfalls zeigt unser Bild Frau und Mann, Raum und Landkarte, Tisch und Maske, Leuchter und Vorhang bereits in einem solchen Grad der Ausführung, daß wir über die Geschichte überhaupt reden können – auf die Gefahr hin, daß uns (das haben wir doch auf den ersten Blick gewußt, Mijnheer) nun erst recht die Worte fehlen. Das Ganze ist ein Bild – aber diese Beschreibung trifft es nicht. Es ist ein Bild für das GANZE, Mijnheer, es überfällt uns mit dem Verdacht – wir könnten ein stärkeres, ein frömmeres, ein bestürztes Wort für unsern Eindruck verwenden – daß dieses Bild DAS GANZE sei; daß ALLES in ihm steckt. Aber lassen wir es vorerst beim Verdacht, bei der nüchternen Feststellung: was wir bisher als Geschichte erzählt haben, ist selbst ein Bild – ist selbst nur gemalt. Aber was heißt hier »nur«? Es ist ja – pardon, Mijnheer! – WIRKLICH gemalt.

Ich bemühe mich um Sachlichkeit, Mijnheer. Wenn ich sage: ALLES ist in diesem Bild, halte ich mich vorläufig nur an diese Landkarte an der Wand. Sie zeigen die Niederlande aus katholischer Sicht, als immer noch ganze, ungeteilte – aber auch für das reformierte Auge meiner Vorfahren hätten sie durchaus als Universum gelten können; nicht nur als Bild einer neuen Welt (die lag schon jenseits der Ozeane), sondern als Vaterland einer neuen Zeit. Nehmen Sie den Orbis pictus der Stadtveduten dazu, der diese Landkarte auf drei Seiten umläuft. Da sind, von Brügge bis Amsterdam, von Gent bis Leiden, die Hauptstädte des Welthandels versammelt – jede eine Stadt Gottes, Mijnheer, jede ein kapitales Jerusalem. Da sind sie, die Beweisstücke einer neuen Heilsgeschichte. Diese Städte sind jetzt die Weinberge des Herrn. Hier ist *mehr* als Eden, Mijnheer, auch wenn die Frauenschönheit dazugehört, Eva, mit der schon einmal alles begonnen hat. Und schon lächelt sie wieder, rührt sich das Schlänglein auf ihren Lippen: wir können ihn kommen sehen, den Fall; wieder wird es der Fall des Mannes sein, denn mehr als zu Paradieses Zeiten ist die neue Welt der Städte SEIN Fall: ein Fall für den Neuen Mann, die neuen Männer des Großen Geschäfts. Aber wozu haben wir Maler wie diesen hier? wenn nicht dazu, daß sie den Fall etwas *anders* wenden, noch immer ins Fromme, aber auch schon ins Zweideutige, und jedenfalls ins Subtile ... Er malt ihn ja gleich, den Zug der Superbia, den flaumenleichten Hochmut im Gesicht der Frau Welt. Aber er wird ihm die Miene heiliger Unschuld geben – ja, der neue Maler mag von ihrer freilich zarten, aber sinnlichen

Heiligkeit nichts abbrechen. Er malt die neue Eva mit allem Adel einer bürgerlichen Menschen-Tochter, dessen eine Männerhand fähig ist. Aber malt er noch sie, oder malt er schon seine eigene Kunst? Diese Frau *bedeutet* etwas, sie stellt die Geschichte des Heils oder Unheils dar, moderner gesprochen: die Zeit. Und gewiß, wer die Zeit malt, wird ihre Vergänglichkeit mitzumalen haben, denn Zeit, nicht wahr, dauert ja nicht – sie dauert jetzt gewissermaßen weniger denn je. Ihre Eitelkeit schimmert durch das Lächeln des Mädchens, des Persönchens mit der Trompete. Aber: sie *schimmert*, Mijnheer!, es soll kein Schatten darauf fallen – auch nicht derjenige religiöser Geringschätzung, der nun gerade nicht. Er kann nicht umhin, den blühenden kleinen Hochmut zu feiern, den er da schildert, unser gemalter Maler. Sein Kranz bleibt ein Kranz, eine Krone des Lebens. Und der malende Maler spottet dieser gotteslästerlichen Mühe nicht; er tut weniger und viel mehr. Auch wenn sie, die da malen oder gemalt werden, mitsamt ihren Kränzen bald abgeblüht haben werden – er weiß es, der Vollender dieses Bildes, er weiß es vielleicht besser, radikaler als seine Kollegen früherer Geschlechter. Aber er *sieht* es anders; er findet im Sehen die höhere Gnade als beim Wissen, und die höchste beim Malen dessen, was er sieht. Er hält den Körper seiner Figuren nicht gegen sie, mit keinem Strich seines Pinsels. Er malt sie nicht nur ab in ihrer merkwürdigen Besonderheit – er *begabt* sie, durch Malkunst, mit einer abgründigen Heiterkeit; er stimmt, malend, ihrer Vergänglichkeit zu. Es ist kein Spaß, und nicht die reine Ironie, daß er seinen gemalten Maler erst den Lorbeerkranz vollendet haben läßt – es ist der Kranz, den alle sichtbaren Dinge jetzt tragen dürfen; und da es kein Spaß ist, darf es natürlich *auch* ein Spaß sein. Das Prachtstück von Maler, den wir hier gemalt sehen, ist durchaus im Bilde. Er *darf* zum Kranz das Menschengesicht malen, und wird im nächsten Augenblick damit beginnen; er hält nur kurz ein, um sich dieses Gesicht ganz zu vergegenwärtigen – um aus dieser Gegenwart in seiner Seele die Konzentration für den nächsten, präzisen Pinselstreich zu schöpfen. Er wird jedes Attribut der Eitelkeit getreulich einfangen – und sie beschämen durch die Sicherheit, mit der ihm jeder gelingt. Das junge Mädchen ist eine Allegorie des Malens? Nun gut: je vollkommener sie es ist, desto unfehlbarer wird sie das Bild eines jungen Mädchens, Evas Wiedergeburt – nicht als Jungfrau Maria. Als *diese* Frau.

Wir wissen nicht, Mijnheer, ob der gemalte Maler ein Selbstporträt des malenden, des unsichtbaren ist. Wir sehen kein Gesicht; weder des einen noch des andern. Ganz gewiß aber wird das, was er sich zu malen anschickt, angefangen – mutwillig, *rechtmäßig* angefangen beim Lorbeerkranz – ein Selbstbildnis der Malerei.

Ja, er ist im Bilde, unser Maler mit seiner prächtigen Rückenansicht. Seinem Modell leicht zugewandt, etwas von der Staffelei abgedreht, plustert er sich förmlich in seinem Bild. Aber es ist ja eben nicht das seine. Sein eigenes Mach-Werk ist noch keineswegs vollendet, es ist kaum begonnen! Die Sitzung kann noch lange dauern, sie wird so lange dauern wie das Bild, das seine Mühe, den Aufgang seiner Kunst bezeugt. Das Bild, das ihn dabei zeigt, *ist* freilich vollendet, ja über jeden Begriff von Vollendung erhaben. In der Wirklichkeit dieses Bildes – der Wahrheit, die wir *sehen* – ist alles schon getan, womit sich der gemalte Maler noch wird plagen müssen. Und es ist so getan, daß der gemalte Maler ein Genie sein müßte, um es dem Maler, der ihn längst gemalt hat, im entferntesten nachzutun. Es ist nicht nur vollendet, Mijnheer, es ist schlechterdings das schönste Bild von Menschenhand – man muß blind sein wie ich, um es zu wissen. Das Mädchen ist *vollbracht*, wie es Gott in seinem Garten, als er es aus der Brust des Mannes zog – aber diese Version ist ja neuerdings umstritten –, nicht ergreifender gelingen konnte. Wenn er nicht GUT dazu sagte, so nur, weil es ihm die Sprache verschlug. Diesem Geschöpf ist wahrlich die Rippe nicht anzusehen, aus der es gebildet sein soll – und der Gedanke ist Lästerung, wenn auch unabweisliche, daß es sich, wie alles Lebende, wieder zum Skelett, zu Staub und Asche zurückbilden soll. Dieser Gedanke kann seinem Schöpfer selbst nicht gekommen sein, als er es schuf, sonst müßten wir ihn anders, sehr anders nennen. Solch ein Wesen wird auch von Gott dem Herrn nur in Selbstvergessenheit geschaffen. Ohne sie glückt nichts; ohne sie gibt es keinen Begriff von Glück.

Diese Frau ist geglückt, Mijnheer. Sie ist vollbracht. Ihre Gestalt ist das vogelhafte Gewicht, das spielend ausreicht, das *einzig* ausreicht, nicht nur unser Urteil über das Unglück der Welt, sondern dieses Unglück selbst in der Schwebe zu halten. Da dieses Bild SEIN durfte, sind wir nicht zu teuer erkauft.

Spielend, nur spielend reicht es aus als Gegen-Gewicht. Und wenn dieses Bild dem Schöpfer nachzubilden, *vorzuhalten* auch für den Schildner das Glück gewesen wäre, das es noch für blinde Augen ist: so müßte er ewig leben. Aber nein: dann dürfte kein Atem von Klage mehr übrigsein über den Tod, auch seinen frühen Tod.

Er hieß übrigens Johannes, Mijnheer, wie der Volksmund das männliche Glied nennt. Ich aber höre: Siehe, das ist deine Mutter, siehe, das ist dein Sohn. Kein Widerspruch, Mijnheer.

Johannes zum See. Er ist schon lange tot, schon über dreihundert Jahre. Nur sein gemalter Maler lebt noch und ist von dieser Welt, wie alles Geglückte.

Sie können das Bild besichtigen; *Sie* können es: ein Auge genügt, da es auch zwei nie ausgesehen haben. Ihr Auge wird Ihnen nicht übergehn. Es wird sich erheitern, Ein Mal wie für immer. Das *Licht* dieses Bildes, des Malers Johannes überhaupt, ist berühmt; sie können es, wie den Ruhm, vergessen, es wird Ihnen bleiben. Die Erinnerung, daß es dieses Bild gibt, macht auch meine Blindheit *sichtbar*.

Es hängt in Wien, im Kunsthistorischen Museum, in einer Koje linkerhand des Saales XV; eigentlich ist sie nur ein Verschlag. Die Scheiben, die auf den Park hinausgehn, sind dumpf von Staub, die Wandbespannung voller Flecken. Jeder Fleck wird Ihnen deutlich werden, denn Sie müssen von diesem Bild immer wieder wegsehn, um zu erleben und zu glauben, daß es noch da ist. Ganze Schulklassen werden wie Schatten zwischen Ihnen und dem Bild vorbeigehn; immer wieder werden Japaner davor stehenbleiben und es fotografieren; das alles tut nichts. Denn Sie stehen da und wissen zum ersten Mal, wofür Ihnen Augen gegeben sind.

Sie dürfen das Bild durchschauen, wie Sie wollen. Natürlich ist es gestellt. Bemerken Sie das Arrangement und die Tricks: wie sich das Motiv der blaustichigen Lorbeerblätter auf der schweren Gardine wiederholt, die das linke Drittel des Bildes, nach oben verbreitert, abdeckt und die Lichtquelle des Fensters kaschiert. Sie stehen vor einer Bühnendekoration. Hier wird etwas gespielt, hier wird Ihnen allerhand vorgemacht. Sie sind Bestandteil einer Inszenierung: prüfen Sie den Standort, den das Bild Ihnen zuweist. Es ist der eines Zuschauers im Parterre, vorderste Reihe. Sie blicken zur Bühne, dem schach- oder kreuzförmig ausgelegten Parkett, *hinauf.* Stehen Sie ruhig davor: dahinter kommen Sie nie. Dieses Bühnenbild, diese häusliche Szene ist nicht nur der Triumph der sichtbaren Welt, es ist auch ihr Ende.

Wundern Sie sich, daß der Teufel das Bild geholt hat? Er wollte ja selbst ein Maler werden. Es ist ihm mißlungen – die Akademie, wo er abgewiesen wurde, steht nur ein paar hundert Schritt von unserem Bild entfernt. Da er nichts Lebendiges malen konnte, begabte er sich dafür, Tote zu machen und zu sammeln. Vor diesem Bild war er, der Größte, immer noch nichts; also mußte er es haben. Er ließ Hand anlegen an den gemalten Maler und sein Modell und schaffte sie in seinen sogenannten Berghof, die bombensichere Bunkerhöhle mit dem Chalet-Aufsatz. Hier erholte er sich von der Zerstörung lebender Menschen bei Kuchen mit Sahne.

Auch der Teufel hat dieses Bild nur geliehen, Mijnheer; er hätte es verbrennen können wie jeden von uns – beschlagnahmen nicht. Dieses Bild denkt nicht daran zu gehören. Es ist, anders als unsere Geschichte, vollendet.

Aber auch das Vollendete hat seine List, Mijnheer. Vollendet mag es ja sein; aber es zeigt nicht das Vollendete. Der Maler Johannes, der es gemalt hat, ist längst dahin; der gemalte Maler, der ihn überlebt, hat noch gar nicht recht begonnen. Sehen Sie zu: er ist noch nicht weiter als bis zu seinem Kranz gediehen, der feine Herr. Sehen Sie alles neu, um es recht zu sehen: der Kranz ist getroffen; aber er ist auch geschenkt. Das Bild, das der Schildner malt, ist erst bis zu seinem Titel gekommen; sein Thema, die kleine Eitelkeit, ist abgehakt, weiter nichts; das ist nicht viel. Jetzt müßte der Mädchenkopf drankommen, das Gesicht, das der Kranz nicht verschatten darf; das leibhaftige Menschengesicht.

Und da hält der Schildner inne. Wir sehen: dieses Gesicht steht ihm bevor. Er sieht von seiner Leinwand weg, er prüft es; wir können den Ausdruck nur ahnen, mit dem er es prüft. Und sehen ihn doch: im Spiegel des jungen Frauengesichts. In seiner Spur von Lächeln, seinen vorschriftsgemäß – nichts weiter? – niedergeschlagenen Lidern. Lächelt sie, weil sie sich schämt? Schämt, Gegenstand einer Aufmerksamkeit zu sein, die nicht *ihr* gilt, sondern ihr als möglichem Bild; ihr als verkleideter Muse Klio; ihrer komischen Pose als Allegorie? Schämt sie sich ein wenig für eben diese MALEREI, die sie vorstellen soll – für den Schildner, den professionellen Herrn auf seinem Stuhl, dessen Leidenschaft nichts Geringerem – nichts Wichtigerem gilt als seiner Schilderei? Lächelt sie über die Geschichte, die er mit ihr anstellt, die Umstände, die er sich aus ihr macht? Daher die Ahnung von Hochmut in ihrem Lächeln – weil sie spürt, daß sie – und jeder andere gewöhnliche Mensch – über Kunst, auch die ansehnlichste, *erhaben* ist? Erhaben (wie sich versteht), mit allem Respekt vor dieser Kunst – allem spöttischen, weil vom Maler, vom *Mann* in seiner Künstler-Rolle, gebotenen Respekt?

Und jetzt ist es natürlich dieser undenkbare und so naheliegende Ausdruck in ihrem Gesicht, den er unbedingt einfangen muß – denn wie könnte das Eitelkeitsmotiv subtiler dargestellt werden! Hier ist sie, Mijnheer, die einmalige, niemals inszenierbare Gelegenheit; ist sie es, die ihn innehalten, zögern läßt? auf die Gefahr hin, den unbezahlbaren Augenblick zu versäumen, vorübergehen zu lassen? Wie, wenn diese Gelegenheit *nicht* benützt werden dürfte – oder ganz anders ergriffen, nicht mit dem Pinsel? Wirft der Spiegel (das Frauengesicht), in den er eben noch professionell prüfend geblickt hat, das Licht einer Scham in sein eigenes Gesicht zurück, die nicht nur seinen Blick verändert, sondern zur Scham zwingt über seine ganze Kunst? Hat sich das wägende Auge auf einmal selbst gewogen – und in einem unwiderruflichen Augenblick *zu leicht* gefunden?

Ich glaube, Mijnheer: in diesem Augenblick war nicht nur die Kunst aufs beiläufigste, natürlichste, entschiedenste in Frage gestellt; der Maler sah auch – plötzlich, wie eine Offenbarung –, daß die Kunst keinen wichtigeren Gegenstand hat als diesen Augenblick. Es ist derjenige, in dem sie überholt ist. Keiner reizt wie dieser die Kunst zur Vollendung: als fragwürdige, als verbotene, als menschlich undenkbare.

Der Maler Johannes, der dahin und vermodert ist, hat diesem Reiz nachgegeben: er hat vollendet. Wir haben es nun, dieses Bild; auch der Teufel kann es sich an die Wand hängen. Der gemalte Maler aber; er, der seinen Maler überdauert hat in einem Bild – er wird sein Bild im Bild vielleicht, wahrscheinlich, ganz gewiß niemals vollenden. Der Vollender hat dafür gesorgt, daß nicht nur die Scheu vor dem lebendigen Frauengesicht und sein zarter Spott größer war und bleiben durfte als seine, als jede Kunst. Auch der gemalte Maler blieb menschlicher als sein Schöpfer; denn der Gemalte kann nicht vollenden. Den Kranz hat er noch geschafft; aber die Frau, der Mensch, für den er plötzlich Augen haben muß – sie schafft ihn. Dieses Gesicht muß er sein lassen, ungemalt. Das zeigt das Bild, Mijnheer; und darum ist es nicht nur ein Bild. Wir müssen es sehen, um glauben zu können: daran zu glauben, daß in diesem Augenblick ein Mann aufhört, ein Maler, und eine Frau aufhört, ein Gegenstand zu sein. Das Bild ist eine Allegorie des Malens, will sagen: es zeigt etwas Anderes; etwas mehr als Malerei und Kunst. Es könnte auch »Die Entwaffnung des Pinsels« heißen. Wir sehen, um zu glauben: die Kunst, weit entfernt, das Letzte zu sein, ist nicht einmal das Nächste. Der Maler, der tot ist, hat den gemalten Maler so gemalt, daß wir *alles* für möglich halten können; sogar die Liebe.

Mijnheer: dieses Bild ist vollendet, weil es nicht die Vollendung zeigt. Es zeigt das Innehalten, das gegen die Vollendung spricht, und für den Menschen sprechen lernt; für eine Frau, und zu einer Frau. Für Mann und Frau, für das Paar, wenn auch immer nur eine kurze Zeit. Das Bild zeigt nicht den Künstler, sondern sein Zögern; den Künstler an der Grenze zu einem Nachbarn, der anders ist, noch etwas bedarf.

Die Geschichte, die das Bild erzählt, ist nicht in ihm enthalten. Das Bild wurde gemalt, um sie nicht zu fassen. Verstehen Sie mich?

Verstehen Sie mich aufs Wort, Mijnheer, doch übereilen Sie nichts. Ich weiß noch mehr Geschichten für Sie.

II

Ein Königreich für ein Bild, Mijnheer!

Aber ich habe kein Königreich zu vergeben. Auch wenn es meinem Großvater noch gefiel, sich als »Tabakkönig« ablichten zu lassen: seit langem sind die Reiche, die zählen – und rechnen können! – unsichtbar geworden, unwirtlich auch für ihre Besitzer. Denn was sagt hier: Besitz?

Ich habe ein Labyrinth geerbt, Mijnheer. Hier wird der Begriff des Eigentums sinnlos, die Person des Eigentümers zum Witz. Noch grüßt mein Wappen vom Giebel und steht mein Name am Türschild. Aber Giebel und Tür sind nur noch Dekoration und werden als solche überaus sorgsam gepflegt. Gerade Kulissen dürfen bei uns nicht von Pappe sein. Die Fassade, die wir bieten, hat uns bei der Wirklichkeit zu vertreten. Sie kann also, wie Disneyland oder das versetzte Abu Simbel, gar nicht echt genug sein. Der Eingang zum Labyrinth steht unter Denkmalschutz. Sie brauchen den Boden Hollands nicht zu verlassen – was sage ich: Sie werden ihn erstmals zu betreten glauben! wenn Sie in meinem Hauptsitz vorbeikommen. Selbst der Wächter an der Tür, blau und rot wie die Packung unseres ersten Produkts, trägt die Uniform des Spanischen Erbfolgekriegs. Er ist angehalten, dem Mißtrauen, mit dem er Sie mustert, die Miene echt niederländischer Gemütlichkeit zu geben. Auch dieser Mann ist nur Fassade. Er steht für einige andere, die Sie zugleich sehen und übersehen sollen: bis an die falschen Zähne bewaffnete Herren, die, in Flanell oder Nadelstreifen, wie selbstvergessene Kunden herumstehn und Sie nicht aus dem Auge lassen. Was die Wächter des Labyrinths hüten, wissen sie nicht. Sie wissen nur, daß sie auf alles gefaßt sein müssen.

Aber auch die Dekorateure und Manager des Labyrinths wissen nicht, wohin es führt, was es soll. Sie meinen, unaufhörlich etwas Reales, wohl gar Realistisches zu tun. Vielleicht unterscheide ich, der nie greifbare Eigentümer, mich von den Angestellten nur in einem Punkt: ich weiß, daß es ein Labyrinth *ist*.

Seine offenbare Topographie täuscht, das ist ihr Zweck. Mein Reich legt Wert darauf, von dieser Welt zu sein, auch wenn es seine Zugänge eher diskret gestaltet und weitläufig über den Globus verteilt. Die Phantasiefirmen, die ich mit meinem Namen decke – sie haben ihrerseits Realitäten zu decken, die kein einzelner Mensch überblickt –, sitzen in einem Operettenfürstentum der alten Welt; auf einem Inselparadies der neuen sitzt unsere Buchhaltung. Solang nur unsere Seele, die Fassade mit dem Wappen, in Amsterdam sitzt, gelten wir als beheimatet und verbreiten den rechten, behaglichen Tabakgeruch.

Wo mögen wir wirklich sitzen? Lassen wir das Wirkliche vorerst beiseite: schon die Zirkulation, in der wir uns befinden, widerspricht einem Wort wie »Sitz« – spottet seiner, hätte ich fast gesagt, wenn die ernste Miene nicht zu unserem Geschäft gehörte. Auch wenn Ihnen mein Aufenthalt bekannt wäre, hätten Sie nichts gewonnen. Unser Unternehmen hat keine Ich-Form mehr. Und auch das Wir, mit dem wir operieren, ist eine Fiktion. Daß wir sie mit allen Mitteln – Menschenführung, Klimabildung, Korpsgeist – aufrechterhalten, macht sie nicht weniger fragwürdig. Das Fragen freilich lassen die Mitarbeiter besser bleiben. Wer fragt, ist schon draußen; unser Labyrinth bildet sich aus klaren Antworten nach seinem Sinn. Schon der Lehrling muß sie im Schlaf geben können. Nur so wird er Teil des Labyrinths, seines geheimnisvollen Vorsprungs auf den Rest der Welt.

Daß wir eine »anonyme« Gesellschaft sind – meinem allgegenwärtigen Namen zum Trotz – trifft die Sache nicht recht. Eher sind wir eine pseudonyme. Denn je besser sich einer darin stellt, desto gewisser steht er für etwas anderes. Mein eigener Name, Mijnheer, steht für Tabak. Der Tabak steht für jede andere Ware, auch wenn wir natürlich nach wie vor seine Unverwechselbarkeit annoncieren. Die Ware aber steht für Genuß, nicht wahr, und der Genuß ist, wie wir sehr hoffen wollen, für den Menschen da. Aber wofür steht der Mensch? Für gute Arbeit, bitte sehr; was wäre das für ein Mensch, der sich nicht in einwandfreier Arbeit verwirklichen wollte! Aber diese Arbeit messen wir wieder am Gewinn, den sie uns abwirft, und am Ende – aber damit hat ja alles angefangen! – sind wir stolz, diesen Gewinn in meinem blauroten Namen zu machen. Nehmen Sie den roten Faden auf, wo Sie wollen: er führt sie nicht aus dem Labyrinth heraus, sondern im Kreis herum. Wir kommen an kein Ende, denn wofür steht mein Name? Wenn ich das wüßte! Das wissen alle andern, die mich kaufen, daß weiß erst recht meine PR-Abteilung viel besser als ich. Die erfinden mich ja jeden Tag neu, immer überraschend, immer zuverlässig. Ein Handel mit falschen Etiketten, der durch den guten Glauben, in dem jedes für sich genommen aufstrahlt, wo nicht zum ehrlichen, so doch zum guten Geschäft wird. Im Schutz von Gleichnissen, Bildern, stellvertretenden Metaphern wird ein Ding herumgeboten, das noch keiner gesehen hat, auch wenn es einem berühmten bärtigen Herrn des 19. Jahrhunderts als »Gallert« erschienen ist. Mag es bildlos bleiben wie Gott, solange es nur in Bewegung ist und Bewegung stiftet – auch Gewinn, Mijnheer, ist keineswegs unser letztes Wort. Wir arbeiteten für nichts als nackten Gewinn? Aber gerade der Gewinn darf in einem blühenden Geschäft keine Stunde nackt bleiben. Wir leben davon, daß wir unser Produkt unaufhörlich verkleiden. Wir machen es unkenntlich nicht nur für seine Kritiker oder den Fiskus, sondern auch für unsere Augen, ja für unser Bewußtsein. Es gilt nicht mehr, daß ein Geschäft seinen Mann kleiden muß. Wir fragen, ob er der Mann ist, eine Position zu »bekleiden«. Gefragt ist ein menschliches Profil, das wir der Position überziehn. Der Mann ist es, der seiner Position zu sitzen hat, mit Haut und Haar. Der Dienst an unserm namenlosen Fetisch hat sein Martyrium – wir nennen es: Motivation. Seine Position muß ihm alles sein – aber auch die höchste, die wir bieten, kann morgen vor dem Frühstück gestrichen werden. Rationalisierung? Ja, so nennen unsere hellsten Köpfe den Traum, daß wir unsere Lage verbessern. Aber wir wenden uns nur im Schlaf. Wir wissen nicht, was wir tun: aber wir meinen nicht, daß uns Gott dafür etwas zu vergeben hat. Unsere Pflicht tun wir allemal. Am Labyrinthspiel, Mijnheer, ist »Realismus« nur der Deckname für die krudesten Illusionen. Wer das Spiel durchsichtig nennt, soll mir sagen: durchsichtig worauf, und ich trete ihm schon morgen mein Geschäft ab. Gewinn? Das war einmal, als mein Urgroßvater den Tag an der klingenden Münze messen konnte, die er ihm gebracht hatte. Auch der Profit, Mijnheer, hat keine solide – er hat überhaupt keine Form mehr. Er flüchtet sich aus jeder in die nächste, und wer ihn halten will, hat nicht mal ein Häufchen Asche in der Hand.

Glauben Sie mir, Mijnheer: ich würde mir den Schuh, den meine guten Feinde bereithalten, sofort anziehn, auch wenn es ein spanischer Stiefel wäre, oder der Pantoffel, in dem sich die böse Stiefmutter zu Tode tanzt. Ich bin soweit, eine drückende Form für menschlicher zu halten als gar keine Form. Wenn mein Geschäft das meine! wäre, dürfte es auch des Teufels sein, und ich damit. Die Wahrheit ist eher: was wir treiben, und was uns treibt, ist Niemandes Geschäft. Es kennt nur noch Alibis, keine Täter. Wer sich zu schaffen macht im Labyrinth, den höhlt es aus, ohne Geräusch. Jeder Schritt im Labyrinth ist daran zu erkennen, daß ihn niemand getan hat. Alle meinen zu handeln; niemand ist es gewesen. Es gibt auch keinen Schleier von den Dingen zu ziehen. Das Geschäft besteht aus Schleiern, jede Eigenschaft spielt nur Schleier für die nächste. Wer da hineingeht mit der Absicht durchzugreifen, das Geheimnis zu lüften, wird nicht nur keines finden: das Labyrinth verwandelt ihn zu seiner neuesten Windung. *Wir* – das kollektive Pseudonym – haben kein Geheimnis, Mijnheer; das, zur Not, ist es, unser Geheimnis.

Novalis

Also Mijnheer: wenn ich aus meiner eigenen Identität ein Geheimnis mache, nehmen Sie mich nicht zu ernst. Ich *spiele* Geheimnis, weil die Vorstellung so erheiternd ist, es könnte einer des Weges kommen und mich enthüllen wie eine Jungfrau zu Saïs. Er würde nicht einmal sich selbst erkennen!

Sie können sich den Platz, den ich im Geschäft meines Namens einnehme, nicht leer genug vorstellen. Daß ich das Privileg habe, mir diese Leere bewußtzumachen, zu Gemüte zu führen, ist die Schwundstufe dessen, was meine Väter ihr *Eigen* genannt haben. Es wäre Luxus und Unsinn, wenn ich Ihnen meinen Namen nennen würde – er springt Ihnen ohnehin von jeder Plakatwand entgegen. Mag er für alles Mögliche stehen, vom Tabak bis zum Appetitzügler, vom Waschmittel bis zur Fliegerabwehrkanone – nicht zu vergessen die »Realitäten«, wie die Österreicher das Immobiliengeschäft nennen. Für mich steht dieser Name nicht. Ja, daß ich mich von ihm absetze, darin finde ich einen Rest von Stolz. Das braucht mich ja nicht gleich zum Charakter zu machen.

Ich bin ein Pseudonym in Potenz, Mijnheer. Und ich will, wenn überhaupt, erkannt werden am eigensinnigen Gebrauch, den ich von dieser Potenz mache – da sie meiner Lust nicht mehr dient, kann sie ja wohl meiner Blindheit weiterhelfen, an der leider gar nichts Metaphorisches ist. Sollte das Mittel diesen Zweck nicht erfüllen – ja, dann soll es zur Strafe werden für alle, die sehen können, ohne zu sehen.

Möchten Sie meine Sorgen haben? Sie werden sie kriegen. Es ist wahr: ich weiß nicht, was ich habe. »Reichtum« ist kaum das Wort dafür, denn der wäre etwas Bestimmtes; zum Genuß, zur Verschwendung Bestimmtes. Mit Verschwenden käme ich an kein Ende, Mijnheer, also fange ich damit lieber gar nicht erst an. Mein Geiz ist in Holland so sprichwörtlich wie mein Name – und ebenso trügerisch. Seit ich keine Bilder mehr kaufe, um jeden Preis – *spiele* ich den Armen nicht nur. Oder wie belieben Sie den Zustand eines Menschen zu nennen, dessen Hand nicht weiter reicht als bis zur Tasse – und der fremde Hände braucht, um sie ihm nachzufüllen, mit dem verhaßten, aber vorgeschriebenen Lindenblütentee? Ich trinke ihn auch noch ungesüßt – Zucker habe ich selbst genug. So sieht meine starke Stellung aus, bei Licht besehen: aber ich sehe nicht einmal Licht. Ein Glück, daß ich gelernt habe, blind maschinezuschreiben. Spare in der Zeit, so hast du in der Not – Mijnheer, hier sitze ich, am Ende aller Sprichwörter. Sollte ich an Ihr Mitleid appelliert haben? Ich denke es nicht zu brauchen.

Ich habe meine offen gebliebene Stellung im Labyrinth dazu benutzt, Bilder zu sammeln – Bilder *meiner* Wahl. Sie sollten mir etwas wie Schutz bieten gegen das unanständige Verkleidungswesen, die menschenfresserische Metaphern-Maschine, die unter meinem Namen läuft. Sie ist nicht zu halten; von mir, den sie scheinbar begünstigt, sowenig wie von den Zahllosen, die sie ebenso sinnlos verzehrt. Sie ist nicht zum Anhalten geschaffen. Das Spielzeug, das in goldener Zeit den Tabak vervielfältigte, hat sich zum Monstrum ausgewachsen. Das Labyrinth ist eine Maschine, Mijnheer, und sie stampft nur einem Ziel entgegen: sich zu verschlingen. Unser Geschäft hat den Stoffen die Realität entzogen. Jetzt läuft es als Perpetuum mobile der Lüge. Ich verkaufe in der blauroten Verpackung längst keinen Tabak mehr, sondern – wissen Sie noch, Mijnheer? – »Freiheit«; die Freiheit der Meere. Als ob wir nicht auch dem Meer mit jedem Faß Giftmüll, das wir hineinkippen, mit jedem schlechten Seemannslied, das wir dazu singen, das Wasser abgegraben hätten – hoffentlich bleibt noch genug übrig, uns mit Anstand zu ersäufen. Hart sein – leicht rauchen. Wir haben uns schwergetan damit, uns die Dinge leichtzumachen. Jetzt wird unser Leben zu leicht sein, wenn es gewogen wird. Wir haben ja fliegen gelernt, Mijnheer; wir werden fliegen wie Spreu.

Dagegen sammelte ich die Schwere der Bilder; Bilder, die ich *mein* nannte. Ich umstellte mich mit ihnen, um nichts mehr sehen zu müssen; um das Nichts nur in wohl erwogenen Formen zu sehen. Aber meine Augen waren seit der Kindheit dichte Schleier gewöhnt; derjenige der Kunst war zu dünn, um den furchtbaren Schein zu dämpfen, der mir aus Bildern entgegentrat, die – was immer sie zeigen mochten – jedenfalls Bilder für nichts anderes mehr waren. Sie haben mich geblendet, ausgeblendet ins Dunkel.

Aber da es mich noch gibt, muß ich weitersehen, nicht wahr? Augen wachsen nicht nach, also muß ich mir welche kaufen. Sie, Mijnheer, müssen wissen, was Augen wert sind; Sie haben nur noch eines. Ihre Art, die Dinge zu sehen, reizt mich – ich leugne nicht, daß sie mich geärgert hat, als ich noch der Tabakskönig war. Das ist lange her. Ich habe Sie nicht gerufen, um Ihr Auge auszureißen. Gebrauchen Sie es für mich. Suchen Sie mir drei Bilder – nicht mehr, Mijnheer –, die nicht nur das Gesehenwerden lohnen, sondern das Sehen. Die den Schmerz, sie nicht sehen zu können, auf die Spitze treiben, wo er brechen muß – und etwas Neues werden. Kein Trost, Mijnheer. Nur etwas Neues. Schaffen Sie mir ein Bild – nur eins! –, das die Mauer sinken läßt, an der es hängt; die Mauer, die den tiefsten Einblick trennt von der vollkommenen Blindheit. Lassen Sie mich sehen ohne Augen, was auch ein Blinder sehen muß.

Viel verlangt? Nicht mehr, als Sie sich in eigener Sache vorgenommen haben – oder ich täusche mich sehr. Wehe uns beiden, wenn ich mich täusche.

III

Mijnheer, meine Vorfahren waren englische Calvinisten. Unter James I haben sie ihre Heimat verlassen. Der Stuart wollte seinen Untertanen nicht nur ihre alten Rechte nehmen – auch den Tabak. So landete der mit meinen frommen Vätern zusammen im Exil.

In Amsterdam kannte man damals erst seinen Gebrauch, nicht seinen Genuß. Die Pfeife, Mijnheer, war schon in ihren europäischen Anfängen ein englisches Erzeugnis gewesen, bevor sie es im 19. Jahrhundert wieder werden konnte – nicht mehr in Ton dann, sondern in Holz.

Aber im Ton, in gebrannter Erde wurde die Zeit geboren, deren Verheißung wir geerbt haben. Wir sind die Vollstrecker eines Weltgeschichte erregenden Schwindelgefühls – der Erregung Shakespeares, dessen Kunst sich unter dem gleichen Stuart verdunkelt hat, freilich noch unabsehbarer geworden ist. Oder kennen Sie ein stärkeres Stück moralischer, theologischer Zweideutigkeit als »Maß für Maß«? Dergleichen wird nur geschrieben, wenn die arme Seele das Maß für sich selbst verliert. Wenn sie nicht mehr sagen kann, was sie leidet, *ob* sie leidet: Platzangst oder Klaustrophobie? Wurde ihr alles zu eng oder ging ihr alles zu weit? Für die Brust-Enge sorgte der alte fromme Zwang, verschärft durch ganz neue Angst, lustvolle Angst am Neuen: einer Neuen Welt, einem neuen Himmel, einer neuen Moral. Für die Weite brauchte niemand zu sorgen. Dem Abgrund von Zukunft, der sich vor aller Augen auftat, war keine Kunst mehr gewachsen. Nur die größte konnte ihn ahnen lassen. Sie lernte ins Bodenlose bauen.

Meine Vorväter fanden Prosperos Insel nicht. Sie mußten mit den Generalstaaten zufrieden sein. Aber sie brachten die Kunst der Tabakspfeife ins flache Land. Sogar diese – das bißchen blauen Dunst gegen soviel leeren Himmel – hatte ihnen der gekrönte Vogt verbittern wollen. Er hatte höchstselbst eine Schmähschrift mit dem Titel *A Common Blast to Tobacco* verfaßt. So mußten meine Väter das Kraut, das gegen den Streß gewachsen ist, im freien Amsterdam, im frommen Leiden zu Ende rauchen. Und da es bei ihnen mit Genießen nicht getan war ... machten sie daraus etwas mehr.

Denn die Niederländer hatten von Franzosen und Portugiesen nur den Stoff übernommen. Noch fehlte ihnen das Gefäß, ihn besinnlich festzuhalten, wohltemperiert zu genießen. Sie hatten die Pflanze der Neuen Welt in ihren botanischen Gärten angesiedelt und waren unsicher über ihren Gebrauch. Kochte man einen Sud daraus, um den Dampf zu inhalieren? Half er gegen Rheumatismus, Kopfweh, Krebs? Steckte man sich die gerollten Blätter in den Mund, zündete sie an und sog den Rauch ins Eingeweide? Kaute man den Tabak, trank man ihn? Wie man ihn zur Seele sprechen läßt, wie man den Rauch mit den Lippen zähmt, mußte man noch lernen.

Die Pilgerväter besaßen sie schon, diese Kunst aus der Ferne. Sie hatte einem freundlicheren Volk gehört und wuchs jetzt aus seinem frischen Grab. Meine Sammlung enthält Steinpfeifen der vorkolumbianischen Hopeweh-Kultur. Sie lassen keinen Zweifel am religiösen Sinn des Rauchens. Sie stellen auch die Körperlichkeit des Sakraments ohne Scham dar. Durch Mund-zu-Mund-Beatmung nahm der indianische Raucher seinem Idol den Geist des Feuers ab. Oder er bezog die traumbildende Essenz aus dem gesteiften männlichen Glied. Es bleibt erkennbar, Mijnheer, auch in seiner christlichen Verbildung. Die Pfeife hat ihr Gegenstück am Leib der Männer. Ihre Träume haben den blauen Dunst immer nötig gehabt. Er war eine Wohltat der dunklen Götter – jetzt schwebte er über der Sintflut, in der sie untergegangen waren, im Feuerwasser der Konquistadoren, im Taufwasser der Priester. Sie haben den Rauch ihrer Opfer eingefangen, auf Flaschen gezogen, solide gemacht und ihre Taschen damit gefüllt. Aber ganz umkommen konnte sie nicht, die Gabe der Götter, im Mund ihrer Vernichter. Sie fuhren fort, Rauchzeichen zu geben – auch wenn sie den Gott nicht kannten, dem sie opferten, nicht mehr, oder noch nicht. Wir glauben seinen tödlichen Umriß zu erkennen. Wir sind der Erde nicht bekommen; ist es ein Wunder, daß uns der Tabak nicht bekommt, den wir gegen das Bewußtsein unserer Schrecken nicht entbehren können? Er wurde Gift in unserem Mund. Es hat seine Richtigkeit, Mijnheer, daß er uns befiehlt, ihm nachzuziehen, dem Rauch. Denn er war als Wolke der Götter gedacht. Und wer sich ohne Scheu damit umhüllt, den zerstört sie, langsam, aber unerbittlich, mitsamt der kleingedruckten Warnung des Gesundheitsministers. Daß wir uns genußvoll zerstören, ist mehr, als wir verdient haben.

Schon die ersten Raucher unseres Kontinents hatten eine Ahnung davon, daß der Tabak in ihrem Mund des Teufels wurde. Ein Rodrigo de Jerez wurde 1498 in Barcelona eingekerkert, weil er Rauch aus seinen Nüstern steigen ließ. Welcher Art die Kraft war, die man in der Pflanze witterte, verrät ihr Name: Gelbbilsenkraut. Das Schwarze war aus der Hexenkunst geläufig. Man zögerte noch lange, es sich mit dem Rauchen gemütlich zu machen.

Aber wenn ein Bedürfnis zur Sucht wird, weiß es sich schon zu rechtfertigen. Das Teufelskraut – im botanischen Garten wuchs es als *Nicotiana tabaca* – wurde zum »Kraut vom Heiligen Kreuz«. Man versetzte es unter die eigenen Götter – aber der Beiklang von Fluch blieb daran haften. Er wird auf Erfüllung drängen, Mijnheer. Aber vorerst gedieh das Kraut zum Wundermittel, zur Droge, und seine Dealer gediehen ebenfalls und sahen ehrsamen Kaufleuten immer ähnlicher. Die weiße Magie des großen Geldes heiligte den Zauber des blauen Dunstes. Sie machte die Pfeife in der Hand respektabel.

Sollte es Ihnen merkwürdig erscheinen, daß sich gerade die glaubensstrengen, die reformierten Völker dieses zweideutigen Stoffs bemächtigten? Ja, sie hatten ihn zu ihrem Laster bestimmt – aber zum Laster des Maßes, mit dem man dem des Fleisches entgegenwirkte. Solange einer raucht, Mijnheer, tut er nichts Ärgeres. Der trockene Rauch reizt nur die Lunge, nicht das Geschlecht. Er ist die verdünnte Sünde, ein Fortschritt gegen die saftige. Der Raucher ist nicht mehr mit dem Teufel im Bund, nur noch mit dem Tod; der aber verträgt sich sehr wohl mit frommer Gemütlichkeit.

Rauchen, wie *wir* rauchen, ist nur ein Spiel mit dem Feuer, dem zeitlichen, dem ewigen Feuer. Wer nicht brennen will – wer nicht brennen *kann*, der steckt sich ein Pfeifchen an und glaubt im Trockenen zu sitzen. Rauchen ist nur noch die Erinnerung einer Leidenschaft: es erspart sie. Man wird erst viel später bemerken, daß es trotzdem? nein: *deshalb* todbringend ist. Was man von ganzer Seele, mit ganzem Leibe tut, daraus wird kein Gift. Was wir nebenbei tun; was wir tun müssen, um zu ertragen, was wir tun sollten – das, nur das zerstört uns. Wir meinen beides zu tun – tun keins von beiden recht, und übernehmen uns ebenso.

Ich kenne meine Kunden: man raucht zum Gespräch, man raucht zur Arbeit – man flieht vor beidem ins Rauchen, und merkt dabei nicht einmal, daß man raucht. Beim ersten Gefühl, daß uns was fehlt: Zigarette! Sie ist die genußarme Kurzform des Tabaks, der schnelle Stöpsel ins Loch der Verzweiflung, der Zerstäuber von immer wieder zehn Minuten Lebenszeit. Sie garantiert die Folgenlosigkeit unserer Gefühle. Manche rauchen zum Essen; andere essen nur noch, um zu rauchen. Beim Liebemachen stört die Zigarette noch gerade; um so dringender braucht man sie danach. Habe ich gesagt, daß wir uns genußvoll zerstören? Nein, Mijnheer: daß zweimal kein Genuß bei der Sache ist, zerstört uns – viel mehr als das bißchen Teer und Nikotin. Die Zigarette ist alles andere als ein Abenteuer. Sie ist der handliche kleine Riegel gegen jede Versuchung zu einem ganzen Leben; das kleinere Übel, das wir der Entdeckung vorziehen, daß das gefürchtete große vielleicht unser Glück gewesen wäre. Sie ist die kleine Flamme, auf der wir brennen, um nichts zu wagen – und gerade da, wo wir uns so harmlos zu betrügen glauben, werden wir am grausamsten betrogen. Aber jeder Raucher weiß, was er tut, denn er weiß – lange bevor es ihm als Röntgenschatten begegnet – was er rauchend versäumt hat: beides, Leben und Tod.

Aber sie sind noch nicht auf die Zigarette gekommen, meine würdigen Väter – sie haben gerade erst die Pfeife kennen und nötig haben gelernt. Damals bestand sie aus Ton, einem Material, dessen Mutter die Vorsicht ist; sie war das Gefäß für den kalkulierten Genuß, den Genuß im Zeichen des Vorbehalts gegen sich selbst. Sie begannen erst damit, den Tabak nach ihrem Bilde zu erziehen, machten ihn zu einem Stoff, der ihrer Frömmigkeit glich, diesem diplomatischen Vertrag mit einem zürnenden Gott. Ja, das Rauchen glich uns schon damals, unserer neuen, gewiegten Art von Menschlichkeit.

Muß ich Sie erinnern, daß die Niederländer auch in ihrer großen Zeit keine Abenteurer gewesen sind? Das überließen sie gern den iberischen Heldenvölkern. Sie standen nie ohne Not an der Front, wo der Rohstoff gewonnen, mit Blut und Tränen gebrochen wurde. Viel lieber sahen sie zu – um dann bei der Hand zu sein, wenn es galt, aus Silbererz, Pfeffer oder Sklaven etwas Handliches, Handelbares, kurzum: Ware zu machen. Dafür waren feinere Hände nötig, und man brauchte sie durchaus nicht zu beschmutzen. Wozu sollte man Abenteuer riskieren, wenn man Abenteurer bezahlen konnte? Und den Lohn zahlte man ihnen aus der Differenz, die vom letzten Abenteuer der andern, aber zu eigenen Gunsten, übriggeblieben war. Man ließ dieses Geld durchaus nicht ruhen, sondern trieb es zum zweiten Mal um, setzte es auf Köpfe, die besser Schläge aushielten als rechneten, und strich mit dem gleichen Geld den doppelten, den zehnfachen Gewinn nochmals ein.

Oh, sie blieben nicht hinter ihren schönen Öfen hocken, meine braven Väter. Sie fuhren aus, und ihre Koggen waren die ansehnlichsten auf den Sieben Meeren – viel zu schade für Krieg. Der wurde nicht gesucht, er war Zeitverlust, eine Panne. Wohl fuhr man ans Ende der Welt – man sperrte Meerengen, baute Häfen und Hinterhalte, eroberte Inseln, allen großen Herren zum Trotz. Man errichtete natürlich befestigte Plätze – aber nicht, um eine Flagge aufzupflanzen oder ein Kreuz; Nebensachen. Was man befestigte, waren Märkte, Handelsplätze, Filialen. Es mußte profitabler werden, mit den Niederländern Geschäfte zu machen, als sie zu bekriegen. Und als die Konquistadoren merkten, daß nur diese Händlerseelen wußten, wie man mit Geld umging; daß es die Helden waren, die den Krämern schlecht belohnte Zulieferdienste leisteten, statt umgekehrt – da war es für den schönsten Krieg schon zu spät. Das holländische Imperium, für Heldenaugen so lange unsichtbar, erhob sich plötzlich im Morgenglanz einer neuen Größe: des Kapitals. Das ließ sich in alles verwandeln, auch, wenn durchaus nötig, in einen Triumph zur See. Die Formel: beteilige dich am Risiko nur so viel wie nötig, dafür am Gewinn so viel wie möglich – hatte die Welt verändert, um sie zu beherrschen. Aber meine klugen Väter hüteten sich wohl, wie Herrscher aufzutreten. Sie blieben eine Compagnie. Das Zeichen, in dem sie siegten, war ökonomisch: und die Ökonomie verbot die große Schau, ersetzte sie durch das noch bessere, aber stille Geschäft. Sogar gegen das eigene Königshaus wahrte man die Distanz der privaten Aktiengesellschaft. Man subventionierte es dafür, daß es einen gewähren ließ, und beteiligte es, gegen den nötigen Polizeischutz, am Gewinn. Jeder Staatsaktion gegenüber verharrte man in der Reserve des Kaufmanns, der dafür sorgen kann, allen Parteien unentbehrlich zu bleiben. Siege waren vergänglich; Schuldner überlebten auf jeden Fall. Natürlich arbeitete man in die eigene Tasche, das war das

Kernstück der Freiheit. Aber zugleich förderte man die Entschärfung der Weltgeschichte zum Welthandel –

Auf diese Weise erzog man nicht nur Gold und Silber zur Anhänglichkeit, während es aus den löchrigen Taschen der Herren in die unnützen – nur dem holländischen Makler nützlichen – Armaden fortrann. Auch die Rohstoffe mußten sich zu Kulturgütern zähmen lassen. Sie verloren den blutigen Geschmack ihres Ursprungs im Bad ihrer Zirkulation. Wer klug war, hielt seinen Reichtum knapp. Dann vermehrte er sich, wie es im *Buche* stand. Ja, es stand geschrieben, daß der treue Knecht seines Herrn die Talente nicht im Weinberg vergräbt. Und wer aus Waffen und Korn, Kokos und Tabak, Sklavenblut und dem Leib des Herrn sauberes Geld zu machen wußte, dem galt auch jedes dieser Güter für sich genommen am Ende gleich viel, gleich wenig. Der durfte sich bei diesem Verfeinerungsgeschäft vom Willen Gottes geleitet dünken. Der brauchte sich aus der Vergänglichkeit seiner Güter keinen Strick zu drehen, denn sein Geschäft erhob sie über ihre natürliche Niedrigkeit und vermehrte sie wunderbar ohne Mitwirkung des Fleisches. Der konnte den Segen seiner Tätigkeit auch direkt an den Zahlen, diesen geläuterten Größen, ablesen, die die Feinheit seiner Mittel und Wege bezeugten und vergalten; der konnte diesen Segen wohl für einen Vorgeschmack der göttlichen Gnade halten. Es war dafür gesorgt, daß sich der Schatz, den man im Himmel sammelte, auch auf Erden nicht verzehrte, wenn man selbst dafür sorgte und sich nicht zur Verschwendung hinreißen ließ. Diese freilich war die Todsünde des erneuerten Christentums und erhob sich noch über ihr fleischliches Gegenstück, die Unzucht. Der Reingewinn, recht investiert, war es, der die Herzensreinheit garantierte, das saubere Gewissen, für das man freilich die Gnade keines Fürsten und keiner Kirche mehr nötig hatte. Die strenge Weltfrömmigkeit wollte sich demokratisch und freigeistig, bei aller schuldigen Gottesfurcht. Denn das Geschäft kennt keinen besseren Hüter als den, der es selbst machen will. Freie Bahn dem Gottesdiener in eigener Sache! Das Holland, in das meine Väter flohen, ist in diesem Sinn ein freies Land gewesen. Es belohnte jeden, der seine Freiheit nützlich zu machen wußte, denn es ließ ihn in Frieden. Daß er sich bei der Strenge des Geschäfts etwas gönnte, verbot das freie Land durchaus nicht – vorausgesetzt, er tat es mit Maß.

Meine englischen Pilger waren willkommen, denn sie wußten dem Tabakgenuß das Maß ihrer Tonpfeifen zu setzen. Der Kavalier auf dem englischen Thron, dieser Totengräber der Talente, sollte seiner Engherzigkeit nicht froh werden. In Holland hatte man den rechten Glauben, den man an seinen Früchten erkennt. Und die Rechtgläubigen stampften solche Früchte buchstäblich aus dem Boden. Ihre Pfeifen waren, wie der erste Mensch, aus Lehm gemacht. Aber sie wußten ihn in neuartigen Öfen von jeder Schlacke zu reinigen und erzogen ihn zu jener langstieligen, edlen, eischalenweißen Form, die sich geradezu schwungvoll über ihre niedrige, ja teuflische Herkunft erhob. Wer hätte etwas Unanständiges denken können angesichts der Einladung dieses Mundstücks, das die Lippen von weit her in einem sanften Schwung ansteuerte? Oder angesichts des Pfeifenköpfchens, das sich, scheinbar fliehend wie eine verkleinerte Galionsfigur, in Wirklichkeit der Hand anschmiegte und ihr die Prägung des Meisters zu fühlen gab? An nichts anderes war zu denken, als wie man dieses Kunstgebilde dauerhaft in Brand setze, der es ja, bei rechtem Zug der Lippen, nur erwärmte, nicht zerstörte. Man respektierte seine Zerbrechlichkeit, indem man es mit Zartgefühl auf seinen Sporn abstützte, wenn man sich zur Andacht ins stille Kämmerlein zurückzog; am besten saß man schon zum Rauchen darin. Denn diese Art Genuß war von frommer Beschaulichkeit nicht zu unterscheiden; man setzte das Pfeifenkunstwerk besser nicht dem Wirtshaustisch aus, wo es leiden konnte und wo man seiner Ruhe nicht sicher war. Zwischen zwei Zügen ließ sich die Bilanz des Tages vortrefflich meditieren. Vielleicht zog man aus dem nächsten schon eine gute Idee, wie man sich morgen noch verbessern konnte.

Nein, der trockene Rausch, das wohlerzogene Feuer vermochte den Pfeifen meiner Väter nichts anzuhaben. Wenn aber ein Mißgeschick die irdene Form dennoch zerbrach, diente auch dieser Fall der Besinnung über die Hinfälligkeit aller Dinge. Außerdem konnte man den Meister erfreuen, wenn man eine neue kaufte. Dieser war längst gildenfähig geworden und wachte über das Geheimnis seiner Mischung nicht weniger als der Glaskünstler von Murano über die seine. Ihm ist es zu danken, wenn das Gelbbilsenkraut zur Kulturpflanze geworden ist und ihre erhebenden Eigenschaften veredeln lernte im Mund des rechtmäßigen Rauchers.

Entschuldigen Sie meinen Enthusiasmus, Mijnheer, er gehört zur Leidenschaft meiner Jugend. Ich besitze die Pfeifen, die ich als junger Mann gesammelt habe, nicht mehr. Verschenkt habe ich sie nicht – keine Geschenke zu machen, ist immer mein Grundsatz geblieben –, aber ich habe sie gestiftet und der Steuer entzogen. Außerhalb des Tabakmuseums in Groningen ist die in meinem Namen zu Naarden deponierte Sammlung die feinste der Niederlande, auch wenn ich sie nicht Krethi und Plethi zugänglich mache. Denn eine gewisse eingefleischte Heimlichkeit gehört auch zu meinen Prinzipien. Was ich einmal festhalte, kann ich nie ganz loslassen und trenne mich erst davon, wenn ein passendes Versteck gefunden ist.

Mein Wunsch nach Körperlichkeit, den meine Väter nicht gebilligt hätten – den ihnen ihr Gott vielleicht aus Schadenfreude so herzhaft erfüllte –, ist seit meiner Erblindung nicht geringer geworden. Erst jetzt brennen sie mir gleichsam unter den Nägeln, die Gravuren im glatten, biskuitzarten Ton, die Krönlein und springenden Hirsche, mit denen meine Ahnen die kalten Pfeifenköpfe als ihr Werk gezeichnet haben. Der Eigensinn, dem Zerbrechlichen den Stempel der Passion *dauerhaft* aufzudrücken, ist vielleicht überhaupt die treibende Kraft meiner Sammel-Sucht, die mich hartnäckig am Leben hält …, wobei Sie mir nicht zu sagen brauchen, daß Sammeln und Leben zwei Paar Schuh sind. Man kann aber auch den Ersatz weitertreiben, als unbewaffnete Augen sich träumen lassen. Mein Auftrag: ein Meisterwerk für mein Leben, wenn Ihnen das Ihrige lieb ist! – hat Ihnen schon gezeigt, daß auch die Blindheit ihre Waffe hat. Er wird Sie führen, wohin Sie vielleicht *nicht* wollen, der Geist des Tabaks, dem ich verschworen bin. Er ist noch nicht ans Ende seines Wegs gelangt, Mijnheer. Wenn seine Zeichen und Wunder am Himmel erscheinen, werden viele Augen erblinden.

Wer sehen will, kann diese Zeichen schon lange sehen. Denn meine reformierten Ahnen haben das Weite ja nicht nur im flachen Holland gesucht. Sie haben sich gespalten in solche, denen der Handel an Eem und Amstel genügte, und andere, denen der Ozean dafür nicht weit genug war. Sie brachen auf, um Geschichte zu machen – will sagen, um die Geschichte der Menschheit endgültig ihren frommen Geschäften unterzuordnen. Die »Mayflower«, Mijnheer, wurde nicht in Plymouth, sie wurde in Holland bemannt – 1620 stach sie in See, gewann die Freiheit des Uferlosen, zu deren Gefangener die begrenzte Schöpfung seither geworden ist. Die Väter aber sahen über dem nassen Abgrund nur den Tag, den man nützen muß, solange er dauert. Sie segelten auf ihrer zerbrechlichen Arche ins offene Auge Gottes hinein. Sie hatten außer Ratten – und der gegen Ratten hilfreichen Katze – kein Ebenbild ihres Herrn mehr an Bord als sich selbst. Und sie sahen diesen Herrn, wie in ihrem Einzigen Buch, als Wolke am Horizont des Ozeans, dieser neuen Wüste, schweben. Sie folgten der Verheißung in eine Neue Welt, die sie zu Tode mehren, rücksichtslos fruchtbar machen mußten, damit es das Gelobte Land werde. Samstag, sehen Sie die Form der Wolke über dem Ozean? Sehen Sie den Rauchpilz von Los Alamos, Hiroshima, Bikini – darf's noch etwas mehr sein?, den die Pilgerväter unter ihren schwarzen Hüten zu ihren Gunsten deuteten? Wo kommen wir hin?

Man muß aber nicht verstehen, was man produziert. Bei den

größten und schrecklichsten Waren ist das die Vorbedingung ihrer Herstellbarkeit. Gewußt Wie, muß nicht wissen, Wozu, und will es nicht wissen. Meine Väter, die frommen Kaufleute, hatten gelernt, recht zu tun, was immer: tue recht und scheue niemand! Menschenfurcht wäre sträflich gewesen: auch die Furcht *für* den Menschen. Gott wollte es, was sie vollbrachten, sonst hätte er zu seiner Offenbarung eine andere Sprache gewählt als das Geschäft. Er gab sich in den Früchten zu erkennen. Der Boden, auf dem die Früchte wuchsen, durfte auch mit Blut gedüngt sein. Wo Nutzen anfiel, da war sein Jerusalem, und den unfruchtbaren Feigenbaum ließ er verdorren. Erkennen Sie, Mijnheer, die Energie einer Frömmigkeit, die früher als andere gelernt hatte, mit Rauch und Asche umzugehen?

IV

Aber ich übernehme mich, Mijnheer. Ich stamme von den Pfeifenmachern ab, die im Diesseits sitzengeblieben sind, im alten Harlem, das, als das neue drüben schon zu rauchen begann, seine freundliche Miene behalten hat. Auch der Duft der Großen Weiten Welt, dem ein Amerika-Holländer den Namen gab, ist an uns vorübergegangen. Nein, der Sohn eines kleinen Landes denkt nicht gleich an den Jüngsten Tag, wenn er alte Pfeifen sammelt. Und selbst wenn es dabei nicht blieb, wenn er mit den Jahren zu *abgebildeten* Pfeifen, Pfeifenstillleben, schließlich einfach: Stilleben übergegangen ist, hat er diese Form der Verfeinerung – der Rauch-Entwicklung, wenn Sie wollen – noch lange für harmloser halten können als einen Atompilz. Jedenfalls für etwas Privates, auch wenn der Hintergrund meines Hobbys apokalyptisch war. Denn meine Augen hatten nicht mehr viel Zeit.

Mit dreiunddreißig wußte ich, daß ich blind werden würde, auch wenn meine Ärzte sich schonender ausdrückten. Vor dem letzten Weltkrieg war das rettende Mittel noch nicht zu kaufen.

So wandte ich alles Geld, das ich für ein solches Mittel gegeben hätte, an meine Bilder.

Es war wohl eher Instinkt als Geschmack – meine Vorväter hätten von »Führung« gesprochen –, was mich an die Meister des 17. Jahrhunderts geraten ließ. Zuerst an Pfeifenmaler – solche, die das Geheimnis des Tabaks noch an der Quelle geschöpft hatten und zu bewahren schienen. Ich gönnte mir in meiner zunehmenden Verdunkelung ein neues Spielzeug – ich habe keine Kinder, Mijnheer, so behandelte ich mich selbst als Kind. Sie werden mich nicht von Angesicht sehen, darum braucht Sie die Vorstellung nicht zu erheitern. Ich mochte alt werden wie ich wollte – meine Augen waren zur Frühvollendung bestimmt, und so schickte ich sie auf die Suche nach meiner Vaterschaft. Bei den bescheidensten Bildern unseres Goldenen Zeitalters – nicht bei den glänzenden, Mijnheer, nicht bei Rembrandt, Ter Borch, nicht bei Ruysdael – sagte mein Gefühl: »warm«. Bei den Stilleben, ja. Da sie ein notorisch kühles, ja kunstvoll unterkühltes Genre sind, können Sie gleich nochmals lachen. Das Lachen wird Ihnen hoffentlich nicht vergehen, wenn ich Sie für mich auf die Suche schicke. Ich will das stillste der Stilleben besitzen, auch wenn ich es nicht sehen werde. Ich will wissen, wo es »heiß« war, Mijnheer, ich will auf den Punkt meiner Herkunft zurück. Ich will da ankommen, wo ich herkomme. Sie haben die Wahl, Mijnheer – aber glauben Sie ja nicht, daß Sie eine Wahl haben. Es geht um Tod oder Leben – und nicht nur für mich. Es ist Ihre Sache, *wie* Sie suchen, *ob* Sie suchen – aber Sie müssen finden. Geld, so viel Geld Sie brauchen – oder Blut. Sie werden mich nicht sehen – sorgen Sie dafür, daß Sie mich nicht kennenlernen. Meine Augen sind tot, aber mein Arm reicht weiter, als Sie im Dunkel laufen können. Das ist kein einfacher Kunsthandel, Mijnheer, Sie schauen um Ihr Leben – nicht weniger als um meines. Wer mich nicht erlöst, der entgeht mir nicht. Das Tabakgeschäft Europas gehört mir, aber ich bin nicht nur der Sohn meiner Väter mit den schwarzen Hüten. Ich suche meine Mutter. Sie verbirgt sich im Dunkel eines Stillebens. Ich will geboren werden, Mijnheer, ich will wiedergeboren werden.

Als ich noch sehen konnte, war mir dieser Wunsch viel dunkler als jetzt. Ich hätte meinem besten Freund – aber ich habe keine Freunde – höchstens sagen können: ich suche einen Sinn in meinen Bildern, der mir den Augensinn für alle Fälle ersetzen kann, auch für den letzten Fall. Der letzte Fall ist im Stilleben ja der vorausgesetzte, der gewissermaßen normale. Es redet von nichts anderem als unserer Bestimmung zum Tode – dargestellt in der Form des Schädels oder in einer seiner Varianten, einer umgestürzten Mandoline, einer leeren Kartusche. Die Meister waren findig im Herstellen von Verbindungen, die dem bloßen Auge entgehen, aber das Gefühl erreichen und es für das Ende einstimmen, erheben zur Einsicht in die vollständige Vergeblichkeit. Freilich war ich damals schon hell genug, die Vanitas auf ihrem Doppelsinn zu ertappen. Sie störte die Eitelkeit des Künstlers gar nicht, sie nährte sie geradezu. Was für ein Spaß, gerade das Vergängliche magistral, vielleicht unvergänglich darzustellen, es mit sich selbst zu hintergehen, das Wie zum Zeugnis gegen das Was zu machen. Ist ein gut gemalter Totenkopf noch ein Triumph des Todes, oder schon ein Triumph *über* den Tod? *Non omnis moriar* – ich hatte sie selber nötig, diese Schaden-Freude, und gab ihr damals noch fachmännische Namen.

Es war ein beschränkter Triumph. Ich will ihn mit einem Bild illustrieren, das mir einmal teuer war. Gemalt hat es David Bailly aus Leiden, der Hauptstadt der christlichen Vanitas, repräsentiert durch die wichtigste calvinistische Universität – eine Stadt des Gewerbefleißes. Im dortigen Laakenhal-Museum können Sie eine Kopie meines Stücks besichtigen. Da man es nicht kennt, gilt sie als Original und soll ruhig weiter dafür gelten.

Es zeigt den Künstler vor einem Tisch mit Requisiten, die auf den ersten Blick zum Repertoire der Vergänglichkeit gehören: die Pfeife – ich nenne sie natürlich zuerst –, der auf einer perlenumwundenen Schriftrolle halb gekippte Totenkopf – auch unsere Buchweisheit soll Staub werden! –, der gestürzte Trinkbecher, Münzen und Medaillons – Schätze, die es wert sind, daß man über sie weint, daß man sie mit den Perlen der Träne schmückt. Die Motten werden sie fressen, die auf Blumenstilleben wie schöne Schmetterlinge erscheinen, mit Recht: denn was sind Schmetterlinge anderes als geflügelter Staub? Auf Baillys Tisch präsentiert sich auch die Frauenschönheit, wie schicklich: gefesselt, in Gestalt einer Andromeda-Statuette, über die sich fahlfarbene Rosen neigen. Aber die üppigsten Blüten sind schon gefallen: auf diesem Tisch herrscht der Blick der Meduse Vergänglichkeit und entblättert, was er nicht zu Stein macht. Die Sanduhr fehlt sowenig wie die ausgeblasene Kerze, der ein Rauchfaden entsteigt. In der Luft treiben Seifenblasen in vollendeter Kugelform, die gleich platzen wird. All das liegt auf dem Malertisch ausgebreitet, der sich durch einen drapierten Vorhang in der Ecke rechts oben als Bühne zu erkennen gibt. Auf diesem Theater kann nur ein einziges und immer das gleiche Stück gespielt werden: das Ende aller Dinge. Und es ist immer schon so gut wie ausgespielt. Überflüssigerweise wird auf einem Zettel, der, von einem Folianten beschwert, dem Zuschauer entgegenlappt, auch der Titel genannt: *Vanitas Vanitatum.* Freilich steht als Autor nicht Gott, sondern der Maler dabei, der also offenläßt, ob die Vergänglichkeit nicht Gottes, sondern unser Tun sei, oder ob der Maler gar als anderer Gott zu betrachten ist. Jedenfalls ist er der Hauptdarsteller: ein jugendlich kecker Sonntagsbürger mit Spitzenkrause, dessen gesunde Gesichtsfarbe sein Thema Lügen straft –

Und sehen Sie zu, wie er das tut! Nur auf den ersten Blick nämlich ist auf diesem Bild alles düstere Konvention und Ergebenheit in die Allmacht des Todes. Der gemalte Maler zeigt mit der rechten Hand, die statt des Pinsels nun den Zeigestock hält, abwärts, grabwärts, wie es sich gehört. Aber in der linken Hand hält er das von ihm gemalte Bildnis eines Mannes, der, bei der ins Auge springenden Ähnlichkeit der Physiognomie, sein Vater sein könnte. Abermals ein Hinweis auf den Abstieg des Lebens, auf den Fortschritt zum Tode, nicht wahr? Aber sehen wir zu: ja, das gezeigte Bild schneidet das dahinterliegende einer jungen Frau ab; ja, zwischen einem Bild und dem andern ist die Kerze ausgegangen. Ja, die Büste des Kindes daneben läßt, trotz seines stehenden Lächelns, eher an eine Grabplastik als an einen fröhlichen Putto denken (und, wie sich versteht, an die natürliche Kindersterblichkeit der Zeit). Ja, die Meisterwerke, die hinten an die Wand geheftet sind, das Konterfei eines bärtigen Mönchs, ein Lautenspieler nach Frans Hals, wirken ausgebleicht, werfen ihre fahlen Ränder auf. Und ja, der gemalte Malerjüngling hat angesichts dieses kompletten Todesprogramms seine Palette an den Nagel gehängt, wohin sie gehört: vor dieser Bescherung hat die Kunst ihr Recht verloren.

Hat sie? Ja, und aber. Aber man muß nicht nur sehen, sondern *wissen*. Man muß wissen, daß der Mann, der dieses Bild gemalt hat, zum Zeitpunkt des Malens nicht der Jüngling war, den die Malerei als Maler zeigt – sondern der ältere Mann, den sie als gemalten vorführt und der der Vater des Malers sein könnte – der aber in Wirklichkeit, will sagen: der Wahrheit des Kunstaugenblicks, der Maler selbst war: das altersgetreue und dennoch nicht ausreichende Selbstbildnis. Das eigentliche Selbstbildnis ist darin zu sehen, daß der in Wirklichkeit alternde Künstler sich als den jungen Künstler darstellt, der er einmal gewesen ist; daß er ihn – sich so darstellen *kann*; daß also seine Kunst das Programm des Bildes umkehrt, ja ins Gegenteil verkehrt. Denn was sagt die Kunst? Die Zeit mag über alles Gewalt haben; aber *ich* habe Gewalt über die Zeit. Es steht mir frei, *im Bild* von mir abzusehen, wie ich bin – mein wahres Alter *nur* im Bild zu zeigen –, und mich als den darzustellen, der ich gewesen bin. Noch pointierter: der ich zu sein begehre. Im Rahmen dieses Bildes: für immer zu sein wünsche. Und wenn mein Bild etwas taugt – als *Mein* Bild –, dann bleibe ich jung in Ewigkeit.

Ich könnte mein Vater sein? Ich *bin* mein Vater, wie ich dieser Jüngling bin – denn ich bin der Vater dieses Bildes. Der Totenschädel sagt, was solche Schädel immer sagen: was ihr seid, das waren wir; was wir sind, das werdet ihr. Richtig, und trivial. Der frische junge Maler – *mein* Bild eines jungen Malers – sagt dagegen: ach was. Für die Dauer dieses Bildes bin ich kein Kind des Todes, sondern ein Lob meines Schöpfers, der mich der Zeit entzogen und mir dauerhafte Gegenwart verschafft hat. Er heißt nicht Gott, sondern David Bailly, wie ihr seht, und ihr dürft ruhig ein wenig über ihn staunen. Als Künstler habe ich mein Bild in der Hand und halte mitten im Friedhof aller Schätze und Kreaturen meine Hand darüber. Ich bin jünger als die Vanitas. Oder älter, wie es mir gefällt. Ich habe ihr einen Schritt voraus, den sie, solange es dieses Bild von mir gibt, nicht einholen kann. Dieser Schritt ist meine Kunst. Es steht in meinem Vermögen, und es macht mir Spaß, der Vergänglichkeit mit ihrer eigenen Botschaft den Mund zu stopfen. Ihren Spruch unter dem Bild unterschriebe ich zwar, aber ich habe ihn durch *meine* Signatur zugleich aufgehoben. Meine Vanitas ist die größere –

Das muß man wissen, um es in diesem Bild zu sehen. Es ist von einem Stilleben noch weit entfernt, es macht ja nicht wenig Lärm mit seiner frohen Botschaft – aber es kam mir gelegen, als ich noch sehen konnte. Ich sammelte Anekdoten gegen das Pech meiner Augen. So sehen die Bilder aus, mit denen ich es als junger, nicht mehr ganz junger Mann zu entkräften suchte. Ich sammelte nicht mehr Pfeifen, sondern Bilder von Pfeifen, die mir bekamen; die das Gefäß von Rauch und Asche so darzustellen wußten, als pfiffen sie darauf. Diese Kunst war der Zunder, der den Funken in meinen Augen zum Glimmen brachte, wenn der Augenarzt wieder eine neue Schwäche festgestellt hatte. Immer näher mußte ich, wie ein Hund, an meine Leinwände herangehn, um mir wenigstens vorstellen zu können, was sie mir sagten. Ich rauchte nicht mehr – und doch verschwanden sie mir in grauem Dunst.

War es ein Trost, wie gut sich der Dunst im 17. Jahrhundert hatte formen lassen? Bei den großen Meistern des Stillebens schien es fast ein Trost. Und je blinder ich wurde, desto größere Meister kaufte ich mir. Ich besitze ein Bild von Pieter Claesz, das zwischen Porträt und Stilleben eine schwebende Mitte hält – buchstäblich: eine schwebende. Denn über den Gläsern auf dem Tisch, deren kostbare Zerbrechlichkeit nicht zu überbieten ist – kein Mund darf sich ihnen zu nähern wagen, kaum vertragen sie die Pinselspitze ihres Schöpfers! –, über dem bekannten, nie vertrauten Todesgerümpel auf dem Tisch, wirrer, verstörter als bei Bailly und durchdringender gemalt – über diesem Beinhaus aller Dinge schwebt, *noch* viel prekärer und zerbrechlicher, die Seifenblase, der das Selbstbildnis des Malers beim Malen einbeschrieben ist. Wie plump ich mich ausdrücke! Sie spiegelt es doch nur; es ist der Hauch eines Bildes auf einer hauchdünnen Oberfläche. Und doch spiegelt es eine Welt von Raum, einen Himmel im Fensterkreuz, spiegelt verzogen, also naturgetreu, die verborgene Rückseite der Gegenstände auf dem Tisch. Die ganze Illusion der Kunst, die ganze Kunst der Illusion ist an diese Seifenblase verschwendet – wahrlich, verschwendet, wenn man an die Lebensdauer einer Seifenblase denkt. Aber hier ist Kunst der einzige Gedanke, also dauert sie. Also werden Sie und ich nicht erleben, daß sie platzt. Und wir sehen, nur wenig durch die Rundung verformt, den Maler in der Mitte dieses vergänglichen Spiegels an seiner Staffelei stehen – es könnte die Stelle des Betrachters sein –: eine unkörperliche und doch leibhaftige, unzerstörbare Präsenz inmitten der Großen Abwesenheit von Sinn. Das Bild eines Bildes im Bild, sein Selbstbildnis in Potenz schwebt über dem Chaos der Requisiten, deren Originale längst den Weg aller Dinge gegangen sind. Wie wir sie hier sehen, hätten diese kostbaren Kelche nicht einmal eine Hausandacht überlebt. Hier im Bild stehen sie noch ganz – auch gefallen *stehen* sie noch, denn im Fall der Kunst dauert das Glas, je delikater, desto sicherer.

Den Gesichtsausdruck des in seinem Stilleben an- wie abwesenden, auf einer Kugelhaut festgeschmolzenen Malers hätte ich auch bei besserem Augenlicht nur ahnen können. Aber ich suchte ihn und wußte doch, ich würde ihn um so weniger finden, je näher ich dem Bilde kam. Dann wurde es eine rissige Leinwand, nichts weiter, Aber so viel ahnte ich immerhin: daß jede Spur von Jugendtrotz und Selbstgerechtigkeit aus diesem entfernten Bild getilgt war; daß es sich selbst nur noch als Spur zu erkennen gab, aber als bleibende Spur; Vanitas für immer. Das Fensterkreuz auf der Seifenblase ist gebogen, wie es die Illusion, wie es die Wahrheit verlangt, die Wahrheit des Malers. Und das Kreuz ist leer. Der Menschensohn steht an der Staffelei, auferstanden auf einer Seifenblase. Das ist weniger als eine Hoffnung und mehr als eine Blasphemie. Vor diesem Bild kann einer noch weinen, der es kaum mehr sieht. Denn die Erinnerung kommt ihm so nahe, wie es selbst der Wahrheit, die es malt: als untröstliche.

So sah das Luftschiff aus, in dem ich mich damals über meine Augen erhob.

V

Vierzig ist nicht zu früh, um einer verlorenen Jugend nachzufragen. Ich suchte meine Jugend nicht bei mir, sondern ein paar Jahrhunderte früher, in der Jugendzeit des Subjekts. Damals begann es auszufliegen. Zugleich machte es die Entdeckung der Luftleere. Die Magdeburger Halbkugeln: keine zehn Pferde konnten sie trennen, wenn sie leergepumpt waren. Öffnete aber Herr Guericke ein kleines Ventil, so fielen sie auseinander wie in der Hand eines Kindes. So sahen die Seifenblasen der Physiker aus. Auch sie waren Künstler. Sie entdeckten dort, wo eigentlich nichts mehr war, eine unerhörte Kraft. Das Vakuum: ein Nichts, das man entfesseln konnte.

Von meinem Leben sage ich nichts. Ein Junggeselle hat

Zerstreuungen, Abwechslungen, meist schmerzhafte, aber keine Biographie. Ich blieb in jedem Alter der reiche Jüngling auf dem Weg zu jener engen Pforte – die Schrift spricht von Kamel und Nadelöhr –, durch das ich, dem Hohn des Meisters zum Trotz, das Reich Gottes betreten wollte. Ich suchte es im Reich meiner Bilder. Ich wollte ihnen gleichen. In jener Zeit fand ich eine gewisse Gelassenheit in der Phantasie: ich sei so gut wie gemalt.

Hatte ich keine andern Sorgen? Ich wurde blind; aber das, was arbeitende Leute Sorgen nennen, kannte ich nicht. Dafür sorgte ein Verwaltungsrat, ein kompetentes Management. Der Tabak, den meine Väter zur Bewegung erzogen haben, geht ohne mich zu Markte. Fast wuchsen die Raucher schneller nach als ihr Stoff. Die Einkünfte aus diesem Perpetuum mobile haben für mich immer etwas Humoristisches behalten: als betriebe ich mit einem Spritzer des Niagara mein Wasserrad.

Ich wurde an einen Platz geboren, wo der Begriff des Eigentums seinen Sinn verliert. Sie, Mijnheer, sind ein unvergänglicher Zeuge dieser Zauberwirtschaft. Einmal haben Sie *für* meine Zigaretten Reklame gemacht, einmal *gegen* das Rauchen. Sie haben kalt und heiß in diese Maschine geblasen und damit an ihrem Gang so viel geändert wie ich. Das Geschäft mit dem Tod – Sie haben noch stärkere Worte gebraucht – ist unerschöpflich und hat viele Seiten. Dem Geschäft, wie dem Tod, gelten alle gleich, solange nur gekauft und verkauft wird. Ich finde nichts dabei, nicht einmal Zynismus, wenn Sie – wie meine Pilgerväter – den Tabak heute eine Gottesgabe, morgen ein Teufelszeug nennen. Sie wurden für das eine wie das andere gut bezahlt; Sie haben sich gerecht, also marktgerecht verhalten und Ihr Angebot nach der Nachfrage gerichtet. Es wird Ihnen auch nicht entgangen sein, daß die schärfsten Kritiker dieser Wirtschaft die besten Tabakkunden sind. Wer empfindlich ist, viel zu verschmerzen hat, der muß viel rauchen, der will früher zu Asche werden.

Wo ich stehe, ist auch der Lärm der Marktanteile verstummt.

Wenn ich höre, daß *wir* den Markt beherrschen, scheint das Wort aus alten Geschichten herüberzuklingen. Herrschen, und *wir*? Früher habe ich mir hie und da unser Kraut anzünden lassen, um zu wissen, wovon die Rede war; um den Geschmack des Tabaks zu prüfen, mit den Eigenschaftswörtern auf den Plakatwänden zu vergleichen. Dabei kam ich mir läppisch wie ein kleiner Junge vor – oder wie ein großer Herr, der den Fotografen bei besonderer Gelegenheit einen Spatenstich vorführt oder mit dem silbernen Hammer an einen sogenannten Grundstein klopft – absurd, und für mein Selbstverständnis ungesunder als für meine Lunge. Natürlich war mein Urvater, der Kaufherr, ein anderer Kerl, wenn er, mit Degen und frischer Halskrause, aus seinem Kontor wie aus einem Bild Rembrandts direkt an seine Reede trat, um die neue Ladung aus Batavia zu inspizieren. Aber solche Menschenbilder packen mich nicht. Ich hätte sie nie gesammelt, auch wenn sie noch zu kaufen wären. Ich gönne dem Rijksmuseum seine »Nachtwache«, seine Frans Hals, sogar seine Vermeer – obwohl ich zu dem noch etwas Beiläufiges zu sagen habe. Nein, diese Kronen der Schöpfung sammle ich nicht, sie dröhnen mir zu sehr. Ich höre, pardon, dieses Dröhnen auch in Rembrandts Meisterwerken. Gewiß, es hat die Kammerlautstärke des gepeinigten Gewissens, und viele fromme Leute hören ihren eigenen Herzton darin. Aber da mir die menschliche Figur überhaupt zu gewaltig – nein: zu anekdotisch ist, ist sie mir im Helldunkel ihres tiefsinnigen Schicksals unerträglich. Ich suche ihren Sinn nicht in der Tiefe. Ich suche überhaupt am Menschen keinen Sinn mehr. Ich will wissen, was an einem Bild *bleibt*, wenn der Mensch daraus verschwunden, wenn es von jedem Menschenbild verlassen ist.

Aber suche ich dann beim Stilleben am rechten Ort? Sie werden mir einwenden: das sind doch ebenfalls Porträts. Der Mensch malt sich nicht nur in seinen Göttern und Helden. Er malt sich auch in seinen Sachen. Was er auf dem Tisch liegenläßt, sind untrügliche Indizien seiner Lebensart. Sie verraten ihn stärker als das Lächeln um seinen Mund, der Gram in seinen Augen. Sie überführen seine Bedürfnisse, machen seine Wünsche und Ängste gegenständlich, bringen sie zum Greifen nahe.

Wie recht Sie haben, Mijnheer. Ein Fürst, der beim Maler ein Bild seines Raritätenkabinetts bestellt, der will es gleich doppelt besitzen: einmal für den Genuß, einmal für den Ehrgeiz. Für Zeit und Ewigkeit, wenn Sie so wollen. Ja, erst gemalt werden ihm seine Schätze, wird er sich selbst wirklich bedeutend. Seine Realien und Naturalien, seine antiken Büsten, ostindischen Nautilus-Pokale und brasilianischen Aras kann er höchstens vorzeigen. Aber auf dem bestellten Stilleben kann er *sich* durch sie zeigen, und zwar auf einen Blick: als Herrn der Welt. So repräsentativ könnte der schmeichelhafteste Künstler seine Züge nicht malen. Aber in seinen Schätzen malt er ihn wie Gott: unsichtbar, aber alles im Griff. Das Stilleben repräsentiert ihn nicht nur, es repräsentiert ihn als Repräsentanten, also in Potenz: dies alles ist mir untertänig!

Freilich wird anstandshalber der Schädel dazugemalt. Der lachenden Herrlichkeit wird ein grinsender Schaden zugesetzt, von dem jeder Fromme weiß: der lacht zuletzt. Aber lacht er am besten? Der kunstsinnige Auftraggeber, fromm oder nicht, will es anders wissen, dafür hat er sich den Maler bestellt. Wenn der gut genug ist, wird er auch diesen Schädel lachend zu malen wissen. Gut genug, und gut genug bezahlt! Dann wird er auch das Symbol des gemeinen Todes dem Interesse seines Mäzens unterwerfen, das schon ein höheres sein wird: ein wissenschaftliches zum Beispiel, ein naturgeschichtliches. Er wird dem schrecklichen Gebein nicht mehr nur den Sinn der Kirche geben, sondern mindestens den der Anatomie. Er wird ihn nicht anders behandeln als die Muschel, der er gleicht, nicht anders als die Laute, der er ähnelt. Und dieser höhere Gleichmut des besseren Könners wird die Todesverwandtschaft nur malen, um sie heimlich, nein: dem Kenner durchaus sichtbar, außer Kraft zu setzen. Wo die Kunst beginnt, hört die allgemeine Vernichtung auf. Ihr knöchernes Symbol wird dazu verurteilt, Schmiere zu stehen bei der Verherrlichung der Weltdinge, die als obszöne nur verlockender werden; ihnen als Alibi, als Zuhälter zu dienen, sie gegen die Zumutung der Moral abzuschirmen, wie einst der gemalte Teufel die schöne Nacktheit der Männlein und Weiblein beim Jüngsten Gericht zu decken hatte. Sie sind gerichtet! sollte das Gewissen des Betrachters hören. Aber sein Auge sollte sehen: sie sind gerettet! Und da Bilder bekanntlich zum Sehen gemalt werden, war die Botschaft deutlich. Was haften blieb vor dem Gericht, war der nackte Körper. Was im Stilleben gegen den Tod haften bleibt – und was für den Ruhm des Auftraggebers haftet –, ist die Schönheit, ist die Kunst.

VI

Das Stilleben, Mijnheer, galt als armes Genre. Es war in der Malerei, was der Brief in der Wortkunst ist: die niedrigste, beiläufigste Darstellungsform, nicht zu vergleichen mit der Idyllen-, Porträt- oder gar Schlachten- und Heldenschilderei, mit der Darstellung von Göttern und Menschen in Aktion. Es war Gebrauchskunst, Gedächtnisstütze, gemalter Katalog. Es repräsentierte zwar den Reichtum oder Geschmack des Besitzers, wurde aber selbst nicht zur Repräsentation eingesetzt. Seine Gegenstände – oder das Prahlen mit ihnen – galten denn doch nicht als fein genug. Wer sich *große* Kunst leisten konnte – und das waren in Holland, hier zuerst, auch die groß gewordenen Bürger –, der hängte seine Blumen-, Bankett- und Fastenstücke nicht gerade an die beste Wand, sondern zum Beispiel über die Tür. Nur vorübergehend sollte der Besucher mitbekommen, was ihm der Gastgeber nicht in natura vorführen konnte: daß er nicht nur reich war, sondern *so* reich; daß er nicht nur Tulpen gezogen und Fasane geschossen hatte, sondern *diese* Tulpen und *solche* Fasane. Angeberei hat in geschmackvollen Häusern gute Gründe, sich zu verstecken, wenn auch nicht *ganz* zu verstecken. Sie unterhält, als demonstrativ bescheidene Kunst, ein prekäres Verhältnis zur Vanitas. Aber Mijnheer: eine Kunst, die ihren Reichtum unter dem Siegel der Bescheidenheit, ja Minderwertigkeit weitersagen muß, wird erfinderisch. Sie wird in ihrer schwachen Position stärkere Kunst! Ja, gerade ihre Unauffälligkeit erlaubt ihr, unter der Hand einen neuen Begriff des Schweren und Guten, und mit der Zeit eine neue Dimension des Malbaren zu entwickeln. Der Marginale *leidet* nicht nur an seiner Stellung. Sie hat auch ihre Freiheit – die Freiheit dessen, auf den es nicht ankommt.

Sehen Sie sich um: die Heldenmalerei, die gepinselte Staatsaktion ist mausetot. Sie ist spätestens im letzten Jahrhundert für jedes prüfende Auge gestorben, auch wenn ihre Szenen von der wirklichen Geschichte bis in unsere Tage nachgestellt werden, mit Millionen wirklicher Toter, denen die Lächerlichkeit ihres Opfers keine Zuckung ersparte. Das Stilleben aber, die armselig gescholtene Kunstform des 17. Jahrhunderts, lebt. Sie hat, den Prozeß der Kunstgeschichte immer weiter, immer höher ziehend, Meister um Meister gefunden: von Kalf und Stosskopf zu dem unvergleichlichen Chardin, weiter zu Courbet, zu Cézanne, Juan Gris, zu Morandi. Chardin, Mijnheer, war nicht der erste, der wußte, was er am Stilleben besaß. Aber er hat konsequent nach seinem Wissen gehandelt und es für die Neuzeit der Kunst ausgesprochen: daß der Rang eines Kunstwerks mit seinem Gegenstand nichts zu tun hat; daß der verachtete Gegenstand die stärkere Gelegenheit ist, größere Kunst zu brauchen. Ein französischer Kollege war von der Akademie noch abgewiesen worden, als er sich bloß mit Stilleben Eintritt zu verschaffen suchte. Was tat er? Er malte das Helden- und Schlachtenstück, dessen man ihn nicht fähig glaubte, *beiläufig* – aber vollendet – auf den hohlen Brustpanzer auf dem Stuhl, und malte gleichzeitig die vermißten Menschenporträts in Gestalt einiger Götterfigurinen dazu. Er bewies seinen schulgerechten Richtern ad oculos, daß das Stilleben, die geringgeschätzte

Form, alle höher veranschlagten Formen enthielt. Man brauchte sie nur als das zu enthüllen, was sie natürlich auch im illusionistischen Schlachtenbild waren: als Artefakte. Zugleich konnte man sie im Rahmen des Stillebens zitatweise abschreiben, erledigen – *wenn* man es konnte.

Eine solche Umwertung der Werte setzte ein neues Bewußtsein des Malens, einen neuen Begriff von Kunst voraus – eine erst wissend, dann produktiv gewordene Reflexion der Künstlichkeit aller Kunst. Und damit ein neues Niveau der »Natürlichkeit«. Dieses Bewußtsein, dieser Begriff, diese Reflexion, die weiter gehen als die »Nachtwache« – auch wenn sie für das volkstümliche Empfinden nicht so »tief« sein mögen –, sind auf dem Nebenschauplatz des Stillebens erworben worden. Schon bei Claesz sind sie beieinander, wenn ich an mein Bild mit der Seifenblase denke. Hier ist der Mensch schon als gespiegelter sichtbar – und nur als gespiegelter *legitim*, nur im Stilleben *kunst*mäßig vorhanden. Oder bei meinem guten Bailly: sehen Sie sich diesen Frans Hals an der Wand an. Große Porträtkunst – als *Zitat* großer Porträtkunst. Nebensächlich geworden, selbstverständlich, ein bißchen trivial geworden – im Stilleben. Die Nature morte ist aus der Deckung der Ideologie ins weite Feld der reinen Kunst hinübergeschlichen – es ist *ihr* Feld, darauf zeigt sie den Meistern den Meister. Durch größere Kunst? Nicht doch. Durch eine neue Dimension des Malens.

Keine Vanitas mehr, oder die äußerste? Sehen Sie sich die inhaltliche Ausdünnung, die künstlerische Konzentration der Blumen-, Freß- oder Jagdstücke zum sogenannten Fastenstillleben an. Da sind die weltlichen Schätze abgeräumt. Da liegen im Schein der Öllampe, im Widerschein des Weins im Glas ein paar Brote, ein Stück Käse, ein Häufchen Nüsse, ein offenes Buch, und bitte sehr: eine erloschene Pfeife auf dem Tisch vor tiefer Nacht. Da liegen ein paar müde Fische auf dem Teller: kein Fleisch in der Zeit der Buße, keine Früchte, Blumen und ähnlicher Luxus. Ärmer geht's nicht, jedenfalls nicht in den gehobenen Bürgerkreisen, der neuen Klasse, die sich Bilder ihres Alltags leistet, die auch ihre Verzichte zu feiern, zu veröffentlichen fähig ist. Gut, das Glas ist immer noch aus feinem Kristall, und das Fastentischtuch von bestem Samt. Gut, was für uns nur noch Diät ist, war für die Zeitgenossen immer noch Träger von vielfachem Sinn. Im Brot erblickten sie die aufgegangene Saat Christi, in Brot und Wein seinen Leib und sein Blut. In den Fischen lasen sie seinen griechischen Namenszug und schmeckten sie die Speisung der Fünftausend, wohl auch Petri Fischzug – wenn ihnen Petrus nicht zu katholisch war – und die Luft auf dem See Genezareth. In den Nüssen knackten sie die Frohe Botschaft – harte Schale, süßer Kern –; in der Tabakspfeife rochen sie den Hauch der Vergänglichkeit. Gut, da lag, in wenigen Organen versinnbildlicht, dem Andächtigen sprechend genug, die Anatomie Gottes und die Verfallenheit seiner Schöpfung, das Konzentrat der Heilsgeschichte auf dem Tisch. Wenn man es wußte, konnte man es sehen. Aber brauchte man es noch zu wissen? Staunte man nicht eher, wie viel hier ein Maler aus wie wenig zu machen wußte? Machte das sparsame Quantum der Gegenstände nicht aufmerksam auf ihre andere Qualität – die nicht mehr in ihnen steckte, die sie per se erst recht nicht hätten beanspruchen dürfen – die ihnen der Maler aber zu *geben* verstand? Wurde das alte Spielzeug der Vanitas nicht besetzbar für ein neues Interesse: am Spiel auch *mit* der Vanitas, einem Spiel, das auf bescheidenstem Raum keine anderen Grenzen mehr kannte als die, die ihm nicht von Gott, sondern von der malerischen Notwendigkeit gesetzt waren? Und war diese Notwendigkeit nicht nur noch eine ästhetische – nichts Geringeres? War dieses letzte Bild vor dem Ende der Dinge (und Stilleben waren ja auch in der Malhierarchie »das Letzte«) nicht auf andere Art das erste Bild einer neuen Welt? »Die Letzten werden die Ersten sein.« Hatte hier eine neue Art Schöpfer dieses evangelische Wort nicht ganz unchristlich kühn zu seinen Gunsten gedeutet, auf die Mühle seiner Kunst, *nur* noch der Kunst, geleitet? Keine Vanitas mehr – und die höchste?

Das Stilleben, das ich meine, Mijnheer, hat nicht nur die Rangfolge der Künste umgekehrt und bewiesen, daß in ihm, ihm zuerst, *alles* möglich war – denn es war Kunst über Kunst, sie konnte Bücher, Paläste, Gewächse, Tiere und Menschen täuschender nachahmen als andere Künste – denn sie konnte auch die Täuschung reflektieren. Im Stilleben gefror sie zur neuen Wahrheit; im Stilleben kam die Kunst weg von Gott und der Welt zu sich selbst; hörte sie mit Abmalen auf und begann zu malen. Sie schloß den Blick ins Jenseits ab und erzog ihn von der Besinnung auf das Dargestellte zum Erlebnis der Darstellung, zur Vision des Machbaren. Sie wurde zum schaffenden Spiegel. Als das Stilleben die Vanitas auf die Spitze stellte, blieb sie nicht stehen wie das Ei des Kolumbus – es wuchsen ihr Füße, sie fing an, sich zu bewegen. Sie wurde etwas Anderes, Unheimliches – nennen wir es vorläufig »modern«, aber ohne Kompliment. Sie kam auf uns zu, und sie ging über uns hinweg: damit hat sie bis heute nicht aufgehört, und darin ist sie andern Techniken, Machinationen verwandt, die im 17. Jahrhundert auch noch »Künste« hießen. Sie kommt uns zu, uns gehört nichts Anderes. Die Kunst hat ihren Sinn verloren wie wir.

VII

Nein, Mijnheer, suchen Sie mir kein modernes Bild. Forschen Sie im Goldenen Zeitalter des Stillebens nicht nach den Spuren von Blei, Quecksilber und Radioaktivität. Ginge es mir um nichts weiter als die Freiheit, die endgültige Emanzipation der Malkunst, so würde ich Sie nicht ins 17. Jahrhundert schicken. Chardin ist nicht nur weiter, er ist auch besser, von Cézanne, dem Vollender des Unvollendbaren, zu schweigen. Mit der Delikatesse der Spargel von Manet können sich die von Adrian Coorte nicht messen – so blind bin ich nicht, das zu übersehen. Aber ich suche keineswegs, und schon gar nicht herablassend, die »Jugend der Moderne« im Stilleben alter Meister. Ich suche darin das Zittern und Beben meiner Väter. Und ich suche es als das Zittern und Beben ihrer Maler. Das alte Stilleben ist für mich nicht der tote Punkt, den der Zweifel durchlaufen mußte, um immer neuen Rekorden der Freiheit, der malerischen, politischen, technischen Ungebundenheit entgegenzufliegen. Wir wissen ja schon, was diese Ungebundenheit kostet – und wissen es immer noch nicht gut genug. Sie ist mir teuer – *zu* teuer, Mijnheer, dafür ist eigentlich schon ausreichend bezahlt worden. Dafür kenne ich nur eine adäquate Darstellung: mich an den Nagel zu hängen, mich selbst.

Noch nicht. Nicht, ehe Sie mir klipp und klar sagen: das Bild, das Sie suchen, fehlt auf dem Markt; es fehlt im Auktionshaus, in jedem Museum, in der Geschichte; es war nicht menschenmöglich, es zu malen. Es ist im 17. Jahrhundert so wenig machbar gewesen wie heute. Denn es ist nur ein Bild Ihrer verzweifelten Bedürfnisse, das Gegenbild der Verzweiflung an ihren Wünschen. Es ist eine Utopie. Es gibt kein Bild auf der Welt, das Ihnen Ihr Leben schuldet. Keins, das Sie sehend machen kann.

Gut, aber fahren wir noch etwas weiter, zum Spaß. Spielen wir: ich sehe was, was du nicht siehst. Lassen Sie das kolloquiale Du als klassisches gelten, denn zwischen Ihrem Auge und meinem Nerv soll es keine Höflichkeit geben – treffen Sie mich, wenn Sie können. Angenommen, es gäbe mein gesuchtes Bild doch, wie müßte es aussehen? Wie eine vollkommene Darstellung des toten Punktes. Wie der bildgewordene Stillstand zwischen Zweifel und Zuversicht. Ja: und Zuversicht. Absolut dürfte die Kunst noch nicht geworden sein. Denn das hieße ja auch: abgelöst von Hoffnung. Es ist nicht ihr Nimmerwiedersehen, was ich sehen möchte, wenn ich sehen könnte. Der Blick in eine Werkstatt, in der nur noch von Formalien, von Komposition, Konstellation, Textur und was weiß ich die Rede ist – dieser Blick genügt mir nicht, den habe ich längst geschenkt. – Aber mit dem alten Sinn soll es auf meinem Bild auch vorbeisein, Mijnheer, dem vierfachen Sinn der Frömmigkeit: dem buchstäblichen, dem allegorischen, dem moralischen, dem heilsgeschichtlichen. Ich will nicht wissen müssen, daß der Apfel auf dem Bild zugleich der Apfel sein soll, der uns das Paradies gekostet hat – einmal die Frucht vom Baum der Erkenntnis, dann die Frucht vom Baum des Heiligen Kreuzes – eine Gabe der Natur oder eine Strafe des Herrn, je nachdem wir »malum« mit langem oder kurzem A aussprechen. Muß man Latein können, um den Apfel zu würdigen? Er soll ein Apfel sein, nichts weiter – ein gemalter, nein: ein gut gemalter Apfel. Er soll für nichts anderes stehen, auch nicht für alle Äpfel. *Dieser* Apfel soll es sein, der vierfache Sinn soll ausgespielt haben, aber die fünf Sinne sollen zu spielen beginnen. Ist das gut genug, gut wie Chardon, wie Courbet, der seinen Charakter in der Bildlegende einer gemalten Tabakspfeife zusammengefaßt hat: »*Courbet*, sans idéal et sans réligion«?

Sehr gut – schon wieder zu gut für mich. Da ist das Zittern aus der Sache, die Wirklichkeit aus dem Spiel. Auch wenn sich Courbet für einen Realisten hielt: da spricht nur noch der Maler. Den frommen Spargel von Coorte konnte ich mir noch einverleiben. Da hing noch ein Geruch von Sakrament dran, also auch von Teufelskunst: von Himmel und Hölle. Das war noch *Mein* Leib und *Mein* Blut – Transsubstantiation in den Spargel, vom Maler festgehalten – *nach* der Wandlung, gewiß. Aber ich kann die Glocke noch läuten hören. Zwischen SEIN und *Mein* ist der Nerv noch nicht ganz gerissen, herrscht noch die Zweideutigkeit von Glauben und Zweifel, Sündenangst und Fleischeslob, von Jüngstem Gericht und Leibgericht. Wer solche Kunst macht, tut es nicht in Gelassenheit und traut ihr nicht. Um einen Spargel wie Coorte malen zu können, genügt es nicht, zu sehen und zu hören. Es müssen einem auch Sehen und Hören vergehen können. Ganz frei ist der Künstler noch nicht, zu malen, was er sieht. Er weiß noch, daß er, um ein Bild nach seinem Bild, und zu seinem eignen Lob zu schaffen, den Pinsel in das Blut Christi tauchen und die Leinwand dazu von seinem Schweißtuch schneiden muß. Daß er malend von Ihm abfällt. Daß es nicht ganz genügt, den Abfall vollendet zu malen. Daß seine Kunst in der Schuld steht. Er nimmt sie auf sich, mit Furcht und Zittern – aber im Glauben an Sich Selbst. Er weiß, was er tut, er tut es nur *trotzdem*. Denn er glaubt, vermißt sich zu glauben, daß er freigesprochen ist, wenn er seiner Kunst einen neuen Körper zu schaffen weiß ... einen neuen Himmel, eine neue Erde. Er malt ein Brot, dieses Brot, nicht den Leib des Herrn ... aber die Pflicht verfolgt ihn, daß man Brot nicht malen kann ohne einen Gedanken daran, jemand zu speisen ... daß man dem Hunger der Welt ein Wunder schuldig ist, *ohne* Gott.

Mijnheer, ich, der Blinde, will Brot sehen. Ich verlange von der Kunst meinen Leib zurück.

VIII

Ja, Mijnheer, suchen Sie mir das Bild, in dem Gott noch zuckt, in dem die Schöpfung erst begonnen hat und noch nicht ausgemacht ist – *unsere* erschreckende Schöpfung. Wo der frische Morgen der Sinne die Nacht noch nicht ahnen – oder erst ahnen – ließ, in die ich starre und die mir nicht vergehen will; die mir den Wunsch einflüstert, es möge *Alles* vergehn. Zeigen Sie mir das Bild des Jüngsten Tages, als er noch jung war. Zwischen der Furcht des Herrn und der Erwartung von Nichts – nichts als Kunst – muß einer Menschenseele der Atem gestockt haben. Für diesen Stillstand der Hoffnung in der Verzweiflung, der Verzweiflung in der Hoffnung muß es ein Bild geben, einen körperlichen Augenblick, festgehalten – festzuhalten auch noch jetzt. Ein Stilleben wie gemalt – und nicht bloß gemalt. In dem alles stillsteht, der Glauben, der Verstand, das Gefühl – in schauerndem, aber vollkommenem Gleichgewicht zwischen dem Apfel des Paradieses und dem Apfel des Malers. Wo die Wahrheit übersprang, sich verwirkte nicht nur zum Schein – sich verwirklichte in *einem* Bild. Eine Kunst auf Messers Schneide – oder das Messer.

Verstehen Sie mich?

Geben Sie mir den Anfang des Fadens zu fassen, aus dem wir uns nichts Besseres zu drehen wußten als einen Strick. Geben Sie mir ihn in die Hand, dann will ich mich zurücktasten an die Stelle, wo wir nicht mehr im Beinhaus wohnten, und noch nicht im Schlachthaus. Führen Sie mich an die Quelle des trüben Stroms, in dem unser Leben fortschwimmt ... und an dem die Beschleunigung schon das Beste ist, das bestimmte Gefühl, bis zum Großen Fall könne es nicht mehr weit sein ... Wie sind wir dazu gekommen, zu Nichts zu werden? Einmal muß die Aussicht doch wie ein Horizont ausgesehen haben! Einmal muß Gefühl im Fallen, im unausweichlichen Abfall gewesen sein, im Verstummen Gottes, im Stillwerden des Universums. Ein Zittern des Körpers, der zu sich selbst kommt, ein Beben der Seele, die sich diesem Körper vermählt, auf Zeit, nur noch auf Zeit ... *als ob* die Zeit nie zu vergehen brauchte! Verschaffen Sie mir das Dokument dieses Augenblicks – da muß es doch einen Trauschein gegeben haben ..., sollte es auch nur ein Schein gewesen sein? Hat da denn keiner daran gedacht, ein Bild zu machen? Ich will den Menschen zittern sehen! Nicht mehr heulend und zähneklappernd wie einst – noch nicht, wie heute, wahnsinnig vor Angst vor sich selbst! Das leibhafte Zittern der Frühe, in der alles noch möglich schien! Als der neue Mensch dem Teufelsgott die Schöpfung aus den Fingern und in die eigenen Hände nahm, als er alle Vögel dazu singen hörte: Amen! Es ist geschehen – jetzt muß es werden!

Dauerte dieser Morgen nicht lange genug für ein Bild? Gibt es kein Stilleben, Mijnheer, das die Abwesenheit des Menschen *anders* zeigt: als gut besorgtes Geschäft? Als hätte er alles liegen und stehen lassen, um vor die Tür zu treten und den Himmel offen zu sehen, *seinen* Himmel? Ein Stilleben, das Brot und Wein, Pfeife und Licht *in Erwartung* malt ... gelassen wartend, daß der Verheißene eintrete als Mensch, Brot und Wein als ein Mensch genieße und die Zerknirschung vergesse, zu der ihm diese Lebensmittel gedient haben? Und weiter: in

Erwartung, daß die Wände fallen und es Licht wird? Daß die Funzel erlischt, die die guten Sachen auf dem Tisch lieber verdunkelte als beleuchtete, als Grabbeigaben erscheinen ließ . . ., daß das Grab zerbricht und die Tafel an der freien Luft steht, gedeckt für ein Fest, ein Fest der Menschen?

Wartete damals kein Künstler darauf, daß seine Kunst Fleisch würde? Konnte er sich kein Bild von der Hoffnung machen, daß es für die Malerei einen andern Weg geben könnte . . . als in die immer bessere Täuschung, und für ihn selbst einen anderen Weg als in die größere Einsamkeit, den tieferen Traum? Verdiente das Auge nichts Besseres, als immer besser getäuscht zu werden? Mußte diese Kunst, mußte *die* Kunst immer noch sein? War sie dazu verurteilt, ein Bild zu bleiben – ein Fenster in eine ganz anders mögliche Ordnung der Dinge, ein *gemaltes* Fenster? Warum blieb es bei dieser Möglichkeit und kam nicht zum Austritt aus allen Künsten; warum nennen wir nur diese – spielende, verspielte – Möglichkeit: Kultur? Wenn es ein Blinder anders sehen kann – warum haben es die Sinnbegabten nicht anders angefangen?

IX

Das Stilleben, Mijnheer, hing über der Tür am rechten Ort. Es war eine Kunst zum Vorübergehen, zum kurzen Innehalten. Der Schritt durfte stocken vor diesem gemalten Spiegel, denn so sahen wir aus, das waren unsere leiblichen Bedürfnisse, die Gegenstände des Gebrauchs für alle Tage. Aber dann hätten wir weitergehen sollen. Der Weg durch diese Kunst hätte über sie hinausführen müssen ins Freie. Statt dessen führte er in einen Raum, wo weiter von Freiheit geträumt wurde; immer schlechtere Träume, immer stärkere Kunst. *Mein* Stilleben aber wäre eines, in dem der Mensch fehlt, weil er weitergegangen ist. Sein Inventar, der Hausrat von tausend Jahren, liegt verlassen auf dem Tisch, ein geworfener Würfel. Die Augen sind verdeckt: was haben sie gezeigt? Der Weggegangene – die Fortschreitenden – was haben sie gelesen? Daß sie leben dürfen? Es ist klar, daß sie auf Gewinn ausgezogen sind. Ist es ebenso klar, daß daraus nichts werden konnte, weniger als nichts: daß sie verloren waren, *weil* sie sich bewegten? Sind die ehemaligen Besitzer dieser Dinge, die Kaufleute, Entdecker, Kolonisatoren denn von allen guten Geistern verlassen gewesen, als sie Gott nicht mehr im Munde führten, sondern an seine Stelle traten? Haben sie zu teuer gekauft, um den Preis unserer Zukunft und unserer Seele? und die Prophezeiung der grinsenden Vanitas auf dem Tisch erst wahrgemacht, als sie ihr so herrlich zu entgehen glaubten?

Oder sehen wir nur nicht gut genug?

Mustern Sie die Hinterlassenschaft auf den Tischen, über den Türen, Mijnheer. Stellen Sie sich vor: wir könnten noch einmal durch diese Tür hinaus. Bei Heraklit ist nur von Flüssen die Rede. Bilder aber laufen nicht weg. Die Stilleben stehen noch da, dafür heißen sie so. Behandeln Sie als Neuigkeit, was auf diesen Bildern steht; als versäumte Nachricht, als ein Brief, der erst grade angekommen ist, nach bald vierhundert Jahren, und dessen Kenntnis uns vor vielem bewahrt hätte – wenn nicht vor dem allgemeinen Tod, so doch vor der umfassenden Blindheit. Stellen Sie mir vor: der nächste Schritt steht uns noch einmal frei, und wir tun ihn ganz anders. Wir verhandeln neu. Wir handeln den Vertrag über unser Ende noch einmal aus. Selig mag es *gewesen* sein – kann es darum nicht anders als schrecklich werden? Nicht einmal schrecklich: nur noch sinnlos selbstverständlich, banal, eine Panne, die uns die Wahrscheinlichkeitsrechnung längst vorgeschrieben hat, bevor wir sie eines kalten Tages nachvollziehen wie eine Sache des Anstands? Wir mögen ja eine Zumutung an die Schöpfung gewesen sein – dafür büßt jeder von uns mit dem Tod, mit dem Wissen um den Tod. Aber mußten wir darum überhaupt verschwinden? Müssen wir auch die Träume vergehen lassen, durch die uns das Leben *erlaubt* schien?

Öffnen Sie mir das Auge des Stillebens. Heben Sie mir, wie ein Lid, den Schleier an, den die Zeit über diese Sachen auf dem Tisch gewoben hat. Der Blick scheint tot, mit dem sie gegen uns starren: vielleicht ist er nicht ganz gebrochen; vielleicht schläft noch ein Funke in seiner Versteinerung. Was der gemalten Seifenblase gelingt, können Sie auch: lassen Sie mich die Hinterseite sehen von Teller und Krug, von Pfeife und Schädel: vielleicht kräuseln sich da noch lebendige Lippen; vielleicht sitzt da ein Gelächter im Versteck. Oder das Zeichen steht an der Wand hinter der Leinwand. Irgendwo muß eine Botschaft stehen. Wir haben sie nicht gesehen oder falsch gelesen. Sogar ihre Urheber haben sie wohl gar nicht verstanden. Sie lautet nicht auf Tod, verheißt keine immerwährende Verblendung. Da muß uns doch ein Leib versprochen worden sein, ein wiedergeborener Körper, ein neues Fleisch und Blut, nachdem wir den *Herrn* geschlachtet und sein Blut getrunken hatten. Darauf wartet der gestürzte Kelch, der leere Teller. Verschaffen Sie mir diesen Körper, Geld spielt keine Rolle. Ich möchte Menschenfleisch riechen.

Ich bin kein Wohltäter, Mijnheer. Ich verlange diesen Körper für mich. Ich denke nicht an die Speisung der Menschheit. Wenn sie verhungern, aussterben will, bitte sehr. Aber ich will neu werden. Mit neuen Augen ist es nicht getan. Ich brauche alle Glieder neu und einen gewaltigen Schweif dazu. Ich bin lange genug ein Privatier – zu deutsch: ein Beraubter – gewesen. Jetzt will ich leben, blind. Es hat sich nicht gelohnt, auf den Spuren meiner Väter die ganze große Welt zu gewinnen – oder doch mit ihrem Duft zu schachern –: den Schaden an der Seele gar nicht gerechnet. Meine Seele haben Sie geschenkt, die habe ich hinlänglich abgegolten, wie mir scheint: dafür brauchen Sie nicht zu zahlen. Bauen Sie mir einen neuen Leib, für lumpige zwanzig Jahre länger, ich will ihn Tempel nennen und Sie darin anbeten. Nur gute Jahre müssen es sein. Ich muß reifer werden für meinen Tod.

Der läppische Zucker in meinem Blut tut es nicht. Reißen Sie mir ein Bild auf, lassen Sie es schreien, mein Stilleben, bringen Sie mich zur Welt.

Es war mein Fehler, Mijnheer, mich ein Leben lang immer feiner, immer subtiler auszudrücken – als Sammler, versteht sich. Ich habe Stoff verraten an Form, bin fortgeschritten vom Tabak zur Pfeife, von der Pfeife zum Pfeifenbild – und dann war kein Halten mehr; ich verstieg mich zu immer neuen Bildern des Absterbens, immer stummeren Bildern des Todes – fast verschwinde ich in meiner Sammlung, Mijnheer. Fast – Sie sehen mich ja nie, Mijnheer, vielleicht betrachten Sie meine Abwesenheit als ein objektives Pendant zu meiner Blindheit. Aber Sie könnten mich riechen. Nur die toten Fische der Maler stinken nicht. Das haben sie mit dem Geld gemeinsam. Ich bezahle Sie, aber phantasieren müssen Sie auf eigene Rechnung: wer mag ich sein? Ein spleeniger Rentner, nicht wahr, beschäftigt – aber nicht ausreichend beschäftigt – mit der Verschwendung seines Vermögens, an dessen Vernichtung, bei seiner gegenwärtigen Rechtsform, leider nicht zu denken ist; hingegeben an feine Genüsse, unter denen die Verfeinerung zum Tode der kräftigste sein mag –

Du lieber Gott, du meine Güte. Aber lassen wir es bei diesem Bild. Es wäre zu komisch, wenn Sie mich sehen könnten, wie ich bin und wo ich bin. Erinnern Sie sich immerhin daran, daß das Sterben der Bilder auch in der Kunst keine Metapher war. Die Künstler mochten wohl Gründe haben, ihr Handwerk von der Geschichte zu trennen, so gut es ging; es ging nicht gut, denn in der Geschichte wurde immer weniger bildlich gestorben. Immer weniger kümmerte sich der globale Zerreißwolf um die Gründe, die es gegeben hätte, ihm hie und da wenigstens einen Fetzen bemalter Leinwand zu entreißen. Die Kunst war ja selbst immer auf den Tod gefaßt. Wenn sie etwas taugte, erschien sein Schatten im Bild. Immer weniger benötigte er das durchsichtige Gefäß des Schädels für seine Gegenwart. Immer frappanter offenbarte er sich der Manier der Kunst selbst, in der deformierenden Form, in der alles auflösenden Kraft des Pinsels.

Aber da der Tod am Ende nichts Bildliches ist, Mijnheer, läßt er sich auch nicht bloß durch Bilder repräsentieren. Kein Meister fängt ihn ein. Er ist etwas verflucht Fleischliches, Wörtliches, Mijnheer, er läßt sich nicht verfeinern, noch verdünnen, weder durch Malerei noch durch Theologie, noch durch die Statistik. Er stinkt, Mijnheer, das ist noch das Freundlichste, was man über ihn sagen kann. Er stinkt, wie ich.

X

Versucht die Kunst auch nur, sich aus dem Tod herauszuhalten? Sie zieht doch wacker an seinem Strick. Sie tötet auf ihre Art, geruchlos, aber nicht minder gründlich. »Nature morte« ist kein leeres Wort. Sie kann sich und uns das Leben überhaupt nur tot vorstellen. Sie schafft sich einen Körper an, einzig um zu demonstrieren: sieh an, wie gut das ist – es ist so gut wie tot. – Sie baut freilich eine Hintertür ein, und an die klammert sich das verzweifelte Entzücken der Liebhaber. Sie sagt nämlich: ich bin ja nur ein scheinbarer Leib. Also bin ich auch nur zum Schein tot. An diesem Schein hängt ihre Gnade, an diese Taschenspielerei klammert sich unser Wohlgefallen. Wir starren darauf, als wäre sie ein Hoffnungsschimmer. Aber wie, bitte, soll aus einem verdoppelten Minus ein Plus werden, aus dem Tod in Potenz ein frisches Leben? Die neuere Kunst hat den Körper erfunden, Mijnheer, gut. Sie hat dem Menschen eingeblasen, daß er einen Leib nicht nur hat – sondern daß er Leib *ist*, ganz und gar. Aber sie führt ihm diesen Leib doch nur vor, um ihn zu versetzen – um ihn meinetwegen unter die Sterne zu versetzen, aber auch ihre Sterne sind tot, und die feinste Täuschung ist die vollkommene Täuschung. Wie gut sie es mit dem Körper meint, den sie entdeckt hat, sehen Sie am Bild des gemarterten Sebastian – er ist der wahre Heilige des Körpers in der Kunst. Sie mag ihr Spiel klagend oder anklagend treiben, aber sie treibt es mit böser Lust. Diese Lust der Kunst zum Menschen als Gegenstand, zum Gegenstand als Material, zum Material als Brennstoff – diese Lust ist obszön, Mijnheer. Seit die Kunst auf den Körper gekommen ist, ist sie mit seiner Vernichtung im Bunde. Im Zittern des Pinsels beim Malen von Fleisch ist Einverständnis mit dem Leiden des Fleisches, seinem irdischen Martyrium. Seit sich die Kunst am Leib zu schaffen macht, hat sie es mit dem Leibhaftigen zu tun.

Suche ich meinen Körper in der Kunst, Mijnheer, oder beteilige ich mich an seiner Zerstörung? Suche ich doch nur gute Gründe für das Ende? Will der lebende Leichnam verduften, nichts weiter?

Glauben Sie an Gott, Mijnheer? Sitzt er in der Kunst – oder nicht viel mehr im gerechten, im schreienden Einspruch gegen sie? Ist er ein Bild, oder ist er die Verzweiflung an jedem möglichen Bild; aber was hätten wir von dieser Verzweiflung zu hoffen?

XI

Ich habe Ihnen ein Geschäft vorgeschlagen, Mijnheer, mein Geld für Ihr Auge. Sie schweigen. Genügt die Erpressung nicht? Brauchen Sie einen förmlichen Vertrag, mit Blut unterschrieben? Haben Sie noch immer nicht Blut genug gesehen, Mijnheer?

Ich bin der Mann des Tabaks, wie meine Väter Männer Gottes waren. Wenn Gott schwieg, suchten sie den Fehler nicht im Gebet, sondern in ihren Büchern. Werden wir auch geschäftlich, Mijnheer. Ich rekapituliere meine Position. Am Anfang meiner Welt ist nicht das Wort, sondern die Kunst. Und am Anfang dieser Kunst ist der Handel.

Kennen Sie Rembrandt? Wissen Sie, wozu ihm seine Kunst gedient hat? Zur Kapitalbildung, Mijnheer; um Kunst zu kaufen und mit Gewinn zu verkaufen. Bei weitem nicht nur seine eigene Kunst. Es wäre treuherzig, ihn einen Sammler zu nennen – dafür war er nicht sorgenfrei genug. Er war ein Spekulant und hat sich – wie Johannes Vermeer – mit diesem Geschäft an den Bettelstab gebracht. So solide – so windig war der Boden, auf dem seine eigene Kunst, die große, die unvergleichliche, gewachsen ist. Passionsbilder eines unglücklichen Händlers, das Ecce homo des Bankrotteurs. Seine Einsamkeit in Ehren. Aber gerade damit war er nicht allein. In den Niederlanden sind Sammelkunst und Malgeschäft, Gewinn und Verlust, Genie und Isolation, Meisterschaft und Ruin aus einer Wurzel gewachsen: dem freien Markt. Er war die Triebkraft der Kunst. Wer für den Markt produziert – und zum ersten Mal gab es diesen Markt, denn es gab den reichen Stadtbürger, den liberalen Pfeffersack, der seinen Geschmack selbst bestimmte, den Fürsten, den Höfen, den Akademien zum Trotz –: wer für den freien Markt produziert, muß auf dem Markt schreien lernen. Er muß auch sein privates Leid ausmünzen. Es genügt nicht, ein Bild zu malen und Reklame dafür zu machen. Er muß sein Bild *als* Reklame malen, als Empfehlung seiner selbst. Denn auf dem Markt steht es allein da wie nirgends sonst. Es spricht nur noch für seinen Schöpfer, es bettelt für ihn. Niemand redet zu seinen Gunsten, wenn es nicht selbst sein Maul aufmacht. Große Kunst? Originale, einzigartige, nie dagewesene Kunst! Und eben in dem Grade, als es originell, einzigartig sein will, tauschbar, vertauschbar, verkäuflich. *Dafür* muß es so einzigartig sein. Ware, Mijnheer. Das ganz Originelle ist zugleich das Bestochene, zur Käuflichkeit Dressierte. So eigen brauchten die Rembrandts am Ende doch nicht zu sein. Sie können auch aus seiner Schule stammen, seinem Kontor. Firmenstempel genügt. Der Herr Kunde wünschen etwas ganz anderes? Bitte sehr, führen wir auch. Herr Rembrandt kann sich nicht leisten, nur Rembrandt zu führen. Herr Vermeer verkauft unter seinem guten Namen auch einen fehlerlosen Fabritius, einen echten Ostade.

Wie fingen wir an? Wie haben sie's angefangen? Was machte die Niederländer denn größer als ihr Land? Doch dies, daß sie die ersten waren, die Zeit nicht in Gottes Hand verstreichen zu lassen, sondern auf Zins zu legen; mit Geld nicht mehr zu aasen, sondern Geld zu investieren – zum Beispiel in ein Bild, zum Beispiel in ein Bild der Vergänglichkeit! Und was machte unser Stilleben zum Meisterwerk? Doch dies, daß man dem Brot und Wein aller Tage mit dem Pinsel das Salz der Neuheit zusetzte; daß man ein Mittel fand – ein Mittel der Kunst –, Gewohntes merkwürdig, Unscheinbares auffällig, Hinfälliges dauerhaft zu machen. Gemalte Fische stinken nicht mehr. Das Stilleben war ein Tiefkühlverfahren, Mijnheer. Es konservierte die seltsamen Früchte, die die Kauffahrer aus beiden Indien anlieferten. Es rettete auch die venezianischen Gläser, die eigentlich zu delikat waren für ein niederländisches Bankett: auf einem niederländischen Bankettbild aber funkeln sie wie am ersten Tag. Es erlaubte dem Besitzer, seinen Reichtum zu genießen, ohne ihn zu vermindern. Und wenn es ihm gefiel, sich als Büßer zu präsentieren, lieferte ihm der Künstler das passende Fastenbild dazu und sorgte dafür, daß er sich auch mit seinem Konsumverzicht sehen lassen konnte. Die Kunst der neuen Klasse blieb nicht lange, wie diese, handfest und plebejisch – sie lernte subtilere Bedürfnisse zu bedienen als diejenigen nach Prahlerei und Repräsentation. Sie arbeitete auch mit den Widersprüchen subtil. Sie hatte Kopf und Mühlsteinkragen des neuen Weltbürgers nicht mehr nötig, um sein Bild zu malen. Sie ließ ihn seinen Geschäften nachgehn und traf ihn im Abwesenheitsverfahren, malte ihn haarscharf in den Gegenständen seines Gebrauchs. In einer umgekippten Pfeife an die Herkunft des Tabaks zu erinnern *und* an seine Bestimmung zu Rauch und Asche – an unsere Bestimmung! –; an den Genuß *und* an die Flüchtigkeit des Genusses: das war die Kunst.

Aber: je besser sie war, je weiter sie ging – desto intimer, desto spezialisierter, desto privater wurde sie? Ja, auch. Aber zugleich traf sie immer mehr mit dem Wesen der Ware zusammen, spiegelte *auch* die Einsamkeit der kämpfenden, konkurrierenden Güter in der Weite der neuen Welt. Auch hier war ihre Flüchtigkeit und Vergänglichkeit eigentlich die Kraft, mit deren Hilfe sich der gute Kaufmann verbesserte. Der kleine Unterschied zwischen der allgemeinen, der herrschenden Vanitas und der nützlich gemachten, der zinstragenden, war der Unterschied zwischen Reichtum und Kapital; er war auch der Unterschied zwischen den Kulturen des Kontinents: der verschwenderischen der Herren, der haushälterischen, der revolutionären der Bürger. Daß der Gewinn kein unbedenkliches Prinzip war, daß ein neuer, ausschweifender Verlust der Seele darin saß – das brauchte die Gewinnfrömmigkeit so schnell nicht zu bemerken. Sie sah nur: die Fallhöhe aller Dinge war gottgegeben. Sie folgerte: es war vernünftig, die Energie dieses gewaltigen Abfalls auszubeuten.

Im Stilleben liegt der Abfall des Abfalls auf dem Tisch, Mijnheer, es ist das Haushälterische im Licht seiner Produktivität, einem nicht nur kunstvollen, sondern auch künstlichen Licht. Der Beleuchter, der selbst nicht erscheint, zeigt sich darauf als tätiges Subjekt. Er hat sich nicht damit begnügt, die Novitäten seines Auftraggebers abzumalen. Er produziert selbst etwas Neues, indem er das Altgediente zum Gegenstand eines neuen Interesses erhebt. Was mache ich aus dem Wasser im Glas, der Krume auf dem Tisch, der Schale einer Zitrone? *Wie* mache ich etwas aus so wenig, aus fast nichts? Der Schöpfer der neuen Kunst bedient die Ökonomie nicht nur, er *ist* ökonomisches Genie. Es mag den Bedürfnissen des Kaufmanns vorausfliegen, aber auf seiner Linie und zu seinen Horizonten. Der Fluchtpunkt der niederländischen Kunst ist die Lücke auf dem Markt. Und bevor wir sie groß nennen, verdient sie das Prädikat: findig.

Unsere Tulpen, Mijnheer. Was gibt es Holländischeres als Tulpen, diese vielseitigen Geschöpfe, die wir aus einer schlichten Türkenblume herausgezogen haben – und was machen wir sonst mit ihnen? Haben Sie einmal die Guillotine über ein blühendes Feld fahren und die Kronen reihenweise köpfen sehen? Kastrieren wäre das genauere Wort. Aber es ist nicht das Geschlechtsorgan der Pflanze, das wir zu ihrer Fortpflanzung bestimmen. Wenn es seinen Dienst für die Touristen, die Postkarten und Photographen, die Prospekte und Kataloge getan hat, sorgen wir dafür, daß sich das Kapital der Pflanze nicht weiter verschwendet. Wir drängen es in die Knolle zurück, in der es handelsfähig wird. Das ist die Radikalität unseres Gewinnstrebens. Unter der Erde sitzt die Form, in der sich die Tulpe in die Geldform überführen läßt. Die Blüte will termingünstig liquidiert sein. Sie hat der Tulpenware nur als Werbe-Spot gedient.

Das ist nicht von heute, Mijnheer. Schon im Tulpenbild von Breughel ist sie kein Idyll gewesen – schon eher ein Bild der Vanitas, ein Schatz, den die niedlichen Motten fressen, die peniblen Käferlein. Vor allem aber war sie ein Werbe-Spot. Sie hat einem damals brandheißen und knallverrückten Tulpenmarkt als Annonce gedient. Auch einfache Leute spekulierten damals um die neuesten Modelle, als gelte es ihr Leben, ja, die Künstler auch. Viele sanierten sich sozusagen als Illustratoren der Ware für die Verluste, die sie bei ihrem Handel erlitten hatten – manche, große Namen bis heute, blieben dabei auf der Strecke. Breughels Tulpen, Mijnheer, sind so spektakulär, weil sie die Findigkeit eines Züchters loben, nach Kundschaft ausblicken müssen. Es sind anrüchige Schönheiten; eigentlich stehen sie auf der Straße und blühen für den Meistbietenden. Vom Blumenkunden zum Kunstkenner muß damals ein kleiner Schritt gewesen sein. Als die Tulpenbörse um 1650 zusammenbrach, ging die Pleite in Kunstgeschichte über. Und jetzt wurde nochmals, erst recht, das große Geschäft daraus. Die gemalte Tulpe wurde zum Massenartikel und reproduziert sich in die guten Stuben und freundlichen Kartengrüße der kleinen Leute hinein – bis heute. Selig in sich selbst hängt das originalgetreue Tulpenstück über dem Sofa und wird Onkel und Tante am goldenen Hochzeitstag nach Holland ziehen, damit sie die Pracht in natura bewundern und mit einem Dia belegen. Die

Ware ist unsterblich geworden, das heißt: jetzt ist das Geschäft nicht mehr umzubringen. Jetzt ist Holland: das Tulpenland. Während die armen Türken, die aus dem Kraut nichts zu machen wußten, mit Menschen handeln müssen. Wir sind feine Leute, Mijnheer, gemachte Leute. Wir wissen sogar aus den türkischen Gastarbeitern etwas zu machen.

Ich bin bei Ihnen, Mijnheer.

Ja, Sie haben mir, bevor ich blind wurde, noch schnell die Augen geöffnet. Ihnen, Ihren TV-Spots aus der Frühzeit des Fernsehens, verdanke ich die durchdringende Einsicht, daß ich dreißig Jahre lang nichts anderes gesammelt hatte als dreihundertjährige Reklame. In den späten fünfziger Jahren bekamen Sie den Auftrag, eine meiner Marken zu lancieren: Sie müssen ihn gut gelöst haben, denn das Produkt eroberte sich einen Marktanteil von sieben Prozent – aus dem Stand. Ich hoffe, Sie wurden anständig bezahlt. Hatten Sie es nötig, sozusagen im gleichen Atemzug eine Kampagne gegen das Rauchen zu übernehmen? Sie haben es getan und ebenfalls gut gemacht – ich tadle Sie nicht dafür. Sie haben sich nur gerecht verhalten, marktgerecht. Aber Sie haben mir die Augen geöffnet – nehmen Sie einem Blinden das Bonmot ohne Belustigung ab. Sie war nämlich nicht sehr lustig, Ihre Neuigkeit, sie hat meinen Augen nicht gut getan. Hätten Sie nur gezeigt: die Reklame tendiert zum Stilleben, unsere Plakatwände *sind* das moderne Stilleben – gut, das wäre ein Aperçu wert gewesen. Vielleicht hätten Sie den einen oder andern jüngferlichen Kunstfreund damit verschreckt. Aber wenn das Große Stilleben, das Stillleben meiner Vision nichts anderes als ein Warenangebot sein soll, wenn es schon an seinen Ursprüngen nichts anderes gewesen ist – und es ist nichts anderes gewesen! –, dann habe ich nicht nur umsonst gelebt, sondern auch umsonst gesammelt. Viel schlimmer: dann habe ich umsonst verschwendet. Dann gelingt es mir nie mehr, das dunkle Reich meiner Väter in alle Winde zu zerstreuen. Dann kann ich, was ich habe, nicht einmal *verschenken*. Ich kann meine Geschöpfe auf die Straße werfen:

das tut ihnen nicht weh, da kommen sie her. Da sind sie in ihrem Element. Sie schaffen an. Ich kann sie zur Hölle wünschen: dort werden sie nur höhere Preise holen, mit Härterabatt, und der Teufel wird ihnen persönlich eine Klimaanlage bauen. Was heißt hier Kunst? Ich verkaufe mich, also bin ich.

Ich bin nicht prüde, Mijnheer, auch nicht in Sachen Geld. Was Sie mir gezeigt haben, erschreckt mich aus einem andern Grund. Ich wollte hinter meine Väter zurück. Nicht ihnen wollte ich meine Existenz verdanken. Ich wollte neu geboren werden. Wozu sonst war es so dunkel um mich geworden. Dieses Dunkel habe ich zu meiner Mutter erklärt. Stilleben habe ich uns genannt, sie und mich. Soll ich von einer Hure wiedergeboren werden?

Ich bin nicht prüde, Mijnheer, ich möchte nur nicht zum Vertauschen bestimmt sein, zum Verwechseln existieren. Ich will mich als Kind des Tabaks sehen. Ja, ich hänge an meiner Ware – sie ist in meinem Kopf, meinem Herzen noch immer nicht recht Ware geworden. Sie ist das zweideutige, zauberhafte Kraut meiner Pilgerväter geblieben – *vor* seiner frommen Erziehung. Es verbindet sich mit dem wahren Leben, dem wahren Tod, denn es verbindet sich mit Genuß. Genuß ist immer Leben und Tod, da haben mir Ihre Spots nichts Neues gesagt. Es verbindet sich mit Rauch und Asche, gut – aber darin endet es nicht. Die Flüchtigkeit, die es beseelt, ist nicht diejenige der *planned obsolescence*. Sie geht nicht auf im Verkauf. Sie hat den Geruch der Verheißung. Der blaue Dunst steigt, aber steigt er aus der Welt? Er will sich ballen und Wolke werden, Mijnheer, und die Wolke will eine Gestalt gebären. Ich will mich verkörpern.

Ich bin nicht nur der Mann meiner Väter, ich habe mit ihrem Herzen, dem Kühlfach, dem Geldsack, nichts zu schaffen. Ich bin blind – und in meiner Blindheit sehe ich mich als Erben einer Verheißung. Ich will wiederkommen, Mijnheer, aus einer neuen Welt, der Heimat des Tabaks, als hätte es nie eine andere gegeben – als wäre daraus nicht das Amerika geworden, das wir fürchten. Ich habe Bilder gesammelt, wie eine Raupe den Platz sucht, an dem sie sich verpuppen kann. Die Blindheit war nicht vorgesehen, aber die Puppe muß wohl dunkel sein. Jedoch ich möchte werden: Ich, ein anderer. Man wird doch nicht erst im Tod zum Schmetterling.

Ein Schmetterling ist eine Motte, sagt das Stilleben. Eine Fliege, ich weiß, ich müßte es wissen. Ein Schmetterling ist eine Butterfliege, Sie haben es mir gezeigt.

Ein Mann des Tabaks, und raucht nicht einmal. Das ist nicht Ihr Werk, Mijnheer, trotz Ihrer starken Propaganda. Für einen Blinden ist beim Rauchen einfach kein Genuß mehr. Darum rauche ich nicht, denn die Verheißung liegt beim Genuß. – Ich höre Sie sagen: der will sich aus dem Verkauf davonmachen und lebt vom Verkauf, lebt davon, daß andere für ihn verkaufen. Ja, ganze Chefetagen voll Wiesel, Biber und Füchse in Kammgarn, jeder ein Rembrandt des Marketings, ein Rubens der Buchführung. Sie könnten auch Seife verkaufen oder Waffen; sie würden es sofort tun, wenn sie sich anderswo teurer verkaufen könnten, oder wenn Tabak flauer notierte. Er müßte fallen, Mijnheer; ein Artikel, der *statt* eines Genusses verkauft wird, der Süchtige bedient statt Berauschte, ist weit heruntergekommen. Aber der Markt braucht sie, die Zigarette, noch mehr als die Zigarette den Markt – ohne ein bißchen blauen Dunst hielte keiner der Dealer das Gesicht des andern aus, und schon gar nicht sein eigenes. Aber braucht der Tabak – der Tabak, Mijnheer, nicht die Tabakware! – einen Markt? Zur schnellen Vervielfältigung meinetwegen, zum Ausgesogen-, Weggeworfen- und Zertretenwerden – aber zum Zaubern? zur Kunst der Weissagung? zur Öffnung der Sinne? Mijnheer: ich, der sogenannte Tabakkönig, bin in meinem sogenannten Reich der einzige, der am Tabak hängt – dafür muß man kein Raucher sein. Der Konzern beschäftigt sich mit seinem Verkauf – mich beschäftigt er. Mich beschäftigt ER. Groß geschrieben und von weit her, Mijnheer, ein heiliges Blatt, beschrieben von den Göttern. Auf dem Markt liest man ihre Botschaft nicht. Ich suchte sie in der Kunst. Ich habe Pfeifen gesammelt, dann Bilder von Pfeifen, schließlich das Bild der Bilder: das Stilleben. Dahin wiesen mich die Rauchzeichen: hier wurde der Geist des Tabaks gegenständlich, hier begann der Schein zu leuchten. Er sah nach Heimzünden aus, Mijnheer. Ich meinte zu sehen, wie die flüchtigsten Dinge, *nur* die flüchtigsten, einen Körper gewannen. Sammle deine Glieder. Dies wird dein Leib.

Die Täuschung war vollkommen, Mijnheer, soll ich sie dafür loben? Ich wurde nicht zu Rauch – es scheint, die Entwicklung bleibt dem Krematorium vorbehalten. Es reichte mir nur zu einem Hauch Kunstgeschichte. Meine Väter lassen mich nicht zu Gott werden, nicht einmal zu einem saftigen Heiden. Sie gönnen mir höchstens den Kenner, den Bilderfreund – eine komische Rolle, die durch ihre Passion nichts gewinnt. Sie haben mir genug ihres heiligen Geistes in meinen Rauch geblasen, um ihn zu verdünnen. Rauchen mit Zusatz ist ein Greuel. Hören Sie nur, und erinnern Sie sich:

Vor der Neuzeit gab es nur Einen, der einen Körper besaß: Gott. Menschen und Dinge waren von ihm abgeleitet, die Kirche sagte: abgefallen. So hatten sie kein Gewicht für sich selbst. Sie waren Geschöpfe der Zeit, dazu bestimmt, mit der Zeit zu zerfallen und dann aufgehoben zu werden, in *ihm*, wie sie es verdienten; *wenn* sie es verdienten. Eigentlich waren sie kein Gegenstand der Kunst, denn dafür hätten sie außer Gott sein müssen – die Kunst war selbst noch kein Gegenstand des Interesses. Es gab Kathedralen, es gab den Bamberger Reiter, es gab Parzival – kunstvolle Werke zu Gottes und des Menschen Ehre, aber keine Kunst. Da der Gotteskörper umfassend war, gab es für die Kunst als solche keinen Raum. Die es gab, wurde auf Gott verwendet, sie war Handwerk, Kirchendienst, eine niedere Form der Andacht. Da die Bilder nichts von ihrem Eigensinn wußten, waren sie nicht ausdrücklich verboten, wie im Islam. Aber sie verboten sich schon selbst fast jede Bewegung, die man für eigenmächtig hätte halten können. Sie verboten sich Figuren, die man nicht auf den ersten, mindestens auf den vierten Blick als Gleichnis durchschaute. Sie hütete sich davor, Körper zu werden, denn ein vollendeter Körper hätte ja die Vollendung des Abfalls bedeutet. Was sich den Sinnen anbot, lockte nur, um auf seinen Sinn aufmerksam zu machen. Vor Gott waren wir selbst nur so gut wie gemalt und bewegten uns darum ohne Befangenheit unter den von menschlichen Malern angefertigten Geschwistern im Schein. Sie waren gut oder schlecht wie wir: ausdrucksvoll gebeugt unter das Lob von Gottes Allmacht, festgezurrt auf seinem goldenen Hintergrund, gekreuzigt und begraben wie *er*. Da die Schöpfung Gottes Kunstwerk war, galt jede Menschenkunst in ihr gleich viel. Sie war Pflege am Körper des Herrn.

Dieser Herr der Christen wollte nicht Vater körperlicher Kinder sein. Unsere Geburt war schwer, Mijnheer. Wir mußten sogar die Mutter dazu selbst erfinden. Wir dachten, es sei die Kunst.

Erinnern Sie sich? Wir lernten Räume malen. Wir malten den Raum, den die Weltumsegler und Philosophen, die Physiker, Mediziner und Astronomen geöffnet hatten, nicht bloß nach. Wir stellten ihn her. Wir schöpften Tiefe aus der Fläche und eroberten sie mit Figuren unseresgleichen. Wir malten sie nicht nach den Vorschriften des Herrn, sondern nach Maßgabe unseres Auges, in unserer Perspektive. Der Wunsch nach einem eigenen Körper zeigte uns die Welt körperlich. Unser Pinsel machte sie zur Kolonie.

Wir selbst bestimmten den Abstand, den wir zu jeder Sache einnahmen, die passende Sprungweite, die rechte Herzensnähe. Diesen Abstand wählten wir frei; danach banden wir uns an Zahl und Regel. Unser Augapfel, die neue Frucht der Erkenntnis, wurde jenseits von Gut und Böse – dachten wir – zur Quelle optischer Vernunft. So bestimmten wir uns zu Subjekten, und die Objekte zur Unterwerfung. So erst wurden sie wirklich, denn wir wirkten mit ihnen: wir bewirkten eine umfassende Veränderung unserer Ansichten. Alle Verfahren, die uns dafür dienten – nicht nur diejenigen von Maler und Steinmetz –

nannten wir: Kunst. Denn wir schufen uns eine neue Welt nach unserem Bilde und verließen uns darauf, daß sie immer noch ein Ebenbild Gottes bleibe – oder wir kümmerten uns nicht mehr darum. Erst in unserem Bild der Erde wurde uns die Erde wirklich untertan. Wir Künstler hörten auf, kleine Handwerker zu sein, wir wurden Herren, und die Machthaber anerkannten uns als ihresgleichen. Sie wollten nicht nur unsere Kunst gebrauchen, sondern auch Bilder unserer Kunst sehen: so wurden wir Künstler in Potenz. Wir ließen uns als zweite Schöpfer feiern, denn wir hatten die Zehn Gebote ersetzt durch das Gesetz, durch das Mysterium der Zahl. Unsere großen Bilder der weiten Welt beruhten auf der Beherrschung von Zahlenverhältnissen. Die Anwendung der Mathematik auf die Leinwand ließ den Himmel weit erscheinen, einen gemalten Saal tief, die Körper, die ihn definierten, plastisch, nah oder fern – und die Mächtigen dieser Welt wirklich und unverwechselbar. Wir befähigten uns zur Abstraktion und machten die Schmeichelei unverdächtig. In unserem Kopf hatten wir alle Dinge zerlegt; auf der Leinwand setzten wir sie zusammen wie neu.

Ja, unsere zweite Natur bestach durch ihre Plausibilität. Wahrer meinte man die Dinge noch nie gesehen zu haben. So, wie wir sie herstellten, waren sie in Wirklichkeit. Der neue Raum war *sichtbar* derjenige unserer freien Wirksamkeit. Das ließ ihn so natürlich erscheinen. Wir Maler waren einfach die fortgeschrittensten Techniker der Zeit. Wir stellten Raum her, ohne Raum zu benötigen. Wenn es uns gefiel, konnten wir den Raum auch biegen, ausfließen lassen wie Kerzenwachs, verschwimmen lassen wie ein Meer. Wir konnten ihn zum Spaß so gekrümmt darstellen, daß es eines spiegelnden Zylinders bedurfte, um ihn darauf wieder ins Natürliche, fast schon Übernatürliche zu glätten: wir wiesen dem Kunden den Punkt an, auf den er das spiegelnde Rohr zu setzen hatte, um seine Geliebte nackt zu sehen. Wir waren nicht nur die Gesetzgeber der neuen Schöpfung. Wir waren auch ihre Spielmeister, ihre Tanzlehrer, ihre Zuhälter.

Das war doch eine glanzvolle Zeit, Mijnheer? Stellte die Tatsache, daß unsere Körper nur zum Schein so greifbar, so wirklich waren, etwa keinen weiteren Triumph unserer Schöpferkraft dar? Wieviel Arbeit hatte uns dieser Schein gekostet, wieviel Genie blickte uns aus seinem Glanz entgegen! Kennen Sie die Aufschrift auf dem Haus des Kolumbus in Genua? »Eins war die Welt. Zwei Welten! sprach Dieser. Sie sind es *gewesen.*« Aus Eins mach Zwei, damit aus Zwei ein Drittes werde, so gut, viel besser als das Erste – damit wir wieder Eins seien. Das ist die Übersetzung der Dreifaltigkeit in die Geschichte menschlichen Heils. Kann man den Sprengstoff von Raum und Zeit hochgemuter als Geschenkpackung präsentieren als in diesem Hexeneinmaleins? Braucht die Hoffnung schon zu wissen, daß die Utopie der Ausdehnung der Untergang ist?

Eine Ahnung davon führt schon der heroische Hexameter aus Genua. »Gewesen« – fühlen Sie in diesem Wort den Schauder von Verlust, den schweren Verdacht, daß sich das Wachstum der Zahl durch Rhetorik nicht werde bändigen lassen? Daß sich die Teilung der Welt fortsetzen könnte bis zum Gehtnichtmehr der Kernspaltung? Ja, unter diesen schlanken Versfüßen hat die Zeitmaschine zu hämmern begonnen, an die der Zukunftsingenieur seinen Fortschritt wird abtreten müssen – bis er ihn mit der Annullierung seines Körpers, des runden Weltkörpers bezahlt. Die Kunst, dem Leib Gottes entwachsen, die ihre Schöpfung auf die Zahl gesetzt hat, die glorreiche Verrechnungseinheit meiner Pilgerväter – sie wird sich verrechnen bis zu bösen Häusern, bis hin zu Kafkas »Schloß«. Der Weltvermesser wird das Symbol seiner Selbsttätigkeit gar nicht oder nur als sein eigener Gefangener betreten. Was reden wir im Futurum? Der Gemeinplatz unserer Katastrophen bedarf keiner Zukunftsform mehr.

Aber mußte es so kommen?

Das habe ich meine Bilder gefragt. Ich habe im Spiegel des Stillebens die Vergangenheit unserer Lebenserwartung gesucht. Hier liegen die Karten auf dem Tisch – noch verdeckt.

Hier stehen die Dinge nicht mehr bei Gott. Sie sind aber auch noch nicht mit der Flagge der Eroberung kompromittiert. Sie zeigen sich auf Lebensmittel reduziert, als *bescheidene* letzte Dinge. Das Stilleben macht das Inventar unserer Notration. Aber es macht sie körperlich, leibhaftig. Wir sehen das Bild unserer Bedürfnisse in tiefem Stillstand, als hätte sich der Maler zu Tode erschrocken. Aber seine Kunst hat die Fassung behalten. Sie läßt Brot und Wein nicht nur sehen. Sie hält daran fest. Sie beugt sich über die Quelle des Todes und schöpft Leben daraus. Gewiß, vorgetäuschtes, in seiner Wirklichkeit *still* gewordenes Leben. Aber in der Güte der Kunst sitzt die Energie zur Verwandlung, zur irdischen Transsubstantiation. Sie enthält den Mut des Schöpfers. Er fühlt die Kälte der Vergänglichkeit und zuckt nicht davor zurück. Er sagt: siehe, das kann mein Leib sein; siehe, das kann mein Blut werden. Für die Dauer eines Bildes verschanzt er sich im Kern der Hoffnung. Und soweit es ein Kunstwerk ist, überwintert die Hoffnung die Jahrhunderte. In der Zurücknahme des Glanzes gibt sich der Maler zu erkennen als Rebell gegen den Schein, als Bruder derer, die da kommen und nicht vergehen sollen. Das Stilleben hat sich totgestellt, damit ich lebe. In meinen Bildern werde ich zu mir kommen und die still stehenden Sachen brauchen können, als wären sie nicht nur gemalt. Denn was *gut* gemalt ist, ist nicht nur gemalt. Diese Güte ist wandelbar, aber unerschütterlich. Ich werde sie zum Leben brauchen. Der Körper, den sie festgehalten haben, wird die Prophetie meines eigenen Körpers sein. Auf diesen Bildern werde ich das Versprechen gelesen haben, daß ich leben soll; daß ich lebe. Nicht wahr?

Nein, nicht wahr.

Das Futurum exactum des Stillebens gegen das rohe Futurum der Geschichte, der beendeten Tatsachen, der gemachten Meinung der Generäle, des katastrophalen Sachzwangs der Sache, die wir für unsere eigene hielten, die aber eine Sache der Rendite ist, der zum Krebs ausgewachsenen Rendite; das die Schwelle zur Gegenwart atomar überschreitende Futurum des überfälligen, allgemeinen Todes: so kommt der *pursuit of happiness* über uns und unsere Kinder: die ungeborenen werden ihn kaum mehr erleben müssen. Mein Glück: ich habe keine Kinder.

War ich ein Narr, Mijnheer, daß ich nicht sehen konnte: schon meine Stilleben waren nichts weiter als ein hochgeklappter Ladentisch? daß ich die Schrift an der Leinwand nicht lesen konnte, die da lautet: Ausverkauft?

Ich bin ein Mann des Tabaks, Mijnheer, ich wollte kein Geschäftsmann mit Tabak werden. Wenn ich meine Stilleben betrachtete, meinte ich einen leeren Raum zu sehen. Durch diese Öffnung hatte sich der Rauch der Opfer meiner Väter verzogen – ihrer indianischen Opfer, aber auch ihrer eigenen, die ich nicht geringschätzen will. Die Stelle war leer, ja, aber sie schien Raum zu bieten für einen Körper. Durch sie war der Mensch bestimmt, ins Freie zu treten. Im Stilleben sah ich unsere Geschichte des Todes im Gleichgewicht. Die alte Vergänglichkeit war entkräftet, der Abfall von Gott holte sich einen Atemzug voll Ruhe, bevor er kippte – überkippte in den Abfall meines weltweiten Tabakgeschäfts. Auf diesen unbewachten Augenblick wollte ich zurückkommen. Das konnte doch mein Einsatz gewesen sein. Da war etwas versprochen worden, ich war einem Versprechen auf der Spur. Dreihundert Jahre zu spät darf nicht zu früh sein, es einzulösen.

Ich wiederhole mich. Ich werde alt, Mijnheer. Aber sehen Sie einen guten Grund, wozu ich älter werden soll?

Sie sind ja gekommen, Mijnheer, die Verheißung sah plötzlich aus wie Sie – vielleicht verstehen Sie, warum ich Sie nicht sehen will –, nicht einmal blind will ich Sie sehen. Sie sind einäugig, nicht wahr? mögen Sie König bleiben. Sie haben ja recht, nichts weiter als recht. Sie sagen: so war es mit der Kunst nicht gemeint. Der Körper, den ich in meiner überflüssigen Freizeit suchte, war Schein – war es nur noch viel radikaler als zu Gottes Zeiten. Vor dem waren die Kreaturen zwar nichtig, aber gleichwertig. Gleichgültig konnten sie erst werden, als ihre Bilder selbst was gelten wollten, als sie sich mit einem Körper schmückten – denn dieser Körper war schon im Augenblick seiner Schöpfung nicht mehr der ihre. Sie hatten ihn nur um den Preis gewonnen, daß sie ihn veräußerten. Er war verkauft, noch bevor sie ihn angenommen hatten. Der Körper war in den Vordergrund getreten wie der Sklave auf dem Podest: damit der Käufer Arme und Glieder besser prüfen konnte. Die beste Kunst war die, die der Täuschung besser diente, also dem Marktvorteil. Als natürlich galt die Illusion, die sich am wenigsten verriet. Der Körper wurde gelobt, der am kunstvollsten verbarg, daß er keiner war.

Sie haben gezogen, Mijnheer; ich ziehe nach. Ich habe mich von der Kunst täuschen lassen. Wie wahr: sie ist nicht gemacht, den Hunger nach Menschenfleisch zu stillen. Sie wurde geschaffen, um ihn aus dem Busch zu locken und dann zu verraten, als erste zu verraten. Auf meinen Stilleben waren die Früchte des Tantalus noch frisch. Davon habe ich mich täuschen lassen, und darauf war es ja angelegt. Ich sollte an den Ersatz gewöhnt werden. Ich bin in die Falle gegangen. Wissen Sie, was die Damen vom Achterburgwahl eine Falle nennen? Aber die Kunst, dem Kunden statt der Vagina die geöffnete Hand hinzuhalten, nenne ich einen ehrlichen Betrug. Daß meine Kunst eine Hure ist, habe ich nicht einmal gemerkt, als ich sie bezahlte.

Beide Künste sind alt, Mijnheer, ihre Liebhaber könnten gewarnt sein. Kennen Sie die Geschichte, die Plinius von Zeuxis berichtet, dem größten Maler des alten Athen? Er hatte ein Kind dargestellt, das einen Korb Trauben auf dem Kopf trug. Die Trauben wirkten so natürlich, daß die Vögel auf sie flogen und danach pickten. Aber Zeuxis ist unzufrieden. »Ich habe die Trauben besser gemalt als das Kind«, läßt ihn Plinius grollen, »wäre mir das Kind ebenso gut gelungen, so hätten die Vögel Angst vor ihm haben müssen.«

Der alte Rangstreit von Menschenbild und Stilleben, nicht wahr, und außerdem ein schönes Beispiel von Künstler-Hypochondrie. Aber da kommt der liebe Malerkollege Parrhasius daher und gibt an, er könnte sogar die Weintrauben noch besser malen als Zeuxis. Die Wette galt, man stellte sich zum Vergleich. Zeuxis triumphiert: die Vögel fliegen zum zweiten Mal auf seine Trauben (vom Kind ist nicht mehr die Rede). Parrhasius hält daraufhin sein Meisterstück bedeckt. Und wie Zeuxis, siegessicher, den Vorhang davon wegziehen will, siehe, da ist dieser Vorhang nur gemalt. Parrhasius hatte gewonnen, denn, sagt Plinius: Zeuxis hatte nur Vögel täuschen können. Parrhasius aber den größten Maler der Zeit.

Ein nettes Lob des Stillebens, Mijnheer, und das früheste. Die Anekdote plaudert die ganze Moral der Kunstgeschichte aus – und das heißt natürlich: ihren Hohn auf jede Moral. Naturgetreu ist, wer die Natur am besten veruntreut. Das vollendete Trompe-l'œil kommt als künstlerische Wahrheit daher. Vor ihr gilt *natürlich* eine Schüssel voll Weintrauben so viel wie ein Mensch, ein Mensch so viel wie ein Fetzen Tuch. Nur eins tut not: daß die Täuschung gelingt. Daß sie hinhaut, um die Sprache jener Straße zu reden, von der diese Kunst kommt und auf die sie drängt. So egal ist es den Malern immer gewesen, *was* sie malten. Die avanciertesten hielten sich ans Unscheinbare: damit ihre Kunst desto heller strahle. Später warfen sie auch die Fiktion eines Gegenstands aus dem Bild und triumphierten abstrakt – oder konkret, bitte sehr: das Warenzeichen gehorcht ja, wie jedes, der Mode. Ich bin altmodisch. Mir genügt es nicht, was dem Maler an seinen Sujets genügt: daß sie seinen Pinsel reizen. Zum Verrat? Aber der Verrat hat schon begonnen, als er sie sah und abschätzte. Natürlich spricht er lieber von Inspiration. Der immerwache Wille zum Verrat hat sie ihn allererst bemerken lassen, und was macht er daraus: einen doppelten Verrat. Er stellt sie so dar, als wären sie auf seiner Leinwand erst zu sich gekommen – während er ihnen den Körper schon entwendet hat, ausgeblasen wie ein Ei. Seinem Ersatz schreibt er Unsterblichkeit zu – und will doch nur sagen, daß er im Geschäft zu bleiben hofft, womöglich über seinen Tod hinaus.

Was ist die Anekdote von Parrhasius und Zeuxis? Es ist zuerst die Geschichte einer Konkurrenz. Die Frage hat gar nicht gelautet: wer ist der bessere Maler, sondern: wer hat sein Bild besser verkauft? Der Zuschauer soll Richter spielen – und als Richter nicht merken, daß er bestochen wird, daß er schon als Kunde gefragt ist. Und wer ist der beste Kunde? Der am willigsten Getäuschte – der auch noch bereit ist, das Zeugnis seiner Bestechlichkeit zu kaufen und sich damit zu schmücken.

Das *Trompe*-l'oeil kann so weit gehen – es geht als *wahre* Kunst so weit – daß die Künstler selbst darauf hereinfallen. Was meinen die Herren nicht alles zu tun! Sie wollen ihre Bilder zweckfrei – wie wundersam, wenn sie ebenso ihren Zweck erfüllen, sich zu verkaufen. Sie wollen das Kunstwerk dem Markt entziehen – wie rührend! Was können sie dafür, wenn sich der Markt dann um die Exklusivität reißt? Unter allen Waren mußte ja eine erfunden werden, die über den Verschleiß an Menschen und Material erhaben schien: also wurde diese Ware erfunden. Die Kunst täuscht sogar über ihren Betrug hinweg – so sehr ist Betrug mit Leib und Seele. Sie ist die Vollendung körperlicher Wünsche durch die Illusion ihrer Befriedigung.

XII

Kennen Sie Vermeer, den Maler der Maler, den Künstler in Potenz – die natürlich die Potenz der vollendeten Täuschung war? Daß er als Händler, als Verkäufer erst im 20. Jahrhundert zum Zuge kam – aber wie! – spricht durchaus nicht gegen seinen Geschäftssinn. Er konnte warten, bis sein Angebot mit der stärksten, der sensationellsten Nachfrage zusammenfiel. Sein Name, seine Firma konnte warten. Daß er selbst arm gestorben war, beeinträchtigte ihre Solidität nicht mehr, es verbürgte sie. Es begründete sie in unserem romantischen Vorurteil. Arm stirbt, wen die Götter lieben.

Aber schon der lebende Meister von Delft hatte seine Kunst rar zu machen gewußt. Er arbeitete langsam. Er hatte einige Ämter und nicht allzuviel Ideen. Es strömte ihm nicht. Er hatte Mühe mit der Organisation seines Bildraums. De Hoogh verstand mehr von Perspektive, Terborch mehr von Textilien, Ostade – und natürlich Rembrandt – viel mehr von Licht und Schatten. Beethoven verstand mehr von Musik als Mozart, Mijnheer – wahrscheinlich verstand mancher Musiklehrer, jeder mittlere Feinschmecker der Zeit mehr davon. Aber Mozart *war* Musik. Vermeer *ist* Kunst – er scheint keine zu brauchen. Er *ist* Licht – er brauchte Licht nicht zu können. Wie von selbst füllte es die Leinwand unter seinem Pinsel – unerschaffenes Licht, Mijnheer. Noch keiner hat es gesehen – und jeder erkennt es wieder. Licht wie zum ersten Mal. Als hätte er, der mühselige Arbeiter, zum Malen gar keine Hände gebraucht. Ist es ein Wunder, daß er Hände nicht malen konnte? Die Hände Vermeers sind so leer wie die von Matisse. Betrachten Sie daneben eine Hand von Frans Hals! Das Wunder ist: Vermeers Hände braucht man gar nicht zu sehen. Man sieht das Licht. Betrachten Sie die sechzehn Vermeer – Sie versinken davor, denn Sie haben sechzehnmal das Licht gesehen, sechzehnmal das gleiche, nie dasselbe – nie von neuem, immer von frischem –

Ja, er hat seine Kunst rar zu machen gewußt. Die paar Bilder, die die Katastrophe der Geschichte überstanden, steigerten ihren Wert ins Unschätzbare. Für diesen Gott des Lichts ist nur das tiefe Dunkel eines Safes sicher genug. Ich besitze ihrer zwei, unbekannt, aber aufgeführt und beschrieben im Auktionskatalog von 1696 – echt ohne Zweifel. Es sei denn, man unterstelle, daß »Echtheit«, wie »Wahrheit«, eine Zweifelsfrage sei – um so zweifelhafter, je zweifelloser die Kunst. Das ist sie nicht erst, seit Han van Meegeren seine »Emmausjünger« als echten Vermeer lancierte – Sie wissen Bescheid. Ja, wir wissen Bescheid, aber wüßten wir ihn auch, wenn der Fälscher nicht selbst geplaudert hätte? Sie war reproduzierbar, die originale, die ursprüngliche, die unvergleichliche Kunst Vermeers, auch sie. Um ein Haar wären die »Emmausjünger« das größte Werk Vermeers geblieben. Es war dem echten Fälscher schon gelungen, dem falschen Echten die Krone aufzusetzen. Das unerschaffene Licht ist Blendwerk, Mijnheer, es blendet uns, wir werden blind, und kaufen.

Ich habe gekauft. Die beiden echten falschen Vermeer waren der Ertrag meines Lebens. Ich habe ihn geheimgehalten, den Schatz mit keinem Auge geteilt – als ich blind wurde, erst recht nicht. Jetzt sind auch die Bilder erloschen. Tadeln wir sie nicht dafür. Nicht sie haben mich, ich habe mich in ihnen betrogen. Schade nur, daß nichts mehr übrigbleibt. Fehlte noch, daß ich mich jetzt an Menschen hielte. Ja, das fehlt mir noch. Sehen Sie sich vor.

Mijnheer, ich habe meine unveröffentlichten Vermeer geliebt wie keinen Menschen. Ich habe das vollkommene Stillleben darin geliebt – ohne die Motive des Stillebens. Auf die kam es hier nicht mehr an – sie mochten mitlaufen, als Staffage. Aber die Bilder selbst waren still. Sie waren viel zu still, um sich dem Bedürfnis zu öffnen, das sich an ihnen stillen wollte. Es gefror beim Stillwerden, es erstarb schon in der Quelle meiner Augen. Als mir, statt der eigenen Augen, diese Bilder aufgingen, vergaß ich zu weinen und habe es bis heute nicht mehr gelernt.

»Liebe« ist also wohl nicht das rechte Wort. Denn man liebt sie nicht, diese abgründige Nähe, die der Effekt definitiver Entfernung ist. Diese Bilder sind, außer Kunst, gar nichts. Ich hüte mich, sie zu beschreiben, aber nicht aus Geheimnistuerei. Außer der Vollkommenheit ist nichts daran, diese Vollkommenheit ist ganz, also nichts. Sie ist das Ende der Begriffe, wie sie das Ende der gemalten, in Malerei verkehrten Körper ist. Es gibt kein Wort, das sie entzaubern könnte, denn sie scheinen nicht im mindesten verzaubert. Dieser Schein ist lückenloser als jede Natur, als alles Menschenmögliche. Hier hat kein Mensch mehr etwas zu suchen, denn hier hat er nichts verloren. Meine Bilder sind jenseits der Hoffnung und nicht zu retten –

hier *sehen* Sie, wenn Sie noch sehen können, daß wir nicht zu retten sind.

Messen Sie diese Kunst nicht an den Caravaggisten aus Utrecht, nicht an den Genrebildern aus Harlem, nicht an den Wolken von Ruysdael – messen Sie sie an keiner bekannten Größe. Es gibt nur *ein* annäherndes Maß dafür: die Explosion, die Delft 1654 in Schutt und Asche legte und Vermeers Lehrer Fabritius aus dem Weg räumte – dieser Zusammenbruch ist ein *schwaches* Echo der Stille Vermeers. Es war ein Jahr nach seiner Hochzeit, vielleicht hatte er schon das erste Kind – aber seine Bilder brauchten kein Licht der Welt zu erblicken. Sie hatten es schon angezündet. Sie hatten längst begonnen, die Katastrophe, die da kommen sollte, zu verallgemeinern – zu fixieren zum perfekten Stillstand des Lebens im Tode, zum Jenseits aller Figur im Bild.

Sie und ich glauben natürlich nicht mehr daran, daß dieses Bild jemals ein Original gewesen sei. Schon rein technisch ist es die Reproduktion des Blicks durch eine Maschine, die Camera obscura. Ein passender Name. Vermeer hat das Licht, das uns verstummen läßt, durch eine schwarze Trickkiste fallen lassen. In der Maschine *war* es schon ein Bild, bevor er es malte. *Darum* – oder nicht? – erscheint es uns jetzt so gut wie überhaupt nicht gemalt. Darum sieht wie unerschaffenes Licht aus, was er uns in die Augen streut. Überführte Kunst, Mijnheer, und doppelt betrogene Natur. Ich habe das Geheimnis geliebt, das ich mir aus Vermeer gemacht habe, aber er hat kein Geheimnis. Er *ist* nur eins: das schauderhafte Geheimnis, warum wir uns nicht mehr getäuscht fühlen, wenn wir vollendet genug getäuscht werden; warum uns die Einsicht, daß wir restlos verkauft sind, anrühren kann wie unser einziger Trost.

Und wenn es doch eins gäbe – ein Stilleben von Vermeer? Wenn er gezwungen gewesen wäre, das Schweigen seiner Kunst zu verdoppeln? Ein Fisch von Vermeer – denken Sie sich nichts weiter als einen toten Fisch auf zerbrochener Platte: müßte dieser Fisch nicht reden, in der Sprache unserer Herkunft aus der Nacht? Als ich *Sie* kaufte, Mijnheer, habe ich mir von Ihnen heimlich ein Stilleben von Vermeer gewünscht. Natürlich genügt die Äußerung dieses Wunsches schon, um ihn ad absurdum zu führen. Zu allem, auch zu »tot«, mag es wohl eine Steigerungsform geben. Zum Schweigen der Bilder Vermeers gibt es keine. Mozarts Musik. Das hat nichts mehr zu verraten. Das ist Verrat, im Schutz seiner Vollendung.

Reden wir nicht mehr davon.

XIII

Übrigens, Respekt vor Ihren Werbe-Spots, Mijnheer. Wahrscheinlich erinnern Sie sich gar nicht mehr daran. Das Hohelied auf Maverick, meine Marke – nun ja. Ich nehme an, auch in *dieser* Kunst ist das Positive immer ein wenig banal. Ohne den Reiz, jemanden ein Gefäßgift als frische Luft, als Freiheit der Meere zu verkaufen, wäre gar keine Musik in der Sache. Ein Reiz, mit dem der Verkäufer kein Risiko eingeht, denn natürlich wissen die Raucher, was sie tun. Sie wollen es nur trotzdem nicht lassen. – Schon besser die Bilder, mit denen Sie der gleichen Kundschaft das Rauchen wieder verleiden wollten. Da mußten Sie stärkeren Tobak rauchen. Da zeigen Sie uns also Aurelio, den Clown, über den in Europa jedes Kind gelacht hat, ganz privat, in einer ernsten Rolle. Er sitzt vor dem gemütlichen Kaminfeuer mit Wolljacke und Hausschuhen im Kreise seiner Lieben, die er gelegentlich in seine Bewegung einschließt. Die Frau lächelt tapfer, die beiden kleinen Mädchen sind besonders rührend. Kein Wunder, daß Aurelio leiser wird, wenn er von seinem Lungenkrebs redet, und wie er gegen ihn kämpfe. Ein Zoom auf sein gezeichnetes Gesicht sagt mehr als viele Worte, warum der Zuschauer sein Rauchzeug weglegen soll, jetzt gleich, für immer. Aurelio wäre ein anderer Mensch, wenn er selbst die Kraft dazu aufgebracht hätte. – Die Wirkung Ihrer Kampagne, Mijnheer, beruhte natürlich auf gutem Timing.

Aurelio, der dem Zuschauer vom Bildschirm her in die Seele redet, ist gerade gestorben, wie jeder weiß. Die kleinen Mädchen sind bereits vaterlos und dadurch noch rührender geworden. Die hübsche Witwe wird sich trösten müssen. Ich hoffe, die letzte Fernsehnummer ihres Mannes hat ihr den Start erleichtert.

Von mir hätte Aurelio mehr bekommen für diesen Spot, Mijnheer, als von ihrer gemeinnützigen Liga. Aurelio war besser für mein Geschäft als Ihre frische Luft, viel besser. Der Zigarettenkonsum verstärkte sich, die Todesangst macht starke Raucher. Der Scheinlebendige, den Sie am Bildschirm zappeln ließen, hat keinen einzigen dieser Scheintoten bekehrt. Er hat Zigaretten verkauft. Das war Ihr Beitrag zum Stilleben.

Der letzte, Mijnheer? Reicht es Ihnen schon? Mir nicht. Sie werden lachen: Sie haben mich bestohlen, meine Sammlung entwertet. Sie bleiben mir einen Körper schuldig. Ein Auge habe ich von Ihnen schon gekriegt, auf das andere eine Option. Wenn ich Sie holte, mit Haut und Haar? Lachen Sie, Mijnheer? Einer von uns lacht zuletzt. Ich sage nicht: am besten. Das Beste ist schon weg, das kommt nicht wieder – da können wir auch die Maske der Güte fallen lassen. Wer zuletzt lacht, Mijnheer – wir sind im Geschäft. Deponieren Sie meine Briefe besser bei Ihrem Anwalt – haben Sie einen Anwalt? damit es wenigstens eine Akte gibt über Ihr Verschwinden. Mit dem Motiv werden sich die Fahnder schwertun, glauben Sie nicht? Sie werden sich durch viel Kunst lesen müssen, durch eine ganze Kunstgeschichte. Und wenn sie bei der Lektüre nicht zufällig weise werden sollten, werden sie nicht einmal klug daraus –

Durch so viel Kunst, Mijnheer, so viel wahre Kunst. Da muß ja ein Pferd lachen, oder ein Fisch, oder der Tod. Wirklich, da kann ich nur noch lachen. Ich lache als Erster, Mijnheer.

Aber glauben Sie nicht, daß Sie schon gewonnen haben.

Inhalt

Adolf Muschgs Bücher im Suhrkamp Verlag

Liebesgeschichten
1972
suhrkamp taschenbuch 164 (1973)
Bibliothek Suhrkamp 727 (1981)

Albissers Grund
Roman. 1974
suhrkamp taschenbuch 334 (1976)

Im Sommer des Hasen
Roman
suhrkamp taschenbuch 263 (1975)

Entfernte Bekannte
Erzählungen. 1976
suhrkamp taschenbuch 510 (1979)

Noch ein Wunsch
Erzählung. 1979
suhrkamp taschenbuch 735 (1981)

Baiyun
oder die Freundschaftsgesellschaft
Roman. 1980
suhrkamp taschenbuch 902 (1983)

Gottfried Keller
suhrkamp taschenbuch 617 (1980)

Literatur als Therapie?
1981
edition suhrkamp 1065

Gegenzauber
Roman
suhrkamp taschenbuch 665 (1981)

Leib und Leben
Erzählungen. 1982

Ausgewählte Erzählungen
1983

Das Licht und der Schlüssel
Erziehungsroman eines Vampirs
1984

Über Adolf Muschg
Herausgegeben von Judith Ricker-Abderhalden
1979
edition suhrkamp 686